古镇名探

GUZHEN MINGTAN

刘庆玉　著

中国文史出版社
CHINA CULTURAL AND HISTORICAL PRESS

引　子

瓷城因精美绝伦的瓷器而闻世，更因智勇忠诚的警察而扬名。

1

江南古镇，千年瓷城。以瓷立市，驰誉寰宇。

一脉烟火中腾起灿烂陶瓷文化，水土宜陶里蕴聚炽热赤子情怀。

黄山山脉，怀玉山脉，犹如双龙掬珠，眷恋着群山环绕的一方福地。昌江玉带，由北向南穿城而过，蜿蜒远去。城区弄巷纵横，古朴厚重。窑砖墙、青石板、渣石片、废匣钵，随处可见沧桑印记。巍峨古阁，高耸烟囱，抬头便是历史遗迹。这座百万之众的城市，仅以制瓷独门绝技，支撑起延绵千年的历史文明，开创世界最早手工业城市的奇迹。

靠近昌江东岸的沿河路，一袭弄堂排列，以一百零八条里弄著称。每条里弄由沿河路和前后街三条并排道路串联，像一架巨大的联排钢琴，连缀起十里陶阳的繁花盛景，成为瓷城最具人气的生产生活区。瓷城大部分有名的瓷厂都集中在前后街及沿河路旁，厂里窑火通明，紧张忙碌。三条街商铺林立，车水马龙，热闹非凡。里弄两侧住满瓷厂工人及家属，整日人声鼎沸，上下班的同事邻里热情招呼，乡音悦耳。

2

瓷城市青花派出所就在后街中段。走过派出所大门，往里就是瓷城市中心街公检法小区大院。

大院里飘来收音机的声音：今年三月五日，伟大领袖毛主席号召向雷锋同志学习以来，全国各地掀起了学习雷锋的高潮……

正是盛夏时节，虽是晚上十点，仍然炎热难当。

法官嬴东成带着刚上小学的儿子嬴建峰坐在竹凳上，父子俩谈论着刚看过的电影《跟踪追击》。

“爸爸，今天晚上的电影真好看。”

“是吗？怎么好看啊？”

“那个姓李的警察叔叔太厉害了，那么多坏蛋都打不过他。嗬！嗬！嗬！他几下子就把坏人打倒了！”

嬴建峰说着，还起身模仿起电影里的打斗动作。

嬴东成听完用手摸摸儿子的头，笑着说：“儿子，想当警察叔叔，可不是那么容易的，那得要文武双全。”

“什么叫文武双全啊？”

“文武双全啊，就是又能文又能武。”

“什么叫又能文又能武？”

“哈呀，我的好儿子，这能文就是要有文化，会读书，能写一笔好文章。能武呢，就是会武功。就像，噢对了，就像《三侠五义》里的北侠欧阳春、南侠展昭还有锦毛鼠白玉堂。他们都是江湖大侠，都能飞檐走壁，武功高强得很。”

嬴建峰很是羡慕地望着父亲，露出兴奋的目光。

“爸爸，他们能打多少人啊？”

“那就多了。能打好多人！”

“到底能打多少人？”

嬴东成抬头想想。说：“爸爸问你，你们班上有多少同学？”

嬴建峰歪头想了一下说：“四十个。”

“那你们学校有多少人呢？”

“好像，好像有几百人。”

嬴东成点点头。说：“他们的武功啊，如果是展昭和白玉堂，一个人就能打败你们全班人。如果是北侠欧阳春，他就能打败你们全校的人。”

“这么厉害啊！那，那我也要学武功，我也要当大侠。”

“傻儿子，大侠那是古代人，现在没有大侠了。”

“那，那我就当警察！”

嬴东成听罢，高兴地摸摸儿子的头，说：“你要想当警察，就要好好读书。”

“我还要学武功！”

“对对，学武功。”

正在父子俩谈论正欢时，一阵急促的警笛声传来。

父子俩转头一瞧，派出所门前人声鼎沸，从吉普车和边三轮摩托车上下来一溜人，穿着上白下蓝警服的警察押着两个犯罪嫌疑人，厉声吆喝着往所里走去。

嬴建峰一瞧，立即兴奋地站起身，拔腿就往派出所跑去，边跑边喊着：“我也要当警察！我也要抓坏蛋！”

嬴东成怕儿子会到所里淘气碍事，忙起身追了过去。边追边喊着：“小心点，别摔着！”

快到派出所门口时，嬴建峰一头撞到所长鲁卫国腿上。

嬴建峰躲避不及，差点摔倒。鲁卫国赶紧弯腰拽住小嬴建峰。

嬴东成快步来到鲁卫国身边，伸手想抱嬴建峰，一脸歉意，连说：“对不起对不起！小孩子不懂事，麻烦你了鲁所长。”

鲁卫国毫不介意地抬手朝嬴东成摆摆，弯下身来笑着问嬴建峰：“你刚才喊什么啊？”

嬴建峰一点不怯，抬头大声说：“鲁叔叔，我要当警察！我要抓坏蛋！”

鲁卫国听罢哈哈大笑，说：“好啊好啊，这么小就想当警察不想跟你老子当法官，说明咱们警察魅力大，哈哈哈……”

嬴东成忙解释说：“鲁所长不好意思，小孩子不懂事，乱说话的。”

“嬴法官，我看你儿子蛮懂事的，他这么小就立志当警察，那咱们警察队伍就后继有人了。”

“哎呀，鲁所长，小孩子说话嘴没把门的。”

“嬴法官你可不能这么说，一个人小时候的志向，对以后的影响是最大的。我小时候就想当个除暴安良伸张正义的大侠，所以后来我就跑到少林寺学武术，再后来就参军闹革命。这不，现在不就成警察了。”说完鲁卫国开心地笑着。

嬴东成忙客气说：“我儿子怎么能和你比呢？”

“哎……这你就小瞧人了不是？我看啊，你儿子胆大聪明，满身正气，有一股子闯劲，一瞅就知道是棵好苗子，将来啊，是块干警察的料，我喜欢！”

“鲁所长，让你见笑了。”

嬴建峰这时却双手抓着鲁卫国的衣袖，大声说：“我就是要当警察，我就是要当警察！”

鲁卫国一见，对嬴东成说：“你瞧瞧，你瞧瞧，你儿子将来不当警察都不行了。”

嬴东成假意生气地抬手要敲嬴建峰的头，嬴建峰却嘟着个嘴躲到鲁卫国身后，边躲边说：“我就当警察就当警察！鲁叔叔你帮我，鲁叔叔你帮帮我吧！”

鲁卫国很开心地说：“好好好，我将来一定帮你，一定帮！”

嬴建峰笑眯眯地说：“谢谢鲁叔叔，那咱们拉钩。”说完，嬴建峰向鲁卫国伸出小指头。

鲁卫国一愣，随即笑呵呵地蹲下身伸出小指头，与嬴建峰拉钩。

鲁卫国与嬴建峰同时说：“拉钩上吊，一百年不许变，谁变谁就是小坏蛋。”

说完，鲁卫国仰天哈哈大笑。

嬴建峰也喜滋滋地抿着嘴笑。

3

轻捻兰指一席笑，旋转清风若梦涧。

十六年后的省城，已是武警中队班长的嬴建峰显得高大英俊，矫健威武。他正严肃认真地给洪城学校的学生们上军训课。

嬴建峰发出一声声口令，学生们迈着整齐划一的步伐操练。

不远处一双眼睛含情脉脉地注视着嬴建峰，那是负责联系聘请部队教官的漂亮女老师伊红蓓。

面对着青春勃发、神采飞扬的嬴建峰，伊老师抑制不住心旌摇曳。曾有多次，她都想对嬴建峰说一句心底的话，可少女的羞涩与矜持让她欲言又止，欲罢不能。

嬴建峰是优秀班长，又是党员，根红苗正，素质过硬；尤其是嬴建峰的一身武功，得到鲁卫国少林武功的真传，就在天天练功高手如林的武警中那也是鹤立鸡群，因而在部队里他属于拔尖人才。伊红蓓从当省武警总队政委的哥哥那得知，政工部门正在考察，准备给嬴建峰提干。即使嬴建峰不愿继续留在部队，他也可以退伍到省城。凭他自身的条件，还有哥哥的帮忙，随便他到哪个单位干什么都行。

嬴建峰即将面临人生的重大选择，这个时候，如果自己再不向嬴建峰表明心迹，如果他执意退伍，那很有可能会回到瓷城，那机会将会永远失去。

想到这，伊红蓓捏着小纸条的手心不由得沁出了汗。

当嬴建峰结束军训课朝伊红蓓坐着的休息棚走来时，伊红蓓不由得紧张地站起身，眼睛有些不敢正视对方。她右手有些哆嗦，给嬴建峰递过毛巾和水壶，待嬴建峰擦完汗喝完水将毛巾与水壶给还伊红蓓时，伊红蓓终于鼓足勇气，将纸条递给嬴建峰。

嬴建峰犹豫了那么一下，随即他好奇地接过纸条，心底不由得咚咚乱跳。他有些慌张地告别伊红蓓，然后一路狂奔回到宿舍，砰的一下将房门关紧，迫不及待地掏出纸条，呼吸急促地看了起来。

纸条上写着：“晚上八点，洪城电影院看《永恒的爱情》，不见不散。”

嬴建峰手捧着纸条，一阵狂喜袭过全身。他清楚，一位妙龄女郎约自己看电影，这在很大程度上就是在向自己表达爱情。昨天集训人员集中看教育电影时，伊红蓓就塞过一张纸条，问能不能和他交个朋友。可部队有明文规定，战士一律不准谈恋爱，否则要受纪律处分。所以嬴建峰不敢直接回答行还是不行。

正所谓哪个少年不善钟情，哪个少女不善怀春。嬴建峰的心里热血沸腾，思绪万千。一位这么漂亮的老师约看电影，这是之前做梦也未曾想到的。嬴建峰知道伊红蓓的哥哥伊红峰是自己的顶头上司。伊红蓓的父亲是位南下老干部，一九五五年曾被授予少将军衔。母亲也是省里某厅级领导。按一般人的想法，能攀上她这根高枝，那以后不管是在部队还是地方，都可以一路绿灯。嬴建峰知道伊老师对自己有好感，但没想到她会对自己这么动心，主动说要与自己交朋友，主动邀自己看电影，可见她对自己还是很中意的。

嬴建峰既兴奋又担心。兴奋是即将与伊红蓓一起看电影，这是男女青年谈恋爱的经典套路。担心是怕被人瞧见，那自己就是违反军纪要挨处分的。

晚上七点五十分，嬴建峰忐忑不安地来到洪城电影院，见打扮得貌似天仙的伊红蓓早已等待，心情非常激动。电影开始了，两人有些心猿意马地看着，到了后来，两人越看越投入。

出身豪门的哈迈德为了心中的爱人罗西，不惜放弃万贯家产被父亲逐出家门。罗西为了哈迈德完成学业，明知自身罹患绝症，也要拼命为爱人筹集学费。为减轻对方的苦痛，两个最亲爱的人都选择了谎言，最终死神也不能拆散他们，这就是永恒的爱情！

伊红蓓看到动情处，不禁泪流满面。

嬴建峰也被电影中伟大的爱情故事所感动。

散场后，嬴建峰送伊红蓓回家。伊红蓓仍沉浸在剧情中难以自拔。

伊红蓓问嬴建峰："你喜欢这部电影不？"

"喜欢，但我更喜欢侦破电影。"

伊红蓓听了有点意外，心想还有比爱情电影更喜欢的电影？真没想到，便问嬴建峰："那你都看了哪些侦破电影？"

"那就多了。什么《暗礁》《斗鲨》《黑三角》《寂静的山林》《虎穴追踪》《羊城暗哨》《秘密图纸》《斩断魔爪》一大串。给我印象最深的，就是《跟踪追击》里的李明刚了！"

"呵呵，真不少。那你还应该看过《龙虎斗》《十三太保》《十二金牌》《猛龙过江》《李小龙传奇》，还有什么《鹰爪铁布衫》《冷血十三鹰》《蛇鹤八步》吧。"说着，伊红蓓还得意地做出蛇形吐信的动作。

嬴建峰一看很高兴，问："你怎么知道？"

"你不是喜欢武术吗？当然也喜欢这些电影啦。"

嬴建峰听了用手挠挠头，说："你真聪明。"

伊红蓓妩媚地笑笑，试探地问："你将来退伍了，是选择在省城还是瓷城工作？"

"肯定是瓷城啊！"

"为什么？难道省城比不上瓷城？"伊红蓓又感到意外。

"那倒不是，省城肯定比瓷城好。可瓷城是我的故乡啊，那里有我的父母兄弟姐妹，有我的亲戚朋友，还有我的师傅。"

"你师傅，什么师傅？"

"武术师傅，他可是我的领路师傅。"

伊红蓓点点头，说："怪不得你武功这么好！"

说到师傅，嬴建峰一下子打开了话匣，滔滔不绝地说了起来："我师傅也是个南下干部，他是山东人，从小家里穷，看不得穷人受欺，为了打抱不平，就到少林寺学武，十八岁参军，后来随第二野战军第五兵团来到瓷城，留在公安局工作。我从七岁起就拜他为师练武了。我师傅的武功，在咱们瓷城那可是呱呱叫！”

“那你师傅现在干吗？”

“我师傅啊，现在是瓷城市公安局副局长了。”

伊红蓓听了默不作声，过了一会儿，突然问：“如果我希望你留在省城，你愿意吗？”

嬴建峰听完，不由涨红着脸，一时不知怎样回答。要说愿意吧，不是自己的心里话。要说不愿意，明显会打击对方的自尊心。左思右想地拿不定主意，竟呆呆地望着对方，半晌才蹦了句：“我不知道哇。”

伊红蓓听了心一沉，低头想想，觉得继续这个话题会冷场，便说：“我明天过生日，想请你一起过。”

嬴建峰下意识地环顾四周，好像怕遇到熟人似的，然后轻声问：“在哪儿啊？”

“到我家。”

嬴建峰一听，头皮发麻。在嬴建峰印象里，高干家里对子女管得很严，一般不允许人到家里去。

“我到你家，见到你爸妈怎么说？”

“我就说是朋友呗。”

“那你爸妈问是什么朋友呢？”

“就说男朋友呗。”

嬴建峰听罢，觉得心虚。对方不仅父母是高干，而且她哥哥是自己领导的领导，决定自己的命运那还不是易如反掌。如果她家人反对与自己来往，哪怕是任何一个人反对，那自己都会死得很难看的。不行，必须得想个推辞的办法，哪怕是缓兵之计都行。

“对不起，明天是星期一，我们有规定，不准请假外出。”

伊红蓓很干脆说：“没事，我叫我哥帮你请。”

嬴建峰吓一跳，忙说：“那不行啊，这些制度都是你哥定的，他也不好带头违反规定吧？再说，我要是请假，会影响我考核成绩的。”

伊红蓓听罢，一脸的沮丧，先是低头不语，不一会儿竟流起眼泪来。

嬴建峰见了吓得不轻，他担心伊红蓓一旦使起性子来，自己会下不了台。从对方说话的口吻，可以看出她在家中是很得宠的。嬴建峰心想如果她家人反对与自己来往，她很可能会与家人发生冲突，那最后倒霉的肯定是自己。与其将来出问题，不如现在就把话挑明。

“红蓓，不是我不想去你家，我是想到我们两家的条件相差太大，你爸妈哥哥是不会同意我们来往的。”

“那要是他们同意呢？”

嬴建峰听罢摇摇头，口气肯定说：“不可能！”

伊红蓓倔强地一噘嘴，说：“我爸妈最疼我了。”

嬴建峰笑笑说：“对啊，他们越疼你，就越会反对。”

“为什么啊？”

“因为他们疼你，希望你找一个各方面都很优秀的，包括家庭。”

“你年纪轻轻的，思想怎么这么封建？”

“不是我封建，是可怜天下父母心。”

“我不和你多说了，你到底去还是不去？”

“我，我想去，但我怕去。”

“算了，那这样，我先和我爸妈说好，如果他们同意了，我就打你电话，这样总行吧？”

嬴建峰还不放心，说：“还有你哥哥。”

“我哥你就不用担心，只要我爸妈同意了，我哥绝对听他们的。”

嬴建峰见话都说到这分上，再强调自己不去的理由，那就说不过去了，只好说：“那好吧，那我明天等你电话。”

伊红蓓听了很高兴，用手抹抹脸上的泪珠，笑着说：“你等我的好消息吧。”

4

告别了伊红蓓，嬴建峰一路跑着赶回部队宿舍。战友们都已上床准备休息了，他便赶紧洗漱一番上床。

嬴建峰想着与伊红蓓说的事，一晚上辗转反侧，心里纠结着，不知此事该不该向父母说。毕竟婚姻大事，父母最关心。可一想到严厉的父亲，心里又有些胆怯。他担心父亲批评自己做事轻重不分。眼下最关键的，不是谈情说爱，而是面临提干还是退伍就业的问题。只要工作解决好了，什么样的姑娘没有哇。

就这样思来想去的，嬴建峰几乎一夜未眠，快天亮时才眯了一会儿眼。

蒙蒙眬眬中，嬴建峰听到有人在门外轻轻喊自己，仔细听听，好像是值班的王大柱，便一骨碌爬起来，开门出来。

王大柱欣喜地说："嬴建峰，你爸来了！"

"不会吧，怎么这么早就来了？"嬴建峰又惊又喜。随即他便一阵心痛，因为这时候到省城的火车是半夜十一点多路过瓷城的，爸爸肯定是坐夜车赶来的。

王大柱嘻嘻笑着，说："别磨磨叽叽的，快去吧，叔叔在接待室。"

嬴建峰听完点下头表示谢意，便小跑着来到接待室。

推门进去，嬴建峰一眼瞧见靠在木沙发上闭眼小憩的父亲嬴东成。嬴东成听到动静，立即睁眼，见是儿子，憔悴的脸上立即露出激动的神情。

"爸，你怎么来了？"

嬴东成疲惫的神态一扫而光，满是笑意说："儿子啊，大喜事啊！"

嬴建峰心头一动，忙问："什么大喜事啊，害得你连夜跑这么远？"

"哎呀，鲁局长昨夜来家里，说公安局现在正缺懂武术的教官，问你愿不愿意退伍回去？"

"真的啊？"

"你师傅知道你从小想当警察，这次特意找了一把手崔局长，向他介绍了你的情况。崔局长一听，一拍桌子，说这么好的人才，公安局不要谁要啊，就要定你了！"

"太好了！"嬴建峰高兴得一蹦三尺高。

"看你高兴的，像个小孩似的。"

"爸，这幸福来得太快了！哎爸，有件事我还想跟你说。"

"什么事，说吧。"

"我，我……哎呀，算了不说了。"

"你看看你，都二十多了，说话吞吞吐吐的，哪像个男子汉？"

"爸，我跟你说了，你可不准发脾气。"

"好好的我发什么脾气？"

"我，有个姑娘，她，她想跟我谈朋友。"

嬴东成一听，说："这是好事啊，她哪里人什么情况？"

"她，她是省城人，当老师的。"

嬴建峰边说边观察父亲的表情，生怕父亲不高兴，那他就不打算说下去。

"说啊，当老师的，她，她对你好吗？"

“好哇，没得说的。”

“那，人家同意跟你回瓷城吗？”

“那，那个，我还没问她。不过，我看她的意思，她是想我留在省城。”嬴建峰小心回答。

嬴东成一听不高兴，说：“那不成，都说嫁鸡随鸡嫁狗随狗。她要真喜欢你，她就应该随你调到瓷城去，哪怕是不要工作，她也会去。要是她不肯去，那喜欢你都是假的。”

嬴建峰想为伊红蓓辩解，便说：“爸，我和她接触不久，现在还没到那一步。”

“那还谈什么啊？你现在马上要回瓷城当警察了，你没谈好那不正好回去找，你还怕找不到对象啊？真是的。”

“哎呀爸，你不知道，我谈的这个，她是我们总队政委的妹妹。”

嬴东成一听皱皱眉，说：“怎么啦，你们总队政委的妹妹，你就怕她了？”

“爸，人家哥哥现在还不知道呢。”

“那不就得了，你正好拍屁股走人。”

“爸，可人家那姑娘，对我，真的好。”

嬴东成想了想，问：“那她家里同意了？”

嬴建峰摇摇头，说：“还没有。”

“我说儿子，你们年轻人最大的特点就是理想化。谈对象不光是你情我愿，还得要家长的同意支持。婚姻不仅是两个人的情投意合，更要两个家庭的默契融合，这样的婚姻才能牢固长久，才会幸福甜蜜。”

嬴建峰不想与父亲争论，便想出一招曲线救国的法子，说：“爸，我想问你个事。”

“什么事？问吧。”

“你看过《永恒的爱情》这部电影吗？”

“看过啊，怎么啦，你想说什么？”

“电影里的男女都没得到家里的同意，也没得到双方家庭的支持，他们一样过得很好。”

“他们那叫过得很好？那叫过得惨不忍睹。”

“爸爸，真正伟大的爱情就是可以为对方牺牲自己的一切，哪怕是自己的生命，也在所不惜。”

“你给我打住！你说的那叫伟大吗？那叫极端。爱情的终极目标是什么？

不就是为了幸福。如果所有的人因为爱情都要献出生命了，都要牺牲自身的幸福，那还叫爱情吗？那这种爱情，还有多大意义？”

“爸，你把爱情理解偏了吧？”

“理解偏了？你爸我是干什么的？我是法官，而且还是民事庭的庭长。民事庭是管什么的？是专门管离婚案的。我见过多少不幸家庭的案例，这些离婚的家庭，大部分都是没得到双方父母同意或支持的。”

“爸，现在八字才半撇，离你说的那情形差得远哩。”

“那就好，我现在就去找你们领导，请他们早些批准你退伍。”

“爸，这退伍转业，部队都是有严格规定的，不是你找人就有用的。”

“这我知道，规定归规定，但人情还是有的。我问你，跟你同年的兵，是不是全部都退伍？”

“那倒不是，有的提干，有的当志愿兵。”

“这就对了，这里面就有人情关系嘛。咱们中国还是个人情社会。这一样的米，吃出百样的人。一样的人，也有百样的命。这就叫作龙生九子各有命啊。这些命都跟人情有关嘛。你自己努不努力是一回事，找不找人又是一回事。”

嬴建峰笑笑说：“爸，你可是法官，怎么也谈起人情来了？”

嬴东成笑着说：“法官怎么了？法官就没人情了？虽说法不容情，可在很多方面也是要讲人情的啊。有许多案件，如果按法律条文就要判刑坐牢，那样就会毁掉一个甚至几个家庭，这时我们就要讲人情，对他们进行调解，让他们自行和解，那样最后就皆大欢喜。你说，不讲人情行吗？”

嬴建峰知道再与父亲论理也不会有结果，便低头瞧瞧父亲跟前的大包小袋，问：“这是什么？”

嬴东成一听才反应过来。“噢，快快快，我都忘了，这是带给你的。”

说着嬴东成忙低头提起挎包，从包里拿出一个保温瓶，拧开盖子，里面立马冒出热气腾腾的饺子粑。

“这是你妈特地给你做的，韭菜猪肉馅，你的最爱！”

嬴建峰一看，哇的一声，立即双手抱过保温瓶，伸手抓起饺子粑就往嘴里塞，狼吞虎咽地吃了起来。

嬴东成见状，忙抬手拍嬴建峰的手背说：“哎哎哎，先洗手，跟饿鬼似的前世没吃过啊！”

嬴建峰也不管许多，抱着保温瓶转个身，仍不断地往嘴里塞，边塞边口齿不清地说："太、太好吃了，好久没吃到这么好吃、吃的……"

嬴东成笑着摇摇头，说："都二十三了，还像个小孩。"

嬴建峰吃着吃着，突然想起了什么，停住了，转身说："爸，你没吃早饭吧？这些给你。"

说着嬴建峰就将保温瓶往父亲手里送，嬴东成赶紧抬手挡着，说："行了行了，你妈特地给你做的，我就不夺人所爱嘛！"

嬴建峰不好意思地笑笑，想想又埋头继续抓起饺子耙往嘴里塞，三下五除二就弄了个底朝天。

嬴东成见儿子吃完，满意地笑笑，然后拉过面前一个纸箱子，说："洪城是个大火炉，我特地准备了茶壶茶杯，送给你领导的。"

嬴建峰一听有些紧张，说："这不好吧，我可从来没给领导送过礼。"

嬴东成见儿子不愿意，便说："你不去我去，这有什么，给领导送点土特产不犯法。当年咱们苏区老百姓经常送东西给红军，也没听说有什么不好的，还体现咱们军民鱼水情呢！"

"爸，你说话总能整出个理，连送东西都能找出历史依据。你不知道咱们部队的三大纪律八项注意啊？谁敢随便收你的东西？"

嬴东成听罢笑笑，说："那行，送你们领导不肯收，那我送你们部队总可以吧？对了，就把东西放在会议室，大家都用，算是军属拥军的行为。这样就是捅到中央军委那里去也没问题！"

嬴建峰见父亲态度这么坚决，知道再说无用，看看接待室里只有两个旧茶杯，觉得放在接待室应该更合适。便说："那就放在接待室吧，放在这里可以接待所有的来人。"

嬴东成一听，觉得这个主意更好，既支援了部队，又能为军属家人们服务，真是一举两得。看来儿子在部队锻炼了几年大有长进，观察分析判断能力明显提高，不禁露出欣赏的目光，说："好，那就这么办！"

嬴建峰听罢，立即走出门，叫来隔壁的王大柱，说："大柱，我爸带了一些茶杯茶壶送给部队，我想把它们放在接待室，你看怎么样？"

王大柱喜出望外，说："太好了，我正为没有东西凉茶水发愁。这样，我马上向队长指导员报告。"

"大柱，就这么一点东西，没必要报告了吧？"

"那不行，队长指导员说了，凡是捐给咱们部队的东西，哪怕是一针一线，都要有账可查。”

“不好意思，刚才我忘了留点老家的饺子粑给你。”

“那你怎么不早说？我也很久没吃到老家的粑了。”

嬴建峰满是歉意地拍拍王大柱肩膀，说：“对不起了，下次我一定记得……噢，对了大柱，我爸说今年老家公安招人，要我退伍回去，你不是也想干公安吗？你有什么打算？是不是也回？”

王大柱一听摸摸脑瓜，一副惊喜交加的神情，随即又脸露难色：“我，我倒是想回，可我是农村户口，回去恐怕分不到公安啊。所以我爸妈希望我在部队提个干，将来回去也脸上光彩，到公安的把握会更大。”

嬴建峰用力拍拍王大柱的肩，说：“行，那我更应该马上退伍，把提干指标让给你。”

王大柱精神大振，满怀谢意说：“要是那样，那你可是我们全家的大恩人哪！”

“大柱不要这么说，咱们是生死兄弟。我先到公安局，你再加把劲！”

王大柱使劲点头。

这时桌上的电话响了，王大柱又跑去接电话，一听，抬头望着嬴建峰，说：“建峰又是你的电话，好像是伊老师打来的。”

嬴建峰一听，心脏怦怦跳，不知伊红蓓在电话里会说什么。

嬴建峰忐忑不安地提起话筒“喂”了一声，话筒里传来伊红蓓兴奋的声音：“我跟你说，我爸妈同意了！”

嬴建峰听了竟有些发蒙，转头看看父亲，不知道如何回答。突然间他想到了一个非常好的借口，对着话筒说：“我爸爸来了，今天真的过不去了。”

“你爸怎么突然来了？这么早吗？”

“是啊，我也没想到，他坐夜班车来的。”

“那，那你叫你爸一起来吧！”

嬴建峰忍俊不禁，说：“那怎么行呢？你生日我爸怎么好去你家？”

“那有什么？下次你生日我也可以叫我爸去你家嘛！”

“你啊，真是个公主。”

坐在一旁的嬴东成听出了些头绪，问：“你女朋友？”

嬴建峰紧张地点下头，忙对着话筒说：“哎红蓓，我爸难得来省城，我要陪陪他，晚上还要送他上火车。”

对方沉吟了一下，说：“那你和叔叔一起到我家吃晚饭吧，吃了饭我一起送。”

嬴东成好像听到似的赶紧朝嬴建峰摆摆手，嬴建峰忙说：“不了，这次就不麻烦了，下次，下次吧，谢谢谢谢你，谢谢你爸妈他们！”

王大柱听了，嬉笑着翘翘大拇指，一副羡慕佩服样。

5

在瓷城市警察学校训练场上，嬴建峰汗流浃背在教擒敌拳。

嬴建峰每喊一声教一个动作，学员们卖力地模仿着动作，有两个女学员嘻嘻哈哈地跟着做动作。

一名男学员不小心摔倒在地，两名女学员笑得前仰后合，好不开心。嬴建峰一脸严肃地走过去，对着两位女学员大声喊着“立正”，慌得两位女学员赶紧收敛笑态，一本正经地站立着。

嬴建峰盯着两位女学员，训斥道：“笑什么笑啊？我问你们，我们训练的目的是什么？”

“报告教官，平时多流汗战时少流血！”

“我们训练的要求是什么？”

“严肃认真，一丝不苟！”

“那你们做到了没有？”

“……我们，我们没……”

“大声点！”

“报告教官！没做到！”

“那你们怎么办？”

“报告教官，我们一定改过自新，重新做人！”

“轰”的一声，训练现场哄堂大笑，学员们笑得东倒西歪。有学员边笑边用手指点两位女学员，现场乱成一团。

嬴建峰一看场面要失控，立即大声说：“全体立正！所有人都听着，练二十遍擒敌拳，不符合标准，再练二十遍！”

有学员问：“练了四十遍还不合格怎么办？”

“那就一直练下去，直到合格为止！”

学员们听完，一脸严肃紧张，如临大敌。

6

在警校办公楼处，由警校许校长带路，市局副局长鲁卫国、政治部主任柯德明还有城东分局长钟正仕，几个人边聊边往训练场走来。

“这个嬴建峰啊，打小就想当警察。这么多年，我是看着他一步步成长的。”鲁卫国边走边说。

“老领导，嬴建峰的材料我看了，各方面条件都特别优秀。”柯德明兴奋地说道。

“柯主任，嬴建峰的档案调来了吗？”

“调来了调来了，哎呀鲁局，真没想到，这个嬴建峰，成了这次退伍军人里最热的抢手货，比咱们那个、那个十大瓷厂的瓷器啊，还要紧俏！”

“是吗？有那么抢手？”钟正仕饶有兴趣地问。

“说起来不怕你们笑，我跟分配办杜主任是第一次拍桌子红脸，我还威胁他，说要是不把嬴建峰分到我们局，那以后所有的人都不要了。哎，你们猜杜主任怎么着？”

“杜主任怎么着，难不成跟你打一架？”钟正仕打趣道。

“他敢！借他一百个胆他也不敢。他得罪谁，也不敢得罪咱公安啊，咱们每年给他解决的人最多。不瞒你说，我话一出，他脸都绿了！这个汗珠啊，就像车轱辘似的咕咚咕咚往下掉。”

“柯主任你也太夸张了吧？”钟正仕笑着问。

“我真没夸张。这次要嬴建峰的，除了咱们公检法司四家，几乎市里所有的大单位都争着要。我是守在他们那，档案一到就抢来了。”

“好！好啊！柯主任这次算是立了一功。”鲁卫国很高兴道。

“立啥功啊？我要是抢不到嬴建峰，我怎么向你和崔局长交代啊！”

“那倒是！”

“两位领导，我把丑话说到前头，要是不把嬴建峰给我们城东分局，其他的人我一个也不要。”钟正仕趁热打铁。

“好你个钟局长，你这鹦鹉学舌的本事，也学得太快了吧？啊！哈哈哈哈……”鲁卫国开心地笑着。

走在最前面的许校长听到钟正仕的话，忙对鲁卫国说：“鲁局长，我对你有意见？”

“有意见那就提呗。”

“我们警校是最需要嬴建峰这样人才的地方，你们怎么就把他分到分局，那不是埋没人才吗？再说，嬴建峰本身就是以我们警校需要武术教官的名义要来的，怎么又要分到其他单位去？”

“许校长，什么其他单位，我们分局怎么啦？分局就不是市局部门了？怎么你们警校最需要人那我们基层一线就不需要人了？”钟正仕寸步不让。

“我不是这个意思，我是说我们警校培训需要武术教官怎么办？”

“那还不好办，让他兼着教官就是。有培训任务就让他回警校，没培训任务他还回分局刑警队，一举两得，都不耽搁，多好噢！不过，发了大案除外啊，这个你要理解。”钟正仕笑着说。

“……也行吧，这可是你钟局长说的啊。……嗳，鲁局长，这样行不行？”许校长赶紧逼着鲁卫国表态。

“行啊！嬴建峰从小想当刑警，这样他教官刑警两不误。”

许校长听了才露出满意的笑容，他远远地瞧见嬴建峰，抬手叫喊：“嬴建峰，鲁局长看你来了。”

嬴建峰听了赶紧跑过来，上前抬手向鲁局长敬礼，大声说：“鲁局长好！”

鲁卫国笑着说：“来来来，小嬴，我给你介绍一下，这位是城东分局的钟局长。”

嬴建峰立马上前向钟局长敬礼，也大声喊：“钟局长好！”

钟正仕像欣赏宝贝似的，眯着两眼将嬴建峰从头看到脚。当他走到嬴建峰背后时，突然右手发力朝嬴建峰后脑勺猛地一拳击去，眼瞅着拳头就要落到嬴建峰头上，说时迟那时快，只见嬴建峰一转身反手挡开钟正仕的拳头，随即左手抓住钟正仕右手腕，右手臂嗖地插入对方右腋下来个反剪压肩，控制住对方令他不得动弹，随后想想不妥，便赶紧将手松开。

嬴建峰朝钟正仕一抱拳，说：“多谢钟局长承让！”

钟正仕涨红着脸尴尬地笑笑，说：“不错，不错！不愧是咱们鲁局的高徒，反应敏捷，出手迅速，动作到位，力道强劲。最主要的，是得理能让人，明明赢了我，还说我承让，像个谦谦君子，好！”

鲁卫国对着钟正仕咧嘴一笑，说：“人你见着了，功夫你也试了，人品也知道了，你还有什么高见？”

“我的高见，就是现在把人带走！”

鲁卫国听了，又哈哈一笑，说：“人我就交给你了，武的方面，以前是我教的。这文的方面，就看你了！”

“放心吧鲁局！业务上的事，我来带！”

“好，好！”

嬴建峰一脸疑惑，柯德明主任笑着对嬴建峰说：“钟局长知道你喜欢破案，特意来要你。”

嬴建峰一听是到分局，立刻不愿意，说：“鲁局长，我就想去刑警队，其他部门我不去！”

鲁卫国开心地笑着，说：“钟局这次就是来带你去刑侦队的。”

嬴建峰觉得自己没说清楚，又说：“鲁局，我想到市局刑警大队我想破大案！我不想去分局刑警队。”

鲁卫国耐心解释：“建峰啊，万丈高楼平地起，干大事都得从小事做起。你连小案子都没破过，凭什么破大案？”

钟正仕接嘴说：“对！不积小流，无以成江海。我和鲁局都是从基层小事做起，都是从破小案开始的。”

嬴建峰心里慢慢理解领导们的良苦用心。

柯德明又说：“咱们公安是直接脱胎于部队的队伍，服从命令听从指挥那可是天职！”

嬴建峰立刻听出了柯主任的话外音，就是做一名警察必须要服从组织安排。

鲁卫国走到嬴建峰面前，抬手拍拍嬴建峰肩膀，说：“建峰啊，从今天开始，你就是一名光荣的人民警察，我希望你珍惜这个荣誉。干警察不光凭一腔热血，还得要有责任心，要有担当，要脚踏实地从一点一滴小事实事干起，要服从命令听指挥。最重要的，是要有奉献和牺牲的精神！这一点，希望你永远要记住！”

嬴建峰一贯听师傅的话，觉得师傅说这些都是为自己好，他让自己到分局去肯定有道理，便心情愉快地接受了，立即挺身立正向鲁卫国敬礼，大声说：“是！我坚决服从组织决定，从基层干起，一步一个脚印，决不辜负领导们对我的期望！”

鲁卫国欣慰点点头。

这时钟正仕走近嬴建峰，说："走！嬴建峰，文物博物馆刚发了大案，咱们去现场看看。"

"是！"嬴建峰很愉快地答道。

许校长一听急了，忙说："这怎么行啊？我们这里培训还没结束呢，你可不能抢人！"

钟正仕却当仁不让道："我们刚才可是说好了的，发了大案除外，现在我们那发了惊天大案。"

"……你，……他，你这不是拆我的台吗？"

嬴建峰忙解释说："校长，我已经教完他们了，他们只要按我的要求，练习完成就可以了。"

"你看看，人家这届教官的任务已经完成了……咱们走！"

钟正仕一副理直气壮的样子，拉着嬴建峰就走。

许校长见状下意识地紧跟了几步，想想再追上去也没意义，便停下脚步，对着钟正仕与嬴建峰的背影叹口气，有些无奈地摇摇头。

7

位于瓷北路的文物博物馆，是瓷城最早的博物馆之一。博物馆坐落在市档案馆旁，是典型的江南园林式连体建筑，周边古木掩映，环境幽静。

钟正仕带着嬴建峰来到案发现场，馆长杨鸿儒已经急得六神无主，几近崩溃。

杨鸿儒一见钟正仕，急忙上前拉住钟正仕的手，说："老同学啊，你可一定要把案子破了，要不然我就惨了哇！"

钟正仕表情严肃地摁摁杨鸿儒的手背，抬手示意说："坐下说。"

杨鸿儒边坐边哭丧着脸说："你说我怎么这么倒霉！我这刚上任就碰到这种事，这不是害死人嘛，你说是不是？"

钟正仕抬抬手表示理解，说："我记得十六年前的夏天馆里也有人进来偷东西，当时我在分局刑警队，鲁局长在青花派出所当所长，噢对了，当时鲁局还抓过两个嫌疑人，不知道这次丢失的是什么？"

嬴建峰一听，想起十六年前夏天那个晚上，自己和父亲坐在院子里聊《跟踪追击》电影时的场景。那天晚上自己见派出所抓了两个人来，兴奋得又蹦又跳往派出所跑，结果一不小心撞在鲁卫国所长腿上。后来还进去看了被抓的那两个人，至今还基本上记得那两个人的长相。也就是那天晚上，自己正式拜鲁局长为武术师傅了。

刚才钟局长说的鲁局抓住两个嫌疑人，莫非就是那天晚上抓住的那两个？要真是的话，那就太巧了。

杨鸿儒沮丧地说："这次啊，丢的东西可贵重啦。"

"丢了什么啊？"

"明代正统官窑青花龙生九子罐。"

钟正仕是学陶瓷专业出身的，深知青花龙生九子罐的分量，忙问："丢了几个？"

"九个。"

"你是说，九子罐都丢了？"

"一个不剩啊！"

钟正仕惊得一拍桌子站起身："这，这也太猖狂了！不破此案，我绝不罢休！"

"老同学，这些东西追不回来，我也无颜见古人哪！"

嬴建峰知道钟局长与杨馆长急得要命，自己刚参加工作，对侦查业务也不太懂，更谈不上经验。但破案的关键，是要找到有关嫌疑人，这点还是清楚的。

"钟局，我想到了两个人。"

"谁？"

"十六年前鲁局长抓住的那两个人。"

"你今天才第一次上班，你怎么知道当年鲁局长抓的那两个人？"

"钟局，你还记得当年鲁局在哪个派出所上班吗？"

"怎么不记得？他当年就在青花派出所当所长。"

"对啊，当年我家就住在派出所边上的政法小区，那天他们所抓那两个人时，我正好跑到派出所去了。"

"你跑派出所去干什么？"

"我喜欢看抓坏人啊。"

钟正仕满意地点点头，说："我知道了，怪不得鲁局说你从小想当警察。"

两人正在说着话，分局刑警队胡东升带人走了进来。他一见钟正仕，立马上前，说："报告钟局，现场已保护好了！"

钟正仕点头说：“好，你们先现场勘查，再开展调查。”

胡东升回应：“是！”

钟正仕转眼看到嬴建峰，便抬手向胡东升招招，说：“来来来，胡队，我给你介绍一下，这是队里新来的同志，嬴建峰。”

胡东升赶紧上前，主动握住嬴建峰的手说：“欢迎欢迎啊，早就听说有位文武全才的退伍军人要来。”

钟正仕又向嬴建峰介绍说：“这位是刑警队长胡东升。”

嬴建峰慌忙松开胡东升的手，向对方立正敬礼，大声说：“队长好！”

胡东升赶紧回个礼，然后含笑望着嬴建峰，说：“我也是部队出来的，六三年的兵。”

嬴建峰一听，又向胡东升敬个礼，说：“老班长好！”

胡东升忙抬手制止嬴建峰，说：“咱们以后就是一条战壕的战友，不客气。”

钟正仕点点头，说：“对，以后你们就是生死相依的战友了，咱们警察啊，是和平年代牺牲最多的队伍，每一个民警，都要有不怕牺牲勇往直前的精神，都要有为了战友的安全，敢把子弹挡在胸前的担当！”

嬴建峰很认真地听着，钟局长的一席话，让他又找到了部队的感觉，让他觉得选择当警察真是太英明正确了。想到这，嬴建峰不由得上前一步，大声说：“请局长放心，我一定虚心向前辈们学习，做一名合格的人民警察！”

钟正仕目光坚定地望着嬴建峰，说：“我希望你能成为一名杰出的人民警察！”

嬴建峰深受鼓舞，一挺身大声说：“是！”

“好！……哎胡队，刚才嬴建峰说到之前两个嫌疑人的事，你们认真查一下。”

胡东升听了，赶紧向嬴建峰走过去，急切地问：“具体什么情况？”

嬴建峰一五一十地将知道的情况向胡东升和盘托出。

胡东升听罢，觉得是条有价值的线索，便回头向钟正仕说：“钟局，咱们得马上开个案情分析会，给案件画画像。”

钟正仕说：“好！记得请杨馆长列席咱们的会，好好地画画像。”

嬴建峰觉得新奇，没想到咱们瓷城的警察破案也得跟陶瓷美术工作者一样，也要学会画画。心里暗想好在自己小时候也学了几年素描，静物人像画得都不错。

8

在城东区靠前村的光明路旁，矗立着一栋口字型楼房，由前后左右四栋四层楼构成，每层楼上下左右都通联，是公检法司的办公大楼。

公安分局在口字楼的左侧，从一楼到四楼全归公安使用。刑警队办公室全在一楼，共有六间办公室，每间四十来平方米，其中一间用来临时关押犯罪嫌疑人兼值班室，一间内勤室兼仓库及杂货间。二十几号人就挤在四间房内。最宽松的要算领导办公室，除队长胡东升、指导员金小平外，还有两个副队长张海与冯明富。

会议在领导办公室里开。室内除了四位领导办公桌椅外，还有两条木头沙发，挤着可坐十个人。其他人员都自带凳椅来开会。一眼望去，房内很是拥挤。

胡东升端起大茶杯猛喝了几口，然后一抹嘴唇说："同志们！在正式开会前呢，我先给大家介绍一位新来的同志，嬴建峰同志。"

嬴建峰一听到自己的姓名，条件反射般喊了声"到"！人也立马弹起身。

胡东升一怔，笑着抬手朝嬴建峰向下压压，示意嬴建峰坐下，说："咱们是刑警队，都是同志，不是部队，不要太客气。啊！"

嬴建峰听懂了胡东升的意思，就是在这里没必要像部队那样听到上级喊自己名字就立正敬礼，在这可以随便一些。嬴建峰便有些不好意思地坐下，对着胡东升笑笑。

"嬴建峰是位非常优秀的同志，他在部队的表现非常突出，这次退伍军人分配，全市所有单位都抢着要他，好不容易才被我们公安局抢来的。也是咱们钟局长好不容易才争来的，所以，我首先要代表咱们刑警队，对嬴建峰同志的到来表示热烈欢迎！"

大伙一听，都热烈鼓起掌来。

嬴建峰一看这阵势，不由得立即起身立正，又向领导和同志们敬礼。

胡东升又抬手往下压压，说："请坐下。从嬴建峰同志刚才的表现就可以看出他的素质很高。同志们，我们就是需要像嬴建峰同志这样，要有雷厉风行的部队作风，要有积极向上的精神风貌。咱们在座的大部分是从部队出来的，所以，我们要发扬部队那种团结友爱的优良传统，尊重老同志，爱护新同志，大家齐心协力，共同把我们的刑侦工作做好！”

大伙又鼓起掌来。

胡东升又抬手一挥，说：“鉴于嬴建峰同志的综合条件，我们决定，将他分配到重案组。”

胡东升语音一落，就有三个人立马举起手。

胡东升抬抬下巴，问：“什么事？”

“胡队，我们反扒组人太少了，现在盗窃案这么多，根本就忙不过来，我们更需要人。”

“胡队有点偏心，我们情报组人更少，嬴建峰应该到我们组。”

“胡队，你上次说过，只要来一个人，也要分到我们内勤组，你看看，现在来了，又不给我们。”

面对大伙的埋怨诉苦，胡东升只好笑笑，说：“你们的要求啊都合理，都没错。可我手背手心都是肉，我绝没有厚此薄彼的意思，更没有说话不算话。之所以把嬴建峰同志分到重案组，一则是最近连发几起大案，整个分局的压力太大。二来呢，也是根据嬴建峰同志自身的要求。这三呢，也是上级领导的意见。”

听胡东升这么一说，刚才争着要人的两位组长都低头不语，只有内勤组长孙大姐不服气。孙大姐说：“胡队你下次说话一定要算数，可不能一拖再拖。”

胡东升被她说得有点不好意思，说：“好好好，孙大姐，下次一定给。”

这时反扒组长说：“那不行，要是那样我不同意，凭什么内勤组就优先，我们反扒组就不行？”

“对啊！胡队，咱们哪个组不重要啊？是吧，下次来了人，为了公正，我建议，咱们抽签，抽到哪个组就到那个组。”

“对，抽签，抽签最公平。”

“抽签就抽签，没抽到也没话说。”孙大姐快人快语。

这时胡东升用力在桌面上拍拍，厉声说：“还有完没完有完没完啊？咱们这是公安局，是刑警队，不是自由市场二贩子，还有没有组织纪律性啊？目前咱们哪个组不缺人？可凡事都要有个轻重缓急，都要有个先后吧，对不对？好钢就要用在刀刃上，这个道理很简单。如果按照你们的意见，来一个人都要到你们组里去，没分到的组就是不公平，那是不是不来人就公平了？如果都不来人了，那你们那个组人就不缺人了？这样就叫公平？”

几个组长都被说得没声音。

指导员金小平咳了几声，说：“同志们的心情都可以理解，但咱们公安机关是纪律部队，大家都要有大局观念，全局观念，个人必须服从组织，下级必须服从上级。这是咱们每个侦查员必须要有的素质。”

胡东升见金指导员这么给力，便趁热打铁说：“对啊！咱们刑侦部门那可是部队的尖刀连，没有组织纪律性，那还能打胜仗吗？如果按你们的说法，来人都搞抽签，如果把人都抽到内勤组去，那一线的案子谁去破啊？这不是乱弹琴吗？”

大伙见胡队都说到这分上了，也就不好再争什么。

倒是嬴建峰，觉得刚才大家的争论是因为自己的到来引起的，心里不免有些歉意。

正在这时，钟正仕带着杨鸿儒馆长走了进来。

大伙一见，都站起身来迎接。

9

胡东升主动让出座椅，请钟局长坐。金小平也起身请杨鸿儒坐下。然后胡东升与金小平各在另外凳上坐好，掏出日记本准备记录。

嬴建峰这才想起，钟局长是要和大家一起来画像。队长和指导员都有笔记本记录，自己却空着手，觉得很不自在。

孙大姐毕竟是内勤组长，见嬴建峰一脸窘态，知道他肯定是没笔记本和笔来记录，赶紧从公文包里找出一个笔记本和一支钢笔，递给嬴建峰。

嬴建峰一见，忙伸手接过去，朝孙大姐笑笑，心里一阵感动，嘴里便轻声说了句“谢谢”。

孙大姐也不客气，抬手摆摆。

胡东升环顾一下在座各位，见大伙都拿出笔记本准备记录了，才开口说：“同志们，昨天晚上市文物博物馆发了盗窃案，这是瓷城建国以来发生的首起盗窃文物大案，上级领导非常重视，钟局长在百忙之中来到咱们刑警队，参加咱们的案情分析会。这次会的主要目的，就是要给案件画像。”

嬴建峰是第一次参加案情分析会，不知道给案子画像是怎么回事，心里便期待着，想看看到底怎么个画法。

钟正仕看了一眼大伙，开门见山地说："大家辛苦了！为了更准确及时了解情况，我把杨鸿儒馆长也请来了。在没正式给犯罪分子画像之前，我先请杨馆长就被盗的文物先向大家做个介绍，这样大家在以后的侦破工作中，心里好有个数。"

钟正仕说完，转脸看看杨鸿儒，说："老同学，你说说吧。"

一脸憔悴的杨鸿儒用手扶扶眼镜，声音有些沙哑说："同志们哪，这次被盗的东西，可以说是我们文物博物馆的镇馆之宝哇！"

杨鸿儒说着，声音变得哽咽起来，他尽量控制住自己的情绪，继续说："大家都知道，咱们中华民族是龙的传人，龙是咱们的祖先。龙在咱们中国具有至高无上的威严、权力与地位。封建社会的皇帝自称是真龙天子，是龙的化身，他们穿的是龙袍，坐的是龙椅，处处以龙的身份显示自己的尊贵。"

嬴建峰被杨馆长的话所吸引，不由得低头认真记录起来。

"自古以来，皇帝都被称为九五之尊，特别是到了唐代，龙成为皇权的象征，龙也成为天子的专利。皇帝身上的龙袍有九条五爪金龙。在中国传统的文化中，龙文化无疑占据特别重要的地位。"

这时钟正仕插话说："杨馆长是龙文化专家，大家好好听听。"

杨鸿儒停顿一下，继续道："中国的龙文化，体现了天人合一的宇宙观，阴阳融合的发展观，兼容并蓄的文化观和仁者爱人的道德观。龙文化还体现了革新、渊博、包容、拼搏和独立的精神。这些精神是华夏文明的基因内核，是中华民族不断发展、壮大直至辉煌的强大动力。按照龙的性质和作用，龙又可以分为宗教龙、政治龙和艺术龙这三大类。"

嬴建峰边听边记录，看着侃侃而谈的杨馆长，觉得他真是博学。

"当然，龙的划分并不是泾渭分明的。就像我们博物馆这次丢失的龙生九子古瓷瓶来讲，瓷瓶上的龙不但具有宗教符号，也有艺术成分，最主要的还代表着政治权威，属于皇家御用定制的贡品，是三者结合的典范珍品，具有无可替代的历史、科研与艺术价值。"

嬴建峰努力加快书写速度，尽量不让记录有遗漏，手心不由得沁出汗来。

"说到这里，大家也就明白了，被盗的明代正统官窑青花龙生九子瓶，是研究明代正统年间历史、政治、经济、科技、艺术等方面的珍奇载体，是研究明代物质文明与精神文化的绝世物件，用价值连城来形容毫不过分。"

在座的听了，都感到前所未有的压力。

“所以说，这个案子不破，我们就对不起我们的祖先，就会成为千古罪人！”钟正仕不失时机地强调说。

杨鸿儒苦笑一下，说：“是啊，作为我们这座以瓷立市的博物馆，被盗了这么贵重的瓷器，的确无法交待啊！”

胡东升心里着急，便催促杨鸿儒说：“请杨馆长介绍一下具体被盗的物品，这些东西都有哪些特点。”

杨鸿儒听了点下头，说：“好的。这次被盗的物品共有九件，就是整套的龙生九子青花天球瓶。”

说着，杨鸿儒从包里拿出一沓图片资料递给钟正仕，钟正仕拿出一份，其余的往胡东升和金小平手里递，胡东升与金小平将多出的又递给其他人传阅。

见大家基本上人手一份在看，杨鸿濡扬扬手中的资料，说：“大家都看到了，生的九子分别是囚牛、睚眦、嘲风、蒲牢、狻猊、霸下、狴犴、负屃和螭吻。这些名字读起来有些拗口，多念几遍就好了。”

嬴建峰也拿着资料翻看着，心想上面有几个字的音可能读不准，等会要用通俗的字注明一下。

“大家请看，这龙生的大儿子就叫囚牛，它是最正统的，是龙与母龙所生的。其他八个儿子，都是龙与其他动物生的。这个囚牛啊，很喜欢音乐，所以在我国音乐界，一般都将它雕刻成琴头。由于囚牛是老大，而且能给人带来喜悦，因而在九子中价值最高。”

嬴建峰第一次听到这种说法，觉得真是开了眼界。

“老二睚眦是龙和狼生的，它继承了狼的凶残狡诈，好战血腥。它还嗜杀成性，暴虐强悍。最大的特点就是有仇必报，所以我们现在就有了‘睚眦必报’这个成语。睚眦的形象时常出现在兵器上，以用来震慑敌人，增强自身的力量。如果按到现在的说法，应该是把它刻在各位的手枪上，或者说是手铐上。”

嬴建峰觉得新鲜，这古代龙生的儿子，跟咱们警察所用的枪械也挂上了钩。

“第三个龙子叫嘲风，它是龙与大鸟所生。嘲风喜欢旅游和探险，一般将它雕刻在房屋殿台的角上，象征着吉祥、美观和威严，能起到祛邪、避灾的作用。”

嬴建峰想想，前后街弄堂里的老房子，屋角上就雕刻有像凤凰般的鸟。

“老四蒲牢是龙与蛤蟆生的，形状就像盘曲的龙，它天生喜欢叫唤，但又特别怕鲸鱼，所以人们把它刻成洪钟上的龙形兽钮，把敲钟的木鱼做成鲸鱼的样子，这样木鱼一敲洪钟，就吓得蒲牢嗡嗡叫。”

嬴建峰心想蛤蟆与龙都能生儿子啊，怪稀奇的。

“老五狻猊是龙和狮子生的，形状像狮子，喜欢安静也很会偷懒，常常跑到庙里抽烟，所以在佛座、香炉可以见到它的雕像。按我们现在的说法，它是个烟鬼。”

有人问这个老五的名字怎么念。

“老五的名字叫狻猊，读音是酸泥，酸菜的酸，瓷泥的泥，很好记的。”杨鸿儒给大伙说明。

嬴建峰对杨馆长说的这个老五的性格，觉得有些不太认可。龙与狮子的性格都是刚强勇敢，好动活泼的，生的儿子怎么会是个喜欢抽烟的懒汉呢？

“老六霸下是龙与乌龟所生，形状像乌龟。它又叫赑屃。‘赑屃’这两个字的读音是必戏，必须的必，看戏的戏。这个霸下力大无穷，喜欢背重东西。所以石碑的基座都由霸下驮着，它象征着权力和地位，也象征长寿吉祥。”

嬴建峰这时想到，因为有了龙的血脉，古人将笨拙与迟缓的乌龟，都能赋予美好的想象与寄托。

“老七狴犴，读必须的必，海岸的岸。它是龙和老虎所生的，形状像老虎。这个狴犴明事理辨是非，爱打抱不平，仗义执言，秉公办事。所以包公开封府上的虎头铡，就是这个家伙的缩影。古人还喜欢把狴犴雕刻在牢狱的大门上，后来就成了监狱的代称。”

嬴建峰知道包青天用虎头铡铡死陈世美的故事，原来也跟这个狴犴有关。

“老八负屃也是龙和龟所生，是老六霸下也就是赑屃的同胞弟弟。它喜欢文字，所以刻在有字的碑石两旁，如果与底座的兄长霸下搭配在一起，那可是天下一绝。”

嬴建峰用笔将“赑屃”与“负屃”两个词连上，心想龟在中国人心目中的地位也很高啊，这龙生的九个儿子，就有两个是跟龟生的，这应该跟龟本身的长寿、隐忍、坚韧与温顺有着很大的关系。

“老九螭吻是龙和鱼所生，这个螭字左边虫字右边离字，它念吃饭的吃不念离字。螭吻像鱼形的龙，它嘴大喜欢吃，鱼在水里吃进去的自然是水，而水是可以用来灭火的，所以古人一般用它来避火，这一点很像咱们现在的消防队员。”

杨鸿儒一口气介绍完龙生九子的特征，仍意犹未尽，不知是谁带头鼓起掌来，会场的气氛一下热闹起来。

杨鸿儒有些歉意地说：“谢谢大家的掌声，其实我很惭愧啊！龙生九子的瓷瓶被盗，是我们工作没做好，给大家添麻烦了。我在这里就拜托各位了！”

说完杨鸿儒向大家深深鞠了一躬。

10

钟正仕见杨鸿儒已经介绍完毕，觉得有必要引导大家开展讨论，便说：“刚才杨馆长对九个龙子的情况做了比较详细的介绍。至于这九个瓶的制造工艺、规格造型、尺寸大小、画面釉色等等，资料上都有详细的说明，大家要仔细观看并且牢记于心。接下来大伙说说，都有些什么感想。”

钟正仕话音一落，会议室一下变得鸦雀无声。大伙你看看我，我瞅瞅你，谁也不敢轻易打头炮。

嬴建峰第一次参加这种会议，刚才杨鸿儒馆长介绍的情况，他在认真记录的同时，脑子也在不停思考着。觉得这些龙子之所以能在中国几千年的历史上流传下来，肯定有其强大的内在生命力。这种生命力，不但体现在日常生活中的实用性，也深刻影响着人们的精神领域与内心世界。

嬴建峰心潮涌动，他觉得杨鸿儒说的这些龙子，仿佛跟自己当兵干警察冥冥之中有着千丝万缕的联系，他有种想倾诉的冲动。

嬴建峰嗖地一下突然举起手，众人一瞧，都好奇地望着他，不知他这个初来乍到的新兵蛋子，到底想干什么。

钟正仕也一愣，他没想到第一个举手发言的竟是刚踏进刑警队门槛的嬴建峰，他对案件的情况可是一点都不熟啊，他举手发言能讲什么呢？真是初生牛犊不怕虎啊。但他敢举手，说明这小子具有超过常人的胆魄，这也是一个优秀侦查员所必备的素质。想到这，钟正仕的兴趣也被提了起来，他很想看看嬴建峰到底有啥突出的表现。

嬴建峰噌地一下起身，大伙的眼光，又一次射向他。

嬴建峰站直身子，有些紧张地定定神，然后一本正经说：“各位领导，同志们，大家好！我作为公安战线的一名新兵，能参加这样的会议，我感到十分的激动和自豪。”

孙大姐身边的内勤黄美琴忍俊不禁。

“听了刚才杨馆长介绍的龙生九子，我深受启发。我觉得龙的精神，就是咱们中华民族的精神，而龙生的这九个儿子，是替龙父实现龙之精神的马前卒，也是体现龙文化的急先锋。”

黄美琴听罢，终于憋不住，“噗”的一声笑出声，但她随即意识到不对劲，又赶紧抬手捂嘴不想让人听见似的。

副队长张海实在听不下去，抬手想叫嬴建峰停下来，却被一旁的胡东升制止住。胡东升也想看看嬴建峰能说出什么来。

嬴建峰转头瞥了一眼还在暗笑的黄美琴，又转过头继续大声阐述着自己的见解。

“其实，在咱们警察身上就具备了龙的精神。从大的方面来说，我们警察就有龙的勇往直前、无所畏惧、大公无私、不怕牺牲的精神。从小的方面说，我们警察也具备了九个龙子中七个龙子的精神。”

听到这，一直发笑的黄美琴不再笑了，她不禁睁大眼睛竖起耳朵认真听着。有些不耐烦的张海，此时也静下心来想听个究竟。

胡东升的脸上，开始露出点笑意。

钟正仕默默地听着，露出欣赏的目光。

就连心情不佳的杨鸿儒也惊讶地望着嬴建峰。他没想到这位年轻的小伙子领会贯通的能力会这么快这么强。

“我仔细思考了一下，除老大囚牛、老五狻猊外，咱们警察身上具备了老二睚眦、老三嘲风、老四蒲牢、老六霸下、老七狴犴、老八负屃和老九螭吻身上的特性，或者说是所有的优点。”

这时的会场鸦雀无声。

大伙瞬间对嬴建峰刮目相看，都没想到小伙子思维活跃、记忆惊人，竟能将龙生九子的名字一一说出来，而且连它们排行老几也说得清清楚楚。

嬴建峰见自己说的得到了大家认可，不由信心大增，声音变得更加洪亮流畅。

“我为什么这样说呢？因为老二睚眦骁勇善战，老三嘲风不畏艰险，老四蒲牢打不还手，老六霸下忍辱负重，老七狴犴铁面无私，老八负屃甘当配角，老九螭吻舍身救火，这些都应该是我们人民警察身上所具有的品德。所以，我作为一名新来的刑警，要善于学习汲取这些龙子身上的优秀品德，并且做到学以致用，身体力行。只有这样，才能自我完善，不辱使命！这，就是我这次的体会。我的发言完了，谢谢大家！”

说完，嬴建峰向领导和同志们敬了个刚劲有力的礼，还旋转一百八十度。

嬴建峰的这番高谈阔论，简直帅呆酷毙了，让场内所有人听得目瞪口呆。

黄美琴率先鼓起掌来，大伙跟着鼓掌，现场气氛空前热烈。

掌声好不容易停下，胡东升笑着抬手示意嬴建峰坐下，说："嬴建峰同志能从龙生九子身上领悟到这么多东西，这是非常难能可贵的。虽然他说的不完全是侦查业务上的，但起码说明他动了脑筋，勤于思考与学习，这是很值得提倡的。"

嬴建峰被胡东升这么一表扬，感觉有点不好意思。

钟正仕听罢点下头，说："胡队说得好啊，学习是进步的阶梯。只有善于学习的人，才能不断进步与提高。刚才嬴建峰同志的发言能从被盗的龙生九子身上，分析出跟我们警察有关的东西，从理论的高度总结出我们警察必备的品德，这是很了不起的。说明他做任何事都是很用心的。虽然他说的是短短的几句话，但完全可以看出他的记忆力、理解力、归纳力、提炼力、综合力以及表述能力都很不一般。最关键的一点，是他对待与案件有关的一切，有着超乎寻常的热情与投入，这可是我们做好一切工作的前提和保障。我常常说，一个人思想上的武装，比警械装备上的武装重要得多！"

胡东升觉得钟局说的与自己很合拍，非常高兴，说："钟局长说得太对了！没有思想上的武装，就不可能有行动上的胜利。当年我们办案的时候，条件比现在差得很多，工资低经费少，装备也比现在落后，人手更是不足，但从来没人叫苦叫累，更没人讲条件讲要求，我们的工作照样出彩。"

几位争着要人的组长听了很不自在，好像胡队长是故意说给他们听似的。

钟正仕微笑着说："没错啊！我们当初查案时，调查追捕靠的是两条腿，捆犯人用绳子，押犯人用自行车，工作任务比现在还繁重，我们工作照样干得很出色。我们靠的是什么？靠的是对公安事业的热爱，靠的是全心全意为人民服务的宗旨，靠的是我们对实现共产主义事业的伟大信仰！"

大伙情不自禁地鼓掌。

钟正仕看看战前动员做得差不多了，便朝胡东升抬抬头，说："咱们言归正传，开始画像吧。"

11

嬴建峰赶紧拿起笔，准备做记录。毕竟破案画像自己是第一次，自己可要认真学学。

胡东升瞧了一眼重案组组长谷地丰，说："谷组长，你先说说吧。"

谷地丰的心情有些复杂。先是胡东升宣布将嬴建峰分到自己组里，他很高兴。可刚才的这一出，又让他心里有些不舒服。自己参加刑侦工作也有五六年了，从来没有被局长队长同时在会上这么表扬过，自己还不如一个刚来的新兵蛋子。这个嬴建峰到底是什么来历，上班第一天也就是说了些豪情壮语，就让领导们对他欣赏有加，就好像立了大功，好像我们大家都得要向他学习似的，这让我们这些老刑警情何以堪啊？

谷地丰想到这儿，不禁瞅瞅嬴建峰，心想你不是很厉害吗？那就你来谈谈怎么画像啊，真是的。

胡东升好像看穿了谷地丰的心思，催促说："刚才嬴建峰同志开了个好头，你作为重案组组长，也不能落后喽。"

谷地丰被胡东升这么一推，也就没了退路，便说："那我先说说现场勘查的情况吧。经我们初步勘查，被盗的九件瓷器是放在文物仓库保险柜里的，仓库大门外的两把门锁都被撬开，存放藏品的保险柜也被撬，从这点看，作案者应该是外来人员，但从他们能准确找到藏品柜子而其他藏品则未被动来看，说明他们又是事先知道情况的，这又像是内部人作案。所以，我们综合以上情况，初步认定是内外勾结作案。"

钟正仕点下头，问："有没有嫌疑对象？"

"有一个。发案时正好是停电时间，而看门值班的卢师傅说那晚正好喝多了酒，睡得很死，从晚上十点到第二天早晨六点醒来，他没听到任何动静。"

谷地丰说完，好像一下子就无话可说了。

胡东升见状，觉得有必要先给大伙一些提示，说："文物博物馆发案，十六年前的九月份还有一次，一个博物馆发了两次案，这点我们一定要引起高度重视。文物盗窃案不同于一般的盗窃案，偷盗者应该是具有一定文物专业知识，或者是与那些有文物专业知识者关系密切的人。"

谷地丰听懂胡东升的意思，说："我们已经对博物馆所有人进行了一次初步调查，从目前掌握的情况看，这些人都不具备作案时间，除保卫人员和分管保卫的领导外，只知道丢了东西，但具体丢了什么不清楚。所以说，要说谁嫌疑最大，还应该算是守门值班的卢师傅卢文新。"

"有哪些依据？"钟正仕问。

“主要有三点。一是进出仓库必须要经过值班室门口，正常情况下，只要有人来回经过，值班室里的人应当听得着或看得见。二是时间上过于巧合，如果昨天晚上不停电，或者卢文新昨晚没喝多酒，那这起案件很可能就不会发生，即使发生了，卢文新也应该听得到动静。三是卢文新与社会上的人员来往比较复杂，经常会有人请他吃饭喝酒，如果卢文新是嫌疑人的话，那对作案是最有利的。”

“是谁最先发现东西被盗的？”

“也是这个卢文新，他说早上起来上厕所，发现仓库大门的锁被撬了。”

胡东升点下头说：“好，既然这样，那就先把他列为主要嫌疑对象调查吧。不过，一定要注意方式方法。”

“好的。”

胡东升转脸看看杨鸿儒，似乎想起了什么，便说：“噢，对了杨馆长，你能不能提供一点线索？”

杨鸿儒苦笑一下说：“哎呀，我是昨天刚上任的，我对馆里人员情况一概不知。具体的情况恐怕要问分管保卫和人事的陈副馆长，他在馆里好多年了。”

胡东升转头征求钟正仕的意见，钟正仕说：“这样，我们先对案子进行分析画像吧。”

嬴建峰一听，总算切到正题了，便低下头准备记录。

一说到分析画像，大伙明显活跃多了，便你一句，我一言地议论开了。

嬴建峰心想，这应该是刑警队研究讨论工作的正常现象，大家不再有其他的顾虑，一门心思扑到案子上来。

嬴建峰急促地记录着，为了不遗漏，字就写得有些潦草，有些字过后连自己都不一定认得，只能靠猜。由于右手快速用力，整只手都处在高度紧张中，时间一长就感觉有些酸痛。但他心里很清楚，自己是个新兵，一切从头开始，一定要虚心学习，尽快学会大伙分析画像的本领。一时学不会，那就加班加点学。实在不行，就是不睡觉也要学会，绝不能让同事和领导瞧不起。

这时秘书科赵科长走来，对钟正仕说：“钟局长，市局鲁局长打电话找你。”

钟正仕一听，立即站起身，对胡东升说：“那你们先讨论，鲁局长找我，估计也是这起案子的事。”说完，钟正仕往外走。

坐在他对面的杨鸿儒见状，也站起身对胡东升说：“我也要先走一步，现在馆里乱成一团，我要回去布置一下工作，有什么事咱们再联系。”

胡东升赶紧站起身，送钟正仕和杨鸿儒出门，并吩咐杨鸿儒要保护好现场，注意保密。

12

钟正仕一走，会场气氛一下轻松多了。

大伙七嘴八舌，经过一个多小时认真而热烈的讨论，最后胡东升对整个案件进行了总结归纳。

“这起案件的性质，无疑是侵财性盗窃案。作案动机呢，是盗窃文物后进行倒卖以牟取暴利。作案时间，暂定于昨晚十点至今天早上六点之间。作案过程，应是犯罪分子用撬门扭锁的方式进入仓库，然后运用板车、三轮车等工具运走。作案人数应该在两人或两人以上。作案方式，犯罪分子采用事先踩点伺机作案，但并不排除内外勾结、监守自盗的可能性。”

胡东升每说一句，嬴建峰就赶紧记下。这时的嬴建峰觉得，这些分析与归纳综合，就好像在茫茫黑夜里看到了指引前进的明灯，心里一下亮堂多了。

胡东升边翻看着自己的笔记本，边说：“综合大伙的意见，我给犯罪分子画了一个像。大概有那么九条。”

嬴建峰一听，心想我的乖乖，这弄了个大半天干货才出来，我就是想看看到底是怎么画像的，到底有哪九条。

“首先是犯罪分子的年龄，大约二十五至五十岁之间。其二是从事走私贩卖文物活动，或与走私贩卖文物人员熟悉的人。三是具有一定的文物知识，了解文物市场行情，或懂文物价值的人员。四是对龙文化感兴趣，对有龙文化印记的陶瓷更偏爱。五是手里缺钱，可能因赌博欠债急于还债，所盗物品会铤而走险尽快寻找销路的人员。”

嬴建峰急速记录的同时，偷瞟一眼低头写字的黄美琴。黄美琴长得俊俏，不知她的字写得怎样？对了，她是内勤，平时写字写得多，字肯定写得又快又好。如果自己没记全，到时可以拿她的笔记本核对着看，那样就不会有遗漏了。

“第六点，是对博物馆内部情况熟悉，可能与馆内工作人员有亲戚同学朋友等关系，从而掌握了瓷器所藏的具体位置，并且最近来过博物馆。七是有盗窃前科，或者因倒卖走私文物，被我公安机关打击处理过的惯犯。八是性格孤僻，对社会不满，胆大妄为，工于心计，平时沉默寡言，不显山露水，善于伪装自己的人员。九是户籍在本地，之前可能有单位，后来下岗，在社会上打零工，可能从事过水电钳工一类的职业。”胡东升不紧不慢地说完。

当嬴建峰记下了九条时，心里简直佩服得五体投地。他觉得这些刑警们太厉害了。在自己看来毫无头绪的案件，经过队里同志们的研究分析，一下子就找出了这么多的线索，仿佛作案者已经站在面前，就看有没有本事抓住他。

嬴建峰这时才弄清楚，刑警的画像并不仅仅是给犯罪分子相貌画像，最主要的是给犯罪分子本身情况，比如年龄、性别、职业、兴趣爱好、人员交往、个人特长、心理特征、性格行为等等方面的分析判断。

什么叫神探？这就是神探啊！怪不得那么多稀奇古怪的案子，最后都被破了，原来是咱们的刑警，早已把他的像给画出来了。

不过，嬴建峰隐隐约约觉得，虽然大伙的分析听起来很有条理，自己也记了很多，但总觉得有点凌乱，缺乏一个完整的体系，没有形成一整套理论。这有点像我们练的散打，只见零散动作，不像擒敌拳捕俘拳，有一套系统的动作套路。

“下面我就说说这起案件的侦查措施。”胡东升继续道。

嬴建峰觉得拿笔的手又沉重起来。

“首先，成立文物博物馆被盗专案组，就以今天的时间为代号，称为‘12·1’专案组。鉴于案情重大，就请钟局长任组长，我任常务副组长，金指导员任副组长兼办公室主任，下设五个小组，刑警队全体人员参加。”

嬴建峰注意到，除重案组组长谷地丰外，其他几个组长的脸色都不太好看。

这也难怪，每当发了重特大案件，刑警队除应急接处警外，其他的事几乎全都放下，全力以赴参加案件侦破。侦破重特大案件本身就是重案组的事，而对其他组来说，就成为一种额外的负担。但公安机关本身就是一个整体，一旦发大案，全警都参与，更不要说刑警队内部。

“第二条措施，加大对重点部位的勘查和重点人员的调查力度。要进一步对博物馆内部人员进行排查，重点是与失窃物品有关的人员，包括出事当晚守门值班人员卢文新，以及仓库管理员、钥匙保管员，能接触到被盗物品的其他人员；组织发动馆内人员提供可疑线索，尤其要注意调查最近一个月内以来与馆内人员接触的外来人员，重点是符合画像的九种人员。这项工作由谷地丰负责。”

嬴建峰心里清楚，自己要跟着谷地丰排查博物馆内部人员。

“另外的四路人马分工如下：反扒组负责对有前科人员排查，对文物市场、文物商贩进行调查与控制，注意发现有可能销赃的信息收集。情报组负责对现场外围周边的调查走访，注意发现可疑人员、可疑物品等异常情况。内勤组负责材料整理汇报给市局，印发被盗物品的情况通报给全市各派出所，及时收集各地反馈信息。技术组配合重案组，再次进行现场勘查，重点是仓库保管藏品的现场中心、进出口，注意发现提取脚印、手印、破坏工具痕迹、现场遗留物，现场是否有其他物品翻动等情况；对被破坏的锁具再进行勘验，进一步确定具体撬锁工具，从作案工具上找线索。”

嬴建峰觉得这样分工很明确细致。

“第三点，是要强调工作纪律。从现在开始，一律取消节假日，取消请假休假。无特殊情况，每天上午八点集中统一行动，每天晚上八点召开案情汇报会。下个月十七号就过年了，大伙一定要把工作摆在第一位，没成家的同志我不多说，有老婆孩子的同志都要向家里人讲清楚，一定要取得家里人的支持，克服各种困难，把工作做好。当然，个人和家里确实有困难的，可以找我，能解决的我决无二话。还有，大家一定要注意保密，凡涉及工作中的任何情况，不得向任何人透露。大家听明白了吗？”

大家异口同声说：“明白！”

“好，大家把手头上的工作安排一下，马上开工！”

13

谷地丰领着嬴建峰来到隔壁办公室，指着一张旧办公桌，对嬴建峰说：“这是你的。”

嬴建峰一瞧，桌子旧些不说，边角和四条脚上都有不同程度的磨损，棕黑色的桌面，泛起了年久起皱的漆皮，心里不免有点失落。本以为新来的人，单位都会配上新桌子新椅子，还会开个欢迎会什么的，没想到就这样匆匆上阵了。

谷地丰带点嘲讽地问：“怎么，你对桌椅不满意？”

“没，没有。”嬴建峰忙掩饰道。

谷地丰轻轻一笑，说：“咱们就这条件，有桌子已经很不错了。我来的时候，是和张副队长共一张桌子的。”

嬴建峰啊了一声，笑笑说：“那你们艰苦啊。”

“吃得苦中苦，方为人上人。”

“这话好像老人家说的。不过，我吃苦可不是为了人上人。”

“那你为什么？”

“我，想当神探。”

谷地丰仰头哈哈地笑了，说：“谁不想当神探？可说说容易，做起来很难哪。那些被称为神探的人，哪个不吃够苦头哇！”

“组长，吃苦我不怕，怕苦我就不当警察了！”

“好！算你小子有种！”

嬴建峰听完笑笑，说：“谷组长，听你口音，老家好像不是本地的吧？”

“怎么，这你也能听出来？”

嬴建峰坦然一笑说：“我下放当兵的地方都有许多外地人，听得多，对好些口音就熟悉了。”

“那你说说我是哪里的口音？”

“好像有点山东的。”

“你小子可以哈，俺老家山东栖霞的。”谷地丰竟高兴地嘣了句山东话，终于露出点笑容。

“我瞎猜的。”

“瞎猜？瞎猜都能猜着，那你可是个天才。”

“哪里。被我碰巧蒙对的。”

“你小子，到底是谦虚呢，还是骄傲？”

“我哪来的骄傲啊？我谦虚都来不及。希望组长以后多指点我。”

“我还敢指点你？我向你学习都来不及。”

“谷组长，你这话说得我就不懂了。咱俩今天才第一次见面。”

“没错，你今天一露面，局长队长就表彰你，把你说得像个英雄，难道我不该向你学习吗？”

“组长说笑了，我刚来上班，也是第一次参加会议，我只是想表个态，真的没有其他意思。”

谷地丰听罢，心中有些释然，说：“没什么，开始的时候我是有点不痛快。我工作了这么多年，也没得到局长队长那样表扬。现在呢，我想通了，你是我的队员，你能得到领导的肯定，那我脸上也有光啊！”

嬴建峰很高兴地立正，向谷地丰敬礼，大声说：“谢谢组长！”

谷地丰很高兴地抬手致意。

“小嬴同志！”

嬴建峰听到背后有个女声在叫自己，回头一瞧，竟是笑吟吟的黄美琴。

“您好，您叫我吗？”

“不叫你那叫谁啊？”

“我还不知道您的尊姓芳名？”

“我叫黄美琴。是内勤组的内勤。我给你送自行车钥匙，还有手铐。”

“只有自行车手铐啊，什么时候发手枪？”

“手枪？有一支，可是没人要。”

“啊！有这事？枪还没人要？什么枪啊？”

“是一支德国勃朗宁。”

“好枪啊！这么好的枪怎么没人要？”

“因为这把枪只有一发子弹，这发子弹打完了，就再也配不到子弹。”

嬴建峰终于明白了：“我知道了，打完这一发子弹，这支枪就成了一块废铁，所以没人要。”

“对了嘛。”

“没人要我要了，有枪总比没枪好吧。我干警察就是想要一支枪，没枪哪叫什么警察？走出去都叫人笑话。”

“你想要啊，那得找胡队长，要他批准才行。”

“那好，我等下就找他。哎，小黄同志，有件事我想问您。”

“什么事？你问吧。”

“刚才开会的时候，我正在发言，您、您为什么那样笑啊？”

“哈呀，你不知道，你那个样子简直太、太好笑了。”黄美琴说着又笑了起来。

“我，我那么好笑吗？我可是很认真发言的。”

“你，你就是太认真了，所以，所以才好笑！”黄美琴已经笑得花枝乱颤，声如金铃。

“我好笑吗？”嬴建峰用手摸摸头，一副憨态可掬的模样。

“你、你、你真是，太、太好笑了。”黄美琴捂着肚子、拍着胸脯笑，笑得气快喘不上来。

这时胡东升走了进来，问："什么事这么好笑啊？"

黄美琴立即停住笑，有些紧张地望着胡东升。

"怎么，我一来就不笑了？刚才还笑声满天呢。"

黄美琴很不好意思，笑着说："有那么夸张吗？"

"有哇，到底什么事让我们的大才女这么开怀大笑？"

"胡队，你看看你。我是刚才看到小嬴发言时那个神态，我实在是憋不住笑。"

胡东升抬手一指对方，说："小黄啊你真别笑，小嬴最大的特点就是做事特别认真，特别专注投入，我就喜欢他这种精神，做事就要做得最好，做到极致。"

嬴建峰一听，不好意思地说："胡队，谢谢您的鼓励鞭策。我刚来，有什么做得不对的地方，您多多指教啊！"

"你也别太谦虚。对了小嬴，我听说你在省城当兵的时候，经常跑到政法干校那里蹭课，还拜了个侦查系的教授为师。"胡东升一脸沉稳说道。

"我，我是去听过几次课，也拜访了一个老师。"

"那就成啊。按理说你听过专家的课还拜过老师，你对侦查这块应该比我们这些没进过专业学堂的人更懂吧？可今天分析案情时，你却当了回徐庶进曹营。"

"怎么说呢？"

"一言不发啊。"

"胡队，你们大家都是师傅，我嫩草一棵，怎么敢班门弄斧？"

"什么师傅啊，只不过比你多干了几年。噢，对了小嬴，你说的十六年前鲁局长抓住的那两个人，你还有印象吗？"

"有啊。"

"那你，能不能给描述一下。"

"描述？没问题呀。我还可以将他们画出来。"

胡东升一听喜出望外，忙说："真的？那太好了，那我们以后就省事多了。"

谷地丰不太相信地笑笑，说："是骡子是马，拉出来遛遛。"

"你要不信，我现在就画给你看。"嬴建峰说完，就拿起钢笔，在笔记本上画了起来。

胡东升提醒说："你用铅笔吧，铅笔可以修改。"

"不用，我自己记忆的东西，不用修改。"

说着，嬴建峰微蹙眉头，聚精会神地画了起来，只见他手捏钢笔，凝视纸张，捏笔手指忽快忽慢，忽轻忽重，一会儿的工夫，就画好了一幅人像。

胡东升、谷地丰和黄美琴围着看，见嬴建峰这么快就画好一幅，都露出敬佩的眼神。

黄美琴更是瞠目结舌，如见神人。不禁哇的一声，说："不可能吧？你会不会画得不像？"

嬴建峰转过头，说："不会，我记得很清楚。"接着嬴建峰又开始画第二幅像。

等嬴建峰将两张画像放在办公桌上时，胡东升觉得这两人有些眼熟，便问嬴建峰："这两个人，叫什么名字？"

嬴建峰说："这个我真不知道，当年我还是个小孩，我也不会去问那两个人叫什么名字。"

胡东升想想，说："也是，你能记住他们的相貌就很不错了。这样，谷组长，你请技术组的人来一下，将画像翻拍一下，发给大家。"

"好，我这就去。"谷地丰说完就往外走。

五分钟不到，谷地丰与技术组长曾多法就进来了。曾多法是法医出身，在全市法医界可是大名鼎鼎。他用些怪异的眼神瞧瞧嬴建峰，又对胡东升点点头，然后问："要翻印多少份？"

胡东升抬头想想，说："你先印一百份吧，刑警的兄弟们一人一份，各派出所先发两份。以后看情况再加印。"

"那兄弟单位是不是要送？"

"可以，那就多印二十份给市局刑侦，请他们帮忙联系发送。"

"好的。"曾多法说着，拿起两张画像就走了。

胡东升瞅瞅嬴建峰说："小嬴，一会儿等曾组长拍完照后，你负责拿这两张照片，找一下鲁局长。"

"找鲁局干吗？"嬴建峰一头雾水。

"请鲁局长再确认一下，这两人是不是当年他抓过的？是不是当年盗窃博物馆的嫌疑人？后来对这两人怎么处理的？知不知道这两人现在的情况？"

嬴建峰点了一下头。

“等鲁局长确认完后，你再到青花派出所去一趟，看看能不能找到当年抓这两人的审讯材料。如能找到，就复制一下材料。”

嬴建峰一听高兴地说：“找鲁局长去青花所没问题，不过，我有两个要求。”

胡东升一愣，他没想到新来乍到的嬴建峰，安排他工作还提要求，而且还有两个。

14

胡东升斜一眼谷地丰，见对方一脸不屑。

刚才在队会上，自己已经批评了那些提要求的人。虽然没有明确针对谷地丰，但胡东升对同事部下都是一视同仁的。批评他人，也是在提醒谷地丰，以后不要在工作方面提什么要求。

自己第一次安排嬴建峰工作，嬴建峰就要提两个要求，这真是出人意料，是同意他呢还是要批评他？

同意他嘛，明显违背了自己的一贯原则与做法，以后在谷地丰他们面前说话就没威信。

要是不同意他，肯定打击他的自尊心，影响他的工作积极性。

不管那么多，还是先听听他提什么要求再说。如果有理的，那当然要支持。要是无理的要求，就坚决拒绝。

胡东升对嬴建峰笑笑，说：“什么要求？你说说看。”

嬴建峰想想，说：“我想请您发支枪给我。”

胡东升听完笑了，说：“这个要求很合理，可现在没枪啊。”

“听说还有一支德国勃朗宁。”

“那枪只有一发子弹，没人要。”胡东升瞄一眼黄美琴，心想肯定是她透露的信息。

“我要了！”

“你不怕没子弹？你没听说没子弹的枪还不如烧火棍？”

“不怕，空枪我也要。”

“为什么？说说理由。”

“有了枪，心里就有安全感，干起活来更自信，更有劲。再说，当警察的没枪，别人也会瞧不起，走到社会上也没威信。要是哪个坏人听说咱警察都没有枪，那有谁会怕咱们警察啊？”

胡东升笑笑说：“嗯，有道理。那好，小黄，你就登记一下，把那支枪配给他。”

黄美琴笑着点点头。

嬴建峰高兴得眉飞色舞，忘乎所以地朝黄美琴手臂上一拍。黄美琴哎哟一声，忙用手抚摸着被拍的地方，嗔怪地白了嬴建峰一眼，说：“那么用劲干吗？”

嬴建峰忙说：“对不起对不起，刚才一高兴，没想到会弄疼您，真对不起。”

胡东升笑笑，问嬴建峰：“你还有个要求呢？”

嬴建峰听罢，两眼朝黄美琴瞟瞟，有些吃不准地说：“我，我想让黄同志陪我去。”

胡东升觉得有些好笑，问：“为什么要她陪你去？”

“胡队，我知道咱们警察办案都要两个人才合法，我一个人去，恐怕不合适。所以，得再要一个人才行。”

“即使这样，你也不一定要小黄去啊？”

嬴建峰笑笑说：“我觉得你们都很忙，只有小黄可能会有空，所以我就想请她去啊。”

胡东升笑着抬手一指嬴建峰，说：“你说得也没错。哎小黄，你手头上忙不忙？不忙的话你就陪小嬴跑一趟。”

黄美琴涨红着脸张张嘴，惊讶地用手指指嬴建峰又指指自己，然后拿眼瞟瞟谷地丰，嗫嚅着说：“我，……他。”

谷地丰很带劲地说：“小嬴啊，你胆子不小啊，你竟敢叫小黄陪你去？”

“那有什么？我们是同事，也是为了工作嘛。”嬴建峰满不在乎。

谷地丰听罢，心里有点不爽，但他又不便露在面上，只好闭嘴不言。

胡东升看在眼里，笑在心头。他心里清楚，这个黄美琴可是分局一枝花，那些单身小伙子一个个都伸长脖子想打她的主意。特别是谷地丰，最近可没少向黄美琴献殷勤，有次还托胡东升帮忙撮合，胡东升试探着问过黄美琴几次，这个黄美琴总说自己还年轻，暂时还不想谈对象，所以就没把事儿挑明。这些情况，刚来的嬴建峰哪里知晓。刚才嬴建峰还当着谷地丰的面，说要让黄美琴陪他去，虽说这是工作，但嬴建峰点名要黄美琴一起去，让谷地丰听见，心里肯定就像打翻了的醋坛，不是个味啊。

谷地丰酸不溜秋说："小黄同志，你不愿去可以不去嘛……"

黄美琴被谷地丰一激，反而坚定了信心似的。她眼睛一白说："去啊，为什么不去？我平时难得出去，正好可以到市局看看同学！"

谷地丰听了，有点哭笑不得，只好顺水推舟地说："去吧去吧，胡队安排的工作要尽快完成。噢，对了小嬴，你任务一完成马上回组里，咱们组的事最多。"

嬴建峰很爽快答应说："好嘞！你就等我的消息吧。"

嬴建峰就这么一说，但在谷地丰听来觉得有些别扭，好像嬴建峰出去就能破案擒贼凯旋似的。

眼瞅着嬴建峰与黄美琴兴致勃勃地往门外走去，谷地丰内心有种说不出的滋味。

胡东升见谷地丰满是不悦，两眼怔怔望着门口，知道他心情不爽，便提醒说："走吧，我们先向钟局长汇报，看看他有什么指示。"

谷地丰噢了一声，垂着头拿起公文包。

胡东升轻轻一笑，用手拍拍谷地丰的肩膀，以示安慰。

15

从分局到市局虽说不远，但中间要翻一道叫马鞍岭的山坡，这道坡有好几里长，别说走路，就是骑自行车也够呛，不是上坡骑起来很吃力，就是下坡要一路紧紧捏着车刹，很容易磨破刹车皮，一旦自行车失控，不是撞人，就是车翻。

这不，真是应了那句"是福不是祸，是祸躲不过"的古训。就在嬴建峰骑着二八型飞鸽牌自行车吹着口哨下坡的时候，那辆年久失修的自行车，刹车皮还真的磨掉了。自行车顿时就像脱缰的野马快速地向下冲去。好在嬴建峰人高马大，双腿修长，赶紧用脚板抵住路面，以期减速。鞋底摩擦路面，发出沙沙的声音，无奈天刚下过雨，路面湿滑，两脚再怎么用力，也无法撑住地面。

更要命的是，一辆北京吉普车迎面驶来，吉普车旁正好有一位母亲牵着女童的手低头赶路。嬴建峰自知这下麻烦大了，心想自行车要么撞上母女俩，那母女肯定受伤。要么撞向吉普车，那自己不死也伤。眼瞅着自行车马上就来到车与人面前，就在这千钧一发之际，嬴建峰的脑子里急速思忖着，毅然决然躲开母女俩，砰的一下撞上了吉普车。只见嬴建峰整个人嗖地飞了出去，重重地摔向路基。好在嬴建峰练的前扑滚翻功夫扎实，他身手敏捷地连着几个滚翻，趴在路边不动了。

这一幕吓坏了在后面骑着自行车的黄美琴，她不由大惊失色，赶紧刹住车，从自行车上跳下来，快步上前查看嬴建峰是否受伤。

见有人被撞，吉普车马上停下，车上急忙下来一人，他走到嬴建峰摔倒的地方，想看看是谁被撞，撞得怎样。

两人一照面，都露出惊讶的神色。嬴建峰很觉意外地叫了句："鲁局长！"

鲁卫国忙伸手去拉嬴建峰，嬴建峰一个鲤鱼打挺，站了起来。

嬴建峰很不好意思地笑笑说："对不起鲁局，刚才吓到你了吧？我没事。"

鲁卫国仔细看一遍嬴建峰全身上下，道："没事就好。哎对了，你骑自行车准备到哪里去啊？"

嬴建峰忙说："我们正准备到市局找您。"

"找我，什么事？"鲁卫国边问嬴建峰边对黄美琴笑笑，显然他认得黄美琴。

嬴建峰这时想起公文包，便马上来到倒地的自行车旁取下公文包，从里面拿出自己画的两张人像递给鲁卫国。

鲁卫国接过画像一瞧，眉头一挑问："这是谁啊？好面熟哎。"

"这两个人，是不是您十六年前在青花派出所当所长时抓的犯罪分子？"

鲁卫国一下想起来了，说："对啊，是有这两个小子。你怎么拿这两人的像给我看？"

"十六年前您抓他们的时候，他们是不是参与文物博物馆的盗窃案？"

"没错。这两个家伙是参与了。我记得这两个家伙是初犯，又是盗窃未遂。所以，就判了个三年徒刑缓三年执行。噢，对了，其中有个家伙外号叫'泥巴崽'；另一个吧，好像，好像，对了，叫'半卷毛'，这家伙的头发，从后脑勺看是卷的，从前面看又不明显。"

嬴建峰听了觉得奇怪，便说："世上还有这样的人，我还是第一次听说。"

鲁卫国哈哈一笑说："世上怪事多，瓷器能唱歌嘛。"

"那，他们两个现在在哪儿？"

"这个我就不清楚了，你要到派出所去查，估计外勤会知道。"

“他们还住在青花派出所范围内吗？”

“以前是的，现在在不在那里住就难说啦，毕竟过了十六年，变化太大。”

“好的，我知道了，谢谢鲁局。”

“你这小子，跟我还客气。哎，对了，今天第一天上班，还好吗？”

嬴建峰心里有些触动，想想说：“好是蛮好，就是、就是条件差了些。破桌子破椅子破自行车不说，连枪都是一发子弹。”

鲁卫国笑了，问：“那枪是不是德国勃朗宁？”

嬴建峰一脸的惊奇，问：“您怎么知道？”

“哈哈，那支枪当年是我用的，开始是五发子弹，被我用了四发。三发是在剿匪中击毙了三个土匪，一发打死了一个特务，剩下的一发，我舍不得再用，要不然就真成空枪了。”

“成了空枪也不要紧吧？”

“那不行啊，要是没了子弹，那这支枪就成了废品，就要被注销，那就太可惜了。”

嬴建峰听了心里一动，没想到自己师傅对枪还有这么深的感情。

“鲁局，没想到您那么喜欢这支枪啊。”

“那当然。噢，对了建峰，这支枪可是有故事的。我的一位战友为了从敌人手里夺取这把枪受了重伤，流血过多牺牲了。所以，你懂的。”

嬴建峰这下真有些感动了，原来师傅是为了纪念自己的战友，不忍心将它变成废品，留下这颗子弹，就是留下对战友的念想。如果是这样，那这颗子弹，自己无论如何也不能打掉。

一旁的黄美琴听罢也受感染，说：“我以前总认为大家嫌弃这把枪，都不愿要，没想到大伙是为了保护这把枪，不忍心让它消失。”

鲁卫国对黄美琴点头笑笑，说：“小黄不错，音乐文章都不错。哎小黄，嬴建峰是新兵，你要多关照他哟。”

黄美琴很不好意思笑笑，说：“我小兵一个，能力有限。局长才有能力关照他呀。”

鲁卫国哎了一声，说：“照顾不分职务大小嘛！噢，小黄，我没记错的话，你今年应该是二十一了吧？可以考虑成家了。”

黄美琴被鲁卫国一说，脸噌地一下红了，透着羞涩说：“鲁局长您又开我玩笑。”

鲁卫国哈哈一笑，压低声音对黄美琴说：“你爸妈可是给了我任务的，我总得把它完成吧，要不然我可就言而无信了。”

鲁卫国的声音太小，嬴建峰听不见，便问：“鲁局您说什么啊？”

鲁卫国马上一回头，噢了一声说：“我说小黄年纪轻轻，干公安已经三年了，她可是我们局特意从师范招来的女才子，歌唱得好，还会写一手好文章。市局政治部打算把她调去搞宣传呢。”

嬴建峰听了立马对黄美琴说：“祝贺你哦小黄，不好意思，原来市局要把你调去了。怪不得我今天想你陪我调查，谷组长好像不高兴。”

黄美琴忙解释说：“不会吧？鲁局长跟你开玩笑的。”

嬴建峰看看鲁卫国的表情，没有开玩笑的意思，便恍然大悟般用手点点黄美琴，说：“我知道了，沉稳，低调，做人的美德，我得向你学习哟。”

“嬴建峰，你千万别说我调动的事，要不然大家会认为我不安心工作。”

鲁卫国见两人交谈甚欢，便说：“那你们先聊吧，我还得到你们分局找钟局长去。”

嬴建峰与黄美琴忙转头向鲁卫国笑，嬴建峰说：“鲁局那您先忙，我们马上去青花派出所调查那两个人。”

“行，我先走，小黄再见，代向你爸妈问好。”

“谢谢鲁局长，您有空到我家里坐坐，我爸妈老惦记着您，希望您去哩。”

“好好，有空我一定去！一定去！”说完，鲁卫国走向吉普车，上车叫司机开车。

嬴建峰目送着吉普车开动，见车子屁股底下冒着浓烟，有点吃力地往坡上爬去。

嬴建峰转头对黄美琴笑笑，说：“我们走吧，去青花派出所。”

16

黄美琴满是歉意地说：“对不起啊嬴建峰，都怪我给你车子时没把车修好。”

嬴建峰忙说：“这怎么能怪你呢？要怪也是怪我骑之前没有好好检查。”

嬴建峰支起自行车看看，发现整块刹车皮磨烂脱落，便推着车找到一家修理铺将车修好，然后与黄美琴边骑自行车边聊了起来。

“小黄，看你年纪就像个大学生，怎么就工作三年了？”

“我呀，在师范读音乐专业，从小就很喜欢唱歌跳舞，我最大的理想就是想当个歌唱家。后来市公安局特招文艺人才，就把我直接招进来了。”

“那你应该分到政工部门才对啊，怎么会分到刑警队？”

“开始是到分局政工科，是我要求到刑警队的。”

“为什么？”

“因为我从小一起玩得最好的同学被歹徒杀害了。我发誓要替她报仇。”

嬴建峰听了，敬佩之情油然而生。“你同学是什么时候被害的？”

“就在我们毕业典礼那天，开完文艺晚会的那个晚上。”

“那你同学是不是长得很漂亮，那天晚上她又唱歌又跳舞，风头盖过所有人？”

“你怎么知道？”黄美琴很惊讶。

“那个歹徒应该就在现场。”

“我们大家都是这样想的，可咱们公安把当天晚上在场的所有人都查了一遍，就是没找到那个杀害她的凶手。”

“所以你一直不去政工科，就在刑侦待着？”

“聪明!”

“那，如果歹徒一直没抓住，那你就一直待下去？”

“那是肯定的。”

“这起案件是谁主办的？”

“就是你们组长谷地丰，还有张海。”

“原来这样啊？可我觉得，张队副和谷组长这两人破案挺厉害的。”

“你怎么会这样认为？”

“今天他俩在分析会上说得头头是道，他俩的水平很高啊。”

黄美琴不以为然地笑笑，说：“可他们就是没破案，人也未抓住。”

“这样啊，那就有点搞不懂。”

黄美琴轻轻一笑说：“这事也是他俩的伤疤，你以后在他们面前千万别提那起案件。”

“那不行，我不但要提，我还要向他们要案卷哩。”

黄美琴转头瞧瞧嬴建峰，问：“为什么啊？”

“这还用问吗？你的同学，那就是我同学，我一定会为她报仇！如果案子没破，我绝不离开刑警队！”

“真的？”

“连蒸带煮！”

“好！够哥们！”黄美琴很高兴地赞道。

“理所应当！”

“可你刚来，情况都不熟，你怎么帮忙报仇哇？”

嬴建峰听完想想，说：“所以你要先帮我，我才能帮上你啊。”

“我帮你，怎么帮？”

“你帮我弄到案卷，我要仔细研究。”

黄美琴一听，面露难色，说：“案卷在谷地丰那儿，他那个人啊，一根筋，把面子看得比命重，他破不了的案件，决不会让别人碰。”

“那你可要想想办法。为了你最好的发小，动点脑筋是值得的。”

“好，只要能破案，我一定想办法把案卷拿到手。”

“好，那咱们就一言为定！”

“一言为定！”

两人兴奋地聊着，不知不觉就来到了青花派出所门口。

17

青花派出所仍在原来的地方，嬴建峰与黄美琴支好自行车，走进派出所。

所长吴晓见了黄美琴，开玩笑说：“黄大总管来此，有何指示啊？”

黄美琴也不绕弯，直截了当说：“我和新来的嬴建峰同志来调查一起案子。”

吴晓忙说：“欢迎欢迎！”上前握握嬴建峰的手，接着又问，“什么案子？”

嬴建峰赶紧将那两张画像递给对方，说：“我们查一下这两个人，他们十六年前被咱们青花派出所抓过，我已问过鲁局长，他说这两个人当年是初犯，又是盗窃未遂，只判了三年缓三年。我们想查查这两人的具体情况。”

吴晓边听边看画像，皱皱眉，说：“他们两个犯了什么事被抓的？”

“是十六年前盗窃文物博物馆的案子，我们怀疑这两个人跟昨天文物博物馆被盗案有关。”

吴晓说：“知道了，你们两个稍坐一下，我马上安排人查当年的案卷。”

说完，吴晓就用手推开墙上的一扇小窗，对着隔壁的内勤办公室大声喊："小陈，陈然你来一下！"

随着"来了"的声音，马上跑过来一位二十六七的小伙子，他一见嬴建峰和黄美琴，先愣了下，接着对黄美琴与嬴建峰笑着点点头，一瞧就知是个机灵精。

"小陈，你去查查十六年前鲁局长当所长时办的一起盗窃案卷宗，是有关文物博物馆盗窃未遂案。呶，这是当年那两个人的画像，你拿去参考一下。"

小陈很爽快地说："好的，我这就查。"说完小陈拿起材料画像，又对着黄美琴和嬴建峰笑笑往隔壁走去。

吴晓起身倒了两杯开水给两人，还热情地问嬴建峰："你是退伍回来的吧？"

"你怎么知道？"

"我早几天就听说了。"说完吴晓朝黄美琴笑笑。

黄美琴忙给嬴建峰介绍说："吴所来所里之前是咱们队里的副队长，他到分局时常会回队里坐坐。"

嬴建峰"哎呀"一声，忙起身说："原来是老前辈啊，请多多指教。"

"指教可不敢。我听说你是武林高手，深得咱鲁局长真传，实力不可小觑噢！"

"吴所见笑了，我也只是学了鲁局长的皮毛而已，真传就更谈不上。"

"小嬴这么谦虚，怪不得鲁局长那么喜欢你。"

嬴建峰听了心里起疙瘩，怎么说来说去的都是我跟鲁局长的关系。自己十六前拜鲁局长为师是事实，自己也从鲁局那里学到不少的本领，包括一些为人处世的道理，但自己从来没想到要借鲁局长什么光。当年拜鲁局为师时，根本就没想到他能当上副局长。当然，自己进公安鲁局是帮了很大的忙，但如果鲁局不在副局长这个位置，或者鲁局根本就不在公安，凭着自己的努力也可以进公安啊。唉！也罢，他们要那样想就让他们去想吧。

"吴所，我从小拜鲁局为师，那他永远都是我师傅。即使他不当副局长了，即便他不在公安，我也一样会尊敬他的。不过，我说这话的意思，希望你别理解错了。"

吴晓一听忙说："错不了错不了，鲁局长的帮助固然重要，但你自己的努力更重要，我这样理解，没错吧？"

嬴建峰听了很高兴，忙又握一下对方的手，说："谢谢，谢谢吴所的理解。我想，您也是靠自己努力，靠自己的真才实干，才当上队长所长的。"

吴晓仿佛找到了知音，握着嬴建峰的手使劲摇着。

正当两人热情相握之时，小陈小跑着过来，兴高采烈地说："找到了找到了所长，当年办这起案件的是袁指导员。"

"是吗？那太好了，赶紧请指导员过来问问情况，指导员对他们两个情况肯定熟悉。"吴晓一拍桌子。

小陈马上走出去，对着走廊大声喊着："袁指导，吴所长找你！"

一个苍老的声音传来："来了来了，马上来！"

吴晓向嬴建峰介绍说："袁指导员本名袁崇明，在青花派出所干了三十多年了，从外勤民警做到指导员，还兼着两个居委会的外勤，属于老黄牛式的老警察。"

嬴建峰点头说："是啊，我从小就看到他在派出所上班，只是叫不出他的名字。"

两人正说着话，五十多岁的袁指导一脸笑容走了进来。他进门就说："所长你找我啊？噢小黄来了？还有你，不是住在政法小区的小嬴吗？"

嬴建峰也认出袁指导，当年就是派出所的外勤，立马满脸笑意，说："你就是当年的老外勤啊。"

吴晓也不客套，对袁指导说："小嬴现在在刑警队，他们两个来是问一起案子的事，我叫小陈查了一下，当年是你主办的。所以请你来问问情况。"

"哪一年的案子啊？"袁指导问。

吴晓于是就将情况从头至尾说了一遍，袁指导员听了，笑着说："这两人熟啊，当年他们都在红辉瓷厂上班，出了那档子事后，被厂里给开除了。他们说没办法，就天天找我，说我让他们丢了工作没饭吃，我也被逼无奈，就找红辉瓷厂厂长帮忙，好说歹说，才把他俩安排在厂里的小集体上班，一个运泥巴一个压泥胚，活虽然累些脏些，总算是有份工资。"

嬴建峰听了忙抬手制止，说："您老等一等，等一等，我来记一下。"说完嬴建峰赶紧掏出笔记本，然后对袁指导点头笑笑，示意可以继续了。

"六六年'文革'，他们两个都被当成五类分子受到批斗，日子过得也算惨的。可这两小子心思一直不安分，这么多年也是大事没犯小事不断。这不，今年刚刚改革开放，这两个家伙就都辞职，搞什么仿古瓷。听说那个'半卷毛'

在深圳和台湾那边都有什么亲戚，他说做好的仿古瓷能拿到那边去卖，生意特好。噢对了，前两天那个‘半卷毛’在录像厅看毛片，被玲珑派出所抓住罚了款，人还是我去把他领回来的。”

嬴建峰很钦佩说：“袁指导真是活地图，这些事情都装在你脑袋里。”

袁指导笑着问：“怎么，小嬴，你对这两人也感兴趣？”

“现在不单我感兴趣，恐怕咱们整个分局都对他俩感兴趣。”

“这话怎么说？”

“昨天晚上文物博物馆又发生了盗窃案，鲁局长和钟局长都急得要命。”

袁指导点点头说：“我明白了，昨晚文物博物馆又发了盗窃案，首先就要调查那些几进宫的老油条，特别是那些曾经沾过文物边的，更是首当其冲，最先怀疑的肯定是‘半卷毛’他们几个。”

嬴建峰一竖大拇指说：“袁指导不愧是老公安，我说一，您就知二。”

袁指导也不客气，说：“这些都是咱们的看家本事，如果这点底子都没有，那还干什么公安？”

嬴建峰笑着说：“真要麻烦老前辈了。”

“没事，我马上找他们问情况。”

黄美琴很内行地说：“袁指导，直接找他们会不会打草惊蛇？”

袁指导听罢笑笑，说：“你放心，我自有办法。”

18

在去找“半卷毛”的过程中，袁指导员主动向嬴建峰介绍自己说：“小嬴，我认得你很多年了，虽然我没当过政法小区的外勤，但经常看到你进进出出的。后来你下放当兵，我也清楚的。”

嬴建峰说：“是啊，袁指导，咱们这一带，谁不认得您啊？”

黄美琴给嬴建峰介绍说：“袁指导员是咱们分局出了名的活地图，他坚持每天记工作笔记，辖区内的大小事了然于胸，他利用平时掌握的信息，帮咱们刑侦和治安破了很多案子呢。”

袁指导员呵呵笑着，说：“我觉得咱们干警察的，其实跟瓷厂做瓷器一样，七十二道工序样样都得到，而且都要做得最好才能成器，体现的其实就是一个

‘细’字。我也只是做到六勤，情况自然就熟悉了，做起事来也感觉越做越顺。”

嬴建峰很敬佩地说：“这可是经验之谈啊，哎袁指导，您刚才说的六勤，是哪六勤啊？”

“六勤就是要脑勤、腿勤、嘴勤、眼勤、耳勤、手勤，其实也就是多跑多听多看多问多想，再把他们都记下来。”

黄美琴笑着说：“怪不得有人叫您六勤指导员，也有人叫您六多指导员。”

袁指导轻轻一笑说：“不管人家叫我什么，我还是做我这些婆婆妈妈的事。咱们瓷城本身就是一座手工业城市、草鞋码头，做什么事都跟做手艺一样，来不得半点虚假。做什么事都应该一丝不苟，踏踏实实。只要坚持下来了，一切都会水到渠成。做瓷器画瓷器的，就会成为艺术大师。干咱们公安的，就能成为神探。”

嬴建峰很赞赏对方的说法，说：“袁指导，您说得太好了，您说的这些，值得我努力学习！”

袁指导听罢，对嬴建峰说：“您肯定没问题！”

黄美琴觉得奇怪，便问：“袁指导，您怎么就那么肯定呢？”

“小黄，你不知道，我听鲁所长说过，当年小嬴跟我们鲁所长练拳，经常摔打得一身伤，那个苦哇，不是一般人能吃的，结果他都坚持下来了，而且练得很好。鲁局长说小嬴是他教过的最得意的徒弟。”

“鲁局长真是抬举我了，其实我学的只有一点皮毛，不可能像鲁局长那样，他真的是童子功。他当年到少林寺是专门学武的，哪像我，只利用课余时间学，我学得再好也有限。”

“小嬴真是谦虚，我听说当年参军原本是没有你的名字。是你跑到接兵部队领导那耍了一套十八罗汉拳，简直把他们惊呆了，说就你这水平到部队当教官都没问题，连夜紧急上报，硬是从其他地方争取了一个指标过来，才把你招去的。”

嬴建峰真没想到，问：“袁指导您怎么知道得这么多？”

袁指导嘻嘻一笑说：“都说好事不出门，坏事传千里。但咱们派出所的民警，是好事坏事都得记，那样心里才有谱。如果光记坏事不记好事，那工作怎么做得好？”

黄美琴笑着说：“袁指导真是三句话不离本行。”

“哎哟，这么多年习惯了，一说就扯到工作上去。”

几个人边走边说，不知不觉来到了瓷器街，只见街道两旁地上摆满了各种瓷器，叫卖声、讨价还价声此起彼伏，不绝于耳。袁指导走在前面，三人穿过十几家地摊，来到了一家不起眼的小门店，袁指导走了进去。

正在低头点小花瓶数量的“泥巴崽”发现来人，神色顿时紧张起来，露出极不自然的眼神。

“袁，袁指导，您怎么来了？”

“无事不登三宝殿，我带朋友来看看，想买点东西。”

“泥巴崽”听了神情才有些松弛，说：“您朋友买东西没话说，看中什么拿就是，我送您！”

“那怎么行，该付的钱还是要付的，要不然，你们吃什么？”

“您袁指导照顾了我们那么多年，这点瓷器算个毬。”

“嗬哟，这下海做生意就是好啊，说话口气都不一样了，我看你这是鲶鱼张嘴巴……”

“什，什么意思？”

“大得很呢。”

“袁指导真会开玩笑。”

“我没跟你开玩笑，看来你们真赚到钱了。”

“哪里哪里哟，混口饭吃。”

“混口饭吃你还这么大方？我看中的瓷器你就白送，不要本钱啊？”

“我们是小本生意，这些东西也值不了几个钱。”

“小本生意更不能随便送人啊，你不‘杀猪’就算好的。”

“袁指导您这是说哪里话，我们做生意从来买卖公平，从不‘杀猪’。”

“好了‘泥巴崽’，我不跟你耍嘴皮子，你们不是做仿古瓷生意吗？怎么卖起这些东西了？”

“仿古瓷是请人家做的，我们只是提供样品，那东西一阵热一阵冷，有时候一个月也卖不出几件。”

“不是说‘半卷毛’有关系吗？怎么会卖不出去？哎对了，这个‘半卷毛’跑哪里去了？他不在店里做生意啊？”

“泥巴崽”愣了一下，眨眨眼说：“他出去进货了，马上就回。袁指导是要找他吗？”

袁指导也不回避，说：“是啊，他上次看毛片被玲珑派出所给抓了，人家罚款开了票据送到我那去了，我就顺便给他送来。”

“是这样啊，他马上就来。”

嬴建峰这才知道，袁指导说的不打草惊蛇的招数，原来是以送罚款单的名义来找他们。不过，这个“泥巴崽”与十六年前相貌还是有些区别，但大致的脸部轮廓没变，不知那个“半卷毛”的变化大不大。现在想想，自己画的那两张画作用应该不大了，因为人已经找到了。

嬴建峰心里有些好笑，自己站在“泥巴崽”面前，对方不知道自己是谁。当年见到他们时，自己还是个小孩，跟现在的相貌相比，那可是翻天覆地的变化，对方根本就认不出自己。

黄美琴也算是有点经验，她蹲下身子拿起地上的小花瓶瞧着，嬴建峰见状，也假装看起瓷器来。

“‘泥巴崽’，你们最近没出去跑生意啊？”袁指导突然问一句。

“泥巴崽”身子一动，眨眼盯着袁指导，说：“没、没有啊，我们都是老老实实待在家里。”

“昨天你在干吗？”袁指导来个单刀直入，敲山震虎。

“我，我没干吗啊？我，我们昨天一直在店里，哪里都没去。”

“泥巴崽”清楚，袁指导说这话可能另有目的。但明知他是来问情况的，自己也不得不回答啊。不过，这个袁指导每次来都是问这问那的，还经常拿着个笔记本记着，让人瞧着有些怕。他每次问完后就吩咐要遵纪守法，要好好做事，总之婆婆妈妈的一大堆，真是没办法。

“泥巴崽”拿眼瞟瞟嬴建峰和黄美琴，见两人认真看瓷器，好像真是来买瓷器的。

“白天在店里，那晚上在哪儿？”

“晚上，晚上都在家里。噢对了，昨天夜晚我和‘半卷毛’喝酒，两人都喝醉了。”

袁指导一听，觉得意外：“你们好好的，喝那么多酒干吗？”

嬴建峰这时竖起耳朵听，因为他知道昨天晚上文物博物馆的门卫卢文新也说喝醉了酒。“泥巴崽”是不是跟卢文新一起喝酒？这事还没来得及告诉袁指导，最好是袁指导能多问他一下有关喝酒的事。可自己这时又不能跟袁指导明说，心里便干着急。

“昨天做了笔生意，一高兴，就喝酒，没想到喝醉了。”

“你们赚了多少钱啊，那么高兴？”

“也不多，二十块。”

“怪不得，都赶上我半个月工资了。你们在哪里喝的酒啊？”袁指导是习惯性地问。

“在，在‘半卷毛’家里。”

“喝了多少酒哇？”

“一瓶酒我们两个人分了。”

“喝那么多？什么好酒啊？我二两酒就喝倒。”

“也不是什么好酒，瓷城大曲。”

“就你们两人喝吗？”

“是啊。”

“什么下酒的菜，让你们喝那么多？”

“半斤花生米，两斤猪头肉。”

“还真是下酒的好菜，哪天你们发了财有好吃的，也请请我。”袁指导故意讨吃，尽量消除对方的戒心。

嬴建峰听了很高兴，心想这个袁指导还真是个老公安，经验丰富，手法老到。他一听对方说喝醉了酒，就穷追猛打地一路问到底，说的话听起来也不露痕迹。当然，如果对方有问题，那袁指导问了这么多，他肯定会心慌。

就在袁指导与“泥巴崽”聊得起劲的时候，一个高高瘦瘦的人走了进来。

19

嬴建峰一眼认出，来人正是“半卷毛”。

“半卷毛”一见袁指导，表情有那么一点感到突然，但他很快就镇定下来，立马热情地走向前，大声说：“袁指导，什么风把您吹来了？”

未等袁指导回话，“泥巴崽”立即抢着说：“袁指导是带朋友来买瓷器的。”

袁指导笑笑说：“我顺便把你上次罚款的单子拿来了。”说完，袁指导就拿起公文包，拉开链子，伸手从里面翻了起来。

翻着翻着，袁指导哎呀一声，说：“我怎么把单子落下了。噢对了，可能是放在我办公室的抽屉里了。”

“半卷毛”听了一愣，随即他满脸堆笑说：“不要紧，那东西我要它干吗？又不能报销，要不要无所谓，就放在您那里得了，要是您觉得碍事，就撕掉算了。”

“那怎么行？派出所不给你不行。人家知道我跟你熟，昨天在分局开会就叫我带给你，单子肯定要给你，你要不要是你的事，拿了单子你自己怎么处理都行。撕了烧了随你便。”

“那，怎么弄啊？”

袁指导想想，说：“那这样，你跟我到所里去拿，反正路不远。”

“半卷毛”似乎有些犹豫，问：“现在去？”

“就现在。”

“那，你这两位朋友，不是要买瓷器吗？”

嬴建峰一听，立即说：“都看了，没合适的。”

“你们想买什么样的瓷器？”

“那种有九条龙的青花瓶子。”嬴建峰故意与龙生九子挂上钩，想看看对方的反应。

“半卷毛”一愣，说：“这种瓶子很难做，我们这里没有。”

袁指导问：“你们不是能仿造的吗？怎么会没有？”

“袁领导，那种瓶画工很复杂，也很难烧成，本钱高，我们从来没做过。”

“没做过那就做一个呗，干什么不都有第一次。”

“半卷毛”听了，有些不好意思地挠挠头，说：“那这样，你提供个图样，我想办法叫人做，好不好？”

嬴建峰装出高兴的样子，说：“那行，我下次带个图样来。”

“半卷毛”点头笑笑，然后问袁指导：“怎么样，袁领导，这样可以吗？”

袁指导说：“行，就这样吧。那我们去拿单子。”

“半卷毛”还是有些犹豫，问“泥巴崽”：“店里没有什么要紧事吧？”

“泥巴崽”拿眼瞄瞄袁指导说：“没有，一切正常，你放心去吧。”

这话在嬴建峰听来，觉得好像有点一语双关的味道。

袁指导也听出了“泥巴崽”的言外之意，可他仍然装作未听见，仍一脸笑望着“半卷毛”，说：“走吧走吧，我等会还要开个会。”

“半卷毛”转眼瞧瞧嬴建峰和黄美琴，意思是他们两个怎么办。

嬴建峰不失时机说：“我们再到附近转转。”

袁指导垂直右手伸出食指与中指往下指指，黄美琴见了，知道意思，是要她盯住“泥巴崽”。

嬴建峰挥挥手表示再见，便与黄美琴走出店铺，转到隔壁店去。

这边“半卷毛”似乎松口气，便放心跟着袁指导往青花派出所走去。

黄美琴在隔壁店，站住脚步轻声对嬴建峰咬耳根说：“袁指导叫我盯住‘泥巴崽’，你看怎么办？”

嬴建峰想想，说：“‘泥巴崽’在这开店，一时他不会随便跑，你只要看紧他。袁指导肯定带‘半卷毛’到所里问情况，我怕那个‘半卷毛’有名堂。袁指导一个人，年龄又大，我不放心，想跟在他后面。”

“那你的意思，是跟到所里去？”

嬴建峰跷跷拇指，点头笑笑，表示赞同。

20

袁指导与“半卷毛”走在一起，“半卷毛”差不多高出袁指导半个头。“半卷毛”走起路来一抖一抖，似乎脚有点不便。

袁指导吸吸鼻子，说：“‘半卷毛’，你昨晚喝了酒吧？”

“半卷毛”转头，有些惊讶地问：“您怎么知道？”

“我闻到你身上有酒味。”

“袁领导就是厉害。”

“昨晚喝的瓷城老窖，味道还好吧？”

“您怎么知道是瓷城老窖？‘泥巴崽’告诉你的吧？”

“对呀，他说你们两个在馆子店里喝到半夜，两个人都喝醉了，人家赶都赶不走。你们到底喝了多少酒哇。”

“哦，我们一人差不多喝了一斤。噢我们可是给了钱的。”

袁指导转头瞅瞅“半卷毛”，说：“你们是在人民饭店吃的吧，人家一早就跑到派出所来了，说你们两个喝醉酒闹事，还少算了人家一瓶酒钱。”

“啊，有这种事？”

“有没有，到时候你见了人家的面，不就清楚了。”

“半卷毛”一听，不禁双脚站住不走。他满是狐疑地盯着袁指导：“袁领导，您诓我吧？”

“不是我诓你，是你诓我啊。”

“谁告诉您我诓你啦？”

“是你告诉我的。”

“我，我什么时候告诉你？”

“就在刚才！”

“刚才，我刚才没告诉您什么呀？”

“‘半卷毛’，你说良心话，这么多年我对你怎么样？”

“没的说啊，比我爹娘老子都好。”

“那你还敢骗我，满嘴说胡话。”

“我，我怎么满嘴胡话骗您了？”

“你还要狡辩？你是真的不想好好过了。”

“半卷毛”听袁指导这么说，浑身不由一震，他想想不对头，突然转身拔腿就跑。

袁指导没料到这家伙竟然逃跑，边大喊“站住别跑”边向“半卷毛”拼命追去。

都说逃命十分力，追人逊三分。追着追着，袁指导就见前头的“半卷毛”渐渐跑远，眼见着拐过前面弄堂，“半卷毛”可能就不见了。

这时一个身影嗖地一下蹿出老远，一眨眼的工夫就跑到拐弯处。

袁指导明知自己追不上了，但他仍坚持往前跑。跑过弄堂口，再拐一道弯，袁指导累得用手撑着弄堂窑砖砌的墙壁，大口大口地喘气。

袁指导心想这下完了，这个“半卷毛”突然逃跑，很可能有问题，刚才自己心急了点，不应该在路上就问他那么多，发现他说了谎话不应该马上揭穿他，应该把他带到所里面去再问也不迟。

就在袁指导心生懊悔之际，前头传来吆喝的声音。他抬头朝前望去，不禁大喜，只见嬴建峰押着“半卷毛”往自己这边走来。“半卷毛”垂着头，走起路来一拐一瘸的，满是沮丧不堪的神情。

嬴建峰一肚子恼火，边押着“半卷毛”边斥责：“你跑什么跑啊？你跑得了和尚你还跑得了庙？”

“你轻点你轻点好不好，好痛哦！”“半卷毛”边走边皱眉哀求着。

袁指导两眼瞪着“半卷毛”，呵斥道：“好你个‘半卷毛’，你还跟我玩三十六计，你有本事你倒是跑哇！你要知道你是‘半卷毛’不是半飞毛，你以为你是谁啊，想跑就能跑掉？做梦！”

嬴建峰这时才看出来，原来袁指导是位话痨，这也许是在基层派出所工作时间长了的缘故，平时磨嘴皮子也是一项重要工作，你布置宣传检查调解哪一项不靠嘴巴，久而久之不动嘴都觉得难受。

“半卷毛”哭丧着脸，说：“袁领导您这样玩我干吗？我没干什么坏事。”

“你个‘半卷毛’，你没干坏事你跑什么？你不做贼还怕人抓啊？”

“半卷毛”说：“袁领导您是挖坑给我跳哇。我可没做贼，您可不能冤枉好人哪！”

袁指导两眼一瞪，斥责道：“你还敢说自己是好人？你以为我吃饱了撑的没事找你玩啊？你小子一身的事，前两天刚被罚款。你也是几十岁的人啦，怎么一点都不长进，你让我说你什么好哇？”

“袁领导啊，我知道你们抓人有指标，可现在快过年了，我不想进去，您就把我当个屁放了好不好？下次有机会，我一定帮您顶包，只要不关我太久，我都愿意。”

袁指导气不打一处来，说：“你胡咧咧什么啊‘半卷毛’，我什么时候要你顶包了？你把我看成什么人啦？”

“我看香港片里那些警察都这样搞。要不然你们怎么会有成绩？”

“你是看多了香港片脑子看坏了吧？香港好多警匪片都是胡编乱造的，怎么好看场面怎么热闹就怎么拍，那里面的很多人和事在香港都不可能发生，何况咱们警察更不会出现，也绝对不允许！”

“袁领导啊，你就不要蒙我了，我听兄弟们说，你们现在也要完成抓人关人指标。”

“你放什么狗屁‘半卷毛’，你老老实实说，你最近做了什么亏心事？”

“我，我哪来的亏心事？”

“‘半卷毛’，你不做亏心事你跑什么跑？没做亏心事你干吗骗我？”

“袁领导，您又说我骗你？我，我怎么骗你了？”

“你这小子，还死猪不怕开水烫是不是？走，我现在不跟你多说，到了派出所，我让你好好说。”

“半卷毛”听了，一下子赖在地上不肯走。

嬴建峰见状，干脆给“半卷毛”双手反扣手铐，然后使劲往上一提，“半卷毛”杀猪似的号叫了起来，嘴里不停地嚷着：“痛啊，痛啊，轻点、轻点啊，祖宗！”

袁指导很欣赏地瞧着笑，不紧不慢说：“‘半卷毛’啊，你给我老老实实去所里，有什么事到了所里再说。”

说完，袁指导也不管许多，背着手在前面带路。

“半卷毛”见路上行人都好奇地盯着他，便哀求说：“袁领导、袁领导你看在咱们这么多年的分上，手铐就不要戴了吧？”

袁指导停下脚步，对“半卷毛”说：“你还知道难为情啊，知道难为情就不要做见不得人的事。”

“半卷毛”一副死相，哀求道：“领导，领导你行行好，我以后还要混饭吃。”

袁指导想想算了，说：“那这样，我和小嬴在你身后两旁，我们挡住视线不让人看见，这样总行了吧？派出所马上就到了。”

“半卷毛”哭笑不得。

袁指导站在他右边，嬴建峰在他左边，三人就这样保持着距离，有些怪怪地向派出所走去。

21

三人来到青花派出所，袁指导让嬴建峰将“半卷毛”押到审讯室，他立即来到所长办公室，兴奋地对吴晓说：“所长，我们把人抓来了。”

吴晓一听，忙问：“什么情况啊，怎么抓人了？”

“这个‘半卷毛’，嫌疑很大。”

吴晓听罢很振奋，问：“是吗？”

“这家伙谎话连篇，并且来所里的路上还逃跑。”

“嗬嗬，‘半卷毛’说了哪些谎话？”

“刚才在来所里的路上，我故意套‘半卷毛’的话。那个‘泥巴崽’说昨晚两人喝了一瓶酒，可他说喝了两瓶。‘泥巴崽’说喝的是瓷城大曲，他却承认是瓷城老窖。‘泥巴崽’说是在‘半卷毛’家里喝的，‘半卷毛’却承认是在人民饭店喝的，纯粹是牛头不对马嘴。”

“这么说，他们两个肯定有一个在说谎。”

“那还用说，这个‘半卷毛’说谎的可能性更大。”

“为什么？”

“因为他半路上还逃跑了。”

“啊！你的脚受过伤，你怎么追得上他？”

袁指导嘻嘻一笑，说：“我哪有这本事，是小嬴抓住的。你还别说，这个小嬴真是个干警察的料，我也没叫他跟在后面，他就知道跟着。要不是他，还真让‘半卷毛’给跑了。”

吴晓知道如果能查实是“半卷毛”他们干的，那就是大功一件啊。眼下分局正在开展打击刑事犯罪统一行动，而且每月都要排名，要是能从“半卷毛”身上突破了，那所里破案排名就能靠前。

“指导员，要是那样，那咱们所就全力以赴，千万不能失去机会。你说是不？”

“对啊！刑警队的小黄还在瓷器街那里盯着‘泥巴崽’，咱们必须马上控制住‘泥巴崽’，将他带到所里来，分头审讯。”

“那好，我立即组织人员去抓‘泥巴崽’。”

袁指导兴奋地点点头说：“还要仔细查查他们两人的店和住所，看看能不能找到被盗物品的线索。”

“好！咱们分头行动，越快越好！小陈，小陈！”吴晓激动地喊着隔壁内勤室的小陈。

小陈赶忙跑了过来。

“你赶紧通知全所人员，马上到所里开会，越快越好！”

小陈瞪着两眼，用手撑撑眼镜，问：“我怎么跟大家说？”

“就说有重大案情，十万火急！”

“是！”小陈挺身大喊一声。

嬴建峰将人交给联防员看守，认为既然“半卷毛”有问题，那“泥巴崽”也好不到哪里去，便来到所长办公室，想叫所长派人将“泥巴崽”也找来问情况。

正好袁指导从所长办公室出来，一见嬴建峰，忙抬手一招，说：“来来来小嬴，所长和我商量了一下，准备现在就去抓那个‘泥巴崽’，你是在这里审‘半卷毛’，还是去抓‘泥巴崽’？”

嬴建峰没想到袁指导要自己选择，想想“半卷毛”已经抓到了所里，他不可能跑了，倒是那个“泥巴崽”，现在由黄美琴一个人盯着，不知情况如何，自己有些不放心，便下意识地说：“我去抓‘泥巴崽’吧。”

“那好，你就和吴所长一起去，他不知道‘泥巴崽’在哪里。”

嬴建峰忙说：“好的。”

正说着，吴晓出来了，他看见嬴建峰，很客气地说：“小嬴不错哇，第一天上班就抓住了‘半卷毛’，走，咱们去抓‘泥巴崽’，袁指导说你知道具体地点，就麻烦你带下路。”

“吴所长客气了，抓人是我的本分，抓不住人那当什么刑警。”

吴晓很高兴地一拍嬴建峰，豪爽地说：“好！这才是咱们刑警的样！”

袁指导听了有些尴尬，拿眼左顾右盼的好不自在。

吴晓意识到在指导员面前说这话不太合适，忙改口说：“当然不包括指导员，指导员年纪大腿部受过伤。”

见吴晓这么照顾自己面子，袁指导也坦然一笑，说：“所以说嘛，这刑警不是什么人都能干的，腿脚绝对要好。”

吴晓立即接嘴说：“那是那是，像我这种腿脚一般的，也只能到派出所来搞服务工作啦。”

袁指导一听，觉得自己的话又可能伤到吴所了，连忙说：“吴所长还年轻，你来所里是提拔重用，可不是后勤服务。”

“哎！指导员，咱们派出所就是公安局的大后方，就是为整个公安工作搞服务的嘛！”说着吴晓大笑了几声。

袁指导见吴晓脑筋转得特快，也哈哈笑起来，连说：“没错没错，咱们派出所工作都是搞后勤服务的。”

两人开心几句，便按照商定的分工，开始行动。

22

嬴建峰带着吴晓，还有所里另外两个民警三个联防员，呼啦啦地往瓷器街走去。

嬴建峰让吴晓在街口等他，他先去找黄美琴问情况。

不一会儿嬴建峰回到街口，对吴晓说：“黄美琴还在盯着‘泥巴崽’，‘泥巴崽’在店里没出来。”于是一帮人直扑“泥巴崽”的店，两名联防员守住店门，其余的一股脑挤进去，原本不大的店内就显得拥挤。

正在清点瓷器的“泥巴崽”抬头一瞧来了这么多人，感觉有点不对。再仔细一看吴晓，认出是派出所所长，还有站在所长身后的嬴建峰与黄美琴，顿时明白了是怎么回事，不禁心中发怵，手上一松，拿在手上的小瓷瓶便落了下来，啪的一声摔得粉碎。

“‘泥巴崽’，生意蛮好哇？见了来人就摔东西，发啦！”

“泥巴崽”脸上立马哭意涌来，忙道：“所长怎么有空来小店？刚才袁指导已经来了，不是我们不给这位小兄弟做瓷器，实在是没做过没样品，我们已经答应了做，只要小兄弟提供样品就行。”

“‘泥巴崽’，你的戏演得不错。最近京剧团要招人，你可以到那里上班喽。”

“所长，您这，这是什么意思？”

“‘半卷毛’已经在所里，我来找你，是什么事你心里没个数？”

“所长大驾光临，你不是为小兄弟瓷器的事那你为什么？”

吴晓不想多费口舌，一挥手，所里两位民警立即上前，将“泥巴崽”摁住。

“泥巴崽”忙喊叫着：“所长所长有话好说，君子动口不动手啊！”

吴晓不无讥笑地说：“没错，我们跟君子从来不动手，只跟小人动手。”

“所长，您看这，这样多不好。我称不上君子，可我也不是小人啊。”

吴晓冷笑说：“是君子还是小人，等会就见分晓。你现在要配合我们的调查。”

就在吴晓与“泥巴崽”说话的当儿，黄美琴与嬴建峰对店内的东西检查了一遍，没发现龙生九子的瓷器，也没发现其他可疑的物品与线索。

吴晓与黄美琴、嬴建峰交换了一下眼色，知道店内没找到有价值的东西，想想也对，“泥巴崽”和“半卷毛”就是再傻，也没傻到将赃物放在店里。吴晓一挥手，说：“先到所里再说。‘泥巴崽’，把门关上！”

“泥巴崽”听罢浑身乏力，两眼失神，耷拉着脑袋关店门。

就在这时，一个七八岁的小男孩满头大汗跑了过来，边跑边对“泥巴崽”哭喊着：“爸爸，爸爸，妈妈快生了，痛得要命，你快点回去吧！”

“泥巴崽”一听，紧张地望着吴晓，两眼满是哀求。

吴晓转头瞧瞧嬴建峰与黄美琴。

黄美琴说：“所长，人命关天，他是他，家人是家人，咱们还是先去他家看看情况。”

吴晓的内心激烈斗争了一番，最后还是赞同地点点头。毕竟咱们派出所不能光顾打击，服务群众更重要。

嬴建峰心里一阵感动，没想到看起来单纯年轻的黄美琴，心地却很善良。

吴晓又抬手一挥，说："走！到'泥巴崽'家里看看！"

"泥巴崽"很感激地向吴晓深鞠一躬。

就这样，众人由小男孩带路，直奔"泥巴崽"家而去。

23

"泥巴崽"家住在红辉瓷厂宿舍，房屋用红砖砌成，全是上下两层的筒子间。

男孩匆匆来到一楼最左边一间，用力推门进去，众人远远地在门外就听到痛苦的叫喊声。

黄美琴最先进屋，不一会儿她就走出来，对吴晓说："吴所长，产妇可能难产大出血，要赶紧送医院。"

"泥巴崽"一听哭了起来，边哭边往里冲，嘴里喊着："老婆啊，我对不起你呀！这可怎么办哪，我的老天？"

吴晓见状，果断说："快！把人送到医院，救人要紧。"

嬴建峰和黄美琴使劲点头。

吴晓将"泥巴崽"叫到门外，严肃地说："我跟你说清楚'泥巴崽'，按理我们是要把你带到所里审问的，现在情况特殊，你老婆很危险，我们不得不让你送你老婆到医院，但你要向我保证，不逃跑更不能自杀。"

"哎呀所长哇！我老婆小孩都快没命了，我逃什么跑自什么杀啊，快救人要紧哪所长！我求求你帮帮我，帮我救救我老婆孩子呀，这是两条命哇两条命啊所长！"

说着说着"泥巴崽"竟扑通一下双膝跪下，对着吴晓叩起头来。

小男孩哭喊着："妈妈，你要坚持住啊，爸爸会送你去医院的！"

嬴建峰一怔，没想到"泥巴崽"的小孩这么懂事，在危难关头懂得安慰母亲，便用有些怜悯的眼神瞧瞧小男孩。嬴建峰来到吴晓面前，将吴晓拉到一旁，有些着急说："吴所你看这样行不，赶快找一块门板，把产妇放在门板上，让‘泥巴崽’在前头抬，我来抬后面，上下楼难走的地方大伙搭把手，这样行不？”

嬴建峰的意思叫“泥巴崽”在前面抬，他自己的老婆小孩不可能撒手不管，他抬着人就不可能随便放手逃跑，有利于看管。这样既可以救人，又能看人，一举两得。

吴晓欣然同意嬴建峰的想法，又是抬手一挥，说：“快，‘泥巴崽’你不用跪，赶紧找块门板送你老婆去医院。”

“泥巴崽”听了赶紧起身连鞠几个躬，然后找到一张竹床，拿出棉被垫上，将他老婆抬上去，也不管产妇血会染红被子。

嬴建峰叫“泥巴崽”抬前头，他抬后面，几个人一路小跑着往妇幼保健院赶去。

等产妇顺利产下一女婴时，已经是一个多小时之后的事了。那时，产妇的母亲姐妹相继赶到了。

“泥巴崽”筋疲力尽地瘫坐在长凳上。经过这么一出惊险紧张的救人风波，他心里彻底想开了。

他吃力坐起身，挣扎着来到吴所面前，诚恳地说：“所长，你们救了我家两条人命，我再瞒你们，那我，那我就不是人了。”

24

胡东升带着技术组的人重新对案发现场进行勘查，终于有了一些新发现。

钟正仕陪着鲁卫国也赶到文物博物馆，来到杨鸿儒馆长的办公室。

杨鸿儒见状，热情与鲁卫国等人握手。

钟正仕说：“老同学，你赶紧准备一间会议室，我们要开案情汇报会。”

杨鸿儒立即叫来办公室郝主任，请他将会议室打开，准备好开水杯子，然后请大家到会议室坐。

钟正仕见人到齐了，便说：“市局对我们的案件侦破工作高度重视，鲁局长在百忙中亲临现场，听取我们大家的工作汇报，指导我们下步的工作。刚才我已经把我们前段时间的工作情况向鲁局长做了汇报，接下来大伙只要谈谈新发现的情况就行，不要老调重弹。”

鲁卫国赞同地点点头。

“好，下面谁先汇报？”

话音一落，胡东升便举举手，说：“我先来说。”

胡东升拿出笔记本翻看了一下，然后说：“我们通过重新勘查现场，有一个重大发现。”

鲁卫国与钟正仕都望着他，想听听到底是什么重大发现。

“在案发现场，我们发现摆放龙生九子青花瓶的保险柜曾经被撬过，被撬动的痕迹起码是在三个月前，而仓库大门外被撬的门锁痕迹却是新的。”

此话一出，不啻扔出一颗炸雷，令人震惊。

鲁卫国立即问：“就是说，撬盗保险柜的那伙人与撬扭大门外两把锁的人，不是同一伙人？”

胡东升点点头，继续说：“对！从这两组撬动痕迹的力度、角度、深度、方向以及所用工具等进行比对，可以判断是两伙人作案，除非他们故意布的迷魂阵，但那种可能性显然不大。”

鲁卫国颔首。

“当然，他们的目的都是为了盗窃，但是否盗窃同一个目标，我们现在还不得而知。”胡东升解释道。

钟正仕问：“还有其他新的发现吗？”

“有！”谷地丰举手大声道。

众人眼光嗖地转向他。

“我们发现仓库管理员但日生有重大嫌疑。”

鲁卫国唔了一声，问：“具体什么情况？”

“据有仓库钥匙的两位保管员反映，但日生曾经分别请过他两人喝酒，而且两人都喝醉过，所以，他们怀疑但日生将他们灌醉后偷偷用印泥拓下钥匙模，再到外门配好钥匙，然后开锁作案。同时。我们将他的照片拿给配钥匙的师傅看，配锁师傅也认出了他曾经配过多把钥匙。”

钟正仕赞赏地点点头，说：“很好！这在另一方面正好可以说明，这个但日生用配的钥匙打开大门外的两把锁，而他自己保管的保险柜钥匙他不敢用，只好用撬锁的办法来掩人耳目。”

鲁卫国果断拍板，说：“那就立即对这个但日生采取措施。”

谷地丰很得意地答应一声。

25

青花派出所审讯室内，“泥巴崽”公开向吴晓说：“所长，我希望那两位同志来审我。”

吴晓感到意外，问：“哪两位？”

“泥巴崽”用手指指嬴建峰与黄美琴。

吴晓冷笑说：“你小子眼毒哇，怎么一眼就瞧上他们两个？”

“泥巴崽”显然有些胆怯，但他还是下定决心，说：“我，我看他们两个面善，最起码不会打我。”

吴晓扑哧一笑，说：“听说有想挨刀的，没想到还有挑刀挨的。”

“泥巴崽”嗫嚅着说：“我，我要他们两个审，心里踏实些。”

吴晓不愿跟他磨嘴皮，说：“好吧，你要知道，他们两个是刑警。”

“泥巴崽”的眼光畏缩了一下，还是肯定地说：“刑警我也认了，所长。”

吴晓是老刑警了，知道让被审问人信任的人去审讯，效果一般会更好，便爽快答应：“那好，小嬴小黄，就你们两个审问吧，我去那边看看情况。”

说完吴晓就走出审讯室，特地将门关上，让嬴建峰与黄美琴两人好生审问。

“泥巴崽”坐在对面的椅子上，嬴建峰坐在审讯桌右边，拿出笔记本准备记录。黄美琴一看，知道嬴建峰第一次审人，担心他不太清楚审讯笔录怎么记才合规范，便拍拍嬴建峰肩膀，示意让他坐在主审的位置上，她来记录。

嬴建峰知道黄美琴的意思，便有些感激地看看她，然后挪动屁股，心情有些忐忑地坐在左边主审位置。但他不知道正式审讯的程序是怎样的，具体要问哪些内容，便想先看看黄美琴在审讯笔录上写些什么。

黄美琴从公文包里拿出笔录纸，抬头写上“审讯笔录”四个字，然后写上时间、地点、被审讯人、审讯人和记录人。

嬴建峰见黄美琴写得差不多了，突然想起“泥巴崽”指名要自己和黄美琴审讯，便对“泥巴崽”说：“哎‘泥巴崽’，在没有正式问你情况之前，我想问你一个题外的问题。”

“公安同志，你问吧，只要你想知道的，我一定告诉你。”

“你为什么要指名我们来审？”

“因为，因为你们两个人好。”

嬴建峰有点疑惑地笑笑说：“你是想我们两个照顾你？”

“泥巴崽”有些尴尬地笑笑，说：“当然想，但也不全是。”

“那为什么？”

“因为你们两个是好人，我想报答你们。”

嬴建峰听了一笑说：“我们警察都是好人，你都应该报答。”

“泥巴崽”听完摇摇头，说：“你那样说我也就没话说，就算你们警察全是好人，我也报答不过来，我只能报答对我有恩的人。”

黄美琴说：“你想报答我们，就必须要告诉我们实情。”

“泥巴崽”却反问：“如果你们破了大案，是不是就可以立功受奖？”

“那当然。”嬴建峰回答。

“那就对了，我要让你们立功受奖。”

嬴建峰与黄美琴两个面面相觑。

“你们不用怀疑，刚才你这位女同志帮我说了好话，这位男同志帮我救了我老婆孩子，这份恩情很大，我‘泥巴崽’要还你们这份人情。”

嬴建峰立即感觉到“泥巴崽”身上有重大隐情，便顺水推舟劝道：“‘泥巴崽’，我知道你有心理负担，老婆刚生，家庭负担很重，但只要你交代的情况属实，我们可以考虑你有立功表现，尽量减轻对你的处罚。”

“泥巴崽”双手抱住脑瓜，低着头，慢慢哭了出来，边哭边说：“我进去了，我老婆小孩怎么办哪？”

嬴建峰和黄美琴相互看了一眼，嬴建峰说：“我们会找居委会，还有你的亲戚，要他们想法照顾你家里。当然，我们也会尽力帮助你的家人。”

黄美琴很赞同地点下头。

“泥巴崽”听了非常激动，扑通跪下，连叩三个头，然后毅然决然说：“我可以告诉你们，盗窃文物的一共有四个人。”

嬴建峰一听暗自高兴，忙问：“哪四个？”

“我、‘半卷毛’，还有但日生和水满山。”

嬴建峰知道“半卷毛”，另两个情况不清楚，便问：“但日生和水满山是什么人？”

“但日生是文物博物馆保管员，他爸以前是馆长。水满山是汽车司机，原来在文物博物馆给但日生的爸爸开车，但日生爸爸退休后，他就出来跑个体运输。”

嬴建峰与黄美琴抑制不住内心的喜悦。

嬴建峰赶忙问：“被盗的东西现在在哪儿？”

“在陶阳里滩墩下。”

嬴建峰又与黄美琴互瞧一眼，两人都不知道这个陶阳里滩墩下具体在哪里。

“泥巴崽”见状，主动说：“那地方很难找，我带你们去。”

26

当七件龙生九子青花瓶一溜儿摆在分局会议室桌上时，钟正仕兴奋地对嬴建峰说：“小嬴，我要为你请功！”

谷地丰的心里更是失落。原本以为自己发现了但日生这条线索，为破获盗窃案立下汗马功劳，那就可以立功受奖，接下来提拔重用就是水到渠成的了。没承想这个嬴建峰更猛，他干脆来个釜底抽薪，直接把赃物给端来了。

鲁卫国显得很高兴。他笑呵呵地摸摸这个又拍拍那个，围着那些青花瓶转了一圈。

市局政治部特地派黄美琴的同学、漂亮的殷艳丽来实地采访。

殷艳丽又是拍照又是采访，忙得不亦乐乎。

嬴建峰当着这么多领导的面，觉得自己做得还不够，说：“局长，还有两个没追回来，这个功，我不好意思得呀！”

钟正仕哎了一声，说：“能追回七件，很了不起了，这个功还是要给的。”

说完，钟正仕拿眼瞧瞧鲁卫国，心想鲁局长肯定会同意的。令他没料到的是，鲁卫国却长叹口气，说：“这个功啊，还真不能给！”

钟正仕听了很惊讶，急忙望着鲁卫国，不知他什么意思。

鲁卫国笑笑说：“我打个比方，假如我们去剿匪，九个土匪跑了两个，你能说我们的剿匪成功了吗？”

钟正仕坦诚地说：“那是不能算。”

“对呀！这次虽然追回了七件，但还有两件没追回，这就像我们剿匪一样，漏了两个，不能算成功。更何况没追回的两件正好是老大囚牛和老九螭吻，也就是说，龙生九子中，这个龙头与龙尾都没找着，整套作品就是残缺不全的，这就等于是案子没破完整，又怎么能够立功呢？”

嬴建峰听了，觉得鲁卫国说得有道理。

倒是黄美琴，心里哎呀一声难过得要命。她心想自己当了三年多内勤，一直没有像其他同事一样办案，失去立功的机会，这次嬴建峰点名要自己作陪，好不容易破了个大案，追回了大部分赃物，原指望这次可以立个功的，没想到鲁局长这么认真，一句话就把这个功给撸掉了，真是不甘啊。

嬴建峰看出黄美琴有些哀怨的目光，对她坦然地笑笑，以示安慰。

所有这些，都被谷地丰看在眼里。刚才鲁局长的话，在他听来觉得受用，因为他知道自己立功的希望破灭了。现在鲁局长定了不立功的调，反而让他心里宽松许多。如果让第一天上班的嬴建峰抢了头功，自己会很没面子的。

更要命的是，嬴建峰点名要这个黄美琴去，结果他两个还真把案子给破了。即便他两人在破案中的作用是一样的，但最先提供线索的人是嬴建峰，论起的作用嬴建峰应该排在黄美琴前面。

从自己对他们两人的表情来看，黄美琴显然对嬴建峰的印象很好，并且好像超过了对自己的好感，真不知道这个嬴建峰是个什么人，怎么好事都堆到他身上去了。

谷地丰不知怎么的，竟开口说：“我拥护鲁局长的决定，咱们现在的案件不能算全破，立功授奖不太合适，等咱们把所有的赃物追回来了，再立功受奖也不迟。”

谷地丰话音一落，胡东升和钟正仕等人的脸上，都露出些不悦的表情。

鲁卫国显然注意到大伙的反应，抬抬手，说：“刚才谷组长说的话可能有些偏了。我说不立功，并没有说不能授奖。破了这么大的案子，如果连奖励都不给，那奖励还能给什么人啊？对不对？”

黄美琴的反应最快，带头使劲鼓起掌来，会场掌声一片，臊得谷地丰满脸通红，低头不敢瞧人。

鲁卫国抬手示意大伙停下，接着道：“不管怎样，你们城东分局刑警队能在一天时间内就破获了文物博物馆珍贵文物被盗案，摧毁了以水满山为首，但日生、‘泥巴崽’和‘半卷毛’参与的犯罪团伙，追回了绝大部分被盗文物，成绩是显著的。特别是嬴建峰同志，第一天上班就破获了大案，追回了大部分赃物，应该表彰奖励。”

大伙听了，群情振奋。

“我刚才说了，功不能立，但奖励要给。同时给予奖励的，还有黄美琴同志、胡东升同志，包括谷地丰同志。当然青花派出所的吴晓所长和袁崇明指导员，也要表扬奖励。”

黄美琴高兴得手舞足蹈，大声呼喊着“哦！哦！……”

鲁卫国侧过头对着殷艳丽笑道：“你这位同学啊，疯啰！”

殷艳丽兴奋地说：“我同学就是这个样，一高兴起来，就什么都不顾。”

殷艳丽边说，边拿起照相机，对着黄美琴咔嚓照了下来。

鲁卫国又转过头，对钟正仕说：“你们好好写个总结材料，报到市局，越快越好！”

“好的鲁局长，我们马上写，会尽快上报。”

这时嬴建峰来到胡东升身边，轻声说：“胡队，你让我去追捕水满山吧。”

胡东升有些担忧地望着嬴建峰道：“水满山已经带着那两个瓷瓶下落不明，很可能跑到香港和澳门那边去了，你怎么追？”

“胡队，这个水满山是我初中同学，我对他比较熟悉，他这个人最大的喜好就是赌博，所以呀，我分析他有了钱后很有可能去澳门。”

“那没有钱呢？”

“那他肯定是先搞钱了。”

胡东升瞅瞅嬴建峰，笑笑说：“你的心情我理解，你是不想让你参与的第一起案件留下什么遗憾。但你刚上班，各方面情况都不熟，我们要再研究一下，有结果了再告诉你。”

嬴建峰只好点点头，说：“那我等队长的消息。”

这时黄美琴将殷艳丽拉到嬴建峰面前，介绍说：“嬴建峰，这就是我师范的同班同学，殷艳丽。”

嬴建峰立即向殷艳丽伸出手，热情地自我介绍说：“嬴建峰，很高兴认识你，请多多关照。”

黄美琴顺着话头说：“那是哦，咱们殷同学现在可是穿警服的无冕之王，她要你红，你就红，要你丑你就丑嘞！”

“美琴你说什么啊？没你这么夸张！”殷艳丽红着脸嗔怪。

嬴建峰立即附和黄美琴道：“美琴同学说得没错，记者同志你可要好好宣传一下美琴同学，她可是巾帼不让须眉。”

“我是说写你，怎么又扯到我头上来了？”黄美琴赶紧说明。

正在边上的钟正仕听见了，大声说："你们两个都不要推来推去。殷记者，他们两个都要写，而且一定要写出彩，好不好？这件事就拜托你了。"

殷艳丽忙点着头说："没问题，我一定写好，请局长放心！"

看着几个人开心地聊着，鲁卫国走了过来，对黄美琴说："小黄，我听说你还不太愿意去市局政治部，说是要为你的发小报了仇才肯去，有这事吗？"

"有啊。"

鲁卫国很欣赏地点点头，说："不错，有志气，我就喜欢你这种有志气的人。那你可要好好干，争取早日破案。"

"可是，队里不让我办案，让我当内勤，我希望鲁局长帮我跟队长他们说说，让我也去办案。"

鲁卫国觉得这个要求很合理，便转头瞧瞧胡东升，胡东升知道鲁卫国有话对他说，便走了过来。

"胡队长，小黄同志要求办案，她有没有跟你提过？"

"提过啊，可她一位女同志，我们担心太危险，不敢让她上手。"

鲁卫国抬头一笑说："一线办案是有危险，但我们办理女性犯罪案件时，就需要女同志啊。"

胡东升一听，知道鲁卫国的意思，忙笑着说："那行，我就让她先兼着办案。"

黄美琴听罢，忙举手说："我要办理三年前的师范杀人案。"

胡东升一愣，迅速回忆着，记起了三年前确有一起师范学校女毕业生被杀案。黄美琴来到刑警队时就跟自己说过，被杀的那个女学生是她最好的同学，还说不破此案她不会离开刑警队。当时也是因为她初来什么都不熟，就没让她参加。没想到这起案件一拖就三年了。

"噢，我想起来了，那个被杀的女生是你最好的同学，对吧？而且你来刑警队，其实就是因为她被害。"

黄美琴使劲点头，欣喜地说："队长，你同意我参与办理那起案件了？"

"同意啊，我能不同意吗？"胡东升说着转头对鲁卫国笑笑。

"太好了！谢谢你胡队。"黄美琴一蹦三尺高。

胡东升见谷地丰站在边上看着黄美琴，便抬手招招，谷地丰立马过来。

"来来来，地丰，现在当着小黄的面，你让她参与三年前师范那起杀人案的调查，好不好？"

谷地丰瞪着一双铜铃般牛眼，很是不解地说："那起案子我们一直在办，你参与干吗？"

"我要亲手逮住凶手！"黄美琴咬牙切齿道。

"就你？我的大小姐，你省省吧，有我们这些大男人在，就不劳烦你亲自参加了吧？"

黄美琴一听有气，噘着嘴说："我就是要亲自办，你们大男人那么厉害，怎么到现在还没抓住凶手哇？"

"你，你！……"谷地丰被黄美琴噎着说不出话。

胡东升哈哈一笑，说："好啦好啦，不要多说，这件事就这么定了。"

谷地丰见毫无推托余地，只好低下头，说："那好吧。"

黄美琴兴高采烈地走到嬴建峰身边，对着嬴建峰耳朵轻声说："有希望了。"

"什么希望？"嬴建峰轻声问。

"胡队已经同意我参与办案，我有希望拿到同学被杀的案卷了。"

"太好了，那抓紧办，争取早日把案卷拿到手。"

"好嘞！"

27

杨馆长为答谢破了案，专门购买了鸡鸭鱼肉，请大师傅在食堂里弄了四桌，还准备了十五年瓷城老窖犒劳大家。

在宴会上，杨馆长言辞恳切道："各位领导，同志们，非常感谢你们兵速神速，仅用一天时间就侦破了文物盗窃案，追回了绝大部分被盗文物，在此，我代表文物博物馆，向各位领导和同志们表示最衷心的感谢和崇高的敬意！"

说完，杨馆长带着三个副馆长先后向钟正仕、胡东升等人依次敬酒，最后来到嬴建峰与黄美琴一桌。杨鸿儒转头向三位副馆长介绍说："我们要特别感谢嬴建峰警官和黄美琴警官，如果没有他们两人及时侦破案件追回瓷器，那我们大家头顶上的乌纱帽就都保不住。所以，我们四个不管酒量大小，同时要敬两人三杯，以表谢意！"

嬴建峰与黄美琴站起身来，端着酒杯。黄美琴泰然处之。嬴建峰一脸为难。

杨馆长似乎看出嬴建峰怕酒，便一抬手说："你们两位随意。"

说完，杨馆长带头举杯，四位正、副馆长同时向嬴建峰和黄美琴连敬了三杯。嬴建峰只端杯沾了一下嘴唇，黄美琴却一饮而尽。

三杯下肚，三位副馆长已经有点不胜酒力，其中陈天河副馆长身体有些摇晃。

杨馆长用手拍拍陈天河副馆长，示意他要站稳。接着，杨馆长又端起酒杯，说："希望江警官和黄警官再努力一把，把我们被盗的老大老小都追回来，到那时候，我杨鸿儒要向你们两个大敬六杯，就是立马把我抬到医院抢救，我也愿意！来，我再敬你们一杯。"说完，杨鸿儒又举杯干了。

杨馆长看起来文质彬彬，可酒量惊人，喝了一斤多还没有明显反应，大伙纷纷赞扬。

胡东升站起身，大喊："杨馆长，你真是海量啊！"

钟正仕哈哈一声道："杨馆长可是我们同学里喝酒的老大，喝个两斤没问题，他的外号就叫酒仙。他会喝酒也就罢了，他还对酒文化有很深的研究。"

谷地丰有点地炮的性格，立马站起身，叫着："那就请杨馆长跟咱们讲讲酒文化，也让咱们长长见识。好不好哇？"

大伙齐声叫好。

杨鸿儒微微一笑，放下酒杯，神情潇洒地一撸袖子，说："各位同志，咱们中国酒文化博大精深，源远流长。不是有句话，说男人不喝酒，莫在世上走吗？"

杨鸿儒说到这，转眼看到黄美琴，觉得自己的话可能有些绝对，便解释说："当然，这句话并不是说女人就不能喝酒，所谓女士一端杯，打倒一大堆嘛。女士中能喝酒的还是大有人在。"

黄美琴大声说："说得对！"

杨鸿儒开心一笑。继续道："所谓万丈红尘三杯酒，千秋伟业一壶茶。作为中国人，光会喝酒还不行，还要有酒文化。那样，这酒才喝得有意义，喝得有价值。大家说，对不对啊？"

"对！"大伙异口同声道。

"其实酒文化有好多个层次，我给它总结出了既好记又清晰的层次，就是五个层次。"

"哪五个层次啊？快说吧杨馆长！"谷地丰又喊叫着。

杨鸿儒哈哈一笑，说："酒文化的五个层次，从低往高里算，分别是饮食、解忧、愉悦、诗意和哲理五个层次。"

“杨馆长，你给简单说明一下这五个层次的内容。”谷地丰喝一口酒说道。

“好的，我把这五个层次的内容都用诗来证明。这第一个层次，是酒与我们所有吃的菜饭、喝的茶汤一样，是一种饮食，正如白居易所写的‘绿蚁新醅酒，红泥小火炉。晚来天欲雪，能饮一杯无’。还有李白的‘花间一壶酒，独酌无相亲。举杯邀明月，对影成三人’。这两首诗里写的酒都是一种饮食。不带任何感情色彩。”

胡东升点头称赞：“没错！”

“酒文化的第二个层次，就是解忧。正如曹操诗所说：‘何以解忧，唯有杜康’。《增广贤文》里有‘三杯通大道，一醉解千愁’的诗句。”

谷地丰号着嗓子扯：“好！”

“这酒文化的第三个层次，就是愉悦。所谓酒逢知己千杯少。又如《增广贤文》里说的：‘酒逢知己饮，诗向会人吟。相识满天下，知心能几人’。”

“是啊！我喝那么多酒，知己在哪儿呀？这酒可怎么喝哇！”谷地丰有点借题发挥。

杨鸿儒微微一笑说：“酒文化的第四个层次，就是酒已经脱离了物质层次，上升到诗意层面。就像贺敬之先生所写的：‘诗情如酒，酒意如诗’。还有‘酒是水中诗，诗是水中酒’等等。”

“妙啊！”嬴建峰不由拍案叫绝。

“酒文化的第五个层次，就是上升到哲理的层次。正所谓‘杯中日月小，酒里乾坤大’，还有‘杯中小世界，酒里大乾坤！’”

杨鸿儒声音一落，全场齐声叫好。

谷地丰有些醉意地走过去，说：“杨馆长你说得太好了！我，敬你一杯！”说完敬了杨馆长一杯。

杨馆长很客气地喝了，说了声：“谢谢！”

这时嬴建峰不由自主地来到主桌前，举杯对杨鸿儒说：“杨馆长，我想拜您为师，学习古陶瓷知识，不知您肯不肯收我这个徒弟？”

“嬴兄弟，我当你老师不敢，你如果需要古陶瓷的资料，我提供给你没一点问题。凭着你的悟性，只要你肯学，我相信你很快就会掌握的，我怕到时教不了你。”

“杨馆长太谦虚了，我不但要跟您学古陶瓷知识，我还想跟您学习古文知识。”

“这好办，改日我送你一套《古代汉语》给你，你有时间，多看看那上面的诗词文章就可以了。”

“那里面有您刚才讲的酒文化吗？”

“当然有，但都是零散的，没成系统。但只要你看多了，积累的酒文化知识多了，自然就成系统了。正如明末理学家陆世仪所撰写的那副对联，‘水到渠成看道力，崖枯木落见天心’。”

嬴建峰听罢点点头道：“谢谢杨馆长指点，我又受教了。”

坐在旁边的钟正仕站起身，对嬴建峰说：“小嬴不错，有很强的求知欲。知识是成就一切的保证。其他的不说，在咱们瓷城，如果不懂点瓷器，根本做不好工作。特别是咱们干刑警的，更要熟悉古瓷，要不然很难做好安保和侦破工作。小嬴，你要敬杨馆长一杯，他是这方面的顶级专家。”

嬴建峰听了，提起茶壶往酒杯里倒满一杯水，举杯说：“不好意思杨馆长，我不会喝酒，只好以茶代酒，我特意敬您一杯，希望您以后多多指教。”

谷地丰斜里插了过来，伸手将一杯酒递到嬴建峰面前，说：“你既然要敬杨馆长，就应该用酒，要不然就是不诚心。”

“我用茶水敬，杨馆长也喝水，根本不存在诚不诚心的事。你说对不对杨馆长？”

“对对对！”杨馆长坦然答道。

“那不行，要敬就该用酒敬，用水那算怎么回事？杨馆长刚才说了，男人不喝酒，莫在世上走嘛。来来来，端杯，喝酒！”

说着谷地丰强行夺下嬴建峰手中的茶杯，将盛满酒的杯子往嬴建峰手里塞。

嬴建峰左右为难，黄美琴走过来，一手接过嬴建峰手中的酒杯，豪爽地说：“谷组长，我来代替嬴建峰喝吧！”

谷地丰拦着不肯，朝嬴建峰讥讽地说：“嬴建峰你不是个男人！”

嬴建峰听了，脸色一沉，随之不以为然地笑笑。

黄美琴很不服气，说：“谷组长有本事你跟我连干三杯，怎么样？你敢不敢？你不能欺负人家嬴建峰是新来的。”

谷地丰没想到黄美琴敢挑战自己，本不想与黄美琴比酒，因为听说过她的酒量很大，但在众目睽睽之下向一个女同志服软，不是他的性格，于是便硬着头皮说：“干就干！难道我还怕你一个丫头不成？”

黄美琴端起桌上酒杯，连着与谷地丰干了三杯。杯子刚放下，谷地丰就噗的一声张嘴喷出。

胡东升见状，忙上前去扶，谷地丰用力将他的手一抛，踉跄着向黄美琴坐的那桌走去，哪晓得没走两步，脚下一滑，一跤摔倒在地。

两名刑警忙上前，扶起谷地丰。

胡东升见谷地丰已经酩酊大醉，便说："快快，送他回去休息。"

就这样，宴会以谷地丰醉酒而结束。

临分手时，钟正仕对胡东升说："今天杨馆长算是出大血了，这餐酒，是他个人请的。没花公家一分钱。"

胡东升听了，心生感动，说："钟局，你这个老同学做人厚道啊，案件没破让他丢官受处分那就太可惜了。"

"是啊，官帽暂时算保住了。不过，如果那两件东西没追回，他就别想升官。"

胡东升点点头，深深地叹了口气。

28

深夜十二点，刑警队办公室内仍然亮着灯光。

赢建峰坐在办公室桌前，桌子两旁堆满工作笔记本，赢建峰正低头看东西，边看边在笔记本上写着。

黄美琴在办公室写完材料准备下班回家，发现赢建峰的办公室里亮着灯，便轻轻推开虚掩的门，探头往里一瞧，见赢建峰正聚精会神看东西，便蹑手蹑脚走过去。可能是赢建峰看东西太专注了，直到黄美琴来到他跟前，赢建峰才发现，忙噢了一声说："你还没下班哪？"

黄美琴说："你都没下班，我能先下吗？"

赢建峰有些不好意思地说："我这不是新来的嘛，业务都不懂。我呢，借了胡队钟局当年办案的笔记本，那里面记了好多破案的经过，还有对案情的分析，对犯罪分子的画像，我想好好学习一下。"

黄美琴眨着一双凤眼说："这真是个好办法，我怎么就没想到呢？……借了多少本啊？"

"噢，有五十多本吧。"

"这么多，你什么时候看得完？"

"我呀，准备在一个月内看完，还得做学习笔记，这是我在部队时养成的习惯。"

"你这个习惯好啊，前天你刚上班时就是边听边做笔记，所以杨馆长说的龙生九子你全都记下了，而且马上就在会上临场发挥，这都跟你记笔记的习惯有关吧？"

嬴建峰笑着点下头，说："美琴你太厉害了，真没想到你的酒量那么大，喝了四杯都没事，真的是女中豪杰，巾帼英雄。"

"你也学谷地丰，捡好听的话哄我开心？"

"没有啊。今天多亏你帮我解了围，我才能清醒地坐在这里看东西学习。今天真是对不起你，让你喝了那么多酒。"

"看你说的，你不是不会喝吗？我不帮你谁帮你啊？何况我看不惯谷地丰那个嚣张的样儿。以后有人敢拿喝酒的事欺负你，你找我！"

嬴建峰脸露歉意地说："其实啊，我喝个一斤多也没问题，可我不能喝啊。"

黄美琴一听，大感意外，忙问："为什么呀？"

"我不想喝酒有三个原因。一是谷地丰是我组长，我不能让他难堪，毕竟以后我与他在一起的时间很长。二是我初来乍到，我要抓紧一切时间学习业务，不能因为喝酒耽误时间。三呢我是不想让人知道我的酒量，这样可以免去很多应酬上的麻烦。你说对不对？"

黄美琴听罢，露出感佩的神情。从这一刻开始，才感觉到对方的厚道善良与理智，也感觉到对方是个勤恳努力之人，也显得很有修养。这样的人，在无形中增强了亲和感。

嬴建峰这时想起了什么，便说："胡队同意你参与你同学被杀的案子，那你什么时候能将案卷拿到手？"

"现在还不知道，我会尽快想办法。"

"那好，我就等你拿到案卷，然后我要好好研究一下，争取早日抓到杀人真凶。"

"那你想从哪些方面入手？"

"我刚才看了钟局长的办案日记，他有一句话说得很好。"

"哪句话？"

“功夫在诗外，破案也同样。”

“什么意思？”

“从钟局工作日记里的记载看，他侦破的那起杀人案，是从被害人家里人那里找到线索。”

“你是说，是从他家父母兄弟那里找到的线索？”

“对啊。所以，我在想，陶欣被杀案三年没侦破，没找到有价值的线索，是不是我们对她家人的情况了解不够透彻？”

黄美琴觉得嬴建峰说得很有道理。“你说得没错，我也是怀疑，是不是当时谷组长他们的侦破方向错了。”

“是吗？你也这样认为？那简直太好了，我们两个都想到一块去了。那你快和我说说，说说她家里的情况。”

“好的。我同学陶欣是独生女，她妈妈是景光瓷厂美研室的画师，她爸是做瓷埙的，一生酷爱研究吹奏瓷乐，所以陶欣报考师范音乐专业，本来陶欣已经被部队文工团录取了，可是她妈妈突然重病卧床不起，她便主动放弃去部队，留在瓷城边读书边照顾母亲，她是个多么善良孝顺的人啊。因为她突然被害，她妈妈伤心过度，三天后就去世了。短短几天内，失去了心爱的女儿与相依为命的妻子，陶欣的爸爸整个人彻底崩溃了，他，他一下子就疯掉了。整天痴痴呆呆的，坐在女儿的房间里，用瓷埙吹，吹那首《想女儿的时候》，每次吹完，他就泪流满面，痛哭不已。”

说着说着，黄美琴不禁潸然泪下，哽咽啜泣。

嬴建峰听完，眼睛不知不觉就湿润了。他双手紧握拳头，浑身颤抖，既为凶手的暴虐而愤慨，也为陶欣一家的悲惨命运而痛灼。

嬴建峰看看手表，已经十二点半，便安慰说：“美琴，今天太晚了，你又喝了那么多酒，早点回家休息，你同学陶欣的案子，咱们以后再谈，好吗？”

黄美琴抬手擦擦眼泪，有点羞赧地笑笑。说：“……好吧，不过，你得送我回去。”

“没问题！”

嬴建峰说完，马上起身将借来的一大堆工作笔记本收拢，放进文件柜内锁好，然后出了办公室，将门关好，来到存放自行车的拐角处，与黄美琴一起，推着自行车出大门，骑上自行车向马鞍岭爬去。

由于下雨路上打滑，两人便下车走路。天太黑，嬴建峰用手电照着边走边聊。

“哎，美琴，最近有部电影叫《祭红》，是写咱们瓷城故事的，你知道吗？”

“知道，我听同学说过。不过，我听说还有一部电影叫《逼婚记》，有时间我很想看看。”

嬴建峰扑哧一笑问：“你家里人是不是逼你结婚啊？”

“是啊，可我同学的仇未报，我哪有心思谈婚论嫁？”

嬴建峰的心里深为感佩。以前只知道男人为了替亲人朋友报仇不肯结婚，还从未听说过女的也有这种心态，实属难得啊。

黄美琴见嬴建峰一副沉思的模样，不知对方心里在想什么，她很想问一下嬴建峰是不是有女朋友，可自己一个女孩家家的，问人家这话显然不合适，所以话到嘴边，又咽了回去。

29

第二天早上七点半，嬴建峰第一个来到队里，他像在部队时那样打扫办公室内卫生，然后跑到食堂打满两瓶开水，往队里走时，碰到了上班的胡东升。

胡东升说：“早哇小嬴，噢，昨晚队里几个领导碰了个头，钟局长也同意了，由谷地丰和你外出追捕水满山。”

嬴建峰高兴说：“太好了”

胡东升继续笑笑说：“你们先对水满山的情况研究一下，制定一个追捕的具体方案。争取明天上午出发，今晚回家准备好东西。明天早上把东西带到局里来，再到小黄那里借点钱，由队里派车送你们两个上火车。”

胡东升边向嬴建峰办公室走边说，嬴建峰不时地点头。进入办公室，胡东升瞧瞧嬴建峰的桌子，笑笑说：“这张桌子当年钟局长用过，后来我也用过。”

嬴建峰一听笑着说：“是吗？怪不得这桌子有年头了。”

胡东升笑笑，解释说：“目前咱们队里的经费有限，等状况好一点了，就帮你换新的。”

嬴建峰一听忙摇摆着手说：“那怎么行，你现在用的桌子也是旧的，我有桌子用就不错了，听说谷组长刚来时，还和张海副队长共一张桌子呢。”

胡东升很欣慰地点点头。

这时谷地丰无精打采地走进来，他抬头一瞧胡东升在，不禁一愣，随即说：

“胡队好，真不好意思，昨晚喝多了。”

胡东升很宽厚地笑笑，说：“我从来没看你醉成那样，喝太多了。所谓‘小酒怡情，醉酒伤身’啊！以后真要注意。”

谷地丰不好意思地笑笑，一挺身说：“是！谢谢队长关心。”

胡东升一招手叫谷地丰过来，把对嬴建峰说的派他两人外出追捕水满山之事又说了一遍。

谷地丰说：“队长放心，我们立即研究一个追捕方案。”

“那行，你们抓紧时间，我要和钟局长去市局向鲁局长汇报案情。”胡东升说完，就挥挥手走了。

接下来谷地丰与嬴建峰两个，就开始谈论水满山的情况。

嬴建峰道：“说来真巧，这个水满山呀是我初中同学。这小子从小就嗜赌如命，我记得读初中的时候，他竟然把家里祖传的一对美人醉瓷瓶拿去跟人赌，结果赌输了。回家后被他父亲好一顿暴打。可他没过多久，又将家里一件蟋蟀罐拿去赌，结果又输了。他害怕父亲打他，就离家出走，竟敢扒上运煤的火车跑到广州找亲戚去，真是胆大包天。”

谷地丰注意听着。

“他父亲害怕他再次出走，就把他手脚用铁链锁住，后来是学校老师家访发现了，才把他解救出来。他父亲没办法，只好送他去劳动教育两年，出来后面上是老实多了，实际上他是越变越坏，跟其他不良少年还学会了撬门扭锁扒窃偷盗的本事，又将他父亲藏在隐秘处的几十件古董都偷出去卖了，钱也被他乱七八糟花光了，气得他老子又将他送去劳教了三年。”

谷地丰冷笑一下摇摇头。

“这三年里，他又学会了修车，出来后在修理店帮别人修车，又学会开车，到广州那边去了几个月，后来区建筑公司要个会开车修车的司机，他就去应聘上了。前年文物博物馆要招个司机，他又被聘上了，直到但馆长退休，他才离开搞个体。”

“他那样的人，单位怎么会要他？”

“还不是因为单位没钱工资太低，没人愿意去，只有他这种人家不敢要的人，不怕工资低，只要有事做就行，所以合上拍。”

谷地丰摇着头说：“这不是养虎为患吗？”

“是啊。三个月前，水满山与但日生商量，伙同‘泥巴崽’和‘半卷毛’，通过但日生开锁，偷出龙生九子瓷瓶，由水满山开车接货，东西到手后，水满山说他广州香港那边有人，为避人耳目先带两件过去卖，结果卖了个好价钱，四个人平分，香港那边要求把其他七件全部送去，水满山担心到邮局寄递会被发现，火车汽车包裹运送目标太大，就想弄辆车直接送过去。原打算元旦放假时弄辆车送的，没想到有人撬文物博物馆仓库大门上的锁，致使案发。”

谷地丰微笑一下。

“其实那天水满山已经找‘半卷毛’接头，突然发现有我和袁指导员跟着‘半卷毛’，水满山立即预感大事不好，便赶紧借了辆修理店报废的旧车，跑到隔壁上鹰市坐火车跑了。”

谷地丰点点头，说：“这小子，溜得比兔子还快！要是让老子逮住了，非打断他的狗腿不可。”

“不，打断他的兔腿不可！”

“对对对，兔腿，兔腿。下步，咱们还是要到他家去一趟，再摸摸情况，看看他与那个广东的亲戚，有没有联系。”

“好，走嘞！”

说完两人各自拿起公文包，骑上自行车出了大门。

30

翌日上午八点，嬴建峰到食堂买了六个馒头，边啃边来到办公室，正背对着门整理桌上的材料，突然他听到背后有人叫他。

嬴建峰听出是黄美琴叫，头也没回嘴里嚼着东西，口齿不清道：“美琴啊，我正好要找你借钱出差呢。”

黄美琴语气怪怪地说：“有人找你唔。”

“我刚来上班没什么熟人，谁会找我？谁呀？”嬴建峰仍未回头。

黄美琴说：“她说是你女朋友！”

嬴建峰啊了一声，嘴里的馒头一下掉桌上。他瞪着惊愕的两眼，转过头一瞧，看到黄美琴的身后，伊红蓓满脸憔悴走了进来。

嬴建峰马上想到，伊红蓓这时来，肯定是坐昨晚十二点从省城出发到瓷城的那趟火车，那趟火车早上四点多到，也就是说，伊红蓓四点多钟到了后，一个人还待了四个小时才找到这里来的。

嬴建峰的心底一阵感动，不由上前两步，两眼望着伊红蓓，顿时有种冲上去抱抱对方的冲动，这既能给对方以极大的安慰，也能表达自己的真诚谢意。

可他转念一想，黄美琴还在场，这时不能做出亲昵的举动，他更担心大家知道后会对自己有看法，会说自己一来不安心工作就想着谈恋爱。何况谷地丰已经认定自己跟黄美琴打得火热，正好给了他损毁自己的借口，他会说自己作风不正脚踏两只船。而且这个时候，自己是万万不能落下口舌让谷地丰抓住把柄的。可对方连夜颠簸赶来，自己又不能怠慢冷落了人家。就这样嬴建峰一时间犹豫不决左右为难，但他很快就想到，这个时候要尽快带伊红蓓离开，看到的人越少越好。

想到这，嬴建峰热情地迎了上去，说："你怎么来了？辛苦了，还没吃早餐吧？"

伊红蓓摇摇头说："没有。"

"那，我现在就带你去吃早餐。我们这里有瓷城最有特色的酒糟冲蛋，还有饺子粑，凉拌米粉。"

"好。我真饿了。"伊红蓓微笑着说。

嬴建峰边说边观察黄美琴，见她阴沉着脸噘着嘴，然后悻悻然转身离开。

嬴建峰赶紧带伊红蓓走出办公室，迎面碰见谷地丰匆匆进来。嬴建峰朝他点下头笑笑，也不说话，带着伊红蓓向大门外走去。

谷地丰满是狐疑地望着嬴建峰与伊红蓓的背影，自言自语道："什么情况，马上要出差了怎么还带个女的来？"

随即谷地丰转头来到黄美琴的内勤室，搭讪地问："哎，刚才那女的谁啊？"

黄美琴没好气地说："不知道，想知道你不会自己去问啊！"

谷地丰被呛得灰头土脸，张张嘴想发作，想想算了，小不忍则乱大谋啊，便挂着脸离开。

31

嬴建峰带伊红蓓出了分局大门，来到不远处的一家早餐店，找了条没人的空凳子坐下。

嬴建峰笑笑，很是关切地问："你怎么一声不响地来了，吓我一大跳。你是怎么找到我的？"

伊红蓓说："我找到你战友王大柱，才知道你分到了城东分局刑警队，你怎么也不告诉我一声？"

"我前段时间没正式分配，档案还在民政局军人安置办，是借调到市局警校当武术教官，前天刚来队里报到，一报到就遇上了一起盗窃文物案，接连忙了两天气都没来得及喘，就把案子给破了，但还有一个犯人逃跑了，可能跑到广东那边。这是我办的第一起案件，我一定要把它办成铁案，不能留一点遗憾。我马上就要和组长一起出差。"

伊红蓓感到意外，忙瞪着媚眼问："什么时候出差？"

"马上，上午八点五十九分钟的火车。"

伊红蓓听了很失望，说："我是请了七天假过来的。"

"你先打电话来就好了，领导是昨天上午决定让我去追捕犯罪分子的。我不知道你会来，现在怎么办？我又不能陪你。"

伊红蓓眯眼一想，说："那我到你家里去，看看你爸妈。"

嬴建峰一时不敢作声。

伊红蓓说："你为难那就算了。"

"我安排你住下来吧，先好好休息一下，隔壁就有宾馆。"

"那你什么时候回来？"

"最起码要一个星期，弄得不好可能在外面过年。"

伊红蓓听完啊了一声，说："那我就不住宾馆了，上午就回去。"

嬴建峰满脸歉意，说："真不好意思，第一次来就不能陪你。"

"不要紧，这也怪我，没弄清情况就来了。我下次可以再来。"

"谢谢，谢谢你的理解。哦对了，上午只有一趟去省城的火车，我们也要坐这趟车去省城转车去广东。"

伊红蓓一听很高兴，说："那好啊，我就坐这趟车回省城，你不就可以陪我了？"

"那行，你先吃完早餐，就在这里等我，我回队里办一下事就出来，队长派车子送我们，你坐我们的车子一起去。"

"好的。"伊红蓓笑着点头。

嬴建峰向店主点了一碗酒槽冲蛋，一笼饺子粑还有一碗冷粉，给了店主五块钱。

嬴建峰对店主说："我是分局刑警队的，钱不够我出差回来再给。"

"钱够了还有多。"

"你就尽五块钱上吧。钱不够我下次再来。"

"好的没事，我跟你们分局好多人都熟。"

嬴建峰回到办公室，谷地丰带着醋意地说："行啊嬴建峰同志，一上班就谈恋爱了，有本事啊。"

嬴建峰闻出对方的醋味，忙说："没有啊，我们只是普通的朋友。"

"你骗鬼啊，普通的朋友会这么早就来找你？"

"人家是从省城坐半夜的过路车来的，四点钟才到，等了四个小时才到这里找我的。"

"你看看你看看，这是不打自招啊，普通的朋友还会半夜坐车等四个小时再来见你？你们绝对不是一般关系，咱们刑警谈恋爱要向组织汇报的喽。"

嬴建峰急忙解释说："我们真是普通的朋友，我在部队兼任她们学校的教官，她哥是我们总队的政委，她的爸爸是部队的将军，你可千万不要乱讲啊，传出去对人家不好。"

谷地丰有些惊讶地说："不错嘛嬴建峰，你连将军的女儿都谈上了，我祝贺你哦！"

嬴建峰哎呀一声道："我真没骗你，我们的确是普通的朋友，人家家里那么好的条件，我怎么配得上呢？你说是吧？"

谷地丰仍怀疑嬴建峰不说实话，说："你小子有艳福啊，人家明显是看上你了，要不然不会半夜三更坐车来看你，你怎么连这一点都不懂？"

两人正扯着，胡东升走了进来，问："怎么样，你们准备好了吗？车子已经在外面等了。"

谷地丰忙说："马上好，借了钱开好介绍信就出发。"

"再晚怕来不及上火车了，噢记得介绍信抬头写活一些，万一不行你们就带两张空白介绍信去，有需要时临时填，但一定要记住填了哪些单位什么时间的，回来好在介绍信的存根上补填。"

谷地丰说："好嘞，哎，胡队我们借多少钱合适？"

"就五百吧，没用完回来退，在外面没钱不行啊。"

谷地丰说："好的，谢谢队长。……噢，嬴建峰，你快去找小黄办一下。"

嬴建峰答应了一声，便来到内勤组找黄美琴，说："胡队叫我们借钱出差，借五百。"

黄美琴一脸阴郁不吱声，拿出一张条子用手指指上面让嬴建峰填，嬴建峰写上借款人姓名、金额、时间，黄美琴又用手指指借条上领导一栏，抬手往队领导办公室方向指指。嬴建峰哦了一声，拿着借条跑到胡队办公室请胡队签字，然后再跑回内勤组，将条子递给黄美琴，黄美琴将一叠十元一张的人民币往桌上一推，用手在钱上拍拍，做了一个点钞的动作示意嬴建峰点一下。

"不用了，相信你。"

黄美琴一撇嘴头一歪，将条子往铁盒里一放盖上，起身向保险柜走去。

嬴建峰想跟她说话，见对方不愿理的样子，想想又不好说什么，便很礼貌说："谢谢！"

黄美琴也不说话，啪的一下用力将保险柜门关上，转动密码后拔出钥匙。

嬴建峰突然说："记得案卷啊。"就转身走了。

黄美琴拿起桌子上的文件盒开始往里面装文件，装了几份文件后又将文件盒往桌上一丢，赌气地坐在椅子上。

这一幕刚好被从门外进来的组长孙大姐瞧见，忙问："怎么了小黄，哪个惹你生气了？"

黄美琴狠狠地说："王八蛋！"

孙大姐一愣，忙问："谁？哪个是王八蛋？"

黄美琴听了转转头，有些尴尬地说："噢，没，没说谁。"

说完黄美琴起身离开办公室。

孙大姐丈二和尚摸不着头脑，忧虑地瞧瞧对方。

32

八点五十分，嬴建峰与伊红蓓、谷地丰准时上了火车，正好三个人的座位都在八号车厢最后，谷地丰与嬴建峰坐一排，伊红蓓坐正对面。

嬴建峰先介绍说："这是我的组长，姓谷叫谷地丰。这是我朋友伊红蓓，我们是在省城部队时认识的。那时我被他们学校聘为教官，她负责联系接待。"

谷地丰嘻嘻笑着说："这是缘分哪，哎，怎么部队就派你嬴建峰去学校任教官？怎么不派别人去呢？是不是你们早就认识了？”

嬴建峰说：“没有的事，我当时根本就不认得伊老师。我去她的学校任教官是部队政治部推荐的。”

伊红蓓插嘴说：“对啊，是我哥亲自打电话要各支队推荐，结果就挑中他这个全能武术冠军，我说过要挑最好的。”

谷地丰恍然大悟地说：“是这样啊，原来这里有埋伏。”

嬴建峰听了也惊讶地说：“我也是第一次听到。”

谷地丰笑笑，对伊红蓓说：“原来你哥才是牵线人啊。”

嬴建峰急着表白说：“我根本就不知道这回事。”

伊红蓓感觉这个谷地丰不太待见嬴建峰似的，觉得有必要压压对方，便说：“我哥今年也要转业了。”

嬴建峰忙问：“转业到哪里？”

“说是到省公安厅。”

谷地丰一听怔了一下，忙问：“你哥这么高的级别，到省公安厅恐怕职务不低吧？”

“好像是副厅长。”

谷地丰心里咯噔一动，要是那样那我们以后都是她哥哥的部下，那嬴建峰就可能成为副厅长的妹夫。所以这个嬴建峰我是得罪不起啊。想到这，他露出点媚笑说：“那太好了，以后你哥就是我们的顶头上司，我们都要听他指挥啊。”

伊红蓓笑道：“我问过了，我哥说是业务指导，省厅对各地市没有人事权只有建议权。”

谷地丰一听，清楚伊红蓓哥哥到公安厅已经是板上钉钉的事，以后面前这位漂亮的姑娘，就是我们副厅长的妹妹，不管嬴建峰最后跟她结果如何，但他有这层关系，以后的日子肯定好过喽。这个嬴建峰总是那么走时，好事都往他身上贴。谷地丰这时倒是很希望嬴建峰与这位伊老师能成功，这样嬴建峰很可能就会调走或高升，就不会长时间待在分局刑警队，最起码就不会跟自己争夺黄美琴。想到这，谷地丰高兴地拿起嬴建峰摆在桌上的茶缸去倒开水。

嬴建峰不肯，说：“组长我去吧！”

谷地丰笑着说：“你们难得见面，就多聊一会儿。”

嬴建峰见拗不过谷地丰就让他去了。

嬴建峰问伊红蓓：“你刚才说的是真是假？”

伊红蓓问："什么是真是假？"

"你哥转业到公安厅的事啊。"

"那肯定是真的，领导已经谈话征求意见了，过年前肯定到位。"

见嬴建峰欲言又止的样子，伊红蓓突然问："你想不想调公安厅？那样前途肯定比在瓷城好些吧。"

嬴建峰轻点下头，说："从理论上讲是这样的，但我暂时不可能就调动，我刚刚上班还未转正，再说单位领导和师傅对我都很好，我干得也很顺心。"

"还有位姑娘对你很好吧？"

"哪位姑娘对我好啊？我怎么不知道。"

"你们队里的那位呀。"

嬴建峰哦了一声，说："误会了，我们是同事关系。"

伊红蓓莞尔一笑道："那我怎么感觉她对你很上心呢？"

"你怎么那么认为？"

"我的直觉告诉我的，我的直觉一向很准。"

嬴建峰张嘴想解释，谷地丰端着两个茶缸回来，两人说话立即拘谨起来。

伊红蓓故意说："我会先调到洪都市公安局去，有机会再调省公安厅。"说完她俏皮地笑笑。

谷地丰一听忙说："那好呀，到时你就是我们的上级领导了。"

33

绿皮火车咣当咣当了四个小时，一点零五分到达省城火车西站。三人随着拥挤的人流出了车站，嬴建峰就先买好晚上十点去广州的票。

伊红蓓说："谷组长，你们来省城，晚上我请你们吃饭。为你们壮行！"

谷地丰听了很高兴，说："那敢情好啊，伊老师不愧是省城的，大方。"

嬴建峰赶紧接嘴说："那可不行，你到瓷城我没有请你，晚上这餐，就算是我在瓷城请的。"

谷地丰侧头听着，笑道："小嬴说得也有道理。"

嬴建峰这时想到伊红蓓昨晚不在家，爸妈肯定会担心，便催促她说："你还是早些回去吧，你昨晚不在家，你爸妈会急的。"

“急什么呀，我说在单位宿舍住，他们早习惯了。”

嬴建峰听了，一时找不到合适的话。

这时，一支武警巡逻队从面前走过，伊红蓓突然想起了王大柱，便对嬴建峰和谷地丰说：“你们等一下，我去打个电话。”

说完伊红蓓便来到火车站旁的邮政所给王大柱打电话，王大柱一听嬴建峰来了，大声说：“我马上请假赶到火车站，你叫他等着啊！”

“那好，我们就在火车站前的广场餐厅等你。”

“好嘞好嘞，我半个小时到。”

伊红蓓放下电话，回到嬴建峰身边，说：“我们到前面广场餐厅里等吧，那里人少安静些。”

三个人来到广场餐厅，坐下不到半小时，王大柱就急匆匆进来，他一进门就大喊着：“嬴建峰！嬴建峰！”

嬴建峰一听立马冲上前，两人激动地紧紧抱在一起，使劲拍着对方的肩背。

“你什么时候到的？”

“刚到。”

“那怎么不提前告诉一声？”

“我和组长去广东出差，到这里中转，晚上就走，不想打搅你们。”

“那是什么话，你没把我当兄弟啊！”

“怎么可能呢？咱们永远都是好兄弟！”

“那好，以后不管什么时候来，哪怕你不下车路过，你也得告诉我。即使见不上面，那我心里也高兴。”

“好好好！咱们来日方长。来来来，我给你介绍一下，这位是我的组长，谷地丰。”

王大柱赶紧挺身立正，向谷地丰敬礼，大声喊：“谷组长好！”

谷地丰一看是四个兜的军人，知道是个军官，立马也回个礼，说：“大柱不客气，咱们都是瓷城人，亲不亲故乡人，以后就是好朋友。”

“对对对，谷组长说得对，以后你来省城，一定告诉我，让我尽尽地主之谊。”

“大家都是兄弟，别客气，坐坐坐。都坐下。”

王大柱边找椅子坐，边招手示意对方也坐，大伙围着方桌分四面坐定。

王大柱兴奋地搓搓手，说：“今天晚上，无论如何我做个东，我要好好感谢一下我们全家的大恩人。”

嬴建峰笑着问：“谁？谁是你们全家的大恩人？我怎么不知道？”

王大柱诚恳一笑。说：“你啊，嬴建峰啊！”

“我！怎么可能？我没为你们家做过任何事，怎么成你家大恩人，别开玩笑了。”

“真没开玩笑。你退伍后将提干的指标留给我，你看，我现在已经是副中队长了。这下我回老家可以挺起胸膛走路，我们全家都觉得脸上有光，我妈说这是鲤鱼跳龙门，永远要感谢的。你说是不是大恩人？”

嬴建峰听完笑了，说：“大柱别那样说，我退伍了提干指标肯定是要留下来的，指标不是我个人的，即使不给你，那也会给别人。”

“现在的问题，这个指标就给了我啊！没有这个指标，我肯定就回农村种田去了。”

“大柱你这么优秀，不管到哪里都会发光的。”

“我现在的光就是你给的，所以我晚上必须要好好敬你几杯！”

谷地丰笑着说：“你也别敬了，嬴建峰又不喝酒。”

王大柱一听瞪大眼，说：“谷组长你不知道哇。嬴建峰的酒量在部队是出了名的，他一斤刚起步，斤半才上路，有时两斤也顶得住。”

“啊！真的吗？”

“那还有假？我们一起几年喝过多回了。每次他都没事。”

谷地丰用手指指嬴建峰，笑笑说：“好啊好啊，好你个嬴建峰，你竟然隐藏得那么深，连我都被你骗了。”

嬴建峰忙辩解说：“大柱跟你开玩笑的，我哪有那么大酒量啊。哎大柱，该不会是你喝多了酒记错了吧？”说完嬴建峰不断给王大柱使眼色。

王大柱心领神会，忙说：“那是，我每次都醉了，可能会记岔。”

“你看看，我没说错吧，其实我每次都是喝水，只是你们没注意到而已。”

“好了嬴建峰，不管你能不能喝，今天一杯酒你无论如何是要喝的。”

“大柱，我现在是出差，不是旅游，喝醉了会误事的。何况我刚刚上班，如果因为喝酒出事受处分，那就狗屁不值了。”

王大柱听嬴建峰这样说，知道肯定有原因，也就不再勉强，说：“那好吧，我就单独敬谷组长。谷组长，你可别客气。”

“对嘛，谷组长的酒量很大的，你把谷组长陪好了就行了。”

“嬴建峰你拉倒吧，我前天晚上就喝得烂醉，你是在场的，哪来的酒量很大？”

“前天你起码喝了一斤半，第二天你不是照样上班？”

“哎嬴建峰，咱们既然一起出差，那就要同甘共苦。通俗一点，就是有福同享有难同当。文雅一些的话说就是同舟共济生死相依。”

嬴建峰笑了起来，说：“这也太夸张了吧？谷组长，不就是一顿酒吗？”

“万一不行，我代你们喝好吧？”伊红蓓插嘴道。

“哎！那怎么行，哪有客人不喝我们喝的道理？”王大柱不依不饶道。

“不对啊，人家伊老师也是客人嘛！”谷地丰抓住对方不放。

伊红蓓趁机道：“在省城我和大柱都是主人，这次大柱请客，下次你们回来时就我请。”

“哎！哪有让女士请客的道理，说也不该！下次回来还是我来。”王大柱大包大揽的。

“好了大柱，你刚提干也没两个钱，晚饭我们就简单一点，吃碗炒粉喝碗汤，好不好？”

王大柱一听便来气：“我王大柱再没钱，请几餐饭的钱还是有的。”

“这我知道，可你得留几个钱娶媳妇啊！再说你老娘身体不好，还等着你的钱寄回家救命啊！”

“没你说得那么严重。娶媳妇还早着呢，我老娘听说我提了干，身体现在好多了。”

“是吗？那太好了。我这段时间忙，抽空我一定去看你老娘。家里有什么事，你尽管打电话。”

“好！好兄弟！有你这句话，我比什么都高兴！来啊服务员，你给我们点菜，上最好的菜！”

34

上午十一点，列车到达广州站。

两人一出火车站，见站前广场人山人海，比肩接踵。天热得两人身上直冒汗，不得不停下来，将身上的棉大衣毛线衣脱掉，身上只剩下一件单衣。

嬴建峰想想棉大衣毛线衣这样拿在手上也不是个事，便在路边杂货店买了两个大蛇皮袋，两人将大衣毛线衣一股脑装进去，提着袋子方便多了。

走在路上，嬴建峰噗的一声笑了，说："我们这个样子，很像民工的。"

谷地丰也笑了，说："谁说不是，你看看，这些民工不都提着蛇皮袋。"

"不过你别看这蛇皮袋难看些，可它轻，装东西又多，的确好，怪不得卖那么贵。哎组长，这蛇皮袋能报销吗？"

"报个鬼，没发票，就是有发票也不能报，这又不属于工作用品。"

"那是。那我们吃饭能不能开发票报？"

"如果是工作需要，可以报。平时吃饭就不能。"

"这样啊，那咱们出差，自己要贴进去不少钱？"

"是，所以咱们出门能省就省。出差补贴，不够吃一餐好点的。……噢对了，昨晚你那位战友王大柱破费了。"

"其实，大柱昨晚喝多了，是伊老师付的钱。"

"啊！"谷地丰不禁停下脚步，看看嬴建峰。

嬴建峰笑笑，说："伊老师就是这么个人，大方直爽，有点像男人的性格。"

"是啊，人家高干家庭的小孩，天生都有优越感，花钱也大手大脚。"谷地丰笑笑。

嬴建峰听了，觉得对方还真说到点子上了。自己一直犹豫不决，不敢与伊红蓓的关系有更深的发展，就是担心家庭条件差距太大，成长经历也不一样，性格难以磨合。

"谷组长，咱们现在是直接找水满山姑妈家？还是与当地公安联系？"

谷地丰苦笑一下："咱俩像逃荒似的，还是先住下来再说吧。"

嬴建峰想想说："对，那咱们就找一家离他姑妈家近点的宾馆住吧。"

谷地丰点点头说："这个点子好。"

嬴建峰翻开工作笔记，找出地址，一问执勤的交通警察，说离这里还有十几公里，坐三路公交车就可以到。

两人上了公交，问了卖票的女服务员，说有三十多站。好不容易下了车，找了一家旅馆住下，已经中午一点。两人在旅馆边上吃了一碗肠粉，然后直奔天河路华侨街1237号，找到了水满山的姑妈水应仙。

水应仙六十来岁，退休在家。她一听是老家来的，就热情让两个人进屋倒茶。

谷地丰拿出工作证给她看，水应仙一看是公安局的，浑身紧张。

谷地丰说："我们这次来是想问点情况。"
水应仙立即猜到了，问："是不是我侄子水满山的情况？"
谷地丰点下头："我们是来找两件东西的？"
"是不是两件瓷器？"
嬴建峰惊讶地望着水应仙，没想到她这么爽快。
"没错，这些你都知道，那你还知道些什么情况？"谷地丰追问道。
"我，我只知道他做瓷器生意，还知道他与香港那边有联系。"
"他是什么时候将瓷器拿到你这里来的？"
水应仙抬头想想，说："大概三个月前。"
"当时他怎么说的？"
"他说朋友托他卖两件瓷器，他联系好了香港那边的朋友，准备卖。"
"他卖了没有？"
"卖了两个，还有两个一直放在我这里。"
嬴建峰迫不及待地问："瓷器放在哪儿，快带我们看看。"
水应仙无奈地说："瓷器，瓷器昨晚被他拿走了。"
嬴建峰与谷地丰两人一惊，相互看了一眼。
"昨晚几点钟拿走的？"谷地丰问。
"七点多。"
"那你知道东西拿到哪儿去了？"
"说是到香港去。"
嬴建峰这时憋不住问："你看了瓷器没有？"
"我看了一下，瓷器上画着龙的图案。"
嬴建峰立即拿出图片给她看，问："是不是这两件？"
水应仙看完点点头。
谷地丰很严肃地问："你知道这两件东西是什么吗？"
"知道啊，满山说是仿皇宫里的古瓷器，说香港那边人喜欢，价钱好。"
"那你知道另外两件是什么瓷器吗？"
"我没看，满山上次一来就把那两件东西拿走了，说是卖了几百块钱，具体多少钱他没说，我也没好意思问。"
嬴建峰与谷地丰又对视一下。
"那你知道他与香港那边什么人联系吗？"谷地丰问。

水应仙回想了一下，轻轻地摇摇头。“说是有个什么叫阿强的，香港叫什么强的人很多，具体什么名字就不清楚。”

谷地丰和嬴建峰都听明白了，香港那边的线索已经断了。谷地丰一脸失望地转眼看着嬴建峰。嬴建峰也难过地停下做记录的笔，低头呆看着笔记本。

谷地丰仍不甘心，问：“你能不能说说，昨天晚上水满山来拿东西时的具体情况？”

水应仙抬头想想，说：“昨天晚上七点刚过，我就听到有人拍门，我开门一看，是我侄子水满山，他一来就说是来拿瓷器的，香港那边朋友等着要，我就进屋把东西拿出来给他，他就提着东西走了，连茶水都没喝一口，话也没多说一句。”

谷地丰听罢，眼冒馁气。

嬴建峰想知道水满山是怎么来去的，便问：“当时他应该是开车来的吧？”

水应仙听了有点意外地转头瞅嬴建峰一眼，说：“你怎么知道？”

“因为他那么急，不可能走路或搭车来的，肯定有专车运送。”

水应仙有些无奈地说：“是啊，我送他出门，看他上了一辆黑色的小轿车。”

“是在前面上车，还是后面？”

“后面。”

“什么轿车你知道吗？”

“什么牌子我叫不出来，是那种，那种叫乌龟壳的轿车。”

“是不是伏尔加？”

“对对对，就是那种车。”

谷地丰脸上露出点喜色，问：“你有没有看清什么车牌？”

水应仙摇摇头，说：“没看见。”

“是一个数字都没看见，还是没全部看见。”

“一个都没看见。”

“你没记错？”

“不会的。才昨天的事，不会记错。我那时急着要听新闻广播，所以根本就没注意车牌号码。”

谷地丰见问不出更多的情况，只好说：“如果有水满山的任何消息，请你一定打这个电话。”

说完，谷地丰转头叫嬴建峰写上刑警队的电话号码，接电话人是黄美琴和孙大姐。然后两人告辞出来。

35

离开水应仙家，嬴建峰与谷地丰朝天河分局华侨街派出所走去。

嬴建峰问了一下路，知道派出所不远，走路也就是十几分钟，所以两人就步行而去。

路上，谷地丰问嬴建峰：“你觉得水应仙的话可信吗？”

“我看她人还老实，不像说假话。”

谷地丰点点头，说：“水满山坐伏尔加轿车的线索有价值，可以缩小我们的侦查范围。”

“广州到香港也就二百来公里，水满山昨晚七点多就出发了，到现在已经二十个小时，他如果要把那两个青花瓷罐卖到香港，东西应该早已到了香港。”

谷地丰叹了口气，说：“看来我们这趟可能要白跑喽。”

“不过，我们倒是调查出了一个新情况。”

“什么新情况？”

“这个水满山欺骗了‘半卷毛’他们三个，说是卖了两件文物，其实他把两件都私吞了。他应该是带了两件仿古瓷卖掉，说明这家伙胆大妄为，令利智昏，连同伙都敢骗，真是别着脑袋过日子的。”

“是啊，犯罪分子都是尔虞我诈、丧心病狂的，为了点利益，会不择手段。要是那几个得知真相，他们非把水满山生吞活剥了不可。”

“可他们那几个家伙也够呛，没个十年都出不来。”

就这样，两人边走边聊，很快就到了华侨街派出所。

派出所所长林友富四十出头，戴副眼镜，两眼看人有神。

谷地丰递过介绍信说明来意，林所长立即叫来分管水应仙辖区的外勤郭勇。郭勇介绍说水应仙从纺织厂退休，她老公是航海公司的船员，经常跑海外，有时三五个月才能回家。两个女儿都嫁人，平时也就水应仙一人在家。从掌握的情况看，一家人历史清白，没有发现有违法行为。

谷地丰清楚，派出所没掌握水应仙家有不法情况，便请他们平时多关注一下，发现她侄子水满山，及时将他控制住，并通知他们刑警队。接着也留下了地址、电话与联络人。

谷地丰觉得要调查的情况差不多了，再待在广州没什么意义，便问林所长借个电话用用，他要向胡队长汇报情况。

林所长很客气，带谷地丰到值班室，电话转了几次线才打通，胡东升接电话，谷地丰把这边的情况如实汇报。

胡东升听完想想，说："那你们马上回来。正好市局要抽嬴建峰去省警察学校学习一年。"

"啊！这么长时间？那我这里不又少了人？"

"这次机会难得，省厅要求选送素质高肯学习的人去，崔局长得知嬴建峰一来就破了大案，说就让嬴建峰去学习，市局也开了会讨论，最后做出决定。"

"那，水满山的事怎么办？"

"噢，我们把他列为逃犯，通过市局省厅给广州深圳那边发协查通报，这几天就能办好。"

谷地丰放下电话，来到所长室，当着林所长的面，将胡队长的话对嬴建峰说了。

嬴建峰一听急了，忙说："那怎么行啊？我要抓的人还没逮住，我怎么能撒手不管呢？"

谷地丰笑笑说："你拉倒吧，你跟我当初的想法一样，好像离开了自己案子就办不了似的。"

"可我答应了黄美琴，我要帮她抓住杀害她同学陶欣的凶手。"

"你真把自己当神探啊？离了你地球都不转。"

"可我刚上班，怎么就去学习？"

"你知足吧你，这是领导器重关照你让你去，我想去都去不了啊！"

"那我跟胡队说说，让你去。"

"切！你以为是菜场买菜，不想要这种菜就换那样菜随你便，我们是公安机关，上级决定了的事，去不去由不得你。"

在一旁听着的林所长笑着劝嬴建峰，说："进修是大好事啊，千万别错过。毛主席教导我们说：'没有文化的军队是愚蠢的军队，而愚蠢的军队是不能战胜敌人的。'"

谷地丰见机地说："你看看，连林所长都说你应该去。"

嬴建峰有些不好意思地说："我不是不想去，我是说我现在这种情况，条件还不够成熟。如果人让我抓住了案子破了，你让我去进修几年我都愿意。"

谷地丰不以为然地说："你这话让人听了太可笑。咱们干刑警的，什么时候案子破得完？除非到了共产主义社会，到那时候没有案子，我们刑警也没有，都改保安了。"

林所长开心地笑着说："到了那一天就好喽，我们也就用不着一天到晚忙得不歇。"

这时一位民警跑了进来，对林所长说："所长不好了，我抓的那个盗窃犯，在押他来所的路上给、给跑了。"

林所长啊的一声，很是恼火，斥责道："王立你是怎么搞的？怎么到嘴的鸭子都飞了？"

王立被训得低头不语，大气不敢喘。

"盗窃犯是什么人？熟不熟？"林所长问。

王立嗫嚅道："不是本地的，是，是流窜犯。路上我问了，区政府的那几起大案都是他做的。"

"那赶快叫人去追啊。"林所长命令道。

"可，可他们不认得。"

"那怎么办？"林所长急得团团转。

"要不，林所长，我来帮你们画一个像。"嬴建峰自告奋勇道。

林所长两眼盯着嬴建峰，想想说："好是好，就是不知道要画到什么时候。"

"好快，最多半小时。"嬴建峰笑道。

林所长忙说："那就麻烦你了。"

"不麻烦，不是说天下警察是一家嘛？"

"对对对！一家是一家。"林所长说完，又转头对王立道，"还傻站着干嘛，赶紧准备纸和笔。"

"好好好！我就准备，就准备……"王立说完转头就跑。

不一会儿，王立带着纸和铅笔来到所长室，嬴建峰就根据王立的描述，边画边问像不像，也就二十来分钟时间，人像就画好了。

王立满是敬佩的神情，对嬴建峰说："简直太像了，连那家伙的眼神都画出来了。"

林所长一脸惊讶道："小嬴有这样的本事，那是个人才啊！怪不得你领导要培养你送你去进修，将来前途无量。"

嬴建峰谦虚地说："林所长过奖了，我只是个新兵，进公安才几天。"

“是嘛？看不出来啊！”林所长欣喜有加。

谷地丰接嘴说：“小嬴上班当天就破了个大案，这次来这里，就是要追一个漏网的罪犯。”

林所和王立听了，更是钦佩至极。

“那可真是神探啦！”王立由衷地赞叹。

嬴建峰第一次听人称自己神探，心里很受用，咧着嘴笑。

林所长叫王立赶紧安排巡逻队出去分头抓人。

谷地丰见事办得差不多了，便对林所长说：“林所谢谢你，我们要马上出发了。”

“出发？去哪里呀？”

“我们回瓷城啊！”

“那也用不着这么早！”

“不早些去怕买不到票啊，车站的人太多了。”

林所长一听笑了，说：“你放心，火车站派出所张所长是我兄弟，我跟他打个电话，直接送你们上火车。这里的票都要提前三天买，这时候去肯定没了。”

谷地丰与嬴建峰听了，真是喜出望外。

谷地丰忙说：“那太好了，真的太谢谢你啊林所！不过，我们还是要早些去，这里到火车站蛮远的。”

“小事一桩，我等会叫小郭开车送你们去，也就二十分钟。”

谷地丰想到如果买不到票就要待上三天，吃住的费用不少，这下都让林所长给节约了，便说：“那，林所，晚上我们请你吃饭。”

林所一听忙摇头，说：“你弄反了，晚上是我请你们吃饭。”

谷地丰有些疑惑地盯着对方，说：“林所，那怎么行，我们一来就麻烦你，怎么好意思让你破费。”

“这是说的哪里话？刚才小嬴不是说了天下警察是一家嘛。到了我这里，怎么能让你们请客，传出去不被兄弟们笑掉牙。再说，小嬴帮我们画了像，算是帮了我们的大忙，我也应该谢谢你们才对。”

谷地丰见林所长态度坚决，便客气地说：“那我们就代表队里，谢谢林所长了！”

林所长摇摇手说：“千万甭客气！……哎，小郭，郭勇！”

郭勇应了一声，立即跑过来。

林所长抬抬手，吩咐道："你赶紧去得月楼安排一桌，我要请谷组长小赢他们吃饭，你也去作陪，吃完后你开车送他们去火车站，我马上给张所长打电话。"

郭勇笑着点头说："好嘞！我这就去！"

说完郭勇朝谷地丰和赢建峰笑笑，转身出去。

林所长立刻来到值班室，给火车站派出所张所长打电话。

谷地丰心里高兴，对赢建峰调侃着说："没想到跟你第一次出差，待遇都不一样噢。"

赢建峰也幽默一下道："那都是你组长指挥有方，措施得力呀！"

谷地丰用手指指对方，两人互相对视着，开心地哈哈笑了起来。

36

吃完饭，郭勇开车送赢建峰和谷地丰，快到火车站时，前面堵路，郭勇拼命摁喇叭也没用。

郭勇看看手表，说："不好意思，看样子车子开不进去了。"

谷地丰立马反应过来，说："没事，我们走几步路。你回去吧，我们自己找张所长去。"

谷地丰与赢建峰下了车，郭勇也一脸歉意地下来，热情地握手告别，然后他慢慢上车将车后退掉头离开。

赢建峰瞧着两人手中的蛇皮袋，笑着说："多亏了郭勇，咱们住旅馆的钱只算了十块，意思了一下。"

谷地丰说："是啊，所以说天下公安是一家嘛，给咱们省钱，也是给国家省了钱。"

赢建峰这时想到，上了车以后越往北开，身上就越冷，衣服就都要穿上。到时这两个大蛇皮袋就空了，不如现在就到那家卖蛇皮袋的店，我们也就用了几个小时，问问能不能退。

于是赢建峰说："谷组长，我想到那家店看看，蛇皮袋能不能退还他。"

谷地丰听了，觉得这是个好主意，因为买蛇皮袋的钱是自己掏的，并且贵得吓人，能退几个钱算几个，便点头同意。

两人来到杂货店，嬴建峰与店主一交涉，果然只能退一半的钱。嬴建峰转头瞅瞅谷地丰，看他的意思。谷地丰便抬抬下巴，表示同意。

于是两人便把大衣毛线衣全拿出来，将蛇皮袋退还店里。嬴建峰收到店主递回来的钱，正往上衣口袋里塞，眼角瞥见一位三十六七的青年从身边蹭过往店主那边去，神色诡秘地叫了声老板。

店主一见他，立马走向青年边警觉地瞄下四周。嬴建峰一眼认出，这青年就是下午帮华侨街派出所画像的那个逃犯。

嬴建峰不动声色地靠近谷地丰，轻声说："有情况。"

谷地丰一听立马警觉，眼睛扫视现场周围人员，随即他顺着嬴建峰的眼睛，瞄见那个青年，心里便有了数。

嬴建峰也不多说，将自己手中的衣服包等往谷地丰手里一塞，随即向前几步靠近青年，以迅雷不及掩耳之势，一招锁喉后背摔，就将青年压倒在地上，瞬时将对方铐上。

店主大惊失色，随即他大叫起来。

嬴建峰大声道："警察办案！"

谷地丰怕店主不相信嬴建峰，即上前掏出工作证向店主出示，店主接过工作证瞧瞧，嘴里说："瓷城公安局，你们怎么跑到这里抓人？"

谷地丰一下被问住了，瞪眼看着店主。

嬴建峰抬头对店主说："他是逃犯！到处作案！你不要妨碍我们办案！"

店主听罢，面露畏惧，立即将工作证还给谷地丰，说："我不认得这人。"说完他便忙其他事去了。

嬴建峰押着青年，一路来到火车站派出所，那青年几次想逃，被嬴建峰扣得紧紧的，嘴时不停地叫着痛呀轻点轻点。

谷地丰找到站前值勤的民警，说自己也是公安，抓了个逃犯要找张所长。值勤民警一听，忙前头带路，直接来到所长办公室。

谷地丰一看，张所长牛高马大，他一听谷地丰的介绍，忙说林所长已经打过电话，等会让乘警直接带你们上车就是。

这时嬴建峰将青年押到张所长面前，张所长颇感意外，问："你们还押了犯人哪？"

谷地丰说："这个人不是我们的犯人，是林所长所里的。"

张所长瞪大眼睛，说："你把我搞糊涂了，怎么林所长那里的犯人，叫你们押到这里来，啥意思啊？”

谷地丰说：“这个人犯是从林所长那里跑出来的，正好被我们碰上的，就把他抓了。”

张所长觉得稀奇，问：“林所的犯人，你们是怎么抓住的？”

谷地丰抬手指指火车站对面，说：“就在那边的杂货店。”

张所长更奇怪，问：“你们怎么认得他是犯人？”

“噢，我们下午在林所那里帮他画了一张逃犯的人像，画的就是这个人。”

张所长更是惊奇，说：“你们到林所那里，林所请你们帮他画逃犯的人像？”

谷地丰说：“不是林所请，而是我们正好在林所办公室有事，正好听说他所里一个人犯跑了，我们小嬴就当场帮忙画像，也就二十分钟的事。”

张所长恍然大悟地点着头，说：“我知道了，你们也是找林所办公事的，正好林所那里有个犯罪分子逃跑了，你们主动帮忙画人像，正好你们又在站前杂货店碰上了，就把他给逮住了。”

“对对对，就是这么回事。”谷地丰高兴地笑道。

张所长开怀大笑，说：“我从来没听说过还有这么巧的事，你们是谁发现谁抓住的？”

谷地丰听对方这么一问，不敢贪功，只有笑着用手指指嬴建峰，说：“是他，嬴建峰！”

张所长听罢忙上前双手紧握着嬴建峰的手，使劲摇着，大声说：“谢谢，太谢谢你了，我代表林所向你表示最崇高的敬意。最衷心的感谢！”

嬴建峰被对方说得有些不好意思，便客气着说：“谢谢张所的鼓励。我们也是碰巧撞上的。”

张所长笑着说：“太谦虚了不是，咱们都是干公安的，都知道这里面的道道。你要不是有超强的记忆力、敏锐的观察力，你就不可能记住嫌疑人，更不可能认出嫌疑人将他抓住。我马上打电话告诉林所长，让他先高兴高兴！”

说完张所长立即拿起桌上电话，通过总机转了三次线，打通了林所长。

林所长一听高兴坏了，大声说：“那可是多次盗窃我们区委区政府的特大盗窃案犯，我一定要为他们请功！我马上到你所里！马上！”

张所长放下电话，兴奋地说：“你们立大功了，林所长马上就来。”

也就二十分钟，林所长果然带着郭勇、王立一帮人赶到。王立一见青年人的面，大声说：“就是他！”说完上前就给青年一脚，愤怒道，“你跑啊！你他妈的不是很能跑吗？你差点害得老子受处分！”说着王立又举拳要揍青年。

林所朝王立瞪了一眼，说：“好了王立，不要再打人，抓住就行了。”

王立听了立马停手，很不解气地两眼狠狠盯着青年。

林所长对谷地丰说：“谷组长，我一定会通过我们省厅向你们瓷城公安局为你们请功的。还有啊，这趟火车票就我们所出了。”

谷地丰一听，激动地说：“那怎么行，我们车票可以报的不用你出。”

“这个要，一定要的，郭勇，你赶紧到外面买些咱们这里的土特产，能拿多少买多少，买两份。”

林所话一落，谷地丰与嬴建峰几乎异口同声说：“那不行！”

林所长很果断地一挥手，对郭勇和王立说：“你们两个都去，动作要快！”

郭勇和王立立马应声出去了。

不一会儿，郭勇和王立一人提一大蛇皮袋土特产，气喘吁吁地进来。

谷地丰与嬴建峰一看，他们手中的蛇皮袋跟自己先前所买的一模一样。想起刚才就是为了拿蛇皮袋去退几个钱，没想到现在林所要送两大蛇皮袋东西，真是滑稽得很，不由得笑了起来。

37

花开花落，秋去冬来，转眼一年就过去了。

嬴建峰从省警察学校进修回来，到家的第一天，便骑上自行车上班。

嬴建峰先走进钟正仕办公室，钟局长抬头一看，很高兴，说：“小嬴你回来啦，太好了，听说你被评上优秀学员，成绩还是全班第一！”

嬴建峰一听很感意外，没想到钟局对自己的学习情况这么清楚。

“哎呀钟局，这你也知道？”

钟正仕笑着用手指点嬴建峰，说：“你别忘了，咱们是干什么出身的。再说，我在省警察学校也有熟人。”

嬴建峰想想，恍然大悟，说：“我知道了，学校教刑侦专业的方国正老师，是咱们瓷城人。”

“对了嘛！方国正跟我是高中同学。”

“啊！那我怎么没听说？”

钟正仕抬头哈哈一笑，说：“是我叫他不要说的，这样更能看到你真实的情况，对吧？”

嬴建峰听罢，想想方教授对自己格外关照，只要自己有什么问题找到他，他随时帮自己解答，有几次是星期天休息，自己有疑问找方教授，方教授都很热情地接待自己，还留自己吃饭。有时方教授还有针对性地给自己加小灶。例如他给自己列出一些必读书目，并再三强调自己一定要学以致用，一切从实战出发，服务现实工作的需要。自己之所以学习成绩全班第一，跟方教授的帮助是分不开的。

“谢谢钟局，方教授给我的帮助太大了。没有他，就没有我的那个全班第一。”

钟正仕很高兴地点点头，说：“好！鲁局长要我在文化上帮你，这也算是我帮你的一部分吧。”

嬴建峰感动地说：“钟局你工作那么忙，还记挂着我的事，真的很感谢！”

“你是我的兵，关心帮助你那也是我的工作嘛。”

“谢谢钟局！啊对了钟局，为了表示感谢，我爸想请你和鲁局明天到我家坐坐，喝杯小酒！”

“对啦，你爸刚才打了我电话，说是明天中午。”

“是，我爸特地吩咐我，说一定要当面请你。”

“噢，没特殊情况，我一定去！”

嬴建峰高兴地笑笑。突然他想起了钟局长另一个同学，便说：“钟局，我还有件事想请你帮忙。”

钟正仕笑笑说：“说吧，什么事？”

“我想你请一下杨馆长。”

钟正仕抬头，很欣慰地笑着说：“好小子！如果我没猜错，你想正式拜他为师？”

嬴建峰忙双手一拱，不好意思地说：“钟局真神了，我想什么你就知道。”

“我还知道，你上班后最想什么？”

嬴建峰笑嘻嘻问：“我最想什么呀？”

“你最想有个好搭档。”

嬴建峰惊讶地望着钟局，没想到对方竟这么通晓心理，不由满怀期待地看着对方问：“钟局啊，其实我还有一个更大的想法？”

“什么啊？”

“我想有个好领导。”

钟局长抬手点点嬴建峰，说：“你小子，你的意思是对你现在的领导不满意？”

嬴建峰摇摇头，说：“不！太满意了！”

“好哇，你小子。还跟我打哑谜！”

嬴建峰呵呵一笑问：“钟局，你准备让我跟谁搭档？”

“你猜猜看？”

嬴建峰想想，摇摇头，说：“这个，还真猜不着。”

钟正仕笑着点下头。说：“这个你肯定猜不着，最多能猜到一半。”

“一半？谁？”

“这个一半，你可以再猜猜。”

“我，……呃，不会是黄美琴吧？”

“对头！”

“她，她不是内勤组的吗？”

“可人家现在主动要求到重案组。”

“为什么？”

“说是你答应过人家一件事？”

“什么事？”

“帮她抓一个凶手。”

“噢，对了，我想起来了，我答应过帮她抓杀害陶欣的凶手。”

“对了嘛。”

“那也不一定跟我搭档啊？”

“她说只有跟你搭档，成功的把握才会更大。”

“这，这是什么道理？”

“我想这是有道理的，只有搭档间齐心协力，精诚团结，工作的成效才会极大提高，成功的概率才会极大增加。”

“所以你就同意了？”

“必须同意！”

“那，你刚才说我能猜对一半，那还有一半，是谁？”

“刚分来的小汪。”

“小汪？从哪儿来的？”

“要当你的搭档，肯定不能普通。”

嬴建峰笑着点头。自嘲地说：“那是，一个姓黄的女才子，一个姓汪的……哎，那这个小汪又有什么样的不普通？”

钟正仕又笑道：“有哇，人家是慕名而求，要跟着你干，说是要拜你为师的。”

“啊？那不行！我可没这个能力，我自己徒弟还没出师，怎么能当人家师傅。”

“所以，我说是当你搭档嘛。”

“当搭档还差不多。”

“其实啊，以你现在的水平，当个新手的师傅绰绰有余。”

“那不敢当，钟局，我还是一名公安战线的新兵，我需要更多的磨炼才行。”

钟正仕很欣赏地点头道：“好！是块好料，鲁局长真没看错你。谦虚好学，努力进取，就没有干不好的工作，就没有破不了的案。”

“谢谢局长鼓励，我一定会不断努力，不辜负您与鲁局的培养。”

钟局长高兴地抬抬手说：“去吧去吧，队里的同志们都等着你呢！”

嬴建峰挺身立正，郑重地向钟正仕敬礼，大声说：“是！局长！”

38

嬴建峰转身往门外走去，正好与匆匆赶来的胡东升撞了个满怀。

胡东升一瞧是嬴建峰，忙用拳擂一下嬴建峰，大声说：“嬴建峰啊你总算回来了？”

“回来了，刚回来正准备向你报到呢！”

胡东升一把拉住嬴建峰，兴奋地说：“太好了，正好解了燃眉之急！”

钟正仕一看胡东升那副样，就知道又发了案。

“什么事啊胡队，又发什么大案了？”

“钟局这回还真是个大案。”

钟正仕不慌不忙地问：“什么大案你这么急？”

“建、建新瓷厂金水被盗了。”

“噢，被盗了多少金水啊？”

“被，被盗了二十多万！”

“啊！”钟正仕惊得目瞪口呆。

嬴建峰听罢也大吃一惊。心想我一个月工资才四十块，这二十万的金水，那可是我不吃不喝四百多年的工资啊。

“那、那快叫谷地丰去现场。”钟局长又补充一句。

“谷地丰他们出差要几天才回来。”胡东升着急应道。

“那、那你准备派谁去？”钟正仕问。

胡东升转脸瞅瞅嬴建峰，笑笑说：“远在天边，近在眼前！”

钟正仕点头说：“好！小嬴啊，你磨了一年的剑，这回就看你这柄剑快不快啦！”

嬴建峰一听，神情激动起来。

“小嬴，怎么样？”钟正仕问。

“我，我手上没人啊？”

胡东升忙说：“没事，小黄和小汪听说你今天来，都在办公室等着你呢。”

钟正仕听了，拿眼盯着嬴建峰问：“怎么样？”

胡东升知道嬴建峰有些担心，便又补充说：“你去吧，我叫技术组配合你，刚才我已经通知曾多法了。噢，还有，我叫情报组也配合你，我这就通知钱开发。”

钟正仕听了，满是期待地看着嬴建峰。

嬴建峰知道箭在弦上不得不发，别说是去侦查破案，就是上刀山下火海，那也义无反顾。想到这，嬴建峰不由得立正挺身，大声说：“保证完成任务！”

钟正仕与胡东升听了，满意地相视一笑。

39

建新瓷厂是瓷城十大瓷厂之一，工人近一万，其规模在国内都是名列前茅，因而所用的原料，数量也是非常惊人的。

厂里金水被盗二十万，无疑是新中国成立以来瓷城的空前大案。

嬴建峰与技术组长曾多法穿着鞋套先进去，对整个案发现场扫视了一番。

现场是在瓷厂彩绘车间保管仓库内，面积约九十平方米。仓库内部有南北两个窗户，离地面有两米多高，其中有一扇窗户被撬开，窗户内外墙面及窗口都有攀爬的痕迹。进出仓库只有一扇门，大门上的两把暗锁也被撬开。

厂里和车间里的一帮子领导，有十几个人站在仓库门外，个个神色慌张，如临大敌。他们不时朝仓库窥探着，不时交头接耳，窃窃私语，仿佛担心会惊动仓库里面的人。

黄美琴与汪震文站在门口，早已跃跃欲试。

嬴建峰与曾多法在仓库内待了十几分钟后出来，对黄美琴和汪震文说："你们等下跟在我身后进去，但只能跟在技术组的人后头，仔细观察他们是怎么勘查、怎么提取物证的。"

黄与汪两人听了，赶紧点头。然后跟在嬴建峰后面进了仓库。

技术组也有三人，嬴建峰便跟在曾多法身后，让黄美琴与汪震文跟在另两位技术组员后面。

厂保卫科长方长水是个四十多岁的老保卫，他带着科里十几个人将仓库四周围得水泄不通。见嬴建峰他们全部进去了，方长水便一马当先堵在仓库门口，一脸严肃地看着外面的人，即使是厂长也不让进，说这是公安部门的规定，案发现场不准任何人进去。

最紧张的莫过于两个仓库保管员，他们两个一人掌管一把钥匙。虽然是冬天，但两人头上不断冒虚汗，神情紧张地走来走去。

方长水知道这两位保管员的关系，一个是厂长的小舅子，一位是书记的外甥。他们俩平时只负责保管分发瓷用颜料，有时颜料紧缺，车间找的人便多，这两人就会分个亲疏远近，时不时受人吃请小礼物之类，在人面前装模作样的。现如今一下发了这么大的案，他两个是最值得怀疑的对象。所以两人心里七上八下，忐忑不安。

方长水对两位保管员说："你两个不要晃来晃去的，在边上站好了，没看到公安在办案吗？"

两人听了，走又不敢走，便老实地站着，浑身不自在。舅子望着姐夫，外甥瞅着舅舅，一副担惊受怕的样子。

约莫过了一个小时，嬴建峰与曾多法他们终于出来了。众人见了，都舒口气。

嬴建峰张嘴便问方长水："是谁最先发现金水被盗的？"

方长水立马用手一指两位保管员，说："是他们两个。"

嬴建峰问："二十万金水，你们仔细核对了没有？"

被问的两个不敢说话，只管点头。

“那好，你们都到保卫科去。把今年以来进出颜料的登记本也带去。”

两人听罢，忙鸡啄米似的点头，然后惶恐不安地看着方长水。

方长水抬抬下巴，示意他们跟着去。

40

曾多法带着技术组的两位侦查员先回分局。

嬴建峰、黄美琴与汪震文将两位保管员带到厂保卫科，准备分头对他们进行询问。

考虑到人手不够，便让保卫科的同志一起配合办案。

嬴建峰在询问前，想到要将情况向胡东升报告，便用方长水办公桌上的电话，向胡东升汇报了现场勘查的情况。

胡东升说：“好，我立即向钟局长报告，然后到厂里去与你们会合。”

嬴建峰说：“好的，那我们边调查走访边等你。”

胡东升很高兴地说了声：“好！兵贵神速，调查得越早破案的概率就越高。”

嬴建峰放下电话，立即参与对保管员的询问。

嬴建峰知道黄美琴干了几年刑警，做笔录已经是轻车熟路，完全可以放心，于是便请保卫科方长水配合。

考虑到汪震文新来，嬴建峰便决定带着汪震文询问，让汪震文做记录。询问开始，嬴建峰询问的这人是厂长的舅子艾莫生。

嬴建峰对汪震文说：“我问你记录，要按照顺序来，先写时间、地点、询问人、被询问人，再是记录人。然后是询问内容。”

汪震文点点头，说：“好的。”

就这样，嬴建峰对这个艾莫生进行了详细询问。一个半小时不到，询问结束。这时方长水办公桌上的电话响了，说是找嬴建峰的。

嬴建峰一接听，是技术组长曾多法打来的。

曾多法说：“经过我们技术组检验，窗户上的撬痕与存放金水柜子上的撬痕，还有撬门的痕迹，虽然用的工具不一样，但可以肯定是同一个人所为的；门是从里面往外撬的。从窗户和墙角，还有柜子边上提取的鞋印，是回力鞋的。

但现场没有发现指纹。”

嬴建峰边听边记，记完后说：“谢谢曾组长！有事我再麻烦你。”

黄美琴与方长水也做完了另一位保管员的询问笔录。

黄美琴将材料给了嬴建峰。嬴建峰迅速翻看了一遍，询问的情况与自己问的那个差不多，被盗的金水价值超过二十万。

嬴建峰刚看完材料，胡东升与情报组长钱开发就赶到了。

41

保卫科位于进厂大门左侧，一排红砖平房，足有十几间，在厂里算是很重要的部门。

在厂保卫科会议室里，正在召开案情分析研讨会。

嬴建峰先向参会人员通报了现场勘查和询问保管人员情况。

接着胡东升宣布：“同志们，建新瓷厂发生的这起金水被盗案是新中国成立以来我市被盗金额最大的案件。分局与市局领导都非常重视，责令我们成立专案组，尽快侦破此案。”

嬴建峰一听，立即坐正身姿，快速记录。

“我宣布，立即成立建新瓷厂金水被盗专案组，简称金水案。由嬴建峰同志任组长。专案组共十人，人员由刑警队与保卫科组成，除嬴建峰、黄美琴与汪震文外，再从情报组抽调两人，统一由嬴建峰同志指挥。保卫科也抽调五人，人员由方长水科长选定，要挑选政治可靠、思想觉悟高、业务水平好、办案认真负责的同志参加专案组。”

胡东升话音刚落，方长水就率先鼓起掌来，接着就掌声一片。

“下面，请嬴建峰组长谈谈。”胡东升说完，大伙又鼓了一通掌。

嬴建峰首次当专案组长，觉得责任重大，便有些激动地站起身，很郑重地向大伙敬礼。

这回轮到汪震文最先鼓掌。

“首先，我非常感谢胡队对我的信任，让我当这个专案组长。我一定全力以赴，争取早日破案。下面，我想请大家对案件谈谈自己的想法。”

胡东升见嬴建峰已进入角色，便趁热打铁说：“对，咱们破案就是要集思广益，大家畅所欲言，千万不要有什么顾虑。”

嬴建峰知道胡队这是给自己撑台，便想快速切入，说：“方科长，你们保卫科的同志对厂里情况熟悉，请你先说说自己的看法吧。”

要说方长水在瓷城保卫系统，那可是响当当的人物。他年近五十，性格干脆。从部队退伍后，他从保卫干事做起，一直到科长，曾参与侦破了不少大案要案，经常被抽调到其他厂子帮助破案，经历了几十年的磨炼，在办案方面已经有相当的经验，连公安系统不少人都对他敬重三分。

所以，他见嬴建峰点名要自己先谈，便迅速捋了一下思路，说：“我觉得这起案件吧，首先要确定是什么人作的案。就是说，要先确定是我们厂内部人作的案，还是外部人作案，或者是内外勾结。内部人员作案又可分为监守自盗和其他人员作案。再者，就是要确定是一个人作案还是两人以上作案。”

胡东升边听边点头，心想方科长不愧是老保卫了，说话直奔主题，切中要害。

“方科长说得对，既然方科长已经想到了这些问题，那你认为是什么人作案的可能性大？”嬴建峰笑问。

“以我的看法，偏向于内外勾结的可能性大些。”

“为什么？”正在记录的汪震文好奇地问道。

“你看啊，如果单纯内部人作案，那个贼根本没必要翻墙撬窗那么辛苦进去盗窃，他完全可以从门外进去，是吧？如果是外部人作案呢，那盗贼不可能对里面的情况那么清楚，一进去就晓得金水放在哪个柜子里，其他摆放的颜料啊瓷器啊什么的翻都不翻。退一步来说，别说是外人，就是我们厂里的人，也没有多少人知道金水具体放在哪个柜子里。你说是不是？所以呢，我认为内外勾结的可能性是最大的。”

胡东升听了，没有立即认同方科长的说法，转头问嬴建峰：“你认为呢？”

嬴建峰想想说：“方科长说的也有道理，但我更倾向于外部人员作案。”

方科长一愣，忙问：“为什么？”

“如果是内外勾结的话，这个贼也没必要翻墙撬窗搞得那么辛苦，那样就显得画蛇添足。”

“那你怎么解释，那个贼一进去就晓得金水放在哪里？”

“这个也好解释，说明那个人要么有人指点，要么是个惯偷，知道贵重的东西都会放在柜子里。”

“如果有人指点，那不正好说明是内外勾结的吗？”

“那可不一定。那个指点的人，很可能是无意之中透露出去的。而且他很可能不知道这个人会去偷金水。”

“嬴组长，我觉得你有点像写小说。你推测的成分太多了吧？这点我不敢认同。”

“方科长，我说是外部人作案，并不排除这个人到过厂里打探情况事前还踩过点的可能性。这一点你承认吗？”

方长水抬头仔细想想，说：“这点好像说得过去。”

“这就对了。我说做贼的是外部人，还有一点，就是那家伙从里面撬门而不是从外面撬。”

这一下把方科长给说愣了，他用手挠挠头，问：“什么个意思？”

“其实很好理解，因为是外部人员，对门锁的情况不清楚，他不知道撬暗锁的难度有多大，所以他不敢从门外往里撬，其实从外往里撬也不会费很大力气，所以他就撬窗子爬墙从窗口钻进去，既费时间又吃力，还要冒着摔伤的危险。”

方科长反问：“不对呀！那他为什么又要从里面撬锁呢？”

“因为盗贼从里面一瞧，原来是两把暗锁，虽然反锁了，但很容易撬，于是他就随手把两把锁都撬了，省得出去时还要爬窗户翻墙太麻烦。”

嬴建峰说完转头看着方长水，方长水被嬴建峰说得将信将疑，笑笑说：“你说得活灵活现，好像有些道理噢。”

嬴建峰谦虚说：“也不能说我的分析就一定对，最后还要用事实来检验。”

“对！事实胜过雄辩！”方科长附和一句。看起来是赞同，实则心存疑虑。

“还有一种可能，就是犯罪分子是个惯偷，他一眼就能看出贵重的东西放在保险柜里，所以他用不着翻其他东西就直接撬锁。而且出去的时候怕暴露目标，其他东西也不敢拿。”嬴建峰接着解释。

方科长点点头说：“这点我是赞同的，不管是内部人还是外部人作案，他们肯定不敢过于暴露目标。咱们保卫科可不是摆设的。”

嬴建峰轻轻一笑，他知道建新瓷厂连续十年都是全市内保先进单位，方长水走到哪里说话声音都是洪亮的，突然间发了这么大的案子，犹如被人当面抽了个响亮的耳光，让他很没面子。因此他发誓一定要亲手抓住盗贼，以雪耻辱。

在方长水心里，他认为两个保管员嫌疑最大，刚才虽然对他们询问了一遍，这两个家伙也没承认，但他还是打算再次对他们进行询问。碍于这两个家伙是厂长书记家里的人，询问时注意些方法，不能直接得罪两位领导。同时他又希望是这两个家伙作案，那样的话让那两位厂领导脸面全无，以后就不会再在自己面前打官腔摆架子。有什么事找他们解决也会好办许多。

方长水想到赢建峰说有人指点的话，便问："刚才赢组长说有人指点哪个做贼的，你认为哪些人会指点呢？"

赢建峰想想说："有两种情况。一种是作案人听厂里人谈到金水存放在那里，所谓说者无意，听者有心。另一种情况是盗贼向厂里知道放金水的人打听，那个人告诉他的。"

方长水说："那就是内外勾结嘛！"

"我开始已经说了，那个说存放金水地方的人可能是无意的，他根本就不知道问的人会偷东西。比如那个盗贼问你们金水那么贵重的东西肯定保管得很好啊，被问的人回答那是肯定的我们有专门的柜子保管的。这无意之中，不就泄露秘密了？像这种情况，能说是内外勾结吗？"

方长水听罢，笑笑说："我怎么总觉得你推断的成分多些。咱们办案最后靠的是证据。"

赢建峰心里清楚方长水心中不服，不到最后真相大白，方科长不会认输，想与对方在嘴皮上争个高低，没有必要，便笑笑说："方科长是老保卫，说话有道理。我们接下来再分析一下有几个人作案。"

方长水笑笑说："从现场遗留的痕迹看，只有一个人的脚印，应该是一个人作案。"

胡东升点头认可，说："没错，从案犯撬开门锁从门里出来的情况分析，他应该是一个人，如果有另外的人接应，他可以将东西从窗户递出去，让外面的人先将东西拿走，这样作案人可以减少被人发现的概率，即使当场被抓，因为东西已被同伙拿走，他只要咬死不承认，我们也拿他没办法。再者，撬开的窗户外面和大门外地面没发现其他可疑脚印。可以排除两个人以上作案的可能。"

"还有一点，从被盗的只有十二盒金水，重量相对轻目标也小，一个人携带方便不容易暴露。"赢建峰补充道。

方长水为了显示自己的水平，马上接嘴说："案犯应该身高一米七以上，年龄在二十岁至四十岁之间，攀爬能力强，脚穿回力牌运动鞋。"

赢建峰觉得方长水的分析还是蛮有道理，不由点点头说："我再补充几点。根据鞋印分析，此人体重约一百四十至一百五十斤之间。对仓库及周边环境熟悉，居住在工厂附近的可能性很大，事先经过踩点。很有可能与厂里工人和仓库管理人员是亲戚或朋友关系，借这种亲友关系来过工厂或仓库。有盗窃前科。”

方长水笑着点头说：“嬴组长年轻有为，分析得很准确。”

嬴建峰谦虚说：“方科长已经是专家级别了，侦查工作需要你的大力支持，如果我有什么不到的地方，请你及时指出来。”

方长水听了，很是受用，忙抬手摇摆着说：“哪里哪里，嬴组长过奖了。侦查破案，就像做瓷器一样，认真仔细，多学多做自然就能轻车熟驾。嬴组长虽然年轻，但我听说你能文能武，侦破工作还是要靠你来把关。”

胡东升笑道：“你们两个就不要客气了，咱们还是抓紧时间，研究下步工作。嬴组长，你就说说吧。”

嬴建峰立即当仁不让说：“那好吧，我呢，对整起案件做了梳理，认为我们应该做好以下三方面工作。”

汪震文立马坐直身子准备记录。

“首先要排查居住在工厂周边，并且与厂内人员有亲友关系、近期来过工厂或仓库的人员。”

黄美琴抬头望望嬴建峰，又低头写字。

“其次是要立即对全市打金店进行布控，对可能使用金水的企业进行通报布防，防止作案人销赃，一旦发现线索，立即进行跟踪调查。”

方长水点点头表现赞许。

“最后要重点排查有盗窃犯罪前科，年龄二十岁至四十岁之间，身高一米七至一米七五之间，体重七十至七十五公斤之间，喜欢穿回力牌运动鞋的男性。”

胡东升满意地笑笑。

“专案组分成五个小组，两人一组，各小组由一名公安与一名保卫科人员组成。一小组对居住在工厂周边并且与厂里人员有亲友关系的进行排查，二小组对全市所有打金店进行排查，三小组对全市所有使用金水的企业进行排查，四小组与五小组对厂内人员进行排查，重点排查有亲友近期来过厂里的人员，特别是其亲友有过盗窃前科的人，作为重中之重。”

胡东升笑着说：“好！那你具体的分工是？”

“我的意见是由经验丰富的方科长带着汪震文为一小组，我和黄美琴各带二、三小组，另外由情报组抽调两名业务骨干，带四、五小组。”

胡东升双手托下巴思忖一会，说：“你说的我都没意见，唯独是各小组具体的分配，我有点想法。”

嬴建峰一听，忙问：“胡队请讲。”

“我知道你作为组长，是想身先士卒，率先垂范，参加外面的侦查工作。正因为你是组长，所以你一方面要参与调查，另一方面，你更要坐镇指挥，这比你自己参与调查更为重要。”

嬴建峰听了一愣，一时不知如何回答。

方长水很赞成地笑笑说：“没错，嬴组长是一组之长，应该坐在家中指挥。如果到外面调查，哪个小组有什么情况要汇报，到哪里找人啊？你说是吧？”

嬴建峰见胡队与方科长的意思都要自己在厂保卫科，这样好指挥协调，只好打消自己外出调查的念头，笑笑说：“既然胡队和方科长都要我坐在这里，那也行，我就带四小组在保卫科办公，有什么事咱们及时联系。”

胡东升满意地笑道：“这就对了，我知道嬴组长是出于公心，想吃苦在前，但组长的最大职责是要协调指挥好整个专案组的工作。”

嬴建峰立即起身，很诚恳地说：“谢谢胡队和方科长信任，我一定会牢记自己职责，早日破获金水案！”

42

送走胡东升后，嬴建峰找方长水商量抽调人员之事。

方长水也很大方，说：“我科里的副科长兼内勤宋词芳她文化水平最高，让她与你搭档吧。她对厂里和科里的情况都很熟悉，她配合你的工作，应该没问题。”

嬴建峰听罢有些迷惑不解，他环顾四周，问：“你说的宋科长，她人在哪儿？”

方长水嗯了一声，笑笑说：“宋科长在党校学习，她应该昨天结束，今天就会上班。”

嬴建峰感到意外，心想怎么没听说过有个女的副科长。不过，凭嬴建峰对保卫人员的理解，但凡能在保卫部门做事的女人，肯定是泼辣能干的。

这时听到一个女人大声说：“方科长我回来了！”

方长水一听忙笑着说：“你看，说曹操曹操到，她这就来了。”

嬴建峰转头一瞧，一位四十来岁剪短发的女子笑吟吟站在面前，只见她满面红光，精神饱满。

方长水热情介绍说："宋科长，这位就是公安分局刑侦队的嬴组长，这位就是宋科长。"

宋词芳一听，大方地上前一把握住嬴建峰的手，热情四射地说："你好，嬴组长啊！哎……小伙子长得很排场嘛！"

一句话把嬴建峰羞了个大红脸。

"哎呀呀，还脸红啦，瞧起来还是童子军呢！哈哈哈……"

嬴建峰被对方说得局促不安。

还是方长水见多识广，忙阻拦道："宋科长你不能这样随便，嬴组长是来办案的！"

"办案！噢对了，我听说厂里出了大案，到底是真是假，发了多大的案？"

"说出来吓死你！"方长水一脸严肃。

"哈，吓死我？吓死我的人还没出世呢！"宋词芳用手指着自己的鼻子，然后仰天大笑起来。

"偷了二十万金水！"方长水忍不住大吼一声。

"什、什么！二十万！"宋词芳如遭雷击地惊呆了，接着她扳着手指头数道："我一个月四十块，一年四百八十元，十年四千八百元，一百年才四万八千，哇呀妈哎，二十万是我不吃不喝四百一十六年的工资啦！那，那得买多少肉多少米啊？那，那就是一座很高很大的山哪！"

方长水调侃地说："你看看你看看，刚才还说吓倒你的人还没出世，我看你连魂都吓没了！"

"你胡说，我的魂就在我身上！"宋词芳一脸不服。

嬴建峰上前一步，客气说："宋科长，我们现在要赶紧开展工作，早一分钟就有早一点破案的希望！"

宋词芳听完，双手一拍地说："得了，现在的关键是抓紧破案，破案！"

"你和嬴组长一组，就留在保卫科。"方长水爽快道。

宋词芳立即侧头瞅着嬴建峰，眨眼问："那，嬴组长，我们查什么人呢？"

"噢，我们先从仓库的保管员和领料员查起，然后扩大到彩绘车间，如果还没有线索，那我们再扩大范围。"

宋词芳想想说："那行。现在要我做什么？"

"先通知两位保管员，然后再叫彩绘车间的领料员。"

“好的，我这就通知。”说完，宋词芳风风火火就来到方长水办公室，拿起桌上电话通知。

嬴建峰刚才开会时被烟熏得够呛，便想到外面透透空气，刚走到门口，一看鲁卫国在钟正仕的陪同下，正说着话走来。

嬴建峰忙迎上前几步，大声说：“鲁局钟局，你们怎么都来了？”

钟正仕笑笑说：“鲁局长听说你今天刚回来就上班，特意来看看你。”

嬴建峰激动地上前握住鲁卫国的手说：“谢谢鲁局！不好意思还没来得及去看您哩！”

鲁卫国大度地摆下手，说：“你一回来就马不停蹄地上班，我当然应当来看你啊！”

钟正仕不失时机地说：“本来这起大案是由市局刑侦大队办的，因为他们正在办理另外一起盗窃金水的大案，一时抽不出人来，所以由我们分局来办。而且鲁局长亲自指定让你负责这起案子，说明鲁局对你很信任噢！”

嬴建峰激动地说：“感谢鲁局钟局对我的信任，我一定不负众望！”

鲁卫国抬抬手说：“好！我相信你不会让我失望。”

43

鲁卫国与钟正仕认真听取了嬴建峰的汇报，肯定了嬴建峰的分析以及下步工作的安排。

两位局长走后，宋词芳一下打开了话匣，连珠炮似的说：“哎呀呀，这个鲁局长怎么那么信任你啊！他对我们这起案子真的也太重视了，还亲自听你汇报，他怎么对你那么好？”

嬴建峰很怕她说话喋喋不休，便想拿话塞她的嘴，忙说：“宋科长，咱们抓紧时间干活吧，鲁局钟局等着咱们早些破案呢。”

宋词芳立即明白了对方的意思，忙说：“对对对！刚才两位局长说了，希望你不要让他失望，咱们现在就动手开始调查。噢，你刚才说，从谁开始查起？”

嬴建峰提醒说：“咱们再对两位保管员询问一遍。”

“对对对！保管员，哎，这两位保管员都是厂长书记家里的人，按理他们不会做这种事。”

“为什么呀？”

“那不是打厂长书记的脸吗？”

嬴建峰笑笑说：“就是打脸也没办法，有很多案件，都是当领导的亲戚朋友干的，有的还是领导的小孩。”

宋词芳噗地笑道：“哎呀！世道无常，人心难测，他们会不会作案，只有调查完了才清楚。”

“咱们抓紧时间吧！”

“好，我已经打了电话给仓库，过一会他们两个就到。”

“好的。哎，宋科长，那你觉得，他们两个谁更老实？”

“厂长的舅子小艾要老实些，书记的外甥小赵顽皮得多。”

“那，咱们就先从小艾入手，这样，也许会事半功倍。”

宋词芳点点头道：“好的。”

正说着话，小艾与小赵就到了，宋词芳先叫小赵到她的办公室里等，将小艾叫到方长水的办公室，这样她接打电话方便一点，又不影响询问工作，一举两得。

就这样，嬴建峰询问，宋词芳来记录，可宋词芳天生是个快人快语憋不住嘴的人，她不时地还会打断嬴建峰的问话，插嘴问讯。

仔细认真地询问了近一个半小时，这个小艾的回答，跟上次回答得一模样。

嬴建峰知道没戏，便将小赵找来询问。嬴建峰一边阅看上次询问小赵的笔录，依样画葫芦地按顺序进行，没想到这个小赵也一样，回答得还是滴水不漏。有几处地方，嬴建峰反复追问，小赵回答得还是没有破绽。

嬴建峰知道，询问嫌疑人员口供真实与否的一大绝招，就是对同一个问题，在不同的时间地点不动声色反复询问，如是真实的，对方回答就会始终如一不会出差误。如果嫌疑人说的是假话，那他回答时就一定会露出破绽。

小赵走后，嬴建峰与宋词芳商量案情。

“宋科长，你对厂里的人员熟悉，你看这样行不行，我想请你对厂里的人员先梳理一遍，看看能不能找到重点人员，这样我们做起来就可以提高效率。”

宋词芳笑答：“好哇！你说说具体什么样的条件，才算是重点。”

嬴建峰一想也是，刚才我们讨论案情时，宋词芳还未来，她对情况两眼一抹黑，得赶紧把案情介绍给她，于是嬴建峰便把符合三种条件的人员说给对方听。

宋词芳听罢，歪着头仔细想想，说：“我一下子记不得很清楚，我把之前的登记表拿出来看看。”

于是宋词芳便翻箱倒柜地找资料，差不多花了半个小时，才把资料找齐。

嬴建峰一看，是六个彩绘车间人员登记表，上面注明每个人员的家庭成员，社会关系。

宋词芳先把六个车间的领料员找出来，每个车间有三个领料员，一共十八个，用笔把他们抄出来，并且注明了男女。

嬴建峰对宋词芳道：“我们先对这十八个领料员进行询问，重点问他们有没有住在离厂不远的亲朋好友，最近来过厂里，特别是有盗窃前科的释放人员。”

宋词芳爽快道：“那行，我现在就通知他们。哎，小艾与小赵怎么办？”

嬴建峰答：“让他们先回去，但不能擅自离开，要待在岗位上，随时接受我们的传唤。”

“好的，我这就安排。”宋词芳说完转身离开。

44

夜深人静，天气寒冽彻骨。

嬴建峰与宋词芳连续工作了十六个小时。

嬴建峰目送着第十六个领料员离去，脚冷得不断地弹动。他的心更冷，觉得十八个人马上就要问完了，到目前还没有什么像样的线索，看起来希望很渺茫，心情显得沉重起来。

宋词芳赶紧跑到外面储藏间提了一篓木炭来，拿起铁钳往火盆里夹炭，将火吹得更旺些。

多亏一小时前厂里食堂送来了夜宵，让大伙吃得满嘴油亮。

其实夜宵也不是什么山珍海味，只是放了些五花肉丝的面条。可别瞧不起这些肉丝面，那可是定量供应的紧缺食品。

嬴建峰还是年轻人，食量相当好，一连吃了三大碗才作罢。因为吃得多，肚子便有些胀，便找了草纸上公共厕所去解一下大手，感觉舒服多了。

嬴建峰刚踏进门，就见一位二十多岁的姑娘刚落座在凳子上。宋词芳见嬴建峰进来，忙对那姑娘说：“这位是公安局刑警队的嬴组长，我们要问你一点事。”

姑娘一听，刚坐下来的屁股赶紧又抬了起来，两眼惊慌地望着嬴建峰。

嬴建峰从对方的眼神里看出一丝不安与惊悸，随即姑娘又坐下来，双手不断地握动着，不知放在哪里好。

嬴建峰心中一喜，但仍不动声色地边坐边问姑娘：“你叫什么名字？”

姑娘低下头，声音细小地答：“我，我叫姜凌花。”

宋词芳看出姑娘胆小，便安慰她说：“小姜你不要怕，你只要如实回答问题就行。”

嬴建峰也笑笑说：“对，我看你这么胆小的姑娘，也没有胆量去偷那么多的金水，是吧？”

姑娘一听，忙不安地低低头，嘴里嗫嚅着说：“我，我没偷东西。”

嬴建峰仍然笑笑，说：“小姜啊，你也知道，咱们是国营单位，所有的财产都是大家的，一下子被偷了那么多的金水，损失非常巨大，那些金水也有你的一份，你说，那个偷东西的人是不是很可恶哇？”

姑娘的喉咙底下传来很小的声音：“是……”

宋词芳又安慰对方：“你不要怕，嬴组长问你什么你就说什么，说清楚就行。”

姑娘一听满脸紧张道：“我，我是有一个坐过牢的表哥。”

嬴建峰听罢一愣，忙问：“你怎么知道我要问这个问题。”

姑娘抬抬头看看嬴建峰，胆怯地说：“我问了前面几个人，他们都说，你问他们有没有坐过牢的亲戚。”

嬴建峰开心地笑笑，趁热打铁说：“那你，就说说这个表哥的情况，好吧？”

“好的。我表哥叫程大毛，是我姨的崽，今年三十，噢三十一岁，原来在清音瓷厂做事，四年前偷了人家东西，判了三年半，刚放出来不久。”

嬴建峰听了点点头，觉得这个程大毛符合基本条件。便问：“他最近来找过你吗？”

“找过，一个星期前。”姑娘说完两眼望着嬴建峰。

“他来问了你什么？”

“他，他问我工作累不累，工资多少，食堂的伙食好不好。噢，还问我单位的领导对我好不好。”

“还有呢？”

“还有，噢，好像没有了。”

“你再想想。”

“我，我一时想不起来了。”

“他有没有问你金水的事情？”

“金水！……对了，他好像问过我。”

“具体问了些什么？”

“具体，具体好像问了我金水里面金子的含量多少。”

“那你怎么回答的？”

“我，我说不知道。”

“他有没有问你金水放在什么地方。”

“没有，金水肯定放在仓库里呀。”

嬴建峰笑笑，说：“我的意思，是他有没有问你金水具体放在什么位置，是在柜子里还是箱子里，还是其他地方。”

姑娘听罢蹙眉想想，摇摇头说：“他好像真的没问我。”

宋词芳这时递给姑娘一杯热茶水，说：“不要急，喝口开水，慢慢说。”

“好的，谢谢你。”姑娘说完想想，低头端着杯子轻轻吮了一口水。

嬴建峰与宋词芳交换了一下眼神，彼此心里都有了数。这个程大毛，所有的情况都对上了，下一步，只要紧紧盯着他。

“你表哥住在哪里？”

“坦石弄右手边往弄里第三家。”姜凌花一点都不隐瞒。

嬴建峰抬起手腕看看表，已经是凌晨三点了。心想要是能查实这个程大毛是案犯就好了，省得大家这么冷的天加班加点，多苦啊！

宋词芳这时抬手伸懒腰连打几个哈欠，神情疲惫地说：“小姜你一定要如实回答，不能有一点点的欺骗，你要是敢欺骗公安保卫，那你要负法律责任的。严重的话你是要坐牢的！”

最后一句话，把姜凌花吓得一震。她立即脸露苦楚带着哭腔说：“公安同志，我说的没有半句假话，如果我说了半句假话，你们就捉我去坐牢！”

嬴建峰笑笑说：“我相信你说的话。不过，你离开后千万不能透露我们已经找过你，更不能把你今天跟我们说的透露给任何人，就是你的爸妈都不行，更不能对你表哥说。否则，造成的一切后果你都要负责，听明白了吗？”

姜凌花很紧张地点点头。

“你一定要保密，要是泄露了情况，那你不但要被开除工作，甚至还会坐牢，听清楚了吗？”宋词芳口气严厉道。

“听清楚了！”

“那好，你现在就写保证书，保证你不会泄露一点情况，要是没做到，你宁愿开除坐牢！”

宋词芳边说边将钢笔拍在桌上，吓得姜凌花身子一抖。

嬴建峰见姜凌花胆小如鼠，可怜兮兮的，有些不忍心叫她写保证。可宋词芳已经开口叫她写了，自己不好说反对的话，否则会伤了宋词芳的自尊，那样，恐怕会影响以后的工作。毕竟是合作办案，咱们公安有的传唤、询问、侦查的权力，他们保卫科同样有。

可以看出姜凌花很不情愿地拿起笔，在询问记录纸上写上“保证书”三个字，然后歪头想想，又问宋词芳：“这个内容怎么写呀？”

宋词芳倒是干脆，她说：“来！我说你来写，千万不要写错了哈，写错一个字都得重新写。你熬得住我快吃不消了。”说完宋词芳斜眼瞅瞅嬴建峰。

嬴建峰自然清楚宋词芳的意思，是想回家休息了。便对宋词芳说：“这样吧宋科长，那就麻烦你送一下小姜回家，你也回家休息。今天你太辛苦了。”

宋词芳知道嬴建峰是照顾她，让她回家，便有些不好意思地说：“昨天出来时家里有点事没处理好，我先回去处理一下再来，你辛苦了。”

嬴建峰说：“没事，今天算咱们小组的成绩最好，明天开始，咱们应该有了重点目标，大家都会轻松些。”

宋词芳爽快地一抬手，说：“好！等小姜的保证书一写好，我就先撤。”

45

宋词芳刚一走，嬴建峰就立马来到汪震文所在的办公室，见小汪正裹着军大衣，蜷缩在军用床上呼呼大睡。

嬴建峰将小汪推醒，汪震文瞪着惺忪的双眼，听完嬴建峰的话，忙问：“现在吗？”

嬴建峰摇摇头，说：“不，早上七点，你赶到坦石弄右手边往弄里去的第三家程大毛家附近，密切监视程大毛的一举一动，你能行吗？”

汪震文一听不服气地一梗头，说："那怎么不行？"

嬴建峰笑笑道："你别误会，我不是怀疑你的能力，我是担心你吃不消，蹲点守候还有跟踪，最考验人的毅力和体力。"

汪震文赶紧坐直身子，望着嬴建峰，信誓旦旦地表态："我到队里来，就做好了吃苦受累的准备，你绝对放心。"

嬴建峰用手拍拍汪震文肩膀，说："好，你先休息，六点半我喊你。"

"谢谢师傅。"汪震文说完，又躺回军用床，只几秒钟，他又发出呼噜声。

嬴建峰轻轻一笑，起身往火盆里添了些木炭，又拿军用被将汪震文盖严实些，然后回到方长水办公室。

这时方长水推门进来，嬴建峰见了有些意外，忙问："这么晚了，你还来啊？"

方长水面露疲惫笑笑说："出了这么大案子，我的压力也很大。我们先进的材料刚刚报上去，你说，案子不破，那我们这个先进肯定泡汤。"

嬴建峰心想这个方科长真是个工作狂，这时还不忘单位先进的事，便说："是啊，出了这么大的事，对谁都不好，咱们干公安保卫的，应该是首当其冲。"

"是啊，我回到家里都上了床，可怎么也睡不着，想想啊，还是到科里来，看看能帮你什么忙。哎，宋科长就走了？"

"刚走，她也忙一天，很累，笔录就做了十七份。一个女同志，已经很不错了。"

"是唔，她本来在厂人事科管档案，可她偏说自己不爱红妆爱武装，很喜欢干保卫，这不，就跑到保卫科来了，还兼着厂武装部的工作。"

嬴建峰笑笑说："那她来保卫科多少年了？"

"也有十来年了吧，因为她的文化水平最高，又能干，所以提了副科长。"

"噢，这样啊。方科长，刚才我们询问了彩绘六车间的姜凌花，你认得她吗？"

方长水笑笑，说："厂里那么多人，要说都认得那是假的。但只要见了面，肯定觉得熟。"

"她说她的表哥前几天来过厂里找她，她那个表哥原来在清音瓷厂上班，前四年因为盗窃被判刑三年半，刚出来。"

"噢，这件事我倒听说过，那家伙之前就是偷厂里的金水被抓的。"

"是吗？那嫌疑就更大了。"

方长水眨眼想想，嗯了一声，点点头说："要是这样，就好喽。"

嬴建峰立即来了精神，说："那我们来研究一下下步措施。"

于是两人便就如何对程大毛开展调查，提出各自的意见。

方长水说："对这个程大毛，我的意见是快刀斩乱麻，立即将他抓来审问，再对他的住所进行搜查。"

嬴建峰听罢摇摇头，说："这时候直接抓捕程大毛，我看火候还未到。"

"为什么？"

"如果真是程大毛干的，那他就是惯犯，是惯犯那他就具有两个特点。"

"哪两个特点？"

"一是具备反侦查的能力，二是具有侥幸过关的心理。"

方长水点头表示赞同。

"要是这家伙来个死猪不怕开水烫，咬死口不承认，那我们怎么办？"

"要真是他作的案，我们来个强大的心理攻势，我不信他会不承认。"

嬴建峰又摇头道："方科长，这次盗窃的数额太大啦，如果是他作案，他肯定知道，一旦被我们抓住，不是死刑，起码是死缓。所以，我们手里如果没有过硬的证据，他是不会承认的。"

"那，按你的说法，什么情况下才算有过硬的证据？"

"当然是要找到被盗的金水。"

"如果他不承认金水是他偷的呢？"

"所以啊，我们就要有其他的证据，来证明东西是他偷的。"

"你是说，现场有他的鞋印？"

"这是一方面。"

"是不是再让其他人指证他？"方长水问。

"要有证人指证他，也得有两个条件。"

"哪两个条件啊？"

"一是他有同伙，由同伙指证他是很有力的。二是如果他没有同伙，那得是他销了赃才行，由购买赃物的人指证。"

方长水想想是这么回事，不由点下头。

"以上两种情况，虽然好，但我们都是被动的。"

"你的意思，是想争取主动？"方长水追问。

"对啊！"

"那怎么才算主动？"

嬴建峰也不直接回答，拐弯抹角地说："我请教你一个问题行不？"

"不要说请教，你直接问就是。"

"那好，如果是这个程大毛偷了金水，那他第一个念头，是什么？"

"是什么？应该先把金水藏起来。"

"对啊，他不可能把金水带在身上，也不敢藏在家里。"

"那你的意思，是……"

"他肯定会把金水藏在一个离家不远的隐蔽处。在没有找好买家之前，他是不会把金水拿出来的。"

方长水觉得有道理，便说："没错，他肯定是先找好买家，谈好价钱，然后拿出金水，送货交易。"

"对啊！"嬴建峰兴奋得一抖身子。

"那你的意思，是要等他取出金水，正在交易时动手抓人？"

"不！不能等他交易时再抓他？"

方长水又是一怔，心想这个嬴建峰怎么有那么多的弯弯绕，说话总是出人意料，便问："那又是为什么？"

"怕他东西没带全啊。"

"你的意思，是他只带一部分金水交易？"

"很有这个可能。"

"那按你的意思，到底什么时候抓他，才最合适？"方长水心里发急。

"等他取出赃物的时候，是最佳时机。"

方长水思虑了一下说："没错，但如果他将金水埋在几个地方，那取出来的金水，也是一部分啊，那怎么办？"

"这种可能性是有，但不是很大。"

"何以见得？"

"因为金水本身的体积就小，容易携带，从心理感觉上讲，没必要分开隐藏，除非……"

"除非什么？"

"除非盗贼心里有三种打算。"

"那我洗耳恭听。"方长水很想知道。

嬴建峰抬头一笑，说："第一种打算，当然是不想把偷来的东西全部出手，想分批销赃。"

方长水点头认可。

“第二种打算，是他感觉自己可能会被发现。”

“你的意思，是他打算让我们查获一部分，剩下的部分，他就想隐瞒下来，打算等他将来出狱后再取出来使用。”方长水推测道。

“没错。这第三种打算，就是他想将剩下的部分留给他认为最重要的人使用。这最重要的人，可以是他的父母兄弟姐妹，也可以是他的妻儿情人等。”

方长水又用手一摸鼻尖，笑道：“没想到你年纪轻轻的，想法可真多。看来我得好好向你学习。”

嬴建峰忙摆摆手说：“方科长谦虚了，我干公安没几天，你算是老前辈，我要虚心向你学习才对。”

“哎！你也不要太谦虚，俗话说先长眉毛不如后长须。你虽然干公安不久，但我看你观察、分析、判断和推理能力，远远超过一些老公安老保卫，当然也包括我。”

“方科长千万别说这样的话，生姜都是老的辣，破案是件经验活，需要有丰富的实战经验才行。这是我办的第二起案件，希望方科长帮助支持我。”

方长水听罢瞪大双眼，不敢相信眼前的小伙子竟然是第二次办案。从他的言谈举止，根本就不像初出茅庐的新手。便笑着说：“不会吧，如果真是第二次办案，怎么会让你当组长？那你不就成了神探啦？”

“领导肯定是觉得目前人手太少，一时找不到人，才让我这个旱鸭子上架的。”

“谦虚，你这是真正的谦虚。钟局长和鲁局都是刑侦专家，他们不可能派一个不懂业务的人来侦破轰动全市全省的大案，对吧？”

嬴建峰被对方说得有些不好意思，掩饰地说：“可能是我的运气比较好吧，上次也是刚上班，就碰上一起案子，正好撞到我枪口下。可惜，那个主犯被他跑了。”

方科长似有所悟地拍拍头，问：“你说的是一年前文物博物馆被盗案吧？”

“你也知道那起案子？”

“那起案件是新中国成立以来咱们市最大的文物被盗案，市里哪个不知道？听说是龙生的大小儿子没找着，是不是？”

“是啊。我一定会把它们找回来，哪怕是追到天涯海角。”

方长水点点头说：“相信你一定能！”

"谢谢方科长鼓励。眼下最重要的，是明天对那个程大毛布控的事。"

"那你什么意思？"

"我想对程大毛实行二十四小时监控。"

"好！那人员怎么搭配？"

"我想派小汪和情报组的两位兄弟，三班倒进行布控。"

方长水一抬手说："好，那昨天布置的任务呢？"

"为防万一，还是要按原计划进行。"

"要是那样，人员肯定不够。"

嬴建峰笑笑说："那只有麻烦方科长，再从科里抽调两个人。"

"没问题，我们保卫科现在最大的任务，就是配合你们查案。"

"谢谢方科长，我再向胡队汇报一下，看看队里能不能再增派点人手。"

方长水很是满意地点点头。

46

翌日凌晨六点，专案组在保卫科紧急开会。会上除了公安的五位外，还有保卫科的方长水与宋词芳。

嬴建峰说："同志们，由于金水被盗案发现得早，调查及时，已经初步锁定了一个重大嫌疑人，这个人就是住在坦石弄的程大毛。"

大伙一听神情振奋。

"我和方科长商量了一下，决定对这个程大毛实行二十四小时布控。这项工作由刑侦队的小汪、小徐和小梅三人负责。为了以防万一，原定的调查计划还要继续完成。空缺的人员，我再向胡队报告请他增派人手补充。当然，咱们是重点与一般相结合，计划与灵活性相结合。如果程大毛这边的嫌疑变得更大的话，我们就可以停止其他调查，全力以赴调查程大毛。"

方长水接嘴道："按嬴组长的安排，保卫科再抽调两个人，顶替刑警队的小徐小梅，其他的原则上不动。"

大伙领命，便分头开始行动。

汪震文、小徐和小梅三人先走，对住在坦石弄程大毛的位置进行前期侦查，熟悉其居住环境，再进行分工。

考虑到小汪刚来，嬴建峰要求小徐、小梅两人先带一下汪震文，让他掌握蹲点跟踪的要领后，再让他单独行动。

未料汪震文说他实习的时候就练过了，没问题。

嬴建峰目送三人离开，回头吩咐黄美琴说："美琴，你辛苦一下，帮宋科长汇总一下工作情况，宋科长今天凌晨三点多才回去，六点钟又来了，没怎么休息。"

宋词芳一听，忙抬抬手说："没事没事，熬这点夜算个屎。你问方科长，前几年我们配合你们公安排查，三天三夜没合眼，不也过来了？"

嬴建峰听罢有点感动，说："宋科长真豪爽，真是铁打的红色娘子军，巾帼不让须眉，我们都要向你学习。"

方长水哎了一声，说："嬴组长，你几乎一晚上没睡，我们都要向你学习才对！"

宋词芳说："嬴组长让我想起一个人。"

黄美琴笑问："谁呀？"

"白求恩啊。"

"为什么这么说？"

"毫不利己，专门利人哪！"

嬴建峰摆手说："我怎能跟人家白求恩比？白求恩是国际友人，不远万里来到中国，我本身就是中国人啊。再说，侦查破案是我的本职工作，义不容辞。人家白求恩完全可以离开中国，他做了本不该他做的事，所以他就显得伟大。而我呢，最多只能算得上是恪尽职守。"

"嬴组长是个人才！哎，小黄，嬴组长有没有谈对象啊？要是没有，我准备把我妹妹介绍给他。方科长知道，我妹妹词香可是市文工团的台柱，漂亮着呢。"宋词芳满心喜悦地道。

黄美琴一听脸色都变了，心里急得不行，生怕宋词芳真的把妹妹介绍给嬴建峰，那自己的希望就更渺茫，不由赌气地说："宋科长，你就甭费心了，人家早在部队上就谈好了，是高干子女，还貌若天仙。"

"啊！"宋词芳不由一愣。

"美琴，你可别乱说啊。我与伊红蓓只是一般的朋友，不是你说的那种关系。"嬴建峰连忙解释。

"你还不承认是女朋友啊？人家连夜从省城坐火车赶来，一大早的累得黑眼圈来看你，你还敢说不是你女朋友？你要是让人家知道了你这么绝情，不晓得有多伤心！”

“美琴，我说不是女朋友你怎么就不信呢？”

“我怎么相信啊？哎，宋科长你来说说看，他上班第一天人家姑娘就追着来看他了，如果不是女朋友人家会这么带劲？”

宋词芳听了，歪头仔细思量着，点头说：“你还别说，这姑娘肯定是看上嬴组长了，要不然是不会这么拼的。哎，我可是过来人噢，为了自己心目中的那个，再苦再累都愿意，不睡觉那也是高兴的。嬴组长，你要请客哟！”

“宋科长你别听她乱扯，她要真是我女朋友，那我还来瓷城干吗？我待在省城不就得了。”嬴建峰仍想解释。

“行了行了，嬴组长同志，听说你女朋友现在也调到公安了，这好像是为你将来调动打基础吧？”黄美琴有些火上浇油的味道。

“什么调动什么打基础啊？”

“照顾夫妻两地分居呗。”黄美琴红着脸道。

“美琴，我跟你说，你这样到处宣扬我有对象，到时弄得我找不到对象，那我找你负责。”

“好哇！你没对象我负责！”说完黄美琴自告奋勇地大声道。

宋词芳似乎看出了点端倪，揣测这个黄美琴很可能也喜欢嬴建峰，心想如果自己介绍妹妹给嬴建峰，肯定让黄美琴难堪气恼，不由叹了口气，颇有感触地说：“人家都说一家有女百家求，现在看来啊，这句老古话也要改一改喽。”

方长水拿眼一瞄问：“改，怎么改呀？”

“改成一家有崽百家求啊！”

方长水听罢嘻嘻地笑着，朝宋词芳一跷大拇指，朗声说：“高，实在是高！”

黄美琴一脸尴尬地望望方长水，又瞧瞧宋词芳，然后瞟一眼嬴建峰，见嬴建峰也用眼斜着自己，有些忐忑地低下头。

47

早晨的坦石弄虽然算不上热闹，但急于上班做工的人们，还是三三两两地出现。

汪震文穿着一件旧军大衣，坐在一处临时卖清汤的摊子前，手端着一只蓝边碗，装着在低头吃东西的样儿，两眼却不时地瞟向对面的弄堂口。

这里是监视程大毛房子的最佳位置，只要程大毛从家里出来，必须经过这个弄堂口。

汪震文抬腕瞄瞄手表，已经八点四十分了，日头已经爬上屋顶。汪震文冻得手脚都有点麻木了，可为了监视程大毛，他必须忍着。

终于，程大毛骑着一辆飞鸽牌自行车，晃悠晃悠地从弄堂出来。汪震文一见，赶紧放下碗，将三毛钱往小桌子上一丢，起身骑上永久牌自行车，一路跟随着，往小马路上骑去。

汪震文一路小心跟踪，穿街过巷而去。

不愧号称瓷城，这大街上时不时有人挑着瓷坯、推着瓷土板车来回穿梭。还有挑担卖早餐的，吆喝着油条包麻糍，或喊着拌粉饺子粑的，所过之处，叫卖声此起彼伏，不绝于耳，好不热闹。

看起来程大毛兴致不错，他先来到前街，进了一家早餐店，喝了一碗酒糟冲蛋，吃了两笼饺子粑，还啃了两根油条包麻糍，然后心满意足地迈着八字步，走出店，然后跨上自行车，往后街骑去。

汪震文心中暗喜，猜测这小子现在可能要办正事了，紧跟慢赶地远远监视着。见程大毛将自行车停在路边锁上，然后进了一家卖颜料的店铺，在里面待了几分钟，再走出来，进了一家金店，过了十来分钟才出来，骑上自行车往另一边街去。

汪震文心中大喜，觉得这家伙作案的可能性太大了，几乎所有对嫌疑人画像的条件他都符合，眼下他又迫不及待地来到金店，明显是想销赃。想到这里，汪震文不敢怠慢，一路跟着他兜兜转转。为了防止跟丢程大毛，汪震文一直看着程大毛回到家里，见卖早餐的那家摊子已经收了，只好来到另一家小馆子店，叫了一盘碱水粑，慢慢嚼完。又叫老板倒了一杯开水，吹着热气慢慢喝完，消磨了一个半小时，惹得店主有点不高兴，脸色变得难看起来。汪震文再叫老板倒杯开水，老板竟然不搭理他，坐着自顾闭眼养神。

好不容易熬到了中午两点，情报组的小徐两眼眯着来换班，汪震文这才松口气。

汪震文热情地问："小徐你吃了没？"

小徐摇头说："刚睡起来还没有哦。"

“那老板赶快，……哎小徐你是吃碱水粑还是炒粉？”

小徐忙说：“随便，随便。”

汪震文笑着说：“我请客。”

“不用不用，我有钱。”

老板这下脸色由阴转晴，赶快起身，笑着问：“到底炒粉还是碱水粑？”

小徐迟疑了一下，说：“那就来碗炒粉吧，炒粉饱肚子，碱水粑饿得太快。”

老板高兴地喊着好嘞，便立马掀开煤球炉洗小铁锅准备炒粉。

汪震文将五毛钱丢在桌上转身就走，小徐见状，抓起钱追上汪震文，使命将钱塞进汪震文口袋，边塞边说：“你刚参加工作工资比我低，我怎么能让你付钱呢？”

汪震文见小徐态度如此坚决，便收好钱转身骑上自行车，赶到后街，来到程大毛进去过的那家叫华仁堂的金店，见一个五十挨边戴眼镜的店主，问：“老板，上午十点来钟是不是有个三十多岁的男子向你打听金子的价格？”

店老板一听两眼露出警惕，问：“你问这个干吗？”

汪震文灵机一动，说：“那个人是我哥哥，金子是我家里的，我爸叫我来问一下情况。”

店老板听罢，表情立即轻松下来，说：“是有这么个人问过我，但他问的不是金子，是金水。”

汪震文一听，心里更加有数，忙笑着说：“那你这里金水的价钱是多少钱一克？”

“这要看你的含量多少？”

汪震文忙回答：“这个我爸没跟我说，我也不太清楚。”

老板狡黠地笑笑，说：“这个行内都有规定，不会乱来的。”

汪震文一听，正好找到台阶下，忙说：“那就好，那我就放心了，谢谢老板啊，谢谢！”

“不客气，小同志。”店老板皮笑肉不笑地说。

汪震文出了店，立即使出浑身力气，咬牙踩着踏板，快马加鞭骑车来到建新瓷厂保卫科，匆匆忙忙往办公室走，边走边喊：“师傅，师傅！”

正趴在办公桌上休息的嬴建峰一听喊声，知道是汪震文来了，赶紧抬头起身往门口迎去。

48

大伙听完了汪震文的讲述，现场一片欢叫声。

嬴建峰兴高采烈地拨通胡东升的电话，报告了汪震文跟踪调查的情况。

胡东升听罢，笑得咧开嘴巴，连忙报告了钟正仕。正在市局开会的钟正仕又立马报告鲁卫国和崔局，大家听了一时群情欢呼。

崔局长叫停了正在召开的局务会，问："这是哪位同志办的案。"

钟正仕立即回话："报告崔局，这是城东分局刑侦队的嬴建峰。"

"嬴建峰？就是那个去年从省武警退伍的嬴建峰？"

"就是他！"

"这小子不错嘛，上次他刚参加工作，就破获了文物博物馆被盗案，这次进修刚回来，又要破大案了，好，好哇！这说明咱们公安队伍后继有人。"

鲁卫国听了，心里自然高兴，便对崔局长说："崔局，这起案件省厅非常重视，省厅刑侦处已派人来我市指导，人已在路上，估计快到了。"

崔局一听，说："好啊！他们人未到，咱们的案子就有眉目了，这正说明咱们瓷城公安不同凡响嘛。你这样，等他们一到就通知我，我亲自接待他们。"

"好！"

正说着话，市局刑侦大队长楚世杰就带着三个人来到会议室，鲁卫国一见，正是省厅刑侦处长高明生，立即迎了上去，边走边说："欢迎欢迎，高处长，我和崔局正在谈论你们要来的事，没想到你们就到了。"

崔局长一听，忙上前与来人一一握手，边握边说："高处长你们辛苦了，欢迎你们来指导工作！"

高处长也不客气，说："听说你们瓷城连续发生了几起金水被盗的大案，省厅伊副厅长立即指派我们，一定要帮助你们，把这几起大案给破了。"

"不是帮助，是指导，指挥。"崔局朗声道。

"哎呀，在你崔局面前，我们哪敢说指导指挥啊！哈哈哈。"高处长性格直爽道。

"上级就是上级，省厅哪怕派一位办事员来，那也是对我们工作进行指导指挥，这点高处长就不必谦虚了。"崔局长很虚心道。

“咱们都是老熟人了，客套话就不说。咱们先来谈谈案子的事。”

“好，好！高处长不愧是省厅处长，雷厉风行。鲁局长，这几起金水被盗案情况你最清楚，就麻烦你向高处长汇报汇报。”

鲁卫国当仁不让道：“好，高处长，我市最近发生的两起特大金水案，一起由我们市局刑警大队办理，一起呢，由城东分局刑警队侦查。”

高处长点点头，接着问：“案情进展怎样？”

鲁卫国回头望望崔局，崔局长知道他的意思，便抬抬头说：“你如实汇报。”

鲁卫国点下头，回头对高处说：“报告高处长，两起特大金水案一起正在排查，一起已经有眉目了。”

高处长一听，脸露喜色，忙问：“哪起案子有眉目？”

“是城东分局侦查的建新瓷厂金水被盗案。”

高处长想想，说：“那起案件不是昨天刚刚发的吗？这么快就有眉目了？”

鲁卫国说：“是的。”

高处长问：“是谁主办的案子？”

“是城东分局刑警队的嬴建峰同志。”

高处长听完若有所思地点头，说：“原来是他，看来省厅实行的业务尖子培训计划作用显著啊。”

鲁卫国听出高处长的意思，是嬴建峰刚经过省厅培训，业务素质明显提高，所以破案神速。忙问：“高处长也知道嬴建峰？”

高处长笑笑说：“怎么不知道？去年刑侦业务骨干培训，参训人员都是我最后审定的。”

“噢，是这样啊。”

“而且，我也到过他们的培训班上过课，就是你们这个嬴建峰，他提的问题最多，也最刁钻，有的还真难倒了我。”

鲁卫国一听哈哈哈大笑起来，说：“你这位全省刑侦专家，也有被难倒的时候？”

高处长有些尴尬地唔了一声，然后开心地大笑起来，笑罢道：“你不知道，这个嬴建峰不仅问我刑侦技术方面的事，还问我犯罪心理学犯罪面相方面的问题，你说说看，我是一个搞刑侦的，他居然问起了犯罪面相的问题，我又不是跑江湖算命相面的，我哪能知道得这么多哇？”

“哈哈哈，这个嬴建峰，他真的问你这些？”鲁卫国问。

“那还有假？他问的问题远远不止这些，他还问一些诸如血型与犯罪的关系、气候对犯罪的影响、激情犯罪心理阶段性分析等等，我看哪，就是把全国所有刑侦方面的专家集中在一起，才能回答他提的那些问题。”

崔局长听了，也禁不住哈哈大笑起来，边笑边说：“没想到咱们瓷城也能出一位人才，好哇！”

鲁卫国见状，立即对高处说：“有这么好学的学生，那就请你这位老师多多指教指教他哟。”

高处长笑着一抬手，说：“甭说指教的事，过不了几年，恐怕他要给我上课喽。”

“高处长你这就太谦虚了吧？他小嬴再怎么成才，那也不可能超过你啊！”

高处长马上摆摆手道：“哎……弟子不必不如师，师不必贤于弟子。连唐朝的韩愈都懂得这个道理，我倒是希望嬴建峰能胜过我，只有那样，才说明我这个赤脚老师教得好哇。同时咱们刑侦系统就多了员虎将，这对老百姓，对社会，对咱们公安来说，都是一种福气。”

鲁卫国听得出来，这位高处长还是蛮有文化的，怪不得他能当省公安厅刑侦处长，如果没有两把刷子，肯定是不行的。

鲁卫国见这样站着说话不是个事，便说：“高处长，你们一路辛苦，先住下来，好好休息一下再说吧？”

高处长听罢忙摆摆手，说：“还休息什么啊，快到嬴建峰他们那里去，看看到底什么情况。”

鲁卫国一愣，转眼忙说：“就恭敬不如从命，那咱们这就走？”

“走！”高处长果断地一抬手。

鲁卫国转头望望崔局，崔局会意，挥挥手说：“你们去吧，我还有一会把会开完，马上就来。”

高处长忙说：“崔局长你忙，我们先去了解了解情况，然后再向你汇报。”

崔局赶紧先摆手后握住高处长的手，说：“高处长客气了，谢谢你们亲临指导。有什么事，及时联系就是。”

“好，好！那我们先走一步，回头联系。”

“好的，再见！”崔局长边说边送高处长他们出了会议室，挥手致意，目送对方离开。

49

高明生处长的伏尔加轿车一停下，保卫科门前就有人围着观看。

嬴建峰听到外头动静，从窗口往外瞧，见高明生正好钻出轿车，前面鲁局长也从吉普车下来，朝保卫科走来。

嬴建峰赶紧三脚并作两步从屋里出来，兴高采烈地向两位领导迎去。

“鲁局长好、高处长好哇！”嬴建峰高声喊道。

鲁卫国有意走慢一些，让高明生走到前面。嬴建峰一把握住高明生的手，用力摇着，兴奋得满面通红。

高明生右手握着嬴建峰，左手使劲拍拍对方的肩膀说：“小嬴啊，真不错！听说你又要破大案了。”

嬴建峰忙谦虚地说：“这都是上级领导指挥有方，同志们努力的结果。”

“嗬哟，现在政治理论水平也提高了！”

“这都是跟领导们学习的。”

两人说着就进了保卫科，大伙都知道来了领导，赶紧让座的让座，倒茶的倒茶。

方长水激动地上前握握几位领导的手，然后侧身问嬴建峰：“要不要把厂长叫来啊？”

嬴建峰笑着点下头，说：“好的，书记也请来，以示重视。”

“得嘞，我这就打电话。”说完方长水赶紧打通了厂长、书记电话。

一刻钟后，艾厂长与雷书记匆匆赶到，两人一看保卫科人满为患，不约而同地说请各位领导到厂会议室去坐。

鲁局长见保卫科的确拥挤不堪，便向高明生建议，到厂部会议室去，高明生也就点头同意，大伙便簇拥着一起来到厂部大楼一楼会议室。

艾厂长立即叫来后勤科邓科长，要他在食堂安排好晚饭，又叫邓科长买些瓜子花生之类的，招待客人。邓主任应声而去。

艾厂长未等大伙坐定，就对鲁局长说：“各位领导难得来厂里指导工作，晚上就在我们食堂随便吃一点，也好让我们表表心意。”

鲁卫国一听，忙说：“不要不要，我们局里会安排，就不麻烦你们了。”

艾厂长忙客气说：“那怎么行呢？哪有远道来的客人不吃饭就走的道理？我已经叫后勤科安排好了，鲁局长就不要推辞了，再推辞，就显得咱们瓷业工人太不地道了。”

鲁卫国见艾厂长态度这么坚决，一时不好怎么表态，只好说：“那等崔局长来了再说吧。”

艾厂长听罢啊了一声，说：“崔局长还来啊？那就更要在我们食堂吃了。”

鲁卫国笑笑，说：“艾厂长，谢谢你的好意，你知道我们来不是为吃饭，而是为了破案。这案子还没破，这饭我们也吃不下呀。”

“鲁局长这样说那就太见外了，咱们本来就是一家人嘛，案子要破，这饭更要吃，不吃饭怎么破案啊？你说是不是？”

鲁卫国心里清楚，自己再说也没用，只有到时算些饭菜钱，要不然，还真的影响警民关系。

艾厂长也算是个心细之人，知道上级公安部门领导来，肯定是要研究讨论案情，便与雷书记交换了一下意见，两人便退出了会议室。

鲁卫国见差不多了，便叫大家坐定，会议便正式开始。

鲁卫国对嬴建峰笑笑，说：“嬴组长，请你把案件的情况，向省厅高处长一行汇报一下吧。”

嬴建峰立即坐直身子说：“好的。各位领导，同志们，建新瓷厂金水被盗案昨天上午八点钟发现，到目前为止，刚好三十个小时。我们连夜对有关人员进行摸排，找出了重大嫌疑人程大毛。并且于今天上午开始对程大毛实行二十四小时全天候布控，到现在为止，我们已经发现程大毛四处寻找买家伺机销赃的动向。”

高明生听罢很高兴，说：“嬴建峰同志兵贵神速啊，短短二十多个小时，就发现嫌疑人并且对他进行了布控，这说明你领导有方，分析定位准确，行动迅速，措施得力！所以能取得实效。”

嬴建峰忙表态说：“谢谢高处长的鼓励，这不是我一个人的功劳，是大家集体的智慧，我们一定会加倍努力，全力以赴，尽早侦破！”

高明生很高兴地说：“好！我等着你们的好消息。”

高明生说完意犹未尽，想想转头问鲁卫国：“鲁局长，你们市局刑侦大队办的那起盗窃金水案，情况怎样了？”

“我们正在组织人员进行排查，目前还没发现有价值的线索。”鲁卫国有些心虚道。

高明生抿嘴笑笑，若有所指地说：“你们大队，是谁主办这起案件？”

“是我们重案队的许光先队长。”

“他好像是个老刑侦吧？”

“是的，干了二十多年。”

“那起案件发案时间，好像比这起案件早了五天对吗？”

“对的，高处长。”

“你们有没有考虑，将两起案件并案侦查？”

高明生话一出，现场为之一震。

嬴建峰心里七上八下。首先是能不能并案，是否符合并案条件。即使能够并案，那这起案件由谁负责指挥，之前取得的工作成绩又是算谁的。

鲁卫国歪头思考了一会，觉得高明生的提议很有道理，自己之前怎么就没想到这两起特大案件并案侦查呢？

当然，建新瓷厂这起案件是昨天刚发的，因为市局刑警大队忙于侦查振兴瓷厂金水被盗案，也没警力出现场，所以就由城东分局刑侦队先期侦办。当时钟正仕征求自己意见时，就让嬴建峰接手，好让他练练手。按自己的意思，是打算让分局先出席现场，把基本情况搞清楚，等市局刑警大队腾出警力，再将案件接过去侦查，但没想到嬴建峰他们行动迅捷，马上就找到了线索，锁定了对象。

有句话怎么说来着，叫“有意栽花花不发，无心插柳柳成荫”啊。

眼下高明生是代表省厅来瓷城督办案件的，他既然提出了这种意见，那自己就得认真对待。

“高处长，我立即安排，将这两起案件进行一个比对，看看能找出多少个共同特征。如果符合并案条件，那就再好不过了。”

高明生轻松地笑着说：“我知道这起案子昨天刚发，你们还没来得及案情比对。这不怪你们，但既然现在嬴建峰接手的案件已经有了眉目，何不借势出拳，寻找并案的条件特征。如果真的能够并案，不仅可以顺藤摸瓜，关键是能极大地提高破案效率，及时挽回企业的损失。”

嬴建峰举手要求发言。高明生知道嬴建峰点子多，想听听他说什么，便抬抬下巴，示意对方可以。

“高处长，鲁局长，我有个想法，想向两位领导汇报一下。”

鲁卫国爽快道：“有什么想法就说吧。”

“对这两起案件，我觉得分两步走比较妥当。”

高明生说：“你说说看。”

“先让我们两个队各自再侦办一段时间，同时也互通情报，研究比对。这样有利于发挥各组的最大优势，形成比学赶帮超的氛围，促进各自快速查证，寻找突破口。如果能够并案，那就事半功倍，一个组破了案，另一组坐享其成。如果不能并案，那也可以各自突破，有利于提高破案率。”

高明生噗地笑了，用手点点嬴建峰，说：“你个鬼机灵，想法总是出人意料。”

鲁卫国也笑笑说：“可以考虑，你想各自侦办多长时间？”

“我想有个五至十天就差不多了。”嬴建峰认真思忖着回应。

鲁卫国说：“那也行，反正两起案件不管能不能并案，该查证的线索都得查，这基本的工作量还是要的。”

正在这时，门突然被推开，艾厂长先进来，然后转身弯腰抬手，客气地对门外的人说：“崔局长请！”

随即崔局长脸带微笑大步走进来，后面跟着钟正仕还有市局刑警大队长楚世杰，分局刑警队长胡东升。

大伙一见，全部站起身，迎接崔局长的到来。

50

崔局长很豪爽说：“对不起我来晚了，大家继续。小嬴，现在情况怎样，有没有新的进展？”

嬴建峰大声说：“报告崔局长，我们正在对那个程大毛进行监控。”

崔局点了下头，随即问：“那你，有什么打算？”

嬴建峰又大声说：“报告崔局长，我们打算继续监视程大毛。”

“那，你打算什么时候动手抓人？”

“我想等他刚拿赃物的时候，将他逮住。”

崔局长抬手示意嬴建峰坐下说话。

嬴建峰犹豫了一下才坐下来。

“好！这起案子惊动了省里，所以省厅就派高处长来指导我们的工作。你是咱们局重点培养的业务骨干，你可不能让大家失望啊。”

嬴建峰听了立即站起身表态，说：“请市局和分局领导放心，我们一定尽快破案，给全市人民一个交代。”

“好！我在来的路上，简要听了一下楚大队长与胡队两人的介绍，两起金水盗窃案好像有些相同特征。楚大队长，你先介绍一下五天前振兴瓷厂金水被盗案的情况。”

楚世杰说：“好的，崔局长、高处长，各位领导，五天前在我市振兴瓷厂，发生了一起金水被盗案，被盗金水价值高达二十二万。”

会议室里响起一片惊叹声。

楚世杰微微一笑道：“正是因为案值特大，所以我们市局刑侦大队立即接手，全力以赴开展工作。据初步勘查，犯罪分子撬门扭锁进入现场，现场有撬保险柜的痕迹，没有指纹，地上只有一个不清晰的鞋印，也没有其他的遗留物。大概的情况就是这样。”

楚世杰说完后转眼望望胡东升。

胡东升清清喉咙说：“我们目前侦办的金水被盗案，是昨天早上才发现的，估计发案的时间是前天晚上十一点至昨天凌晨五点之间，作案者从窗口进入现场，并从里面撬开门锁出去，现场有撬开保险柜的痕迹，并且提取了一双回力鞋的鞋印。经过初步核实，被盗金水约二十万。”

高明生听到这里，立即抬手问：“刚才两位队长都提到了现场勘查的情况，都有撬门扭锁的痕迹，偷的都是金水，这些，我觉得应该都是案件的共同特征啊。”

崔局长说：“对啊！我建议市局刑侦与分局刑侦立即把情况汇总一下，进行比对。”

鲁卫国表态说：“好，请楚大队长与胡队长立即进行总体比对，尽量找出相同特征。”

鲁卫国说完，转头瞅瞅崔局长。

崔局意识到刚才自己说话可能有点越俎代庖，便对鲁卫国笑笑说：“当然，案子上的事，你们视案情的具体需要而定，我呢，只是提提建议。具体的措施，由你们来定。”

高明生发话：“崔局长，我们刚才已经考虑到并案的可能，只是这起案件发案才三十个小时，两起案件还未来得及比对。崔局的提议很好，我们可以边侦查边对比，这样统筹跟进。”

鲁卫国说：“谢谢崔局信任，这两起案件，刚才我与高处的意见，是让他们两个专案组各显神通，先期侦查五至十天，边查边寻找并案特征。”

崔局笑着说：“这样也好，是骡子是马，拉出来遛遛。楚大队长，我听说你们大队的一些人总瞧不起人家分局刑警队，说他们只能破一起小案，抓一些小鱼小虾。这次小嬴他们办的案件，性质跟你们的一样，案值也差不多……”

崔局没再说下去，他朝楚世杰眨眨眼，言下之意，是看看你们有没有本事比过嬴建峰他们。

楚世杰一听，忙站起身解释说：“报告崔局，我可是从来没这种想法，我自身也是从分局刑警队出去的。”

崔局抬手往下压压，说：“这我知道，我并没有说你，是说你们队里的某些人。他们眼睛总是向上，瞧不起基层的人，这不但是为人处世的问题，更是眼光修养的问题。其实真正的高手都来自基层，咱们开国的那些将帅，几乎全都是来自最基层的。”

高明生很赞同地点点头，说：“没错，据我所知，鲁局长也是从基层一步步起来的，我也是从一个小刑警干起。”

鲁卫国很有感触地说：“崔局和高处说得对，咱们都来自基层，我们有的同志，当自己在基层的时候不服市局的。一旦自己到了市局，就又瞧不起基层的。”

楚世杰几乎有些坐不住，几位领导说来说去，表面上不是说自己，是针对自己队里某些人的，但作为他们的大队长，自己手下人被说，就等于自己被人说一样，自己也有不可推卸的责任。

当然，楚世杰心里明白，之所以出现议论，是因为自己重案队侦查的这起金水案到现在还没有眉目，而嬴建峰的案子已经初见成效了，这说起来令人惭愧。

艾厂长突然闯了进来，他大声叫着：“嬴组长，有人请你接电话，说是有重要情况。”

嬴建峰一听立即站起身，问：“谁打来的？”

“说是你组里的小徐。”

嬴建峰一听喜上眉梢，立马小跑着出门。

鲁卫国喜滋滋地说：“肯定又有新发现了！”

一句话，弄得楚世杰浑身不自在。

51

约莫十分钟，嬴建峰满脸喜色走了进来。

还未等嬴建峰坐下，鲁卫国迫不及待地问："情况怎么样啊？"

嬴建峰大声说："好消息！好消息啊！"

"什么好消息快说！"钟正仕急得不行。

"小徐在电话里说，程大毛刚刚骑着自行车，来到离他家不远的马家山山脚边上，偷偷进了山边树林里十几分钟，然后又骑自行车回到家里。"嬴建峰兴高采烈地道。

快人快语的宋词芳说："这算什么好消息啊？"

鲁卫国说："这当然是好消息！"

宋词芳一愣，反问鲁卫国："鲁局长，到底什么好消息哇？"

方长水知道宋词芳性格直爽，怕她说话太冲惹得领导们不高兴，便不断朝宋词芳使眼色，但宋词芳却全不理会。

鲁卫国说："这说明程大毛已经跟人谈好了购买金水的价钱，准备出手了。他到山脚边，是看看他藏的金水还在不在。"

鲁卫国说完转头望着嬴建峰，见嬴建峰微笑着点头表示赞同。

鲁卫国抬抬下巴，示意嬴建峰继续解释。

嬴建峰笑笑，说："这个程大毛，已经急不可耐了。如果不出所料，他明天就应该要行动了。"

宋词芳听了忙说："哎呀，那就赶紧的，把他抓住哇，让他跑了就不好了。"

嬴建峰哎了一声说："现在还不能抓！"

宋词芳马上诘问："为什么？"

"很简单，现在抓他，他死不承认，咱们没证据，抓住他也没用。"

"不是有他在现场的鞋印吗？"

"光有鞋印也没用，定不了他的罪。"

"那咱们可以押着他搜山啊，挖出了他埋藏的东西，不就行了？"

"他可以说不知道有东西埋在哪里。"

"我们可以搜啊，搜出来了不怕他不承认。"

“他完全可以不承认东西是他埋在那儿的。”

“那，那怎么办？”

“最好的办法，就是等他把东西刚挖出来准备拿走的时候逮住他，那他就不得不承认了！”

“要是他还不承认东西是他的呢？”

“那就由不得他了，只要咱们民警两个人以上指证他，不管他承不承认，都给他坐实了。”

“原来这样啊！”宋词芳满意地笑着，朝嬴建峰抬手跷跷大拇指。

这时钟正仕说：“事不宜迟，现在我们立即撤下其他调查小组，全力以赴布控程大毛。”

嬴建峰立即起身，大声说：“是！”

钟正仕朝嬴建峰挥挥手，说：“趁大家都在，咱们立即研究一下下步方案。”

大伙一听，立即精神振作起来。

52

早晨，在瓷城西北方的马家山上，几只鸟儿鸣叫着从天空掠过，飞向远处。

远远地可以看见，程大毛一路骑着自行车，不时地四处张望。

仔细看看，你还能发现，程大毛身背一个帆布包，在自行车架上还夹带着一把铁锄头。自行车一直往山的方向骑去，到了山下，他将自行车停好，然后拿起铁锄头，四处张望一番，见四周无人，便拔腿往山边走去，鬼鬼祟祟来到山上，然后在一棵大松树下站定，前后左右瞧瞧，见没有任何动静，便迅速走近一堆用枯树枝叶覆盖的斜坡，蹲下身子，扒开树叶，小心翼翼地用铁锄头开始挖土，也就两分钟时间，程大毛就挖出了一包用废报纸包好的东西。程大毛抑制不住心中狂喜，将废报纸打开，喜形于色地用手点数着金水，一瓶、二瓶、三瓶，直算到十二瓶时，才露出了贪婪般的恶笑。

程大毛掀开帆布包口，伸手拿起金水瓶，一瓶一瓶地往包里装，眼见得十二瓶金水全部装好，程大毛站起身，提起包准备离开。突然背后传来几声威严的叫喊：“不许动！”

程大毛被突如其来的喊声吓一大跳，他慌忙回头一瞧，三支黑洞洞的枪口正对着自己。

“程大毛，你被捕了！”汪震文上前，拿出手铐朝程大毛走来。

程大毛吓得魂飞魄散，一屁股瘫坐在地上，帆布包啪地掉在地上，包里的金水瓶全部散落一地。

汪震文上前，“咔嚓”一下将程大毛双手铐上。

程大毛面如土色。他心里清楚，被公安当场人赃俱获，必定难逃法网。

小徐从地上将散落的金水一瓶一瓶捡起，仔细数了数，与建新瓷厂丢失的数量完全一样。

正在不远处监视着现场的嬴建峰急忙过来，对起获金水的现场进行了拍照，以便作为证据。然后将程大毛带回分局刑警队。

钟正仕听闻嬴建峰已经抓住了程大毛，急匆匆地来到刑警队，找到嬴建峰，一见面，竟像孩子似的用手使劲拍着嬴建峰肩膀，咧着嘴笑道：“不错不错啊小嬴，你给我争了光，给咱们分局撑了面子！太好了！”

嬴建峰忙谦虚地说：“钟局过奖了，破案本身就是咱们的本分，我只是运气好碰上了。”

钟正仕直视着嬴建峰，长舒口气说：“好！谦虚使人进步。小嬴，昨晚崔局对高处长说了，谁先破案，同类案件就由谁统领指挥。”

嬴建峰听罢一怔，忙紧张地摇头说：“不行不行，那怎么行啊？”

“怎么就不行？”

“钟局，你不是不知道，振兴瓷厂的金水被盗案是由市局刑警大队侦办的，他们几乎投入了全部人马，如果让我统一指挥，那他们的脸面往哪儿搁呀？”

钟正仕笑着解释：“你真是多虑了，这调子是崔局与高处长定的，谁敢违抗。”

嬴建峰沉思片刻，心有顾虑，仍摇头说：“钟局，你也常说要高调做事，低调做人。振兴瓷厂的案件，继续让市局刑警大队挂帅，我来具体侦办都可以，但都归我管，显然不太合适啊！”

钟正仕脸色一沉，说：“你年纪轻轻的，怎么这么世故圆滑，怕这怕那的，这不像是你小嬴的性格。”

嬴建峰苦笑道：“我不是世故圆滑，我是怕影响你钟局。”

“影响我什么啊？”

“说你的手下目中无人，夜郎自大。”

钟正仕听罢哈哈一笑问："谁？谁会说这样的话？"

"我已经听人说，说是你想树立自己的威信，怂恿手下与市局争抢功劳。"

"真是笑话，我与市局争抢什么功劳哇？"

"说你想当市局副局长，所以抢人家的功劳。"

钟正仕一听气不打一处来，问："你听谁说的？"

"我，我也记不清了，总之有人这样说。所以，我为钟局你考虑，我还是不当这个出头鸟的好。"

"这叫什么出头鸟啊？这叫能者上，庸者让。再说，让你接手，将案子破了，这也是咱们整个瓷城的荣誉，怎么会是我为了自己想当副局长抢功呢？真是岂有此理！"

嬴建峰见钟局真的生气了，忙劝慰说："钟局你别生气。我呢不管怎样，先把这起案子办完再说。"

钟正仕意识到自己刚才有点失态，便说："我不生气，我是对那些说风凉话的人恼火。你说得对，咱们先把这起案子办成铁案，不让某些人嚼舌根。就是让你接管市局的案子，那也是市局一把手和省厅处长的指示。"

嬴建峰笑笑说："钟局，你放心，我就是拼了命也要把金水案办成铁案！"

"好！那你抓紧审讯，需要什么，我全力支持！"

53

"咣当"一声响，嬴建峰关上审讯室的门，来到审讯桌前坐下。

程大毛掩藏着内心的烦躁与忧虑，那双布满阴郁与不安的眼，不时地瞄瞄嬴建峰。

嬴建峰已是第二次审讯程大毛了。第一次审讯时，由于人赃俱获，铁证如山，程大毛知道无法抵赖，为了争取宽大处理，便一五一十地交代了自己偷盗建新瓷厂金水的事。

但这次不一样了，这次嬴建峰审讯他的目的，是想对他施展心理战术，打他个措手不及。

嬴建峰一直虎着脸，眼神严厉地盯着程大毛，足足有那么一刻钟，仿佛空气都被凝固似的，令人窒息。

程大毛被嬴建峰盯得后背发凉，大冬天的手心不觉也沁出些细汗。

程大毛感觉对方的眼光像两道利剑，刺得他难以睁眼，不由得低下头，瞅着自己的脚尖，这样心里会踏实些。

嬴建峰突然喝道："程大毛，你不老实！"

程大毛忙抬头望望嬴建峰，神情紧张地张张嘴，带着哀怨的口吻道："嬴政府啊！我该说的都说了，我哪样不老实哇？你可不能冤枉好人哪！"

扑哧一声。边上的黄美琴笑了出来。

程大毛见状，知道自己说的不能冤枉好人这句话太不着调。自己已经承认了盗窃二十万的金水，已经是个地地道道的罪犯，可自己怎么还能称自己是好人呢？人家不发笑，那才怪呢？

嬴建峰转头瞧一下黄美琴，接着轻蔑一笑，斥责道："程大毛，你注意自己的用词，你还认为自己是好人吗？"

"我，我……"程大毛嗫嚅着，心慌意乱地说不出话来。

"要想人不知，除非己莫为！你还有哪些罪行没交代，你心里清楚！"

程大毛哭丧着脸，装出无辜的样子辩解道："嬴政府，我的的确确都说了，该交代的我都交代了。我，我要是有一点点隐瞒，我，我天打五雷轰！"程大毛边说边举起手赌咒发誓。

嬴建峰双眼凌厉直逼对方，义愤填膺地一拍桌面，惊得程大毛浑身一震，惊慌地望着嬴建峰。

嬴建峰拿起桌上的一张照片，厉声说："程大毛，你真是不见棺材不落泪！"

程大毛惊悸地盯着嬴建峰手中的照片，心脏怦怦乱跳。

"你看仔细了程大毛，你应该知道，有些情况不是你承认才定你的罪，你不承认同样也可以定你的罪，而且对你的处罚会更严厉！"

程大毛疑虑地瞧着嬴建峰，内心在考量着嬴建峰说这话的真实意图，他很想知晓嬴建峰手中的照片拍的是什么玩意儿。

嬴建峰起身，满脸怒气走向程大毛，程大毛以为嬴建峰要动手殴打自己，赶紧身子往后缩双手护头。程大毛听到嬴建峰的脚步声来到跟前，吓得有些哆嗦。

良久，也不见嬴建峰动手，程大毛慢慢双手松开，从手指缝中瞅见嬴建峰，见嬴建峰如凶神恶煞地怒视着自己，心中不由满是害怕。

嬴建峰心知时候已到，将照片一下拍在程大毛头上，大声说："你自己睁开眼睛好好看看！”

程大毛双手紧张地拿过照片，一瞧是一双回力鞋印的照片，便抬头惊恐地盯着嬴建峰。

嬴建峰一刻也不放松，厉声斥责：“程大毛，你不要再有侥幸心理，你留在建新瓷厂的鞋印，同样出现在振兴瓷厂被盗金水的现场，你还想抵赖吗？！”

程大毛听罢，浑身如被雷击一般，心理防线瞬间瓦解，顿时瘫坐在椅子上。

嬴建峰乘胜追击，不给对方以喘息之机。“你还到过哪些地方盗窃东西，还要我一一问吗？你现在自己坦白还能得到宽大处理，如果还要我给你点出来，那你恐怕是不想活了！”

程大毛不等嬴建峰说完，立即哭丧着脸说：“嬴政府啊，我坦白，我什么都说，你一定要从宽啊！”

嬴建峰见程大毛松了口，估计好戏就快开始了。

果不其然，程大毛一口气承认了振兴瓷厂的金水也是他偷的。

嬴建峰不动声色地盯着程大毛，满是威严地说：“程大毛，你就不用兜圈子了，有什么都老老实实全部交代清楚，不要让我来挤牙膏，不要有任何隐瞒，争取宽大处理，这才是你唯一的出路。”

程大毛泄气地说：“嬴政府啊，我坦白，我全部坦白还不行吗？你可一定要说话算数了，一定要对我从宽处理哇！”说着说着，程大毛竟呜呜地哭了出来。

嬴建峰一沉脸，说：“我们公安说话从来算数。”

程大毛见得到了嬴建峰的承诺，心里便踏实许多，于是程大毛像嫁女般哭哭啼啼的，一边揩着鼻涕一边交代自己的罪行。

黄美琴一口气写了十八个小时的笔录，用她的话说直写到手抽筋，才完成了这次意义非凡的审讯。

54

七天前的深夜一点十分，程大毛来到振兴瓷厂彩绘车间颜料保管室，用老虎钳将门上挂锁扭开，又用钻头将门上暗锁撬开，然后进入保管室，用手电筒照着，仔细观察找到了木柜，刚想动手撬木柜子的暗锁，瞅见靠东北角处有一堆东西，上面用塑料纸覆盖着。他上前掀开一瞧，竟是精美绝伦的瓷瓶，不由心动。

程大毛不由自主地抱起一个镶满金水的天球瓶，心想这么大一个瓶子肯定卖不少钱，他戴着手套抱着瓷瓶来到门旁，准备将其带走。由于天太冷，抱着的双手不禁打滑，瓷瓶一下掉在地上，发出哗啦的响声，吓得程大毛一屁股坐在地上。

刚好外面有人走动的声音，程大毛赶紧从门缝里往外瞧，见两个穿着绿色军大衣的人边走边说话，两个人都拿着手电筒四处照射着，手电光横来扫去的像是巡逻查看。

不经意间，有一束手电光往仓库这边扫来，正好通过门缝射进来，吓得程大毛心惊肉跳。

紧接着那两个人就往仓库这边走来，程大毛听到那两人脚踏地面的声音。心想这两个人应该是当过兵的，脚步走得这么有力。脚步声越来越近，感觉马上就要来到仓库门前一样，程大毛紧张得像要窒息。

程大毛快速思忖着应对措施，万一对方发现了门锁被撬大声喊了起来，自己是冲出去逃跑还是继续躲在里面。躲在里面肯定迟早会被捉住，逃出去还有一丝生机。

对，自己躲在门后，等对方两个人都进来，自己用铁锤从后面先打晕一个，再迅速打晕另一个。即使另一个反应快没被打晕，那他也应该吓得不轻，自己就可以乘着这个机会逃出仓库，这样对方一个人不容易抓住自己，自己逃脱的机会还是有的。

正在程大毛紧恐万状，手拿铁锤做好拼命准备的时刻，突然远处传来一声叫喊："李科长，快来吃夜宵！"

两人听到叫喊声，脚步不由停了下来，有个人应该是李科长，立即回应说："等一下，我们还没有巡逻完！"

这时李科长边上的那人说："李科长，我看这里就没必要巡了，这里从来没出过事，咱们先走吧。"

被称为李科长的人沉默了一下，然后说："那好吧，咱们吃完夜宵再来。"

程大毛听到这里，快蹦出喉咙的心总算放了下来。

程大毛从门缝里看到那两人掉转头往回去，边走还边回头往仓库这边照照，然后慢慢走远。

程大毛一想到对方吃完夜宵马上要回来，立即紧张地思索着怎么办。是立即逃跑呢，还是留下来继续偷。立即逃跑那肯定很安全，继续留下风险巨大。

程大毛的思想激烈斗争了一会儿，终于，贪婪的本性支撑他决心留下冒险。用他的话说，好不容易来了一趟，不能来到宝山空手回，那也不是干这行的风范，传出去不是要叫人笑掉大牙。

接下来的程大毛，一双贼眼滴溜地扫视着四周，迅速瞄准一个赭红色木制柜子，见上面有两把暗锁，马上判断出贵重物品应该就在里面，于是他快步上前，左手拿起铁凿子，右手拿起小铁锤，先将木柜锁周边的木板凿开，也就是几分钟，程大毛就将上面的暗锁撬开。

程大毛信心大增，他如法炮制，使劲快速将下面的暗锁撬开，打开柜子用手电朝里一照，我的个妈哎，一排金水瓶齐刷刷地排列着，犹如一队金盔战将，迎接他的到来。

程大毛欣喜若狂，立即抬手点点金水瓶子，算了一下总计十三瓶，于是赶紧拿出帆布包，将金水瓶全部装好，之后他脑子里的第一个念头，就是赶紧离开仓库，逃之夭夭。

程大毛也不顾仓库里还有其他的贵重东西，匆匆掉头往门外走去，来到大门旁，不小心碰到那个镶满金水的大花瓶，心想这个花瓶起码用了一瓶金水，再加上画家的绘画，价值自然很高，竟不自觉地弯腰想将瓶子抱起来，双手触摸到了瓶身，用力抱抱，有那么沉，抱起来走还真不方便。

程大毛心里矛盾极了，这么好的东西已经到手，弃之真的非常可惜。可要拿走，一则目标太大，很容易暴露。二则如今十三瓶金水已经到手，也就不在乎一个花瓶了，万一抱着花瓶让人发现岂不是因小失大，得不偿失。于是程大毛立马放下花瓶，蹑手蹑脚来到大门，从门缝里往外瞧，见门外并无动静，立刻开门出来，拔腿就走，刚走了几步，想想有些不对，刚才离开的那个李科长说吃完夜宵再来巡查，要是他真的返回，看见仓库的门锁被撬，那肯定就炸了窝，他们肯定会立即组织人员围追堵截，到那时自己能否离开厂子脱身，还得打个问号。要是他们回来得快，还没等自己走出大门就会被抓住。想到这，程大毛觉得应该将撬掉的大门锁恢复原样，这样即使李科长他们返回检查，只要不动手扳锁，就不容易发现门锁被撬。

就这样，程大毛迅速捡起扔在地上的明锁与暗锁，将它们恢复到原貌。这样，即使那位李科长他们来到仓库门前，用手电照看门锁，只要不用手去拉拽，就不会发现门锁被人撬坏。自己就可以从容不迫地离开此地。那样的话，只要这些金水一出手，大把大把的钞票，就堆在自己的面前。

果然，程大毛刚将门锁弄好，就听到拐弯处有脚步声走来。程大毛慌忙躲藏在一旁树后，探头观察两位巡逻人员走来，他们只是用手电筒往大门扫扫，接着走近门锁用手电照看了一下。其中一人说："没事。"然后两人就转过身，往来的方向走了。

两人经过大树旁时，程大毛还闻到一股酒气，其中一位还打着饱嗝，嘟哝着说："李科长，你说这么冷的天，鬼都不会出来偷东西。咱们巡个什么劲啰！"

李科长反驳说："话不能这么说，不怕一万只怕万一啊。"

另一个嗨的一声，埋怨道："跟你说了没事，你偏不听，等咱们回去，只怕四瓶酒早喝完了，猪头肉肯定下了人家的肚子！"

李科长不由得破口大骂："你就知道吃吃吃，我看你都快胖成猪头了！"

程大毛等他们离开，便迅速往振兴瓷厂大门走去，大摇大摆地离开。

听到这里，赢建峰心里暗笑，打断了程大毛说书般的叙述，诘问："所以，你通过这件事，悟到了一条非常宝贵的经验。"

程大毛警觉地一愣，问："什，什么宝贵经验？"

赢建峰轻蔑地冷笑道："这个宝贵经验，又被你用在建新瓷厂盗窃金水案中去了。"

程大毛翻了翻白眼，似乎意识到赢建峰指的是什么，便有些无地自容地挠挠头，小心问："你，你是说我撬门的事？"

赢建峰嘴色微微一紧，说："不错！你从振兴瓷厂盗窃的过程中，意识到先将仓库大门上的锁撬掉，进入仓库内盗窃的风险相当大，如果你当时在里面偷东西时，外面突然来了巡逻人员，一旦他们发现门锁被撬，那你就插翅难飞，被人瓮中捉鳖。所以，你在建新瓷厂的盗窃案中，就想到先从窗户进去，将需要偷的东西弄好，然后出来的时候，从里面将仓库门锁撬开，这样做的好处，可以最大程度上避免被发现的风险，即便是你在里面作案，大门的锁没撬动，巡查人员认为没人进入仓库而离开，等你东西到手后，再来撬门锁，一撬开，就可以尽快安全离开。我说得没错吧？"

程大毛被赢建峰戳破了自以为得意的秘密，顿时就像被人剥光了衣服般感到恼羞，他用很不服气的口吻说："你们不过是运气好一点而已，世上那么多案件，你们能破得了多少？"

赢建峰一听对方较劲，便反问："怎么，你还不服？"

“你没听说，只有破不了案的警察，没有做不了案的大侠。”

做记录的黄美琴气得两眼圆睁，张嘴想狠狠训斥对方，被嬴建峰抬手拦住。

“程大毛，你是不是看多了录像，中毒太深了吧？”

程大毛将头往边上一撇，满脸不以为然。

“程大毛，我问你，你今天怎么到这里来了？”

“是我运气不好。”

嬴建峰摇摇头，驳斥道：“不对，是你做错了事，不应该偷盗。”

“你以为我愿意偷东西啊？哪个家里有钱的会去偷东西？”

嬴建峰两眼盯着对方，说：“程大毛，我知道你爸爸去世早，你娘身体一直不好。”

“我就是想弄些钱给我娘治病。”

“可是你知道吗？你上次偷单位的东西，你自己倒好，拍拍屁股坐牢去了。可你娘为了替你还清你偷的那些东西，她一个人干三个人的活，才把身体彻底累垮的。”

“你，你怎么知道？”程大毛瞪大眼睛，口气一下软了下来。

“我还知道你有个妹妹，现在还在读初中。她为了替你妈妈治病，边上学边捡垃圾废品卖，晚上还到人家店里打零工去挣钱。”

嬴建峰说完，两眼盯着对方，见程大毛的眼睛慢慢湿润起来，两行泪水往下流，随即侧头用手抹着脸上泪珠。

“程大毛，你有世界上最好的娘，也有个非常善良懂事的妹妹，她们本该过着幸福安稳的生活。就是因为你，为了自己的一己私利，害得你娘和妹妹吃那么多苦，遭那么大的罪，你摸着自己的良心，说说你自己，你对得起生你养你的母亲吗？对得起你那么弱小可怜的妹妹吗？”

程大毛听着听着，终于控制不住自己的感情，哇的一声哭了出来。他边哭边用手捶打自己的脑袋，一副痛心疾首、悔不当初的模样。

“如果你娘还知道你死不悔改不肯认错，她的病情肯定会加重！你妹妹也会伤心痛苦。最后受苦受累的，还是你娘和你妹妹。”

“嬴政府，你别说了你别说了，我全说我全部说了还不行吗？我可怜的娘，我可怜的妹妹啊！”

接下来，程大毛就将自己出狱后所做的二十多起案件，竹筒倒豆子，全部交代了。

55

晚上十点，在市公安局鲁卫国办公室，鲁卫国神情激动地走了几个来回，然后停下转头对着楚世杰。

“你看看，你看看！人家嬴建峰才干公安没两年的小伙子，就一口气破了这么多这么大的案件。你再看看你们大队，这么多人忙了这么多天也没查出来一起案子，你说说，你叫我这个分管的副局长脸往哪里搁？”

楚世杰一脸愁苦望着鲁卫国，低声说：“鲁局，我向你做深刻的检查。”

鲁卫国冷峻地瞧着对方说：“现在检查有用吗？当初崔局、高处长可是说了，这两起金水大案，谁率先破了其中一起，那另外一起就归谁指挥侦破。现在好了，人家嬴建峰已经先破案了，而且将你们这起案也给破了，还一口气挖出了二十起隐案积案，就是不给他指挥恐怕都不行了。你们一大帮子老刑警，走出去丢不丢人！”

楚世杰羞愧得抬不起头，他深感这件事对自己对大队的影响都很大。但他是个老刑警，深知服从领导听从指挥是警察的基本要求，所以他觉得自己必须要立马表态。

“鲁局长，我知道这件事对咱们市局的影响不好，特别是对您这位老领导，会有人说闲话。但你也知道，咱们大队的兄弟们也是没日没夜地干啊，还有人因为打夜班过度劳累晕倒住院。”

鲁卫国听罢，不由转头仔细瞅瞅楚世杰，见他两眼发红，知道对方因加班疲劳眼睑充血，大伙也是够辛苦的，不由为自己刚才发火心生愧意，便抬手摆摆，说：“算了，不管是分局刑警还是市局刑警，手心手背都是肉。破案不光要有敬业精神，要有科学的方法，要有实战经验，有时还得要有一点运气。”

楚世杰听鲁卫国这样说，心里才轻松些。

鲁卫国歪头瞅着楚世杰，笑笑说：“哎，你还别说，这个嬴建峰的运气怎么就这么好呢？怎么他一出马，这案子就哗哗地给破了？”

楚世杰苦笑一下，说：“鲁局，我觉得吧，这运气是一方面，而嬴建峰的素质高也是事实。我不会因为他嬴建峰破了案我就不服气，这个气我还真的服。我们做得不够的地方，我会虚心向他学习。”

鲁卫国一听舒心地笑了，说：“你能这样说，那我就放心了。咱们市局刑警大队的人员，绝大部分都是从分局刑警队调来的，本来与分局刑警队就没有什么高低之分，就是各自所在的部门岗位不同而已。你我不都是从分局调来的吗？”

楚世杰立即心领神会地说：“鲁局，你放心，咱们立即召开案情联席会，宣布让嬴建峰接手指挥，我会全力支持他。哪个人敢不服，我将他调出刑警大队！”

“好！那你立即通知重案队，让他们将所有资料都带上，到你们大队会议室开会。嬴建峰那边我来通知他们钟局长，让他们十一点前赶到。”

“鲁局放心，我立即通知他们。”

56

晚上十一点，在瓷城市公安局刑警大队会议室，会议开了整整两个小时。

会议的中心议题，就是宣布由嬴建峰为侦破金水系列案件总指挥，人员从分局和市局刑侦大队抽调。

公安作风，历来都是雷厉风行。由于侦破的是系列案件，而且牵涉面广，调查取证工作量巨大，组成了四十六人的专案组，搞得嬴建峰心里不踏实。

嬴建峰趁鲁卫国上厕所之机，紧跟着来到走廊上，硬追着鲁卫国说：“鲁局啊，这专案组一下这么多人，我，我怕把不住哇！”

鲁卫国停下脚步，认真思忖一下，说：“那行，我叫楚世杰当你助手，帮你把关，这样总行了吧？”

嬴建峰一听更急，忙解释说：“鲁局我不是这个意思。”

“那你什么意思？”

“我是说，我当不了这个专案组长。”

“你怎么就当不了啊？”

“我，我一个新兵蛋子，我，我怎么指挥得了那么多的老同志？”

鲁卫国不以为然地笑笑说：“有志不在年高，你年轻怎么啦？年轻说明你年轻有为嘛。”

“可，可我还是担心。”

“别婆婆妈妈的了，我问你，你今年多大了？”

“二十四啊。”

“你知道红军中有个叫寻淮洲的人吗？”

嬴建峰摇摇头，说：“不知道！”

“他当红军二十一军军长时，你知道才多少岁吗？”

嬴建峰又摇头说：“不知道。”

“我告诉你，他当军长时，只有二十一岁。”

“啊！……不会吧？”

“没有什么不会。当年甘罗当丞相时才十二岁，你现在二十四岁，比甘罗的年纪都大一倍，你当个组长就怕成这样，那你还有什么出息啊？”

嬴建峰被鲁卫国说得满脸通红，羞愧难当。

“再说，有我给你压阵，你怕什么。要是你还上不了台面，那你不单丢自己的脸，还丢崔局和高处长的脸，连我这个师傅的脸也要被你丢尽。”鲁卫国说完，径自往厕所里方便去了。

嬴建峰被鲁卫国说得发愣，不由站着未动。想想也是，甘罗是古代人暂且不说，但刚才鲁局说的寻淮洲可是红军年代的人，离现在也就是几十年，人家那么年轻就当军长，那得指挥多少人马啊？自己现在只是当个几十人的小组长，就怕成这样，自然会被鲁局看成是没出息的人。

想想我嬴建峰从小的志向是当一名警察，能当一名神探那是此生最大的追求，从未想过当什么官。现在让自己当个几十个人的小组长，这心里就觉得诚恐不安，真是太不应该了。

也罢，不想许多了。眼下自己最要紧的是先将这些案子查实处理好。既然自己被任命为组长，那就行使好组长的权力，争取尽快查清系列案件，给大家一个满意的交代。

回到会议室后，嬴建峰立即梳理完工作思路，他先将自己的想法与楚世杰商量，经楚世杰点头首肯后，便开始调兵遣将，将专案组分成二十二个小组，其中侦查组二十个，内勤组和保障组各一个，嬴建峰和楚世杰坐镇指挥，机动出击。

57

一轮朝日冉冉东升，金光万道，普照天地，给连日阴霾寒冷的瓷城带来暖意。

在专案组会议室，坐着楚世杰与黄美琴，嬴建峰正向鲁卫国汇报案情。

“经过专案组一个星期侦查，除两起特大金水案外，另外还带破了二十一起盗窃案。目前，建新瓷厂被盗的金水全部追回，振兴瓷厂被盗的金水，还有其余二十多起盗窃案的赃物，大部分被程大毛销往金州。”

鲁卫国思忖了一会，问：“这个程大毛的供词，都与被盗的那些单位核实了？”

“全部核实了。”

“你们是不是觉得，这里存在一个问题？”

嬴建峰与楚世杰相对一视。

嬴建峰问：“不知道鲁局长指的是哪方面。”

“你想想啊，除了这两起特大金水案是被盗单位报的案，其余二十起案件好像只有五六起报了案，绝大部分的单位都没报案，这是为什么？”

楚世杰笑笑说：“这还不明显，他们是为了保全自己的脸面。”

“那他们被盗的损失怎么弥补？”

嬴建峰赶紧回答：“这个我问了一下，他们都说采取其他办法来弥补。”

“什么办法？”

“噢，有的说是瓷器破损，有的采取增加生产成本，有的说是日常开支增加，总之五花八门，各种各样的理由都有。”

鲁卫国摇摇头，叹气说：“我为这些单位担忧啊！国家花那么多钱给他们，可他们因为自己安全防范工作没做好，为了单位和自身的脸面竟然有案不报，这跟放纵犯罪怂恿作案有什么区别？怪不得现在的盗窃案遍地开花应接不暇，做贼的越抓越多。这种情况要向他们的上级管理部门反映啊。”

楚世杰立马表态说：“好，我这就叫人通知他们上级部门，对那些发案不报的一律通报批评，取消他们评先评优的资格。”

“行！哎小嬴，你继续。”

“眼下最关键的，就是要追回被程大毛销往金州的赃物，否则不但案件结不了，而且还可能办成错案。”

“没错，那，你打算派谁去追赃？”

嬴建峰毫不犹豫说：“那肯定我去啊！”

楚世杰忙摇头说：“不行啊，你已经半个月没怎么休息了，还感冒。”

黄美琴心疼地接嘴说：“是啊，嬴建峰每天只休息三个来小时，就是铁打的也顶不住。”

嬴建峰抬手摆摆道：“没事的。这段时间大家都一样，谁都没休息好。再说，我对这些案子的情况最熟，我去了，才能更好开展工作，效率也会更高。”

鲁卫国盯着嬴建峰瞧，关切地问：“你真能扛得住？”

“真的没事，鲁局。你知道我从小练武，身体棒着呢，熬这么几天几夜真的不算什么，你一定要相信我！”

鲁卫国很是担忧地望着自己的爱徒，心中犹豫不决。

嬴建峰果断地说：“鲁局啊，事不宜迟，追赃贵在神速，晚了东西再被销往其他地方，到那时要追回来可就更难了。我请求立即带人出差。”

鲁卫国转头征询楚世杰，楚世杰知道鲁局心思，不仅担心嬴建峰身体吃不消，也担心他经验不足，便自告奋勇说：“鲁局，要不就我去吧？”

鲁卫国思忖再三，还是摇下头，说：“你就算了，你也快五十的人了，还有老胃病，我听说你昨天夜里痛得晕倒，有没有这回事啊？”

“噢，没，没有的事，痛是有些痛，不至于晕倒。”楚世杰忙掩饰地道。

鲁卫国看出楚世杰有意在避重就轻，便用手点点对方，说：“你年龄比嬴建峰大一倍，咱们这档子年纪的，有时不得不服老哟。”

楚世杰知道鲁卫国不同意自己去追赃，心里顿生酸楚，恨自己平时加班熬夜太多，把身体都给整垮了，现在心有余而力不足。

楚世杰暗自感叹的当儿，嬴建峰见缝插针地说：“鲁局，我已请火车站的兄弟订好了票。”

楚世杰一见赶紧将嬴建峰一军，说：“你这样不对啊，你怎么能先斩后奏？”

鲁卫国也转头望着嬴建峰，满是责怪与担忧，追问：“你走了这里怎么办？”

“我连夜加班，将这些案子下步要做的事理了理，该做的都写在上面了。”说完嬴建峰拿出厚厚一沓材料，递给鲁卫国。

鲁卫国拿过材料翻了一下，见上面将二十多起案件逐案列出下步工作提纲，不由眼露欣赏的目光。

鲁卫国将材料递给楚世杰，楚世杰忙认真翻看着，见上面将所有案件亟待调查的事项一一列出，只要按这上面的要求做完，案件便能完美了结，心里不由肃然起敬。

楚世杰抬头对鲁卫国说："鲁局，小嬴早已做好了准备，你就让他去吧，家里的事就交给我。"

嬴建峰听了脸露欣然。

鲁卫国还是有些不放心，问嬴建峰："你去了以后打算怎么办？"

一旁的黄美琴立即接嘴说："嬴组长已经联系好了金州公安局，那边已经对我们提供的销赃路径进行了布控，只等我们一到，就采取行动。"

鲁卫国露出满脸的笑容说："好！未雨绸缪，抢占先机，颇有大将风度。看来让你当这个组长，没选错！"

嬴建峰有些愧意地用手挠挠头，说："鲁局长，你就不要笑我了，我真是旱鸭子上架，勉为其难，为当好这个组长，我都瘦了十斤。"

鲁卫国笑着说："咱们干刑警的，就是不能有赘肉，什么是赘肉啊？赘肉就是多出来的肉嘛。要让咱们警察的使命和责任，把多余的肉都消掉去！"说完，鲁卫国竟哈哈大笑起来。

58

天刚大亮，金州火车站外人头攒动，热闹非凡。

嬴建峰带着黄美琴、汪震文还有小徐小梅四人，连夜乘坐二十多小时火车，走出了千里之外的金州市火车站。

顾不得长途劳顿，嬴建峰等人辗转来到金州市公安局刑警大队。

接待嬴建峰的大队长罗国华精瘦干练。一阵寒暄后，罗国华便将嬴建峰等人带到刑警大队会议室，大家分别坐下。

嬴建峰将瓷城发生的二十多起盗窃案以及销赃的详细情况，向罗大队长做了汇报。

罗大队长很认真地边听边记。

嬴建峰说完后，拿出几张笔录纸给罗大队长，说："这是销往金州的物品目录，是我们追赃的目标。"

罗大队长拿过笔录纸看了看，笑笑说："你们几天前打电话通报情况时，我就将情况向分局领导汇报了，领导指示我们，要全力以赴，做好布控工作，配合好你们的行动。”

嬴建峰非常感动地握着罗大队长的手，诚恳地说：“感谢罗大队长和金州的战友们。我们追赃能否成功，全靠你们了。”

罗大队长很热情：“嬴组长别客气，我们都是一家人。有什么需要我们做的，尽管开口。”

“我们想尽快开展工作，不知罗大队长安排谁与我们接洽。”嬴建峰有意地将“洽”字说重一些，生怕让人听成是接合。

罗大队长笑着抬手一指边上的小伙子，说：“这位是祖新同志，他专门负责与你们接洽。”

嬴建峰又面对祖新笑笑，说：“那就麻烦祖新同志了。”

祖新也不客气，马上从公文包里掏出日记本，说：“我将上次你们提供的那些物品，可能销赃的渠道，进行了分析，画了一张分布图，你看看。”

嬴建峰一听对方连销赃分布图都画好了，不禁大喜过望，忙起身来到祖新身边，双手接过日记本，迅速翻看起来，边看边点头。

“不错，真不错，这样我们查起来就方便多了。祖新同志，咱们现在就出发吧？”

祖新抬头朝罗大队长笑笑，罗大队长瞧着嬴建峰等人都带着行李包，知道他们坐车很辛苦，便笑着说：“嬴组长，你们一路颠簸的，够辛苦。我看你的脸色很差，是不是先住下来，休息一下再工作？”

黄美琴一听，脸上立马露出轻松的笑意。她知道嬴建峰感冒越来越重，但他坐在火车上一直在写追赃方案，路上几乎没怎么睡，要是能先休息一下那对身体恢复就太好了，便用殷切的目光望着嬴建峰。

嬴建峰心里着急，忙说：“谢谢罗大队长好意，我们耽搁不起呀！我想行李就先放在你这里，等我们摸完情况回来再拿走，你看行不？”

罗大队长忙说：“行啊！嬴组长是好样的，值得我们学习。”

嬴建峰忙谦虚地说：“谢谢罗大队长鼓励，你们什么工作都做到了前头，我们应该向你们学习才对。”

罗大队长笑着抬抬手说：“那好吧，我们就互相学习。东西等会放到我办公室去，你们先忙去吧。”

“谢谢，那我们走了！”

说完嬴建峰就带着四位瓷城来的刑警，跟着祖新匆匆走出刑警大队。

这一忙，就是十天。

十天后，嬴建峰他们追回了大部分赃物，嬴建峰特地在当地有名的益民酒楼请了罗大队长与祖新他们一顿。然后兴高采烈地将追回的东西打包成行，踏上了回瓷城的列车。

59

“呜”的一声长吼，绿皮火车咣当咣当地冒着浓烟往瓷城方向驶去。

嬴建峰和黄美琴等人坐在七号车厢内，虽然有座位，但车厢内却人满为患，空气中夹杂着各种难闻的气味，让人闻着不爽。

连续二十多天的奋战，嬴建峰没日没夜超负荷转着，身体已经极度虚弱。

离开瓷城去金州时，嬴建峰就已经开始感冒，再加上来到金州，水土不服工作紧张，没法吃好喝好休息好，感冒越发严重。虽然买了些感冒冲剂喝了，不但未见好转，反而越来越重，以至引起发烧，头昏昏沉沉十分难受。

随着列车的摇晃，嬴建峰感到胸口一阵躁动，很想呕吐，霎时有股液体就要冲出喉咙。

嬴建峰赶紧起身来到厕所旁，见厕所有人便手撑着壁板垂着头，耐着性子等，里面的人一出来，他迫不及待地进入厕所，来不及关门，就来到盆盂边张口就吐。嬴建峰闻到一股腥味，心里一惊，忙朝盆盂瞧去，只见盘盂里溅满了殷红的鲜血。

嬴建峰霎时觉得头昏眼花，站立不稳，疲惫得眼睛都睁不开，随即一阵眩晕袭来。嬴建峰咬紧牙关从厕所里出来，踉踉跄跄地回到座位，一屁股坐下，闭眼喘息。

坐在对面的黄美琴见嬴建峰脸色煞白，神情恍惚，感觉不对头，忙问：“嬴建峰你怎么了？脸色怎么这么难看？”

嬴建峰不想在黄美琴眼前示弱，强露微笑，硬撑着说：“没，没事……”话没说完，嬴建峰的身子往边上一歪，靠在汪震文身上，昏了过去。

黄美琴惊叫一声，慌忙起身上前查看。

60

待嬴建峰睁开眼睛时，见自己躺在医院的病床上，不由心里一惊。他忙转眼看看房内，见黄美琴与汪震文正笑盈盈地望着自己，立即问："我怎么会在这里？"

"你在火车上都昏过去了。"黄美琴用满是痛惜的口吻道。

嬴建峰立即想起追回来的那些赃物，忙问："我们追回来的东西呢？"

黄美琴说："早拿回局里了。"

嬴建峰追问："什么时候拿到局里的？"

黄美琴妩媚地一眨大眼，说："三天前啊！"

"什么，三天前？"

"对呀，你已经昏迷三天了。"

"啊！那，那单位上的事，怎么办？"

"你放心，单位上的事都安排好了。崔局、鲁局、钟局他们都来看过你好几次了，说要让你好好养病，我们两个是奉命专门照顾你的。"

嬴建峰听罢一阵感动，没想到领导对自己这么关心照顾，还派两个人照看自己，自己又不是什么领导干部，还用得着这么高规格的待遇。

嬴建峰下意识地用手摸摸自己的头，心里充满了愧疚与不安，突然问："是你们把我背回来的吧？"

汪震文激动地说："是唔，美琴姐看你昏倒了急得要命，她当时就大哭起来，哭得啊，整辆列车都听得见！"

黄美琴见汪震文揭自己的老底，羞得满脸通红，忙举手拍打汪震文想制止对方，嘴里说："小汪你说什么呢？谁哭得整辆列车都听得见了？人家根本就没哭！"

汪震文忙跳起身躲开黄美琴，边躲边故意挑逗黄美琴说："还说没哭呢？你瞧瞧，现在眼圈都还是红的。"

黄美琴被小汪这么一说，羞得赶紧将头扭过去不让嬴建峰看见，噘着嘴说："怎么可能？我是眼睛进了沙子难受揉的。"

嬴建峰见状，感动地望着黄美琴笑。

黄美琴瞥见嬴建峰笑看自己，忙借口说：“我去食堂打点粥。”说完，黄美琴拿起桌上的搪瓷碗，低头往门外走了。

嬴建峰见状，知道小汪说的应该是真的。

汪震文趁机说：“师傅，我看美琴姐对你，挺有意思的。”

嬴建峰听了，不置可否地轻轻一笑。

汪震文认为嬴建峰不太相信，便往嬴建峰靠近些，低声说：“师傅，你没看见美琴姐，当时她抱着你哭，不知道的人，都以为是你爱人呢。”

嬴建峰听罢一怔，不由多看汪震文几眼，眨眼在想心事。

其实嬴建峰心里清楚，黄美琴虽然嘴上不说，但事实上她对自己一直很好。当初她得知伊红蓓从省城连夜来看自己后，心里就对自己产生了戒意，在言行上保持了一定的距离。特别是从省警察学校进修回来后，她对自己的态度显得更加谨慎小心，生怕会触碰自己心底最敏感的地带，所以她闭口不谈伊红蓓的事。

就说她这次主动要求调到重案组吧，除了真的想与自己搭档抓住杀害她同学陶欣的凶手，想就近了解自己与伊红蓓的真实情况，应该也是个重要原因。

黄美琴的心情的确非常复杂，她很想知道嬴建峰与伊红蓓的关系究竟发展到什么地步，但她一姑娘家又羞于开口不敢询问，只有平时关注嬴建峰的来信与电话，看看有没有伊红蓓的来信，或是否有伊红蓓打来的电话。心中这份苦情，也只有默默地埋在心底。

“师傅，听说你跟咱们伊副厅长妹妹谈恋爱，有没有这回事啊？”汪震文毫无顾忌地问道。

嬴建峰忙问：“你听谁说的？”

“噢，我听美琴姐说过，谷组长好像也说过。”

嬴建峰笑笑，心想是他们两个说的就对了，便解释道：“其实这是他们两人的猜测，我与伊副厅长的妹妹的确关系很好，也曾想过朝更深的方向发展，可我舍不得离开瓷城，舍不得离开爸妈家里人。所以，我跟她约定，我不做出成绩来，不想结婚。”

汪震文一听来了精神，忙问：“那，师傅，怎么才算做出成绩来？你这次破了这么多的大案，算不算做出成绩？”

嬴建峰略为思索，轻轻摇头，说：“还不能算。我办的第一起案件，主犯逃跑了，最主要的文物也没追回来。这次虽然一下子破了二十多起案子，但还有部分赃物没追回，所以，这些都不能算是做出了成绩，充其量是案件破了一半多。”

汪震文听完，脸露敬佩的神情道：“师傅的要求好高哟！不过，我倒是听过不同的说法。”

赢建峰饶有兴趣地问：“你听到过什么说法？”

“我爸妈说，古代人都是先成家后立业的，说不成家，人就没有责任心，他就不会努力奋斗。”

赢建峰听了直笑，说：“那是古代人，他们结婚很早，没等做事就要生小孩，所以自然就要先成家喽。不像现在，男的二十二岁女的二十岁才能结婚，绝大部分都是要先工作了才好结婚。”

汪震文听了直点头，说：“师傅说得没错。可我爸妈还是催我早些找个对象结婚，说我早生小孩，他们有精力帮助照顾，说晚结婚生小孩他们的精力就差了，怕照顾不过来。”

赢建峰不由得笑了出来。心想汪震文真是单纯得可爱，虽然参加工作了，但还把父母亲的话当圣旨，是个很听话的好孩子。

赢建峰觉得，自己现在面临着两难境地，如果与伊红蓓保持并发展关系，将来要结婚，伊红蓓明确表态她家只有一个女儿，要照顾年迈的父母，不可能到瓷城来。而自己也是一直不想离开瓷城的，所以，这个前提，无疑成为横在两人之间一道难以逾越的鸿沟。

而眼前的黄美琴，就是木头人都能看出，她对自己很是中意，当她得知自己与伊红蓓有这层关系，急得像热锅上的蚂蚁，显得张皇失措又心有不甘。但她毕竟是有文化有修养的当代女性，她只有将自己的感情埋在心底，在与自己保持近距离密切接触的同时，掌握自己的动态，了解自己的心迹，等候自己的信息，一旦得知自己与伊红蓓不能在一起时，她才会向自己表明。

正在赢建峰胡思乱想的当儿，年过五十戴眼镜的主治医生进来查房，他一看赢建峰醒了，欣喜地说：“你终于醒了，真是太好了。”

赢建峰朝医生笑，问：“医生你贵姓啊？”

“免贵姓牛。”

“牛医生好。我身体一直很好的，怎么会突然昏迷？”

“你严重感冒过度劳累诱发了急性肺炎，引起高烧才昏迷的。”

赢建峰感慨地说：“谢谢牛医生了。”

牛医生随即对嬴建峰例行检查，然后对嬴建峰说：“你身体还没恢复，要好好治疗休养。”

嬴建峰向牛医生一再表示谢意。牛医生查完房后离开，刚走到房门口，就见钟局长与市局政治部柯主任一前一后进来。

嬴建峰见了，忙坐直身子要下床，钟局长赶紧上前几步拦着不让，笑着说：“小嬴，你快躺着别下来。政治部柯主任特地来看你了。”

柯主任笑容满面走向前，热情地握住嬴建峰的手说：“嬴建峰同志，我代表市局向你表示慰问，鉴于你破获特大盗窃金水系列案的突出表现，特批准你荣立个人三等功，现在给你颁发证书和奖章。”

说完，柯主任拿出证书与奖章，准备递到嬴建峰手中，嬴建峰赶紧下床，向柯主任和钟正仕敬礼！

嬴建峰身子摇晃了一下，吓得柯主任赶紧用手扶住他。

嬴建峰有些不好意思说：“谢谢领导！”

“啪”的一道闪光灯闪过，嬴建峰一瞧，是市局政治部的殷艳丽，她负责全市公安宣传一块。

就在嬴建峰思忖的当儿，黄美琴手提着保温饭盒进来。更让嬴建峰意外的是，黄美琴的身后还跟着自己的父亲嬴东成，还有母亲柳淑贞。

正因为这次的相遇，让黄美琴进入了嬴建峰父母的视线。

当然，嬴建峰不会忘记，黄美琴曾经说过，没抓住杀害她同学陶欣的凶手，她不结婚。

61

惊风飘白日，光景西驰流。曹植在《箜篌引》中发出的感慨，至今也是同理。

转眼间七年过去，人事也发生了较大的变化。市局崔局长已经退休，鲁卫国被正式任命为一把手，钟正仕成为市公安局分管刑侦的副局长。

已是刑警队指导员的嬴建峰正在办公室备课，准备给队里开会上业务课，突然风风火火闯进来一个人。

嬴建峰抬头一瞧，是高中同学侯国平，他是市税务局直属分局副局长，便站起身高兴地说："好你个国平，当了局长也不请客，今天是来请我客的吧？"

侯国平边与嬴建峰握手边说："请客随时都行啊。我发现了重大案件线索，想想老同学现在是刑警队指导员了，就来找你。"

嬴建峰一听有案件线索，就像猫闻到了腥，忙招呼侯国平坐下，倒了一杯开水给老同学。

侯国平也不客气，接过茶杯，喝了一口，然后说："老同学，我们今天对文物市场检查时听人反映，有一批宋元明清的瓷器可能会通过我们市里向沿海与港澳地区走私。"

"有些什么瓷器？"嬴建峰赶紧问。

"我只听说有北宋的龙虎斗影青瓷枕，其他的就不清楚。"

"啊！北宋龙虎斗影青瓷枕可是国宝级文物。"

侯国平郑重地点点头，说："是啊，虽然我是税务部门的，可保护咱们瓷城的国宝人人有责啊。所以我一听说这事，就马上赶来找你了。"

嬴建峰忙拿出笔记本详细询问了情况，认真做好记录，再三感谢老同学能提供这么重要的线索。

送走侯国平，因队长张海和分管副局长金小平出差，嬴建峰想想要立即向领导汇报，便拿起桌上的电话，打通了市局刑侦大队电话，接电话的是大队长胡东升。

胡东升一听是嬴建峰电话，高兴地说："嬴建峰打电话，案件小不了。说吧，什么大案？"

嬴建峰噗的一声笑了，说："老领导，还真的有大案。我高中同学向我反映，有一批宋元明清的古瓷，可能会通过我们市里向沿海流散。"

"什么古瓷？"

"据说有一件北宋的龙虎斗影青瓷枕。"

"好家伙！那应该是国宝级的。如果让它们流向境外，那损失可就大了！"

"是啊，老领导，那我是不是就动手干？"

"那还等什么，干啊！"

"好嘞！"

嬴建峰刚放下电话，见副队长汪震文刚好走进来，忙对汪震文说："你来得正好，马上通知大家两小时后在会议室开紧急会！

汪震文怔了一下，想想说："两小时后都中午啦？"

“中午也得开！”

汪震文唔了一声，随即转身出去通知大家。

赢建峰立马想到了自己的老师杨鸿儒，便打电话给杨鸿儒，说有事找他。杨鸿儒说来吧来吧我在办公室。

赢建峰急忙来到停车场，骑上队里的边三轮摩托车，一溜烟赶到市古陶瓷研究所，拜访所长杨鸿儒。

自从八年前赢建峰侦破了文物博物馆文物被盗案后，时任馆长的杨鸿儒虽然挨了个记过的处分，但馆长的位置算是保住了，在文物博物馆干了四年后，就调到古陶瓷研究所当所长，所以杨鸿儒内心对赢建峰除了敬佩也有感激，要是没有赢建峰，恐怕案件破不了，那自己可就惨了。

向来心地善良的赢建峰得知杨鸿儒受记过处分，是因为还有两件古瓷瓶没追回，心里一直愧疚，总认为是自己无能，让杨鸿儒挨处分，便暗暗发誓，一定要想办法追回。

后来赢建峰一定要拜杨鸿儒为师，目的是想掌握古陶瓷知识，为了以后更好侦查古陶瓷方面的案子。而杨鸿儒本来就喜欢赢建峰，觉得他聪明能干，将来肯定有出息，于是对赢建峰想要学的东西，他是满口应承，尽力传授。

赢建峰一见杨鸿儒，说：“杨老师我又来麻烦您啰。”

杨鸿儒笑着说：“麻烦什么呀？你的事就是我的事，责无旁贷嘛。”

赢建峰连说几声谢谢，然后就请教杨鸿儒，瓷城还有附近地区现在可能流散在民间的瓷器，如果是宋元明清的，会有哪些有代表性的瓷器。

杨鸿儒一听惊讶地说：“你问的也太大了，这几乎是咱们瓷城瓷器所有的历史啊。”

赢建峰有些不好意思地笑笑说：“这个我知道，我主要想问问这些瓷器现在的价值与市场价。”

杨鸿儒噢了一声，略一思索说：“这些瓷器的价值价格，随着现在改革开放经济快速发展，都在不断攀升啊！”

赢建峰点点头，问：“那北宋龙虎斗影青瓷枕呢？”

杨鸿儒一愣，想想说：“要从价值来讲，可以说是无价之宝。从目前市场价来讲，应该不低于这个数。”

说完杨鸿儒伸出五个手指头。

赢建峰忙问：“多少啊？”

“五百万!”

嬴建峰“啊”的一声，不禁瞠目结舌地望着对方。

62

嬴建峰心急火燎地赶回刑警队，一看快十一点五十了。赶紧走进办公室，见桌上已摆着饭盒，知道又是黄美琴帮自己打好了饭菜。

嬴建峰听到身后有脚步声，回头一看，黄美琴笑盈盈地望着自己，眼里多了些柔情。

因伊红蓓父母不同意她来瓷城，而嬴建峰也不愿离开瓷城，所以伊红蓓只有听从父母安排，与省里一位高干的儿子结婚。黄美琴与嬴建峰的关系由此也确定下来。黄美琴现在已是内勤组组长，举手投足之间，多了些成熟与沉稳，颇有内当家的风范。

按理说黄美琴没了伊红蓓的竞争，自己理所当然可以与嬴建峰结婚。只是性情刚强的黄美琴，依然恪守着当初来刑警队时的誓言，不抓住残害同学陶欣的凶手，不结婚。

半小时前黄美琴碰到汪震文，便问嬴建峰到哪儿去了，汪震文说出去了，不过已经安排了十二点在队里会议室开会。

黄美琴知道嬴建峰会赶回来，所以将饭菜打好放在嬴建峰办公室等他回来。

嬴建峰对着黄美琴笑笑，算是表达自己的谢意。他用手摸摸自己的肚子，的确饿了，便伸手打开饭盒，一瞧榨菜炒肉丝、萝卜干炒猪油渣，顿时食欲大增，立马端起饭盒三下五除二干完，然后抬头朝着黄美琴笑笑，抬起手腕看看表，十二点差五分，他抬手向黄美琴挥挥，说要开会了。

黄美琴神情羞涩地说：“阿姨今天又来找我了，问我到底什么时间结婚。”

嬴建峰听了一愣，知道催着自己结婚的老娘又坐不住了，又跑来催黄美琴。

嬴建峰有些歉意地笑笑，说：“我娘这人性子急，你多理解些。”

黄美琴很大度地说：“知道啊。这不能怪阿姨，主要是我没本事，没把那起案子破了。”

嬴建峰紧蹙眉头，说：“应该怪我，我答应帮你抓住那个凶手，可到现在也没抓着，是我无能。”

黄美琴安慰地说：“也不能全怪你，案子最初是谷地丰办的，你来的时候已经过了三年，很多线索都不容易找到。”

嬴建峰想想说：“你放心，那起案子我一直放在心上，不会丢。不多说了，又有新案件，我得马上开会。”说完嬴建峰站起身。

黄美琴忙说：“那你快去开会，那起案子我们再说。”

嬴建峰说了声“好”就快步出门，来到会议室，抬起手腕一瞅手表，正好十二点。

嬴建峰一推门进去，大伙目光齐刷刷地射向嬴建峰。

嬴建峰有些歉意地笑笑，说：“不好意思，让大家等了。”

63

嬴建峰环顾四周，见人到齐，便神色严峻地说：“同志们，我这么着急大中午的把大家叫来，是有一起特别重大的案件线索。”

副队长谷地丰见怪不怪地问：“是发现了囚牛的线索？还是杀害陶欣的线索？”

嬴建峰被谷地丰问得一愣，脸露难色说：“都不是。”

“那是什么重大线索？”

“是有关国宝的线索。”

谷地丰不屑地瞥一眼嬴建峰，低头不吭声。

谷地丰原本是重案组组长，是嬴建峰刚参加工作时的直接领导。嬴建峰表现突出，能力超群，直接被提为副队长，职务一下来了个反转，成了谷地丰的上级。

谷地丰感觉自己当众被嬴建峰抽了一大耳刮，简直无地自容。当钟正仕宣布嬴建峰为刑警队副队长时，谷地丰当场就胸痛难忍，第二天就说身体不适住院去了，时长半个多月。后来虽然正常上班了，但心里就像搁了块石头似的沉重难受。见着嬴建峰更觉别扭，仿佛嬴建峰是专门来挤压他的克星。如果没有嬴建峰，这副队长肯定是他的，现在倒好，后来者居上，令人心寒。转念想想，这嬴建峰也的确命好，几起大案，一到他手上就告破，就像卤水点豆腐，一蹴而就，真是神了。

再后来嬴建峰听说谷地丰闹离婚，侧面一打听，竟然是谷地丰老婆嫌他没出息骂他窝囊废，干了那么多年不如一个初出茅庐的小嬴。为此嬴建峰马上找到钟正仕，将情况向他说明。钟正仕听了，想想真是这么回事，咱干刑警的在外拼命，可不能祸起萧墙，便答应嬴建峰会考虑谷地丰的事。

嬴建峰还私底下找到谷地丰爱人尤赛英，劝说她不要轻易离婚，并希望她不要将自己找过钟局长的事告诉谷地丰，以免谷地丰难堪。

两年后谷地丰果然提了副队长，但嬴建峰同时提拔为指导员，职务上仍然是谷地丰的领导。谷地丰心里虽得到些安慰，但见嬴建峰又成了自己的上司，心中仍然不是个滋味。

当有人与谷地丰谈到嬴建峰时，他悻悻然说嬴建峰命好哇，从小就拜了个好师傅，言下之意是拜鲁卫国副局长为师，自然朝中就有人。当兵时又遇上个出身好的女朋友，女朋友的哥哥还是省厅副厅长，这么多的关系，不提他提谁，自己怎么跟他比呢。

这事也传到嬴建峰耳朵里，嬴建峰并不生气，只是一笑了之。

直到两年前听说伊红蓓已与别人结婚了，谷地丰的心境才慢慢释然。然而他想想自己原本中意的黄美琴却要与嬴建峰结婚，心里又是一包渣。想想自己怎么那么倒霉啊，这官场情场上的得意都被嬴建峰占去了，自己总是落败下风，真是无言。

嬴建峰知道谷地丰心里想得多，对自己有些误解，所以平时有意无意地让着他一点，毕竟谷地丰年长自己几岁，何况他曾经当过自己的领导，也曾经带过自己。心想路遥知马力，事久见人心。我嬴建峰做人怎样，日后定会见分晓。

嬴建峰用眼瞅瞅谷地丰要打瞌睡的样儿，继续说：“我请教了古陶瓷研究所的杨所长，他说这次从咱们瓷城过境的国宝档次，丝毫不比八年前文物博物馆被盗的古瓷逊色！”

嬴建峰话音一落，众人立即议论纷纷。

“这是从哪里得来的消息？”谷地丰不紧不慢地问。

“是我高中同学得到的。”

“消息可不可靠啊？现在有人专门吃贩卖情报的饭，可不要上人家的当。”

“怎么可能？我同学是税务局直属分局副局长，不是情报贩子，他没要我一分钱，反而要请我吃饭！”

嬴建峰一说完，大伙哄的一声笑开了。

谷地丰脸一热，竟有些挂不住，但他仍下意识地冒出一句说："倒贴的没好货！"

大伙听出些火药味，便拿眼瞅着嬴建峰。

嬴建峰不想与谷地丰计较，笑笑说："侯国平的老爸是陶瓷馆古陶瓷研究员，他打小就热爱陶瓷，听到有人想把古陶瓷从咱们这里偷运出境，心里比谁都着急，所以主动来找我报案的。"

大伙听罢，都有些感动。

"作为一个税务人员，他的职责与保护古陶瓷没有很大的关系，可他出于对古陶瓷的热爱，更是出于对咱们瓷城的热爱，主动向我们公安部门报案，这种爱家乡爱陶瓷的精神，很值得我们学习啊！"

大伙算是听懂了，连局外人都对保护古陶瓷心急如焚不遗余力，而我们都是刑警，那保护古陶瓷更应该是义不容辞。

"所以，我决定成立专案组，由我担任专案组长，副组长呢，由谷地丰和汪震文队长担任。"

大伙听了赶紧低头记在笔记本上。

谷地丰抬起右手，想要发言。

嬴建峰抬抬下巴，示意对方说话。

"嬴指导员，我觉得目前只凭你同学的一面之词，就成立专案组开展调查，是不是有些草率。这万一到时没有这回事，那咱们怎么向上级和领导交代？"

谷地丰的话一出，在座的大多觉得有理。要是万一消息不准，这全队一大半人马扑上去调查，到时是没办法交代啊。

嬴建峰觉得有必要打消大伙的顾虑，便说："谷队长说得有理。单从立案的角度看，我们这样做是有点风险。不过，咱们刑警破案，宁可信其有，不可信其无啊。即使调查完后不是那么回事，最起码咱们不后悔。要是不去调查，如果真的有古瓷从咱们瓷城流出去，到时候一倒查，那咱们才真的没法向上级和领导交代呢。"

嬴建峰的一席话，说得大伙哑口无言。

"再说，我已经请示了老领导胡东升，他同意我们立案侦查。要是有什么风险，我来承担。"

谷地丰见嬴建峰已经扛来了尚方宝剑，心想你个嬴建峰，要难倒你还真不容易。

“同志们，从目前所掌握的情况来看，我决定兵分四路，立即开展侦查。”

大伙一听，都自觉地拿起笔记本，低头记录。

“第一组，由汪震文副队长带队，负责全面调查侯国平反映的可疑线索，对相关人员要逐个排查。记住啊，一定要从中发现有价值的线索。目前侯国平同志提供了两个人的名单，我们要将他们列入重点对象进行调查。”

汪震文边点头边记录。

“第二组，由谷地丰副队长带队，负责全市古玩市场的调查，尽量了解是否有和此案相关的物品与线索。”

谷地丰说了声好。

“这第三组呢，由徐立峰组长带队，负责对全市仿古瓷生产作坊进行排查，注意从中发现可疑线索。”

重案组组长徐立峰大声应了声是。

“至于第四组，就由我自己负责，物色安排一名从事古玩买卖的人员，设法接近侯国平提供的可能涉及走私的有关嫌疑人员。我这样说，不知大家听明白了没有？”

大伙齐声说明白。

嬴建峰用力一挥手，大声说：“好！开工！”

64

嬴建峰等大伙散开，便来到内勤组办公室，见黄美琴正坐在椅子上，头趴在一双手臂上午休。

嬴建峰上前，用手轻轻揉揉黄美琴，黄美琴两眼惺忪地抬起头，见是嬴建峰，便边伸懒腰边问：“怎么，官人是不是又有什么事需要我效劳啦？”

嬴建峰一听笑了，说：“你看看，这真是‘不是一家人，不进一家门’啊，连我想什么你都知道。”

黄美琴端起桌上茶咕咚咕咚连喝几口，然后将茶杯往桌上一放，一抹嘴，站起身说：“走吧！”

嬴建峰笑着点点头，说：“得，我找你，是想找一个人。”

“谁？”

嬴建峰想想说：“要不这样，咱们边走边说。”

黄美琴知道嬴建峰做事喜欢速战速决，便起身随着嬴建峰来到停车场，坐上了边三轮，嬴建峰发动车子，朝街上开去。

嬴建峰问黄美琴：“你还记得八年前我们办的第一起案件吗？”

“记得啊，怎么会不记得？那是你第一次办案，是文物博物馆龙生九子古陶瓷被盗的案件。”

“哎哟，你记性蛮好的嘛。”

“那当然，那次我们两个到青花派出所找到袁指导员，调查十六年、噢现在应该是二十四年前，所里抓的两个盗窃文物博物馆的犯罪分子。一个叫‘半卷毛’，一个叫‘泥巴崽’。”

“对！我们今天就是去找‘泥巴崽’。”

“找他干吗？他不是判了十年刑，坐牢去了。”

“没错，‘泥巴崽’在监狱里表现非常突出，年年都有减刑加分，已经出来两年了，现在仿古瓷的生意做得风生水起。”

“啊，这怎么可能呢？他又不懂仿古瓷。”

“你别小看这个‘泥巴崽’，他在监狱的时候就主持研究仿古瓷项目，获得三项专利发明，所以给他减了好几年刑。他出狱后正好发挥特长，仿古瓷生意都做到国外去了，生意好得不得了。”

“是吗？真没想到啊。”

“前几个月我在街上碰到他，这小子还买了轿车，神气得很哪。他一再对我们当年救了他老婆小孩表示感谢，还问我和你什么时候有空，要请我们到市里最好的酒楼喝酒吃饭。”

“哎呀，看样子‘泥巴崽’还真发了。”

“可不。你还记得当初我们到过他的那个家吗？”

“记得呀。”

“什么印象？”

“印象？自然是矮小破旧，转不开转身。”

嬴建峰笑笑道：“‘泥巴崽’跟我说，他家现在已经盖了别墅，住上新房了。”

“是吗？那，我们找他，不会是为了吃他一餐饭吧？”

“怎么可能呢。”

“我就说嘛，找他肯定是为了案子上的事。”

“聪明！”

“你找他了解情况？”

“不单是了解情况，更主要的，是想借他的身份用用。”

黄美琴笑了，说：“你是想让他当眼线，帮我们打听情况。”

“简直太聪明了！”

“这不都是跟你学的吗？”

两人正谈论着，转眼间三轮摩托车就到了瓷器街，来到原来“泥巴崽”开店的位置。

黄美琴抬头一看，还真是鸟枪换炮，原先矮小的平房已建成三层楼，占地面积也比原先大好几倍。在瓷器街，可算是鹤立鸡群，引人注目。

嬴建峰将摩托车停在楼下，连摁几声喇叭，然后对着楼上大声喊叫：“‘泥巴崽’！‘泥巴崽’！”

不一会从二楼窗户伸出个脑袋往下看，一瞅是嬴建峰和黄美琴，不禁哎呀一声随即大叫着：“恩人哪，总算把你们盼来了！”说完“泥巴崽”小跑着下来迎接，热情万分地双手握着嬴建峰的手，又对黄美琴双手作揖致礼，然后躬身请两位进店。

嬴建峰与黄美琴一前一后走进店内，见一排排博古架上摆满了各种瓷器，可谓琳琅满目。最吸引人的，是那些古色古香的仿古瓷。

嬴建峰想到八年前“泥巴崽”他们就是因为盗窃古瓷而被抓入狱，现在他做起了仿古瓷生意，这其中应有某种内在联系，最起码有仿古瓷情节吧。那“泥巴崽”是否还会关注那两件当年被他们盗走、至今下落不明的囚牛和螭吻瓷瓶呢？

嬴建峰不由自主地走近仿古瓷博古架，双眼迅速扫视着架子上的瓷器。果不其然，上面齐整摆放着龙生九子仿古瓷瓶。

嬴建峰站在博古架前，一会看着囚牛，一会凝视着螭吻，不禁心潮起伏思绪万千。他真希望眼前的囚牛螭吻就是文物博物馆被盗的那两个，那该多好啊！

“泥巴崽”见嬴建峰对着高仿瓷瓶出神，知道嬴建峰在想八年前之事，满是尴尬地望着嬴建峰，随即他灵机一动，赶紧叫边上一位漂亮的女服务员，将那两件高仿囚牛与螭吻瓷瓶装进锦盒。

嬴建峰一看情况不对，忙问“泥巴崽”：“你干吗，你干吗啊？”

“泥巴崽”眨眨三角小眼，谄笑着说：“我看嬴领导喜欢，我送给你。”

嬴建峰忙抬手拦住，生气地说：“‘泥巴崽’，你这样子我马上就走！”

“泥巴崽”看出嬴建峰真的不高兴，便叫女服务员将东西放下先不要动。

就在无意之间，嬴建峰瞥见博古架另一头，静静卧着一只北宋龙虎斗影青瓷枕，不由快步走过去，来到博古架前，用手摸摸瓷枕，又拿起来，举到眼前仔细观看。凭着自己从杨鸿儒那里学到的知识，见瓷枕通体晶莹，青中泛白，龙与虎凶煞神勇，气势逼人。

嬴建峰浑身一震，捧着的双手不禁有些颤抖。

“泥巴崽”一见，知道这个龙虎斗影青瓷枕对嬴建峰更重要，忙快步上前来到嬴建峰身边，小心问：“嬴领导，这个龙虎斗你喜欢？”

嬴建峰点下头。

“泥巴崽”见状，忙伸手拿过瓷枕，转身朝服务员抬手招招，说：“金萍，拿个锦盒来！”

嬴建峰举手拦着“泥巴崽”，问：“干什么，你又要干什么？”

“既然这个瓷枕对嬴领导重要，我想送给嬴领导做个纪念。其实，只要你嬴领导喜欢的，别说这几件瓷器，就是所有的瓷器，全送给你！”

嬴建峰委婉地说：“‘泥巴崽’，我知道你这人讲义气。我谢谢你！如果你真对我好，我想请你帮我做一件事。”

“泥巴崽”听了一拍胸脯，豪气冲天地说：“嬴领导，只要你用得着我，别说一件事，就是一万件，就是上刀山下火海，我‘泥巴崽’眼都不眨一下。说吧嬴领导，要我怎么做？”

嬴建峰抬手笑笑说：“我不要你上刀山下火海，我只要你帮我打听一点情况就行。”

“嬴领导你这是说哪里话，你要打听情况那还不是一句话的事，还用得着找我？”

嬴建峰警惕地看看四周，见周围没人，便压低声音说：“可我要找个比你可靠能干的很难啊！”

“泥巴崽”望着嬴建峰眨眨眼，仿佛明白了什么，立即精神振奋地拍拍胸口，坚决地说：“嬴领导你放心，你救过我老婆儿子，是我们家的大恩人，有事尽管吩咐就是！”

嬴建峰抬手向“泥巴崽”招招，“泥巴崽”便将头凑过来，嬴建峰郑重其事说：“我要你帮忙了解真正的龙虎斗影青瓷枕。”

“泥巴崽”啊了一声，说：“嬴领导你开我玩笑吧，我到哪儿去了解？那可是北宋的。”

嬴建峰用手拍拍“泥巴崽”的后背，说：“我得到情报，最近可能有一批古瓷在咱们瓷城出现。”

“泥巴崽”听了想想，明白似的点点头道：“明白了，可我找谁了解？”

嬴建峰说：“我这里有两个对象，你想办法找到他们，从他们那里了解情况。”

“哪两个？”

“‘小古董’‘洋白菜’。”

“噢，这两个我熟啊！”

嬴建峰高兴地用力拍拍“泥巴崽”的肩膀，开心地说：“我就知道嘛！”

65

半个月一晃过去，下午快下班时，嬴建峰突然接到“泥巴崽”打来的电话，“泥巴崽”兴奋地说：“这下我可以请你吃饭了吧，嬴领导？”

嬴建峰一听知道对方已经掌握了情况，便欣然答应说：“好啊！地点随你挑！”

“森太楼怎么样？”

“没问题。不过咱们说好了，你请客我买单。”

“那是说什么话呢？那不是戳骂人？我‘泥巴崽’再穷，一餐饭还是请得起的！”

嬴建峰忙解释道：“你帮我们做了事，我们应该请你才对，这是我们的规定。”

“我不管你们什么规定，这餐饭我是请定了的，我本来早就要请的，七拖八拖的弄到现在，你如果不让我请，说明你还是看不起我，那我以后就不会帮你们做事。”

嬴建峰一听，“泥巴崽”故意说些刁难的话，便规劝说：“‘泥巴崽’啊，你想报答我们没意见，报答不一定非得请我吃饭，你能帮我把情况了解清楚，比吃什么山珍海味都好！你说对不？”

“我不管！你嬴领导要是看得起我，就让我请一餐。”

“这样吧‘泥巴崽’，我们在电话里扯不清，见面再说。”

“泥巴崽”想想说：“行！那咱们六点半森太楼见。噢对了，你把夫人一起请来吧！”

“你小子怎么知道她是我夫人？”

“哎呀，这不是明摆着的吗？八年前你两个来找我，现在又是你俩找我，不是你夫人那还会是哪个？”

嬴建峰笑了，心想这小子倒是很能观察，说：“那行，我看看她有没有空。”

放下电话，嬴建峰转到内勤组来看黄美琴，将“泥巴崽”说的话告诉对方。黄美琴一听忙说：“真不凑巧，今晚我们同学聚会，我还是召集人，不去不行啊。”

嬴建峰会意地笑笑，说：“我知道了，你聚会完了我去接你。”

黄美琴笑着点头应允。

六点二十五分，嬴建峰在森太楼“近月阁”包厢见到“泥巴崽”。

“泥巴崽”见嬴建峰只身前来，有些意外，便说：“嬴领导说好请夫人一起来的，怎么没来呢？”

“不好意思，她同学聚会早就约好了的，她不去不行啊！”

“泥巴崽”听罢露出无奈的神情，随即他好像想到什么，忙将包厢门关上，转身来到桌边，神神秘秘地从黑皮包里拿出一个小锦盒，郑重地将锦盒递向嬴建峰。嬴建峰不知对方什么意思，端着锦盒望着对方。“泥巴崽”笑着说：“打开看看。”

嬴建峰只好左手托着锦盒，右手慢慢打开盒盖，只见里面放着一副金手镯、一条金项链，还有一对金耳环。

“‘泥巴崽’你这是什么意思？”

“没什么意思，一点小心意。”

嬴建峰赶紧将锦盒放在桌上。

“‘泥巴崽’你开什么玩笑？”

“泥巴崽”不紧不慢说：“我没开半点玩笑。”

“那你，这东西是镀金的？”

“百分之九十九点九九黄金。”

“哎呀，‘泥巴崽’你莫名其妙就送我这么贵重的东西，你想叫我犯法啊？”

“泥巴崽”听了一惊，忙解释说：“我是真心感谢你和夫人当年救了我老婆小孩，真的没有其他任何意思。”

“那是我们应该做的。再说，你即使想表心意，你也用不着送这么贵重的东西。”

“泥巴崽”轻松一笑地说：“其实也算不上什么贵重东西。”

嬴建峰拿眼瞪着对方，满是疑惑。

“嬴领导还记得上次你和夫人到我店里吗？”

“你是说半个月前？”

“对呀！”

“那又怎么了？”

“当时你不是看那个囚牛半天吗？”

“是啊，我当时只是想，能把真正的囚牛追回来就好了。”

“泥巴崽”有点愧疚地笑笑，说：“我当时以为你看上了那件东西，我想送给你，可你不肯要。”

嬴建峰笑着点头说：“没错！”

“可你知道你们走后发生了什么吗？”

嬴建峰摇摇头，表示不清楚。

“泥巴崽”抑制不住笑意说：“你们刚走，就来了位财大气粗的老板，他也一眼相中了那件囚牛花瓶，问我囚牛的来历，我将故事跟他一讲，那老板兴奋得不得了，忙问我那东西多少钱他要买。说实话我当时的确是不想卖，可他左说右说，说他是金矿老板，正好属龙，家族中他正好是老大，族中正好还有八个属龙的兄弟，说这是天意今天非买不可，最后硬是拿了一包东西将它换走。”

嬴建峰似乎明白了那包是什么东西了。

“嬴领导我不说你也清楚，那包东西就是金子，我打开一看，里面全是金手镯、金项链、金耳环，每样四件。我称了一下，足足两公斤。”

嬴建峰如听天书般惊诧，没想到一件仿古瓷，竟卖出如此高价，令人不可思议。

“我不想占人家便宜，我也觉得这东西值不了那么多钱，等我拿着那包东西出来追金矿老板，他早已跑得无影无踪。我怀疑东西是假的，便到打金店请人验货，都说是纯金打造，工艺很好。”

嬴建峰终于笑了，说：“你‘泥巴崽’财神到家，捡个大漏啊！“

“泥巴崽”尴尬地笑笑，说：“其实那件囚牛我已经送给你了，要说财那也是你的财，我可不敢占你嬴领导的财运。”

嬴建峰觉得蹊跷，“泥巴崽”说是四对金手镯四副金耳环还有四条金项链，足足两公斤，可自己刚才明明只看到四分之一东西，其余的“泥巴崽”给谁了。

“泥巴崽”见嬴建峰凝思默想，好像对东西动了心，便又赶紧将锦盒拿起来往对方手里塞。嬴建峰忙往后退一步，双手拒绝着往后缩，“泥巴崽”以为对方伸手来接，未曾想对方手又回缩，锦盒啪的一下掉地上，哗啦啦东西散落一地，一阵悦耳的金属声响过，只见金灿灿的金手镯金耳环滚散四处，原来其他东西都放在下面。“泥巴崽”一瞅，慌得赶忙弯腰躬身追着滚动的金手镯，手忙脚乱好不容易将东西捡齐。

“泥巴崽”再次将锦盒端在手上，一脸诚恳说：“嬴领导我真没有其他意思，我只想报答一下你们。你放心，我‘泥巴崽’再怎么混蛋，也不会再犯法。我可以赌咒发誓，我‘泥巴崽’绝不会因犯法的事找你嬴领导！”

嬴建峰听完高兴地笑了，劝慰说：“你现在生活这么好，好不容易一家人快快乐乐生活一起，你如果再犯事那就太傻了。”

“泥巴崽”挺身立正，大声说：“请嬴领导放心，我‘泥巴崽’只会越变越好，绝不会给你丢脸！绝不会给家人丢脸！”

嬴建峰点头表示赞许。

“泥巴崽”见气氛已到，立即上前又将锦盒递给嬴建峰，嬴建峰想想，伸手接过锦盒，“泥巴崽”见了，笑逐颜开，如释重负。

嬴建峰说：“你送的礼我已经收下了。”

“泥巴崽”很欣慰地笑着。

嬴建峰旋即将锦盒又交还“泥巴崽”手里，“泥巴崽”瞪着对方大为不解。

“我现在将东西送还给你，是送给你妻子和小孩的，为了让他们将来生活有保障，你把这些金子留给他们，这也是你这个做丈夫做父亲应尽的义务。”

“哎呀嬴领导，你这样就太让我为难了，这些东西送给你，也是我老婆的意思啊！你现在叫我拿回去，你叫我怎么说啊？”

“很好说的，你就说我说的，你们的心意我全领了，也谢谢你们的好意，如果你们认我这个朋友，就将东西收回去，把生活过好。否则，你就是不把我当朋友。”

“哎呀嬴领导，你这话就太重了，我怎么高攀得上你领导呢？都说一失足成千古恨，我的感受真的太深太深了，自从我出来，绝大部分人都用警惕防范的眼神瞧我，好像我是放出来的老虎，要吃人似的。”

“所以，你做人做事更要争气些，那样别人才会看得起你。”

“谢谢，真的太谢谢嬴领导的教导。你是好人，好人一定会有好报的！”

“‘泥巴崽’，你不是有要紧事跟我说吗？”

“泥巴崽”恍然大悟地一拍头，说：“我发现有一伙人专门从事走私贩卖古董。”

“哪个？”

“游德友！”

“就是那个‘小古董’？”

“对啊，听说他们有十来个人，专门收集贩卖古瓷。对了，听说他们最近从附近的千秋县收了一批瓷器，好像就有那件北宋的龙虎斗影青瓷枕。”

“啊！那你怎么不早说呢？”

“我，我也是今天下午刚得到的消息，我一得到消息就给你打电话了。”“泥巴崽”赶紧解释。

嬴建峰听完，急得在包厢内打转。

女服务员端着一大盘北京烤鸭进来，声音甜甜地介绍说：“两位老板好，这是我们店的金牌特色菜。是采用北京烤鸭传统工艺，用梨木烘烤而成的，烤鸭用宫廷御制秘方腌制，烤鸭外焦内嫩，香味悠长，口味独特，是我市独家。”

对服务员的热情介绍，嬴建峰似乎充耳不闻，无动于衷。

“泥巴崽”知道对方在想心事，忙抬手向女服务员挥挥，示意她出去。

女服务员会意，立刻脸露羞涩地笑笑，低头转身退出包厢。

“泥巴崽”知道嬴建峰此时已是身在曹营心在汉，便赶紧打开一瓶飞天茅台，倒了两杯，端起一杯递给嬴建峰，真诚地说：“嬴领导你东西不收，这杯酒你该喝了吧？”

嬴建峰满是歉意地笑笑，说：“‘泥巴崽’你知道吗？你给我这么重要的信息，比给再多的金银财宝都贵重，这份大礼我收下。我还要代表我们队里局里，对你表示感谢！”

“泥巴崽”一听受宠若惊，忙说：“嬴领导你这样说我受不起，我只是跟他们喝喝酒聊聊天而已，能帮到你嬴领导，那可是我最大的荣幸。”

嬴建峰抬起手腕看看手表，说：“‘泥巴崽’，时间紧迫，咱们客气的话就不多说了，我得马上赶到千秋县去开展调查！”

“泥巴崽”惊诧地望着嬴建峰，问：“你是说现在就去？”

“对啊！兵贵神速！”

嬴建峰说完，转身拔腿就走。

“泥巴崽”见状，赶紧端杯追上嬴建峰，说：“嬴领导这是壮行酒，你喝一杯吧”。

嬴建峰见盛情难却，便端起杯子喝了一大口，然后将杯子递还“泥巴崽”，吩咐说：“这边‘小古董’的事还要继续麻烦你，拜托了。”

“泥巴崽”赶紧立正，大声说：“请嬴领导放心，保证完成任务！”

66

晚上十一点，嬴建峰等四人连夜驱车赶到千秋县公安局，在刑警队会议室，千秋县局刑警大队长邹家兵紧紧握住嬴建峰的手，第一句话就说：“你们来得太及时了！”

嬴建峰抱歉地笑笑，说：“这么晚打扰你们了。”

“一家人不说两家话，一接到你电话，我就向分管领导汇报了，你们真是雪中送炭，本来我们就打算跟你们联系。”

嬴建峰边握手边问：“什么情况？”

邹家兵示意嬴建峰等人坐下。

“一个月前，我们破获一起盗挖古墓的案件，请教了县文物局专家，说是北宋时期的墓。经我们对盗挖古墓的犯罪分子审讯，他们承认盗挖了五十多件古瓷，其中有一件好像是龙虎斗瓷枕，最后把东西全部卖给瓷城来的老板。”

“卖给什么样的人？多大年纪长什么样有没有什么特征？”嬴建峰迫不及待地问。

邹家兵笑笑说：“据犯罪分子交代，东西卖给一个三十五六岁的男子，个头一米七左右，长方脸短头发眯缝眼，喜欢抽烟，说话不停眨眼睛。”邹家兵边回忆边说。

“卖了多少钱？”

“噢，我特意问了，除那件龙虎斗瓷枕卖了八千元最高价外，其他的具体哪件卖多少钱记不清，反正最低从一千起步，也有卖到七千多的，总共卖了二十万。”

嬴建峰一听坐不住了，他觉得案情特别重大，这五十多件古瓷，到底还有哪些是国宝级的还不清楚，得抓紧连夜追查。

“邹队，我要提审盗墓贼!”嬴建峰态度坚决。

“什么时候？”

“就现在!”

“现在？”邹家兵瞪大眼睛问。

“对，就现在！你们的案件，也要等我们的侦查结果出来后才能结案，我们越早抓住销赃犯你们就可以越早结案。”

邹家兵侧头想想，果断地说：“也对！我们这里快到结案的时间了，是得抓紧!”

嬴建峰坦然一笑道：“那等什么，行动啊!”

“那行！我叫队里的小廖带你们去看守所，我马上找分管领导审批。”

二十分钟后，嬴建峰坐在看守所一号审讯室里，面对盗墓贼晏子才展开了讯问。

晏子才的回答，与邹家兵的介绍大致相符。嬴建峰更注重为下步侦查寻找有价值的线索，所以重点是购买这批古瓷人员的情况，特别是他的容貌特征，嬴建峰反复讯问，边问边在纸上画人像，结果花了近二十分钟，人像基本画好。

晏子才说：“我感觉基本上像，我感觉那个人好像化了妆，我感觉那人好像很有心机，感觉他喜欢摆碟子。”

嬴建峰听对方一连用了四个感觉，看出这个晏子才感性推断的成分比较多，不由得有点灰心。

邹家兵见嬴建峰问得差不多了，便交代晏子才说：“你再好好想想，想起了什么要立刻报告，早点将人找到把东西追回来，你就能争取宽大处理，可以说你现在的命运，全在瓷城来的公安身上，他们能追回来东西，对你最有利，你明白吗？”

晏子才听罢扑通一下跪下磕头，双手不断合拜着，嘴里说：“拜托了各位领导，我上有老下有小的，求求你们抓住那人追回东西让我从宽啊!”

邹家兵很不客气地说：“晏子才，你要清楚，你盗窃的东西太多价值太大，你想我们从轻处理，没有立功表现很难办。”

“我，我已经检举揭发了，还不算立功啊？”

“算不算立功，光你交代了还不算，还要把那些人抓住把东西追回来了才能算。必要的时候，你还要配合我们。”

“我一定配合，绝对配合！”晏子才头捣蒜般不停磕着。

邹家兵说：“你回去再仔细想想，看看还有什么遗漏的，想起来了立刻告诉我们。”

“一定一定，谢谢谢谢领导！”

邹家兵朝晏子才身后的年轻民警挥挥手，民警上前将晏子才带走。

从看守所出来，已经十二点半，邹家兵热情地对嬴建峰说：“嬴指导员太晚了，我请大伙吃点宵夜再住下来好好休息。”

嬴建峰婉言谢绝：“谢谢邹大队长，这么晚来打搅你们已经很不好意思了，我们要赶回去，谢谢邹大队长的盛情，下次吧，下次你到瓷城去，我们好好聚聚。”

邹家兵理解嬴建峰的心情，只好握手告别。

汪震文驾着北京吉普，小徐、小梅坐在后排，上路没几分钟，小徐、小梅两人的鼾声此起彼伏，交相呼应。

坐在副驾驶座的嬴建峰也很困乏，两眼皮越来越沉重不堪，头不由自主地往下耷。不知不觉中嬴建峰睡着了。

也不知多长时间，一个急刹将嬴建峰惊醒。他睁开眼睛一瞧，见汪震文双手紧握方向盘，神情紧张地望着车前。嬴建峰一看，车子左前胎伸出路面，左下方是一条河流。

嬴建峰脱口而出：“怎么回事啊？”

汪震文有点歉意地说：“我，我刚才打了下瞌睡。”

嬴建峰忙问：“那你行不行啊？不行我来。”

“没事没事，师傅，我能行。”

说完汪震文挂倒挡将车退回路面，然后继续往前开，只是速度慢了许多。

嬴建峰心里清楚，只要自己愿意，不出一分钟自己就会打呼噜。可汪震文肯定也很疲倦，这时自己不陪他说话，很容易出事，便硬撑着与汪震文聊天。

“震文，我陪你聊聊天吧。”

“好的师傅，我一直在想，你是怎么得到这么重要的情报的？”

“噢，我布置特情摸来的。”

“那这个特情可立了大功。”

“是啊。如果真抓住了罪犯追回古瓷，我会申请一笔奖金给他。”

“那应该不少吧？”

嬴建峰想想说：“论功行赏，这么一大批古董，奖金起码也有上万元吧。”

汪震文油门一松随即又踩下，惊讶道："那可是笔不少的数字，抵得上我一两年工资了。"

嬴建峰见对方不太清楚这些古董的价值，说："你知道那个龙虎斗瓷枕的价值吗？"

"不是很清楚，最起码也值个十万八万吧？"

"胆子再放大些。"

"那，二三十万吧。"

"再大点。"

汪震文抬头远眺前方，想想说："一百万！"

"再大！"

"二百万。"

"再再大！"

"五百万！"

嬴建峰笑道："这还是起步价，具体多少还要看拍卖最终的结果。"

"真没想到啊！"

"是啊，这还是一件古董的价格，还有那五十来件，价格都不低。所以说，提供线索破了这么大的案子，你说给一两万元奖金多不多？"

"这样说那这些奖金真不算多！"

"当然，具体给多少还要看经济状况。"

"那是啊。没钱就是想多给那也兑现不了。"

"对啊。不过我这个特情还真不是为了钱才给我们提供情报的。"

"那是为什么？"汪震文很是不解。

"怎么说呢，应该说为我们提供情报的原因是多方面的。你比如说为了立功赎罪的，出于公平正义的，借我们之手排斥异己的，也有出于私人感情帮忙的，还有出于报恩的。当然，确有不少人是为了金钱向我们提供情报的。"

汪震文很赞成地点点头，说："我明白了，你的这个特情不是为钱，那肯定是出于公平正义或私人感情帮忙。"

嬴建峰欣慰地笑笑说："是啊，建立和使用特情，对我们破案很重要，有时起到关键性作用。既是一种手段，也是一门学科，学问可大着呢。"

"师傅，有没有这方面的书籍或者资料，我到时候可以学习学习。"

"书籍还没看过，这些都是属于保密的内部资料，不会公开出书。"

汪震文听罢有些泄气，踩油门的力度不自觉地有点松，吉普车速度随之变慢。

“不过我在警校进修时，老师上课我记过一些笔记，可以给你看看。”

汪震文一听神情大振，立马坐直身子脚踏油门，兴奋地说：“那太好了，我得好好学习！”

“其实，咱们干刑警的要学习的知识很多，用油多不坏菜来比喻知识对刑侦工作的作用，是再恰当不过！”

“是啊师傅，你刚才露的三手就够我学的。”

“哪三手哇？”

“噢，这第一手嘛，就是你给犯罪分子画像的本事。第二手吧，是古陶瓷方面的知识。第三手，就是有关建立使用特情的知识了。”

嬴建峰一听笑了，说：“你小子脑子转得够快的。不过呢，说到学习这些知识，我就想多说几句。学画像那是我从小的喜好，无非是多观察多思考多练习。还有古陶瓷知识，我是参加工作后跟杨鸿儒老师学的，这门知识很渊博，而且随着时代的发展还会不断地丰富发展，学也是无止境的。至于刚才说的建立和使用特情，严格来说也是一门学科，应该是咱们侦查学里面的一个分支吧。在这三项知识中，建立使用特情应该是比较容易掌握的。当然，学以致用，知行合一是最重要的，知识是学不完的，我们要学习对我们侦查破案有用的知识，这才是最重要的。”

汪震文受益匪浅，说：“听师一席话，胜读十年书啊！”

“你小子又贫嘴。”

“哎，我说师傅，你还别说，我这张嘴呀，还真贫了。”

“什么意思？”

“肚子空了，嘴自然就贫啦！”

“你这小子，又油腔滑调。”

“师傅哎，我肚子饿得咕咕叫，我哪来的油啊滑哟。”

嬴建峰听罢，有点心酸，便问：“那刚才邹大队长要请我们宵夜你怎么不吭声？”

“你师傅没开口，我怎么好意思说。”

嬴建峰有些自责地说：“都怪我着急回来。当然我最主要的是怕影响邹大队长他们休息，我看邹大队长一双眼睛都是红的，肯定熬多了夜。”

汪震文听完心生感动，知道师傅为人善良处处为别人着想，反倒安慰起嬴建峰说：“没事啊师傅，我们马上到了。”

嬴建峰不由看下手表，已是凌晨三点。他抬头朝前望去，远远地可以隐约看见昌江对岸的城区，高大的烟囱林立，从烟囱口吐出的烟火弥漫天空，缭绕涌动，给沉睡中的瓷城抹上灵动的景色。

“广场有一家夜宵店开到天光，我请你！”嬴建峰有点激动地对汪震文道。

汪震文忙说：“那怎么行，哪有师傅请徒弟的道理？”

“你今天辛苦了，师傅请徒弟也应该。”

“不辛苦，还是我来请。”

“拉倒吧，你那几个工资留着养老婆小孩。”

汪震文一听找到了话题，忙说：“对了，什么时候吃你和美琴姐的喜糖哇？……噢对了，你的工资要留着结婚成家用，可不能乱花。”

嬴建峰转头笑着骂了句：“你小子！”说完抬手要敲汪震文。

汪震文赶紧抬起右手挡着，嘴里嚷着：“师傅师傅！我开车开车哪！”

67

吃完夜夜宵后，嬴建峰抢着付完钱，然后直接回到办公室，叫其他三人都回家休息一下，他自己在木沙发上躺着睡了三个多小时。

天色熹微，嬴建峰便打电话到胡东升家里，胡东升一听是嬴建峰，就知道有好戏，忙问：“是不是有进展了？”

嬴建峰兴奋地说：“在千秋县找到了盗挖古墓的犯罪分子，他交代了将东西卖给我们市里的线索。”

“太好了，那说明你税务局的同学提供的情报没错。”

“是啊。千秋县的盗墓贼交代，他们盗挖了五十多件古瓷，卖给咱们市里一个三十五岁左右的男子，我已经对这个人画了像。”

“那就好。对了，省厅将你摸到的这起案件线索上报公安部，公安部刑侦局的领导高度重视，已将此案列为国内八大走私文物案之一。”

嬴建峰一听，瞬间感觉肩上的压力骤增。

“怎么，压力很大吧？”

“是，没想到引起部领导的重视。”

“咱们瓷城以瓷立都，涉及古瓷的案件，都是震惊全国的大案，没什么稀奇意外的。关键是咱们自己要坚定信心，抓紧破案。”

“请老领导放心，我们已经采取了侦破措施。”

“好，鉴于这起案件的重大程度，我建议你们要加大侦破力度，力量不够的话可以从各单位抽调。”

“谢谢老领导关心，我们一定加大力度，具体进展情况，我们会随时汇报。”

“好！你要与金局长多沟通，我也会及时将情况汇报给钟局、鲁局和省厅。”

“好的，谢谢老领导！”

跟胡东升打完电话，嬴建峰又打电话给“泥巴崽”，约好到“泥巴崽”店里见面。

为避人耳目，嬴建峰骑了一辆旧自行车，急匆匆来到瓷器街，来到“泥巴崽”店里。

因时间还早，店里只来了一个负责打扫卫生的女服务员金萍。“泥巴崽”吩咐金萍看好店面，便领着嬴建峰来到三楼会客厅，关上门请嬴建峰坐下。嬴建峰也不客气，立刻从衣袋里拿出在千秋县看守所画的像递给“泥巴崽”。

“泥巴崽”接过一看，脱口而出说：“这不是‘小古董’游德友吗？”

嬴建峰喜出望外，忙问：“你能肯定？”

“泥巴崽”很坚决地答：“绝对肯定！这个人就是‘小古董’，不会错！”

“那就好，你跟他关系怎样？”

“关系可以，我比他大两岁，他叫我哥，以前他有仿古瓷方面的问题会经常找我。对了，他到我这里拿过不少货，卖过我不少东西。”

嬴建峰满意地点下头，说：“那这样，你呢，想办法跟他联系，摸清楚那批瓷器现在哪里，下一步的去向。一有情况，马上跟我联系。”

“泥巴崽”抬手拍拍自己的胸脯，说：“没问题，包在我身上。”

嬴建峰还是有点不放心，便追问：“那你打算怎么跟他接触？”

“噢，这家伙喜欢喝酒打牌，我约他出来玩，就说我最近做了一笔大生意，找他开心一下，他准来。”

“那你见到他后，怎么套他的话？”

“我就说干我们仿古这一行的，最需要找真正的古董，作为资料做参考。问他有没有真正的古董，如果有的话，给我看看，万一不行，哪怕拍些全方位的照片给我也行，我给他资料费也行。”

嬴建峰仔细思忖对方所说的可行性。“你觉得这种办法，有几成的把握？”

“噢，应该有八九成。这家伙贪财，喜欢吃喝玩乐，这样不行，我就用其他办法，总有一样他会中招。”“泥巴崽”很自信道。

嬴建峰考虑到如果按照“泥巴崽”所说，肯定要花钱，为打消对方顾虑，便说：“那你开销了多少钱记一下，到时我来给你报销。”

“泥巴崽”一摆手，说：“那没必要，为你嬴领导做点事还要钱，那我‘泥巴崽’就太不够意思了。”

“话不能这么说，你能帮我们了解情况，就已经很够意思，没有让你私人掏腰包的道理啊。”

“泥巴崽”很不高兴，说：“嬴领导你再提钱的事。那我真不愿帮你干了。”

嬴建峰见对方态度坚决，不好再提钱的事，便说：“那好吧，谢谢你‘泥巴崽’。这样，以后我们互相打电话找人，就说是同学，这样不会引起别人怀疑，你说好不？”

“好！就这么定。”

嬴建峰起身要走，“泥巴崽”赶紧说：“嬴领导你等一等。”说完“泥巴崽”起身拿了一个小锦盒，递给嬴建峰，还对着嬴建峰笑着眨眨眼，一副神秘兮兮的样子。

嬴建峰担心对方又要送金器给自己，便打开锦盒一瞧，里面是空的，拧在手里也很轻，不像里面夹带东西，一时不知对方葫芦里卖的什么药。便抬头瞅瞅对方。

“泥巴崽”兴冲冲地拿起一本小人书，对着嬴建峰扬了扬。嬴建峰一瞧书名是《跟踪追击》，立即明白对方迷上了侦探，正在学习跟踪与反跟踪。他叫自己拿着空锦盒，就是让自己有个掩护身份的工具。看来这小子懂得真不少噢，不由得对他完成任务的信心大为增加。

嬴建峰高兴地提过锦盒，拿在手里抖抖，对着“泥巴崽”很惬意地笑了。

68

离开瓷器街，嬴建峰赶回刑警大队，八点还差五分。他到各个办公室转了一圈，发现大伙都提前上班，心里不由一阵感慨。多么敬业的兄弟们啊，别看平时不温不火不紧不慢的，一旦遇上大案要案，那个个都像打了鸡血似的来劲。

嬴建峰转回办公室门口时，见汪震文急匆匆过来，张口对嬴建峰说："师傅，几点开会？"

嬴建峰一惊，急问："你怎么知道要开会？"

汪震文轻轻一笑，说："每次有重大线索，你不都要开会吗？"

嬴建峰听了，真想捶他一下，想想反正大伙都到了，会越早开越好，便说："那你通知大伙，马上到会议室开会。"

"好嘞！"

汪震文应了一声，转身通知去了。

五分钟后，会议开始。

"同志们，鉴于案情的重大进展，原来的四组人员仍然保持，只是工作目标做重大调整，所有的工作，都要围着一个人开展。"

谷地丰一听，诘问："一个人，那么多人，对付一个人，怎么弄啊？"

嬴建峰瞅瞅谷地丰，说："我们要把所有的警力全部用在'小古董'游德友身上。对他实行二十四小时全方位监控。除三班蹲守人员外，另外留一组作为机动，对掌握的情况随时内查外调，机动作战。"

谷地丰又问："具体怎么安排？"

"我来负责机动组，谷队、汪队和徐组长三个组对嫌疑对象游德友开展全方位蹲守布控。具体三班怎么安排，你们会后研究一下，拿个方案。"

汪震文立马举手发言："嬴指导也别会后研究了，我呢年轻，从零点到上午八点，就我来吧。"

嬴建峰听罢，知道汪震文发扬风格，欣慰地笑笑。

小徐也不甘示弱，接嘴说："那我就下午四点至晚上零点。"

谷地丰知晓两位是在照顾自己，但天生不服输的脾气，促使他有些不领情地说："笑话！你们也别抢，我还没那么老，还得需要你们照顾。说出去不好听。"

嬴建峰知道谷地丰要面子，便解释说："谷队他们也是好意。"

谷地丰一梗脖子说："我不要这个好意，我建议轮替换班，谁也别照顾谁。咱们既然干上了刑警，那就是来吃苦的，用不着照顾，等我干不动的那天，我会自动离开，知道吗？"

嬴建峰见谷地丰这样，也就不好多说什么，便挥挥手说："那好吧，你们自己商量好，排个班后告诉我，让我心里有个数，到时候好联系。”

谷地丰抬头说：“行！两位，咱们商量一下怎么排班吧。”

这时黄美琴进来，她将手中几份材料给嬴建峰，嬴建峰一看，是有关游德友的资料，便分发给谷地丰、汪震文和小徐，三人拿过资料，立即认真翻阅起来。

黄美琴凑近嬴建峰耳朵边，轻声说：“我刚才瞧见钟局长来了。”

嬴建峰一愣，心想钟正仕现在是市局分管刑侦的副局长，他来是否跟案子有关，便转头望着黄美琴问：“他人在哪儿？”

黄美琴用手指指头顶上说：“好像去金局长办公室。”

嬴建峰抬手一打响指，说：“得嘞，我正好有事找他。”

说完嬴建峰转身就走，黄美琴紧跟在嬴建峰身后，轻声问：“你吃了没？”

嬴建峰边走边摇头说：“三点多吃的夜宵，吃不下。”

黄美琴听完，便站停脚，望着嬴建峰的身影，从一楼往二楼的拐弯处消失。

嬴建峰刚走进金小平副局长办公室，就见金小平面对着钟正仕，抬手笑指着嬴建峰说：“你看看，老局长，说曹操曹操就到。来来来，嬴建峰，钟局长刚问到你，你就来了。”

嬴建峰开心地说：“两位局长都在，我正好有件事要找两位领导。”

“什么事？”钟正仕问。

“我要上技术手段。”

“哪起案件？”

“走私赎卖文物案。”

“我就是为这起案件来的，来来来，坐下说，具体什么情况？”

嬴建峰知道领导了解案情心切，便将案情从头至尾详细介绍了一遍。

钟正仕一拍大腿，说：“好！如果这样，那你马上写个报告，上技侦手段。”

嬴建峰一听，立即从口袋里掏出报告，说：“我已经写好了。”

说完嬴建峰将报告递给钟正仕，钟正仕看了一下，递给金小平，金小平迅速浏览一遍，拿起笔就签字。

嬴建峰喜滋滋拿回报告折叠好往口袋里放，钟正仕问：“你们下步怎么弄？”

“噢，我们把原来四组全部撤回，调整为对嫌疑人员游德友的全方位全天候布控，再加上技术手段，这样我们就可以盯死看牢。”

钟正仕点下头，问：“那你准备什么时候动手抓人？”

嬴建峰笑笑说："还是老办法，等他们交易时动手。"

钟正仕沉思一会，问："你有没有考虑到，万一他们不在咱们这里交易，而是到外地交易，甚至是到沿海或港澳地区交易呢？"

嬴建峰胸有成竹地回答："我们对案情也做了分析，他们直接赴港澳交易的可能性较小，在与港澳接壤的沿海边境交易的可能性最大。"

钟正仕点下头，说："没错，从以往侦破此类案件的情况分析，他们一般都选在港澳接壤沿海边境交易，所以，你们要未雨绸缪，事先要与港澳接壤的几个沿海地区公安部门联系。"

嬴建峰一听又笑了，说："我们已经准备好了资料，今天就与珠门市、深川市公安联系。我们还打算将情况通报给周边几个地市的兄弟单位，让他们也做好准备，以防万一。"

钟正仕满意地笑了，说："好哇，嬴建峰办事就是考虑周全。"

嬴建峰露出谦虚的笑容道："哪里，这都是你当年教导我们的，'疏可走马，密不透风'啊！"

钟正仕惬意地笑笑，说："没错，其实咱们破案跟瓷器上画画一个道理。'疏可走马'运用到咱们侦破上，就是要欲擒故纵，放长线钓大鱼。'密不透风'，就是咱们采取的侦破措施要做到严谨细致，周密翔实，确保万无一失。"

嬴建峰听罢大受教益，他想起钟正仕的老同学杨鸿儒也说过类似精彩的话。便说："钟局，杨所长也说过一句很有意思的话。"

"什么话？"

"古为今活，今为古运。"

"唔，这句话是他的考古名言。"

"您也知晓？"

"哈呀，当年我劝他学绘画，他却劝我学考古，我们俩谁也说服不了谁，他就是用这句话想说服我的。"

"这话到底是什么意思？"金小平有点迫不及待地问。

钟正仕笑笑，抬抬下巴，说："让嬴建峰给你解释。"

金小平听罢，转脸望着嬴建峰。

嬴建峰笑笑说："杨所长的意思是古代的文物是活在历史中的民族灵魂，今天考察发掘它们是为了盘活资源更好运用服务好现实。考古的目的，是为了找回历史记忆，增强文化自信，重塑民族自豪感。"

钟正仕微笑着面对嬴建峰，轻轻地点下头，说："是啊，其实，考古与破案也有异曲同工之妙。能让寂静沉睡的历史复活让文物开口说话，也能让毫无头绪无处下手的案件起死回生真相大白，这其中的道理都是相通的。"

嬴建峰和金小平听了，都大为感叹，不断点头赞许。

这时金小平桌上的电话铃声响了，金小平操起话筒喂了一声接听，随即将话筒递给钟正仕，说："钟局电话。"

钟正仕有些诧异地接过话筒，一听来电忙说："东升噢，什么事？"

接着钟正仕认真听着对方说话，"……噢，……噢，那好，什么时候来？……好的，好的。……再见。"

放下话筒，钟正仕转过头对着嬴建峰，郑重地说："刚才东升说省厅刑侦处来电话，说将你办的这起案件上报给公安部刑侦局，没想到被列入全国文物走私八大案之一，省厅分管刑侦的副厅长伊红峰要亲自来检查指导工作。"

嬴建峰有些呆愣，竟怔怔地望着钟正仕说不出话。

"怎么啦嬴建峰，钟局长跟你说话呢。"金小平提醒道。

嬴建峰立马回过神，嘴里噢了一声，有丝慌张地说："那，那好啊！我可以见到老首长了。"

钟正仕微微一笑道："我听说伊厅长是你在武警总队的政委。我还听说，他是你前女友的哥哥。"

嬴建峰唰地一下涨红了脸，神情激动，气息急促起来。

钟正仕意味深长地瞅瞅嬴建峰，用手拍拍嬴建峰肩膀，眨眼说："伊厅长后天到，你好好准备一下材料，到时候好汇报。"

69

嬴建峰得知老首长伊红峰要来，着实有些紧张。

他不知怎么面对伊红峰。当年在武警部队时，伊红峰是很看好自己的，自己不离开部队马上就可以提干。要是在部队干的活，现在也是营级干部了。

最令嬴建峰揪心难安的，是当年伊红蓓跟自己处对象，伊红峰是知道的，而且他是支持的。是自己先辜负了伊红峰，后又辜负了伊红蓓。

面对一个对自己有恩而自己却辜负了的老首长，自己该怎么说怎么做呢？

自己除汇报好案情外，不知道还该说些什么做些什么。

真不知伊红蓓现在怎样了？她过得还好吗？工作和生活都顺利吗？

如果伊红蓓各方面顺心，那自己会安心些。如果她过得不幸福，那她会不会迁怒于我呢？她哥哥伊红峰会不会也迁怒于我呢？

当然，伊红峰是当领导的，是位刚强正直之人，按常理他不会那么小肚鸡肠。是不是自己想多了，将自己的老首长想得那么猥琐狭隘。也许伊红峰根本就不在意这些事，他自然知道人生道路与婚姻成败都要顺其自然，不可强求的。他压根儿不会计较我一个小战士小民警的对错，即使我在无意中得罪了他，他也不会睚眦必报。

嬴建峰一直梳理材料，想尽量把汇报材料写好。因为他知道一份材料的好坏，关系到工作的好坏甚至成败。伊红峰是干政工宣传出身的，对材料的要求几乎苛刻。

晚上十点，汇报材料写好了，但嬴建峰怕有什么纰漏，又反复检查，对一些用词也反复推敲，对一些事实与案件细节反复核对确认，直到自己满意为止。

过了十一点，嬴建峰搁下笔，觉得瞌睡向自己袭来，两眼不禁慢慢闭上。他赶紧晃晃头，想让大脑清醒些，可睡意还是越来越浓。

嬴建峰清楚自己最近忙碌奔波，几乎没怎么休息过，所以疲倦不仅难免，而是必然。

嬴建峰想想这样不行，他还有两件非常重要的事没完成。于是他用手撑着桌面站起身，从抽屉里拿出一黄色信封，伸手抓了一把粗茶，放进茶杯倒上热水，然后边喝茶边翻看汇报材料。

电话铃声突然响起，嬴建峰赶紧拿起话筒，迫不及待地开口问："喂，是'泥巴崽'吗？"

可对方并没有立即回答，嬴建峰只听到一个人的喘气声，半晌才吐出："……嬴，嬴领导啊，……我，我喝多了。"

嬴建峰心里咯噔一下，心想坏了，晚上"泥巴崽"约那个"小古董"游德友喝酒，目的是想套取小古董的行踪，并约好晚上打电话来，将得到的情况向自己汇报，没想到"泥巴崽"自己却喝醉了，连话都说不清楚。

嬴建峰心里一急，忙大声问："'泥巴崽'，你怎么样啊，是不是喝醉了？"

"泥巴崽"口齿不清断断续续地说："噢……我，我没醉，我不，不会，哦醉……"

嬴建峰知道对方喝得差不多了，如不抓紧时间问情况，搞不好他就烂醉如泥说不出话了，便赶紧问："'泥巴崽'，情况怎样你快说呀？"

"小、小古董，明、明天去、去深，哦深川，东、东西出、出手……"

"泥巴崽"一说完，嬴建峰就听到电话里有人倒地的声音，立即传来一个女的尖叫声："'泥巴崽'，你又喝醉了，你喝那么多酒干吗呀？"

嬴建峰听出这是"泥巴崽"老婆的声音，心里安稳了很多，知道"泥巴崽"在家里，这样就有人照料他。

嬴建峰连忙对着话筒喊："'泥巴崽''泥巴崽'，你怎么样……"

电话里传来"泥巴崽"老婆的声音："你是谁呀？这半夜三更的打什么电话？"

嬴建峰一听，想起之前跟"泥巴崽"的约定，忙说："我是'泥巴崽'同学，'泥巴崽'怎么样了？"

"还能怎么样？人都快醉死了。哎，你是谁啊？是'泥巴崽'哪个同学？这么晚了找他有什么事？"

"噢，没，没什么，我是担心他喝多了伤身体。"

"真是的……"对方啪的一下将话筒放下。

嬴建峰有些担忧地放下话筒，如果"泥巴崽"为了帮自己完成任务，喝醉了出事，那自己一辈子都不得心安。真不知道他喝了多少酒。也怪自己，之前没问过"泥巴崽"到底能喝多少酒，如果酒量不行，就叫他不要用陪"小古董"喝酒的方式去套取情报，可采取其他擅长的方式。

唉！现在想那么多也没用，眼下的关键是，"泥巴崽"喝醉后说的话，到底是真是假？"小古董"是不是明天会去深川市与人交易文物。

自己一时无法判断"泥巴崽"所提供的情报真假，只有等其他两个小组的情报，综合起来才能判定。

桌上的电话又响了起来，是市局技侦科郑科长打来的，他说："嬴指导员，我们刚才掌握了一个新情况，游德友约好香港人阿伟做一笔大买卖，明天就出发去深川市。"

嬴建峰听了连声说："谢谢谢谢，太谢谢了！"

郑科长也不客气说："行啊，等你破了案该好好请我们一餐，我科里的兄弟二十四小时没歇。"

"行啊！没问题，等案子破了，我请大家到森太楼，怎么样？"

“好，这可是你说的，可不许反悔！”

“哪能呢，我嬴建峰说话吐口唾沫都是钉，绝不反悔！”

“得！俺老郑伸长脖子等你通知。”

“你看看，郑科长，你就别寒碜我，我嬴建峰再穷，就是卖裤子也要请你们。”

郑科长听完，哈哈大笑起来，说：“嬴指导，跟你开玩笑的，咱们这点工资到森太楼汤都喝不起，你以后请我们到南门头吃粑就行啦。”

“那不行，我说话从来算话，大不了两个月工资没领呗。”

“行了行了，嬴指导，听说你的工资都在你那位黄大管家手里，你想用钱，不就要打报告？”

“哎呀，你甭听别人乱嚼舌。”

“好了嬴指导员，眼下够你忙一阵了，你先忙，案子破了以后咱们再说吧，再见！”说完郑科长就把电话挂断。

嬴建峰无奈地摇摇头，只好把电话挂了。

“师傅！有情况！”

嬴建峰身后传来汪震文的声音。

嬴建峰忙转身一瞧，见汪震文气喘吁吁进来。

嬴建峰忙问：“什么情况？”

“那个、那个游德友，到进出口公司租了一辆东风大货，现在正装货，看样子他准备转移文物。”

嬴建峰却不慌不忙地笑笑，说：“对，他不但要转移，而且还要交易。”

“交易？在哪儿？”

“深川市。”

“深川市？那么远，那咱们不如现在就动手，把人抓了，东西也扣了，这样文物就不会再流失。”

嬴建峰双手抱肘低头思忖着，说：“你说的这种办法很保险，可不划算。”

“怎么不划算？”

“你看啊，如果现在就抓人扣东西，那个游德友可以说我是准备将这些东西运走收藏，那他的下线就断了。那样，他以前卖出多少件文物，我们就不可能弄得清，那些东西就很难再追回来。”

汪震文想想，觉得嬴建峰说得有理。

“那，那你说怎么办？组里兄弟还在那儿盯着呢。”

嬴建峰举手揉揉颈脖，抬头翻翻白眼，说：“这样，让大伙盯着他和那辆车。如果他人车分离，就分两组盯紧。我呢，马上向领导报告，做好去深川市的准备。”

“啊，什么时候出发？”

“必须立即出发，我们要赶在游德友到达深川市之前，与深川市公安局刑侦取得联系。”

汪震文一听，急得挠头，问：“就咱们几个人，行不行啊？”

“怎么不行？咱们这组都是久经考验的，跟个人车还不会啊？”

“我，我不是这个意思，我是说，咱们这到深川市有上千公里，这么长的路，不确定因素太多了。”

“你是说，人和文物的不确定因素？”

“对呀，这么长的路，咱们能盯着过来吗？”

嬴建峰听罢，笑着说：“这个你放心，我已经想好了，咱们采取两条腿走路。一路跟着游德友和那辆货车，人和车只要跟住一样就行，我料定游德友不会与货车分开，那可是他的命。另一路呢，先期赶到深川市与当地公安联系，对那个香港人阿伟进行监控，只要守住那个阿伟，就跑不了游德友和那批货。”

汪震文很佩服地点点头，称赞道：“师傅毕竟是师傅。”

嬴建峰抬手挥挥，说：“事不宜迟，我要马上向金局长报告。”

汪震文有点担忧地说：“现在都十二点了，金局长会在吗？”

汪震文的声音未落，金小平就从门外进来，边走边说：“谁说我不在啊，你们看看，我给你们带什么来了。”

金小平手里抱着一部电台，放在嬴建峰办公桌上，然后拍拍说：“你们看看这是什么？”

“这，这不是基地通讯电台吗？”嬴建峰惊喜道。

“对啊，我知道你们要出远差，路上联系很不便，我就找钟局长借调了两台，一台放在我办公室，一台你们带到路上用。”

嬴建峰喜出望外，大声说：“太好了，那我们马上可以出发了。”

金小平听了一愣，想想说：“你考虑一下，能不能派其他人去？伊厅长明天就来，而且他点名要你来汇报案情。你如果走了，伊厅长那儿，是不是不太好……”

嬴建峰听了犹豫片刻，最后下定决心说："金局，汇报材料我已经写好了，你替我汇报一下，我在不在都一样。这起案件情况我最熟，现在到了最关键的时候，成败在此一举。我绝不能离开专案组。请你一定要理解。"

金小平笑笑说："我是理解你的，关键是伊厅长那，他能不能理解。"

"金局，其实我汇报得再好，最后还是为了破案，如果案件未破，汇报得好又有什么用？我相信只要我把案件破漂亮了，伊厅长肯定会理解的。"

"既然这样，那你就带队出发吧。这里有什么事，我来顶着。如果伊厅长要批评人，就让他批评我好了。"

嬴建峰有些感动地瞅着金小平，感觉平时看起来个头不高的对方，霎时变得十分高大起来。

70

那辆从长运公司借来的中巴车，硬是喘了四十多个小时的气，终于来到深川市解放路的公安局大院。

虽然是凌晨四点，深川市局刑警支队已经灯火通明。

见到同行们为远道而来的瓷城刑警提前开灯，嬴建峰的心里暖烘烘的。他不顾长途奔波的疲劳，立即与深川的刑警们交流情报，研究抓捕方案，直到五点半才结束。

深川刑警派了小余作为行动联络员。小伙子精明强干，头脑灵活。他将嬴建峰等四人带到重案大队，请嬴建峰他们先休息。

嬴建峰乍见到小余就觉得有点面熟，便与他攀谈起来，得知他也是西江省警察学校公安专业毕业的，小余毕业那年考进深川市局刑警队。嬴建峰进修时他刚入校，两人可以算是同学，只是小余比嬴建峰还小三岁。

遇见老乡加同学，两人就敞开了心扉。再一聊，学校很多老师啊活动啊场景趣事啊什么的，两人都记忆犹新，真是越聊越投机越聊越亲近。

嬴建峰为了掌握游德友的行踪，在小余办公室打电话给瓷城的金小平，因为只有两台基地通讯电台，一台放在金小平办公室，一台由汪震文带在跟踪游德友的车上，游德友到了哪里，由汪震文通过电台向金小平及时汇报。嬴建峰通过金小平掌握汪震文跟踪的情况。

金小平守在电话机旁，电话一响就接听，说："刚跟汪震文通过话，游德友已将东风货车车牌换成深川市的，估计还有八个小时到达深川。"

嬴建峰听了，心情放松下来，知道自己抢先九个多小时，这样就可以在这边做好充分的准备。

这时电话里传来金小平的声音："你等一下啊嬴建峰，有人跟你说话。"

嬴建峰感到诧异，这么早还会有谁在金小平办公室。正在他七想八猜的当儿，电话里传来了似曾熟悉的声音。

"嬴建峰啊，你小子挺能跑的，我来了你就跑了，面都不见。"

"伊政委！"嬴建峰惊叫一声，他做梦没想到这时候的伊红峰会在金小平身边。

"不错，算你小子有良心，还记得我这个当年的政委。"

"哎呀，你老领导我怎么会不记得，我一辈子都记得！"

"好，……嬴建峰，你那边情况怎样？"

"报告政委，我这边一切正常，我们已经和深川警方取得了联系，他们非常支持。"

"好！你们要注意自身安全，抓人时要注意掌握好时机。我要你保证，人和东西一样不少，完好无缺给我带回来。"

嬴建峰一挺身立正，大声说："请政委放心，保证完成任务！"

"好，我等着你们凯旋！"

"谢谢政委！"

嬴建峰还想说话，对方已挂了。嬴建峰只好慢慢放下话筒，仍然沉浸在刚才的激动与亢奋之中。

小余见嬴建峰这么郑重其事的样，便笑着问："嬴指导，你们分局的政委还管刑侦啊？"

嬴建峰神情仍然激动地解释："他是我在武警总队当兵时的政委，早已经转业到省公安厅了。"

"那他怎么还当政委？"

"哪里，他早就是我们省厅的副厅长，我是叫习惯了一时改不了口。"

"啊！省厅副厅长跟你通话，嬴哥，你，你也太牛了吧？"小余不由竖起大拇指。

"没有噢。……你也知道，这起案件公安部挂了号，我老政委正好分管刑侦，他是到我们那儿督导检查工作的。”

“那，那他晚上也不睡觉啊？”

“我政委这人责任心特强，也是个工作狂。”

小余心里很敬佩，他突然好像想起了什么似的说：“啊对了，我听我们局长说，是省厅领导打了电话，特意交代我们要全力以赴配合好你们，估计是你们厅长打了电话给我们厅长。”

嬴建峰很赞同地点着头，说：“很有可能。这也证明了我们这起案件的重要性，你说是吧？”

“那是，要不然，领导也不会要我们连夜在队里等你们。”

嬴建峰很感动地笑笑说：“真的非常感谢，没有你们的支持，我们很难办啊。”

“哎！一家人不说两家话，支持配合你们是应该的。”

嬴建峰微笑着看看手表，心里默算了一下，汪震文说跟着游德友还有八个小时到达，那将是在中午一点多到达深川。而这边只要找到香港人阿伟并盯紧他就行。

于是嬴建峰问小余：“那个香港人阿伟现在什么情况？”

“噢，这个阿伟啊，老家就在深川市港华区水龙镇，之前因为赎卖文物被我们查处过一次，一直都是我们重点关注的对象。这次一接到你们的通报，我们就立即派人对他进行了蹲守。”

嬴建峰一听大喜道：“太好了！哎小余，这里到那个阿伟住的地方有多远？”

“最多一个小时，你放心，人员、车辆我们都安排好了，只等他们交易，我们就动手。”

嬴建峰兴奋地叫了声：“好！”

小余高兴地站起身，对嬴建峰说：“走，我带你们吃深川最有名的早点，海鲜粥叉烧煎包糯米鸡，中午吃窑鸡沙井鲜蚝光明乳鸽！”

71

中午一点十分，太阳明晃晃地悬在空中。

在深川市靠近香港边境的一处小渔港码头。

从码头往海上望去，碧海蓝天，海鸥翔翱。靠近码头处，海上帆樯林立，渔船客船货船进进出出，一片繁忙。

靠近码头有几排平房，中间停着两辆东风大货车。

狡猾的阿伟选择在此地交易，既可遮人耳目不易发觉，又能及时将货物运往海上，然后在公海上进行非法交易。

嬴建峰四个人坐着小余开的厢式小货车，一路跟踪而至。

小余将小货车停在离大货车约一百米拐弯处，带着嬴建峰等人下车，走向一条靠岸的小渔船。

站在小渔船边可以远远瞧见那两辆大货车。小余临时充当小老板，向船主询问海鲜的价格，还故意讨价还价起来。

嬴建峰等人围着海鲜装作看货。

嬴建峰机警地观察四周，见在码头另一边渔船旁，汪震文等人也在朝大货车方向观察张望。

嬴建峰心里有数，汪震文他们只能看见两排平房的两头进出口，他们看不到那两辆大货车，里面有什么动静他们也无法得知。如果他们强行靠近，肯定会引起阿伟和游德友他们的注意。

汪震文也发现了嬴建峰他们，便装作一路观看渔船，慢慢走向嬴建峰所在的渔船。

嬴建峰装作不认识汪震文，当汪震文走到嬴建峰身边时，嬴建峰轻轻对汪震文说:“你们负责另一边出口,如果我抬手摸右耳朵离开这艘船,就开始行动。”

汪震文轻声答道：“好。”便若无其事地原路返回，通知大伙待命。

嬴建峰装作低头挑拣海鱼，他发现阿伟先上了游德友的东风大货厢，在里面待了莫约一刻钟后，估计是验货。然后阿伟下车，游德友上了阿伟的东风车。约过了十分钟，游德友从阿伟车上下来，手里拖着一只大皮箱，吃力地朝另一辆东风车走去。阿伟叫人上游德友的货车厢开始搬运东西。嬴建峰判断他们已谈好价钱，并且游德友也验了钞，交易正式完成。

嬴建峰赶紧抬手摸摸右耳朵，那边的汪震文一瞧，见嬴建峰发出了信号，立即率一组人马，以百米冲刺的速度，朝另一边出口跑去。

这边嬴建峰一马当先，小余紧随其后，六个人以迅雷不及掩耳之势向现场靠近。为了尽量避免惊动对方，嬴建峰先拐弯折到对方视线外，等快靠近两辆东风货车时突然出现。

阿伟一瞧这边有人拿着枪靠近，拔腿往另一方向跑去，一下子超过游德友。

游德友见阿伟行为异常，感觉不对，急忙回头一瞅，见嬴建峰等人手持手枪飞快逼近，不禁大吃一惊，往另一出口拼命逃跑。

嬴建峰等人大喊："不许动！"

游德友吓得魂飞魄散，拼命朝前跑，还未跑出口子，就见前面的阿伟扭头往回跑，不由站住脚。

嬴建峰大喊："'小古董'不许动！"

游德友浑身一震，听见有人叫出自己的绰号，知道大势已去，不由手一松，皮箱啪的一声倒在地上。

也就是一眨眼的工夫，嬴建峰和汪震文两支人马赶到现场，用枪将阿伟和游德友带来的人全部逼住。

嬴建峰掏出手铐一下将游德友铐住，用手枪顶着他头喝令他："蹲下！"

游德友像泄了气的皮球，双手抱头蹲下。

阿伟困兽犹斗，他不顾汪震文的喝令，瞅空拔腿逃窜。汪震文见阿伟想跑，便奋力追赶。小余见状也朝阿伟追去。阿伟自恃在香港学过咏春拳，抬手挡开抓向他的汪震文，亏得汪震文跟嬴建峰学了多年武术，随机将捕俘动作改为太极，就势借力抓对方手腕，脚移八卦使绊，嗖地将阿伟摔出一丈多远，眼见得阿伟要摔倒在地上，未料到他一个鹞子翻身，竟轻轻站立起来。

嬴建峰一瞧不对，汪震文不是阿伟的对手，便一把将游德友掀倒在地，然后飞身射向阿伟，也就十几秒时间，嬴建峰就追上阿伟。

阿伟一瞅来者不善，就在嬴建峰的手快接触到阿伟肩膀时，阿伟想用咏春快拳击打对方，不料阿伟刚使出劲道，自己身子腾地一下被一股强大力量震飞，身子不由自主地狠狠摔向地面，顿觉浑身散架疼痛无力，半晌爬不起来。

汪震文快速上前，将阿伟铐上。

嬴建峰刚才这招，把小余给惊呆了。他看都没看清嬴建峰使的是什么招数，阿伟就被震飞出去，并且摔得那么惨。按理这个阿伟身怀鹞子翻身功，他完全可以起身站立没事，可不知怎么的他的功夫一下就失效了。

小余惊喜地向嬴建峰伸伸大拇指，上前问："嬴指导，你这什么招啊，太厉害了！"

嬴建峰不以为然地朝小余笑笑，说："没什么，这招是形意六合拳中的'剪手大劈'。"

小余晃晃头，用手摸着后脑勺，有丝不好意思地说："什么时候教教我？"

嬴建峰微笑着一挥手，说："行，只要你愿意学。"

小余一听，忙双手抱拳向嬴建峰一拱，说："谢谢嬴师傅！"

汪震文押着阿伟过来，对小余说："拜师要行拜师礼的，要下跪叩三个响头才行！"

小余一听，真的弯下身子准备下跪行拜师礼，被嬴建峰一把拉住。

嬴建峰说："小余你别听他扯，他是逗你开心。"

小余听了，不好意思地笑笑问："我们在学校没人教这种拳法，你是怎么学的？"

"这事说来话长，咱们先把人押回去把东西清点好，以后有时间再聊。"

小余觉得嬴建峰说得有理，忙点头说："对！咱们赶紧的，把人和东西押回去，领导们等着呢。"

现场已被刑警兄弟们完全控制。

嬴建峰蹲下身子，打开倒在地上的皮箱，一瞧，整箱崭新的百元大钞。

经过现场清点，总计五百万人民币。

72

三天后，嬴建峰率队胜利归来。

在分局办公楼外空地上，挤满了人和车。

伊红峰率省厅一行人，以及瓷城市局城东分局几乎所有在家领导，都出来迎接。

当伊红峰看到满满两整车的文物时，高兴得合不拢嘴。

"好！好哇！一车过去两车回，这买卖赚得嗨啊！哈哈哈……"

看着伊红峰这么开心，鲁局和钟局等人也都开怀大笑。

嬴建峰忐忑不安地走到伊红峰面前，立正敬礼，大声说："报告伊厅长，城东分局刑警队指导员嬴建峰向您报到，出征深川市的八位民警两台汽车完好回归，缴获被盗文物一百零八件，其中五十一件是此次从瓷城运往深川的，五十七件是从深川市追缴回来的。另外缴获赃款人民币七百二十万，其中五百万是这次交易的赃款，二百二十万是从深川市文物贩子阿伟处收缴来的。报告完毕！请指示！”

就在嬴建峰汇报的同时，同去的七位同事一溜站在他身后。

伊红峰挺直腰板，满含深情地望着风尘仆仆的队员们，神情庄重道：“嬴建峰同志，你带领瓷城公安城东分局刑警队的同志们远征深川，超额完成了任务，战绩辉煌，不辱使命，我代表省公安厅，向你们表示热烈的祝贺和崇高的敬意！”

嬴建峰挺身立正，高声喊：“人民公安为人民！”

同去的七人也异口同声地高喊：“人民公安为人民！”

嬴建峰高喊：“敬礼！”

同去的七人与嬴建峰同时敬礼。

伊红峰回礼，然后走近嬴建峰，热情地与八位同志一一握手。

鲁局长等人跟在伊红峰身后，也与大伙热情握手。嬴建峰看见市局政治部的殷艳丽忙着拍照。黄美琴在不远处观看。

欢迎仪式结束，领导们陆续往二楼会议室走去。

黄美琴来不及与嬴建峰说话，就忙着清点接收物品。

当黄美琴等人将两大皮箱钞票抬进内勤室，早在内勤组等候的两个银行员工，笑嘻嘻地接过两个大皮箱，与队里的人一起清点起来。

汪震文负责将追缴来的文物搬往会议室，准备展示。

伊红峰叫住嬴建峰，往人少的地方走去，边走边说：“你将来有什么打算？”

嬴建峰转头望着伊红峰，不知对方什么意思，想想说：“我，我还想继续追赃，八年前我破的那起案件，还有两件文物没追回来。”

伊红峰笑笑，说：“我是指你个人有什么打算？”

嬴建峰眨眨眼，说：“这是我个人的打算啊。”

伊红峰抿嘴笑笑，有些责怪的口气说：“我是指你在个人前途上有什么打算。”

嬴建峰愣了一下，想想说：“报告政委，这个，这个我不知道有什么打算，我只想把工作做好，把所有的案子都给破了，我心里就踏实。”

伊红峰长叹口气，说：“最近厅里准备从各地公安系统选拔一批人才，充实省厅各个部门，刑侦摆在首位，我不知道你有没有兴趣。”

嬴建峰一听怦然心动，忙说：“那当然想去啊，可是，可是我一下子可能又走不开。”

伊红峰笑着问："是不是快结婚了，一时走不了？"

嬴建峰听了唰地一下红脸，心慌着说："这个，……也不完全是。"

"我听说你之所以没结婚，是还没有抓住杀害你对象闺蜜的凶手，是不是？"

"政，政委，你怎么也知道这些？"

"我是你的政委，对你的事能不清楚吗？其他的事暂时不要多想，先考虑考虑调省厅的事。案件呢以后有机会破，可选调省厅的机会非常难得啊。错过了，也许永远都失去了。"

嬴建峰很感激伊红峰，自己几次辜负了他，可他还是一如既往关心自己，如果再不领情，就显得自己太不知好歹了。想到这，嬴建峰欣然地说："政委，真的非常感谢您，能去省厅那是我做梦都没想到的，不过，我还要征求一下家里人的意见。"

伊红峰点点头，说："那好吧，我等你消息，三天内回我话。"

嬴建峰又是一个敬礼，弄得边上的人看新鲜。

嬴建峰离开伊红峰，金小平就找到他，问："那个北宋龙虎斗瓷枕没问题吧？"

"没有啊，怎么啦？"

"省博物馆不知从哪儿打听到消息，知道咱们这次追缴到了这件文物，想将它作为镇馆之宝进行收藏。他们通过省政府领导找了市领导。"

嬴建峰听完，心里瞬间空落落的，半晌才抬起头，说："这次游德友将那件文物以六十万的价格卖给阿伟，是这批文物中出价最高的。他们简直是暴殄天物，将国宝当白菜卖，要不是咱们及时发现追踪，这件国宝就流失了。唉！反正咱们只管破案追赃，最后东西到哪里去，咱们也无能为力，只要是国家的博物馆就行。"

金小平听了很高兴，笑着说："我就知道你会同意。把东西放在省博物馆，比放在咱们这里要强。哎对了，我看伊厅长对你很关心，他一来就问你情况。刚才伊厅长跟你说了老半天，有什么好消息？"

嬴建峰"噢"了一声，说："也没什么，他问我有什么打算，说最近省厅准备从各地挑选些人充实省厅各部门，问我想不想去。"

"这是大好事啊，能调到省厅，那你的平台就大不一样了，那前途不可估量啊。"

"听你的意思，是我应该去？"

"那还用说！"

“可是我，我情况特殊啊。”

“特殊什么？换作我，肯定去。听我的，没错！”

“那，我爸妈怎么办？”

“你还有兄弟姐妹，你不在也有人会照顾。”

“那黄美琴呢？”

“你到了省厅，将来可以想办法把她调到省城。”

嬴建峰想想，觉得太好笑了。要是这样，那还不如当初答应伊红蓓，直接留在省城多好，哪还用得着这么麻烦。要是这样，那伊红蓓肯定认为我对她无情，认为我宁愿找一个瓷城的再调省城，也不愿找她本身就在省城的，明摆着就是看不上她。何况现在我又通过她哥哥关照调省厅，那我不就成了唯利是图投机钻营的势利小人？别说伊红蓓看不起我，连我自己也会看不起自己。

想到这，嬴建峰有些歉意地对金小平说：“谢谢金局关心，我会好好考虑的，我先忙案子去了。”

金小平点下头，拍拍嬴建峰肩膀，说：“去吧，争取尽快办结。”

73

两天后，案子办结，材料准备报检察院。

嬴建峰利用办案的空隙跑到市局，先后征求了鲁卫国、钟正仕和胡东升的意见，他们都支持嬴建峰选调省厅。

特别是鲁卫国，对嬴建峰说：“你当初参加公安不就是想破大案，当神探吗？省厅破的都是全省全国的大案要案，你去了那里，更能施展自己的才华，实现自己的抱负。”

嬴建峰的心里基本上有个谱，觉得领导们的意见是很有见地和分量的。最后只剩征求爸妈和黄美琴的意见了。

嬴建峰特地约好黄美琴，晚饭回到爸妈家里吃。

老妈柳淑贞听说黄美琴要来，高兴得合不拢嘴，一大早就跑菜市场买了一大堆东西，从上午一直忙到傍晚，炖鸡烧鸭的弄了一大桌菜。

六点十分，嬴建峰带着黄美琴进了家门，爸妈妹妹都在，连碗筷都摆好了，两人便洗手吃饭。

嬴东成与柳淑贞坐在主位，黄美琴与嬴建峰坐在一边板凳上，嬴东成特地开了一瓶瓷城老窖，拿出两个杯酒倒满，将一杯放在嬴建峰面前，另一杯留给自己。

嬴东成说："今天是礼拜天，一家人难得见面，要好好喝几杯。"

嬴建峰说："爸，妈，我今天有件很重要的事要跟你们说。"

柳淑贞立即脸露喜色说："美琴，你是不是答应结婚了？那就太好了。"

嬴建峰摇摇头，说："不是。"

柳淑贞一愣，急问："不是结婚的事那还有什么重要的事？"

"是这样的，省公安厅准备从各地选调一批人到省公安厅……"

"什么意思啊儿子，难道你想调到省公安厅去？"

嬴建峰望着母亲，默默地点下头。

"不行！你都这么大年纪了，还没结婚，这要是调到省公安厅去，那结婚怎么办？"

嬴东成将酒杯一推，不高兴说："真是妇人之见，好男儿志在四方，能调到省公安厅，这是打着灯笼都难找的好事，怎么能不去呢？再说，到了省公安厅，也同样可以结婚啊。"

"你这个老头子，当初儿子在省城当兵，你不是一门心思想他回瓷城吗？怎么现在又变卦了？"

"当初儿子要留省城，他还是个大兵，即使能留也不一定能进公安。即使可以进公安，那最多也是到基层分局派出所一类地方去，那样跟他回到咱们瓷城没什么两样，所以我让他回来。现在情况不一样了，现在是调到省公安厅，省公安厅！有几个人能进省公安厅啊？这可是千载难逢的机遇，能不去吗？只怕你想去也不一定去得了。"

嬴东成说完征询地看看嬴建峰，不知儿子说的这事有几分把握。

嬴建峰知道老爸的意思，便笑笑说："这是伊红峰副厅长亲自问我去不去的，只要我答应，肯定能去成。"

"那还犹豫什么，我支持你去！"

"那不行，儿子去了，美琴怎么办，以后两地分居啊？"柳淑贞亮明态度。

"噢，美琴就不可以调动啊？"嬴东成随口反驳。

"你说得轻巧，哪有那么容易调？我单位一位同事，老公也在省城，调了八年都没调成。"

妹妹嬴晓英见爸妈争执不下，便说："爸妈你们别争了，我觉得哥哥还是应该调省公安厅，别人想去都去不了。"

柳淑贞见女儿帮腔，便朝女儿发火，说："你知道什么啊？两地分居怎么生小孩？生了小孩又怎么带？再说，调到省里去，我们老了怎么办？"

嬴晓英忙说："你老了有我们啊，只要二哥有出息，比什么都强。"

柳淑贞拿眼狠狠盯着嬴晓英，气鼓鼓地放下脸，嘴里嘟哝着："不管你们怎么说，反正我不同意！"

嬴东成毕竟当法官出身，讲究方法和策略，便对柳淑贞说："好了，我们都不说，让孩子们自己说。"

柳淑贞一下仿佛抓到了救命稻草，忙说："对呀，让美琴说，美琴你是不会同意的唔？"

好家伙，这哪是征求黄美琴意见，这都已经替黄美琴做主了。

黄美琴看着大伙的眼神，觉得左右为难。从个人心愿来讲，当然不希望嬴建峰调省厅，因为那样既耽搁抓杀害陶欣的凶手，那就等于延误与自己结婚的时间。只要没结婚，即使嬴建峰调省厅，自己也没理由调到省城去，那样的话，两人的关系还是空的。何况那个伊红蓓也在省城。虽然伊红蓓结婚了，但她对嬴建峰曾经是死心塌地的，两人会不会死灰复燃谁也说不清。

可要是不让嬴建峰调走，一则显得自己小肚鸡肠心胸狭窄，嬴建峰会认为自己不顾全大局。二则嬴建峰会认为自己不支持他工作不想让他进步，那样的话自己在对方心目中印象绝对大打折扣。即使以后两人在一起，感情还会好吗？所以，黄美琴觉得骑虎难下。

一旁的柳淑贞见黄美琴犹豫着不敢表态，便迫不及待地催问："美琴，你到底什么想法，你倒是说话呀！"

黄美琴急得眼泪都快出来了，她嗫嚅着说："我、我，……我不知道啊……"

柳淑贞急得直跺脚，埋怨道："还有你这样的孩子，你就愿意与建峰分居啊？真是的。"

黄美琴说不出话，眼泪不禁吧嗒吧嗒地往下掉。

嬴建峰一瞧情况不妙，忙安慰说："美琴你别哭，我一定会尽快把杀害你同学的案子破了，尽快把你调到省城去。"

黄美琴知道嬴建峰是安慰自己，杀害陶欣的案子什么时候能破，还是个未知数，嬴建峰说的话，不知道猴年马月能兑现。

“你这孩子，美琴都流眼泪了，她就是不愿意你调走哇！”

黄美琴一听赶紧点下头，想想不对又摇摇头，心里实在憋得难受，便低头起身来到厨房里抹眼泪。

嬴建峰想起身劝劝黄美琴，嬴东成一把将他拉住，朝嬴晓英挥挥手让她去，嬴晓英立马起身来到厨房，劝说安慰黄美琴。

柳淑贞见状不放心，也起身去厨房。

嬴东成见她们几个离开，便口气坚定地对嬴建峰说：“儿子，这种大事，你自己态度要明朗，心里想去就去，不能考虑太多，考虑太多会误事的。听老爸的没错！”

嬴建峰见父亲这么支持，终于下定决心说：“好！我现在就打电话给伊厅长，他在等我回话呢。”

嬴东成端起酒杯，对嬴建峰说：“来，儿子，干一杯！”

嬴建峰赶紧端起酒杯，与父亲碰一下，然后抬头仰脖，一口来了个底朝天。

74

半个月后的上午八点半，侦破特大文物走私案的庆功会，在省人民政府大礼堂隆重召开。

省文物局局长郝乐庆声音洪亮说：“这次庆功表彰大会，由国家文物局、省人民政府联合召开。我省瓷城市公安局城东分局侦破的特大文物走私案，被列入今年全国八大文物走私案。经上级部门批准，决定授予瓷城市公安局城东分局集体三等功，授予专案组组长、瓷城市公安局城东分局刑警队指导员嬴建峰同志个人一等功！”

台下掌声响起。

“下面，请嬴建峰同志上台领奖！”

嬴建峰身穿八三式橄榄色警服，精神抖擞地走上主席台。

“有请副省长蒋天孝同志，为获得一等功的嬴建峰同志颁奖。”

蒋天孝步履沉稳地走上主席台，从漂亮的女工作人员手中接过奖章与证书，郑重递给嬴建峰，嬴建峰刚劲有力地敬礼，从蒋天孝手中接过奖章证书，再向蒋天孝敬礼，然后转身向台下观众敬礼。

台下掌声雷动，台上闪光灯噼里啪啦响个不停。

台下的钟正仕与金小平满脸笑容鼓着掌。

汪震文浑身使劲拼命鼓掌。

75

从会场出来，汪震文开着车，载着四人一溜烟来到省公安厅，直接来到伊红峰副厅长办公室。

伊红峰很高兴地请大家坐下，吩咐秘书给来人倒茶，然后笑着对嬴建峰说："你今天可是双喜临门啊！"

嬴建峰等人面面相觑，不知伊红峰所指何事。

伊红峰拿起桌上一份文件，递给嬴建峰说："今天政治部正式发文，你的名字在上面。"

嬴建峰接过文件，马上翻看，见是《关于从基层选拔优秀人员充实省厅机关的通知》，上面第一个名字就是嬴建峰，选用单位省公安厅刑侦处。

望着文件上自己的名字，嬴建峰激动得手有些哆嗦，他将文件递给钟正仕，钟正仕一瞧，大声说："好哇！嬴建峰以后就是省厅的人了，以后可要多关心支持瓷城的刑侦工作啊。"

嬴建峰心潮起伏，红着脸不知说什么好，只顾一个劲地点头。

伊红峰微笑着说："是金子就会发光，我相信嬴建峰的能力，不管将来到哪里，都会做出成绩的。"

嬴建峰面向伊红峰，激动地说："我一定会加倍努力，报答老领导的培养。"

伊红峰微笑着点点头，一副欲言又止的样儿。

这时刑侦处的高明生处长走了进来，他一瞧钟正仕和嬴建峰，忙热情地上前与大家握手。

高明生对嬴建峰说："非常欢迎你来处里工作，我早就看好你了！"

伊红峰又笑着说："你看看，是人才到处都受欢迎嘛。"

高明生这时突然想起了什么，忙对伊红峰说："伊厅长，飞机还有两个小时起飞，差不多要出发了。"

伊红峰赶紧抬起手腕瞧瞧手表，脸上露出些歉意，对钟正仕他们说："对不起了，本来要陪你们吃个饭，可我下午要到公安部开个会，我就不能陪你们了。噢对了，嬴建峰，你那个老乡王大柱得知你今天要来省里开表彰大会，早嚷嚷着要请你们吃饭。”

嬴建峰一听喜出望外，忙说：“是吗？他人在哪儿？”

“就在厅接待室等你们。”

“太好了，我也好长时间没见到他了。”

“这小子不错，现在已经是副营了。……噢，高处长，就麻烦你先陪陪钟局长他们，我呢，得马上出发了。”

高明生忙说：“好的伊厅长，我这就带他们到我那儿坐坐。”

“好！”

大伙从伊红峰办公室出来，高明生在前头带路，兴奋地对嬴建峰他们说：“伊厅长真是个好人，他不但帮咱们刑侦口解决了很多装备经费，临走前还帮我们解决了人员问题。”

嬴建峰一听，觉得意外，忙问：“怎么伊厅长要调走？”

高明生说：“是啊，听说要到公安部刑侦局当局长，这次去，应该是部领导正式找他谈话。”

嬴建峰听完，脚步不禁停了下来，心里一时百感交集。原来自己调到省厅，是伊红峰在任时做的最后一件事。自己刚才就那么轻描淡写地说了声感谢，还未来得及用实际行动来报答他。嬴建峰想回头再到伊红峰办公室，当面向老领导表示祝贺，转念一想又觉得不妥，因为伊红峰这人做事非常稳重，没到宣布的时候他不会向人表明。要是伊红峰真的调到公安部去了，那以后见面的机会会很少了。想到这里，嬴建峰的心里充满了惆怅。

眼见着高明生带着钟正仕他们走远了，嬴建峰不得不紧走几步跟上。离伊红峰办公室越远，嬴建峰心底越涌起莫名的懊悔，他后悔自己昨天来时怎么就不知道带两套瓷城的餐具来，虽然不值多少钱，但最起码可以表表心意。

就这样，嬴建峰一直沉浸在一种失落与后悔的状态中，与老战友王大柱他们共进一个十分融洽、欢快而又沉重的午餐。

这一餐，嬴建峰当场就喝多了，因为王大柱的热情，因为自己调省厅的兴奋，因为伊红峰帮了自己又要调走。

嬴建峰只记得自己迷迷糊糊坐在车上，也不知几点钟到家，等自己醒来时，发现已经躺在自己家床上了。

天刚微亮，嬴建峰这时隐隐约约记得，昨天中午与王大柱吃饭，临走时他给了自己一个军用挎包，说是带给他老娘的风湿药，自己答应他一定送到。看得出来那包药对大柱的老娘很重要，自己一定要帮大柱送到。

想到这，嬴建峰心中一激灵，急忙抬头寻找那个挎包，转眼发现，挎包就放在床前的凳子上。

嬴建峰终于舒了口气，神情一放松，又昏昏沉沉地睡去了。

76

嬴建峰一起床，拿着挎包出门，准备骑自行车将挎包送到三十公里以外的青蛟镇乡下。

没想到刚出门，就听到吉普车的喇叭响。他侧头一瞧，原来是汪震文。

嬴建峰赶紧上前，问："震文，你这么早就来了？"

汪震文赶紧跳下车，揉着惺忪的眼睛说："凌晨送你过来，怕有什么事，我就没回家。"

"那你，就睡在车上？"

汪震文憨厚地笑笑，说："师傅，我没事，你过几天就要走了，要想多陪陪你。"

嬴建峰听罢，双眼一热，眼泪差点流出来。抬手使劲拍拍汪震文，似乎在传递着一种谢意与难舍。

"师傅，你是要送药吧？"

嬴建峰笑笑，说："这你也看出来了？"

汪震文直爽地说："我猜你一起床就会送药下乡，所以我加好了油，我想药还是我来送吧，你在家多休息一下。"

嬴建峰一听忙摇头，说："那不行，我答应了战友的，我必须自己送去。再说，我也想看看大柱他娘。"

汪震文见嬴建峰态度坚决，便说："那，我送你去吧。"

嬴建峰欣慰地笑了，说："不愧是我的徒弟。不过，要是单位用车怎么办？"

"师傅放心，我已经和金局长说好了，今天借用半天，要用车，请市局支援一下。钟局也同意了。"

“你小子，名堂多。”

“再说，我用自己的汽油，没有人有意见。”说完，汪震文轻松地朝嬴建峰一笑。

嬴建峰看事已至此，便一摆头，说：“那好吧，咱们就出发，早去早回。”

就这样，嬴建峰放下自行车坐上了吉普车，朝王大柱的家一路奔去。

嬴建峰因昨天酒还未全醒，头有些晕，一出城，都是泥沙路，颠簸几下，他就沉沉睡去了，到了王大柱家才醒。

嬴建峰将挎包给了大柱娘，拐着腿的大柱娘拼命抓鸡要招待嬴建峰他们，被嬴建峰和汪震文两人拦住不肯，然后两人逃也似的上车跑了。

路上嬴建峰又睡着了，直到快进城时，马路平整车不颠了，嬴建峰又醒来。

“震文，你说怪不怪，这路一颠我就睡去，路一好我就醒了。你说说看，我是不是不适应在城市里待啊？”

“哪能呢？你这不是马上要调到省城去了，那可是咱们省最大的城市，你不也要在那里工作生活吗？”

嬴建峰笑笑，说：“但愿我能待得下去。”

“怎么会待不下去？你当初在省城当兵，也不是很好吗？师傅，我要请你吃餐饭。”

嬴建峰一听笑了，说：“那好啊，我上次请你吃夜宵，是在广场夜宵摊吃的，你今天也到那里请我一餐就行啦。”

“那怎么行，再怎么的也要上个像样点的馆子店。”

“真没必要，咱们就那几个工资，能省就省。”

“有位领导说，该省则省，不该省的，必须得花。”

“哪位领导啊？”

“我老婆!”

“你小子，逗我开心。”

“哪能呢？我师傅是谁，人称神探。”

“拉倒吧，我还什么神探，有一起案子破了一半，还有一起案子到现在都没破，我叫什么神探啊？”

“我只知道你有一起破了一半的案子，但没听说你还有一起没破的案子。”

“其实，你想想就该知道。”

汪震文略一思索，立即明白了，说：“你是说陶欣被杀案？”

“对啊！”

“可发案时你还在部队，那根本就不是你的事。”

“但我答应了美琴，一定会帮她抓住凶手。”

“这事我知道。美琴姐发誓没抓住凶手就不结婚。”

“这你也知道？”

“谁不知道啊？……这段时间，我也很闹心。”

“你闹什么心？”

“你如果要调走，最大的心病应该就是这起案子。这关系到你和美琴姐两人的幸福和未来。”

“是啊，所以，我一直左右为难。”

汪震文胸有成竹地说：“其实也好办。”

“怎么个好办？”

“加大力度侦查呗。”

“可，可我总不能把其他事搁下不管，专查那起案吧？”

“眼下全省不是要开展破命案追逃犯专项行动吗？咱们正好可以把这起案件列入重点，说不定就能破。”

嬴建峰想想，说：“办法倒是可以，可我一个星期内要去省厅报到了，案件怎么查？”

“哎呀，大和尚走了还有小和尚嘛。你走了不是还有我吗？跟你说实话，我一直都在暗中调查这起案件，还发现了疑点。”

“啊，你发现什么疑点？”

“陶欣被害后，她的爸爸不是疯了吗？”

“是啊。”

“一个疯了的人，他最大的外貌特征是什么？”

“那还用说，肯定是蓬头垢面，邋里邋遢。”

“对头！”

“那又怎样？”

“但我发现，每当陶欣被害的忌日，陶欣的爸爸都会去上坟，而且他的外表修理得很整齐。”

嬴建峰一听，觉得汪震文的发现有意思，便问：“那你，有何高见？”

“高见谈不上，但疑惑倒有点。”

嬴建峰抬一下头道："你说说看。"

"我觉得有两种可能。一种是陶欣他爸自己弄的，他觉得女儿的忌日，不能一身脏不拉叽去，那样对不起死去的女儿。另一种可能，是有人为了对得起死去的陶欣，特意将他爸打扮得干干净净的。"

"嗯，分析得不错。那你认为，陶欣她爸到底是自己弄的还是别人帮他弄的？"

"要弄清是不是陶欣她爸自己弄的，首先要判明他是不是有自理能力，而有无自理能力的前提，就是要弄清他的精神状态。"

嬴建峰点头说："没错，这就是要判明他到底是间歇性的，还是完全丧失了行为能力。如果是间歇性的，那他就有可能是自己弄的。如果完全丧失了行为能力，那就有可能是别人替他弄的。如果是别人替他弄的，那这个人很有可能跟杀害陶欣案有关。"

"对啊！不愧是我师傅！"

"你等等，你是什么时候开始注意到的？"

"我从前年就开始了。"

"那，你在哪里看到陶欣他爸的？"

"在陶欣的墓地。"

"我每年和美琴都去啊，我怎么就没发现？"

"你事儿忙啊，你肯定去一下就走了。"

"那你的意思，你在那里蹲守？"

汪震文眨眨眼表示默认。

嬴建峰想想说："怪不得，这几年过清明你都请假，说要给老人修墓什么的，总之你都有理由。"

汪震文憨厚地笑笑，说："如果我实话实说，怕你不肯。"

"没错，我们事那么多，我怕你耽误工作。哎对了，你刚才说，你是陶欣的忌日去给她上坟的？"

"是，除了清明节，忌日我也去。"

嬴建峰明白似的点点头，说："怪不得，我和美琴都是清明期间去一下，她的忌日我真没去过。"

"那就是了，所以你没发现疑点。"

嬴建峰有些歉意地笑笑，问："那，你有什么新发现？"

“也不能说有，我记得前年去的时候，刚好看到一个人从陶欣的墓前过，我只看到那人的背影，我不能肯定他是不是给陶欣扫墓的。我当时正在寻找陶欣的墓地，等我找到陶欣的墓后再向前追着去找那个人，他就不见了。”

“所以你就怀疑那个人作案的可能性很大。”

“这只是我的推测，我想继续蹲守，可惜去年清明节和她忌日我都蹲了三天，也没瞧见那人扫墓。我觉得这个人很可能发现了我，有所警觉，所以他想办法避开我。”

“有这个可能。”

“不是可能，而是一定。”

“为什么那么肯定？”

“因为我发现有其他人给陶欣上坟。”

“所以，你怀疑这个给陶欣上坟的人，就是杀害陶欣的凶手？”

“是的。”

“那他为什么又要给陶欣上坟？”

“这只有一种可能。”

“哪一种？”

“就是这人很爱陶欣。”

“那你的意思，是他得之不能，便摧毁之。”

“十有八九。”

“有没有另一种可能？”

“什么可能？”

“他是失手杀害陶欣的。”

“嗯……他因为过于内疚，所以每年陶欣的忌日都来给她扫墓祭奠，以示怀念。所以……”

“所以我们接下来，要去陶欣他爸所在地的派出所。”

汪震文瞧瞧手表，说：“已经十二点了，咱们先吃饭吧。”

“吃什么饭啊。”

“是，师傅，为了师傅和师母的幸福，我豁出去，不吃了！”

嬴建峰一听笑了，说：“那没必要，我们买点粑，可以边走边吃。”

汪震文兴奋地一打响指，说：“得嘞！”

77

十二点半，嬴建峰和汪震文跨进玲珑派出所大门时，正在值班的副所长郑爱军觉得诧异，忙站起身。

“嬴指员，大中午的有何指示？”

“我想问一下柴堆弄的外勤是谁？”

“杨秋生。”

“他人在吗？”

“他刚回家。”

“能不能请他来一下？”

郑爱军怔了一下，想想说：“那你们等一下，他就住在后面，我去叫他。”

说完郑爱军快步往后门走去，不到五分钟，杨秋生就跟在郑爱军身后，快步朝值班室走来。

嬴建峰见过杨秋生，先寒暄了几句，然后就问：“八年前被害的陶欣你知道吗？”

“知道啊！当时全市都轰动了。”

“她的父亲陶宁子你熟悉吗？”

“熟啊，都是我管段的居民，哪有不熟的？”

“那他现在情况怎样？”

“他女儿被害，爱人去世，一下就精神失常，前几年时好时坏，最近这几年，好像更不行了。”

“更不行是什么意思？”

“就是一直神志不清，有时连人都不认得。”

“是间歇性的，还是完全性的？”

“大前年送四院，专家鉴定，属于完全性的。”

“你亲眼看到过鉴定书？”

“看过，我都有记录。”

“能不能找出来看看？”

杨秋生愣了一下，问：“这很重要吗？”

嬴建峰点点头说："非常重要！"

"那好，我这就找。"说完杨秋生就来到办公室，从自己的柜子里翻出了大前年的工作笔记，找了十几分钟，终于找出了那段记录。

嬴建峰一看，的确写着"二月一日，由市第四人民医院（精神病院）送来病人陶宁子的精神分析鉴定书，陶宁子系完全性精神病人。鉴定者：市精神病鉴定中心，鉴定人：毛正海，邱上仁。时间一九八四年二月一日。"

"那，陶宁子既然没有行为能力，那他人在哪儿？"嬴建峰转头问。

"还是在家里，因为他从没有伤人骂人的行为，平时除了吹吹瓷埙，做做陶瓷乐器外，也不太出去。"杨秋生认真地介绍。

"那他平时穿着打扮和卫生怎么样？"

"要说平时的打扮卫生他是不太讲究，一年到头脏兮兮的，身上的衣服像抹布。"

"你有没有发现他穿得干净的时候。"嬴建峰再追问。

杨秋生歪着头仔细想想，说："好像有那么一两回，穿得还算干净。"

"那你能记得具体什么时间吗？"

杨秋生有些不好意思地笑着摇头，说："这个真记不清楚。"

"那，你平时有没有发现对他好、跟他亲近的人？"

"这个，好像他女儿的同学，有时会来看他。"

"平时他的日常生活谁来照料？"

"噢，应该是住在他隔壁的姐姐。"

嬴建峰心想这就好理解了，如果不是陶宁子的姐姐，这么多年他就不知怎么过来。不过，咱们办案，查找的应该是正常情况之外的情况，也就是特殊情况，便问："除她姐姐外，还有没有其他人来照看他？"

"其他人？……对了，好像有个徒弟，时常会照看他。"

嬴建峰一听有戏，忙问："这个徒弟什么情况？"

"三十来岁，好像是从乡下来的，跟他学做瓷埙，平时见了人也不太说话，只是笑着点点头。"

嬴建峰与汪震文相互瞧一眼，觉得这里面有戏。

嬴建峰问："这个徒弟是哪一年跟他学做瓷埙的？"

"好像有个七八年吧，我记得是他女儿出事以后才来的。"

"他这个徒弟叫什么名字？"

“我听老陶叫他小丁，什么名字就不清楚。”

“你有没有调查过这个小丁？”

“这个，我侧面了解了一下，好像他有个姐姐也在市里，好像是离了婚的，听说做瓷器生意，具体在哪里做就不清楚了。”

嬴建峰觉得这个姓丁的小伙子非常重要，便问：“你还记得那个小丁长像吗？”

“噢，有些印象。”

“那请你描述一下他的外貌特征，我来给他画像。”

杨秋生瞪着有点意外的眼神，歪着头想想，说：“小伙子长得还好，长形脸，鸳鸯眼，双眼皮，眉毛又长又浓，朝天鼻，皮肤偏黄。个头吧，大概一米七多。”

就在杨秋生描述的同时，嬴建峰就拿铅笔在日记本上画了起来，也就十几分钟吧，一个人像就画出来了。杨秋生一瞧，说大体上有个模子，蛮像。

嬴建峰又根据杨秋生提出的意见，做了修改，前后也就十几分钟。

杨秋生说：“差不多了，就这个样子。”

嬴建峰端详着画像，感觉有些面熟，但又想不起在哪里见过。

嬴建峰看看表，已经一点了，有些歉意地对杨秋生和郑爱军说：“真的谢谢你们，耽搁你们吃饭休息了。”

杨秋生一下反应过来，忙伸手拉着嬴建峰说：“来来来，我今天刚好弄了几个菜，到我家喝点酒。”

嬴建峰感激地说：“谢谢谢谢杨哥，我们还有事，下次，下次有机会我们再聚。”

杨秋生见嬴建峰态度坚决，也便作罢。

嬴建峰想想又吩咐杨秋生，说：“以后请你多注意一下陶宁子，有什么情况及时联系我。”

杨秋生热情地说：“好的好的，我一定注意，你放心。”

嬴建峰客气地握着杨秋生的手，说：“那就麻烦你了。”

“不麻烦，应该的应该的。”

78

两人上了吉普车，汪震文深深呼口气，问："师傅，下步怎么办？"

嬴建峰想想，突然问："你还记得陶欣被害是哪一天吗？"

"记得啊，六月三十日。"

嬴建峰点点头，说："没错，那今天是几号？"

"六月二十三号。"

"对，也就是说，再过七天，就是陶欣被害的忌日。"

"师傅的意思，是再去陶欣的墓地蹲守？"

"没错，不过现在去蹲守时间还早，所谓前三后七，再过四天去蹲守合适。"

"那，我们现在做什么？"

"去陶宁子家看看。"

汪震文想想，笑着说："我明白了，咱们先去看看那个小丁会不会在陶家。"

嬴建峰拍拍汪震文的手，说："走了，咱们把车开到陶家附近，将车放好。"

汪震文点头，发动车子，朝陶家住的柴堆弄方向驶去。

车子经过瓷器街时，嬴建峰突然想起了"泥巴崽"，上次他及时了解到"小古董"去深川交易的消息，他喝得烂醉，自己回来后一直忙着案子，还没去看看他。今天正好路过，嬴建峰便叫汪震文将车停下，让汪震文在车上等他，他去去就回。

嬴建峰快步走进"泥巴崽"的店，朝里面喊："'泥巴崽'！'泥巴崽'！"

连叫几声都没人回应，心想"泥巴崽"是不是出去有事了。

嬴建峰看看店里的女店员，见来了个新面孔，原来那个叫金萍的不在。

这时女店员走过来，问嬴建峰："请问你找他有事吗？"

嬴建峰笑着说："我是'泥巴崽'同学，我来看看他。"

"他昨天出差了。"

嬴建峰听了，觉得真不巧，便问："那他什么时候回来？"

女店员微微一笑，说："老板的事，我们不好多问，真不清楚他什么时候回来。"

嬴建峰点头表示理解，但他不想就这么离开，便对女店员说："如果他回来了，麻烦你跟他说一下，有个姓嬴的同学找他。”

女店员甜甜一笑，说：“好的，我一定转达。”

嬴建峰说完，转身准备走，但他眼光无意中扫了一下原来摆放仿古瓷的博古架，发现上面的瓷器都不在了，心想“泥巴崽”应该是送货去了。

不知怎么的，嬴建峰突然想起前几次来，那个叫金萍的女店员都在，而且从“泥巴崽”对那个金萍的态度来看，好像不会无缘无故地不要她，便掉回头问女店员：“原来那个什么凤的店员怎么不在了？”

“她这几天人不舒服，请假了。”

嬴建峰心想“泥巴崽”出差了，要请假怎么请啊，又笑着问：“‘泥巴崽’出差了，她跟谁请假啊？”

“老板出差前一天她就请假了。”

嬴建峰对女店员笑着点下头，表示明白了，然后他转身走出店铺。

79

上了吉普车，汪震文嘴里正啃着油条包麻糍，见嬴建峰上来，便将一个黄纸包递给嬴建峰。

嬴建峰愣了一下，随即打开一瞧，见是油条包麻糍，想想一个多小时前吃的几个饺子粑早消化了，便也不客气地大口嚼了起来。

两人吃完，汪震文发动车子，往陶宁子住的方向开去。一刻钟后，汪震文找了一处隐蔽的位置，将车停好，两人步行来到陶宁子家。

陶宁子住在两间平房内，左右两边都用旧窑砖墙阻隔，房前约十来米远，也用一堵两米多高的窑砖墙隔离。在墙中间，安有木门，门也分左右两扇，平时房门上挂锁。

嬴建峰与汪震文走到外门，见门上挂锁锁着，屋里传出吹奏瓷埙的乐曲，乐曲哀怨悲切，催人泪下。

嬴建峰记得黄美琴跟自己说过，陶欣的爸爸每天吹奏的瓷埙乐曲，是他自己创作的《想女儿的时候》，让人听了心碎。

嬴建峰心想里面传来的音乐，应该就是那首乐曲。为了不惊动陶宁子，嬴建峰与汪震文仔细听完乐曲，这时背后传来一个声音。

“你们找谁啊？”

嬴建峰与汪震文一愣，忙回头瞧瞧，见一位六十多岁的知识分子模样的大妈瞪着警惕的两眼。

汪震文惊讶地望着对方，不禁抬手说：“您，您不是……”

老大妈也认出了汪震文，很是意外说：“你不是，那个汪，汪什么文吗？”

汪震文不敢欺骗对方，忙说：“对啊老师，我是汪震文。”

大妈忙上前，伸手拉着汪震文说：“哎呀，小汪啊你总算来了，我听说你在公安局办案，我去找过你几次，都说你出差去了。”说着说着大妈的眼泪就掉下来了，她就抬手抹起泪。

汪震文惊异地张着嘴，他瞅一眼嬴建峰，然后转过头对大妈说：“老师，我真不知道您去找过我，要不然我早找您来了……老师不是住在一中教师宿舍，您怎么到这儿来了？”

“小汪，这是我弟弟住的，我前几年退休，为了照顾弟弟，我去年就把房子跟人家换了，住在隔壁。”

汪震文为老师的姐弟情深而感动，说：“陶老师，我，我真没想到，陶欣是您的侄女。”

“你今天来是为欣欣的案子？是不是凶手抓住了？”

汪震文低下头，愧疚地说：“陶老师，我们今天来，是来看看陶师傅的。”

陶老师听了，眼光立马暗淡下来，随即她的眼泪又下来了。

一旁的嬴建峰，留心观察四周，担心汪震文与老师的对话被人听见，那样两人秘密调查的目的就会泡汤，弄得不好还会打草惊蛇。

正所谓无巧不成书，远处拐弯处来了一位三十来岁的年轻人，嬴建峰一瞄认出是杨秋生说的小丁，情急中嬴建峰赶紧上前对汪震文说：“快快，到你老师家去说话。”

汪震文扭头一看有人来了，便赶紧对陶老说：“陶老师，我们先到您家坐，有话我们再说好不好？”

陶老师听罢颇感意外，她看看嬴建峰与汪震文两人紧张的神态，知道肯定有什么事发生，稍犹豫了一下，便朝隔壁她自己的住房走去。

好在她家外面的门没上锁，她一推就进去了，汪震文和嬴建峰快速走进去，嬴建峰转身将大门关上，然后跟着陶老师走进屋里。

陶老师感觉到嬴建峰行为的古怪，便转头看了一下汪震文，然后将眼光移到嬴建峰身上。

汪震文一瞧，忙介绍说："陶老师，这位是我的领导，我们队里的嬴指导员。"

陶老师听了，宽心地对嬴建峰笑笑，说："嬴指导员，不好意思让你见笑了。"

"没有没有，陶老师，我们今天来是想看看陶师傅的状况，我们不想让其他人知道，请您一定要理解。"

陶老师似懂非懂地点下头。

汪震文赶忙说："陶老师，如果有人问我们是谁，您就说是您的学生，来看望您的，请您一定要这样说。"

陶老师明白似的点下头。

真是响锣跟紧鼓，屋里话音刚落，外面就有人敲门。

嬴建峰马上轻声对陶老师说："陶老师一定记住，就说我们是您学生，这关系到我们能不能抓住凶手。"

陶老师从嬴建峰的表情里领会到了这句话的重要性，说："你们放心，这个我懂，要保密才能成功！"

嬴建峰马上点点头，接着对陶老师说："老师出去看看是谁，不开门会引起别人怀疑。"

陶老师看着嬴建峰露出鼓励的眼神，便淡定地走出房门，来到外面木门，打开。一瞧，是姓丁的小伙子。

小伙子笑着问："姑姑，你家来人了？"

陶老师一怔，问："你怎么知道？"

"噢，我刚才老远就看到了，有两个人进了你家。我不放心，过来看看。没什么事吧？"

"没事没事，是我的学生来看我。你也来坐坐吧。"

小伙子一听，忙笑着摇头说："不了，我去陪陪师傅，还有几件瓷坯没做完，人家等着要。"

"那，你先忙，等下就在我这里吃饭。"

小伙子忙摇着手说："不了姑姑，我还有事，做完事就要走，谢谢了。"

"那，你忙吧。"

"好的姑姑，我先去了。"

陶老师抬手挥挥，说："好，你去吧。"

小伙子转身来到陶宁子围墙外面，掏出钥匙打开锁进去，然后就听到他说

“师傅，我来了”的声音。

陶老师关好围墙门进来，有些歉意地对嬴建峰和汪震文说：“让你们久等了。……刚才是我弟弟的徒弟，前些年多亏了他照顾。”

嬴建峰听了笑笑，点点头。

陶老师见两人站着，忙说：“请坐，快请坐，我来倒茶。”

汪震文也不说话，见桌上摆有茶杯茶壶，便动手提起茶壶倒茶。

嬴建峰说：“陶老师您请坐，让震文倒茶，我想问您几句话。”

陶老师听嬴建峰说有话问她，知道一定很重要，就让汪震文倒茶，她自己就坐在嬴建峰对面。

“我们也听说有个小伙子照顾了陶师傅很多年，不知道他是哪一年来的？”

陶老师侧头想想，说：“应该是欣欣出事后的第二年。”

“那他是怎么拜陶师傅为师的？”

“这个啊，我也问过我弟弟，我弟说小丁听过他吹瓷埙，说太好听了，就跟着我弟弟到家里，跪着要拜他为师。我弟弟看他心诚，就收他为徒。”

嬴建峰明白似的点下头，接着问：“小丁家在哪里？”

“听他说住在她姐姐家里，老家在乡下，离这三十多公里。”

“他姐姐住在哪里？”

“这个，我真没问过，不过，凭感觉好像住得不远。具体哪里我就没去过。”

“那他，拜师之前在哪里做事？”

“这个，我真不清楚。”

嬴建峰听了，心里有些沉重，想想又问：“那，他有没有什么特长，比如说唱歌跳舞，写字画画什么的。或者打球跑步，修车开车一类的。”

陶老师仔细想想，轻轻地摇摇头，过了一会，她突然问：“会炒菜算不算特长？”

嬴建峰想想说：“这个，当然要看炒菜会炒到什么程度，如果说一般性的炒几个菜，那大家都会，那就算不上特长。”

“小伙子菜炒得很好啊。”

“好到什么程度？”

“又快又好，关键是动作麻利，切菜炒菜动作很熟练，放油盐酱醋什么的都很在行，不是一般的会弄菜。对了，这也应该是我弟弟很喜欢他的一个原因。”

嬴建峰听到这里，心里有个念头瞬间一闪。

“你刚才说，你弟弟很喜欢他，到底有多喜欢？”

“这个，该怎么说呢，总之吧，我弟弟不仅把他当徒弟。”

“那把他当什么？”汪震文冷不丁冒一句。

陶老师笑笑道：“是，是把他当成家里人。准确点说，是把他当成自己的小孩。”

嬴建峰心头一动，不由点下头，心里有种说不出的酸楚。一个横遭厄运饱受打击的孤苦伶仃者，遇到一个对自己尊爱有加、百依百顺之人，心理自然会产生极度依赖与信任。

“那他在隔壁要待多久？”嬴建峰问道。因他想到下一步准备跟踪他。

“他说做完事就走，不在这里吃饭。”

嬴建峰不由低头瞧一下手表，时间一点四十三，按陶老师的说法，小丁做完事就走，应该在吃饭前，也就是说，最迟在五点半左右会离开。小丁在此会待三个半至四个小时之间，所以，必须要在他离开之前选择好有利地形地点，做好蹲守准备，随时能够发现对方出现，实施跟踪。

想到这，嬴建峰拿眼瞥一眼汪震文，汪震文马上会意，知道要先离开，便对陶老师说：“陶老师我们有点事，要先离开，耽误您时间了。”

陶老师一听有些意外，忙说：“现在还早，再坐坐吧，就在这吃饭，不行我就叫小丁来弄。”

嬴建峰忙制止说：“你千万别客气，我们还有紧急任务，等会如果那个小丁来打听情况，你千万不能说我们是公安局的。”

“我知道，保密！”

汪震文感激地笑笑，说：“今天来得匆忙，空着手，真不好意思。”

“你说这话，看见你比什么都高兴。欣欣的事，你一定要上上心，不要拖得太久。”

汪震文露出点羞愧的神情，说：“老师您放心，我们一定会抓住凶手，替欣欣申冤的。”

陶老师又拉住汪震文的手，泪水又在眼眶打转。汪震文一瞅，怕陶老师情绪失控哭出声来，那样就不好了。于是忙劝慰对方说：“老师不要难过，请您相信我们。”

陶老师哽咽着说：“我相信你……”

汪震文双手紧握着陶老师的手，安慰说：“老师保重，我以后会来看您的。”

说完，汪震文毅然松手走出平房，嬴建峰向陶老师抬手挥挥，表示告别，然后也走出门。

陶老师来到围墙大门外，对着汪震文和嬴建峰的背后说："你们慢走啊！"

嬴建峰与汪震文两人又转回头，向陶老师挥挥手，然后快步离开。

80

嬴建峰与汪震文来到吉普车旁，嬴建峰坐进驾驶室后排，不由长长舒了口气。

汪震文感到嬴建峰有话要说，便转头瞅瞅嬴建峰。

嬴建峰抬手看表，说："你不是说只借了半天的车，现在马上快两点了，你赶紧把车还回去吧，我在这等你。"

"那，你不回去吗？"

"你个小滑头，明知故问。"

汪震文不好意思地笑笑，说："我知道师傅的意思，是要跟踪那个小丁。"

嬴建峰伸出大拇指，说："不愧是我的徒弟。"

汪震文半开玩笑问："我这个徒弟，与陶宁子的徒弟相比，怎样？"

"无可比性。一只大黑猫，一只小灰鼠。"

"哎呀，形象也太差了吧？"

嬴建峰用手挥挥，口气急促说："你快去快回，咱们今天的任务，就是找到小丁的住所，下一步还要对他之前的事开展调查。"

"知道了师傅，我猜得没错的话，你还准备到师范学校去调查。"

"不错。那我问你，我到师范学校查什么啊？"

"那还用说，肯定是调查陶欣当年在学校的情况。"

"这样说也没错，那我找哪些人调查？"

"先找他的老师，再通过老师找到她的同学，包括同班、同级及同校的学生，甚至可以把范围扩大到与她活动轨迹有交叉的所有人与事。"

"嗯，这句话也没错，当年侦破这起案件时，也是这种思路，所以，我觉得还是太笼统抽象，你能不能说得再具体些？"

"噢，当年给陶欣被害案件定性时，推断是情杀为主，仇杀为次，因情生仇而杀兼有。这样说来，就应该彻查对陶欣爱慕，或者因爱不得而生恨泄愤者。”

“这张网太大，杀人者肯定是在这张网里，但你还是没法分辨出谁是凶手。”

“那，师傅的意思，应该从哪里下手？”

“就是你刚才说的，‘甚至可以把范围扩大到与她活动轨迹有交叉的所有人与事’。只不过我要对你这句话改一个字。”

“改一个什么字？”

“将你最后那句‘所有的人与事’，改成‘特有的人与事’。”

汪震文眨眨眼，努力思索着这一字之改的意思，终于明白地一抬手，说：“我知道了，你把‘所有’改成‘特有’，是要从海量的信息中，找到最直接关联的信息。”

嬴建峰一拍座位后背，大声说：“对啊！那接下来呢？”

“接下来？……哎呀时间不早了，我得赶紧把车子还回去了。……师傅，那你……”

嬴建峰抬手指点着汪震文，笑笑，自嘲说：“我该下车归位喽。”说完，嬴建峰钻出车子，掉头往陶宁子住的柴堆弄走去。

81

六月底的天开始炎热，明晃晃的太阳当空照射，刺得人眼睛滞涩难受，身上的汗水也沾湿了衣背。

嬴建峰来到柴堆弄路口，迅速寻找最佳观察位置。他以陶宁子家门口为轴心，以自己双眼视线为连线，移动身体进行目测，以能隐蔽自身而能观察到对方为最后蹲守点。

选中的这处蹲守点，是路口旁的一家自行车修理店，店主是个四十多岁的拐子，骨瘦如柴，胡子拉碴，但为人温和善良。

嬴建峰进得店去，从口袋里掏出一包香烟，递给店主一根，店主一瞧，见是好烟，忙满脸堆笑，放下手中沾满油污的铁锥子，伸手接过。

嬴建峰说：“不好意思，我在这等个朋友，想在你这里坐坐。”

店主忙说：“没事没事，你随便坐。”

嬴建峰说："可能要坐几个小时。"

店主笑笑，说："没事，没事，你坐多久都行，我手头上有事。"

"你忙吧，我正好带了报纸看。"

"那你看报纸吧，口渴了壶里有水，自己倒。"

"谢谢！"

嬴建峰不再客气，他拖过一条脏兮兮的小木凳坐下，从口袋里掏出一张《人民日报》，看了起来。不过，他是一只眼看报纸，另一只眼瞄着陶宁子家门口。

半个多小时，汪震文骑着自行车过来。他一眼瞧见嬴建峰，便下车推着自行车过来。

店老板见有人过来，忙问："同志你有事吗？"

汪震文抬手指指嬴建峰，店主客气地笑笑，转头瞅瞅嬴建峰，嬴建峰忙起身发一支烟给店主，店主笑眯眯地接过，瞧见有人推着破胎的自行车来，便上前帮人拆胎补胎。

汪震文拿过一条旧木凳，靠近嬴建峰坐下，兴奋地压低声音说："师傅，美琴姐和大伙都在分局等你呢。"

嬴建峰一听觉得意外，也低声问："等我干吗？"

"原因好多。"

"什么原因？"

"美琴姐是担心你身体，询问你的情况。"

"那你跟她怎么说的？"

"我说你有要紧的事，一时回不了。"

"她就那么相信你？"

"她是不相信我，是相信你。"

"你小子说得好听。那其他人呢，等我干吗？"

"大伙听说你调令来了，都吵着要请你吃饭。最后大家商量了一下，排了一下时间，你可以吃一个多月。"

嬴建峰听了感动，说："大伙太客气，真的不用。我就是想赴宴，也没时间啊。"

"是啊，我跟他们说了，你能不能赴宴，要看你有没有时间。"

"这话说得有水平。如果真的像你说的，大家排队一个多月，那我不要去省厅上班了？"

“是啊。师傅，人出来了没？”

“还没有。估计没那么快。”

“师傅，刚才我开车走的时候，你问我下一步，是什么意思？”

“我是问下一步调查从哪里入手。”

“我觉得第一步要找到这个小丁的住址，这样以后跟踪调查他就方便多了。”

嬴建峰笑笑问：“那，第二步呢？”

“第二步是要查清这个小丁的全部情况，重点是与陶欣有交集的情况。”

“没错。那你觉得，哪些情况可能会与陶欣交集？”

“我是这样想的，如果这个小丁真的是杀害陶欣的人，那他肯定之前认识陶欣。他是在哪里认识陶欣的呢？从发现陶欣被害的地点来看，凶手显然是跟踪过陶欣，并且熟悉周围环境之人。那么，什么样的人具备这种条件呢？从一般性原理来分析，应该是那些能经常接触到陶欣的人。”

“你说了半天，还是没说到点子上。”

“对小丁的调查，从他到市里来开始，我就不信查不清楚。”

嬴建峰轻轻一笑，说：“其实，中午的时候，你的那位陶老师已经告诉了我们，第二步从哪里着手查。”

“啊……我怎么没听到？”

“我问你，陶老师说那个小丁，有什么特长？”

“他的特长？噢，他的特长是会弄菜啊，还弄得特别好。”

“我再问你，什么样的人，能把菜弄得特别好？”

“肯定是厨师啊。”

“对啊！一般人弄菜，即使会弄，那也是特定的几个拿手菜，请注意，那个小丁可是切菜弄菜很熟练，使用油盐酱醋样样在行，而且弄什么菜都好吃。一个从乡下来的小伙子，很会弄菜，那他肯定是专门学过做过厨师的。”

汪震文茅塞顿开地点点头，说：“师傅这么一说，我就明白了。”

“我再问你，师范学校会弄菜的厨师，在哪儿啊？”

“肯定在食堂呗！”

“对啊！咱们就从师范学校的食堂查起，如果这个小丁在陶欣读师范时就在师范食堂做事，那他杀人的嫌疑就大幅上升。”

汪震文一听，兴奋得站起身来，他再也坐不住，朝嬴建峰一伸手，说：“拿来。”

嬴建峰一时没反应过来，问：“什么啊？”

“小丁画像啊。”

“怎么，你想去师范调查？”

“对啊！如果小丁真的在师范食堂干过，那他就成为头号嫌疑对象。”

嬴建峰利索地拿出笔记本，从上面撕下画像，递给汪震文。

汪震文仔细看看画像，小心地放进上衣口袋，对嬴建峰说：“师傅，你在这蹲守，我现在就去师范。”

“那，你回队里开个介绍信。”

“不用，师范保卫处长是我兄弟，我自己就是介绍信。”

“这小子，还嘚瑟上了。”

汪震文笑着挥挥手，说：“师傅，等我消息。”

说完，江震文推起自行车，用力一推，车子往前快速溜去，只见他双手把住龙头，左脚先踩上左边踏板，右脚使劲一撑地面，身子腾空而起，右腿潇洒地成弧形划过后座，然后身子下沉，屁股稳稳落在后座，接着身子前倾，双脚使劲踩着踏脚板，自行车嗖地蹿出老远，一眨眼工夫，消失在街上。

82

下午五点过五分，汪震文兴冲冲地骑着自行车赶来。远远的汪震文见嬴建峰站起身来，边走边将报纸折好放进口袋。

汪震文知道嬴建峰已经盯上了小丁。

果不其然，在街道另一边约二百米处，小丁手提着一个纸箱，正往前走。

汪震文庆幸自己及时赶到了，这样就可以配合嬴建峰跟踪，一旦嬴建峰被小丁察觉，自己就可以接上。

按照往常的做法，嬴建峰在前面跟踪，如果没被对方发现或察觉，他就会一直跟下去，直到目的地。若被对方发现或察觉，则会停下或转头往回，以免引起对方进一步怀疑与确认。

汪震文也庆幸没让黄美琴跟来，因为她与陶欣是同班同学，两人经常形影不离，到食堂吃饭肯定也一样。要是那样，小丁肯定也认得黄美琴。

小丁其实不姓丁，而是姓金，叫金水发。也许是读音相近，将金当成丁了。而小金默认别人对他姓氏的误读，恐怕也有他不想让人了解其真实身份的心理有关。

小金一到市里，就通过人介绍到师范食堂做事。因他吃苦肯干，很会钻营，半年后跟着大师傅学厨师。一年之后，他青出于蓝而胜于蓝，所炒的菜胜过他师傅。学校来了什么客人，平时重大节假日的菜肴，都要他来做。这个时间段，正好是陶欣、黄美琴她们入校学习的阶段，在时间、地点上都属于交集阶段。而就在学校准备将他录用为正式职工时，他却突然辞职不干了。

于是乎，这个金水发的杀人嫌疑，霎时间浮出水面。

得尽快把这些情况告诉师傅。

汪震文跟在嬴建峰身后，既不能太靠近嬴建峰，又不能离得太远。太靠近容易被金水发看见，那样就失去了双人跟踪的优势。太远了看不到嬴建峰的行踪举止，无法及时掌握判断跟踪的变化情况，失去了第二跟踪人的作用。

汪震文心里清楚，在人多的情况下，嬴建峰跟着金水发不易被察觉，可以一直跟着。但在人少、特别是无其他人的情况下跟踪，就很容易被对方察觉发现，在这种情形下，及时替换上第二跟踪人，就显得非常重要。

就这样，嬴建峰跟着金水发，汪震文跟着嬴建峰。

金水发先是到了解放路住房区的一处柴窑，五分钟后出来时，他手里提的是比原先还小的纸箱，应该是他将做好的瓷埙拿去烧了，又将烧好的东西拿出来。

接着金水发来到瓷器街，在离“泥巴崽”店铺斜对面约一百来米的一间小店，挂着“瓷乐世界”的牌子，里面摆放着各种吹奏的瓷乐器。

嬴建峰见金水发进了店，不一会店里传出瓷埙的吹奏声，嬴建峰仔细听听，竟是那首陶宁子创作的《想女儿的时候》。瓷乐传到街上，不少游客行人都驻足不走，有的朝店铺走来，站在店前聆听。

嬴建峰从边上往里瞧，见是金水发在吹奏。几分钟时间，店前围满了人。有人开始购买瓷埙。有人向金水发请教吹奏技巧。金水发耐心地教人吹奏。店老板忙着跟客人谈价钱介绍产品。

半小时不到，瓷埙就卖完了。嬴建峰听到隔壁有人说：“你下次要多做些，不够卖啊！”

“好的，我一定多做些。”金水发答道。

不一会儿，金水发就从店里出来，他站在店前，朝斜对面望望，然后折身往来的方向走去。

穿过三条街弄，拐了八道弯，花了差不多一个小时，终于来到了瓷城东南边的半边楼。这半边楼也是一条小街，房屋错杂破败，以自建私房为主。住户大多数是外来人员，以打工做粗活杂活脏活累活者居多。因而人声嘈杂，整街处处显得脏乱差。

嬴建峰跟着金水发，金水发进了一处靠山的搭建平房，平房用水泥砖与窑砖杂糅建成，平房共三间，房顶用暗灰色土瓦盖上，每间房都有木门，并且前后有窗户，木门及窗框都用淡绿色漆刷成，有点脏旧。

为防止被金水发察觉，嬴建峰赶紧离开。不过，嬴建峰觉得就这样离开不合适，应该选择确定几处观察监视点，这样接下来就可以对他实行监视。

嬴建峰退出能看见金水发平房的视线范围，转身就看到有两排卖菜的摊点，最近的摊位是一家卖肉铺。因已是下午六点，肉早已卖完，夕阳照在卖肉摊桌上，散发出难闻的腥臭气味，无数绿头大苍蝇盘旋飞舞，嗡嗡作响，让人瞧着有些恶心。

嬴建峰又回头看向路口另一边，也是一家卖肉铺，不过肉铺桌比这边小许多，苍蝇也没这边的多。

嬴建峰不由皱皱眉，推测另一边的肉铺生意应该没这边的好，因为苍蝇的数量，就能印证卖肉的多少，也就说明了生意的好坏。

嬴建峰往前走了百来米，见到一条小弄，便走了进去，钻进一处树木葱郁的山坡，爬了上去，再往金水发平屋的方向走去。也就走了百来米，就能瞧见山坡下的平房。虽看不到房内的情形，但平房周边的场景还是一目了然，进出平房的人员活动也能看得清楚，心里便踏实了许多。

正在嬴建峰凝神观察坡下景物时，他听到背后有人走来的轻微响声，嬴建峰猜出是汪震文来了。便头也不回地抬起右手，张开手掌往下面压压。

汪震文知道嬴建峰是叫自己小心些。他忙弯腰低身走近嬴建峰身边，朝嬴建峰所看的方向望去，见金水发住的平房尽在眼底。

嬴建峰用手指指平房，轻声说：“他就住那。“

汪震文点点头，一脸兴奋。

嬴建峰见汪震文的表情，已经猜到了他去师范调查的结果，便笑笑问：“师范那边情况坐实了吧？”

“师傅了不起，跟你推断得一模一样，真是神探。”

嬴建峰谦虚地笑笑，对汪震文说：“我算什么神探，要是神探这起案子早就破了，用不着拖这么长时间。”

“这个不能怪你，你一直忙得不可开交，根本没时间查其他案子。”

嬴建峰有些愧疚地摇摇头，说：“回去赶紧办手续。把这起案件办结了，我也了结一桩事。”

汪震文郑重地点点头。

83

回到刑警队，已是晚上七点。

令嬴建峰没想到的，是黄美琴打好饭菜在办公室等她。

就在嬴建峰看到黄美琴和桌上饭盒的那一刻，心里霎时涌起一股暖流。因为嬴建峰心里清楚，黄美琴给自己准备的饭菜，不管自己在外面吃没吃，都是有备无患的。按黄美琴的说法，即使自己已经在外面吃过了，也可以当夜宵。

嬴建峰感激黄美琴这么多年来对自己的钟情、关爱与照料，也感佩她对友情的真挚对事业的忠诚。

见嬴建峰进来，黄美琴赶紧站了起来。嬴建峰情不自禁地上前，紧紧抱着黄美琴，心里充满了柔情蜜意。

要不是因为陶欣的案件未破，她早就与自己结婚成家了。而眼下杀害陶欣的线索，可以说基本上找到了，要是这时候告诉她，不知道她会高兴得成什么样儿。

黄美琴也紧抱着嬴建峰，两人拥抱着，用紧贴的身体传达着一种爱意。半晌，黄美琴抬起头，急切地责问：“你到哪里去了也不告诉我，你忙什么事啊忙？真是急死人了！”

嬴建峰笑嘻嘻地看着黄美琴，他真想把自己发现调查的线索情况告诉对方，让她也高兴高兴，但他更担心黄美琴控制不住自己的情绪，在无意中会泄露案情。

嬴建峰几次到嘴边的话咽了回去，他觉得眼下还没有掌握那个金水发确凿的证据，等找到铁证后再跟她说。

嬴建峰想起汪震文说战友们要排着队请自己吃饭的事情，就半开玩笑问：“听说有人找我啊？”

黄美琴眨眨眼，恍然大悟地一拍头，说：“你看我这记性，是有个女的打了几次电话找你。”

嬴建峰一愣，忙问："哪里女的？"

"好像，好像说她是什么、什么崽的老婆。"

"'泥巴崽'的老婆？"

"对对对，是说'泥巴崽'的老婆。"

"她找我干吗？"

"说是什么她老公出去，好几天都没打电话回家，她怀疑失踪了，所以很着急。"

"啊！我今天就到过他店里，店里的人说他昨天出差，到哪里去什么时候回来都不清楚。难道他老婆也不清楚？"

"是啊，她打电话时都急得哭了，说她在她老公留在家里的通讯本上找到你的电话，才打来的。"

嬴建峰明白了，"泥巴崽"老婆是担心自己老公出什么事。最后一次"泥巴崽"跟自己联系，是为了打听"小古董"游德友的情况，喝醉酒打来电话的。自己跟踪游德友去深川市，回来后一直忙，没来得及跟他联系。

今天本来想去看看他，准备当面向他道谢，并且将自己即将调到省厅的消息告诉他，毕竟"泥巴崽"在几起大案中都帮过自己，所以心中对他还是存有一丝谢意。特别是这次侦破特大文物走私案，他起的作用非常大，他还自己垫钱帮自己打探情报，自己还欠他人情。可惜他不在店里，没见着。没想到他老婆会急成这样。

嬴建峰马上翻出通讯录，翻出"泥巴崽"家的电话号码，赶紧打了过去。

对方一接电话，嬴建峰就听出是上次电话里出现的声音。

女人问："谁啊？"

"我是'泥巴崽'的同学，我姓嬴。"

"什，什么迎啊？"

"就是，就是那个秦始皇嬴政的嬴，跟输赢的赢下面中间只差一个字，输赢的赢下面中间是一个宝贝的'贝'字，我这个姓下面中间是个'女'字。"

"噢，嬴同学啊，我想问你是不是知道我家'泥巴崽'的情况？"

嬴建峰心想现在案件已侦查完毕，没必要隐瞒自己的身份了，便说："我是公安局刑警队的，有什么需要做的你尽管说。"

对方一听是公安局刑警队的，一下子失去控制，不禁"哇"地哭了出来，边哭边说："我家，我家'泥巴崽'很可能出事了，他从来没有过几天都不打电话回家的。就是，就是到再远的地方去，他都是每天一个电话。你是‘泥巴崽’同学，你一定要帮我找找他。”

“你别急，慢慢说，我一定会帮你的。”

“谢谢你啊！”

“不用谢，我们是同学。哦，我想问一些‘泥巴崽’的情况，可以吗？”

“你问你问！”

“‘泥巴崽’是哪天离开家的？”

“二十号早上五点就出去了，他说带一批仿古瓷卖给台湾人，说价钱很好。”

“他说了能卖多少钱？”

“说了，好像有上百万。”

“这么多啊？那他怎么去的？东西又是怎么运走的？”

“他说坐火车去，东西也在火车站托运。”

“他说什么时间回家？”

“说来回最多三天。按正常速度，昨天就应该回家了，可他到今天都没音讯。”

“你怎么认为，他会出事呢？”

“以前他出差，约好每天早九点或晚上六点打电话回家，家里没人就打电话到店里，我没接到他电话其他人也没接到过。二十一号上午九点，他都打了电话回来，说东西已出手，钱也拿到了，说已经买好了回程的票，二十二号早上就可以到家，可他到现在没有一点音讯。”

嬴建峰听了心情变得沉重起来。按常理，一个身带巨款者突然失踪，除个人原因不愿回家外，被人绑架或被害的可能性是非常大的。眼下，要先排除他的个人原因。

“我想问几个问题，可能会涉及隐私方面的。当然，你可以不回答，但这些问题对找人却至关重要！“

对方沉默了一会儿，然后下决心地说：“只要能找到人，你问什么都可以。”

“那就好！不过我问你每个问题，你都要如实回答，否则我就没有一点办法。”

“你尽管问。”

“好！我问的第一个问题，就是你和‘泥巴崽’两个人之间，夫妻感情好不好？”

“好！好得很啊！没有一点问题。”

“好！第二个问题，就是‘泥巴崽’是不是有外遇？”

“没有，我从来没发现过。”

“那好！我问的第三个问题，是‘泥巴崽’有没有什么仇人？”

对方停了一会儿，然后说：“这个不清楚，做生意的可能会得罪一些人，但具体得罪谁我就不清楚。”

“这次出差前他有没有什么反常的情况？”

“好像没有。最起码我没发现。”

“那他最近有没有什么反常的情况？”

“最近多久时间？”

“最近两三个月吧。”

“最近他好像跟同学还有几个做生意的接触比较多。几次都喝醉了。对了，有次他喝多了说自己立功了，报了恩。不知道什么意思？”

其实这点嬴建峰是清楚的，可他又不能说，便避开对方话头，问：“他还有其他什么特别的情况吗？你比如他喜欢吃什么？买什么？用什么的？”

“这个，还真有一个，不知道算不算？”

“你说说看。”

“他两次回家都说那个猪眼睛真好吃？”

“猪眼睛？”

“是。”

“猪眼睛怎么吃啊？”

“我也不知道。”

“还有没有其他的？”

“好，好像没有了……”

嬴建峰想想，对方一时间不一定能想到很多，有些记忆是有时间段的，也有时间节点，这时记不起来，过段时间可能就会记起来。

想到这，嬴建峰说：“那好吧，如果今天晚上‘泥巴崽’还没有回来，你就明天早上到城东公安分局刑警队来报下案，登记一下，这样我们就好立案。”

对方一听立案，想到这人可能真的出事了，便又“哇”的一声哭了起来。

嬴建峰一听，忙安慰说：“你不要哭，现在情况不明，还不能肯定‘泥巴崽’就真的出了什么事，也许他生病或出其他意外也有可能。”

对方听嬴建峰这样说，慢慢地止住了哭声，再次说：“你一定要帮忙啊！”

“这个你放心，我和‘泥巴崽’是同学，就不是同学出了事我也会帮忙的。”

“那谢谢了，等找到‘泥巴崽’，我们一定好好谢谢你。”

“谢谢就不用了，这是我应该做的。好了，挂了啊。”

对方放下话筒，嬴建峰的心却提起来了。他在思索着“泥巴崽”到底是什么情况。

这时汪震文手拿报告走了进来，笑着对嬴建峰说：“师傅，你签个字吧。”

嬴建峰拿起报告一看，是要求对金水发立案侦查的报告，犹豫着说：“我已经下了调令，我签字行吗？”

“行啊，你还没正式报到，还是咱队里的指导员，签字肯定行。”

嬴建峰想想说：“那行，我签。”说完嬴建峰掏出笔就在队领导签字一栏里签上自己的姓名。

汪震文接过报告，朝黄美琴笑笑，说：“师母，麻烦你盖个章哈。”

黄美琴脸一红，嗔怪地白了汪震文一眼，拿起报告，看了看，说：“这个金水发是谁啊？”

汪震文张张嘴没说出口，便转头望望嬴建峰。嬴建峰说：“是一个嫌疑人，我们准备对他立案。”

黄美琴侧头想想，问：“是不是你们最近忙的案子？”

汪震文连忙点点头。他又拿眼看着嬴建峰。

嬴建峰笑笑说：“是啊，是最近发现的案子嫌疑人。”

“你还有一个星期就报到了，还办得了案吗？”黄美琴瞪着媚眼问。

嬴建峰愣了一下，想想说：“其他案子办不了，这个案子必须得办？”

“这么重要？”黄美琴满是狐疑地瞅着嬴建峰。

嬴建峰很肯定地点点头。

黄美琴见嬴建峰态度这么坚决，心想应该是很重要的案件，便问：“那，你们要不要我帮忙？”

汪震文一听又慌着转头看着嬴建峰。

黄美琴笑着问汪震文：“你老看嬴建峰干吗？”

汪震文忙说：“……噢，到时候要的。”

黄美琴转头又瞅着嬴建峰，问：“怎么，这起案件很重大吗？搞得神神秘秘的，好像连我都要瞒？”

嬴建峰一听忙解释说：“哪里，现在只是怀疑，等查得差不多了再告诉你。”

黄美琴一嘟嘴说："哼！不怕你们作怪，材料还不是要经过我的手。"

嬴建峰忙接嘴说："对了嘛，孙悟空再会蹦，最终还是逃不出如来佛的手掌心。"

黄美琴转嗔为喜，一晃手上报告说："知道就好！"说完，黄美琴拿着报告出了门，朝自己的内勤中队办公室走去。

汪震文赶紧屁颠跟着，临出门时，扭头笑着对嬴建峰吐下舌头，扮个鬼脸。

嬴建峰向汪震文挥挥手，眨眨眼，意味深长地笑笑。

84

嬴建峰独自在办公室连夜研究陶欣案卷，凌晨六点钟才回家休息，刚睡了三个来小时，迷迷糊糊地听到窗外吉普车的喇叭声。

一听，是汪震文摁的。这家伙摁喇叭的声音，是连着摁两次两声，意思是：师傅，有事。

嬴建峰心想，是不是汪震文办好了对金水发的立案手续，急着想告诉自己。当然，对方不知道自己加夜班很晚，要不然他也不会这么早就来。

昨晚汪震文死活要请嬴建峰吃饭，三个人便在分局斜对面的好再来酒店点了四菜一汤，吃完后嬴建峰让黄美琴和汪震文先走，他自己就躲在办公室，将之前封存的陶欣案案卷拿了出来，从头至尾仔细梳理了一遍，找出了一些疑点，也理出了侦破当中没有深入的关键问题。正好将黄美琴给自己打好的晚饭当夜宵吃了，熬夜到凌晨五点半才回家。

嬴建峰不想让汪震文等太久，便用手拍拍脑瓜，让自己清醒起来，然后有点踉跄地走出房门。汪震文一见嬴建峰，赶紧大声叫："师傅！发案了！"

嬴建峰一听，也顾不得洗脸，就上了吉普车。

汪震文也不多说，发动车子就开。

嬴建峰问："发了什么案？看你急的。"

"杀人了。"

"哪里杀人了？"

"就是咱们昨天去的地方，半边楼街。"

嬴建峰心里一紧，莫不是那个金水发被人杀了？忙问："谁被杀了？"

“是个屠夫。”

“哪个屠夫？”

“具体哪个不清楚，是派出所所长沈大山打电话来，说是有人到派出所报案。”

嬴建峰点点头，催促：“那，那快去看看，技术组的人通知了吗？”

“通知了，他们都在路上。”

二十钟后，汪震文就将车子开到半边楼街西路口，见前面路旁围了不少人。派出所所长沈大山已经在维持秩序。

嬴建峰赶紧下车，朝沈所长走去。

沈所长见状赶忙迎了上来，握着嬴建峰的手急促说：“你们总算来了！”

“沈所长辛苦了，什么情况？”

嬴建峰与沈大山两人边走边说。

沈大山立即介绍说：“死者叫鲁大炮，渔阳县云盘镇人。十年前从乡下到半边楼卖牛肉，就住在前面左手边二层楼阁房。”

“谁第一个发现的？”

“是马有财发现的，他跟死者是老乡，也是卖牛肉的。住在死者隔壁。他见死者快九点钟了也没来市场卖牛肉，担心死者是不是生病了，就跑到他家里看，走到他家门口叫了几声，没人应答。他一看门没锁，就轻轻推开，再喊也是没人回应，他就一直往里走。他知道鲁大炮住在二楼，便沿着楼梯走到二楼，一进卧室，就看到死者倒在床上全身是血，吓得转头就跑，边跑边大声喊叫，杀人啦，杀人啦，吓得从楼梯上滚了下来，然后一路喊叫着到派出所报案。”

嬴建峰边听边点头。说话的当儿，已经来到死者住所门口。嬴建峰下意识地回头瞅瞅，见法医曾多法还有助手李洋河、技术员邱小兵已匆匆赶到，便转头对沈大山说：“谢谢你沈所，麻烦你维持好秩序，另外请你安排人走访一下周围群众，看看昨天与今天早上有没有什么可疑人员出现，再通知死者家属到现场来确认一下财物情况。”

沈大山忙回答说：“我已经安排外勤调查了，也通知了死者乡下的老婆，快的话，估计一两个小时就会到。”

嬴建峰一听高兴地点点头，说：“那太谢谢你了，我们马上现场勘查，有情况我们及时通气。”

“好的，你们忙，回头再聊。”沈大山说完，转身离开。

嬴建峰来到门外，穿好鞋套手套，朝曾多法和李洋河他们一挥手，说：“开工吧！”

几个人小心翼翼地进到屋子，只见大门虚掩着，门锁完好，没有撬压破坏的痕迹，一楼客厅也没有任何明显异常。邱小兵用照相机一通拍照，固定现场痕迹。

嬴建峰和大家来到二楼，一眼就看到死者满身是血躺在床上，头部被钝器猛烈打击导致严重变形，墙壁木板有大量喷溅状血迹，床上被子被单、地上都是鲜红的血迹。同时发现二楼死者房间衣柜衣物全部翻乱一地，存放贵重物品的桌子抽屉、箱子全部被撬开翻动。

嬴建峰见小阁楼的窗户开着，便走向前，仔细观察窗户边框，发现有撬压的痕迹。嬴建峰走到窗口边上，将头伸出窗外，往下瞅瞅，目测了一下，窗户离地面将近三米高。

由于现场痕迹太多，邱小兵有点忙不过来，已经画完现场方位示意图、中心示意图的汪震文过来帮忙。他们对每处痕迹进行细目拍照，并提取血迹。

遗憾的是，现场并没有提取到有价值的指纹和脚印。

嬴建峰等人忙了差不多两个小时，现场勘查基本结束。

这时沈大山带着一位四十来岁的妇女，站在楼下呼叫嬴建峰。嬴建峰赶紧出来，沈大山介绍说：“这位就是被害人鲁大炮的妻子，刚从乡下赶来。”

嬴建峰对着妇女轻轻点下头，说：“这位大姐，你一定要节哀啊。”

妇女一听，两眼开始发红。当李洋河等人将鲁大炮抬出门时，嬴建峰抬抬手，示意停下。嬴建峰将盖在死者脸上的毛巾轻轻掀开，妇女一见“哇”的一声哭了出来。她上前抓住担架，边哭边骂：“你这个挨千刀的，你这一走我们怎么办啊？叫了多少次叫你回去叫你回去，你就是不听！现在好了你倒狠心走了，这一家子老小你叫我怎么办哪？！”

嬴建峰这时发现妇女身后还站着个女孩，女孩胆怯地拉着妇女的裤腿，伤心地哭着。

妇女蹲下身子，用手抹女孩脸上的泪，说：“小燕不哭有妈在，不怕。”

马有财走过来，对妇女说：“让公安同志把大炮抬走，他们要做检验，可以早点抓到凶手。”

妇女听罢，看看尸体，忍悲含泪，慢慢点下头。

嬴建峰见时候差不多了，便轻轻抬手一挥，李洋河等人赶紧将尸体抬走。

嬴建峰对妇女说：“大姐，你先看看，少了什么东西没有，这对我们破案很重要。”

妇女听罢点下头，然后有气无力地往前走，她站在一楼门口，朝里面瞅瞅，又转头看看四周，有所发现似的对嬴建峰说：“摩托车，摩托车不见了。”

马有财忙接嘴说：“对啊，运牛肉的摩托车怎么不见了？”

嬴建峰神情严肃地对妇女说：“大姐，请你再进屋看看，特别是二楼，看看还有什么东西丢了，这些对我们破案很重要。”

妇女似懂非懂地点下头，边上的马有财赶紧跟她解释，嬴建峰拿出塑料鞋套手套，让妇女戴好，吩咐马有财看管好小女孩，嬴建峰陪着妇女进屋，从一楼看到二楼，在二楼木柜子前，妇女伸手拉开看看，里面空空如也，说：“钱没了，差不多一个月的工钱，过两天他就带回去。”

嬴建峰问：“大概有多少钱？”

“一般一百来块。”

嬴建峰点下头表示知道，然后他带着妇女下楼出了门，对妇女说：“案子没破前，房子暂时还不能让人进来，请你要理解。”

妇女一听又悲伤起来，呜呜哭了起来。边上的马有财对妇女说：“先到我家去住，有事公安好找些。”

嬴建峰听了，觉得这个马有财做人还不错，便对马有财点下头。

马有财似乎看出嬴建峰的心思，便主动解释说：“张百香是我的远房表亲，这个时候，我不帮她谁帮？”

嬴建峰点下头说：“那就麻烦你了，你尽量安慰她们，可能有些事到时还要问她的。”

马有财忙点着头说：“这个我懂。”

嬴建峰这时想到的，是尽快开展调查访问。

85

嬴建峰环顾一下，见谷地丰、汪震文和沈大山都在，便叫几个人站在街旁一处无人的大树下召开临时会。

“死者个人的基本情况已查清，现在我们要做的，是要尽快查清他平时的表现，他与别人的交往情况，不管是好的还是坏的，都要查清楚。”

谷地丰说："会不会是流窜作案？那样咱们就没必要兴师动众搞人海战术了。"

嬴建峰摇摇头，说："现场情况不像。如果是流窜作案，一般都是图财不害命，应该是先进去偷东西，被害人发现后再杀人的，那样现场就会有搏斗的痕迹。但现场并没有打斗搏斗的迹象，凶手是趁着死者熟睡，一进去就行凶杀人，所以可以排除因盗窃而杀人的可能性。"

谷地丰摇头说："那个不一定，凶手可能是先进去偷东西，被害人惊醒后，凶手用凶器威逼被害人，然后乘被害人不备，将被害人杀死。"

"如果是这样的话，被害人肯定会躲闪，那样死者致命的伤口裂痕就会因受力程度不同，出现不规则轻重不一的痕迹，但我发现死者伤口整齐，显然是在死者熟睡状况下一击毙命的。"

谷地丰侧头想想，反驳说："那现场东西被翻得一塌糊涂，钱也被偷了，还有死者最值钱的摩托车也被盗，这些不都是盗窃吗？"

"这些应该是犯罪分子打的烟幕弹。"

"什么意思？"

"他们是想转移我们的视线，扰乱我们的侦破方向。当然，目前只是我的推测，要调查后才能确定。"

汪震文见谷地丰有点挑刺的味，便想岔开话题，说："师傅，那你说我们怎么调查走访吧？"

嬴建峰知道汪震文的用意，便顺水推舟说："兵分两路，一路调查摩托车的去向，看看能不能找到被盗的摩托车，如果能找到，也许从丢失的摩托车上能发现凶手的线索。"

汪震文立即举手说："我去查！"

"好，摩托车的去向，你心里有数吗？"

"我想，无非是四种情况。"

"说说看。"

"一种是被盗后偷开到外地或乡下，那样调查的难度就较大了。第二种情况，有可能将车子隐藏在市里或郊区隐蔽的地方，等过段时间风平浪静后再销赃或者自己用。第三种情况，是将车子卖给修理摩托车的店，或者自己改装后再销赃。还有一种，是将摩托车丢弃在某地，然后逃跑。"

嬴建峰点点头说："如果是前三种情况，说明盗窃杀人的可能性大。如果是最后一种情况，那凶手盗窃杀人是假，其他杀人是真。”

“好的，师傅，我立即向全市和周边地区发协查通报。”

“好！兵贵神速，越快越好！”

汪震文点下头，抬脚转身准备离开，突然想起了什么，便两眼朝嬴建峰眨眨。

嬴建峰知道汪震文有话说，又不方便当着大家的面，就走近汪震文，轻声问：“什么事？”

“师傅，那个金的事怎么弄？”

“手续办好了没？”

“金局签了字，还没来得及到市局办技侦手续。”

“那，咱们先就这边，先把这起案破了再说。”

汪震文于心不忍，因为他清楚，抓住杀害陶欣的凶手，黄美琴就可以与师傅结婚了，那可是师傅一生的大事。现在刚发现线索，师傅就要调离，现在不抓紧时间，恐怕来不及。

汪震文张张嘴，想说让他先办那起案，或者两起案子同时办也行，可他话到嘴边又咽了回去。他见嬴建峰目光坚定，知道师傅不会那样做，就不好再多说。他垂下头，觉得满是遗憾。

嬴建峰抬手一挥，示意汪震文快点行动。

汪震文离开大树底下，朝不远处的队员一挥手，几个人立即朝汪震文走来。汪震文跟他们简单说了几句，便带着他们上吉普车离开。

边上的沈大山主动问嬴建峰：“需要我们做什么？”

嬴建峰转眼看一下沈大山，说：“你们开展人员排查吧，你看怎样？”

沈大山用手摸摸头，有些不好意思说：“好，不过我的头都弄晕了，咱们要调查走访哪些人？”

嬴建峰一笑，心想自己还是要再跟对方强调一下更好，便说：“调查走访的对象，重点是五种人：一种是被害人家属，二是被害人亲戚朋友，三是对被害人有意见有矛盾的，四是周围一般的居民群众，五是路过现场附近的人员。”

“有没有时间段？”

“从十天前开始查起吧，重点是昨天晚上到今天早上九点前。”

“要那么长的时间段吗？”沈大山问。

“我考虑凶手会踩点，十天时间不算长，如果十天内没发现有价值的线索，还要考虑再往前推。”

沈大山点下头，说：“好吧。”

“调查死者家属和亲戚朋友，还有重点时间经过现场附近的人我们来，其他的你们辛苦一下。”

“不辛苦，应该的。”沈大山爽快道。

“那好，咱们晚上八点，到我们队里开碰头会。”

“好的！”

沈大山一离开，嬴建峰对谷地丰说：“我们也分一下工，死者家属和亲戚朋友我来查，你负责调查路过现场附近的人，怎么样？”

谷地丰有些担心地笑笑，说：“你都是马上要高升的人了，还查那么多，万一没查清楚，你调动怎么办？”

嬴建峰皱一下眉说：“谢谢你的关心。大队长不在，我肯定要负起这个责，案子没侦破，我就不离开！”

“哎呀，这可是你说的，案子没破你就不走？”

“我嬴建峰说话，从来说一不二，板上钉钉！”

“怕就怕案件还没眉目，你就拍拍屁股走人喽！”谷地丰半开玩笑半认真道。

嬴建峰转眼瞧着谷地丰，知道跟他再说没什么意义，便说：“我不跟你多说，抓紧时间行动吧。”

86

晚上八点，刑警队会议室准时开会。

嬴建峰主持会议，技术中队长曾多法先介绍尸检情况。

“死者被人用钝器击打头部颅骨死亡，颅骨的破裂口痕迹整齐，应该是一击毙命，除此之外，死者身上无其他伤痕。从死者胃部残留物分析，死亡时间约八至九个小时。也就是说死亡时间是凌晨一点至两点。从死者血液及胃液化验分析，有微量酒精，可以认定死者昨晚喝了酒，但不至于醉。”

嬴建峰注意一下谷地丰，见他听完后表情凝重，有些无奈地低低头。因为曾法医的尸检，进一步印证了凶手先杀人后盗窃劫财，也就进一步推翻了抢劫盗窃杀人的可能性。

曾法医说完后，现场一时无声。嬴建峰环顾一下在座各位，说：“大家辛苦一天了，请大家将初步调查到的情况都说一下。”

汪震文首先发言，他说：“我们将案情通报给全市所有刑侦部门，再通知到全市所有派出所。另外我们通过市局刑警支队，向我们周边地区的兄弟刑警部门进行通报。下午四点四十分，车站派出所发现了死者被盗的摩托车，就在火车站前广场上。”

全场气氛松动。

谷地丰一听来了劲，忙说：“我一开始就推测他们是流窜作案，看看，现在应该坐火车逃跑了吧？”

嬴建峰轻轻一笑，说：“现在断定是流窜犯作案为时过早了些。摩托车是一笔不小的钱财，可罪犯丢掉了，这样一来，倒是可以进一步证明，凶手不是为钱财杀人的。谁再继续？”

沈大山抬手说：“我来说，我们集中了全所人员，还有联防队员，分十个小组，全面开展了排查。共调查走访了与死者鲁大炮一起卖肉的摊主十三家，沿街卖菜的摊主四十九家，还有居住在鲁大炮家附近的居民八十家。”

嬴建峰点下头，觉得调查比较迅速，问：“发现什么情况？”

“噢有，大概有个情况。一个是反映这个鲁大炮性情暴躁，脾气不好，卖肉的时候喜欢拉客，经常跟人吵架。还有的人反映鲁大炮单身一人生活，说他生活作风不检点，经常与一些女性打情骂俏的。”

谷地丰忙插嘴说：“我们也了解到了这些情况。”

嬴建峰问：“也就是说，鲁大炮之死，很可能是情杀或者仇杀？”

谷地丰未吭声，沈大山说：“是的。”

“有没有具体一点的人和事，比如说他跟谁打情骂俏，又和谁争吵？”

“人倒是有几个。”

“那这些人应该是重点，说来听听。”

“好的。据我们调查，有个叫冯细毛的卖菜摊主反映，鲁大炮跟卖蔬菜的陈水花，还有卖鸡蛋的李爱华经常嘻嘻哈哈，有一次还对陈水花说什么时候想他了就去找他。还有一次听见他对李爱华说晚上做梦都想她。”

大伙听了都想笑。

嬴建峰边记边点下头，问："那，你说的跟他吵架的人，什么情况？"

"不止一个。"

"几个？"

"好像有两三个。"

"好，一个个来。"

"这第一个，好像是四年前，就在离他隔壁左手三个摊位的曹洪，因为鲁大炮将准备在曹洪摊上买肉的人喊过去，就这样两人吵得很厉害，还动了手。那个曹洪牛高马大的，不把鲁大炮放在眼里，几下子就将鲁大炮摁倒在地上，直到鲁大炮求饶才作罢。"

嬴建峰轻蹙眉头，抬头看看沈大山，期待对方继续。

"第二个，是与他对面的卖肉摊，摊主叫黎天明，个子虽然比鲁大炮矮半个头，但他从小练武，也是因为抢生意，与鲁大炮动手，时间是去年春节前，结果他与对方打了个平手，到现在也互不服气，有时还对骂几句。"

嬴建峰点下头，问："那第三个呢？"

"第三个与他争吵的，是他摊位右手边隔壁的摊主，中间隔一条小弄，摊主叫贾时开，鲁大炮是五天前与他争吵了一场，这个鲁大炮喝了点酒，竟拿着砍刀跑到贾时开的摊上，吓得买主拔腿就跑了。对了，听说那个买主还摔了一跤，把脚都扭骨裂了。"

嬴建峰心里一动，沈大山所说的那个贾时开，他的摊位还有鲁大炮的摊位，他昨天看过，正好是处在弄堂口两旁。当时跟踪金水发出来后，就想着能否在这两家选一处作为蹲守点。

"我们调查了解到的情况，就这么多。"

嬴建峰见对方说完，马上说："好，下面，谁接着说。"

这时大伙眼光都聚在谷地丰身上。

谷地丰用手挠挠头，说："我这组呢，由于天热，下午到菜市场来买菜的人很少，也就走访到四十来个人，摸到的情况，跟沈所长刚才说得差不多。只是，我们走访到了一个相关的情况。"

"什么情况？"嬴建峰忙问。

"刚才沈所说了，那个买肉扭坏脚的人，在她老公陪同下，今天下午来了，她向贾时开要治脚的钱，贾时开不同意，叫她向鲁大炮要钱，说是因为鲁大炮拿刀过来吓得她摔跤的，跟他无关。摔坏脚的那位叫管翠仙，她嚷嚷着实在不行，她准备叫人去砸摊。”

嬴建峰听到这里，转头对沈大山说：“沈所，看来要麻烦你们去了解一下情况，争取调解解决。”

“好的，我明天就安排人处理。”沈大山忙应道。

嬴建峰见三个组都汇报完了，便说：“我也向大家汇报一下。下午呢，我又重新到现场看了一遍，凶手应该是从二楼阁楼窗口进去的，作案的应该有两个人，一个人在外面望风，并且帮助另一个人从二楼窗户进入二楼内，单独一个人是进不了三米多高的窗户的。案件定性呢，我意见定为仇杀或情杀。凶手是先从二楼阁楼窗户爬进去，作案后从一楼房门出去的。作案者有一定的反侦查能力，身强力壮，年龄在二十至四十五岁之间，有可能是惯犯。”

嬴建峰正说着，见副局长金小平走了进来，忙停下话站了起来。金小平抬手向下压压，示意嬴建峰坐下继续。

“我们调查了死者家属张百香，了解到她与死者鲁大炮十年前一起到市里半边楼街卖肉，五年前因鲁大炮母亲病重，家中无人照料才回乡下。她说鲁大炮虽然性格不好，但做人心地善良，对父母孝顺，对家里也好。鲁大炮每个月底会回去一天，将每月挣的工钱拿回家。她说夫妻感情还好，没发现鲁大炮有外遇之类的情况。”

嬴建峰见金小平拿出笔记本记着。

“我们也走访了张百香的远房表弟马有财，据马有财说，这个鲁大炮跟他关系最好，什么事都会跟他说。鲁大炮有过玩女人的事，但也只是酒后偶然乱性，并且是四五年前的事，但最近几年没有过。说鲁大炮这人本质上不坏，没有与老婆离婚的想法。对家里人看重。”

嬴建峰说完，拿眼看着金小平，等对方发表意见。

金小平笑笑，说：“大队长张海到省里培训，还有十几天才回来。我呢，也是今天刚出差回来。这起案子，暂时就由我来负责吧。”

大伙听了一愣，都拿眼望着他。金小平知道大伙疑惑，便解释道：“嬴建峰同志马上要调省厅，张海大队长一时又回不来。当然，如果嬴建峰同志荣调了，就由谷地丰同志具体负责。”

谷地丰听罢，嘴角露出一丝笑。

嬴建峰看出谷地丰既想看热闹又有点嫉妒心，忙对金小平说：“不用！这起案件不破，我不会走。”

嬴建峰话一完，大伙都一怔，不知嬴建峰说的是场面上应付的话还是真心话，这调省厅可是千载难逢的大好事，就是调去当个民警也比在分局当局长强，谁不想啊？真不知嬴建峰是怎么想的。

嬴建峰坦然地一笑，说：“大家也不要猜，我这人做事有个原则，就是有始有终。我接手的案子，如果破不了，说明我无能，我还怎么好意思调省厅？就是调省厅去，那也是丢咱瓷城的脸，大伙说，是不是这个理啊？”

大家听了，议论纷纷。

金小平笑着说：“嬴指导员不要误会，我说我来负责并不是说你没能力，也不是说所有调省厅的人都能百分之百把所有的案件都破了，你说对不对？”

会场立马就有不少人附和着说对啊是啊。

嬴建峰忙表态说：“我没有误会金局长，这起案件，我一定负责到底，请金局长放心！”

金小平见嬴建峰态度这么坚决，也就不好多说，便笑笑说：“那好吧，你就布置工作吧。”

嬴建峰很高兴地说了声：“谢谢老领导信任！下面，我来说说下一步工作。我的意思是派出所的工作很忙，排查出来的线索就由我们来核查，你们只要派两名同志协助我们就行了。”

沈大山立即表态说：“谢谢嬴指导，我就派外勤谢国平和分管案件的副所长华路长配合你们查案，行不？”

“好！谢谢沈所支持。我建议，先重点后一般，分五个小组，对目前排查出来的三个吵架、两个调情的对象逐个核查。如果这批核查没结果，就进行第二轮全面排查。金局，你看怎么样？”

“行！”

“那我就分一下工。我负责与鲁大炮最后一个发生争吵的贾时开，谷队长负责曹洪，汪震文负责黎天明，华路长负责陈水花，请孙大姐配合。还有一个李爱华，由黄美琴负责一下。大家有没有意见？”

大伙异口同声说：“没有。”

金小平想想问：“那黄美琴没来，怎么弄？”

“噢，我会通知她……”

金小平点头笑笑。

87

散了会，嬴建峰径直来到内勤中队。

黄美琴已经在等。她一见嬴建峰，就问："你们要查的那个金水发到底是什么人？怎么还没查又发案？不停地弄下去，那省厅你还去不去？"

"去啊，怎么不去？"

"那你这样查下去，什么时候是个头？"

嬴建峰笑笑问："你到底什么意思？"

"我能有什么意思，去省厅是为了你前途，我能不让你去吗？可你这边案子又查个不歇，没结案你就不走，这不明摆着就是不想去了？"

嬴建峰一听笑了，说："这不正好，省得让你调动？"

"什么调动不调动的，我在陶欣坟前发过毒誓，案子没破，我就不结婚，我没结婚，就不存在调动。"

嬴建峰两眼脉脉含情地注视着黄美琴，他为自己有这么一个义薄云天的爱人感到骄傲。嬴建峰感动地拉起黄美琴的手，将黄美琴揽入怀中，抱得紧紧的。

良久，嬴建峰感觉抱着的手臂上湿湿的，不觉一惊，忙低头瞧瞧黄美琴，见黄美琴在流泪，边流边说："都怪我没用，没能破案，拖累了你。"

嬴建峰的心里很难受，他满是愧疚说："是我拖累了你，是我没用，没破案。"

"这不怪你，你是后来的，要怪只有怪前面接案子的人。"

"美琴，你放心，我就是不调省厅，也一定要破了那起案，要不，我就不配做你美琴的爱人。"

黄美琴忙用手堵住嬴建峰的嘴，说："不许你这样说，你的前途最重要，即使我不结婚，也不能拖你后腿！"

黄美琴说着说着，泪水止不住流得更厉害。

嬴建峰看着自己所爱的人这样伤心难过，真是心如刀绞。他暗下决心，尽快将手头这起案件破完，接着就全力以赴侦破杀害陶欣的案件。

嬴建峰很想告诉黄美琴，那个准备立案侦查的金水发，就是杀害陶欣最大的嫌疑人，可是现在还未取得确凿的证据来坐实，还是暂时不透露的好。

两人就这样拥抱着，直等到黄美琴的情绪平复了些，嬴建峰才对黄美琴说：“我来，有一件事找你。”

黄美琴听说有事，忙用手背一抹眼泪，问：“什么事？说吧。”

“是这样，刚才我们开了专案会，要对两位女同志进行调查，就想请你和孙大姐出山。”

“没问题。什么时候开始？”

“明天开始，到时派出所的外勤会配合你，外勤叫谢国平，管半边楼居委会那片的。”

“好，要查什么？”

“就调查一个叫李爱华的卖鸡蛋的妇女，有人反映她与这次被杀的屠夫鲁大炮关系暧昧，看看他两个是否有奸情，是否会引起这个李爱华的家人，或者跟李爱华关系特殊人员的仇恨，因而杀害鲁大炮。”

“我知道了。”

正在两人说话的当儿，身后传来咚咚的敲门声。嬴建峰转头一瞧，是副局长金小平。

金小平手里拿着一瓶酒，他还特意抬起手晃晃，说：“你要走了，我把这瓶放了好多年的瓷城老窖拿来，请你喝两杯。”

嬴建峰听了，一时为难。因为几起案子未破，压得他心情郁闷，没有酒兴。按嬴建峰眼下的想法，巴不得晚上不睡觉，连夜调查那些可疑对象。

“老领导，你看现在这种情况，我哪有心思喝酒啊？我还有工作。”

金小平笑笑说：“我不是专门请你喝酒，我也是跟你谈工作。”

嬴建峰满是疑惑地望着金小平，不知他要跟自己谈什么工作。

金小平见对方没动静，便笑笑说：“我知道你的想法，现在都九点多快十点了，你不休息人家要休息，我知道半边楼那里的人以打工为主，他们都习惯早睡早起，所以，有事明天早点去，效率会更好。你说是吧？”

嬴建峰觉得金小平这么煞费苦心，跟自己说这么多，肯定有重要的事想跟自己谈，便犹豫着。

“怎么，要调省厅，高升了，不愿陪我这个小局长喝酒了？”

嬴建峰忙解释说：“哪能呢！你永远都是我的老领导好领导。”

“忠不忠，看行动。你要荣调了，我请你喝一杯荣调酒还不行吗？”

“行行行！肯定行，你老领导请我喝酒是看得起我，哪有不行的道理。”

"那好，咱们现在就走，美琴也去，咱们不喝多，三人喝一瓶，咋样，没问题吧？"

边上的黄美琴见状，赶忙说："没问题没问题，三人一瓶，我替赢建峰喝。"

"那不行，今天是我请客，这酒必须得喝。要不然，就是看不起我金小平。"

赢建峰一听，忙表态说："金局长言重了，这酒，我喝就是了。"

"这就对了嘛。其实我知道赢建峰的酒量很大，可你为了工作，假装不会喝。今天呢，我就把你这个假面具给摘下来。"

"哎呀金局长，我不喝酒是怕出事。"

"这个我知道，所以我才拿了一瓶来嘛。按你的酒量，你一人喝一瓶都没事。"

"这个你也知道？"

"我早就知道！"

88

第二天早晨七点，太阳火辣辣地爬上山冈，烘得大地热浪翻滚，半边楼街也已经热闹开了。

因是夏天，赶集的人们趁早买卖，所以各行动组也就赶早展开调查。

赢建峰与副所长华路长来到半边楼街，远远观察到贾时开肩上搭着一条灰色毛巾，正一边擦汗一边剁肉。

赢建峰从口袋里拿出昨天走访贾时开的材料，上面写着去年离的婚，现单身一人，住松树巷十一号附一号。

赢建峰清楚松树巷离这里两条街，走路二十来分钟，按照正常情况，卖肉的属于挣钱的行当，一般都会选择离卖肉地点较近的地方住宿，除非他拥有自己的房屋，否则的话，租屋住肯定会租靠近做事近的地方。

赢建峰心想，如果贾时开作案，根据现场勘查情况，他必须还有个帮手，那这个帮手会是谁呢？所以，下步调查的重点。按常理，这个帮手应该是与他关系很铁的人才对。

一旁的副所长华路长有点等不及，问赢建峰："赢指导咱们要不要直接找他问情况？"

嬴建峰想想说："暂时不要，得找个稳妥的理由。"

"什么是稳妥的理由？要是他跑了怎么办？"

"就是为了不让他跑，所以不能轻易打草惊蛇。"

"那怎么办？咱们不能这样干等啊？"

"是的，咱们得找一个很好的借口接触他。"

"这还要找什么很好的借口？昨天咱们不是已经找了他问情况吗？"

"昨天是普遍问话，被问的人很多，所以他不会起疑心。今天如果找他，如果没一个很好的借口，假如是他作的案，很可能就惊动他，一旦他逃跑了，再追就难了。"

华路长动动嘴，沉吟一会说："那，有什么好借口？"

"华所长，我想起来了，昨天谷队长不是说，有个叫管翠仙的到他摊上买肉，被鲁大炮拿刀过来吓得跑，结果扭坏了脚，她要贾时开赔，贾时开要鲁大炮赔，现在鲁大炮已经死了，不可能再叫他赔。所以，我们就以调解的名义，找他谈话，要他赔。"

华路长听了满眼含笑，说："这个办法好，那，咱们什么时候找他？"

嬴建峰抬腕看看手表，又朝贾时开方向瞅瞅，对华路长说："咱们等他把肉卖完，跟着他回他家。"

"就我们两个去？"

嬴建峰摇摇头说："不，我们还要带一个人去。"

"谁？"

"管翠仙。"

"就是那位扭坏脚的大妈？"

"对！她去了，我们去才有借口。"

"那，为什么要到他家里去？我们也可以通知他到所里来啊。"

"可以是可以，但我们观察不到更多的情况。"

华路长想了一下，恍然大悟地点点头，说："我知道了，要设法到他家了解实地情况，可能会有新发现。"

嬴建峰笑笑，说："华所长不错，不愧是管办案的所长。"

"哎，我怎么能跟你比呢？你可是马上调省厅的刑侦专家，能跟你一起办案，那是我的荣幸。"

"华所长不要客气，我只是多办了几起案子，称不上专家。对了，从现在开始，咱们要对这个贾时开实行二十四小时监视。”

“好的，赢指导你放心，保证把他盯死。”

“好，你在这盯着，我去找管大妈，咱们提前做好准备。”

“是！”

89

也许是鲁大炮死了的原因，贾时开的肉卖得特别快，不到十一点就全卖完了。于是贾时开收摊关店，接着他沿街买了两瓶白酒，两斤酱牛肉，一包花生米，然后哼着小调，回到松树巷住的平房。

贾时开进门不到十分钟，刚把酒打开，准备喝酒，就听到有人叫门的声音。

贾时开从门缝里往外瞧，见两位年轻人站在门前，其中一个三十不到的小年轻穿着警服，边上一位留着胡子戴墨镜的年龄大些。

贾时开心里一激灵，莫非有什么事找到自己头上，不由紧张起来。正当他犹豫开不开门，就听穿警服的说：“贾时开，你开开门，我是派出所的副所长，我姓华，是来调解的。”

“调解？调解什么？”

“调解管翠仙脚扭伤的事。”

贾时开听罢，提起的心一下落回了地，便慢慢将门打开。一瞧，不远处停着一辆轮椅，坐着那位管翠仙。

华路长对贾时开说：“管大妈到派出所报警，说是在你肉铺上买牛肉时，你与隔壁肉铺上的人发生争执，吓得她扭坏了脚。”

“不是扭坏了，而是骨裂了！”管翠仙赶紧说明。

“对，是骨裂。”

贾时开想想不甘心，说：“我前几天已经说了，是那个该死的鲁大炮拿刀吓得你扭伤……噢扭骨裂的，跟我有什么关系？”

“话不能这么说，如果不是你和那个鲁大炮争吵，他就不会拿着刀过来。他不拿刀过来，那管大妈就不会扭骨裂。这怎么能说与你没关系呢？”华路长脸色严峻地说道。

贾时开听了，觉得华路长说得有点道理，心气不由得有些低落，拿眼朝轮椅上的管翠仙瞄瞄。

华路长见状，趁机说：“我们能进屋跟你聊吗？管大妈坐在外面很晒。”

贾时开身子动了动，想往后挪，但他转眼一瞧嬴建峰，满是狐疑地问：“这位是……”

嬴建峰经过一番打扮，穿得花里胡哨，留着小胡子戴着墨镜，看着有点像跑江湖的。就是熟悉的人不仔细看，也认不出他来。

“这位是管大妈的表弟，做生意的，得知管大妈受伤了，陪他一起来。”

贾时开认真打量一下嬴建峰，觉得这人跑江湖的味浓，既然找上门来，恐怕是不好对付啊，心情变得沉重起来。他回头望一眼小四方桌上的酒菜，想想他们找自己，无非是想多弄些钱而已，凡是钱能解决的事，就不是什么大事。只要不是狮子大开口，能满足就尽量满足他们，尽量大事化小小事化了方为上策。

想到这儿，贾时开便将门全部打开，嬴建峰赶紧上前，将管翠仙推进屋里。

贾时开见几个人一进屋，里面显得有些拥挤，几条凳子都是紧靠小四方桌子，要坐下就得面对桌上的酒菜。

贾时开忙将桌上的酒瓶子盖上，将酱牛肉和花生米拿菜罩罩好。

“坐，你们请坐。”贾时开有些客气地说道。

华路长也不客气，拿过一条凳子就坐下。他回头对嬴建峰说：“你也坐吧。”

嬴建峰却说：“我喝多了水，想上一趟厕所。”

贾时开愣了一下，想想，用手一指后门，说：“在后院右边。”

嬴建峰便赶紧拉开后门往后院跑。

华路长转头对贾时开说：“我这次来是代表所里，找你谈谈管大妈医疗费的问题。”

“还有误工费、营养费、护理费……”管翠仙赶紧接嘴道。

贾时开怔了怔，说：“其实，我也只能负一点责任。主要责任是鲁大炮。”

“贾时开，本来呢，你和鲁大炮每人应该各负一半的责任，可你也知道，这个鲁大炮死了，现在找他赔偿是不可能了。所以，现在只好来找你，希望你发扬一下风格，把这件事妥善处理好。这样，对大家都好。”

贾时开算是清楚来人的意思了，是想把所有责任都让自己承担。从实际来讲，让自己负全责是没有道理的，自己也绝不会答应，可现在鲁大炮已经死了，出于人道主义，自己多承担一些也无不可，只是不知道对方会不会漫天叫价，那样自己心里就不舒坦。

“这个华，华所长，按理说，那个鲁大炮要负主要任务，现在他不在了，我多负责一点也可以，就是不知道到底要多少钱。”

管翠仙赶紧插嘴说：“我也不会乱要你的钱，医药费住院费我能大部分报销，你只要出我不能报销的部分，还有误工费营养费什么的，这些都是有规定的，我不会乱算。”

贾时开一听是这么回事，心情一下放松下来，因为他知道像管翠仙这样有单位的，基本上都能报销，不能报的不多，于是便爽快说：“既然这样，你华所长都出面了，我也不好多说，就算我做善事吧。”

管翠仙听贾时开这么说，脸色也就缓和许多，趁机说：“我算了一下，也就我一两个月的工资。”

贾时开有点紧张，忙问：“你一个月多少工资啊？”

“也就八九十块。”

贾时开默算了一下，也就是自己个把月的收入，能把事情摆平了，那就谢天谢地。

想到这，贾时开朝华路长说：“华所长，我呢就不让你们为难，这大热天的跑来跑去。我也不是不讲理的人，既然管大妈说了不会乱算，我就做一回好事。”

管翠仙一听脸上立马露出些笑意，忙说：“既然你这么痛快，我也不耽搁你时间，你就先拿二百块放在我这里，多退少补，你看怎么样？”

这话一出口，连华路长都觉得管大妈病还未看完该算的还没算，就要人先垫钱，是不是有些过，不能因为我们派出所帮你出了面你就得寸进尺。按一般常理，人家是不会同意的。

令人未想到的是，贾时开却很痛快地答应了，说：“行，我这就给你拿钱，你们坐一会儿。”

说完，贾时开就起身走到房间里，顺手将门带上。

嬴建峰从后门进来时，恰好贾时开拿着一沓钱出来。

贾时开当着管翠仙的面，将二十张十元钞点了一遍，然后递给管翠仙，说：“你再点点，点完了写张收条给我。”

管翠仙听了怔一下，有些拿不准地望着华路长。华路长抬下头，说：“收条还是要打的。”

管翠仙心安理得地伸左手抓过钱，张嘴朝右手指喷口水，然后点钱，点完后将钱塞进衣袋，右手在桌子上拍拍，意思是叫贾时开拿东西给她写收条。

华路长见状，赶紧从公文包里拿出纸和笔，递给管翠仙，管翠仙立马拿起笔，在纸上写好收条给贾时开。

贾时开拿过收条看看，起身往屋里进去。

华路长看看嬴建峰，嬴建峰朝门外努努嘴。华路长会意，嬴建峰这是打算走。不过，按照之前的预案，由华路长询问贾时开的家庭成员情况。

“贾时开，我听说你之前是有老婆的，怎么现在你成单身了？”

“唉，人家嫌我穷，不太想跟我过，所以，去年离婚了。”

“就为钱的事离婚？我看，你也不像缺钱的人，也不像是个小气的人。”

“这个华所长算说对了，我这个人啊就是太大方，平时也没少挣钱，可到头来手上剩不下几个子。人家现在到了市里，场面见多了，眼界也高，我挣的这点钱，入不了人家的眼。”

华路长点头想想问：“我想问一下，你原来那位夫人，尊姓大名啊？”

“……怎么，这个你们也要查啊？”

“不是查，是随便问问，了解了解。”

“唉！过去的就让她过去算了，我也不愿提，提起来就烦。”

说完，贾时开晃晃头，坐下来，将菜罩子拿开，先拿出两个洗得光亮干净的酒杯，想想又转身从柜子里再拿出两个没洗的杯子，跑到厨房洗干净，放在桌上，然后对华路长说：“华所长，你们难得来，今天正好有点菜，喝一杯。”

华路长听了，拿眼一瞄嬴建峰，见嬴建峰的眼神身姿已做好离开的准备，忙站起身，笑笑说：“我们等会还有事，谢谢你的好意，也谢谢你配合我们的调解。”

贾时开尴尬地拿着酒瓶，有些难堪地笑笑，说：“那、那你们忙，我、我就不耽误你们的时间……”

嬴建峰也不作声，只顾低头推着管翠仙出门。

华路长随着嬴建峰离开贾时开的住所，走出去不远，就迫不及待地问嬴建峰：“这个人怎样？”

嬴建峰胸有成竹地笑笑，说：“有文章啊。”

这时管翠仙问：“如果他以后问我表弟的事怎么办？”

嬴建峰坦然一笑说：“你放心，你就说我出去做生意了，到哪里去也不知道。”

拐过一道墙，见外勤谢国平和黄美琴都在等着。管翠仙的爱人也在。他一见管翠仙忙不迭问：“怎么样了怎么样了？”

管翠仙抬手用力一挥，兴奋地说："老头子，大获全胜！"

管翠仙爱人一听，高兴地接过轮椅，两人有说有笑地走了。

90

等管翠仙夫妇一走，嬴建峰连忙对华路长说："从现在开始，对这个贾时开实行全天候全方位蹲守监控。"

华路长有些不解，问："嬴指导，你发现什么了？"

嬴建峰郑重地点下头，说："这个贾时开有重大嫌疑。"

"你怎么发现的？"

嬴建峰轻轻一笑说："有的是我一个人看到的，有的你也看到了。"

"我看到了，我看到什么了？"

"你看到了酒杯，也问到了他以前的老婆。"

"没错，那又怎么了？"

"你没看出些什么吗？"

"没有哇！有什么情况吗？"

"对，情况就在这几个酒杯，还有你问他的老婆上。"

华路长用手摸摸头，茫然地说："我看他拿了四个酒杯，开始两个是干净的，后面两个是脏的。"

"对，问题就出在这。"

"什么问题？"

"说明他有一个酒友，两人经常在一起喝酒。"

华路长一拍手，恍然大悟地说："我知道了，两个干净的酒杯，是因为经常使用，所以他就会洗干净放在柜子里，另外的酒杯不太用，所以是脏的。"

"对嘛！"

"那我问他老婆的事，他不肯说，又怎么啦？"

"说明他怕我们知道他老婆的情况。"

"那又怎么样？"

"如果是他杀的人，那很可能跟他的老婆有关，他下意识里不希望我们掌握他老婆的情况，如果他有帮手，很有可能是他老婆家里的人。"

“他不是已经离婚了吗？”

嬴建峰笑笑道：“离婚的情况有很多种，有的离婚是含恨终身此生不再相见，有的离婚是藕断丝连，有的是掩人耳目假离婚。还有一种情况，则是分分合合，有利就合无利就分。”

“那你，认为他们离婚是假？”

“也不能完全这样说，也可能当时他们真的觉得离开更好，但过段时间后，各自都找不到更合意的，又会回心转意重归于好。”

“你是说，他们是这种人？”

“很有可能！”

“光凭他不想让我们知道他老婆以前的事，也不能说明他们还会在一起，更不能说明他杀人跟他前妻家里人有关啊？”

“问题是我又找到了一个非常重要的证据。”

“什么证据？”

嬴建峰笑笑，问：“我今天为什么要上厕所？”

“为解手呗。”

嬴建峰摇摇头，说：“我根本就没解手。”

“那你，是为了观察？”

“没错，我上他家实地观察，就是想看看能不能找到一些新的线索，哎，果然被我找到了。”

“找到了什么？”

“女人的内裤。”

“啊，你是说，他屋里有女人？”

“对！”

“那为什么没瞧见人呢？”

“很可能有事出去了，不在家。”

“那，为什么不是其他女人，而是他的前妻呢？”

“这一点，你问得好，我的意思是他的前妻可能性大些，要是别的女人，没有以妻子名义同居，就不可能晒那么多内裤。目前给我们的信息，贾时开是离异独居的。所以我推测能晒那么多内衣内裤的，唯有其前妻。当然，到底是不是，我们下一步要做重点调查。”

“你是说，对他前妻展开调查。”

“对，一定要找到他前妻。”

“那，到哪里才能找到她？”

嬴建峰轻轻一笑，问：“要找人，必须事先知道他的什么啊？”

“姓名！”

“对啊，要知道她的姓名，那你有什么办法查吗？”

华路长眨眼仔细想想，说：“有，应该从她以前生活过的地方入手调查。”

“没错！具体从哪里入手调查？”

“从他前妻之前住过的地方开始查。”

嬴建峰又点点头，说：“你再说具体些。”

“……先查贾时开现在的松树巷住所，从他隔壁邻居开始调查，再查贾时开之前住过的地方，也从他的隔壁邻居查起。”

嬴建峰首肯对方的思路，说：“这叫时间推移法中的逆移法。”

华路长听到嬴建峰肯定自己的思路，便高兴地说：“这个什么法我不太清楚，我只知道不断往前倒查。”

“对，这也可以叫倒查法。还有一种叫法，叫开枝散叶法。”

“开枝散叶法，这个我是第一次听说。”

“开枝散叶法其实是我们调查中常用的方法。就是以时间为主干，以人为分枝，以事为叶，沿着主干上的分枝，不断排查枝上的叶，最后找出有关联的枝与叶。”

“这个方法好，比喻很形象，也容易记。”

嬴建峰开心地笑着说：“根据这个开枝散叶法，我们就可以按照时间的顺序，对与贾时开有关联的人与事进行全面排查。而目前跟他关系最密切的人，就是他老婆，所以，我们就必须沿着这条枝查下去。”

华路长很高兴地顺着嬴建峰的思路说：“要是那样的话，我们还应该调查贾时开和他老婆所有的人与事，就像两棵树，我们都把它理理清，然后寻找他们违法犯罪的联结支点。”

“没错，华所长思维敏捷，反应迅速，是个搞案子的料。”嬴建峰赞赏有加。

“嬴指导，你就不要取笑我了，刚才在贾时开家里，那么明显的线索我都没发现，现在是在你的启发下才想到的思路。我真想好好跟你学学。”

“华所长谦虚了。咱们兵分三路，一路紧盯贾时开，一定要把他所有的行踪牢牢掌控住。二路立即在松树巷开展调查。三路重新在半边楼街开展调查，目标除了他所接触的人与事外，还要调查他老婆的有关情况。”

“是，我马上布置。”

“好，下午市局政治部找我谈话，我们晚上八点到队里碰头开会。”

“是!”

91

晚上八点，城东分局刑警队会议室里气氛空前活跃。

会议的内容，是反馈昨晚布置的五个对象的调查情况。

嬴建峰下午被叫到市局政治部谈话，临走时安排华路长负责调查。

晚上市局政治部柯主任请吃饭，鲁卫国、钟正仕等领导作陪，说是提前给嬴建峰荣调饯行。吃完饭后，嬴建峰直接来分局刑警队会议室。

看看时间已到八点，只有华路长未到。

嬴建峰随便问了句：“华路长怎么还没到？”

黄美琴说：“华所长说他又发现了新线索，正在调查，要晚点来。”

“那好吧，咱们先开会，边开边等吧……谁先来？”

谷地丰的资格最老，他是那种喜欢打头阵的人，所以由他先汇报。

谷地丰说那个第一次与鲁大炮打架的曹洪，根本就没把鲁大炮当一回事，不存在杀害鲁大炮的动机，而且案发当晚他根本就没出去过，他的老婆小孩都可以证明。还有他隔壁家养的狗根本就没叫过，一般晚上只要有人出去过，狗都会叫，隔壁邻居都做了证。

汪震文汇报第二次与鲁大炮打架的黎天明情况。黎天明说自从打过架后，鲁大炮对他蛮好，两人称兄道弟的，他根本就没有想害他的意思，也没有作案时间，可以排除。

接下来是孙大姐汇报卖蔬菜的陈水花，黄美琴汇报那卖鸡蛋的李爱华的情况，她们两个都一口否认根本就看不上鲁大炮，平时都是鲁大炮想占她们便宜，也就是嘴上说说而已。

大伙刚汇报完毕，华路长便风风火火走了进来。他一进门就嚷嚷着：“不好意思，我来晚了。”

嬴建峰一见，高兴地说：“听说你有新线索，快说说看。”

“哎呀，还不止一条线索呢。”

“是吗？快说。”

“喝口茶，渴死了。”华路长说着拿眼四处找茶杯。

黄美琴赶紧递上一杯茶给华路长，华路长端起茶杯咕嘟咕嘟把一杯茶喝完，然后一抹嘴巴，神情兴奋地抬腕伸出三个手指，说：“三条线索！”

“好！详细说说。”嬴建峰催促道。

华路长抑制不住自己的兴奋说：“这第一条，是对松树巷和半边楼街周围群众，以及居委会治保主任等人的调查，发现贾时开的老婆叫金萍，是新川县九功山金家村人，我打电话给九功山派出所，得知金萍最近回老家照顾病危的母亲。金萍的确于去年底与贾时开闹离婚，也离开贾时开一段时间。离婚的原因有两个方面，一是因为金萍母亲生病需要钱，而贾时开不太待见老太太，所以产生矛盾。二是金萍之前因为流产造成不能生育。”

嬴建峰边听边记，问：“第二条线索呢？”

“金萍有个弟弟，叫金水发，今年二十八岁。”

听到“金水发”三个字，在场的除汪震文和黄美琴外，最感到震惊的要算嬴建峰。

嬴建峰忙抬手制止对方继续说下去，问：“他是不是在师范食堂干过厨师，后来改做瓷埙，现在住在半边楼菜市场旁边？”

华路长惊讶地望着嬴建峰说：“你怎么知道？我没告诉你啊。”

嬴建峰笑笑说：“你继续。”

“这个金水发与贾时开关系密切，当年是贾时开认识师范学校食堂的司务长，才介绍金水发去师范食堂做事的。”

嬴建峰欣然地点点头，这样一来，所有事情的来龙去脉，在情理上就都能说通了。

“这第三条线索，是有人发现昨天早上七点多钟，贾时开骑着摩托车出现在半边楼公共厕所附近。”

嬴建峰一听，抬手又制止华路长。

“你等等，是谁发现他出现在厕所附近的？”

“是那个马有财，就是鲁大炮老婆家的远房亲戚，是他发现的。”

嬴建峰一拍桌子说：“太好了！现在咱们要集中力量，全力监控贾时开、金萍和金水发。”

汪震文激动地站了起来，问嬴建峰："师傅，咱们是不是立即将他们控制起来，以防万一。"

嬴建峰知道汪震文的担心。因为自己与汪震文已经秘密把金水发列入杀害陶欣的最大嫌疑人，如果这时让金水发警觉逃跑了，说不定就会前功尽弃。所以，汪震文想把金水发控制起来就情有可原。

但同样的，嬴建峰担心现在控制住金水发，如果他死不开口，而我们手上又没有他杀陶欣的确凿证据，同样也会竹篮打水一场空。

退一步说，现在正在调查的案子是杀害鲁大炮的，他也是因为这起案牵进来的，如果我们没有过硬的证据，这个金水发也不会承认。

嬴建峰抬头想想，思虑再三，还是摇摇头说："现在还不是时候。"

"那，要等到何时？"

"等到咱们有确凿证据的时候。"

黄美琴也算是老刑警了，她对刚才汪震文与嬴建峰的对话，产生了一丝怀疑。眼下查的是杀害屠夫鲁大炮的案子，可汪震文拿着那个金水发立案报告来盖章时，是杀害屠夫案发前一晚。他俩不是神仙，案件还未发，他们是怎么知道这个金水发会牵涉进案件？凭着自己多年的工作经验，这个金水发，明摆着应该是另一起案子的嫌疑人。

"那个金水发，到底是怎么回事？"黄美琴突然间问汪震文。

汪震文还是故伎重演，他拿眼瞟瞟嬴建峰，低下头，默不作声。

黄美琴终于控制不住自己的情绪，不由转头对着嬴建峰说："嬴建峰同志，请你告诉我，这到底是怎么回事？"

嬴建峰没想到黄美琴会发这么大的脾气，忙堆起笑脸，说："美琴，这事我会慢慢跟你说。"

"我不想慢慢，我要你现在就跟我说清楚!"

大伙一见黄美琴突发其火，都感到意外，不知就里。

嬴建峰见黄美琴没领会自己的意思，只好沉下脸说："美琴同志，请你遵守工作纪律，不该打听的事就不要打听。"

正在嬴建峰与黄美琴两人相持不下时，金小平陪着钟正仕走了进来。

钟正仕笑呵呵地问："什么事吵得那么厉害啊？"

嬴建峰忙回应说："噢，没什么，是案子上的事。"

"我听说你们晚上研究案子，所以我过来看看。"

“钟局，我们刚刚已经汇总过了，也找到了怀疑对象。”

“这么快呀，这是好事啊，你们准备什么时候动手抓人。”

“现在还不能抓？”

“我知道了，你还是想拿到证据后再动手。”

“钟局长英明。”

钟正仕轻轻一笑说：“我是担心，你还有五天就要报到。”

“钟局你放心，这起案子没破，我不会去省厅。”

钟正仕想想说：“破案固然重要，但调到省厅就更重要，因为到了省厅，你就可以破更多的大案要案。”

嬴建峰对钟正仕笑笑说：“谢谢钟局的关心，你以前经常教导我们，做任何事都得有始有终。我希望你让我做个有始有终的人。”

见嬴建峰说话这么干脆坚决，钟正仕觉得再说有些不妥，便说：“我现在只希望你尽快破案，其他的以后再说。”

嬴建峰心里嘀咕着，我的老领导哎，你只知道眼下的这起屠夫被害案，我现在还急着要破杀害陶欣的案件呢。

这时，嬴建峰的脑海里突然想到了陶欣的案卷。

那些差不多有一人高的卷宗，嬴建峰反复看了好几遍。他记得原来询问陶欣父亲陶宁子时，陶宁子说陶欣出事前半个来月家里曾来过贼，但奇怪的是，贵重东西一样都没丢，只听陶欣说好像一本日记本不见了，后来一直没找到。

黄美琴与陶欣关系那么密切，她会不会知道一些有关日记本被盗的事。之前嬴建峰曾问过黄美琴，知道陶欣有写日记的习惯，至于日记里写了什么，黄美琴就不知道了。

钟正仕见嬴建峰在沉思，不知他在想什么，便催促说：“嬴建峰，你不是想找嫌疑人杀人证据吗？你有什么打算？”

“局长放心，我会马上布置。”

92

又是一个艳阳天。天地间热气腾腾，就像嬴建峰的心窝，热乎乎的。

嬴建峰感觉自己像个狩猎者，处于猎物即将出现将它逮住的亢奋之中。他隐隐约约感到，这将是自己从警以来前所未有过的考验，不仅仅是案件的侦破，更应该是人生道路的选择。

网是撒出去了，三张网分别撒向贾时开、金水发和金萍，眼下静观哪张网里有动静。

最先反馈过来的是黄美琴，她说到了九功山调查，发现金萍昨晚七点到市里，陪她老娘住进市人民医院急诊科。经了解她老娘得了风湿性心脏病，严重肾衰竭，最要命的是骨髓癌，痛得哭天喊地的。为替老娘治病，金萍一次性预交了十万元。

嬴建峰问："为什么一次性要预交这么多钱？"

黄美琴答："医院准备到上海请专家会诊做手术。"

嬴建峰立马联想到金萍那么多钱是从哪里来的，又联想到她在"泥巴崽"那里做事，会不会是"泥巴崽"给她或借给她的。上次到"泥巴崽"店里，未看到金萍，她应该是回家看望老娘，没想到的是，她娘病得这么重，要花这么多钱。不要说她家在农村的贫困家庭，就是市里富裕的人家，也抗不住癌症病人的拖累。

不知怎么的，嬴建峰总感觉这个金萍跟"泥巴崽"有着某种说不清的关系。唔对了，前几天"泥巴崽"老婆来队里报警，说"泥巴崽"没回家，也没按常规打电话来，怀疑失踪了。当时自己还劝她先等等，看看什么情况再说。算起来到今天也有四天了，不知现在情况怎样？

想到这儿，嬴建峰立马翻出电话记录本找出电话号码，先打到"泥巴崽"店，响半天没人接。又打到他家里，"泥巴崽"老婆接电话，她一听是刑警队的嬴建峰，便哭喊着："我的天哪，'泥巴崽'肯定出事了，这一家老老小小的，我可怎么办哪！"

嬴建峰忙安慰说："你先不要哭，你看看家里会不会少了什么东西，钱方面会不会少了？"

"泥巴崽"老婆听罢停了一下，然后边哭边说："好像，好像那盒金器不见了。"

嬴建峰心里一沉，他想到"泥巴崽"送了一批货出去，从他说马上赶回来的情况分析，应该是东西出手了，钱也应该到手，问题应该出在他从厦国市到瓷城路上，还有到瓷城后回家前这段路上。会不会人在路上被人跟踪绑架，或者被抢劫杀害，这些都是有可能的。要是绑架，也应该打电话回家里要钱才对。要是那样，那"泥巴崽"此次出去后被人谋财害命的可能性就非常大了。

想到这，嬴建峰问：“这几天有没有人打你电话要钱？”

“没有。”

嬴建峰又问：“‘泥巴崽’一般把钱放在哪里？”

对方想想说：“一般有多余的钱放在银行，做生意的钱放在家里和店里的保险柜。”

“银行的钱有没有动？”

“这个没有，存折都在我这里。”

“那这样，你看看两个保险柜里有没有钱？多少钱？”

“我家里的保险柜已经看了，钱没多没少。店里的没看。”

“那你赶紧到店里看看保险柜。”

对方停顿了一下，问：“有必要吗？”

“很有必要，这对我们查案很重要。请你马上去店里看看，看完后立即打我电话。”

对方犹豫了一下说：“好吧。你一定要帮我找到‘泥巴崽’啊。”

“你放心，我们会尽力的。”

放下话筒，嬴建峰想到黄美琴既然对这个金萍展开了调查，是不是还掌握了其他情况。

“美琴，你有没有问过那个金萍其他情况？”

“按照我们制定的调查方案，我问了她两个问题。”

“说来听听。”

“我问她哪来这么多钱，她说是自己攒的。”

嬴建峰迟疑地点下头。

“还有，我问她知不知道‘泥巴崽’到哪里去了，她只愣了一下，然后摇摇头说不知道。”

“你看她的神态，是不是自然，态度是不是坚决？”

“还算自然，态度也还坚决。”

“也就是说，她不是完全自然，也不是完全坚决。”

“完全肯定谈不上，但也看不出明显的破绽。”

嬴建峰仔细思忖一下，说：“我觉得这个金萍在说谎。”

“为什么？”

“你想想啊，凭她在‘泥巴崽’店里打工，她绝对不可能攒下十万。就算贾时开两人收入加起来，一个月也超不过二百块。贾时开平时喜欢吃喝，有时还打打牌，根本就剩不下什么钱。退一万步，就算他们两人不吃不喝，十万块都差不多要五十年。问题是金萍娘是老病号，平时也看病抓药，一直在花钱。正因为没钱，所以她和贾时开闹矛盾离婚，而现在突然拿出这么多钱，说是攒的，显然是在说谎。”

黄美琴笑着点下头，说：“有道理，那，下步怎么办？”

“刚才‘泥巴崽’老婆说那盒金子丢了，我推测，是不是‘泥巴崽’把金器送给了金萍，要是那样，她肯定会把金器拿到金店里卖掉。那样，她不就有钱了。”

“对啊，如果是这样，那我们要立即调查金店。”

嬴建峰很赞赏地笑笑，说：“不愧是我嬴建峰的婆娘，脑瓜就是转得快。”

“去，谁是你婆娘了？案件没破，一世都休想。”

嬴建峰笑笑，知道对方开玩笑，也不多说，立即从公文包里拿出笔录纸，迅速画了起来。也就一刻钟工夫，三件金器赫然在目。

黄美琴拿起一瞧，是金手镯、金项链和金耳环。她满脸狐疑，问：“你怎么知道是这几样东西？”

嬴建峰想想，觉得现在没必要隐瞒，便告诉她“泥巴崽”曾经把这些东西送给他，他拒绝了，黄美琴恍然大悟地点点头。

黄美琴拿起画稿，准备离开。嬴建峰突然想起既然金萍将她娘接来住院，那她弟弟金水发一定知道，也会去医院。便问：“那个金水发，他有没有到医院看他娘？”

黄美琴摇摇头，说：“还没有。”

“这就怪了，按理说他会去看的。”

“也许是事发突然，金萍没来得及通知她弟弟。我想今天她应该会通知的。如果金萍有问题，她会以回家去拿东西的名义，打探消息。”

嬴建峰思忖一会，说：“这里有几种情况，一是金萍知道或参与杀害鲁大炮的活动，二是她只与‘泥巴崽’金器丢失有关，三是跟‘泥巴崽’失踪有关，四是她与鲁大炮被杀、‘泥巴崽’金器丢失及‘泥巴崽’失踪都有关。”

“那你认为哪种情况可能性最大？”

“就目前的情形看，她与‘泥巴崽’店里金器丢失的联系最大，至于她与‘泥巴崽’失踪有无关系，现在还不能肯定，要做进一步调查才行。”

黄美琴笑笑说：“怎么现在雪球越滚越大，牵出这么多东西来。”

“是啊，所以需要我们来剥笋啊。笋壳剥完了，雪球就化成水了。”

黄美琴将金萍照片还有全市打金店花名册装进公文包，站起身说：“好了，我出发了！”

93

黄美琴离开半个小时，“泥巴崽”老婆的电话就打来了。

“哎呀嬴同学，好多钱！好多钱啊！”

“什么好多钱？”

“‘泥巴崽’，‘泥巴崽’的钱拿回来了，放在店里的保险柜里，有九十万啊！”

“这么多啊？……除了钱外，还有其他什么东西吗？”

“没有了。”

“有没有人看到‘泥巴崽’回到店里放钱？”

“没有，我问了店里的，都说不知道，没看见。”

“‘泥巴崽’有没有留下字条、信什么的？”

“也没有。”

“好的，我知道了，如果你还发现有什么新情况，一定要及时告诉我。”

“好的嬴同学，‘泥巴崽’这么多天没回来，这可以算失踪吧，你们一定要抓紧时间调查啊！”

“你放心，我们已经在调查了。”

“啊，我怎么不知道？”

“我们这是秘密调查。”

“噢，那谢谢你们谢谢你，我现在只有指望你们啦！呜呜呜……”对方说着就又哭了起来。

“嫂子你别哭，现在情况还不明朗，也许‘泥巴崽’跑到哪里玩几天就回来了。”

对方没说话，只是一味地哭，边哭边放下话筒。

嬴建峰心里难过，可也没有什么好办法能劝说。嬴建峰心里也清楚，现在就是用再多的语言，都无法劝住对方，唯有找到“泥巴崽”的人，一切才会释然。

这时汪震文的电话打来了。

“师傅，有动静了。”

“什么情况？”

“那个贾时开中午拿一包东西来到金水发屋里，下午二点金水发跑到火车站买了两张去广州的火车票。现在人已经到了松树巷贾时开的住处。”

嬴建峰一听，忙说：“不好！他们想逃跑。”

“是啊，师傅，可咱们现在手里没有他们作案的证据。”

嬴建峰快速思量了一番，说：“情况紧急，现在不控制恐怕来不及了。”

“那怎么办？”

“立即办手续。”

“是。”

“对了，你不是说金水发跑到贾时开屋里了，谷队长负责监控贾时开，谷队人呢？”

“他跟我在一起。”

“那这样，你跟他说一下，贾时开一道办手续。”

“是！”

“注意方式，秘密抓捕，特别不能让那个金萍知道。”

“是！”

94

果然不出所料，金萍当天下午五点匆匆忙忙赶到松树巷贾时开的住所，准备收拾一下东西到医院陪老娘，正好见到了准备吃饭的贾时开与金水发。

金萍将老娘住院的情况告诉了两人。金水发听了，当场决定跟金萍去医院，看望老娘。

贾时开不想去，但他不放心金水发一个人去，便也跟着，去人民医院住院部看了金萍娘。

金水发老娘见儿子来了，紧握着儿子的手不肯放，嘱咐儿子一定要好好做事，将来好好找个姑娘成家，说是娘不能陪你们了，你们自己要争气。

金水发心情复杂地答应着老娘，好不容易等老太太歇停下来。金水发将一个小布包给了金萍，金萍打开看了一下，满是惊讶，她将弟弟拉到一边，两人轻声说着什么，金水发很坚决地摆摆手。

下午六点二十分，金水发跟着贾时开离开医院，两人来到松树巷贾时开住所，将准备的东西带好，然后出门。

这一切，都在我刑警队员们严密监视之下。当两人刚要走出巷口，就被我们刑警队员秘密抓捕。

汪震文和谷地丰将两人连同挎包，一起押上吉普车，一路来到分局刑警队。

嬴建峰指挥人员，立刻分头审讯。

为掌握确凿证据，嬴建峰命令谷地丰和汪震文分别对贾时开和金水发住所进行搜查。

嬴建峰心情有些忐忑不安，他不知道搜查的结果怎样？能否拿下贾时开与金水发，搜出证据就至关重要。

嬴建峰不得不调动全队的中坚力量，令情报中队长钱开明负责审讯贾时开，由反扒中队长上官俊审讯金水发，连夜突审。

晚上十点，黄美琴回来了，她一见嬴建峰，就将公文包往桌上一丢，叹气说："累死了。"

"怎么样？"

"查到了，那个金萍跑到城南的'金不换'打金店，将一盒金器卖给金店，有两公斤重，按照现在的国际金价，是每克五十三元七毛，两公斤卖了整十万，让金店老板赚了五千多。"说着黄美琴拿出一沓调查材料，递给嬴建峰。

嬴建峰拿过材料看看，心里默算了一下，自己一个月工资才一百二十元，那个店老板一转手就能赚五千元，就差不多自己四年的工资。便笑笑问："东西缴回来了吗？"

"缴是缴回来了，可那个店老板要死要活的，很难缠。"

黄美琴又将一包东西拿出来，放在桌上，嬴建峰打开一瞧，就是当初"泥巴崽"要送给自己的那些金器。

"怎么难缠啊？"

"他要我们还他的钱？"

嬴建峰呵呵一笑，说："真是天真得可爱，他不知道这是销赃吗？"

"他说金萍说是自己的东西，急等用钱，所以便宜卖。"

嬴建峰摇下头，说："真是够呛，你不是说，金萍把钱全给了医院。"

黄美琴听了也觉得为难起来，说："是啊，她现在拿这些钱为她娘救命，如果我们现在把她钱追回来，那她娘不就等死吗？”

“是啊，这事还真不好办。”

“哎呀，孙大姐还在医院里，我要去换她了。”

嬴建峰望着对方疲劳的眼神，心里有些不落忍，知道对方很累，想想还是要给对方打打气，便说：“最近可能有个天大的好事。”

黄美琴一听觉得意外，忙问：“什么好事啊？还天大。”

嬴建峰还想保密，笑笑说：“你相信我，这个消息会成为一生中最大的好消息。”

黄美琴一撇嘴，不以为然说：“除了案子，你还有什么好消息？唉！算了，跟着你算我倒霉，破了那么多案子，就我想破的那起破不了，我看你这辈子也别想当什么神探。”

嬴建峰嬉笑着说：“我本来就不是神探，这行了吧？”

“好了，我走啦。东西保管好！”说完黄美琴拿起公文包就走。

嬴建峰忙送她走到办公室门口，边送边说：“记得那笔赃款的事。”

“知道！”

95

已是深夜二点，汪震文和谷地丰先后回来。

一瞅汪震文的神情，就知道没啥戏。

嬴建峰劈头盖脸就问：“怎么样，找到证据没有？有没有什么发现？”

汪震文一脸无奈，学着外国人的样子，朝嬴建峰耸肩摆手。

嬴建峰皱皱眉，问：“怎么，什么证据都没找到？”

“师傅，真是见鬼了，除了他们自己的指纹鞋印，其他什么也没找着。”

嬴建峰也觉得奇怪，紧盯着对方说：“按理说不会啊，不管是涉嫌杀害鲁大炮，还是涉嫌杀害陶欣，都会留下一些蛛丝马迹才对。”

汪震文很赞同地点下头说：“是啊，我也觉得无法理解。”

嬴建峰叹口气，说：“辛苦了，那这样，你去看看审讯金水发的情况，从侧面观察一下他的心理状况。”

汪震文说：“我知道了，这就去。”

汪震文刚出办公室，谷地丰进来了，他搜查贾时开住所的情况，跟汪震文一样，除了指纹和鞋印，其他几乎一无所获。

直到凌晨五点半，审讯贾时开和金水发几乎没有什么进展。

唯一可以抓住金水发把柄的，是他挎包里的五万人民币。但他一口咬死，这些钱是他这么多年来攒积下来的。

嬴建峰坐在办公桌前，看完最后一份审讯笔录，很是失望，甚至沮丧。

从抓获贾时开和金水发，到现在已审讯了八个小时，他们两人都不承认杀人的事。

问他们为什么买火车票去深川，他俩都说想到那边看看有什么发展的机会。问他们知不知道到深川要边境许可证，都说不知道，一脸无辜不幸的模样。

嬴建峰仔细研究了一遍材料，似乎找不出对方很明显的破绽。

这怎么可能呢？所谓雁过留声。只要是他们作案，就不可能找不到踪迹与线索。肯定是我们工作中疏忽了什么？是对方太狡猾，将所有证据都销毁殆尽，还是我们粗心大意没有发现呢？

嬴建峰双手揉搓着有丝隐痛的太阳穴，然后起身来到窗户边，抬头远眺着东方泛白的天空，心底涌出一股无名的焦虑与烦躁。原以为水到渠成手到擒来的事情，未料到却是一筹莫展。

证据，证据，一切取决于证据。找不到证据，所有的推断都是海市蜃楼，空中楼阁。

嬴建峰拿着圆珠笔在纸上写着，列出了三条，并且用笔重重地在下面划两横。

嬴建峰下决心，要用三条措施将目前的僵局打破。透过嬴建峰的后肩，可以看到他写的三条是：重新勘查金水发住所，再次勘查贾时开住房，抽干半边楼公共厕所寻找杀人证据。

96

天一亮，谷地丰按照嬴建峰的要求，立即联系环卫处，调来抽粪车将半边楼街公共厕所抽干，查找杀人凶器。

嬴建峰率汪震文等人又来到金水发住宅，重新进行现场勘查。

金水发住所是三间平房，各房间均有门，左边与中间两间住宿，右边一间作厨房及饭厅，面积都在三十平方米内。

嬴建峰进得门去，从头至尾转了一圈，判定靠近厨房的中间那间是金水发所住，靠左边那间应是其姐金萍住的。

嬴建峰里里外外仔细检查了三遍，未发现可以藏匿东西的地方。最后来到金水发所住的中间房内。

嬴建峰注意到床底下有一大堆旧书，一捆捆用报纸包着堆放着。旧书下面有厚塑料纸垫着，应该是防止书受潮。嬴建峰便蹲下身，将旧书一捆捆往外拖。

一旁的汪震文见了，忙一边帮忙拖书一边说："我已经检查过了，没发现什么有价值的东西。"

嬴建峰停下手，转头问："有日记本吗？"

汪震文头忙摇得像拨浪鼓，说："没有没有。"

"肯定？"

"肯定！"

嬴建峰有点不信似的，仍将一床底的书全拖出来，一捆捆打开检查，差不多忙了半个小时，也没看到一本日记本。嬴建峰还将垫书的塑料纸也拖出来，下面什么都没有。

汪震文见嬴建峰脸上露出失望的表情，他倒心安理得起来。说："师傅，面上的检查，我肯定会做到位的。"

言下之意，是该检查的地方我一定会检查，似乎嬴建峰的举动是多此一举。

嬴建峰也不生气，将整个身子趴在地上，拿着强光手电往床底下照着，仔细观察一番，推测如果要藏匿东西，在哪个位置方便取放。最后他发现靠近床头底下的一块地面，比周围其他地方略有拖痕，好像有人取东西摩擦过。这种拖痕，不认真仔细观察很难发现。

嬴建峰立马伸手往地面敲敲，觉得有点松软，便用手指往下插挖，泥土竟有点散，心中一喜，使劲挖下去，将泥土扒开，摸到了一个用塑料包起来的东西，拖出来打开一看，是一本日记本。

汪震文见了，惊得目瞪口呆，一屁股坐在地上。

嬴建峰也不说话，忙戴上手套，轻轻地打开草绿色塑料封面，扉页上写着两个字：陶欣。

汪震文欣喜若狂地叫了起来，说："这下好了，他逃不掉了！"

嬴建峰摇摇头，说："不要高兴得太早。"

汪震文一愣，忙问："为什么？现在被害人的日记本在他这里，他还敢不承认？"

嬴建峰仍然笑着摇头，说："他完全可以说是陶欣送给他做纪念的。"

"不对，陶欣的母亲不是说过，陶欣被害前家里被盗过，只丢了日记本，后来没找着。"

嬴建峰咂咂嘴，说："他可以说想拿一本日记本做个纪念，或者说他想看看陶欣写的什么，好知道自己怎么做，才能更好地表达自己对陶欣的感情。"

"那他为什么要把东西藏起来？明显是心中有鬼！"

"他可以说怕引起别人误会，才把东西藏起来的。"

"那，照这样说法，我们就没办法定他罪啰？"

"也不能说一点作用都没有，最起码加大了金水发的作案嫌疑。运用得好，它就是证据，但必须要形成一个证据链才行。"

"师傅说得对，不管怎样，找到了这个日记本，案情就前进了一大步，离揭开陶欣被害真相，越来越近了。"

"没错，眼下咱们要做的，是先要查实他是否参与杀害鲁大炮，然后再查实他杀害陶欣的情况。"

"真是太好了，咱们这是一箭双雕哇！师傅，美琴姐知道了不知有多高兴啊！"

嬴建峰微微一笑，深有感触地舒了口气，果断说："立即拍照取证，然后带回队里检验。"

汪震文兴奋得手舞足蹈，一打响指，大声说："好嘞！"

97

嬴建峰回到刑警大队办公室，在办公桌上铺上报纸，戴上手套，拿出陶欣的日记本，小心翼翼地翻看起来。

日记上的内容，正是陶欣出事前两个多月的记录，从中可以看出，陶欣已经发现了食堂的小金对自己有意思，而且还发现小金跟踪自己，有几次都想向学校告发小金，但想到小金对自己没有恶意，所以就没向外透露。

可以看出，隐欣是个非常善良的人，她为了不让金水发难堪，没有把这件事透露给任何人。也可能是她的善良，造成了她以后被害的悲剧发生。

嬴建峰心情迫切地来到技术中队，请曾多法对日记本提取指纹，日记本上除了陶欣的指纹，就都是金水发的，并且从日记本上指纹纵横交错覆盖来分析，这个金水发应该是反复观看日记，可见他对陶欣是情有独钟。

可问题来了，既然这个金水发对陶欣这么喜欢，为什么又会对陶欣下毒手呢？真是百思不得其解。

曾多法虽是法医出身，但对指纹检验也很有研究，因他做事很敬业，八年前陶欣被害案，他从陶欣的衣服上提取了三枚残缺的指纹，因为每枚指纹面积小于三分之一，其特征未超过五个，无法作为证据使用，所以一直封存在保险箱内。

曾多法将残缺指纹的照片全拿出来摊在桌上。

嬴建峰用放大镜逐个观察了一遍，突然心头一动，为什么不可以将这些残缺的指纹，像做裁缝一样拼接起来，形成一个完整的指纹。

曾多法听罢开心地笑了，说："这个我也想过，但拼起来的指纹，不能作为证据用。"

嬴建峰的脑海里迅速思索着，说："不能作为证据，但可以作为认定判断用啊！"

曾多法一时没领会嬴建峰的意思，问："什么意思？"

"我的意思，就是用拼凑起来的完整指纹，与金水发的指纹进行比对。这样，就可以确定陶欣衣服上的指纹是不是金水发的。如果不是，基本可以排除是金水发作案。如果是，那金水发作案嫌疑空前增大。"

曾多法一拍桌子，说："这真是个好办法，我怎么没想到。"

于是曾多法立即着手指纹拼凑，花了近一个小时，一个完整的指纹赫然在目。

嬴建峰迫不及待地拿起金水发的指纹，与拼凑起来的指纹进行比对。

对着对着，嬴建峰的眉头越来越舒展，大声说："全对上了！"

话声刚落，谷地丰兴冲冲走了进来，边走边大叫着："找到了，找到了！"

嬴建峰一看谷地丰手提着一个大塑料袋，忙问："是从厕所里找到的？"

"果然不出你所料，东西丢进了厕所里，全抽干了才找到。"

东西虽然用塑料袋装着，但还是一股恶臭往外冒，几个人不由自主地歪头皱眉的，想躲开屎臭味。

谷地丰歪着头将袋子递给曾多法，曾多法戴上塑料手套，打开塑料袋，伸手将铁锤子拿到水池里，用清水浸泡，慢慢将附在上面的粪便洗净，然后喷上显示剂，开始提取指纹。

也就半个小时，从铁锤上提取到了四枚指纹，一比对，是贾时开与金水发的。

嬴建峰信心大增，决定亲自审讯金水发与贾时开。汪震文紧跟着嬴建峰，做嬴建峰的书记员。

98

金水发其实是属于那种敏感胆小的人，他见嬴建峰手拿铁锤一脸凛冽走进来，霎时感觉不对劲。

嬴建峰坐在主审位置上，将透明塑料袋装的铁锤往桌上一放，两眼直逼金水发。

金水发见桌上的东西，仿佛看到一座铁山似的，压得他窒息难受。他不由得下意识地低头往脚尖看，心跳得怦怦作响。

嬴建峰一拍桌子，惊得金水发浑身一抖。

嬴建峰厉声道："金水发，来了这么久，想清楚了吗？"

"想，想清楚了……"

"你想清楚了什么？"

"想，想清楚，要如实，交代。"

"看到这个东西，就不用我多问了吧？该怎么说不用我教你吧？"

金水发心虚地低下头。

"我知道你出身农村，本质不坏。你从小就没有父亲，是你母亲辛辛苦苦把你拉扯大。你母亲为了你一生劳累，现在得了癌症躺在医院抢救，但凡有一丝良心的人，都不会这个时候离开老母，而是应该在床前尽孝。"

金水发低着头，羞愧与自责煎熬着他的身心。

"'谁言寸草心，报得三春晖'啊。小羊为了报答母亲的哺乳之恩，都晓得跪着吃奶；乌鸦母亲老了飞不动，儿女反哺着喂养母亲；乌鱼母亲老了眼睛看不见，儿女们游到母亲嘴里舍身喂养母亲。而你，作为一个手脚心智都健全的儿子，见母亲得了大病命悬一丝的时候，竟忍心抛弃她不顾……"

“你别说了别说了……”

金水发终于忍不住，呜呜地痛哭起来，边哭边说：“妈呀，儿子不孝儿子对不起你啊！……”

嬴建峰冷眼盯着几近崩溃的金水发，他等对方哭得差不多了，又说：“你老娘现在还在医院抢救，你想不想知道抢救的结果？”

金水发抹着泪点着头。

“那你就把自己涉案的事讲清楚，讲清楚了我带你去医院。”嬴建峰趁热打铁。

“我，我只是帮他……望望风，递点东西。”

“给谁望风递东西？”

“给，给我姐夫……贾时开。”

“你姐不是离婚了吗？”

“都是为了替我妈看病，姐夫没钱，我姐，我姐就那什么……”

“你姐怎么了？是你姐提出离婚的？”

金水发点下头。

“你姐离婚想找个有钱的？”

“嗯呐。”

“找着了吗？”

“……不知道。好像有个喜欢我姐的，可人家有老婆。”

“你知道是哪个吗？”

“好像，是我姐做事的老板。”

“你姐在哪里做事？”

“在，在瓷器街卖瓷器。”

“是不是‘泥巴崽’的店？”

金水发一怔，抬头望望嬴建峰，然后慢慢点下头。

“你最近见到过‘泥巴崽’吗？”

“没见过，我，我跟他不熟。”

“你姐怎么跟你说‘泥巴崽’的？”

“也，也没说什么，只说他很有钱，说喜欢我姐。”

“有没有说到钱的事？”

“……没听说。”

"那，你现在说说自己的事吧。"

"我自己的事？什么事？"

"先说说望风递东西的事。"

金水发紧张得双手握拳，心慌着说："我，那天晚上，我姐夫，贾时开找我，说有人请他帮忙，要教训一个仇人。他给了我五万块钱，请我一起帮忙，还说事成之后，还有五万。"

"那你怎么说的？"

"我、我想有这么多钱，可以买房结婚了。我、我就答应帮忙，但我说不杀人，只做其他的。"

嬴建峰盯着对方，口气严厉问："是这样说的吗？"

"是……如果我说了半句谎，你就枪毙我。"

"那后来呢？说说你帮忙的具体时间、地点，还有经过，要如实回答，不能有一丝隐瞒。"

"我、我，那天晚上，应该是二十三号晚上七点，我姐夫贾时开到我屋里，要我帮忙做事，我就是按照上面说的。然后到了第二天凌晨两点，我们来到一家二层楼窗户下，贾时开站在我肩上，将二楼的窗户撬开爬了进去，我在楼下，将铁锤递给他，后来，大概过了二十多分钟，贾时开就推着一辆摩托车过来，叫我走，我就回家睡觉了。"

嬴建峰耐着性子听着，问："那摩托车到哪儿去了？"

"我不知道，他说送走了。"

"那你怎么跟他一起逃跑。"

"他、他昨天晚上跟我说，事情可能有麻烦，要到外面避一避。"

"什么事有麻烦？"

"我猜，可能是那晚的事。我是第二天下午才知道，那个两层楼上有人被杀了。"

"你就没有问贾时开，是不是他杀的人？"

"我问了，他说本来不打算杀人，是那个屠夫要杀他，所以他就反抗。"

嬴建峰轻蔑一笑说："你被他骗了。"

"他、他怎么骗我？"

"你有没有听到楼上有打斗的声音？"

金水发回想一下摇摇头，说："没有……"

“这就对了。其实他一进去就杀人了，人家根本就没打他。”

“啊！怎么可能呢？他说是被人打得没办法，才动手自卫的，没想到失手打死了人。所以他说要出去避避风头，过一阵子再回来。”

嬴建峰哼的一声，说：“我看你们是港台片看多了，觉得打打杀杀死一堆人不要紧，然后拍拍屁股就走人，当什么事没发生。”

金水发嗫嚅着说：“那这样，我、我会受什么处分？”

“你，是杀人犯的帮凶，你说会受什么处分！”

“我、我是看在他是我姐夫。我才答应去的。”

“你还看着那些钱才去的吧？对了，他不是答应给你十万的吗？后来给了吗？”

“给了，昨天下午我买好了火车票，他就再给我五万。”

“钱呢？”

“我给了五万给我姐，让给我娘看病。还有五万，放在包里，就，被你们搜去了。”

嬴建峰瞅着金水发，想想说：“那我问你，你知道是谁请贾时开帮忙？”

金水发两眼迷茫地摇头，说：“不知道。”

“好，那你再说说你自己的事。”

“我，……还说什么事？”

“陶欣的事！”

金水发浑身一颤，脸色立即变得煞白，随即又变得慌乱而激动，情绪失控地说：“这不关我的事，我真不是故意的！”

嬴建峰双眉紧蹙，厉声道：“那你说说关谁的事？！”

“我、我那天晚上真不是故意的，我喝多了酒，我、我跟在她身后，眼看着她快到家了，我、我真不知道怎么就出了那种事。”

“出了什么事？”

“第二天我听说师范最漂亮的毕业生，那个陶欣死了，我一听人都要疯了。后来听说她是死在她家附近的水沟里，我记得好像去过那里。”说着金水发就露出悲痛的神情。

嬴建峰用手一拍桌面，呵斥道：“金水发，你不老实！”

金水发露出惶恐的眼神，望着嬴建峰，问：“我、我怎么不老实了？”

“你对陶欣到底做了什么？”

“我、我没做什么啊。”

“你还不老实！”

“我、我真没做什么！”

“我问你，陶欣的日记本怎么会在你那里？”

“啊！……”

嬴建峰从公文包里拿出日记本，放在桌上。

金水发两眼盯着日记本，努力辨认是否是陶欣的，当他看清那日记本的确是陶欣的时候，立马露出苦楚而畏惧的神色。“我、我喜欢她，所以……”

“所以你就敢跑到她家里偷东西？”

“我、我是想看看她到底会喜欢什么样的人。”

“你竟敢偷东西，那你还有什么事不敢做？”

“我、我只偷了一回东西，我可以对天发誓。”

“你说你那天晚上喝多了酒，那你到底对陶欣做了什么？”

“我、我只是跟踪她，我想向她表白，我、我没对她做什么。”

“你还狡辩！”

“我真没狡辩。”

“那我问你，你的指纹怎么会在陶欣的衣服衣领上？”

嬴建峰说着又扬扬手中的指纹照片。

金水发张口结舌望着嬴建峰，仿佛自己已被对方逼得毫无退路，只好低头承认道：“我、我怕她喊，我、我就上去堵她的嘴。”

“就是你用力堵住她的嘴，至使她头晕挣扎，你就顺势将她一推，她就掉进了深水坑里，被活活淹没窒息死亡。你、你还想狡辩？！”

“我，我真不是故意的。我那么喜欢她，我怎么会害她呢？我可以对天发誓啊警察同志！我可以用人格担保！请你一定要相信我呀！”

说着说着，金水发扑通跪下，声泪俱下地痛哭起来。

嬴建峰的愤怒无法言表。他很自然想到了黄美琴，为了替自己同学陶欣报仇，竟发下毒誓不抓住凶手绝不结婚。整整十年过去，她每天都在愤懑与不甘、痛恨与自责中度过。人生有多少个十年啊，这十年，本应是她人生青春美丽浪漫甜蜜的最好年华，可她却因同学突如其来的厄运，从此也失去了欢乐曼妙的岁月。

“你知道吗？重病在床的陶欣妈妈，因为陶欣突然被害，悲伤过度而含恨去世。陶欣的爸爸，因为陶欣的被害，伤痛过度而变得精神失常神志不清。你，因为你的自私残忍，你使一个那么美好幸福的家庭瞬间变得支离破碎啊！”嬴建峰说着说着，眼眶不由湿润起来。

“我该死我有罪啊！我，我愿意永远服侍陶老爸，为他养老送终啊！”金水发不断抽着自己耳光，发出啪啪的响声。

不知什么时候，黄美琴站在嬴建峰身后。

黄美琴一眼就认出被押进来的金水发，就是当年师范食堂里的小金厨师。当她得知跪在地上的他就是害死自己最亲密的同学陶欣时，竟控制不住自己的愤怒，她“啊”的一声狂叫，猛地上前，发疯似的对着金水发拳打脚踢。金水发任凭黄美琴怎样殴打，也不躲不闪，默默地承受着，仿佛这样才能使自己得到解脱。

嬴建峰赶紧上前紧紧抱住黄美琴，不让她再踢打金水发，黄美琴踢打不到金水发，竟转身踢打起嬴建峰来，惊得一旁做笔录的汪震文赶紧起身想拖劝。

嬴建峰抬手示意汪震文，不让他过来，任凭黄美琴发泄。

半晌，激愤过后的黄美琴，终于意识到自己踢打的竟是嬴建峰，便“哇”的一声扑在嬴建峰身上，双手死命地抱紧嬴建峰，撕心裂肺地痛哭起来。

99

黄美琴又哭又笑地回到办公室，一个劲地埋怨嬴建峰，为什么不早点跟她说，让她早一点高兴也是好的。

嬴建峰心痛地望着黄美琴，说：“我开始只是怀疑，没找到证据，我不敢告诉你，怕你说我骗人，让你空喜欢。”

黄美琴长长地叹口气，说：“这事吧也都怪我，都是我没脑子，让案子拖了这么久。”

嬴建峰一惊，忙问：“这话怎么讲？”

“这个小金我早就认得他。我和陶欣进师范时，他就在食堂打饭菜。我发现他每次看到陶欣都有点不自在。开始几次打饭菜，同样的饭菜票，可他打给陶欣的要比我的多几倍，我不服气，有次问这个小金，他红着脸，说不好意思看错了饭菜票，你说，这怎么可能呢？”

“唔，还有这样的事？”

“是啊，从那以后他给陶欣打饭菜虽然不是很多，但我还是发现了一个秘密。”

“什么秘密？”

“最后一个学期，陶欣只买了一次饭菜票，可陶欣的饭菜票好像永远都用不完。”

“怎么回事？”

“后来我仔细观察，发现陶欣每次给小金饭菜票，他都把陶欣给他的又找回陶欣，所以……”

“所以陶欣的饭菜票永远也用不完。”

黄美琴双手一拍，说：“聪明！我现在想想，这个金水发早就暗恋上了陶欣，他用各种办法讨好巴结陶欣。”

嬴建峰点头赞许。“那陶欣是不是知道？”

“应该知道。”

“那，陶欣对金水发是什么态度？”

“能有什么态度啊。你可能不知道，想讨好陶欣的人太多了，光食堂那些炊事员，没有一个不想讨好她的。其他人就更不用说。”

“你是说，除食堂的人之外，还有其他人对陶欣献殷勤？”

“那还用说，我们班上的那些男同学，还有隔壁班的，上下级班的男生，都是想方设法跟陶欣套近乎。更让人大跌眼镜的是，学校的那些未婚男老师也都喜欢陶欣。”

嬴建峰明白似的点点头，说：“这我就清楚了，为什么当初你们没把金水发当成重点嫌疑人，因为在对陶欣献殷勤的人里面，这个金水发根本就排不上队。”

“对呀！所以说，我做梦也没想到，这个三棒都打不出一个响屁的人，竟然是害死陶欣的凶手。我，我真巴不得将他千刀万剐！剁碎后丢到昌江里喂鱼！”

嬴建峰呵呵一笑，说：“那还不如将他丢进窑里烧成灰，然后……”

“然后将他的骨灰捏成下跪的人像，让它永远跪在陶欣墓前，让它永远谢罪！”

“就像秦桧跪在岳飞墓前一样。”

“对！就那样！”

“嗬，你真够狠的！”

“我狠吗？我巴不得再去揍烂这个金水发，把他打成肉酱喂狗。”

黄美琴的心里感到前所未有的轻松，那块压在自己心中十年之久的巨大磐石倏然化为乌有，她感觉自己好像一下子年轻了十岁。接下来自己就可以与嬴建峰结婚了。双方父母的不满、牢骚、责备、担忧等等霎时都烟消云散。一种满满的幸福感涌上心头。黄美琴抑制不住自己内心的激动，竟走上前，紧紧地抱住嬴建峰，不停地亲吻着嬴建峰的脸颊、额头、眼睛和嘴唇，一时沉浸在幸福的漩涡中无法自拔。

“哎哎哎！我说美琴，现在案子还刚开始，要做的事很多，咱们得抓紧时间。”

黄美琴不好意思地松开手，想想嬴建峰的话，想起了自己还有任务，忙说：“哎呀对了，孙大姐还在医院，我得赶紧去。”

嬴建峰说：“你和孙大姐要找那个金萍审问一下，如果她不配合，就把她带到队里来。如果配合，你们就在医院保卫处对她就地初审，然后看情况决定下一步怎么走。”

黄美琴精神抖擞，说：“好的，我这就去！”

“我给你审讯金萍的方案，你看了吗？”

“看过了。”

“还记得几个审讯重点？”

“当然记得，三个重点啊。”

“哪三个？”

“一是问她知不知道金水发与贾时开杀害鲁大炮的事。二是知不知道金水发害死陶欣的事，三是知不知道‘泥巴崽’到哪里去了。”

嬴建峰满意地点点头，说：“好的，但要注意方式方法。”

“知道了，婆婆妈妈的。”

黄美琴说完，轻快地拿起公文包，她想想，又跑过来在嬴建峰脸上亲了一下，然后兴冲冲地抬手向嬴建峰一挥，一阵风似的往门外走去。

嬴建峰微笑着目送黄美琴离去，然后转眼瞅瞅桌上一大摞贾时开的审讯材料，抬手翻翻案宗，思忖着怎样才能撬开贾时开的嘴巴。

100

知己知彼，方能百战不殆。

嬴建峰仔细分析了贾时开的经历和现状，认为他一直以屠夫为职业，天天与人打交道，争吵叫骂算是家常便饭，所以心理抗压能力强。而且从他敢一人爬进二楼窗户杀人的情形看，证明他胆大妄为，心狠手辣，心理素质非同一般。要想让他开口供认杀人，没有过硬的证据，他是不会承认的。

之前对他的审讯，他都是抱着一种死猪不怕开水烫的心理，任凭你怎么问，他就是不承认杀人。

嬴建峰觉得，针对这种死硬分子，唯一可行的办法，就是采用迂回包抄、无形渗透的战术，让他在回答问题时顾此失彼，自相矛盾，不能自圆其说，最后给其致命一击，令其束手就擒。

“贾时开，你知道樊哙吗？”

贾时开愣了一下，警惕地摇摇头。

“那张飞你总该知道吧？”

贾时开点下头。“张飞肯定知道啊，刘关张，三兄弟。”

“那你知道张飞以前是干什么的？”

贾时开小心翼翼地看着对方，琢磨着对方的用意，又轻轻地摇头。

“不知道吧，他是你这行的祖宗，杀猪的。”

贾时开脸上肌肉跳了一下，明显有丝自卑，但还有点不服，他不懂装懂地说：“他是杀猪的我当然知道，他是我们祖师爷，能不知道吗？”

嬴建峰见对方慢慢被自己引上路，心中暗喜。心想只要你开口说话，我就要把你绕死。

“那好，那我问你，张飞为什么要杀猪？”

“那还用说，为了生活呗。”

嬴建峰不以为然地摇头，说：“生活的路子千千万，为什么他偏干这一行？”

“……这个，当然是有肉吃，还来钱快。”

“那你也喜欢吃肉啰？”

“谁不喜欢吃肉啊，我一天吃一斤多肉。”

“你还喝酒吧？”

“一天一瓶多。”

“抽烟吧？”

“一天两包。”

“那你一天的开支真不少啊？”

“也不多，三四块钱。”

“你一天可以挣多少钱？”

“不多，平均十来块钱。”

“那一月不少啊？”

“二三百吧。”

“除了开支，一个月能余下好多钱啊。”

“也不多，一二百。”

“那，你一年下来可以存很多钱。”

“存不到几个，开销大。”

“什么开销这么大？”

“亲戚朋友红白事，老人看病什么的，七七八八，到头来手上就看不到钱。”

嬴建峰轻轻一笑。“你没钱怎么给金水发十万块？”

贾时开一下警觉起来，他此时才意识到，之前嬴建峰问自己的话，那是在挖坑让自己跳。忙说：“噢，那是我存的钱。”

“你刚才不是说看不到钱，怎么一下子有那么多钱？”

“我，我虽然没什么钱，可是钱还是要存一些的。”

“你没钱拿什么存啊？”

“再没钱，也要想办法存？”

“想什么办法？去偷？去抢啊？”

“那不可能。”

“这有什么不可能的。金水发都跟着你到那个鲁大炮家里，你不是偷了鲁大炮的钱吧？”

贾时开有些慌了，忙辩解说：“那怎么可能？我什么时候去鲁大炮家里了？我没去过。”

“贾时开，金水发已经交代了，二十三号晚上，你给了他五万块请他帮忙，并许诺事成之后再给他五万。二十四号凌晨两点，你们一起来到鲁大炮楼下，你站在他肩上，从二楼阁楼窗户上爬进去。”

贾时开的眼神显得凌乱，立即掩饰地说：“没，没有的事。他那是胡说八道！”

“贾时开，你有没有听过一句话，叫铁证如山？”

“听过。可你们能有什么证据？更谈不上铁证。”

嬴建峰轻蔑一笑，说：“我向你普及一下，什么是铁证。铁证要有证人证言，要有你作案使用的凶器认定。现在我们有金水发的证人证言，有杀害鲁大炮现场提取你的半个鞋印，这些都是铁证。”

贾时开不愧是老油条，他不以为然地说：“金水发为了洗脱自己的罪名，他可以乱咬我。现场有我的鞋印，那是我之前到过他家里留下的，这些都不能证明人是我杀的。”

嬴建峰冷笑一下，说：“贾时开，看来你还懂一点法律。”

贾时开得意地一抬头，说：“我没事就看一下法律方面的书。”

“既然你懂法律，那你应该知道，什么是证据链。”

贾时开怔一下，说：“证据链是证据的链条。”

“不错，刚才我说金水发的证人证言，你留在现场的鞋印，这些都是证据链上的一只链子，证据链是一只一只链子组成的，当所有的链子都形成了，就能证明人是你杀的，那就是铁证，你不承认也没用。”

贾时开低下头紧眨几下眼，仍负隅顽抗地说：“问题是你们现在没有形成证据链。”

“如果有呢？”

贾时开抬头瞧瞧嬴建峰，心存侥幸地说：“不可能！”

“如果我拿出来呢？”

“你拿得出来，我就认罪。”

嬴建峰冷峻一笑，从公文包里拿出一份材料。

“贾时开，这是另一份证人证言，证明你二十三号凌晨六点，你骑着摩托车出现在半边楼公共厕所，这是证据链上的一链。还有……”

嬴建峰双手抬高拍拍，回头对门外说：“进来吧。”

门打开，李洋河小心地捧着一个塑料袋进来，轻轻地放在嬴建峰面前桌上。

嬴建峰戴上手套，拿起塑料袋晃晃，是一把铁锤。

贾时开一见铁锤，脸唰地一下变成酱紫色，随即又变白了。他心里直打鼓，紧张得手不禁有些哆嗦起来。

嬴建峰慢慢举起铁锤，说：“这是你杀害鲁大炮的铁锤，从上面提取到你和金水发的指纹。经检验，这把铁锤就是砸死鲁大炮的凶器。贾时开，你还有什么说的？”

“你不是说上面有金水发的指纹吗，那人应该是金水发杀的！”

“但杀害鲁大炮现场没有金水发的鞋印，铁锤手柄上你的指纹是顺着用力方向的，金水发的指纹是用力反方向的，所以他不可能杀人！”

听到这里，贾时开的心理防线彻底崩溃。豆大的汗珠从他的额头上不断地冒出，人也一下子瘫在椅子上。

突然间，贾时开发狂地“嗷”的一声，大喊着：“该死的金水发，我要宰了你！”

101

在人民医院保卫处，黄美琴和孙大姐正紧锣密鼓地审讯金萍。

三十七八岁的金萍，虽然连日照顾生病母亲显得疲惫不堪，但她的五官，还是俏丽可人的。

从看到金萍照片开始，黄美琴就被她的容貌所吸引。都说异性相吸，但同性间却不乏同情，特别是看到金萍那双惊慌无助的大眼，黄美琴的心里有种莫名的悲伤。

“金萍，我们是城东公安分局刑警队的，你知道我们为什么找你吗？”

金萍惊讶地张着嘴，一副愁眉苦脸的样子，她似乎意识到什么，低头摆弄着衣角，心神不定地瞟瞟对面坐着的两位女公安。“我，我不知道。”

“你再仔细想想，你有什么事？”

金萍咬着下嘴唇，斜睨着黄美琴，见对方两眼紧盯着自己，忙低头掩饰自己的慌张。半晌，她才嗫嚅地问：“是不是‘泥巴崽’的事？”

黄美琴一听，她自己主动开口说到“泥巴崽”，这调查她与“泥巴崽”的关系也是审讯的重点内容之一，那就顺着她的思路，延伸拓展下去。

“那你说说，你和‘泥巴崽’是什么情况。”

“我，他，我们两个，也没有很多的事。”

“那你们有几多事？”

金萍涨红着脸，似乎难以启齿，几次欲言又止：“我们，我们还是普通的关系。”

“金萍，你要如实交代自己的事情，不要避重就轻。”

“我，我没有避重就轻。”

“还说没有！你看看这个……”说着黄美琴抬手拿出一张图片，向金萍展示。

金萍瞪眼仔细一瞧，是金手镯金耳环金项链的照片，一下慌了神，但她辩解说："这东西本来就是我的！"

"说说理由。"

金萍略为思索，说："拿这些金器换瓷器的老板是我路上的熟人，他是冲着我的面子才换的。"

"你说具体些。"

"大概两个来月前吧，我路上的朋友是山西开煤矿、金矿的老板，他姓孔，是我前几年认得的。他到我们店里来，看中了店里的高仿品龙生九子的老大囚牛，用四套金手镯金耳环金项链换了那个囚牛。后来孔老板打电话给我，说是送给我的。可'泥巴崽'不认可，硬是说是他的高仿品换来的。"

说到这，金萍停顿下来，拿眼盯着黄美琴和孙大姐面前的茶杯。

黄美琴知道对方想喝水，便起身出门端了一杯凉茶进来，递给金萍。金萍忙起身接过，说声谢谢便咕嘟咕嘟一口喝完。

黄美琴抬下头说："接着说。"

"……半个月前，我娘病得很厉害，要住院做大手术，一问要十多万。我实在没办法，只好向'泥巴崽'借钱，'泥巴崽'说暂时没有，钱都在他老婆那儿管着，拿不出来，我就说那就拿金器给我，我好换钱给老娘治病。'泥巴崽'说不要急，过段时间有个台湾人准备买走所有的高仿品，估计有一大笔钱，到时再给我。"说着金萍急促地咳了起来，咳嗽完了，她再继续讲。

"可是病不等人啊，我娘急着要抢救要用钱，我就把那盒金器拿出来到打金店换成现钱。"

"你等等，你拿这些金器，经过'泥巴崽'同意吗？"

金萍呆愣了一会，继续说："也不能说他没同意，当时他是不知道，后来他知道了，就说这些东西他要送人的，他会拿钱给我，东西他要拿走。"

"那为什么你还要把东西拿出去换了呢？"

"我等不及了啊，我娘差一点就没命了哇。"

"你换了现钱后'泥巴崽'知道吗？"

"知道。"

"那他后来怎么说？"

"他还是说等他拿钱给我，东西他拿回去。"

"那他拿钱了没有？"

"不知道。"

“这怎么会不知道？拿了就是拿了，没拿就是没拿，怎么会不知道呢？”

“噢，最后一次，也就是二十一号早上，他从厦国市回来，他打电话给我，说生意成功了，他会回来找我，到时拿钱给我。”

“那他有没有找你？”

“找了。因为他最喜欢吃猪眼睛，所以我就买了四五斤猪眼睛，弄给他吃。”

“你等等。你说的猪眼睛，怎么吃啊？”

“不是真的吃猪眼睛，是吃猪眼睛的眼眶子。”

“眼眶子？”

“是将猪的眼珠子挖掉，吃剩下的眼眶。”

“这东西能吃吗？”

“哎呀特好吃，红烧一下，就跟吃脚鱼一样，味道非常好。”

“还有这样的事？你吃过？”

“吃过，开始也是听‘泥巴崽’说好吃，我开始也不相信，后来我弄了一次，才知道真的很好吃，就相信了。”

“接着说。”

“那天‘泥巴崽’是十一点钟到我家里的，我弄了一大盆猪眼睛给他吃，他吃得非常高兴，还喝了差不多一瓶酒，结果醉了。”

“醉了？”

“是的，我看他醉了，又走不动路，就将他扶到床上休息。”

“后来呢？”孙大姐憋不住嘣了一句。

“后来，后来我有事就回乡下了。”

“那你走了，‘泥巴崽’怎么办？”

“他呀，我叫我那个前夫送他回去。”

“你前夫，贾时开？”

“对。”金萍有些不好意思地瞧瞧黄美琴。

“你请‘泥巴崽’吃饭时，你那前夫在场吗？”

“他不在。”

“那他是什么时候到你那的？”

“是中午一点来钟，他摊上的肉卖完了，才来的。”

“那你走时，贾时开在屋里吗？”

“在啊，我叫他等‘泥巴崽’醒了，送他回去。”

"那他送了没有？"

"我今天回去问了他，他说送了。"

"具体送到哪儿？是送他到家里还是到路上？"

"那我没问得那么仔细。送个人还这么复杂？"

"那你后来见过'泥巴崽'吗？"

"没有，我离开家到乡下老家后，就一直忙我娘的事，也没心思上班。"

一直在做笔录的孙大姐觉得不对，抬头问："'泥巴崽'为什么对你这么好？这明显是不正常的，你和他到底是什么关系？"

"我，是，是一般普通的关系。"

"不可能！一般普通的关系能借十万块给你吗？凭你的工资，一辈子也还不起。"孙大姐继续说道。

"……我，他说能还多少算多少。"

"那更说明你们俩关系非同寻常！"孙大姐快人快语。

金萍的脸又涨红起来。

黄美琴一见，知道有戏，便紧逼道："金萍，都到了这个时候，你还吞吞吐吐的？你不说实话对你会非常不利，如果你说不清你与'泥巴崽'的关系，那你拿的那一大盒金器，就算是你偷的，那盒金器价格十多万，盗窃十多万是什么概念，那你要把牢底都坐穿啊！"

金萍全身一震，好像被电击一样，随即她低下头，泪珠子嗖嗖地往下掉。她双手掩面，"哇"的一声伤心地哭了。良久，金萍情绪平复得差不多，才断断续续地说："你们，你们千万要替我保密啊！"

黄美琴说："这你放心，你说的一切，我们都会保密，绝不会向外透露半个字。"

金萍见黄美琴给自己下了保证，便全盘托出："今年正月初六放假，店里没人上班，我一个人顶班。那天晚上，'泥巴崽'喝多了酒，跑到店里，硬要跟我，跟我那个了。他说喜欢我，要我跟他好，说他会照顾我。我说你要真心对我好，就跟老婆离婚，他说现在不行，要等以后有机会再说，并说他可以用金钱弥补我。"

黄美琴与孙大姐相视一眼，黄美琴问："那他给了你多少钱？"

"给，也就给了一万来块。"

"也不少啦，是你七八年的收入。……这些钱呢？"

“都给我娘看病用了。”

“我再问你，你这次用金器换来的钱，用到哪儿去了？”

“全用在我娘身上了。”

“就这么一天，用得了这么多？”

“医生说要请上海最有名的大夫给我娘做手术，还要用最好的进口药给我娘打，说只有这样，才能保住我娘的命。我弟弟刚出世我爸就去世了，是我娘一个人把我们姐弟拉扯大，现在她老了病了，我们能不尽全力救治她吗？”

黄美琴听了，心底涌起一股悲悯。看来金萍一门心思为给她娘看病，其他的事她似乎不太关心。

“你知道鲁大炮吗？”

“知道，他这个人性格暴躁，动不动跟人家吵嘴打架，哎对了你问他干吗？”

“你没听说他最近出什么事吗？”

金萍想想，摇摇头说：“不清楚，没听说过。我这几天为我娘忙得焦头烂额。”

“看来你是真不知道？”

“我真的不知道。”

“照这么说，你更不知道谁是凶手了？”

“什么凶手？怎么回事啊？”

“鲁大炮被人杀了！”

“啊！谁杀的？”

“初步调查，是你前夫贾时开！”

“啊！这，这怎么会？”

“还有一个帮凶，就是你弟弟，金水发。”

金萍听罢，露出惊恐的神情。“不，不可能啊！我弟怎么成帮凶了？他那么老实的人。你们是不是搞错了公安同志？”

黄美琴轻轻一笑说：“怎么可能搞错？我们公安办案，从来讲究证据。”

“这么说，是真的？”

“千真万确！”

金萍的内心开始崩溃，她脸色一下变得煞白吓人，两眼暗然失神，顷刻间她很气愤地说：“肯定是那该死的贾时开，肯定是他唆使我弟弟的。他总是叫我弟弟喝酒，喝多了酒，就说一些大话空话诓我弟弟。”

“他都说些什么大话空话？”

“说，说什么将来发了财，建一栋大别墅，买一辆乌龟壳，让我弟弟娶一个城里的漂亮姑娘，尽说些梦话。……肯定是他害了我弟弟。公安同志啊，你们一定要查清，不能冤枉我弟弟啊。我就这么一个弟弟，他要是出事了，我娘怎么办啊，我怎么办啊？”

说着说着，金萍又呜呜呜地哭了起来，而且越哭越伤心。

黄美琴仔细观察金萍的表情，不太像是装出来的。看来她真的不知道贾时开与金水发的事。

剩下来的，还得问她是否知道金水发害死陶欣的事。

“金萍，你不要光顾着哭，我还要问你件事。”

金萍听黄美琴这样一说，便慢慢止住哭，抬手揩揩脸上的泪水，两眼瞄瞄黄美琴，等着对方发问。

“你知道你弟弟以前做过犯法的事吗？”

金萍一听警觉起来，说：“公安同志，我弟弟那么老实的人，他怎么可能去犯法？他要不是被人唆使，他绝不会做出格的事。”

“金萍，我可以很负责地告诉你，你弟弟在师范食堂做事时，喜欢上一个师范读书的漂亮姑娘，后来他喝多了酒，失手将那姑娘害死了。”

金萍听完，惊骇地盯着黄美琴，满是疑惑、不解，既而气恼、痛惜与悲愤，她发疯似的抓扯自己的头发，鬼哭狼嚎地发泄着。

黄美琴又与孙大姐对视一下，一种悲哀的气息渐渐弥散开来，充溢在空中。

102

嬴建峰仔细看完审讯金萍的材料，紧蹙着眉头，抬头望着天花板上正在旋转的吊扇，心绪也在飞速地转动着。

从金萍的笔录里可以看出，金萍对贾时开和金水发的事的确一无所知，金萍本人也未参与他俩的事，就连金水发害死陶欣的事她也浑然不知。

那么，接下来最重要的，就是有关“泥巴崽”的事了，有必要先捋一捋。

据金萍的交代，她与“泥巴崽”于今年正月初发生关系，然后金萍要“泥巴崽”离婚，“泥巴崽”不肯，并补偿金萍一万多。本月二十日“泥巴崽”外出，销掉仿古瓷，二十一日上火车前打电话给金萍，说他马上回来会送钱给她。二十二日早上，“泥巴崽”到达瓷城，先将钱放进店里保险柜，然后不知到哪里休息，到十一点钟到金萍家里，金萍买了猪眼睛给“泥巴崽”吃，“泥巴崽”喝多了酒躺在床上休息，然后贾时开来，说接到老家电话，说金萍娘病重叫金萍赶回去。金萍临走时要贾时开送“泥巴崽”回去，此后金萍就再也没见过“泥巴崽”。

那么，现在的关键是“泥巴崽”是怎么失踪的。明眼人一看就知道，问题就出在金萍离开后这段时间。

金萍说过，“泥巴崽”答应等那批货销掉后会拿钱将那盒金器换回去，而按那盒金器的价格，起码要十万以上。按一般常理，“泥巴崽”要想换回那盒金器，他就会拿不少于十万的现金才能换回金器。当然，说那盒金器值十万以上，是按照金价的国际价格来说的，并未包括工艺，如果按照工艺金器来讲，价格远超纯金条金砖。

也就是说，“泥巴崽”避开所有人到金萍家里去，除想换回金器外，他还可能有个私心，就是想与金萍幽会。

假设“泥巴崽”来到金萍家里后，身上带了十万现金。从金萍的口供得知，“泥巴崽”没提十万元的事，金萍也没问“泥巴崽”。这里的原因，应该是金萍已经将金器换成了现金，她不好意思也不想开口问“泥巴崽”带钱来的事。“泥巴崽”也许是想与金萍成就好事，快分手时再拿钱出来换回金器，但终因贾时开的突然回来，金萍老娘发病金萍离开，这事就没了下文。

问题的关键是“泥巴崽”的突然失踪，会不会跟他身上带来的钱有关。会不会是贾时开见钱眼开，动了杀人的心，将“泥巴崽”做掉了。

当然，也有可能贾时开得知金萍与“泥巴崽”的关系，为泄愤而杀人。综合起来看，这两方面的原因都有。

对此，得赶紧核实。先找“泥巴崽”老婆问问情况，再审讯贾时开。

嬴建峰立马打电话给“泥巴崽”老婆，询问有没有“泥巴崽”的消息，对方说还是一点也没有。

嬴建峰想想不对，“泥巴崽”的失踪，贾时开的嫌疑最大。得立即审讯贾时开。

贾时开面对嬴建峰的提问，一口咬定他送“泥巴崽”出了巷口，其他的什么都不知道。

嬴建峰与汪震文碰了下头，决定再对贾时开的住所重新勘查一遍。

嬴建峰带着汪震文、曾多法和李洋河，重返松树巷贾时开住所进行现场勘查。

一进卧室，嬴建峰就发现不对，地面墙上粉刷一新，这明显就是想掩盖血迹。

嬴建峰从墙上和地面入手，用刀刮开，仔细寻找血迹。一个小时过去，几乎所有墙面和地面都掀开了，就是没发现血迹。

曾多法和李洋河满脸沮丧，望着嬴建峰直摇头。

嬴建峰不信，觉得贾时开不可能无缘无故刷墙刷地。他围着床看，设想着当时“泥巴崽”躺着的位置，如果贾时开要对“泥巴崽”行凶，在什么位置什么角度最方便。

嬴建峰模拟着砍人的动作，想象着先将人杀死，再将人肢解。要是那样，床上肯定会有血迹。但从床板上看，没有任何血迹，也没清洗的痕迹，显然，不是用刀将人砍死在床上的。

嬴建峰低头想想，一个正常的杀人犯，不会将一个烂醉如泥、毫无反抗的人放在床上用刀砍死，他会先用枕头或衣服等将人窒息死亡，或用绳索勒死，这样就避免血液溅流在床上。

嬴建峰慢慢蹲在床前，见几只绿头苍蝇嗡嗡盘旋着，这种嗜血的飞行小动物，似乎在寻找着血腥的源头，只见它们轻盈地落在床脚上，床脚表面上看不到血迹，但应该是离血源不远。

嬴建峰想到南宋宋慈记载的《洗冤集录》中，就有利用苍蝇嗜血本性破案的故事。

嬴建峰忙站起身，朝汪震文一挥手，说：“震文，来搭把手把床移一下，看看下面。”

汪震文二话没说，站在另一头，两人用力，将整张床往外移动，很快，床头靠外的脚底下，赫然出现了一个四方形的暗褐色血印。

汪震文惊叫起来，说：“师傅你真神了，你怎么知道这下面有血迹啊！”

嬴建峰笑笑说：“我也不知道，只是推测的。”

曾多法和李洋河听说，兴奋地挤过来看。曾多法忙弯腰准备动手提取血液，李洋河争着说：“师傅你歇歇让我来吧。”

说着李洋河挤过来先拍照，再提取血迹，快速地放进物证袋里。

两小时后，在嬴建峰办公室，李洋河小跑着进来，将一份检验报告交给嬴建峰。

“嬴指导，现场发现的血迹，就是‘泥巴崽’的。”

103

贾时开再次见嬴建峰进审讯室，心里由忐忑变得慌乱。

贾时开觉得，这个姓嬴的指导员太厉害了，他每次出现肯定没好事。

嬴建峰不动声色地坐下来，两眼冒着冷光。

“贾时开，我们又见面了，我想给你看样东西。”

说完，嬴建峰从公文包里拿出两张照片，放在桌上。

做记录的汪震文起身将两张照片递给贾时开。贾时开双手拿过一瞧，心里咯噔一下，完了。

虽然是夏天，但贾时开觉得脚底有阵阵寒气往上冒，双手不禁微微抖动起来。

贾时开低下头，喘着粗气，死命攥紧双手，全身颤动。

“贾时开，说说吧，你是怎么杀死‘泥巴崽’的。”

贾时开双手握拳，不断地晃动着，似乎在懊恼、悔恨、痛苦与绝望的深渊里浮沉挣扎。

“不说是吧？那好，那就让我来替你说吧。”

嬴建峰喝了口茶，站起身来，瞅瞅贾时开，然后抬头看看天花板，背手边踱着步边说。

“先说说你杀鲁大炮的前因后果吧。”

汪震文拿着笔，在思考要不要记录。

“鲁大炮因为跟你争抢客户，拿刀到你铺上威胁你，吓得你的客户扭了脚，一分钱不拿还要你出钱。他还嘲笑你不是个男人，老婆都跟人家跑了。你实在咽不下这口气，索性一不做二不休，干脆将鲁大炮杀了，以解你心头之恨。”

嬴建峰侧脸瞄一下贾时开，见贾时开注意听着。

“你拉上小舅子金水发，这里我重点说明一下，你一直喜欢你这个小舅子，他也很喜欢你。因为当年是你送他到师范食堂做事的，你认识师范食堂经常到你摊上买肉的司务长，通过他的关系到师范食堂做事，后来又因为你小舅子头脑灵活勤恳吃苦，就跟着食堂大师傅学烹饪。真是青出于蓝而胜于蓝。不到一年，你小舅子手艺就超过大师傅，成为食堂炒菜水平最高的厨师。”

贾时开侧着耳朵认真听着。

“你小舅子因为喜欢漂亮的师范女生陶欣，竟失手将她害死。这件事他谁都不敢说，唯独与你一起喝多了酒时吐露过真相，他是想寻求庇护与心理解脱。你呢，正是利用这一点，取得你小舅子的绝对信任。也正是这样，在你准备杀死鲁大炮的过程中，你毫不犹豫地选择他作为你的帮手。因为你相信，他是绝对会听你的。”

贾时开望望嬴建峰，然后抬头闭眼，静听嬴建峰的述说。

“为了能让胆小的金水发帮你，你便编造了一个谎言，说是有位朋友委托你帮忙去教训一个人。而你不敢告诉他想杀人的实情。为了增加金水发去帮你的筹码，你还谎称那位朋友给了你十万块，作为教训人的报酬。”

贾时开皱着眉倾听着。

“其实这十万块大有来头，根本就不是什么朋友给你帮助教训人的报酬，而是你从‘泥巴崽’那儿抢来的！”

汪震文发现贾时开的身子往前动了动。

“你憎恨‘泥巴崽’，你把金萍与你离婚的原因归咎于‘泥巴崽’身上，特别是鲁大炮辱骂你不是男人老婆跟别人跑了之后，你对‘泥巴崽’更是恨之入骨。当二十二号中午你一见到躺在床上酣睡的‘泥巴崽’时，你立即起了将他杀害的念头。特别是你看到‘泥巴崽’随身携带的十万元，更坚定了你杀人的信心。”

贾时开急促地喘着气。

“你口头上答应金萍送‘泥巴崽’回去，实际上金萍一走，你就将‘泥巴崽’杀死，然后就在你床前将他肢解，装进袋里弄到外面埋了。”

贾时开激烈地喘息着。

“为了掩盖你杀人的迹象，你连夜弄来石灰水，对墙面和地面重新刷了两遍，为的是不让人发现你杀人的真相。但是，你百密一疏，你忘了床脚底下还有渗透下去的血迹，那里没有清洗粉刷。所以，注定‘泥巴崽’的冤魂会得到昭雪。”

贾时开边摇头边叹息。

“你为了报自己一时之气，拿着‘泥巴崽’的十万块去哄骗金水发，让他给你卖命。二十四日凌晨两点，你和金水发来到鲁大炮住的楼下，让金水发站在下面替你望风，你站在他肩膀上，爬进二楼阁楼窗户，金水发在下面将铁锤递给你，你拿到铁锤，一进去就先将鲁大炮打死，然后假装劫财盗窃的样子，在现场翻箱倒柜，目的是想迷惑我们，让我们往劫财盗窃上面去查。你又将鲁大炮的摩托车偷偷开走放在火车站前，假装凶手外逃的假象。然后你将砸死鲁大炮的铁锤，丢到半边楼街公共厕所里，妄图销毁证据。由于我们追查紧迫，你感到有危险，于是你又唆使金水发一起外逃，叫他买好火车票，准备溜之大吉……”

“你别说了别再说了好不好！我怎么就这么倒霉这么倒霉啊？！”贾时开哭叫着，双手使命捶打着自己的大腿，全身剧烈抖动着。

“贾时开，我知道你平时做人豪爽，好汉做事好汉当，既然做了，就没什么好躲避的。”

贾时开听了，号叫着：“我不躲避我承担！”

嬴建峰长长叹口气，朝贾时开抬抬下巴，说：“走吧，带我去找‘泥巴崽’。”

贾时开悻悻地站起身，边走边说：“他就埋在我家后山上……我他妈的最恨有几个臭钱就玩别人老婆的……”

嬴建峰摇摇头，满是感慨。

嬴建峰心里清楚，错综复杂、扑朔迷离的三起命案已经宣告破获，这是多少警察一辈子都难以碰上的奇案。能这么顺利侦破，也不是一般警察能够做到的。就算在嬴建峰的侦探生涯中，也是浓墨重彩的一笔。

但此时的嬴建峰，却怎么也高兴不起来。

104

从鲁大炮被杀，到整起案件侦破终结，前后只用了六天时间。

最让人难忘的是，一起明案带破了一起隐案一起积案，这种成绩，是前所未有的。

嬴建峰在办公室里挑灯夜战，埋头苦干。直到六月三十日凌晨三点半，才将三起案件的结案报告写完。

嬴建峰觉得马上要调走了，这是自己在瓷城办理的最后几起案件，案情自己最熟悉，必须自己亲自撰写结案报告，就这样，给自己在瓷城的侦破生涯画上一个圆满的句号。

嬴建峰一觉睡到上午十点，两眼睁开，就见黄美琴已经在家等了。

两人商量好，先到陶欣的墓地凭吊陶欣，以告慰陶欣的在天之灵。

在墓前，黄美琴痛哭了一场，她边哭边说：“欣欣啊，害你的凶手终于抓住了，你现在可以瞑目了。”

离开墓地后，嬴建峰和黄美琴又提着礼品来到陶欣家，看望陶宁子。

当黄美琴跟陶宁子说害陶欣的坏人抓住了时，他竟默默地流泪，又拿起瓷埙，吹起那首他自己创作的《想女儿的时候》。

嬴建峰和黄美琴听了，也悲从心来，唏嘘不已。

陶宁子姐姐陶老师也在边上陪着流泪，当她得知那个拜陶宁子为师的“小丁”就是害死陶欣的凶手时，先是惊骇万分，随即她一再强调千万不能让她弟弟陶宁子知道，否则又会给他一次致命打击。因为他弟弟已经把“小丁”当成了自己的儿子。

嬴建峰心里五味杂陈，难以言表。

金水发酒后失手害死陶欣。他为了赎罪，想方设法来到陶欣家，拜陶宁子为师，尽量照顾陶宁子的生活，想以此来减轻自己的罪孽，寄托自己对陶欣的思念，替陶欣尽孝。也正是他的这一“善举”，我们将他纳入了侦查视线，最终查出真相，落入法网。

人性的丑与恶，美与善，似乎在这个“小丁”的身上得到了充分体现。

105

下午两点，虽是星期天，但为了给嬴建峰送行，分局决定在区政府礼堂召开庆功大会。

市局鲁卫国局长、钟正仕副局长，政治部柯主任亲临大会。已是宣传科负责人的殷艳丽用自行车推着女儿也来参会。

会议由分局副局长金小平主持。分局局长楚世杰介绍了三起命案的侦破过程，市局政治部柯德明主任宣读了立功受奖名单。城东分局刑警队立集体三等功，嬴建峰立个人二等功，谷地丰、汪震文和黄美琴等人立个人三等功，其余所有参与侦破工作的人员，全部通报嘉奖。

钟正仕讲完话后，最后由鲁卫国发表了一番动情的讲话。

“同志们，嬴建峰是我从小看着长大的。他从小的志向就是想当一名警察。现在，他的这个志向终于如愿以偿了。这就可以看出，一个人小时候的志向，其力量是多么伟大，它可以激励一个人一往无前地到达成功的彼岸。可以说，嬴建峰他当的这个警察啊，我认为他当得非常出色，非常优秀，我为他感到骄傲，感到自豪！”

话音一落，台下掌声雷动。

“我呢，再过一个月就要退休了，而嬴建峰同志马上要调省厅工作。我希望嬴建峰同志在新的工作岗位上，继续保持优良传统和工作作风，将咱们瓷城警察能征善战、敢破大案的英雄气概发扬光大，为咱们瓷城警察争光！”

掌声再一次热烈有加。

嬴建峰激动地上台讲话，他对一直以来关心、爱护、培养自己的领导表示最崇高的敬意；对支持、帮助自己工作的战友，表示最衷心的感谢。自己到了新的工作岗位后，一定会加倍努力，勤奋工作，以优异的成绩回报领导和同志们的关心厚爱。

晚上，分局举行送别晚宴，所有参加庆功会的市局领导、分局所有党委委员、刑警队全体人员参加。

嬴建峰一高兴，终于放开量喝，结果除黄美琴外，其他人几乎都喝多了。

回到家里，老妈柳淑贞欢天喜地地说：“建峰啊，妈今天已经找了亲家母和美琴，她们都同意结婚了。”

嬴建峰瞪着微醉的双眼，说：“妈，我已经和美琴商量好了，等我那边工作一稳定，我们就结婚，结了婚我就想办法把美琴调到省城去，省得两地分居。”

柳淑贞一拍手说：“太好了儿子，妈早就等着你们结婚了。你放心，你们将来有孩子，我来帮忙带，绝不会影响你们工作。”

正在说话的当儿，窗外突然一个霹雳炸响，房屋都有些震动。

柳淑贞转眼看着嬴建峰，满是担忧说：“儿子啊，这外面要下大雨，明天你就不去报到了吧？”

“那怎么行？报到是有时间的，过了时间就不行了。”

“那你坐什么车去？”

“噢，你放心，分局派车，汪震文开车送我去。”

“我担心你路上不安全。”

“没事，我什么大风大浪没见过，还怕下雨。”

“那，美琴明天送你吗？”

“她要送，我不让，又不是上战场打仗，用不着那么兴师动众的。”

“那好，今晚就早点睡，明天起早赶路。差不多三百公里，够走的。”

“是的，我们明天七点就出发，争取晚上赶到。”

“好，妈明天一早就蒸几笼粑，吃了再走。”

“妈，太早了。”

“早什么呀，我五点就起来了，没事，叫小汪一起吃。”

“美琴早上也会来。”

“那我多做一些就是了。”

“妈，你别操心了。”

“我不操心谁操心？你还没有成家，还是个小孩。”

“妈，看你说的，我都三十多了，还小孩？”

“三十多又怎么了，在妈眼里，你永远都是个小孩。”

嬴建峰望着面容慈祥的母亲，心底涌起一股无名的温暖。也许过去的步履太过匆匆，嬴建峰很难体会到母亲那种“游子身上衣，临行密密缝”般的关爱。

现在踏上社会这么多年了，自己也将成家立业。对人情世故也越来越熟稔，感觉到亲情的分量也越来越浓重、越来越珍贵。

嬴建峰心里美滋滋的，这一晚，几乎是他参加工作以来睡得最香、最酣的一次。

106

早上六点半，嬴建峰吃罢母亲亲手做的饺子粑，告别了黄美琴，便坐着汪震文驾驶的北京吉普，一路向省城方向驶去。

汪震文开口就说：“师傅，你上班后第一个重大任务，可不是破案啊。”

“那是什么？”

“跟美琴姐结婚啊！”

“这个嘛，在我计划内。”

“那要抓紧啰，美琴姐可是对你不太放心。”

“为什么？”

“因为省城有你的初恋啊。”

“哎呀，其实真算不上是初恋，应该说是女朋友吧。”

“是女朋友还不是初恋啊？”

嬴建峰笑笑说："女朋友是针对性别而言的，而初恋是针对异性感情而言的。与女性交了朋友叫作女朋友，但不一定就有很深的感情，所以不能说是恋人。就像你开车在路上，碰到一个搭你车的姑娘，然后你们在车上一起说说话，互通了姓名，途中还一起吃饭，下次碰见，你俩很热情地打招呼，别人问你她是谁，你是不是可以说，是女朋友？"

汪震文一听笑了，说："照你这么说，男女之间认识有一定的接触交流，都可以称得上是男女朋友？"

"对了嘛！所以啊，美琴的担心完全是多余的。"

"话是这么说，但只有你俩结了婚，美琴姐才会消除担忧。"

"那好，我工作一稳定下来，就跟美琴结婚，那样总行了吧？"

"那当然行啰……"

两人就这样说说笑笑，一路前行。

下午三点，离省城还有一半路程，突然间空中惊雷隆隆，霎时狂风大作，暴雨骤降，天地之间，立刻陷入一片迷蒙之中。

汪震文小心翼翼地驾驶着吉普。由于天空乌云翻滚，大雨倾盆，狂风呼啸，使得车外可见度不到二十米，车速大大减慢。

车子顶风冒雨继续行驶了半个小时，当吉普爬上一道小山包时，两人立即被眼前的景象惊呆了。

只见面前一片汪洋，洪水迅速冲过路面，漫过车轮。

嬴建峰一见情况不妙，车子停的地方虽然是个小山包，但看洪水的来势，很快就会淹没山包。于是嬴建峰立即大喊着："快快快震文，快把车开到前面山坡上去！"

汪震文手忙脚乱开着车，不想车子打滑陷入软泥中不得出来，急得他大汗淋漓。

越是急车子越不得动，汪震文大喊大叫起来，使命踩着油门，车子发出呜呜般刺耳的轰鸣声，终因洪水涨得太快，发动机进水熄火了，吉普车彻底不得动弹。

嬴建峰急忙叫汪震文："快快震文，咱们赶快下车到前面山坡上去。"

"那车子怎么办？"

"车子等水退了再说，现在安全第一。"

说完，嬴建峰赶紧抓起挎包推开车门，跳下车子，洪水已经快淹没大腿。当两人连走带游爬上不远处的山坡，回头再看吉普车时，水已淹过驾驶室顶了。

两人惊魂甫定，突然就听到有人声嘶力竭地喊救命。嬴建峰一看，离吉普车后面不远处一小山包，有三个人被困树上，其中两个小孩一位妇女，情况非常危急。在昌江边长大的嬴建峰水性很好，他二话没说就跳进洪水中，奋力向对方游去。汪震文见状，也赶紧跟着跳进洪水中，向同一方向挺进。

经过半个多小时的努力，嬴建峰和汪震文两人终于将三人救上山坡。

刚将三人安顿好，另一边又传来救命声，嬴建峰转头一瞧，有十几个人站在屋顶上，洪水已漫上屋檐了，屋顶上的人们惊恐喊叫，乱作一团。

嬴建峰又跳进洪水里，向呼救的人们游去。汪震文也如法炮制，跟着嬴建峰拼命救人，等他俩将人员全部救出时，天已开始变暗。

炸雷一个接一个，瓢泼大雨似乎要摧毁一切。十几个人蜷缩在山坡上树底下。

嬴建峰想这样淋下去肯定不行，得想办法搭建帐篷遮雨，便和汪震文一起，游回吉普车拿出拖绳雨衣工具箱，然后带汪震文等人折断粗灌木搭建帐篷，将绳固定在两棵树之间，用灌木做桩，将雨衣树枝盖在篷顶，让妇幼老人先躲进去，然后又连搭两座简陋帐篷，大伙才全部能躲进去。

一夜雷雨未歇，哗啦啦的雨声伴奏着黢黑的世界，偶尔听到老鼠吱吱的叫唤声。

挨到天亮时，有个小孩竟发起烧来，急得大人哭得不行，好在有位老农懂点中药，就在山坡上就地采了几味草药，在雨水里洗洗，然后叫小孩嚼烂吞了，过了一个来小时，小孩的烧开始退了。

接下来就是怎样对付饥饿。也是那位老农，在山坡上找挖葛根，嬴建峰吩咐先让小孩老人妇女吃，剩下的才让其他人吃。就这样，洪水持续了三天四夜，他们也坚守了三天四夜。

第四天洪水开始退，然而道路塌方泥石流又时有发生，前后一百公里的道路不通，交通通信全部中断，想打个电话也找不到地方，真是进退维谷。为了战胜洪涝灾害，帮忙当地群众抗洪抢险，嬴建峰带着汪震文日夜奋战在一线，终于在七天后恢复了道路交通，电话通信恢复了正常。

嬴建峰第一时间打通了金小平电话，告知了具体情况。金小平说我们都担心死了，这么长时间没消息。两个人好不容易找到了修车的师傅，将进水的吉普车修好，好不容易赶到省厅，嬴建峰兴冲冲地来到政治部人事处报到，不料迎接他的，是人事科负责人冷峻的面孔，说报到的期限早已过了，我们还以为你擅离职守不知去向了，我们已经另外选调了人员，已经报到了。

107

嬴建峰和汪震文来到鲁卫国办公室，详细汇报了遭遇到的情况。鲁卫国听罢，激动地站起身来，在办公室里走了两个来回，然后说："不行，我得找找他们，这事不能就这样啊！"说完，鲁卫国拿起桌子上的电话，打给省厅刑侦处长高明生，说："高处啊，嬴建峰同志的事，到底是怎么回事啊？"

高明生很是抱歉说："鲁局长真不好意思啊，这是省厅政治部的规定，超期无正当理由不报到，视作自动放弃，他们就另外调人。"

"可嬴建峰他们是遇到非常特殊的情况，他应该是抗洪抢险的英雄，学雷锋的标兵啊，怎么能说换就换啊？"

"鲁局啊，这是政治部的规定，我也没办法。要不，你找找政治部周主任说说看。"

鲁卫国见高处长这么说，也不好再说什么，便又打电话给省厅政治部周主任。

周主任一听是鲁卫国，忙说："老鲁啊，我知道你会找我。这事啊，还真是个特殊情况，不能怪任何人。按照我们的规定，无理由超期不报到就视作自动放弃，这是公安部与人事部的规定，我们也是按规定办事。"

"我知道是上面的规定，但规定是死的人是活的，你就不能变通变通？"

"怎么变通啊？"

"你就不能再增加一个人吗？"

"哎呀老战友，你以为我是谁啊？人事部部长？公安部部长？想调谁就调谁，想增编就增编。你知道我们增加个人有多难吗？我们要编写职位增加报告，报厅党委会讨论通过，然后再报人事厅省编委，由人事厅省编委调研讨论通过，再报省委省政府主管领导审批后，再由省人事厅省编委下达编制职数到厅里，并且规定人员到位时间，过期不到指标作废。你想想，我们好不容易得到了增编的机会，绝不可能让指标作废浪费。所以，嬴建峰没能及时报到，又没能及时说明理由，我们又不能让指标作废，就调另外同志及时补上。这不，人家刚刚报到，嬴建峰才来，哪怕嬴建峰提前一天赶到，事情就不是这样了。所以，老战友一定要理解啊！"

“理解理解！总是理解，这样一搞我们多被动？我们这里会也开了，决定也下了，还发了正式文件，搞得全市人民都知道，我们瓷城出了个优秀人才被省厅选中了，就连欢送宴都弄了。你说说，现在说不行就不行了，你叫我们瓷城公安声誉何存？嬴建峰同志又情何以堪啊？”

“哎呀老战友，咱们马上都要退休的人了，我何尝不想调嬴建峰同志来省厅，他的确是个难得的人才。但事已至此，再说也无法改变，我只能想其他办法挽回。”

“想什么办法啊？你想接着搞第二批选调？”

“这个还真不太好说，这次较大规模的选调，是我当了五年政治部主任以来的第一次，据说也是省厅十年来的第一次。第二批什么时候，谁也不知道。”

“那你说的挽回是什么意思？“”

“我的意思是，嬴建峰这次不是抗洪抢险救了很多人吗？我想在这上面好好帮他一下。”

“你想怎么帮？”

“也不是说完全帮他，而是事实上他的确做得很好，我只不过利用现有的条件帮他宣传宣传。”

“光宣传有什么用？”

“用处大着呢。现在全省全国都在大力宣传抗洪救灾中的英雄事迹，嬴建峰是当之无愧的英雄，我们要大力宣传，树立典型，号召全省干警向他学习，这样，就可以挽回他没能调到省厅的遗憾，消除没有调成功的影响。说句实话，就是这些调到省厅工作的同志，一辈子也恐怕得不到他这样的荣誉。”

鲁卫国想想，问：“那你准备怎么宣传他？”

“我想，除树立他全省抗洪抢险先进典型号召全省向他学习外，我还打算推荐他入选全国抗洪抢险先进典型、全国学雷锋模范标兵、全国优秀人民警察。你看，怎么样？”

“那好，你得说到做到！”

“哈呀你放心，我周志海说话，从来都是板上钉钉，绝不食言！”

“那好，我就等着你的好消息。”

“你放心，我马上派记者团采访嬴建峰，当然还要采访跟他一路的小汪同志。顺便，我也宣传宣传你们瓷城公安的领导，这样，你们不就变坏事为好事，变被动为主动了？”

“你这个周秀才，就是鬼点子多。好吧，嬴建峰这么好的人才你们不要，以后你想要我还不给呢。”

“不是我们不要，是这事太出人意料了。”

“好了不多说了，下次见面，我要罚你三杯！”

“我自罚，我自罚三杯总行了吧？哈哈哈……”

鲁卫国很是不快地放下电话，转头对钟正仕说：“马上召开紧急会议，他们不用我们用！”

说完，鲁卫国侧脸瞅瞅嬴建峰，继续对钟正仕说：“城北分局分管刑侦的副局长和刑警大队长刚好空缺，我们研究一下人选。”

钟正仕欣喜地说：“那还用说，咱们本来就打算让嬴建峰担任副局长兼刑警大队长的，因为嬴建峰要调省厅，所以一直拖着。现在好了，嬴建峰不走了，他是当然的不二人选。”

“那就让大伙在会上议议吧。”

“没问题啊！”钟正仕一语双关地应道。

108

正所谓“春风得意马蹄疾，一日看尽长安花”。嬴建峰虽然未能调入省厅，但也失之东隅收之桑榆。

正如省厅政治部主任周志海所说，嬴建峰成了全省抗洪抢险的英雄，省厅政治部专门组织宣讲团，巡回报告他的先进典型事迹。推荐他为全国抗洪抢险先进典型、全国学雷锋标兵以及全国优秀人民警察的工作，也在紧张有序地推进。

嬴建峰参加报告宣讲团半个月后回瓷城的第一件事，就是与黄美琴旅游结婚。

结婚那天黄美琴哭得酣畅淋漓，这哭声，把她多年来的委屈与艰辛发泄殆尽。这对因热爱公安事业而聚首、因忠诚挚爱而倾心、因恪守职责而相知、因情投意合而相许的恋人，终于结成伉俪。八年多了，同龄的同学战友同事大多成家，他们两个条件很好的一对拖到现在才结婚。女方是为了姐妹情谊而坚守，男的因信守诺言而担当。此种情怀，传为瓷城佳话。

最高兴的自然是嬴建峰母亲柳淑贞了。她见人就发喜糖，一天到晚笑得合不拢嘴，说：“我儿子结婚了，我媳妇黄美琴很漂亮。”

终于有次被嬴建峰撞见了，嬴建峰赶紧将老妈拉到一边，埋怨道：“妈你怎么这样啊？你也不怕人笑话？”

柳淑贞毫不在乎地说：“我怎么了？我怎么就被人笑话了？”

“妈，你也不想想，我都三十一了，这么大年龄结婚本身就不好意思，怎么还到处宣扬？”

“我宣扬怎么了？我儿子工作太忙，忙着抓坏人破大案所以才晚婚。为了工作晚婚光荣，我有什么不好意思的？”

“老妈哎，你儿子干的是警察，有时侦查破案需要卧底隐蔽的，你这样大肆宣扬，那不是让我很危险吗？”

“啊！这个妈真没想到，要是那样那妈就不再说了。”

“这事本来就没什么好说的，谁家里没人结婚啊？如果大家都这样宣扬，那有什么意义啊？”

“儿子啊，妈太想早日抱孙子了，这个你要理解啊！”

嬴建峰望着头发已经开始泛白的母亲，不由得鼻子一酸，差点落泪，便将头扭向另一边，尽量不让老妈瞅见。

“妈，你操劳了一辈子，现在可以歇歇了，家务事让美琴多做些。”

“我的傻儿子，美琴到我们家我更要多做点，她是我儿媳妇，也是我的孩子，我更要照顾她。再说，你们单位的事那么忙，我可不能拖你们的后腿，让人家说我老太婆临老了还不懂事。”

“妈，你说什么呢？孝敬老人是我们应该的，怎么会说你不懂事呢？”

“你们上班事忙得很，我退休的老太太在家没事，我不多做点还不习惯呢。好了不多说了，你忙你的。妈买了一只老母鸡，炖了等你们吃，晚上一定要回来！”嬴建峰叹口气，不知说什么合适。目送着母亲有点蹒跚的脚步，心里充满了感动。

嬴建峰刚才接到市局通知，要他立刻赶到城北公安分局会议室，市局鲁局钟局还有柯主任都在等他。

嬴建峰猜想应该是任命的事，便骑上自行车直奔城北分局而去。

嬴建峰来到二楼会议室，推门进去，一屋子人。大家见嬴建峰一进门，不由得自动鼓起掌。

鲁卫国很爽朗地说：“欢迎咱们的英雄归来啊！”

嬴建峰见大伙这么热情，不由挺身立正，向各位领导敬礼。

柯德明主任兴高采烈地说：“咱们嬴建峰现在是胜利归来，四喜临门啊！”

众人一听，都来了兴趣，想听听哪里来的四喜。

“一是成了抗洪抢险的英雄。二呢，刚刚洞房花烛夜。三呢，恭喜你荣任咱们城北分局副局长兼刑警大队长。咱们今天来，是专门宣布任命的。”

有人叫好，掌声鹊起。

有人问：“那第四喜呢？”

柯德明瞧瞧发问者，又瞅瞅嬴建峰，诡秘地笑笑，然后对着会议室门外喊“进来吧！”

门哗的一下被推开，进来一位精神抖擞红光满面的年轻人。嬴建峰定神一看，惊喜交加，不由大喊一声：“大柱！”

王大柱忙向嬴建峰迎去，两人热烈拥抱着，双方使劲拍打着对方的肩背。

良久，两人终于松开，嬴建峰热情地问：“大柱你怎么到这来了？”

王大柱高兴地说：“我来向你报到啊！”

嬴建峰一听惊讶地看看王大柱，又转头瞅着柯德明。

柯德明兴奋地说：“王大柱同志今年转业，他在武警部队自学完了刑事侦查专业课程，强烈要求转到咱们公安来，而且指定要求跟嬴建峰同志在一起工作。”

王大柱满脸笑容举手向嬴建峰致敬。

嬴建峰朝王大柱当胸一拳，笑着说：“你这家伙事先也不说一声！跟我搞突然袭击！”

“我是想跟你说可我找不到你人啊！开始听说你要调省厅，后来又听说你成了抗洪抢险英雄，接着你又出外宣讲，然后你又是旅游结婚，我上哪儿找你人啊？”

“王大柱同志现在是咱们城北分局刑警大队指导员，是你的助手了！”柯德明不失时机地对嬴建峰介绍道。

“是吗，那太好了，我们又可以在一起了！”嬴建峰兴奋有加。

“是啊是啊！真是没想到哇！”王大柱由衷地感叹。

“大家说说，这他乡遇故知，是不是第四喜啊？”

“是啊，对啊！”现场气氛一下又热烈起来。

“据我了解，王大柱同志当年在武警部队与嬴建峰一起出生入死，两人深入匪窝成功解救九名被绑人质，身负重伤荣立个人一等功！他们两个是生死战友啊！”

大伙听罢热烈鼓掌。

嬴建峰这时立即想到，老妈在家里炖了一只老母鸡，自己要和大柱就着老母鸡，好好地喝一杯。

109

当天晚上，嬴建峰不管大家怎么煽情劝说，坚决不在外面吃晚饭，一是老娘有吩咐，二是生死兄弟要挽留。

柳淑贞见儿子带回战友，非常热情地邀王大柱坐下吃饭。她手脚麻利地端上炖的老母鸡，又满头大汗加弄了咸鱼与腊肉。

黄美琴是第一次见到王大柱，觉得他长得和嬴建峰很像，五官端正也有两个酒窝，只是皮肤黑些身板微胖些。

黄美琴一边往王大柱碗里挟鸡腿一边说："大柱啊，我听嬴建峰经常念叨你，见面还是第一次，你是怎么想到转业回来的？"

王大柱听完想想，说："我是家里独子，虽然我有姐妹，但我们乡下，养父母都是靠儿子的，我娘年轻时下田地做多了事，风湿病越来越严重，现在双脚走路都不便了，我得回来照顾我老娘。"

柳淑贞一听，忙朝王大柱碗里挟鸡腿，慌得王大柱赶紧端碗起身躲着不肯。

柳淑贞很感动地说："大柱真是个孝顺的好孩子，大妈喜欢，这只鸡腿是大妈的心意，你不吃大妈可就不高兴了。"王大柱涨红着脸，求救般地望望嬴建峰，嬴建峰笑着抬抬下巴说："我妈夹的，你必须得吃，否则是对老人不尊重。"

王大柱见嬴建峰这样说，很不好意思地将碗伸出去，让柳淑贞将鸡腿放进碗里，连说："谢谢谢谢，谢谢大妈！"

嬴建峰抬手往下压压说："大柱坐，坐下吃。到我家里就不要客气！"

王大柱感激嬴建峰一家人的盛情，忐忑不安地放下碗，说："老战友……现在我应该叫你嬴局长了，这么客气，搞得我下次都不敢来了。"

"说什么话啊大柱，我的家就是你家，任何时候你想来就来。我们是什么关系？生死兄弟啊！他们根本就理解不了。"

王大柱很动情地说："都说战友情生死情，没有什么比战友情更纯洁更真挚的。"

"是啊，一日战友，永远兄弟，在部队这样，到了公安更要这样。"

“对！我们永远是兄弟！”王大柱激动地端杯站起身，对柳淑贞说：“大妈，第一杯酒我要敬你，感谢你弄了这么多好菜，也感谢你生了个这么优秀的儿子！我先干为敬！”说完他双手举杯仰头将酒一饮而尽，然后双手拱杯静等柳淑贞。

柳淑贞听了脸笑成一朵花，忙端起酒杯说：“大柱的嘴巴就是甜，你这孩子一看就是忠厚老实，说话好听，做事靠得住，大妈喜欢！”说完柳淑贞也把杯中酒喝了。

王大柱主动倒满第二杯酒，起身敬黄美琴说：“这杯酒我专门敬嫂夫人，能做我赢建峰兄弟夫人的绝不是一般人。听说嫂夫人义薄云天，是个女中豪杰，我佩服！我先干了！”说完王大柱抬头仰脖咕噜一下喝了，又双手拱着。

黄美琴喝酒那是小菜一碟，随手捏起杯子就往嘴里倒，只听到吱溜一下酒就没了。

王大柱见了怔一下，立即清楚对方是位酒仙，不由赞叹道：“嫂夫人好酒量啊！”

“这你也能看出来？”黄美琴笑着问。

“那是肯定的，从嫂夫人端酒时的动作，喝酒的神态举止，喝完酒后的表情，就能看出来嫂夫人是海量啊！”

“哎呀！大柱还能察颜观色，是干公安的料啊！”黄美琴由衷地赞叹。

“还是干刑侦的料！”赢建峰兴奋地补一句。

“哪里哪里，我跟赢局长比起来，那可差远了！”王大柱忙谦虚道。

赢建峰听完脸色一沉，严肃地说：“大柱这话说的，别一口一个赢局长，咱们是兄弟，说局长显生疏。”

“哎，我们是兄弟没错，但规矩还是要的。”

“什么规矩？”

“该讲的一定要讲。没有规矩不成方圆嘛！”

“那，这样吧，以后在单位有其他人在场时你叫局长，还是副的，没人时你就叫我名字，这样既有规矩，又有方圆，行了吧？”赢建峰笑道。

“那行，既然局长开口，一定照办！”

“你瞧瞧，又来了，这种错误可不能再犯！”

“遵命，赢建峰兄弟！”王大柱开心地端杯起身，“这一杯，就敬我王大柱的好兄弟，也是我的大恩人赢建峰兄弟！”

嬴建峰一听放下脸，说："你说好兄弟很正确，但是，说大恩人那就大错特错，这酒我就不能喝。"

王大柱很真诚地望着嬴建峰，知道自己拗不过对方，只有改口说："好好好，不说大恩人叫好兄弟总可以吧？"

嬴建峰听罢笑逐颜开，说："这还差不多。"

"那好，为我们永远的兄弟，干杯！"

"干杯！"

两人酒杯使劲碰一下，然后同干。

柳淑贞见状，忙对王大柱说："来来来，坐下来，别光顾着喝酒，多吃菜，多吃菜！"说着，柳淑贞又夹起一只鸡腿往王大柱碗里放。

王大柱立马起身护着碗，说："大妈啊，我不能再吃了，再吃的话那我还是人吗？"

柳淑贞听罢很高兴说："这是说的什么话？你吃得越多，你就越像是我儿子的兄弟，我儿子的兄弟，就像我儿子一样。"

王大柱听了，感动得脸色泛红，说："大妈，建峰对我有再造之恩，不管怎样，我永远把他当成最好的兄弟。"

柳淑贞激动地说："大妈相信你说的话。……哎对了，大柱的爱人在哪儿工作啊？"

王大柱听罢，脸腾地一下红了，有些难为情说："我，我还没对象呢。"

"那是为什么？"

"家里条件差，老娘有病，人家一听，就不愿意。"

黄美琴听罢，一挥手，大包大揽地说："这事好办，包在我身上！"

嬴建峰笑着问："你路上有合适的？"

"哈呀你忘了，那个发了金水被盗案的瓷厂保卫科女科长吗？"

"记得啊，副科长宋词芳。"

"对嘛，人家现在已经是科长了，她有个妹子叫宋词香，市歌舞团台柱子，人可漂亮了。

"那不行那不行。"王大柱忙双手摇摆着。

"怎么不行啊？"黄美琴问。

"我一个乡下出身的，家里条件又差，人家歌舞团的漂亮姑娘怎么看得上我哟？"

“那可不一定，农村出身的怎么了？咱们市局鲁局长也是乡下人，人家还当一把手呢。”

“我怎么能跟他比呢？”

“怎么就不能比？谁敢说你大柱将来就不能当局长。”

“对对对！王侯将相，宁有种乎。大柱你要有自信。”嬴建峰鼓励道。

黄美琴又解释说：“关键是人家就想找一个公安的，而且一定要找一个文武双全的。她一直没挑到，年纪也三十岁了。你看看，这好像是给你大柱量身定做的一样。这叫天作之合啊！”

王大柱被说得有点心动，便问：“关键是我这种条件，人家能看得上啵？”

“你人没见面，怎么知道人家看不上？”黄美琴笑着说。

“对啊大柱，先见面再说，说不定人家对你一见钟情也不一定。”

“是啊大柱，先见见面，互相了解了解，说不定就成了。万一不行，大妈也帮你介绍。”柳淑贞也来个推波助澜。

“可我，还是觉得浮啊。”王大柱吐露实情。

“大柱，我看十有八九能成。她姐姐宋科长找了我好多次，有一次还把她妹妹带给我看，一再说帮她妹妹介绍，对我很信任。之前我一直觉得没有合适的，这不，你一来，这天上掉下来了一个合适的。”黄美琴喜滋滋道。

嬴建峰也来了劲，笑着说：“大柱，就这么定了！先见面，不用怕。说不定就成功了。”

“不是说不定，是一定能成功！”黄美琴信心十足。

嬴建峰听完也觉得希望很大，便端起酒杯，对王大柱说：“大柱，预祝你成功，咱们干一杯！”

王大柱忙端起杯子，与嬴建峰碰杯，然后很豪爽地一饮而尽。

110

十年一晃而过，嬴建峰成了专职分管刑侦的副局长，王大柱转为刑警大队长，汪震文从城东分局调任城北分局刑警大队教导员。

正如嬴建峰所说的，宋词香对王大柱果真一见钟情，半年后两人就结婚，十个月后儿子就出生了。

这天是星期天，黄美琴带着儿子嬴亲民，宋词香领着儿子王卫民一起逛街，当来到平安巷大路时，突然前面有辆灰色面包车从左边超过一辆白色桑塔纳轿车，在前面挡住桑塔纳轿车，稍后一点的另一辆面包车及时停下，从两辆面包车里迅速跳下四五个手持猎枪与土铳的小青年，从左右两边围住桑塔纳轿车，对着车内后排座位上的一个年轻人猛烈开火，一时枪声大作，霰弹横飞，后排座上的年轻人还未来得及开门逃跑，就被霰弹击中腹部，肚子爆裂肠子流出，身上被霰弹射成马蜂窝，当场毙命。

驾驶桑塔纳的司机也被霰弹击中，伤得不轻，趴在方向盘上奄奄一息。

街上的人们，被这突如其来的变故惊呆了。人们惊恐呼叫，四处躲藏。

开枪凶手见车内人员已死，其中一位一挥手，几个凶手便立即钻回面包车，两辆面包车往同一方向逃跑。时间前后也只有十几秒钟。

也许是从小受到警营生活的熏陶，刚满九岁的嬴亲民竟然毫不畏惧，还义愤填膺地大喊着："抓坏蛋啊！"拔腿朝着两辆面包车逃跑的方向奋力追去。

后面那辆面包车里面的凶手丧心病狂，见有人竟敢追他们，疯狂地将火药枪伸出车窗，朝嬴亲民跑的方向开了一枪。

也许是老天保佑，就在火药枪开火的一刹那，嬴亲民脚下一绊摔了一跤，小小身躯朝地上扑去，霰弹从嬴亲民身子上空飞过，射到路边梧桐树树叶上，发出唦唦的声响。

周围人们一片惊叫，黄美琴更是惊魂出壳，大惊失色。她先大喊一声民民啊！随即掏出"六四式"手枪一拉枪栓将子弹上膛，边往面包车方向追边喊停车！

面包车内的凶手见还有人追来喊停车，还想拿枪威胁追车者，一看是个拿手枪的青年女子，见她边追边朝天开枪警告喊停车，知道碰上公安了，便催促司机快开，面包车便加速逃窜。

几乎就在同时，八岁多的王卫民挣脱宋词香的手，嘴里喊着"哥哥"便朝嬴亲民摔跤的地方跑去，慌得宋词香赶紧朝儿子追去。

黄美琴见面包车已跑远，知道追不上，便停住脚步迅速观察面包车特征，见灰色面包车七成新，未挂牌，后车厢右上方有一小块漆剥落。

黄美琴回头来到儿子倒地的地方，迅速检查儿子是否受伤，见儿子手掌心擦破点皮没大事，才放下心。

黄美琴脑子里立即闪出两个字：报警！

111

正在办公室里审阅材料的嬴建峰，接到值班室打来的电话，说在平安巷街上发生了枪杀案，立即拿起桌子上的对讲机，通知全队人员火速赶到案发现场。

发生枪杀案的消息，就像长了翅膀似的，一下子传遍全市。

市公安局局长钟正仕接完电话，得知平安巷街上发生枪杀案，刚放下话筒，电话又响了。他一接听，是梁文正市长打来的。

“钟局长，听说平安巷街上发生枪杀案？是不是有这回事啊？”

“是啊梁市长，我正准备向您汇报呢。”

接着钟正仕将案发的情况向梁文正做了详细汇报。

梁文正沉吟一下，声音洪亮道：“现在我市正进入改革开放、招商引资的关键时刻，我是听正准备到我市投资的弘泰集团公司翁董事长说的，说他们集团考察小组刚好在平安巷考察，当场目睹案发全过程。说现场太恐怖太血腥，简直是香港警匪枪战片的现实版，说如果瓷城的社会治安是这个样子，他不打算在我市投资了。”

“啊！那，那怎么办？”

“钟局长啊，我跟你说实话，我们市的招商引资工作在省里一直倒数第一，我通过各种关系，费了很大的力气，好不容易才引进弘泰集团，他们打算在我市投资一百个亿，这一百亿是什么概念？一百亿是我市多少年GDP的总和。这眼看着就能打个翻身仗，现在竟然闹出这一出。这，这不是在打我的脸吗？”

“梁市长，发生这种事，确实是我们工作没做好。我作为一局之长，我是有责任的，我请求领导给我处分。”

“钟正仕同志，现在不是追究责任的时候，如果追究责任能解决问题，那我宁愿自己挨处分！”

“那，请问梁市长您有什么指示，我坚决照办。”

“我希望你们公安局要高度重视，全力以赴。要组织精干力量，立即开展侦查。要尽快侦破案件，尽快抓获罪犯，尽快收缴枪支，尽快消除影响！”

“请梁市长放心，我们坚决完成任务！”

放下电话，钟正仕立即叫上司机，往平安巷赶去。

当嬴建峰率队对枪击现场刚勘查完，钟正仕就赶到了。

嬴建峰见了立刻迎着钟正仕，钟正仕一脸严肃地问："情况怎样啊？"

"一死一伤，死得很惨，身上被霰弹打烂，肚子打爆肠子全出来了，伤者已经送到医院抢救。"

钟正仕表情凝重地点一下头，问："现场走访开始了吗？"

"正在进行。"

"是谁报的警？"

"黄美琴。"嬴建峰答道。

钟正仕抬头瞧瞧，见不远黄美琴手牵小孩站着，表情紧张地往这边望。

"唔，具体什么情况啊？"

"美琴带孩子上街买东西，正好遇上了。"

正说着话，前面过来几个手拿大哥大的中青年男女。他们径直向钟正仕走来，为首的那位问："请问你们谁是领导？"

嬴建峰立即介绍钟正仕说："他是我们市公安局的一把手，钟局长。"

钟正仕朝为首者点点头，问："有什么事需要我们帮忙吗？"

为首的中年男子忙对钟正仕笑着走过去，他自我介绍说："我是弘泰集团公司总裁袁国荣。我们是来实地考察准备投资的，没想到遇到了刚才枪击一幕，我们翁董事长刚才来电话，要求我一定要弄清楚情况，因为社会治安环境是投资环境的重要内容之一。"

钟正仕一听，忙说："刚才我们梁市长已经打了我电话，说你们公司董事长打了他电话，说你们公司正好派人在这里考察投资环境，碰到了枪杀事件。我想是你们打电话报告你们董事长的吧？"

"是的钟局长，我们董事长刚才来电话，说你会来现场，叫我在这等您，有什么事问您就行。"

钟正仕热情地与袁总裁握握手，然后说："非常欢迎你们公司到瓷城来考察，我们市的治安环境一直是不错的，今天发生的这起枪击案，可以说是新中国成立以来我们瓷城的第一次。"

袁国荣听了，表情迟疑了一下，接着说："我们不仅仅考察发案的情况，还要着重考察市民面对突发案件时的态度与应对表现。这种态度与应对表现，有时比案件本身更值得我们关注。"

钟正仕一听，忙抬手示意对方说：“愿闻其详。”

“我们认为发生了案件并不可怕，可怕的是市民面对发案面对灾难来临时有没有勇气、有没有决心去战胜它。这才是最关键的。”

钟正仕认真看看对方，觉得此人很有水平，便又一抬手示意说：“请继续。”

“我们刚才看到了，案发后你们市民应对的态度，虽然也有四处逃避惊慌失措的，更有疾恶如仇同仇敌忾的。一个八九岁的小孩，面对突如其来的枪杀现场，他竟敢毫不惧怕大声呼叫抓坏人，这是一般情况下不敢想象的。”

钟正仕一听觉得有戏，忙问：“哪个小孩啊？”

袁国荣转身用手一指黄美琴。

“你是说那位女同志牵着的小孩？”

袁国荣点点头。

钟正仕转头看着嬴建峰，问：“嬴建峰这是你的孩子？”

嬴建峰点点头，说：“我还没来得及问具体情况。”

“如果真是这样，那可是虎父无犬子啊！”

袁国荣又继续说：“还有那位女同志，她也是临危不惧，拔枪猛追，在敌众我寡、力量悬殊的情况下。她敢冒着生命危险，勇往直前，让我们看到了一种视死如归的大无畏精神，这是非常难能可贵的。”

钟正仕听了，不由有些感动地说：“这位女同志是我们同事，她的职责决定了她的行为。打击罪犯维护治安稳定，是我们每个人的天职。请告诉你们董事长，这起事件的确是个意外，我们瓷城公安机关完全有能力完成保驾护航的使命，社会治安环境也完全在我们的掌控之中。”

袁国荣似乎受到了感染，很认真地点点头，诚恳地说：“好的钟局长，我们一定会如实向董事长汇报。”

“谢谢，谢谢你们对千年瓷城的青睐，也非常欢迎你们来瓷城投资创业。瓷城历史悠久，文化底蕴非常深厚，所谓文化搭台，经济唱戏。相信用瓷城文化搭建的平台，一定能促进经济蓬勃发展，充满生机。以后你们在投资创业中遇到任何治安问题，可以直接找我。这是我的电话号码，你们随时可以拨打我的电话。”

说完钟正仕拿出自己的名片递给对方。

袁国荣忙双手接过名片，一再说谢谢。

钟正仕说：“你们放心，我们会尽快破案，抓住罪犯，消除不良影响，还社会一个太平！”钟正仕言词凿凿。

袁国荣很高兴说：“有像你们这样的人给我们护航，相信一定没有后顾之忧！我一定会建议董事长认真考虑到瓷城来投资！”

钟正仕很高兴地与对方三人一一握手告别。

112

一小时后，案件分析会在市公安局党委会议室召开。

参加会议的，除市局在家局领导外，还有全市各县区公安部门的一把手、分管刑侦局长、刑侦大队长，可谓济济一堂。

“同志们，今天之所以这么急把大家召来，这么多人参加，是因为在我市城北区平安巷发生的枪击案，这起案件震惊了全市全省，也震怒了咱们市里的主要领导。梁文正市长亲自给我打电话，说这起案件严重破坏了我市的社会治安环境，极大影响了我市的招商引资工作。梁市长说咱们市招商引资工作全省倒数第一，好不容易招了一家大公司进来考察，考察人员正好在街上看到了枪击一幕，投资方认为我们市治安环境太差，不打算投资了。你们说说看，咱们怎么办？”

钟正仕说完，会场一时鸦雀无声。

嬴建峰见状，举手说：“亡羊补牢，犹未为晚。咱们集中精干力量，快速侦破，收缴枪支，严惩凶手，尽快挽回不良影响。”

钟正仕很赞赏地说：“对！咱们一切工作都要体现在快字。对咱们来说，时间就是效率。对政府来讲，时间就是金钱。梁市长给我的指示就是四句话：尽快侦破案件，尽快抓获凶手，尽快收缴枪支，尽快消除影响。现在投资方考察组正在我市考察，他们在静观咱们瓷城公安的办事效率。我们能否尽快破案消除不良影响，关系到我市招商引资能否成功，关系到我市经济发展能否脱底靠前的大事。”

钟正仕的一席话，让在座的人人觉得身上有千斤重担，压得气都喘不过来。

钟正仕仔细观察一下在座各位，似乎都不敢抬头，只有嬴建峰精神饱满，跃跃欲试。

“养兵千日，用兵一时。我已经向梁市长做了承诺，不破此案，我自请处分！大家说说怎么办？”

嬴建峰想都不想立刻举手。

钟正仕见了，问："嬴建峰同志有什么话要说？"

"我向局长立军令状。给我三天时间，三天时间还破不了案，我辞去副局长，甘愿当一名民警！"

嬴建峰话音一落，全场哗然。各种疑惑与猜忌的目光全都聚到嬴建峰身上。尤其是王大柱，他双手握拳如坐针毡，着实为嬴建峰捏一把汗。

钟正仕想想，提醒说："考察组在市里待十天，十天之内我们把案件破了就行。"

"十天时间太长，我担心考察组临时有事会变故。他们现在是在看我们的工作效率。我们只有尽快破案，才能赢得他们的信任和肯定，才能赢得他们到我市投资的信心和决心。"

钟正仕很高兴地一拍桌子，大声说："好！临危受命，敢打敢拼，不失大将风度！我给你五天时间，五天内破了就行，我给你请功！"

"不用，我只要三天，三天破不了，说明我没用。"

"警营无戏言，你慎重考虑一下。"

"不用考虑，三天破不了，我自动辞职！"

会场先是议论纷纷，逐渐变得庄严肃穆起来。

"那好！我任命你为枪击专案突击队队长，我呢，做专案组长，兼做你的后勤部长，你要人要车要钱我随时调遣。鉴于这起案子的特殊性，决定从刑侦、治安、交警、特巡警、通信、警保、督察、政工和指挥中心组成的专案组，专案组设在市局刑侦支队。我要特别强调一点，全市所有单位所有部门所有人员都不准给我掉链子，都要给我全力以赴打好这一仗。我们只许成功，不许失败。谁要是拖了后腿影响破案，我不用等你自动辞职，我就叫你先下班！"钟正仕用力一拍桌子。

不知是谁带头鼓掌，接着掌声响成一片。

一挨掌声停息，钟正仕对嬴建峰说："你就说说工作思路吧。"

嬴建峰清清喉咙说："各位领导，同志们，首先，我要向大家说明一下，我为什么立三天破案的军令状，这绝对不是我嬴建峰想出风头，而是事出有因。因为我听到那位弘泰集团袁国荣总裁与其他人商议，说除非我们三天内能破案，否则一切免谈。所以我得出了他们说在市里待十天考察是外交辞令。我们必须要在三天内破案，否则，我们真的会成为破坏经济发展、拖经济建设后腿的罪人！"

钟正仕满意地点点头。

“案件发在我们城北辖区内，我们来侦查破案责无旁贷。我立三天破案的军令状，一是表明我们破案的决心与信心；二是希望引起全体参战人员的高度重视；三是希望能得到各位领导的全力支持。破案是个系统工程，离不开所有部门所有人员的齐心协力，紧密配合。我真诚希望各位领导与同志们能理解我的心情。”

现场有人说“理解”，有人说“支持”。钟正仕率先鼓掌，接着响起一片掌声。

嬴建峰很是感动地说：“谢谢，谢谢领导和同志们！现在时间紧迫，每一秒钟对我们都很宝贵，我就长话短说。这起枪杀案是有组织有预谋有计划的凶杀案。犯罪分子无疑是团伙成员作案，并且持有土铳、猎枪等杀人凶器。他们心狠手辣，手段残忍，是一伙杀人不眨眼的亡命之徒，这在客观上增加了我们破案的风险。”

钟正仕点头表示赞同。

“经过我们对枪击案前期的现场勘查和走访调查，我们应该开展以下四项工作。”

大伙一听，都拿起笔准备记录。

“第一，是尽快查明死者身份，查清死者和什么人有仇。第二，围绕枪击案案发现场，寻找现场目击证人，看看能否找到知情者提供破案线索。三是围绕两辆面包车，迅速查找车主。四是按车辆逃离方向，依托交通岗亭，对可能逃离的道路设卡堵截，防止杀人凶手驾车外逃。”

在座的各位神情舒展许多。

“其实以上四项工作我们已经展开，相信不久就会有效果。”

现场再一次响起掌声。

113

为了能靠前指挥，征得钟正仕同意，嬴建峰将枪击案突击队设在城北分局刑侦大队。

突击队的成员以城北分局刑侦大队为主，还抽调了城东分局刑侦大队的人员，还有部分派出所分管案件的副所长参战。

特别要提一下的是，原来在派出所当副所长的华路长，因上次侦破杀害屠夫等三起命案中表现突出，经嬴建峰提议调任城北分局刑侦大队副大队长。由此可见，城北分局刑侦大队是兵强马壮。

所谓“打虎亲兄弟，上阵父子兵”。突击队的同志们对嬴建峰的为人与能力都很敬佩，听说嬴建峰立了三天破案的军令状，就像是自己立了军令状一样，一个个摩拳擦掌，嗷嗷待发，暗下决心，就是三天三夜不吃不喝不睡，也要拼了命将案子拿下。

嬴建峰的军令状也签了，突击队长的任命也领了，接下来就是如何迅速高效组织指挥侦破的问题。因为多年侦查工作的实践经验告诉自己，随时随地保持上下左右的联络沟通，是打好这一仗的关键所在。于是，嬴建峰向钟局长提出的第一个要求，就是增加通信设备，加强上下左右联通能力。

钟局长一听，二话不说，问：“要多少台对讲机你开口就是。”

嬴建峰忙说：“我不是要，是暂时借用，用完后一定归还。”

钟正仕为鼓舞士气，大方地说：“别说借的事，案子破了，对讲机我奖给你们！”

“真的啊？那你局长又要出血了。”

“你能把案子及时破了，让投资商回心转意到我市投资，那为我市创造多少财富啊？几台对讲机算什么，那是沧海一粟，连九牛一毛都谈不上。”

“那些创造出来的财富也是市里的，跟我们公安没什么关系啊？”嬴建峰故意激将对方。

“真破了案，我不会找梁市长要钱去？要是我去了，那就不是对讲机的问题，而是咱们整个公安系统福利待遇的问题了。”

“好啊钟局长，我就要十台最好的对讲机。”

“没问题！我马上安排。”钟正仕豪爽地答应。

就这样，市局通信处紧急送来了十台崭新的手持对讲机，加上原来有的三十台，这样就达到了每个侦查员人手一台，极大提高了联络、指挥与协调能力。

嬴建峰自己留下五台对讲机，设置单独频道，分别与四位临时小组长单独联系，一部与钟局长单独联系。为防止混淆弄错，嬴建峰分别将钟局长、王大柱、汪震文、谷地丰和华路长编成一、二、三、四、五号。

也就离案发三个小时，情况便源源不断地反馈过来。

首先调查死者身份的汪震文用对讲机汇报：“师傅啊，死者查清楚了！”

“什么情况？”

“死者叫赵火金，今年三十二岁，是城西区公园街混社会的一名流氓。他五年前因故意伤害罪被判四年有期徒刑，刑满释放后聚集了一群人，其中有一大半是在社会上混的地痞流氓。他们气焰嚣张，专横跋扈，与另一伙地痞流氓刀枪相见，争夺地盘，发生过激烈的冲突，双方扬言要干掉对方。”

嬴建峰一听有戏啊，立即追问：“对方什么人？”

“说是一个叫余武的，具体情况我们正在调查。”

“好，要尽快调查清楚。”

“是，我们已经在调查，应该快了。”

“确定对象后，要立即查清情况，制定下步侦查措施。”

“是！”

放下对讲机不久，负责现场周围调查的王大柱的对讲机就响了，王大柱欣喜地说：“嬴局，有眉目了。”

“什么情况？”

“我们对现场周围走访，调查了三十九位目击证人，其中有两个叫徐其昌与汤永和的目击证人，认出对着桑塔纳轿车开枪的六个人中有一个他认识的，叫余武，另一个是他无意中看到那个开面包车的司机，好像是外号叫‘板子’的人。”

“好！你们立即追查余武与‘板子’的去向，发现他们的踪迹，立即汇报，千万不要轻易行动，他们手上有枪。”

“好的你放心！”王大柱大声回答。

嬴建峰立即想到汪震文那边还没有查到凶手，便马上拿起对讲机呼叫汪震文。

汪震文立即回应，嬴建峰在对讲机里说：“现在王大柱那边已经查出凶手，一个叫余武，还有一个外号叫‘板子’，你们马上与市局刑侦支队情报大队联系，查查他们是否有前科。”

“好的，我们马上联系。”

也就一刻钟，汪震文就反馈说：“余武三十岁，四年前因打架斗殴、寻衅滋事合并判刑三半年，刚释放不久，也是城西区公园街道的。现在城西区大开发，建筑工程很多，谁管控了建筑材料权谁就发大财，余武与赵火金两人为争夺砂石钢筋水泥供应权，双方大打出手，已经发生了多少冲突，双方好几次都有人被打伤。但他们不敢报警。”

“没有报警那他们怎么知道这些情况的？”

“据说是线人报告的。”

“那好，你立马与城西分局刑侦大队联系，他们也开了联席会。另外，你把情况通报给王大队长，让他心里有数。”

“好的，我马上联系他们。”

刚放下对讲机，嬴建峰就打电话给城西分局分管刑侦的副局长雷振华。

雷振华一听，说：“没问题啊，我们全力配合调查。”

嬴建峰说：“我们不仅仅是调查，我们还要抓人啊。”

“没问题没问题，我们会全力以赴，你嬴局长的事就是我的事！”

“这帮家伙胆大妄为，丧心病狂的，他们身上随时带枪，一定要注意安全。”

“这个情况我已经通报下去了，会小心的。”

“那好，那就谢谢雷局长了。”

“见外。这是咱们大家的事，应该做的。一荣俱荣，一损俱损啊。”

嬴建峰握着话筒，一时不知说什么好，觉得再说客气话就显得矫情，半晌蹦出一句：“再见！”

对方也回了句：“再见。”

114

嬴建峰立即将已经查获的情况向钟正仕做了汇报。钟正仕很高兴，忙说：“这么快就查清楚了，我要为你请功啊！”

嬴建峰连忙说：“钟局啊，案情虽然明朗，但人现在还没逮住，案子只能说破了一半。”

钟正仕知道嬴建峰做事向来认真，作案人没有全部抓住，哪怕是漏掉一个人未到案，也不算全破。

“那好吧，我就等着你们大获全胜的好消息！”

“钟局长放心，我既然立下军令状，就一定会完成任务。”

这时五号对讲机呼叫，嬴建峰赶紧拿起对讲机，华路长说：“报告嬴局，真是怪了，到目前为止，全城十三个交通岗亭卡点，没发现一辆类似可疑面包车出逃。”

嬴建峰听罢迅速思考一下，说：“看样子凶手不是弃车逃跑，就是换车潜逃了，你们要以交通岗亭为中心点，沿着各条道路，会同交警、特巡警、各辖区派出所以及各分局刑侦部门，全面排查搜索嫌疑面包车。我马上协调交警、派出所、特巡警和刑侦部门，你要注意与他们及时沟通联系。”

“是，请嬴局放心，我立马落实！”

“好，那先这样。”

嬴建峰左右开弓，这台对讲机说完，又拿起另一台。

“震文震文，听见没有？”

“听见了师傅，有何指示？”

“你跟城西分局刑侦大队联系上了吗？”

“联系上了。大队要我们一起到河西派出所会合。”

“好，你们到河西派出所后，立即请派出所的同志和城西分局刑警同志配合，迅速查清赵火金团伙和余武团伙所有成员及其犯罪情况，尽快找到他们可能落脚的地方，然后区分情况，有条件抓捕的，立即抓捕。一时不具备抓捕条件的，要布控到位，不能让其脱逃！”

“好的，请师傅放心！派出所已经派人调查了。”

“好！我等你消息。”

这边话未说完，二号对讲机又呼叫起来了，嬴建峰赶紧拿起来接听。

“大柱什么情况！”

“那位被打伤的桑塔纳司机刚才苏醒过来了，他断断续续交代，他叫冯世才，他知道对方那个叫‘板子’的人开的那辆灰色面包车，可能是从盛荣汽车修配厂借的。”

嬴建峰忙问：“他怎么会知道？”

“他说‘板子’原来就在盛荣汽车修配厂当修理工，后来他不愿意干，就跟着那个赵火金混，他们经常借盛荣汽车修配厂的车。”

“光凭他一个修理工，他有那么大的能量吗？”

“这个我也是这么问他的，冯世才说‘板子’的姐夫是盛荣汽车修理厂副厂长，每次借车，赵火金都给两千块钱，所以他们随时能借到车。”

“那你们去查了盛荣汽车修配厂没？”

“查了，两辆面包车已经还给他们厂里了。”

嬴建峰皱皱眉头，说：“立即扣押那两辆面包车，再追查是否借了厂里另外的车。”

“我们也问了，他们说没有借。”

“为什么？面包车都敢借，为什么其他车就不能借？”

“‘板子’的姐夫叫陈小川的说，他们厂里的车都是人家放在那里修的，人家随时会来拿，一般不能过夜，最多借一天。”

“这个家伙胆子也太大了，敢把别人的车借出去捞外快？”

“是啊，简直是胆大包天。你知道那两辆面包车是哪个单位的车吗？”

“哪个单位的？”

“一辆是监狱的，还有一辆是城南区法院的。”

“啊！这家伙真是和尚打伞无法无天，这次够他喝一壶的。”

“是啊，这家伙听说我们要扣押那两辆车，吓得面如土色，差点给我们跪下来。说这样一弄，他的一切都玩完。”

“活该!”

“不过，这个陈小川为了想保住自己的饭碗，争取我们的宽大处理，他主动给我们提供了一条重要线索。”

“什么线索？”

“说‘板子’可能会到他哥哥那里借车。”

“他哥哥是谁啊？”

“‘板子’本名叫章小勇，他哥哥章大勇，是洪发宾馆副总经理，他们宾馆有出租小轿车的业务。”

“对啊，那你们有没有找他哥哥？”

“找了。”

“他怎么说？”

“他一听我们问他出租轿车的事，脸当场就白了。”

“最终是什么情况？”

“他说车子刚刚租出去了？我们问他是谁租的，他说不清楚。我们找到总经理做他的工作，说如果故意包庇犯罪，是要负法律责任的。在我们的政策攻心下，他才承认是他弟弟章小勇出面租的。我们查他们的登记本，上面登记的是个假名字。”

“租的什么车？”

“黑色普通桑塔纳。”

“什么车牌？”

“C13721。”

“他们登记目的地到哪里？”

“到龙福市。”

“不好，他们要逃跑！”

“是啊，我们已经往龙福市方向追了。”

“好样的大柱，我这就通知龙福市警方，去龙福市要经过盘天岭县，要赶紧通知盘天岭县局刑侦大队，让他们在国道交接处设卡堵截。我马上调汪震文、华路长他们支援你们。我也赶过去。”

“好的嬴局。”

通话完毕，嬴建峰紧张的心情终于松弛了一下。罪犯已换车出逃无疑，眼下的当务之急，就是要想办法截住他们，将他们抓捕归案。那样，案子才算真正告破，自己则可以完结军令状，钟局长也可以免受处分。

嬴建峰看看手表，已经是凌晨一点多。心里急着追踪赵火金，便立马通知汪震文与王大柱，迅速向瓷城通往龙福市方向的出城路口集合。

嬴建峰起身麻利地将对讲机装进手提包内，向停在院子里的新越野吉普车跑去。

115

一刻钟后，嬴建峰已在往龙福市出城的凹凸路头，等到了汪震文与华路长。

嬴建峰考虑到往龙福市方向去的路有两条，一条国道，一条省道。国道路况较好，但来往车子多，有时因各种原因会出现堵路情况。省道路况差些，车子颠簸较厉害，但来往车辆少，堵车的情况少。为以防万一，嬴建峰决定兵分两路，分头追击。他叫先期已经追赶的王大柱沿国道追击。他觉得自己的新越野吉普车不怕颠簸，决定自己走省道。

夜色融融，星光盈盈，大地静默，人们也陷入沉睡之中。嬴建峰叫汪震文与华路长的车子停放好，合兵坐野越吉普车，由汪震文开车，沿着省道向龙福市的方向挺进。

莫约追了两个半小时，吉普车来到了盘天岭县地界，此处是省道与国道交汇处。虽然是凌晨四点，但仍有不少车辆来回。

“师傅，到盘天岭了。”汪震文提醒嬴建峰一句。正打瞌睡的嬴建峰哦的一下惊醒，忙用对讲机问王大柱到了哪里。

王大柱说："还真被你说中了，路上出了交通事故，堵了半小时，现在快到盘天岭县交界处了。"

"那好，我们就在国道和省道交会的地方会合。"

"好的。"王大柱应道。

嬴建峰远远地瞧见货车轿车混杂着排成长龙，各种车子发动机发出高低不同的轰鸣声，间或还有谩骂牢骚声传来，也有人从车子下来往前走察看到底是什么原因堵路，这是堵车时常有的现象。

车龙慢慢向前挪动，可以看出，再走三百来米，就到省道与国道交会处了。

嬴建峰望见前面空中有警灯在闪烁，马路上有一排红白相间的铁栅栏横挡着，在警灯闪射下显得格外醒目，这分明是公安在检查。

嬴建峰心里立马激动起来，觉得盘天岭县局的兄弟们真是给力，果然连夜设卡盘查了，心里顿时瓷实多了。

嬴建峰连打了几个哈欠，提起精神，睁大眼仔细观察起前面的车子来。

由于是凌晨，天空黑黝黝的。前面的车辆，在大小高低车辆前后大灯和刹车灯的映照下，显出高大怪诞畸形的身影，挤压在光影般的幻象中。

嬴建峰的下意识中，视线注意力集中在那些普通桑塔纳轿车上，特别是那些黑色的，因为这种车辆，才是重点搜索的目标。但由于有大货车的阻挡，根本就看不清前头的小轿车。

嬴建峰的脑海里急速地旋转着，他需要对眼前的形势，做出一个科学合理的判断。

前面这些挪动的车辆里，说不定就有要找的目标。现在问题的关键，就是不知赵火金租的那辆黑色桑塔纳轿车走的是哪条路。

如果赵火金选择走省道，那他们在前面那些车堆里面的可能性就大些。如果他选择走国道，那在另一长条慢慢靠拢的车子里可能性就大。

诚然，这些假设都是在前面设卡时，赵火金租的那辆车还没来得及过去为前提。当然，按照正常行车速度，不管对方选择哪一条路，他们的时间相隔约一刻钟。如果前面设的检查卡点是在二十分钟之前，那赵火金逃过去的可能性就很小。

不过，任何事情都有可能出现意外，所谓不怕一万只怕万一。比如对方又换了其他的车辆，或者选择其他的线路逃跑，那自己采取的这些行动就可能是南辕北辙了。

不管怎样，自己都应该往最坏处想，往最好处做。

即使对方偷躲过前面这道防线，自己还有两道防线。退一步讲，万一在这几道防线内都没发现嫌疑对象，就立即启动第二套方案，即“固守一点，四面开花”式方案。就是以固守瓷城这个中心，在瓷城东南西北方向全面布控，层层设卡，范围向外扩大。

只要抓住赵火金他们，不管是自己抓住，还是邻近省内兄弟市县警方抓获，甚至是外省警方抓捕了，都可以说是成功告破。即使破案时间超过三天，我嬴建峰辞去副局长职务，我也问心无愧了。

正在嬴建峰思来想去之际，突然间嬴建峰发现前面有辆车横插到左边马路像是要掉头。嬴建峰脑子里一闪念，这种情况下车辆掉头，不是车子有问题，就是车子上的人有嫌疑。

“师傅有情况！”手握方向盘的汪震文也发现了异常。

“我看见了！”嬴建峰倾身向前紧盯着那辆车，正是黑色桑塔纳，立即大声喊：“就是那辆车！快！堵上去！”

汪震文心领神会，不等嬴建峰语音落下，汪震文就将方向盘向左一打脚踩油门，吉普车嗖的一声加速往前蹿去……

一百米、五十米、二十米……

未等车子停稳，嬴建峰就打开车门猫身纵跳下去，直奔黑色桑塔纳。

几乎与此同时，华路长也拔枪跳车紧随嬴建峰身后。

眨眼间，汪震文已将车身逼近对方车辆，令其不得动弹。

黑色桑塔纳车上的确坐着赵火金五人，他们一伙趁着天黑落荒而逃。怕在国道上容易堵车，而且目标太大，于是就选择从省道逃窜，没想到还是被堵。他们见前面车子堵得厉害，赵火金自己下车跑到前面想探个究竟，一见是警察在检查过去的车辆，盘查询问车上的人员，立即猜出十有八九是针对他们来的，吓得惊魂出壳，赶紧掉头就跑。

赵火金一上车就喊着：“掉头快掉头，警察查我们了！”

于是驾驶车子的喽啰“阿三”赶紧掉头，没料到刚将车子横插左边马路，就见有车堵住去路，有人朝他们冲来，顿觉大事不妙，一车人犹如惊弓之鸟，乱作一团。

赵火金大喊着：“快快！快下车，快下车操家伙！”

“阿三”立马将车停下，赵火金带头推开车门，快步来到车尾，使劲按拉后备厢门，低头弯腰伸手准备拿猎枪。

未等他们将猎枪拿出来，嬴建峰大喊：“不许动，举起手来！”

赵火金已经拿起猎枪的手不由一抖，但他仍想抽身拿枪负隅反抗。嬴建峰抬手用手枪柄朝赵火金颈部猛击一下，赵火金像被电击了一下，随即往地上倒去。汪震文与华路长也以迅雷不及掩耳之势，用枪逼住其他四人。

对方一看嬴建峰只有三个人，仍蠢蠢欲动，企图反抗。

那个“阿三”见状，趁现场混乱欲往边上逃跑，嬴建峰朝天鸣枪警告，“阿三”竟充耳不闻继续逃窜。

正在这时，三个矫健的身影及时出现，其中一个飞身猛踢“阿三”后背，“阿三”摔向地面扑了个狗吃屎。那人随即骑上“阿三”后背掏出手铐，咔嚓一下将“阿三”铐上。从一连串熟练的动作可以看出，此人动作一气呵成，精通擒拿格斗控制上铐业务，定是公安业务高手。

果不其然，当那人将“阿三”押到嬴建峰面前时，嬴建峰立即喊了声：“是孟大啊！”

孟大本名孟新年，是盘天岭县公安局刑侦大队长，与嬴建峰是老相识了。

嬴建峰很好奇地问：“你怎么来得这么及时？”

孟新年笑笑说：“我一接到你的电话，就立即报告分管局长，他要求我们立即设卡盘查，还从交警、防爆大队和武警中队抽调人员，加强卡点力量。我们一个半小时前就已经全部到位了。为防止他们乔装逃跑，我们决定对通向我县方向的所有车辆所有车上人员进行盘查，同时派出前哨延伸侦查队，来到停车的车队里搜寻可疑目标。刚才我注意到了有个人掉头就往这边跑，我赶紧带人过来查看，没想到就碰上了这一幕。”

嬴建峰听了很高兴，上前使劲握着对方的手不放，激动地说：“太感谢你们了，你们可帮了我们的大忙！”

孟新年忙谦虚地说：“嬴局长言重了，你以前也帮过我们很多忙啊，要说谢应该是我谢谢你才对！”

“哎呀，咱们兄弟单位就不要这么客气了！”

正在说话，王大柱也带人赶到，王大柱和孟新年也熟悉，便互相寒暄一番，然后将人犯全部上铐后押上车。

嬴建峰婉谢了孟新年的盛情挽留，说：“请代我向你们谢局长问好，你们辛苦了，我代表瓷城的同志们向你们表示衷心的谢意！这次算我欠你们一个大人情，下次我会专程登门拜谢。时间紧迫，我就赶回去抓紧审理，争取早日结案。”

孟新年豪爽地说：“一家人不说两家话，我就不留你们了，欢迎下次来指导工作。”

嬴建峰、王大柱、汪震文等人与孟新年等人一一握手告别，然后驱车连夜返回瓷城。

116

在瓷城市梁文正市长办公室，弘泰集团总裁袁国荣等三人笑容满面。

梁国荣欣喜地说：“梁市长，我真没想到你们瓷城警察的破案速度有这么快，也就是用了不到一天的时间就破获案件，真是神探啊！我们感到由衷的敬佩和赞赏！”

“唔，你们还了解到了什么情况？”梁文正打趣道。

“我们听说城北公安分局分管刑侦的副局长嬴建峰向公安局钟正仕局长立了三天不破案就辞去副局长职务甘当民警的军令状，真是勇于担当，敢于胜利的公安铁军，我们为瓷城有这样一位忠诚实干、能征善战的人民警察感到骄傲！”

梁文正笑着说：“没错！嬴建峰同志是我们瓷城警界杰出的代表，他文武双全，智勇过人，从小就热爱公安事业，对破案有着超出常人的禀赋。他参加公安工作的第一天，就成功破获了新中国成立以来瓷城最大的文物被盗案，本来几年前他就调到省公安厅刑侦处工作的，因为在去省厅报到途中突遇特大洪水，他被困中奋勇投入抗洪抢险，先后救起四十多名群众，结果耽误了去省厅报到的时间，省厅按规定将指标给了其他同志。”

袁国荣很是敬佩地说：“我们还了解到案发现场迎着歹徒枪响追喊抓坏人的小孩子，就是嬴建峰同志的儿子；那位拔枪追击逃跑歹徒的女同志，竟是嬴建峰同志的爱人。真是将门出虎子，英雄本一家啊！”

“这事你们也了解到了？看来你们的考察不但全面，而且细致得很噢！真不愧是大公司里的总裁！”

“梁市长过奖，这是我们应该做的。我们考察组已经将报告递给集团，集团立即召开了董事会，大伙一致认为，瓷城有这么多高素质的人才，不用担心投资环境的问题，将来发展肯定错不了。也一致通过投资瓷城的决定，而且将投资金额增加到二百亿元！”

“二百亿元？！”梁文正不由激动得站起身问。

“对，就是二百亿！”袁国荣斩钉截铁地答。

梁文正紧走几步来到袁国荣跟前，握住对方的手使劲摇着，连说：“谢谢谢谢！谢谢你们，我代表二百万瓷城人民向你们表示最衷心的感谢！”

袁国荣很客气地握紧梁文正的手，坦诚地说：“要谢应该谢我们的董事长董事们，最应该谢谢的，我认为还是嬴建峰同志的一家，他这一家子，让我们看到了瓷城人民的素质，看到了瓷城发展的希望和未来！”

梁文正又用力握对方的手，说：“谢谢！真的非常感谢！”

袁国荣坦然一笑，朝漂亮的女助手抬下头，女助手立马从公文包里拿出了一份材料，递给袁国荣。

袁国荣微笑着说：“这是我们集团公司全面投资瓷城建设的战略意向书，请梁市长过目，如果没什么意见，我们可以签协议。”

梁文正赶紧接过意向书，迅速浏览了一遍，高兴地说：“太好了！我看没什么大问题，我马上安排开个会，让大家讨论一下，快的话，明天上午就可以签协议。”

“好！不过，我们董事长还有一个要求。”

梁文正听了一愣，很是担心地问：“什么要求？”

“董事长想见一个人。”

“谁啊？”

“嬴建峰。”

“你们董事长的意思？”

“他的意思，是想请嬴建峰同志负责我们集团在瓷城的投资安全。”

梁文正看着对方笑，眼里布满疑惑的神色。

袁国荣明白对方一时不是很清楚他话里的用意，忙解释说：“我们董事长的意思，是我们公司在瓷城一切运营活动，不受地方黑恶势力的侵害和干扰。”

“这个肯定没问题！我以一市之长的名义向你们保证，你们公司在瓷城的一切正当合法利益，绝对不会受到侵害，绝对会得到保护。这个在协议里我们就可以签。”

“太好了，梁市长真是个干实事、成大事的好领导！”袁国荣由衷地赞叹道。

“袁总裁实在过奖了。都说为官一任，造福一方。我梁文正有幸当上瓷城市市长，每天都是诚恐诚惶的，说实话我不求有功，但求无过。我真希望我将来离任后，瓷城人民不指着我的脊梁骨骂我，那我就谢天谢地啦！”

“哪里，梁市长这么勤政为民的好官，瓷城人民会永远记得你哟！”

“如果能让瓷城人民永远记得我，那你的功劳第一啊！”

“这话我怎么担得起？”

“担得起，你完全担得起！”

“梁市长在开我玩笑！”

“真没开你玩笑。你看啊，你这次来考察，促使弘泰集团投资我市两百个亿，只要这两百个亿投下来，那瓷城肯定会发生翻天覆地的变化，瓷城的面貌肯定焕然一新，瓷城人民的生活就会有很大程度的提高。这些成绩的取得，其源头，都是缘于你袁总裁今天来瓷城的考察啊！正是绿叶青无限，归根感恩情哪！”

袁国荣听罢很是感动，不由哈哈一笑，说：“梁市长这是溢人之美，成己之德哟。水利万物而不争，处众人之所恶，故几于道哇。瓷城有你这样的市长，真是瓷城之幸事，百姓之福祉啊。”

“袁总裁谬赞、谬赞矣！”

“哪里哪里……”

“哎，袁总裁，听你说话，知识很丰富哦，你应该是出师名门吧？”

女助理忙抢着介绍：“我们总裁是文学博士、经济学博士后啦！”

梁文正一听，哎呀一声，忙说：“失敬失敬啊！原来是双料博士。这么高的学历，还真不多。我们市政府目前引进一位博士，年薪只有六十万，不知总裁的年薪有多少？”女助理眯笑着举手勾勾食指。

“九十万？”梁文正问。

女助理赶忙摇摇头说：“后面加个零。”

梁文正惊得目瞪口呆，他低头想想也对，中国现在正处于改革开放经济快速增长的腾飞年代，一大批高学历高智商者经商办企业，或者给企业打工成为“打工皇帝”者大有人在。

袁总裁见梁市长惊愕的神态，忙自我解释说：“公司里我有股份。”

“原来袁总裁是下海游泳的健将啊？怪不得眼光独到，气度非凡！”

袁国荣忙拱手道：“袁某一介书生，初来乍到，以后还请梁市长多多关照才是。”

“这个你放心，我们的合作是互利共赢的关系，保护你们的利益，不管从法律上来讲，还是情理上来说都是应该的。何况你们帮助我们在先，回馈你们在后，我们在政策上向你们倾斜，也是合规合法的。”

袁国荣笑逐颜开，说：“那我先代表弘泰集团全体同人向你表示感谢！预祝我们合作愉快、成功!”

“一定成功!”梁文正信心十足道。

“好！那我们先走一步，等你好消息。”

“好的，再见!”

“再见!”

117

梁文正将三人一直送到楼下停车场，目送他们上了豪华商务轿车离去，便快步往办公室走。他在往回走的路上，一个想法立即在他脑子里形成。为了保证弘泰集团在本市成功投资，也让有为者有位，必须尽快做出人事调整。

梁文正拿起桌上电话，拨通了市公安局局长钟正仕。

“是钟局长吗？我梁文正。”

“梁市长你好，我局呈送给市政府的破案报告，不知市长看了没有？”

“看了，破得很漂亮，我要为你们颁奖请功!”

“感谢市长的关心，我还想再问一下，我们附送的那份报告，不知你老人家看了没有？”

梁文正暗暗笑一下，心想这个钟正仕比我还大五岁，却叫我老人家。当然这种低声下气的情况并不多见，每次他叫我老人家的时候，他都必定有所求。不过，他求我的都是为局里的事，或者为他那帮警察兄弟的，从未为他自己开过口，所以每次都满足了他。但这次他开的口确实有些大，要全部解决干警们岗位津贴和加班工资，这可不是一个小数目啊。

“报告我也看了，你们的数字太大，我就是想帮你解决，恐怕市财政也无能为力啊。”

钟正仕听完，沉默了一会，才说：“市长啊，我知道你有难处。但你也知道干警察的多不容易，他们流血流汗还流泪。为什么啊？因为他们也是为人儿女为人父母，他们也是上有老下有小，他们也要一日三餐也要赡养老人抚养儿女，每当我整理牺牲的同事遗物时，看到他们衣袋或抽屉里各种各样的欠条和借条时，我的心比刀割还难受。牺牲同事们的家属更是凄惨，英烈们为社会安宁人民幸福奉献了生命，还要支持他们事业的家人们为他还债，这种情形，简直天理难容啊！”

梁文正听到对方声音哽咽，仿佛要哭出来的样子，忙说：“别说了正仕同志，我相信你说的都是实情，我知道你们公安是和平年代牺牲最多贡献最大的队伍，你们的付出与你们的获得是很不对称的。这样吧，我再找市财政商量一下，看看能不能挤挤，尽量给你们解决一下。”

“那太好了，我代表全局干警谢谢你梁市长了！”

“市里的财政太差，我也是巧妇难为无米之炊啊，希望你能理解我的难处。”

“这个我当然理解，好钢要用在刀刃上。政府的每项工作都离不开公安的打防管服，离不开公安的保驾护航，对吧？经济上向公安倾斜一点，一切效率都在里面啊。市长你说对不对？”

“你这个钟局长可真会算账，你应该到财政局去上班，看你到时会不会这样说。”

“报告市长同志，我不管到哪里工作，我一样会这么说。可惜啊，岁月不饶人，我是没有这个机会了。”

“你这个钟局长，我真的拿你没办法。对了，有件事我要和你商量一下。”

“不要说商量，有指示你发令就是。”

“哎……我可不能搞一言堂。”

“哪里有啊？你梁市长可是讲民主的典范，谁敢说你不民主，我第一个跟他急。”

“谢谢钟局长的鞭策鼓励。哎对了，我想问你一个人。”

“市长想问谁？”

“嬴建峰。”

“嬴建峰我太熟悉了！”

“他怎么样？”

“肯定是好样啊！他可是我市公安队伍杰出的代表。”

“这个我知道。我的意思是说，他这次破枪案是立了三天军令状的，结果一天就破了，人家称他为神探。可以说他这次是立了大功的。像他这样担当实干的人，我们可不能让他吃亏，要不然，军令状不就白立了？以后还有谁会拼命啊？”

“市长说得太对了，我正为这事发愁呢？正在考虑怎么安排他的位置，好让他发挥更大的作用。哎梁市长，你有什么考虑啊？给我提示提示。”

“我有个初步设想，随着我市招商引资力度进一步加大，外来投资商最担心的治安问题，就是害怕黑恶势力及其保护伞，他们强烈要求我们有人可以及时有力地保护他们，你们作为公安机关，应该为他们提供最坚强有力的保护，因而必须派一位能担当、有能力的人来担任这项工作。”

“市长是不是觉得嬴建峰适合担此重任？”

“不但是我觉得他很适合，而且投资商也希望他能保护他们。”

“你是指这次准备来我市投资的弘泰集团老板吧？”

“你怎么知道？”

“市长你有所不知，他们那个袁总裁已经找过我了。”

“他找你什么事？”

“为嬴建峰的事啊。”

“是希望嬴建峰能保护他们？”

“这是他们的目的，他们提出了一个要求，希望我能答应。”

“什么要求？”梁文正觉得意外。

“他开始是想请嬴建峰担任他们的法律顾问。”

“我们公职人员不能担任这些，他不知道啊？”

“我是跟他说了，他说要不行就请嬴建峰担任他们保安部的顾问。”

“那还不是一样吗？”

“是啊，我也跟他解释了。可他又提出一个要求？”

“什么要求？”

“请嬴建峰做他们的形象大使。”

“他到底是什么意思？”

“他想将嬴建峰的人像印在他们公司的广告牌和宣传单上，说这样那些黑社会的人就不敢惹他们。”

“这个袁总裁还真是个策划奇才，什么资源都能充分利用，绝不浪费！”

“市长说的是，他连这种招数都想得出来。”

“他是想把嬴建峰同志当成门神，贴在大门上，吓那些牛头马面牛鬼蛇神不敢靠近。”

“对啊！他就是那个意思!”

“不过，这个袁总裁是个高智商，咱们市里这次招商引资能够成功，他起了很大的作用。所以……”

“所以他提出的合理要求，我们必须要满足。”

“没错，而且要想方设法去满足。”

“……噢对了市长，这个袁总裁还说只要能让嬴建峰担任形象大使，他不但会给嬴建峰丰厚的报酬，还会给我们公安捐赠一笔巨资，用来补贴我们经费的严重不足。”

“看你的意思，好像有点动心了？”

“这谁不动心啊？就像你刚才所说的，巧妇难为无米之炊呀。有人主动送钱上门，那何乐不为？“

“那你是打算接受对方的馈赠？”

“噢，说实话我这是第一次碰到这种情况，毕竟咱们是公安机关，站在打击犯罪第一线，处在社会舆论的漩涡中心，我担心稍有不慎，就会被人利用攻击。能不能接受他的捐赠，我心里也没个底。这不，我正要向你请示。”

梁文正沉思一会，说：“我们是政府机关，任何时候都要有政治敏锐性，那种落人口实的事千万别做。你们经费不足的事，我来尽量想办法解决。袁总他们的捐赠，我的意见是不能要。要了，我们就会被动。我不知道你有没有听到过，有人议论你们公安大楼的顺口溜。”

“没听到过啊，什么顺口溜？”

“他们说得难听死了。说什么公安大楼能够建成，是流氓打桩，赌徒砌墙，嫖客粉刷，盗贼装潢。你看看，多刻薄。好像你们公安大楼能建成，都是靠对这些犯罪分子进行罚款敲诈来的钱。好像离开了这些社会垃圾，你们公安大楼就树不起来似的。”

钟正仕听罢，先是惊诧，随即一股闷气从心底涌上来，堵在胸口难以喘息。原来我们辛辛苦苦多方筹款建起来的公安大楼，在他们的嘴里，变得如此污秽不堪，烂泥一堆。这很容易让人联想到社会上的黑吃黑，似乎不靠这些盗贼流氓，不跟他们同流合污，公安大楼就建不起来。人们连对公安大楼都是这种看法，那对公安机关和咱们警察的印象，也就好不到哪里去。

见对方许久没作声，梁文正意识到刚才的话题有点偏了，便说：“刚才我们扯得有些远，还是言归正传吧。”

“噢对了，我们是在说嬴建峰的事。”

“是啊，你说袁总裁想请嬴建峰做他们公司的形象大使，嬴建峰本人知道吗？”

“知道，他说这是件大事，他个人做不了主，必须请示上级领导，所以他们就找我来了。”

“那好！形象大使的事咱们就不再谈了，咱们还是说说嬴建峰具体适合在哪个岗位上的事。”

“市长，我们公安内部肩负打黑除恶任务的岗位，主要是刑侦部门。”

“那好哇，就让他在刑侦部门任个职啊。”

“嬴建峰现在是城北分局副局长，分管刑侦，是副科级干部。”

“那就调他去市局刑侦部门任职，当个支队长什么的。”

“梁市长，我跟你说实话，凭嬴建峰的水平和能力，他当个支队长那是绰绰有余。可是我们不好安排啊。”

“你们刑侦支队现在什么级别？”

“正科？”

“嬴建峰任个正科支队长还有什么问题吗？”

“当然没有。”

“那就任命他呀！”

“可支队目前只有一个正科编制，我们无法安排啊。”

“任命他是正科支队长不就行了。”

“我们正科编制刚刚给了支队政委。”

“怎么不给原来的支队长而是给政委？”

“原来的支队长刚退下来，政委是新任命的，还没来得及任命新支队长，所以编制就给了政委。”

“那就新增一个正科级编制呗。”

“我们找过编委多次，都说今年已经没有新增编制指标了。”

梁文正觉得事情还真是够复杂的，便果断说：“我看这样，先任命他为副支队长，主持工作，等正科编制批下来了，再正式任命他为支队长。怎么样，这样总可以吧？”

“可以可以，这样一来，虽然不算提拔，那也算是重用了。这也算对得起他临危之时立的那个军令状了。”

“也不能这么说，这个嬴建峰同志冒着丢失个人政治前途的风险，立军令状去侦破看似毫无头绪的枪杀案。这是非常需要胆识和魄力的。试问现在有几个人能做得到？而且他破案速度惊人，更不是一般人能做到的。”

“那是那是！”

“破案有时是有偶然性的，但凭我对嬴建峰的多方面了解，嬴建峰破案却是必然的。为什么这样说呢？因为他有过硬的破案本领，有一帮子对他绝对信服、肯为之拼命的战斗群体，加上他超强的指挥协调能力。他立这个三天破案的军令状，那也是胸有成竹的。”

“哈呀市长老人家，你怎么对嬴建峰这么了解啊？我都被你说得有些糊涂了。”

“是吗？那你可是难得糊涂嘛！”

就这样，钟局长连夜召开紧急会议，讨论了嬴建峰的任职问题。

一个星期后，嬴建峰正式走马上任，任市公安局刑侦支队副支队长主持工作。大家对他的称呼，也从嬴局变成了嬴支。这让那些对嬴建峰情况不太了解的人容易产生误会，以为嬴建峰出了什么问题，被降了职哩。

118

冬日江南，雪花漫舞。

转眼到了二〇〇一年元月十二号，离除夕之时仅十一天。这个日子，离嬴建峰主持刑侦支队工作四个月不到。

瓷城年味渐浓，各单位都在为过年做准备，都打算过一个欢乐、祥和的大年。市局和支队也都挤出少许经费，给大伙置办一点小年货。

上午九点，嬴建峰刚开完例会，新配的波导手机就响了起来。他一接听，是王大柱打来的电话。

“嬴建峰，我老娘刚才托村长打电话来，说明天星期六，老娘准备杀一头自己养的黑毛土猪，想你和我两家子人都去。我还想请我老婆姐姐宋词芳一家，还有汪震文一家都去，大伙先吃一餐杀猪菜。我记得你以前说过，你吃过最好吃的菜，是当年下放西风公社时吃的杀猪菜。”

嬴建峰一听，很高兴地说："好啊！真有好多年都没吃到正宗的杀猪菜了。"

"咱们先大快朵颐，然后四条猪腿四家人一家一条，带回来过年。"

"那要算钱的哈。"

"说钱的事就太见外了！"听得出王大柱很不高兴。

"那是什么话？老娘这么大年纪，辛辛苦苦一整年，好不容易养大一头猪，我们不给钱，那还是人嘛？"

"你这是什么话？我老娘住几次院，你们给的钱够买几头猪了，现在要你们的钱，那才叫不是人呢！我老娘就是觉得花了你们那么多钱，拿不出什么东西报答你们，所以就想养头猪杀了送给你们过年。要是你们不收，那你们会伤透我老娘的心，我们也就不算兄弟了。"

"哎呀大柱，你这话就言重了。再怎么着咱们也是兄弟啊。"

"你说钱的事那才叫言重！是兄弟你就不该提钱的事。对不对？"

"好好好！先不提钱的事。我回去就跟美琴说，让她做好去老娘那里的准备，这样总行了吧？"

"这还差不多。"

"那好，我跟美琴他们说好，星期六一早就出发。我儿子早嚷嚷着要去玩。"

"我儿子也天天吵着去奶奶家。……那咱们就先这么说定了。我要通知震文和大姨他们。"

"好的。"

嬴建峰挂了手机，心里想着后天见面时给大柱老娘带些什么礼物呢。就这样边走边想着来到办公室，听到桌子上的电话铃声响个不停，忙操起电话筒，一听是瓷城市下辖新川县公安局分管刑侦副局长林汉民打来的。

"不好了嬴支！发大案了，一家三口都被杀了！"林汉民口气急促地说道。

嬴建峰心里咯噔一下，他最怕听到过年前发大案。

但凡干公安的，只要发了命案，就感觉身上背了债似的。案子没破，你走到哪里都矮人三分。只有破了案抓住了凶手为死者申了冤，这笔债才算还清，才敢挺直腰板走出去见人。

关键是刚刚跨入二十一世纪第一个年头，发了命案，不但咱做公安干刑侦的不自在，就是全市人民这个年恐怕过得都不得安生！

嬴建峰问："那你们开始工作了没？"

"开始了！局里迅速成立了专案组，除刑侦大队全体人员外，还从各部门抽调有刑侦工作经验的人员四十余人，已经开展工作了。”

“好，立即将发案情况和前期工作写一份详细材料，我们要立即上报省厅。”

“我们正在赶写，随后就电传给你。”

“案子侦破情况，按规定你们要一天一报。重要情况及时上报。”

“是！”

“噢对了，我过两天要出差，弄得不好过年都在外面，案件的事你就跟向立军副支队长联系。”

林汉民愣了一下，问：“马上过年了，这个时候还出差啊？”

“公安部指派的任务，我必须去。”

“哦，你是公安部专家库的成员，肯定有重要的事情。”

“是噢，顺利的话年前能回。”

“好，那等你回来咱们再联系。”

刚放下电话，桌子上的电话又响了，一接听，是省厅刑侦总队长高明生打来的，他说：“嬴支你好，刚接到公安部紧急通知，原定行动时间要提前一天。”

嬴建峰听罢心头一紧，立即意识到，刚才好不容易与王大柱约好的乡下之行顷刻泡汤。但警令如山，一切靠边。立马说：“是，我立即出发！”

嬴建峰快步来到局长办公室，向钟正仕汇报。此次行动，只有钟正仕清楚，见钟正仕沉默片刻，缓缓地点头，说：“责任重大，去吧！”

119

北风漫卷着雪花呼啸而来，天地一片萧瑟，吹得人心寒气短。

现场位于新川县西部六〇二国道旁，一户开杂货店小卖部的人家。店主夫妻与十二岁女儿全部被杀，两位女性还惨遭强奸，店内现金被抢劫一空，现场一片狼藉。

案件一发，全县震惊。

新川县公安局成立“1·12”专案组，由副局长林汉民任专案组长，刑侦大队长胡晓为副组长，下设五个小组，分东西南北中五个方向，全面开展排查。

由于发生一家三口被害案，弄得周边村民人心惶惶，整天提心吊胆，临近傍晚就关门闭户，不敢出去。本是欢乐喜庆的大年期间，过得也是没油缺盐似的，寡淡得很。

林汉民带领大伙日夜奋战，吃住都在当地村庄，大年三十都没歇息。也不知是方法不对还是措施不力，总之没有发现案犯的踪迹。

正月初六，离上次发案才十六天，又一个骇人的噩耗传来。距上次发案地点三里路处，又发生了一家三口被杀的灭门惨案。

消息一出，就像惊雷在瓷城上空炸响。

林汉民接到报警电话，乍听大惊失色，话筒不由从手中脱落下来。

钟正仕听了，大为震怒，不由拍案而起。“罪犯太狂妄嚣张了！竟敢在我们的枪口下顶风作案，这是公然挑战我们公安，藐视政府，践踏法律！”

钟正仕边说边用力拍打桌子，桌上茶杯里的水被震得溢出来。

对面站着的向立军，紧张得脸上肌肉连跳几下。他两眼紧盯着钟正仕，脑子一片空白，不知说什么好。

“你别望着我，你不是负责指导新川县的那起杀人案吗？怎么案子没破，还发新案，你是怎么搞的？”

向立军的脸色唰地一下红了，随即又变得煞白。他结结巴巴说：“我，我是按正常的侦破方法，指，指导他们的。”

“那怎么会出现这种情况？啊？！要是早抓住罪犯，就不会有第二起案件的发生，就不会再出现一家三口被害的灭门惨案，灭门惨案哪！”钟正仕用拳头捶得桌子咚咚响，眼里冒着怒火。

向立军羞愧得抬不起头。

钟正仕痛心疾首，继续说：“我早说过，我们公安机关不能及时破案制止犯罪，就会造成群众的巨大损失，就等同于放纵犯罪，那就是我们的严重失职！我们怎么对得起老百姓啊？”

向立军很诚恳地说：“钟局，是我指导工作不力，没能及时破案，是我失职，我向你做深刻的检讨，请求你给我处分。”

“处分有个屁用？处分你就能立即破案吗？死去的人就能活过来吗？”

“那我，我马上打起铺盖去现场，不破案我就不回来了。”

钟正仕长长叹了口气，挥挥手，有些无奈地说：“这事也不能全怪你，新川县局要负主要责任……对了，嬴建峰回来了没有？”

“我刚打了他电话，他说明天回来。”

钟正仕默默点下头，说：“刚才梁书记来电，责问我们为什么会连续发案，我等会儿要到市委去当面要向梁书记做检讨。你再去现场，了解最新状况。”

向立军立即挺身立正，向钟正仕敬礼，大声说：“是！”

120

钟正仕怀着自责不安的心情，走进刚升任市委书记的梁文正办公室。

梁文正抬头见是钟正仕，忙招呼钟正仕坐下，郑重其事说：“你来了，告诉你一个决定。”

“什么决定啊？”

“这个时候的决定，肯定是跟你们破案有关！”

“请梁书记指示！”

“新川县连发两起灭门惨案，全市震惊，全省震惊啊，省委、省政府领导都亲自过问，要我们市委、市政府拿出坚决有力的措施。我们刚开完常委会，研究决定派嬴建峰同志亲自担任专案组长，尽快破案！不知道你有什么意见吗？”

钟正仕一听，立即站起身，声音洪亮地说：“坚决服从市委决定！我马上通知嬴建峰同志，让他立即赴任。”

“嬴建峰同志现在哪儿啊？”

“他参加公安部重要活动，明天才能回来。”

“好！你告诉嬴建峰，要他想尽一切办法，哪怕不吃不喝不睡，也得给我拿下案件，给全市人民一个交代，也给市委市政府一个交代。否则，我们就不叫人民政府，你们公安，也就不是人民的公安。”

“是！我一定立即传达贯彻市委的决定，马上组织全市的精干力量，全力侦破灭门惨案。”

“这起案件如果拿不下来，你就要负全部责任。”

“书记放心，案件破不了，我请求处分。”

“你想请求什么处分？”

“辞职！”

“你少来这一套，我不要你们辞什么职，我要你们立即破案要你们立功。

你们都辞职了，谁去破案啊？破不了案，我这个书记还怎么当啊？”

钟正仕尴尬地望着梁文正，有些感动地说：“谢谢梁书记，我这就给赢建峰打电话。”

“好，你打通了，我来跟他说几句话。”

“好的，我这就打。”

说完，钟正仕就打通了赢建峰的手机，钟正仕说：“赢建峰啊，我现在市委梁书记办公室，市委决定，由你担任新川县两起灭门杀人案专案组组长。”

“我坚决服从组织决定！”

“你等一下，梁书记要和你说话。”说着钟正仕将手机递给梁文正。

梁文正接过手机，说：“建峰同志，岁末年初瓷城连发两起大案，社会影响特别恶劣，省领导特别重视，指示我们必须尽快侦破。刚才钟局已经和你说了市委的决定，我希望你要不负众望，发挥你破案的特长，一定要将这两起影响巨大、性质恶劣的灭门惨案破掉，坚决打掉犯罪分子的嚣张气焰，决不能再让类似的案件发生！”

“谢谢梁书记的信任，坚决执行市委决定！”

“好！我等着你的好消息！”

“保证完成任务！”

梁文正回过头来，对钟正仕说：“这才是干事业的样子！噢对了，赢建峰那里，你一定要在人力、物力和财力上给予充分保障，有什么困难，直接来找我。”

钟正仕郑重地向梁文正敬礼，大声说：“是！”

121

赢建峰不顾旅途的劳累，于晚上七点钟到达瓷城站，一下火车，就直接坐向立军开的车，往案发现场赶。

路上赢建峰询问了两起案件的详细情况，心里已经有个大致的谱。同时，为了能迅速开展工作，赢建峰就在车上用手机调兵遣将，将支队重案大队、技术大队、情报大队全部压上去，加上新川县局原有的四十人，一共六十二人组成新的专案组。

林汉民见到赢建峰，就像见到大救星似的，赶忙上前紧握着赢建峰的手，说："嬴支你总算来了！"说着眼圈都红了。

嬴建峰已经了解到，因"1·12"灭门惨案没破，又发了"1·29"灭门惨案，林汉民昨天上午就被县委书记、县长分头叫去一顿臭骂。

喜欢训人的县委程书记态度非常鲜明，瞪眼盯着林汉民，明确说案子再破不了不仅要免你的职，还要将你调离公安，否则不足以平民愤。

况县长却阴着脸骂人不带脏字，很不客气说你破不了案，就调你去粮食局装大米；林汉民斗着胆问装大米是什么工种，况县长嘲笑说这还不好理解，装大米就是饭桶的意思。

林汉民被骂得颜面扫地，灰溜溜地出来，简直是度秒如年，如坐针毡。

林汉民庆幸昨天市委开了常委会，决定由嬴建峰负责专案侦破，这等于将自己从热锅里救了出来，真是谢天谢地。听到这个消息后，林汉民真是望眼欲穿，巴不得嬴建峰立即飞过来接手案件。

嬴建峰使劲握握林汉民的手，又用手拍拍对方手背，安慰说："没事，没事，大家加把劲，案子一定能破！"

林汉民很感动地点着头，表态说："只要能破案，你叫我做什么都可以。"

嬴建峰微笑一下，说："这样，我要先看一下两个案发现场，看看所有查案材料，再开两个座谈会，一个是案发现场周边村领导、治安积极分子和部分群众座谈会，一个是咱们侦查人员的内部座谈会。"

"好！好！你怎么说我就怎么做！我一定全力配合好你！为你做好服务！"

"不要这样，林局。案子一时没破也正常，我们也要理解群众和领导的心情。群众埋怨，领导批评，这都是很正常不过的事。我们不要有什么思想包袱。越是有困难，我们就越要不畏艰难险阻；越是压力大，我们就越要坚强自信奋力向前。黑暗并不可怕，曙光必在前头！"

林汉民感动得泪水涟涟，他哽咽着说："谢谢，谢谢嬴支！我这两天人都快崩溃了，你再不来，我怕撑不住了……"

"林局，别客气，走，咱们现在就去现场。"

"哎，哎……"

嬴建峰挥挥手，说："上车吧。"

林汉民迟疑了一下，他想开自己的车去，想想还是多跟嬴建峰接触交谈，便抬腿上了车，坐在嬴建峰身边。

向立军的心情与林汉民是半斤八两，他也是一晚上没睡去。他心里嘀咕着，从钟正仕对自己的态度可以看出是很不满意的，虽然没骂自己什么难听的话，但也可以看出他对自己很失望，看来自己要想得到局长的器重，很难啊！

当然，这次嬴建峰临危受命，够他喝一壶的。

嬴建峰如果破不了案，那就令他下不了台，市里上下各位领导都会很难堪；他的那个主持工作就不知何时能够转正，那对自己来说就会好许多。因为连领导们心目中的神探都破不了案，那我们破不了就显得很正常，大家就不应该责怪我们了。

如果嬴建峰真的把案件破了，那自己和林汉民就会显得很被动，领导和群众就会说人家嬴建峰就是不一样，一出手将案子给破了，你们就是无能。

不过，话又要说回来，自己一个当警察的有起码的荣誉感，不希望走出去让别人指着脊梁骨骂，说这些人真没用，连几起案子都破不了，算什么人民警察？所以，从这个角度出发，自己又希望案子能破了。

当然，最理想的结果是案子在嬴建峰手上没破掉，而是在其他人手上破的。这样，在破案这条地平线上，就将嬴建峰与自己扯平了。不过，再换其他人来破案这种想法似乎不太现实，现在最好的结果，是自己能发现破案的线索，亲手抓住罪犯，那样，领导就会改变对自己的看法。

约半个钟头，嬴建峰已经来到第一个被害者家中，仔细观察了现场约一个小时。接着他又来到另一处被害现场，也查看了一个来小时，对两处现场的情况做到心中有数，然后返回临时指挥部。

嬴建峰考虑到对破案有利的因素，决定将原来分散住宿进行集中，将专案组设在离现场不远的乡政府所在地。一下有六十多人入驻，使得整个乡政府人声鼎沸，热闹空前。

嬴建峰将指挥部放在乡政府会议室内，勉强可以挤下全体人员开会。确定好指挥场所，他便立即召开会议。

“同志们，现在已是晚上十二点整，该是休息睡觉的时候，但为了早日破案，我们必须争分夺秒，不得不牺牲大家休息的时间。”

林汉民大声说：“嬴支，只要能破案，就是几天不吃不睡也没问题！”

大伙随即附和。

“好！谢谢同志们！……自从咱们新川发生了这两起恶性案件，牵动了全市全省人民的心，省领导和市领导都高度重视，对我们在座的每一个人都寄予极大的厚望。也不知有多少双眼睛在盯着咱们，希望咱们能尽早破案，严惩凶手。所以，同志们，咱们都肩负着领导的重托，承载着群众的希望啊！咱们要是不能破案，那对得起谁啊？”

“谁都对不起！”林汉民激动地说。

大家又是一片附和声。

“对！破不了案，咱们不仅对不起领导，对不起死难的群众，更对不起我们穿的这身警服。这身警服代表着什么？这身警服代表着正义的力量，代表着法律的威严，也代表着希望与未来！所以，我们要像呵护生命一样，呵护咱们这身警服！”

大伙不由自主地鼓起掌来。

“我宣布，新的专案组现在正式成立，由我任组长，向立军副支队长任常务副组长，林汉民副局长任副组长兼办公室主任。我要向大家说清楚，专案组所有成员一律不许请假，不破此案，决不收兵。”

大伙的表情很是严峻。

“鉴于目前我对两起案件的了解，经与向支和林局共同研究，决定将这两起案件并案侦查。理由呢，有以下六点。一是发案地点都在六〇二国道附近；二是犯罪分子作案对象都是路旁杂货店；三是犯罪分子作案手法残忍，都采取灭门手法，惨绝人寰；四是犯罪分子作案手段一致，都是杀人、强奸、抢劫融为一体的复合型犯罪；五是犯罪分子抢劫的钱财物品都基本相似；六是选择的作案时间相同，都是深夜十一点左右。”

嬴建峰环顾一下在座各位，见大伙认真听着，不停地记录，便继续说：“我们再来综合案发现场情况，给案件及嫌疑人画像。我认为，具有以下七个特征。”

大伙竖起耳朵仔细听着，握笔的手有些紧张。

“一是从两起灭门惨案手段极其残忍来分析，凶手一定是有重大暴力犯罪前科的犯罪分子；二是从两起案件致死的方法、分泌物、现场痕迹及遗留物等分析，凶手至少是两人以上；三是根据杀人残暴度及抢劫少量财物来分析，凶手心理严重扭曲，极端仇恨敌视社会，杀人是为了报复社会。”

会议室鸦雀无声，只听到写字的沙沙响声。

“四是根据两起案件发生时间间隔仅十六天，可以判断凶手就居住在两起案发现场的周边区域。犯罪分子很可能还在附近正常活动，以为自己神不知鬼不觉。五是犯罪分子属于本地人或者是外地人暂住本地的可能性很大，凶手就住在六〇二国道两旁。六是凶手对现场所有女性实施强奸来看，凶手似乎存在性饥渴，极有可能是单身，或长时间未有性生活者。七是犯罪分子很可能还会继续作案。这一点必须引起我们的高度重视。”

新川县局刑警队青年民警张阳举起手，说：“嬴支，我有个问题不太明白。”

嬴建峰抬头问：“什么问题？”

“你为什么那么肯定凶手不是流窜犯，而是本地人或者暂住本地的外地人？而且就住在六〇二国道旁？”

“这个问题问得好，说明你动了脑筋。”

张阳有些不好意思地笑笑。

“我为什么会排除流窜犯作案，理由有四点。其一，流窜作案大都是谋财不害命，而这两起案件应该是以杀人强奸为主要目的，两户被害人家里也没有什么特别贵重的财物吸引他们。其二是流窜犯作案后会迅速离开作案地，以尽量减少被人发现行踪从而被抓的可能，不可能还在原地区近距离再次作案。其三，流窜作案一般会在流经地选择便于逃跑的线路上作案，虽然六〇二国道直通外省，但两处发案地段都在修路，地面坑坑洼洼，再加上寒冬腊月冰天雪地，路面冰冻行走艰难，根本不利于逃跑，更不可能在这么恶劣的自然条件下再次返回作案。其四，流窜作案的最大特点，就是快速流动具有跳跃性，作案地点之间的距离都会较远，不太可能十六天后还在距上次几里处再次作案。”

张阳听罢，很信服地点点头。

“其实，从我刚才的分析中大家可以看出，正是因为凶手的第二次作案，使我们更加准确地判定出他们是本地人，或暂住人员作案的可能性。当然，凶手第二次作案，除顶风作案心态狂妄外，还有一种可能性，就是我们前期排查很可能还未触动到他们，而且凶手居住的地方很可能相对闭塞。所以，我们应该扩大排查范围，可将范围圈定在六〇二国道两边十六个乡镇内的所有居住人员，包括修路的基建队。”

林汉民非常赞同地点点头。

“我们下一步工作，分三个方面。一是对六〇二国道旁所有杂货店实行保护性蹲点守候，坚决防止犯罪分子再次作案。二是加大排查力度，以两起案发现场区域为中心，分东南西北四个方向，实行地毯式向外扩展排查，做到不漏一处，不漏一户，不漏一人。特别是前期还未排查到的地方，更要作为重点。三是实行谁排查谁负责的责任制，分片包干，职责到人，对本片区内所有被排查人员登记造册，逐人过筛。排查人员对本片区负责，出现漏查等情况，要追究排查者的责任！”

大伙听罢，都觉得压力倍增。

“为了便于沟通，提高工作效率，我的意见是专案组下设六个小组，除东西南北中五个排查小组外，再设一个综合保障组，负责后勤保障和材料汇总上报等工作。我这样安排，大家有没有什么意见？”

大伙异口同声说：“没有！”

“好！具体的分工和安排，由林汉民副局长给大家布置。”

122

大网在夜幕下悄悄地撒开，合着满天飞雪，融入凛冽冰封，变得更加周密而坚固。

负责小谭乡排查的两人，是支队情报大队副大队长廖怀仁和新川县局刑警张阳。两人守了一夜的路旁杂货店，疲惫不堪地来到一处四面环水的孤岛村，两人好不容易搭上一艘送拜年客人出孤岛的船只，来到了村委会。

村支书黎秋生在筹办儿子明天的婚事，正忙着杀猪宰羊，布置新房呢。

廖怀仁与张阳找到黎秋生，两人亮明身份说明来意，黎秋生的脸色僵硬了一下，瞬间又恢复了常态。他转身跟家里人打了个招呼，便眯笑着带两人来到村委会。

路上交谈，才知道这个黎秋生是村主任书记一肩挑，用他的话说，这个地方太穷，没人愿意出来做事。

黎秋生请廖怀仁两人坐下，各倒了杯开水。

“廖大队长你们辛苦了，我已经参加过乡里的会议，知道有人被杀的事。可是我们这里穷山恶水的，路都没有，平时进出都很困难，不太可能会有人出去杀人吧？”

廖怀仁笑笑，说：“这很难说啊。根据我们对案情的分析，凶手很可能隐藏在比较偏僻的地方，这里正好符合条件。”

“啊……怎么这样？那你们有没有什么具体的怀疑对象？”

“有，凶手应该是两人以上团伙作案，有犯罪前科，也就是之前有过犯罪行为被判过刑，最近出来的，很可能是单身汉。”

黎秋生听罢，脸色霎时僵住了。他低头看看地面，然后又看着墙上挂着的奖旗奖状，有些吃不准地说："你说的这些，我这里还真有。"

廖怀仁和张阳一听，激动地望着对方。

廖怀仁急忙问："是什么样的人？"

"噢，一个是我远房堂弟，还有一个是我表外甥。"

廖怀仁与张阳相视一眼，满是意外。

"噢，我们这里地方小，住的也就那么几个姓，村里算起来，都是沾亲带故的。"

廖怀仁点点头，说："谢谢黎书记的支持，那你说的这两人，具体什么情况？"

"我那个远房堂弟叫黎有利，表外甥叫贺烽秋。两人都住在我们村里。他两家的房子也不到两里地。唉！这两个不争气的东西，以前都犯过抢劫、故意伤害的罪。祸害的都是村里人……"

说着说着，黎秋生都有些不愿说下去的神态。

"他俩都判了多少年？"张阳迫不及待地追问。

"那个该死的黎有利，其实一点都不让人有利。他犯抢劫罪被判了无期，因为生病，这不就给他保外就医，前三个月才出来。还有那个不听话的贺烽秋，犯故意伤害罪判了十五年，半年前刑满释放。这两个草包，我为他们的事也是操碎了心。可他们不听我的，还尽给我出难题，像这种亲戚，不如没有还好些。"

廖怀仁点头表示理解，便问："那他们两个平时关系怎样？"

"哎呀，真是猪粪搅牛屎，臭成一堆。"

张阳忙问："什么意思？"

"他们两个几乎天天在一起，平时不满这个不满那个，对整个社会都不满，尽说牢骚话，是好吃懒做的祖宗。你人穷点不要紧，肯动脑筋肯做事不就可以生活好了，可他们两个，唉！我都不愿提这两人的事，提起来我就生气。"

廖怀仁又与张阳对一下眼神，觉得这是条重大线索，激动得心脏怦怦乱跳。

毕竟廖怀仁老练些，便问："那支书他们两个住在哪儿？方不方便带我们去。"

黎秋生听罢，脸露难色，沉吟半晌才说："这样，我画一张图，把他俩住的地点标出来，你们只要按照我画的去找，准能找到。"

廖怀仁想想，觉得可以，说："行！那就麻烦支书你给画一张。"

黎秋生也爽快，他起身撕下墙上的一张日历，拿钢笔在日历背面画了起来，不一会儿，示意图就画好了。

黎秋生将图递给廖怀仁，说："廖大队长，他们两个就住在这里……这里。"说着，用手在图上指指。

廖怀仁说："谢谢支书，哎黎支书我想再问一下，他们两个有没有小船一类的进出的工具。"

黎秋生歪着头仔细想想，说："可能会有，我们这里不一定要正式的船，很多人将几根竹子扎成竹排，照样可以当船用。"

廖怀仁高兴地一拍大腿，说："对啊！……哎支书，我知道你不太好出面直接找他们，但如果这两起案子真的是他们做的，你怎么看？"

"我怎么看？我能怎么看啊？要真是他俩干的坏事，那他们就该天打雷劈，不得好死！我巴不得政府立即枪毙他们，省得他们留在世上丢人现眼，败坏我们祖宗的名誉。"

"我是说，我们到时可能需要你的帮助。"廖怀仁解释说。

"噢，这个你放心，我毕竟受党教育这么多年，我还是个支部书记，这点觉悟还是有的。"

"那好！那就谢谢支书。噢，支书，厕所在哪里？"

黎秋生用手指指右手边屋外方向，廖怀仁立即出去，躲在厕所里给嬴建峰打电话。

嬴建峰听了，说："你们两个要详细了解这两人的情况，特别是发案时间段他们两人的去向，是不是有证人，越详细越好。"

"好的，我们立即去找这两个人。"

"你们要注意方式方法。注意安全。"

"是！"

廖怀仁放下手机，立即来到支书办公室，对黎秋生说："黎支书，我们现在就去找他们问话。"

"好的。"

"我们把人带到村里来问话，行不？"

"行啊。我在这里等你们。"

廖怀仁朝张阳一挥手，两人迅速朝图上所画的方向，快步走去。

路上廖怀仁才意识到，这个黎秋生是个很有心计的人。他不想给警察带路，是怕族人责怪他。但他又不敢不协助警察，所以画一张示意图给警察，让警察自己去找。这人找着了，正常；没找着，也不关他的事，这样可以洗脱他通风报信的嫌疑。

但不管怎样，他能主动给警察提供这两人情况，说明他还是有大局观念的。

123

廖怀仁与张阳按照图上的标识边走边问，来到了一栋傍山依树的破旧瓦木房。

廖怀仁上前用手推推小院子的门，门从里面闩着。廖怀仁与张阳上前连敲几下门，边敲边问：“黎有利在家吗？”

里面传来粗厚的中年男声：“谁啊？！”

张阳用当地方言说：“村支书叫我们找你。”

“什么事啊？”黎有利边开门边问。

门打开，露出一张憔悴阴郁的脸。

黎有利拉开门闩的右手一直握着未松，随时准备关门上闩，但门外的廖怀仁与张阳却看不见。

廖怀仁笑笑，尽量用轻松的口吻说：“噢，是这样的，你不是保外就医吗？按规定你要每月报告一次，刚才派出所打电话来问情况，要你亲自到村里接电话，你去跟他们说说情况。”

黎有利坐牢多年，也学会了些反侦查的手段，他瞪眼仔细观察廖怀仁与张阳，见是两个陌生人，不由心生狐疑，问：“你们两个是哪里的啊？我怎么不认得。”

“噢，我们是派出所的联防员，所长专程叫我们来了解一下你就医的情况，顺便叫你到村里去，用电话向所长汇报一下。”

狡猾的黎有利眼睛连眨几下，心里立即猜到自己有麻烦了，便想想说：“那好，我锁下门就跟你们走。”

就在说话的当儿，黎有利突然将门关上立刻插上门闩，然后以百米冲刺的速度，从后门跑出去，钻进了后面的树林中。

廖怀仁和张阳根本没料到黎有利会来这一手，立即叫门，门不开，便用力撞门，没想到门闩一下还撞不断，廖怀仁立即想到对方可能会从后门逃跑，便飞跑着绕到后门，一看后门大开，黎有利已经跑进屋后茂盛的树林中。廖怀仁钻进去追了几十米，一瞅根本就不知道对方往哪儿跑，只得停下脚掏出手机打给嬴建峰。

“嬴支不好了，黎有利跑了！”

“什么？你们怎么搞的？”嬴建峰脱口而出。

嬴建峰的第一反应是又惊又喜。惊的是嫌疑对象跑了，这给破案增加了难度和不确定性。喜的是现在基本可以确定黎有利就是杀人凶手。确定了嫌疑对象，案件就等于破了一半。

“你们立即找村主任支书，请他们派人协助抓捕。我马上组织人员赶过去支援你们！”

“是！”廖怀仁大声答应，立即跑回头对张阳说：“你赶快到村里通知黎支书，让他组织人员协助抓捕，我再进去搜搜！快！”

张阳答应一声，掉头就往村委会跑去。

黎有利失魂落魄地逃窜，他想起与贺烽秋有约定，要逃一起逃，于是他抄近道拼命往贺烽秋住的房屋跑去。

黎有利边跑边张皇回头，看看有没有人追来。他一口气跑到贺烽秋家，大声喊叫着：“烽秋快跑！我们被公安发现了！快啊！”

此时的贺烽秋正端着碗吃饭，听黎有利这么一喊，吓得碗从手里滑下，啪地掉在地上，一时惊得不知所措。

黎有利上前一把拉起贺烽秋，边拽边叫：“快跑啊，再不跑你就死定了！”

贺烽秋从恐慌中反应过来，立即随着黎有利向着湖边跑去。

嬴建峰迅速打电话给林汉民和向立军，说嫌疑对象已经在绿洲村发现，但他们已经逃跑，要林汉民和向立军立即赶到绿洲村抓捕凶手。

嬴建峰放下电话，立即率领其他专案组成员，风驰电掣般赶到绿洲村湖边，见黎有利与贺烽秋拼命划着小船到了对面的九狼山，一时焦急万分。

要知道这九狼山是原始森林大山，四面环河，山上古木参天，杂草丛生，山路崎岖，又是两省交界地，新中国成立前革命志士经常在此活动，国民党经常动用几万人围剿，都是无功而返。

嬴建峰率领追捕组划船来到山下，只见高山险峻，重峦叠嶂，巉岩峭壁，藤树缠杂，竟找不到一条像样的上山路。

此时天色已近黄昏，嬴建峰越来越担忧。黎有利与贺烽秋一旦钻入大山，无异于狼入群山，难以寻找啊。

同时赶到的林汉民，立即向嬴建峰介绍这九狼山的情况。

嬴建峰听完，觉得光靠专案组几十号人，可能连打汤都不够，决定打电话向钟正仕报告求援。

“钟局，凶手找到了。”

钟正仕一听，高兴得蹦了起来，大声说：“好哇嬴建峰，你又立一大功了。凶手在哪儿？抓住没有？”

“凶手跑了！”

“跑了？怎么会让他跑了？！”

“我们刚接触他们，还没来得及动手抓，他们就逃跑了。”

“那他们跑到哪儿去了？”

“邻省交界的九狼山。”

“啊！……那个九狼山山高路险，鸟都难飞啊。”

“是啊，所以我向你求援！”

钟正仕沉吟片刻，说：“那这样，我立即协调武警部队，另外我组织市局县局所有警力和民兵，对九狼山实行大围捕。一定要抓住凶手，绝不能让他们跑了！”

“谢谢钟局！另外以防万一，我想立即对这两人发布通缉令。”

“好！你即刻准备好材料，我来联系省厅，将他们两个列入公安部 A 级通缉犯！”

打完电话，嬴建峰就在车旁召开专案组会议，确定下步工作目标，就是围捕黎有利与贺烽秋。

嬴建峰立即要求林汉民协调周边乡镇，调来了四艘小机帆船，迅速沿着九狼山东南西北四个方向，实行全方位监控观察。把从水面往山上可以走人的位置，作为防控的重点地段，都派人蹲守。

经过三个多小时的水上观察，确定了二十八处守候点，每个点要求两个人以上，人便一下子撒出去了。嬴建峰另外命令四艘机帆船作为四个方向的联络点，在四周水面巡逻并机动待命。

由于天寒地冻，为防止两个凶手趁夜逃跑，必须连夜守卡封山。嬴建峰担心同志们受不了，便向钟正仕报告，要求加强后勤保障。钟正仕听后，便连忙协调市局和县局，全力支援嬴建峰专案组，连夜调拨棉大衣、棉帽、军用帐篷等物资，并安排人送开水方便面给各个蹲守点。

约晚上九点，增派的武警、公安和民兵约一千人，已将九狼山形成了包围圈。

钟正仕带着局里一帮人连夜赶到九狼山下，详细询问了有关情况，并亲自乘船登上守候卡点，检查各卡点的蹲守情况。为了鼓舞士气，钟正仕决定与大家一起坚守过夜。

整个晚上，山脚下江面上电筒火把摇曳，人声嘈杂，吓得黎有利与贺烽秋躲在山上不敢动弹。

124

这一夜，比两个逃犯还难熬的，要算林汉民。

林汉民的脑海里总回闪着县委书记和县长骂他的神态话语。他俩的每句话每个字每次表情，都像刀箭一样砍射向自己。而自己的身后脚下，就像是黑暗的万丈深渊，稍微一动就要掉下去。如果不能亲手抓住凶手，两位父母官肯定要对自己发难，给处分肯定少不了，说不定还真的将自己调离公安，那将是人生最大的耻辱。

每每想到这，林汉民都会煎熬得像热锅上的蚂蚁。他仔细想想，眼下能帮自己躲过这一难的人只有嬴建峰。嬴建峰是一线最高指挥官，不管是谁发现了逃犯踪迹，都会第一时间向他汇报。而嬴建峰得到这个消息后，如果能立即派自己前往负责抓捕，那自己十有八九能抓住凶手，就可以解除自己目前窘迫的境地。对，就这么办！

林汉民不等天亮，就找到还在船上巡查的嬴建峰，将自己的顾虑与想法和盘托出，请嬴建峰想办法帮他。

一夜未眠的嬴建峰，吃力地眨眨眼，很理解地笑笑，拍拍林汉民的肩膀说："你放心，我会帮你的。不过，与其坐而等待，不如主动出击。"

"出击！怎么个出击法？"

"我看这样，你让廖怀仁或张阳带你再去找一下绿洲村的黎秋生支书。"

林汉民听了一愣，不知嬴建峰什么意思，问："你是怀疑黎支书会窝藏那两个？"

嬴建峰摇头说："当然不是。"

"他们不是已经找了黎支书吗？"

"他们是去找了他，但有关情况他俩还没来得及问清楚。"

"有哪些情况还没问清？"

“黎有利和贺烽秋他们两个人逃亡的习惯。”

林汉民似懂非懂地点点头，问：“你是说狡兔三窟，他们可能会藏在山上什么地方？”

“这是一个方面，主要问一下他们野外生存的能力怎样？有没有什么攀爬啊抓捕野生动物一类的技能，是喜欢待在一个地方不愿动窝还是喜欢逃窜的，这个对我们抓捕很重要。”

林汉民明白似的点点头。

“还有啊，你问一下那个黎有利是否养了狗？”

“怎么想到问这个问题？“

“我在廖怀仁打电话给我的手机里听到了狗叫。”

林汉民心里有些触动地问：“你是想让那条狗给我们带路？”

嬴建峰点点头，说：“我有这个想法。”

“可是，谁养的狗对谁亲，如果是黎有利养的，它怎么会为我们带路？”

嬴建峰认真思考一下，说：“所以，我们要想办法让他的狗为我们带路。”

林汉民听了一握拳，说：“对啊！……那，有什么办法让狗给我们带路？”

“这个问题我昨晚想了好久，黎有利是保外就医的，才出来几个月，那他没出来之前，这条狗是谁养的呢？”

“也有可能是流浪狗。”

“有可能。但绿洲村是四面环水的小洲岛，狗即使流浪，也是在洲岛内流浪，所以肯定有人熟悉这条狗。既然有人熟悉它，就肯定关系亲近，并不排除之前这狗有主人，因为黎有利孤独单身，想找个伴，所以对狗好舍得喂它东西，转而这条狗就待在他家里不走了。”

林汉民又一握拳说：“对啊！你说得没错，这种情况很多。可是，我还是没弄明白，怎么能让这条狗为我所用？”

“找到熟悉这条狗的人，让他重新喂养那条狗，再让他牵着那条狗去帮我们上山找人。”

“哎呀嬴支，怪不得有人说你是神探！原来你的脑瓜就是比别人好使！”

“谢谢林局的鼓励，事不宜迟，你立即行动，尽快找到对那条狗熟悉的人。还要做那个人的工作，让他配合我们的行动，这也是一项艰巨重要的工作！”

“是，我马上就去，谢谢嬴支的指点，等抓到了人，我也要拜你为师。”

“林局长说笑了，你是县局副局长，一方诸侯啊，拜我为师不是让人笑话。”

“怎么会呢？那些拜你为师的人，一个个都成了破案高手，谁不羡慕啊？”

“林局真是客气了。对了，我要提醒一下，廖怀仁和张阳两个见过那条狗，那狗认得他俩，狗也会记恨记仇，它知道廖怀仁和张阳抓它主人，对他俩肯定没好感，千万不能让他俩去接触那条狗，更不能让他俩训那条狗或带狗去找黎有利。千万要记住！”

“放心吧，嬴支，我知道了。”

“你那边事一办完赶快回来，我们要搜山了。”

“好！”

125

林汉民告别嬴建峰，马上打电话给张阳，让他立即带路去找黎秋生支书。

黎秋生一听是县公安局副局长找他，显得有些拘谨。

林汉民瞧见黎秋生家情况，知道要办喜事，便和黎秋生来到村委会谈事。

刚一落座，林汉民开门见山地说：“黎支书，知道你忙要办喜事，咱们长话短说，找你主要有两件事。”

黎秋生听了有些紧张，一双手不知往哪儿放。

“我知道你与黎有利是叔伯兄弟，但他是他，你是你，我们不会对你有什么怀疑的。我们也知道当年抓黎有利判刑坐牢，也是你协助我们公安的。”

黎秋生抬头看看林汉民，觉得林汉民没有盛气凌人，态度和蔼，便说：“林局长你也知道，咱们农村就这个样，住一个村里，都是沾亲带故的。这两个混蛋都是我亲戚，可我怎么办？既然当了个村主任支书，就要为公家做点事，就是被同族人误会咒骂也没办法。”

林汉民笑笑，宽慰道：“正因为相信你，所以我才来找你。”

黎秋生听了，心情轻松些，便客气说：“林局长有什么事尽管说，只要我能做到的，绝无二话。”

“好！我想问一下，这个黎有利和贺烽秋有什么特长，比如爬山上树抓蛇钓鱼什么的，一句话，就是有没有野外生存的技能？”

“这个嘛，我没听说过。不过，我知道这两个家伙都赖得出奇，不愿做事，而且有便宜就想沾。平时蜗在家里也不太出去，好像也没有什么野外生存能力。”

林汉民慢慢点下头，问："按你的估计，他们两个待在山上能躲几久？"

"这个嘛，很难说，我之前听黎有利说过，说是九狼山上有岩洞，那里冬暖夏凉，是藏身的好地方。说当年红军就躲在那里，所以国民党派几万人围剿都没用。如果他两个早有预谋，找到了山洞，再准备些吃用的东西在那里，那要找到他们，还真有些难。"

林汉民听了，觉得情况变得复杂起来。原来只知道山上道路崎岖，很难行走，没想到还有岩洞。便问："那你知道岩洞在哪个位置吗？"

黎秋生摇摇头，说："我也只听说过，从来没去过那里，不知道到底有没有，在哪里。"

"那你知道还有谁知道那个岩洞吗？"

黎秋生又是摇摇头，一脸无奈。

林汉民想既然问不出个名堂，不如问另一个问题。"你知道黎有利家有条狗吗？"

"知道。它叫'小花'。"

"以前黎有利不在家，那条狗在谁家里？"

"那狗到处乱跑，待在我家的时间长一些。"

林汉民忙抬头想想，问："刚才我们在你家，好像没看见那条狗。"

"哎呀，那狗心野得很，有奶便是娘，黎有利回来后，经常给它吃好的，它就赖在那里不走了。这会说不定还在他屋里。"

林汉民算听明白了，又问："如果你现在给它好吃的，它会回来吗？"

"会啊。"

"那你能不能帮忙把它叫回来？"

"干吗？吃狗肉？今天我儿子结婚，不能杀狗啊。"黎秋生脸色有点不悦。

"哪里哟，我们是想你重新把它叫回来，想办法给我们带路。"

"带路？去哪儿？"

"上九狼山。"

"啊……你的意思，是让我牵着狗上九狼山，找他们两个？"

林汉民点点头。

"可我，可我今天办喜事，走不开啊。"

"也不一定要今天，等你事办好后也可以。"

"这条狗现在心野了，在黎有利那里也有段时间，要想让它听我的，还得收收它的心，给它喂些好的。”

“对啊，所以要麻烦你，这事就拜托你了。早一天把他两个抓住，我们大家早一天安生。”

黎秋生见林汉民这么客气，不帮都不行，便说：“这个你放心，我把儿子事一办完，就想办法将‘小花’引回来，它肯听我话了，就领它去找那两个。”

“黎支书，如果真的能牵着‘小花’找到他们俩，那你就算立了大功啦！”

“我还立什么功啊？村里族里人的脸都被他们给丢尽了。唉！这两个不争气的东西！”

126

上午八点半，围捕搜山正式开始。

一百名武警、一百名公安特警打头阵，随后是六百名公安与两百名民兵。集合时看起来人很多，一旦进入大山，就像一碗粟米撒进沙漠，一勺盐巴倒入江水里，可以忽略不计。

出发前，每人带了一盒饼干，一壶水。到了晚上七点，各路人员才陆续下山，一个个疲惫不堪，有气无力。

钟正仕亲自为大伙准备热腾腾的饭菜接风，鼓励大家要不畏艰难，再接再厉，不获全胜，绝不收兵。

晚上七点半，钟正仕接到市委书记梁文正电话，梁书记要他立即赶回瓷城，向市委常委会汇报案情。钟正仕交代完嬴建峰后，就立即驱车往市里赶。

林汉民早上找过黎秋生支书后，还没来得及与嬴建峰见面，就急匆匆带队上山搜捕去了，直到吃完了晚饭，才向嬴建峰详细汇报了与黎秋生会面的经过。

嬴建峰听了，肯定了林汉民的绿洲村之行，问：“那，依你看，黎支书大概什么时间会带狗过来？”

“看他的说法，可能要三天以后。”

“为什么要三天？”

“他说等儿子随儿媳回三焦后，喜事结束了，才好行动。还有，他说要趁着这几天办喜事有鱼肉，好好喂一下那条‘小花’，增进一下感情，到时才好带‘小花’上山找人。”

嬴建峰点一下头。说："看样子这个黎支书是真心帮助我们的。"

"是啊，他还主动向我提供了山上可能有岩洞的情况。"

"这个情况，我已经从当地老农的嘴里听到了。从目前的情形看，这个岩洞存在的可能性是非常大的。"

"那我们怎么办？"

"当然还要继续搜山，一来可以震慑罪犯，让他们不敢轻易下山逃窜。二来呢，为能够牵那条叫'小花'的狗帮我们搜山，争取时间。"

林汉民听了忙说："如果黎支书带着那条狗来了，我请求让我来带他们去搜山。"

嬴建峰看着林汉民急切的眼神，想想说："可以，但你一定要把人抓住，这样一来，对我来说，人犯抓了，案件破了，使命完结。对你来说，亲手抓住凶手，对书记县长都好交代，一举两得。"

林汉民为嬴建峰的善良而感动，忙走上前，双手紧紧握住嬴建峰的手，使劲摇晃着，久久不肯松开。似乎这样，才能表达自己的感激之情。

嬴建峰心里清楚，别看平时威风八面的公安局局长，但在决定其命运的领导面前，有时除了你是个部下，可能什么也不是。其个中况味，难以言说。

公安是个整体，不管是上级还是下级，都要维护大家的荣誉与尊严。嬴建峰深知荣辱与共的重要性。

接下来的两天，照样的进山搜捕。但奇怪的是，两名罪犯却消失得无影无踪。

嬴建峰这时相信，黎有利与贺烽秋很可能在山上藏在岩洞里，要不然，就他们两个当时穿的衣服，并且两手空空什么也没带，要想在冰天雪地里挨过三天三夜，那几乎是不可能的。

第四天一早，嬴建峰因一直熬夜加班未休息，得了严重感冒发高烧，快天亮时他吃了感冒药，不由昏昏沉沉地睡去。恰好手机也没电了，他一时未察觉。

早上八点，黎秋生就带着那条叫"小花"的土狗来找林汉民，林汉民立即拨打嬴建峰电话，连打几个都说"您拨打的手机联系不上，请稍后再拨"。

林汉民想想，又拨打向立军的手机，问嬴建峰的手机为什么打不通，向立军说我来打打看，于是向立军立即拨嬴建峰手机，也是联系不上，便回林汉民的电话，说打了也是说联系不上，不知什么情况。

林汉民看着"小花"面朝九狼山吠吠狂叫，跃跃欲试的样子。想想"小花"很可能知道黎有利躲藏的地方，不排除黎有利带着"小花"去过那里的可能性，便想着要立即带着“小花”进山搜捕。于是林汉民便对向立军说我先一步进山搜捕了，等会嬴支会打你电话你跟他说一下。

向立军想想说行吧，我也差不多进山了。

林汉民马上组织刑警大队和派出所民警三十六人，朝黎有利最开始逃上山的那条路出发。

黎秋生牵着“小花”走在最前头，林汉民紧跟其后，“小花”很兴奋地朝山上爬去。虽然雪覆盖较厚，但“小花”仍然往山间小路边嗅边追。

约莫半个小时后，“小花”对着前头森林狂叫起来，林汉民往前一瞧，有两个人弓着身子拼命往树林里钻。林汉民立刻朝天鸣枪，大喊：“站住！再不站住我就开枪了！”

但那两个人似乎什么都没听见似的。黎秋生大喊：“有利你别跑了！再跑也跑不出去！”

林汉民朝黎有利逃跑的方向开了一枪，子弹击中黎有利身前结冰的树叶上，一大块冰雪从树上掉下，砸在黎有利的腿上。黎有利一个踉跄差点摔倒，被赶来的林汉民一个飞身，扑了上去，将黎有利死死抱住。黎有利拼命挣扎，两人往山下滚了几十米，最后被一棵大树挡住。众人一拥而上，将黎有利死死压住，上了手铐。

遗憾的是，那个贺烽秋却逃跑了。

等大伙提起黎有利往山下走时，才发现林汉民被撞压得肋骨大腿多处骨折，无法动弹，竟昏了过去。众人见了，大呼小叫的，忙七手八脚抬着林汉民往山下挪。

嬴建峰眯了一会儿，感觉人好多了，想想马上又要搜山了，还有好多事要安排，突然他意识到手机好久没响了，赶紧拿起来一看，没电了，便赶忙换了一块电板，重新开机。

这时廖怀仁急急忙忙跑进来，对嬴建峰说：“嬴支，对面山上刚才响了几枪，肯定有情况。”

嬴建峰一听，赶紧拿好手枪就往外走，边走边对廖怀仁说：“快，快去看看什么情况！”

嬴建峰坐船来到响枪的山脚底时，就见民警们押着黎有利，抬着林汉民，喜忧参半地下山来了。

四小时后，向立军在九狼山的西北面，在预计罪犯可能出没的二十八个蹲守卡点之一，等到了狼狈逃窜的贺烽秋。当精疲力竭的贺烽秋见到一群全副武装的公安干警和黑洞洞的枪口时，知道再无逃路，一下瘫坐在雪地上，乖乖地束手就擒。向立军神气地走在最前面，大伙押着贺烽秋，欢天喜地来到专案组。

由此，两起凶残的灭门惨案，在嬴建峰接手的第五天胜利告破。

正当嬴建峰准备上车班师回市的时候，王大柱突然出现在他的面前。

嬴建峰见了王大柱，欣喜地问："大柱，你怎么来了？"

王大柱表情严峻地面对嬴建峰，说："我来替我全家人，向你表示谢意。"

嬴建峰听罢一愣，忙说："大柱，你什么情况，好好的你谢我什么啊？"

"第二起灭门案，被害的是我的、妹妹一家。"说着王大柱的眼圈就红了。

"啊！你怎么没告诉我？"

"我、我怕影响你破案……"说着，王大柱的眼泪潸然而下。

嬴建峰即刻上前握住对方的手，然后拥抱住王大柱的身子，紧紧地。

嬴建峰感觉到，王大柱的身子，不断颤抖着……

127

二月七日上午八点半，嬴建峰和黄美琴手提营养品，匆匆来到人民医院。

值班室电视机里传来郭兰英演唱的《闹元宵》：

"正月十五好时光，这一边耍的是龙摆尾，那一边是秧歌队，锣鼓喧天扭得欢……"

嬴建峰先来到急诊科重症监护室看望住院抢救的大柱妈。老人家痛失爱女一家，悲痛欲绝，已是奄奄一息。

抢救室外走廊，王大柱和宋词香满脸悲愁坐着，见嬴建峰和黄美琴来了，都站了起来迎着。

嬴建峰脸色凝重地与王大柱、宋词香握握手，然后来到抢救室门前玻璃窗口，张眼往里面探视。只见老人家头发花白，形容枯槁，闭眼躺在病床上，悄无声息，命悬一线。

嬴建峰回过头来，问王大柱有关大妈的情况，王大柱说老人家听到案子破了，一激动，又昏了过去，又在抢救。

赢建峰安慰王大柱夫妻一番，让黄美琴陪着，然后他来到二十九号病房，看望住院的林汉民。

一进房，正好碰见新川县县委程书记和况县长，两人笑容满面说着慰问林汉民的话。林汉民躺在病床上打着绑带石膏，他听着领导温暖亲切的话，感动得几次要起身下床，慌得两位县领导忙拦着不让。

赢建峰见状，立即表扬林汉民这次立了大功，一连夸赞林汉民为破案如何身先士卒、如何冲锋在前、如何不怕牺牲等等，说得两位县领导笑逐颜开，也说得林汉民热血沸腾、心存感激。

林汉民知道赢建峰说这么多，都是为了能在领导面前挽回自己的影响，想让领导对自己刮目相看。

两位县领导转而紧握着赢建峰的手，程书记说："听说派你去负责这两起专案是市委常委会决定的，了不得噢！"

赢建峰忙谦虚说："哪里，这是市领导对我的考验，破案是我的本分。"

"好噢，我听说是你在手机里听到狗叫，就推断这狗是凶手养的，所以你就安排汉民找到那条狗让它带路，如果没有那条狗带路，还不知案子能不能破，你真不愧是神探啊！"

"千万不敢叫神探，我要感谢领导对我的鼓励鞭策，神探是我们每个警察一生奋斗的目标，但没有人能做到。"

"谦虚，低调，令人敬佩。我听梁书记说，你参加公安工作第一天就破了大案，几乎你接手的所有大案都让你破了，所以人家才叫你神探。"

"没有没有，我是碰巧破的案，其实真正能破案的，靠的是大家齐心协力，光靠我一个人，一事难成。就像这次，如果没有汉民局长这样的拼命三郎，人就抓不住，案子根本就破不了。你说是吧领导？"

"上善若水，厚德载物啊，有你这样的胸襟，肯定能凝心聚力，众志成城，那还有什么案子不能破啊？！"

"哎呀书记，你这样夸我，我真的无地自容。"

"没有夸你，我这是实话实说。哎对了汉民局长，你可要好好向人家赢支学习，做一个名副其实的神探！"

林汉民赶紧接嘴说："是啊，我想拜赢支为师，可他不肯呢。"

"不会吧？你真要虚心拜师，我想人家赢支是不会拒绝的。"

赢建峰不好意思地说："程书记见笑了，我和汉民局长不在一起上班，平时工作都忙，见面都很少。再说，汉民局长精通业务，能力很强，很多方面都超过我，他说拜我为师，那不是难为我吗？你说说，让我教什么啊？是吧？”

“嬴支，这个我倒是有点说法，他拜你为师，不一定就是要你手把手从头到尾都教，你只要教他几样拿手的绝招就行了。是吧汉民？”程书记帮着林汉民说话。

“是啊是啊，嬴支只要教我绝招就行。”林汉民赶紧接嘴道。

嬴建峰笑着用手指点一下林汉民，说：“你这个汉民局长啊，你这不是将我的军吗？”

“那你答应收我为徒了？”

“你真想拜我为师也行，你就把你腿脚养好，到时你以百米九秒的速度来见我就行！”

“行！我到时就跑着来见你。”

程书记听完“噗”的一声笑了，用手指指林汉民，说：“你这个林汉民啊，还真是个憨民。你知道现在世界上百米跑得最快的速度是多少吗？”

“多少啊？”

“九秒五八。”

“啊！那，那不是……”林汉民一脸沮丧。

“我的意思是你先把腿脚养利索，咱们再谈拜师的事，行不行？”嬴建峰笑嘻嘻地劝慰着。

“我看也行啊！汉民，你现在好好养伤，身体恢复了，再说拜师也不迟。到时嬴支还不答应收你为徒，我帮你找梁书记说去！”程书记趁机顺梯下楼。

“程书记，我们的事就千万别麻烦梁书记了。再说，我也没说不收哇，我是怕我收了他这个高徒，我就变成了低师，饭都没得吃了。”

“这个你放心，没饭吃到我那儿吃去，包你吃饱吃好，健康减肥！”程书记幽默地用一句广告语。

“师傅放一万个心，我就是自个饿成鱼干，也不让师傅饿一餐。”

这时只听到有人说：“哎哟！这顺口溜还蛮顺的吗？你们什么事聊得这么开心啊？”

大伙回头一瞧，惊得张大了嘴，忙站起身向来人迎去。

程书记伸出双手，笑呵呵地说：“梁书记，您怎么来啦？”

梁文正笑笑说：“就兴你们来看英雄，就不兴我老头子来看一下啊？”

“哪里哪里，我是没想到您工作那么忙，还会来看受伤的公安同志。”程书记忙解释说。

“咱们党和政府的工作都离不开公安保驾护航。这两起案件破了，我才敢在省长书记面前抬起头啊。所以，我再忙也要来看望咱们的英雄。”

林汉民激动得满脸通红，大声说：“谢谢梁书记关心！”

梁文正走到病床前向林汉民伸出手去。林汉民赶紧伸出双手，紧紧握住梁文正的手。真是激动的心，颤抖的手。

梁文正右手被对方双手握住，便左手拍拍对方的手背，安慰说：“你就安心养伤，有什么需要跟医院说，我已经跟院长打了招呼，只要需要，无条件上！”

“谢谢！谢谢梁书记！”林汉民使劲摇晃着梁文正的手，眼泪都快流出来了。

梁文正从林汉民的脸上似乎看出了什么，他回头瞧瞧程书记和况县长，问：“听说他们民警住院也有很多不能报销的？”

程书记见问有些发愣，便侧脸瞅瞅况县长。况县长领会，忙说：“梁书记，按照现在他们公安保险的规定，有些是不能报的。”

“不是另外还买了意外保险吗？”

“意外保险主要是针对死亡的，受伤的好像保赔也不多。”

“不管怎样，对因公受伤的公安干警都要百分之百地报销，不能让他们流血还流泪！”

程书记与况县长听了面面相觑，然后忙点头表示赞同。

梁文正有些不高兴，说：“我听说你们对林汉民同志的态度不太好。我告诉你们，我们头顶上的这顶乌纱帽能平平安安地戴着，多亏了这些公安战士为我们舍生忘死，谁要是不懂得爱护公安，谁就是不知道爱惜自己的乌纱帽。我常说，不爱护公安的领导，就不是一个好领导。”

梁文正的语音虽然不高，却很有威慑力，说得程书记与况县长两人都抬不起头，满脸羞愧。

程书记主动表态说：“梁书记，之前听说您挨了省里的骂，我们心里也不好受。见汉民没有破案又发案了，禁不住骂了他，我做错了，我要向您道歉。”

“你向我道什么歉？要道也要向林汉民同志道歉。你要记住，我们手中的权力是为大家服务的，不是用来发火骂人的。党章党规里有哪一条规定，我们有骂人的权力？”

况县长见程书记都表了态，自己不表态肯定不行，忙说：“我也应该向林汉民同志道歉。”

“你道什么歉？我倒没听说你骂林汉民同志。”

“我，我说破不了案要调他到粮食局去装米。”

“什么意思？”

况县长见问涨红了脸，低头不敢回答，见梁文正两眼盯着自己，不回答过不了关，便硬着头皮说：“装米是饭桶的意思。”

梁文正听了，气得抬手点点况县长，又指指程书记，说：“你们啊你们，我平时说过多少次，我们当领导的对下面的同志态度一定要和蔼，要平等待人。可你们就是不听。”

“不是不听，我们实在是太着急了。”

见两位县领导这么窘迫不堪，林汉民觉得自己有必要替两位领导说说话，便说：“梁书记，您千万别责怪书记县长，要怪就怪我没用，我觉得他们对我批评得对，我没破案就是饭桶，就该调离公安。”

梁文正听了，瞧瞧林汉民，又瞅瞅程书记、况县长，说：“你们看看，你们骂了别人，别人还替你们求情，这叫什么？这叫以德报怨，这叫胸怀！这是经历过生死的人才能悟出的人生道理。你们要好好珍惜这种情分。”

“梁书记，您放心，我们今后一定会注意自己的言行，一定会善待公安的。”程书记态度非常真诚。

况县长立即接嘴说：“是啊是啊，我们一定会改正。”

梁文正见两位县官态度还算诚恳，想想说：“你们对破案有功的人员一定要重奖，不要按常规的方法，可以打破一些条条框框。”

程书记和况县长异口同声说：“是！”

梁文正这时才注意到一旁的嬴建峰，忙笑着说：“嬴支同志也在啊，我正准备到局里去看看你，没想到你在这里，我要好好谢谢你啊！”

“梁书记您言重了，破案本来就是我们的工作。不用谢的。”

“不！一定要谢，而且我谢的不止是你一个人，是你们全体人员。”

“全体人员？”嬴建峰一下没拐过弯来。

“对！我们刚开完会，我要求市财政把其他的经费砍一砍，将欠你们的加班费夜班费还有岗位津贴统统给补上！”

嬴建峰一听，高兴得差点跳起来，忙上前向梁文正挺身立正敬礼，大声喊：“谢谢梁书记！我代表所有的战友向您表示最衷心的感谢，最崇高的敬意！”说完嬴建峰又敬个礼。

梁书记乐呵呵地抬抬手往下压压，说："不用谢，都是我工作失职，我当市长的时候没能给你们解决，我要向你们表示道歉啊！"

"梁书记您千万别这么说，您现在能帮我们解决，已经是非常感谢了！我们可都盼着早日发下来，急等着用呢！"

梁文正听罢一愣，问："怎么，你家里有急用？"

嬴建峰不好意思地笑笑，欲言又止。

这时林汉民抢着说："这个我知道！"

梁文正转头问："什么情况？"

林汉民瞄一眼嬴建峰，说："嬴支说这两户受害人死得很惨，说他们上有年老父母，还有爷爷奶奶外公外婆需要赡养，一对被害夫妻，一方上面有六个以上老人，夫妻双方就有十二个，两对夫妻就二十多个，他们都需要赡养。案子破了凶手也抓住了，但凶手家里穷得叮当响，根本就没有能力赔偿死者家庭。嬴支就想成立一个被害人员抚恤基金，尽量帮助他们的家庭。嬴支他们急着筹钱……"

说完，林汉民忐忑不安地望着梁文正，生怕会引起对方不高兴。

梁文正脸上表情变得凝重，随后他很郑重点点头，说："这个主意好！我们的党委政府也应该参与。"

嬴建峰笑着解释说："我在想啊，我们不能消灭犯罪，不能消除罪恶，但我们可以尽量抚平犯罪与罪恶带来的伤痛。"

梁文正听了很肯定地点点头，说："这样，基金会我个人捐一个月的工资，算是对你工作的支持，可以吗？"

嬴建峰激动得再向梁文正敬礼，大声说："感谢梁书记！能得到您的支持，那基金会的事就好办多了，不过，你捐的工资，我们可不能要。"

"为什么？"

"您是市委书记，让你捐工资，我会被人骂的。"

"谁敢骂你啊？难道你们可以学雷锋做好事，我一个市委书记还没资格做好事了？"

"不是这个意思。"

"那是什么意思？"

"您是领导，让您捐款，说不过去啊。"

“怎么说不过去？从工作上来说，我是你们的上级，你们做下级的都能捐款，我这个做上级的更应该做出表率带头捐款。从个人来说，我是一名老党员老同志，我也应该率先垂范，做出表率啊！”

嬴建峰被梁文正说得哑口无言。他搜肠刮肚的想不出反驳的理由，嗫嚅着不知说什么好。

这时程书记立即跟着表态，说：“我也捐一个月工资！”

况县长也不甘落后，接着说：“我也一样。”

嬴建峰很是感动地分别向程书记和况县长敬礼，眼里流光溢彩。

128

转眼间嬴建峰正式任支队长一年多了。

嬴建峰调整了支队人事，将王大柱调任支队副支队长，汪震文任重案大队大队长，华路长为重案大队副大队长，李洋河为技术大队副大队长，都是平调。

这天晚上，嬴建峰为了赶写一篇侦破方面的论文，竟忙了个通宵。他放下笔，双手揉揉眼睛，又搓搓太阳穴，然后闭眼休息了两分钟，再抬头将桌上台历翻到二〇〇二年二月十一日，看看是星期天，已经是腊月二十九，明天就是除夕夜了。

这个时候，各单位都忙着准备过年，大伙都沉浸在春节的喜庆之中。

突然嬴建峰的手机响了，一接听，是林汉民打来的。

林汉民说：“师傅，我到你那去一下。”

“有事吗？”

“刚杀好猪，得马上送来。”

“你千万不要来，猪肉留着自己吃。”

“车子已到半路了，马上就到。”

嬴建峰知道推辞没用，便出了办公室，来到商场，买了六瓶酒三条烟，作为三份礼，其中一份准备送给林汉民的老父亲。

嬴建峰自然想起了大柱妈，自从前年大柱妹妹一家被害，给老人家打击太大，直到一年后身体才恢复过来。从此老人家竟信上了菩萨，不再杀生，所以也就不养家禽，只种植蔬菜。

林汉民自拜嬴建峰为师后，得知原来王大柱妈每年养一头黑毛土猪，杀了给大家分了过年，就主动将这一任务揽了过去，请自己老姐姐帮忙养。

嬴建峰结婚后住单位宿舍，但平时吃饭都在老妈这边。由于是星期天，黄美琴带着嬴亲民到姥姥家去玩，嬴建峰一人到老妈家里等。林汉民来的时候，除了一条猪腿，还带了六条鱼两只鸡，装了整整两蛇皮袋。

林汉民搬下东西，嬴建峰将两瓶酒一条烟放进驾驶室，说这些是给你爸的，林汉民想拒绝，想想嬴建峰肯定不会同意，便收下了。

林汉民接着又给王大柱和汪震文送猪腿去。

临走的时候，柳淑贞要林汉民来吃中饭，林汉民也答应了。

就这样，林汉民送完东西，来到嬴建峰妈住的平房，嬴建峰陪他吃了中饭，然后林汉民匆匆赶回老家。

嬴建峰昨晚撰写侦破论文到天亮，人很疲惫，吃了中饭就在老妈平房里睡了个午觉，醒来时已经三点半了，忙叫老妈将猪腿分成三份，自己留下一份，另两份分开，然后每份附带一只鸡两条鱼一条烟两瓶酒，分头给已经退休的崔局长和鲁卫国送去。

嬴建峰是个怪人，崔局长和鲁卫国在位时，从不给他们送礼，哪怕一棵白菜也不送。但自从崔局长和鲁卫国退休的那年起，每年都在年前送些土特产烟酒等，算是提前拜年。即使自己不在市里，也要叫黄美琴送去，说是东西不多，聊表心意。

嬴建峰先到了崔局长家里，然后来到鲁卫国家。

鲁卫国见嬴建峰又送东西来，高兴地说："小嬴做人厚道，这么多年还没忘记我这把老骨头。"

嬴建峰忙说："哪能呢？一日为师，终身为父。只要我嬴建峰在，就绝不会忘。"

"哎呀，你看看，你工作这么忙，还老往我这儿跑，我是怕影响你工作。你真用不着来，打个电话就行了，我不会怪你的。"

"师傅千万别这么说，没有你，就没有我嬴建峰的今天，做人可以忘记吃饭忘记睡觉，但绝不能忘了本！"

一席话，说得鲁卫国心潮澎湃，热泪盈眶。

鲁卫国不禁紧握着嬴建峰的手，久久不肯放开。

其实鲁卫国自从退休后，有不少原来他培养提拔过的人已经不来看他了。

还有的人指责他在位时不帮忙，说他偏心。这些人里就有谷地丰。

谷地丰的父亲也是南下干部，跟鲁卫国也熟悉，是市商业局原副局长离休。当然谷地丰不敢当鲁卫国的面说，倒是他父亲在老干部局碰见，把这事说给鲁卫国听的。结果鲁卫国回家后一整天没说话，是鲁师母问他，才道出了原委。所以鲁师母希望嬴建峰能来看鲁卫国，这样让鲁卫国的心里会好受些。

鲁师母见老头子高兴得落泪，怕他太过伤感，忙插嘴说："小嬴啊，你师傅经常念叨你，今天你既然来了，就在家吃了晚饭再走。"

嬴建峰听了，忙转头望望鲁卫国，见对方眼里满是期待，便点点头表示同意。

鲁卫国很高兴，忙将嬴建峰拉进他的书房。边走边说："你看看我的这些东西。"

嬴建峰进屋一瞧，满屋的瓷板瓷瓶，上面画的都是人民警察勇擒歹徒、英勇搏斗的惊险激烈场面。构图新颖奇巧，画面栩栩如生，不由惊喜万分，忙问："师傅，这些都是您画的？"

鲁卫国笑吟吟地点点头，说："我把你破的那些大案都画成画，想等你退休的那一天，把这些东西都送给你，留作纪念！"

嬴建峰高兴得合不拢嘴，他上前用手摸摸瓷板又抚抚瓷瓶，一副爱不释手的样子，喜滋滋地说："师傅，这些可都是宝贝哇！到时送到咱们公安博物馆，可以当镇馆之宝了！"

"我的水平不行，画得不咋样。"

"师傅，已经够好的了。"

"其实，我画这些东西，是不想让咱们人生留下更多的遗憾……小嬴，我想问你，到目前为止，你觉得自己有什么遗憾的事情吗？"

嬴建峰脱口说："有啊！"

"什么遗憾？是没有调到省厅？还是自己提拔得慢？"

嬴建峰摇摇头，说："都不是！"说着他来到一块瓷板画前，用手指着"破获盗窃文物博物馆国宝案"那行字，说："我到目前的遗憾，就是没有追回被盗龙生九子中的老大'囚牛'与老小'螭吻'。"

鲁卫国听了高兴得一拍瓷板，说："你真不愧是我的徒弟，咱们两人连遗憾都是一样的。"

嬴建峰听了，陷入沉思，觉得主要责任还是在自己，便安慰鲁卫国说："师傅您放心，我一定会想办法追回这两件国宝。"

就这样，嬴建峰逐件欣赏鲁卫国画的那些瓷器，不知不觉到了四点半。

由于是隆冬，天色暗得早，加上天气寒冷，鲁师母弄了个羊肉火锅，她走进来说：“天气冷，你们两个边吃火锅边聊天……鸡也马上炖好。”

鲁卫国一听说：“好！我们就来。”

说完鲁卫国从柜子里拿出两瓶珍藏多年的飞天茅台，说：“这是我遵义的老战友送我的酒，已经二十多年了，我一直舍不得喝，今天你来了，咱们两个喝个痛快。”说着，鲁卫国就拿出两个酒杯，打开一瓶酒将酒杯倒满。

嬴建峰本想推辞，心想这么多年的好酒，师傅都舍不得喝，自己又怎么好意思喝呢？真有点夺人所爱的感觉。

鲁卫国将酒杯往嬴建峰眼前一放，说：“咱两个今天不醉不散！”

鲁卫国刚想端杯，鲁师母端着一盆鸡放在桌子中间，等鲁师母揭开盖子，立即冒出热气腾腾的香味。

鲁卫国端起杯，说：“来，小嬴，为你这么多年取得的成绩，也为了今天你能来看我，咱们干一杯！”

嬴建峰的右手向酒杯伸去，手机响了起来，他用左手拿出手机一看，是林汉民打来的，便赶快接听。

林汉民口气急促地说：“师傅，不好啦，又发生命案啦！”

“啊！”嬴建峰的心一紧，头皮都麻了，刚端起的酒杯不由放下。

鲁卫国觉察出嬴建峰的异样，急忙问：“怎么了，发生什么事了？”

“新川那里，又发命案了。”

“怎么回事啊？怎么又是快过年的时候发案，还让不让人过啊？”鲁卫国很是气愤地说道。

嬴建峰一脸歉意地站起身，对鲁卫国说：“师傅，对不住了，我得马上去现场，不能陪您喝酒了。”

鲁卫国将酒杯一放，也站起身说：“没事，你去吧，这酒我留着，等下次你来咱们再喝！”

“师傅，不用，这么好的酒您老慢慢喝，不用等我。”

“行了，快去吧，警情如山，刻不容缓！争取早日破案，我又可以为你们画画啦！”

嬴建峰表情庄重地挺身，立正，抬手向鲁卫国敬礼，然后对着鲁师母说：“谢谢师母，我走了！”

说完，嬴建峰转身快步朝门外走去。

鲁师母哎了一声，赶紧追了出来，望着嬴建峰的后背，想说吃了再走的话，想想不妥，话到嘴边又咽了回去。

129

嬴建峰一出门就连续打电话，通知大家立即赶到支队。等他火急火燎般来到支队时，王大柱、汪震文、华路长、李洋河等人都一脸严肃地等着了。

嬴建峰见了感到满意，大伙是招之即来，便说："新川县宁家镇发的这起案，属于他们局刑警大队管辖的案子，后天就过年了，我是不放心，才把大家叫来，我们去是了解一下情况，帮他们参谋参谋。"

大伙都点头表示明白。

嬴建峰一挥手，大伙分乘两辆车，风驰电掣地往现场奔去。

现场位于新川县东南方，在宁家镇柳树村白水岭路边荒山坟地干涸的小沟里，发现一具被焚烧的尸体。

车子来到白水岭路边停下，不远处看到林汉民站在土墩上，朝马路这边张望。

嬴建峰下车，朝林汉民站的地方走去，见在林汉民身后，县局刑警大队和宁家镇派出所民警，已经封锁了现场。

嬴建峰上前与林汉民打了个招呼，边往现场中心走去边问："情况怎样？"

"尸体已经烧焦，是具女尸，初步判定年龄二十五六岁。"

嬴建峰点下头，站在地势高处，往小沟里望，见新川县局刑警大队法医已经将尸体装进尸袋，几个民警抬起尸体往外走。看来现场勘查已经结束。

"谁发现的尸体？"

"噢，是村民，叫余老九，他来地里摘包菜时发现的。"

"有没有发现可疑人员？或者车辆？"

"他说没有。"

"那你下步打算怎么查？"

"首先查找尸源。"

嬴建峰点下头，问："怎么查？"

"一是发通告，将案情通报全市，还有附近县市。排查年轻失踪女性。"

嬴建峰点下头。

“以现场为中心，以十公里为半径，逐家逐户地毯式排查。”

嬴建峰想了一下，说：“犯罪分子抛尸这里，明显是有交通工具的，可以把范围再扩大些，先定在30公里半径更为妥当。”

“可这样一来，就超出我们县的范围。”

“没问题，涉及其他市县区的，我来协调。”

“那好，师傅能出面，事情就好办了。”

“这也是我的工作。另外，你们要尽快查明致死原因，这对咱们确定案件性质、分析犯罪分子作案手段和过程都非常重要。”

“是，我已安排法医立即尸检。”

“还要对现场周边进行走访，范围要逐步扩大。对可以通车的几条道路都要全部调查，特别是要走访路边开店的人员，询问他们是否看到过什么车辆路过，或者有没有见过可疑的人员。”

“好。我立即安排人员开始排查。”

“前年发生的那两起灭门惨案，有些做法你们可以借鉴。你要尽快研究一下案情，对案件性质、作案人数、手法、过程，以及凶手的行动、历史、心理等特征，还有下步侦查方向与措施，形成一个报告。”

“我已经让大队内勤开始起草了，等开完分析会就可以完善成文。”

“好！有什么问题，你随时打我电话，我要赶回去向钟常委报告案情，等你们报告出来后，再向省厅汇报。”

林汉民立即表态说：“好的，我马上开会。有情况会随时向你报告。”

“好！”

就在两人说话的当儿，汪震文与李洋河对新川刑警大队现场勘查和尸检初步情况有了大概的了解。

夜幕降临，大家借着手电来到马路边，各自上车，准备往回开。

林汉民来到嬴建峰车子旁，说：“这么晚了，是不是吃了饭再走。”

“不了，你们够忙的，就不打扰了，你们抓紧时间。”

“那，好吧，那你慢走。”

嬴建峰挥手告别林汉民。这时手机响了，他以为是黄美琴打来问他是否回家吃饭，便拿出手机，一按接听，对着手机“喂”了一声，但对方没有回音。

嬴建峰觉得奇怪，心想到底是什么人，怎么打通了电话又不作声，什么意思啊。嬴建峰不由得摁了一下暂停键，将手机挂掉了。

嬴建峰不知怎么的心里有些不安，总觉得这个电话很是蹊跷，他赶紧翻看电话号码，是个陌生号，不知是谁的。想想不对，便又将号码拨了回去，响了良久才接听，但对方还是没作声。

嬴建峰不喜欢这种交往方式，便问："谁啊？"

对方还是沉默了一会儿，然后说："我，伊红蓓……"

嬴建峰啊了一下，心被提了起来，良久才问："你还好吗？"

对方很谨慎地说："好，也不好。"

"你……"

"我受你影响，也喜欢上了刑侦。"

"我听说了。"

"我现在，也在刑侦口。"

"你，在哪个部门啊？"

"我刚调到省厅，刑侦总队。"

"啊！……好哇！真是好事！我祝贺你啊！"

对方没有回音，过了几秒钟，就将手机挂了。

嬴建峰一头雾水，不知对方什么意思。但凭着自己的感觉，他觉得对方肯定遇到很重要的事，要不然，她是不会这样反常的。

嬴建峰想立即又将电话拨过去，问对方到底碰上什么事了。可想想，又不太妥。以伊红蓓那种性子的人，她是不会说的。哎对了，伊红蓓之前常与王大柱联系，总通过大柱打听自己的事，不知道大柱知不知道她最近的情况。

对！应该问王大柱。

恰好王大柱坐在身边，嬴建峰为避免其他人听见，用手拍拍王大柱，示意王大柱向自己靠近，然后贴着对方耳根轻声问："大柱，你知道伊政委最近有什么消息吗？"

王大柱想想，说："有啊，伊政委最近可能会调回咱们省里，好像是担任副省长兼公安厅厅长。"

"啊，……是吗？"

嬴建峰颇感意外，他本意是想通过打听伊政委的消息来探听伊红蓓的消息，没想到歪打正着，真的打听到伊政委的事，伊政委升到副省长兼公安厅长了。难道伊红蓓会为这事，想告诉我又不想说？不太对啊，这事也没有什么不好说的。

嬴建峰想想干脆直接问："那你有伊红蓓的消息吗？"

王大柱意味深长地笑笑，说："有，她已经调到刑警总队，还任重案处副处长。"

嬴建峰点一下头，心想这下清楚了，伊红蓓本来是想告诉自己她任重案处副处长的事，但她又怕伤自己的自尊，所以她欲言又止的。因为她一个半路出家的女同志，现在都当了省厅刑警总队重案处副处长，跟我们局里的副局长平级，成了自己业务上的直接上司。而自己一个大男人，兢兢业业拼死累活半辈子，到现在还只是个正科级。

嬴建峰内心五味杂陈。他不知道伊红蓓离开学校调入公安，一直努力上进，最后成了自己的业务上司，她的内心是怎么想的。难道说自己当初没跟她在一起，让她产生怨恨报复心理，但她又不能明说，她是想通过自己的奋斗来证明她是有能力的，当年没和她在一起，是自己的过错，更是自己的损失。她想以此来羞辱自己，恶心自己，让自己自愧不如自惭形秽……

然而另一种声音在提醒嬴建峰，伊红蓓不是那种小肚鸡肠心胸狭隘之人。伊红蓓当年没和自己在一起，有多种原因，而她自身应该是最主要的原因。她可能是为当初的选择而后悔，但她无法用语言来叙说，只有用自身的行动证明她当初应该态度坚定地选择自己。然而世上根本无后悔药。时光一去不复返，过去的只能让它过去。她要用实际行动来证明她对我自己是认可的，所以她也选择了跟自己相同的职业，而且做得非常出色，好让自己对她刮目相看。

也许，人家伊红蓓根本就不是这么想的，她自身也很热爱公安职业，毅然弃教从警，投入火热而伟大的公安事业。刚才打电话来，很可能是拨错了，一想到没有什么话好跟自己说，所以自动中止通话。对，就这么回事。

嬴建峰的脑袋随着车子的颠簸而摇晃，一时思绪万千。

其实伊红蓓对嬴建峰一直很关注，嬴建峰没结婚前，她时不时打电话问候一下，问问情况。后来她结婚了，就很少联系嬴建峰。再后来嬴建峰结婚了，她就再没联系过嬴建峰。

不过，她跟王大柱的联系反倒多了，言谈中总要扯到嬴建峰。王大柱也心知肚明，知道伊红蓓打电话给他，主要目的是想问嬴建峰的事，所以即使伊红蓓不好意思开口问，他也会有意把话头往嬴建峰身上引，以此来满足伊红蓓的好奇心。

王大柱之所以肯从分局副局长的位置调入刑警支队做嬴建峰的副手，其中一个主要原因，也是想跟嬴建峰近些，这样也可以让伊红蓓感觉踏实，想问嬴建峰什么事情，随时可以问到。当然，刑警支队升副处的报告已经打上去了，听说市委正在考虑，任了副支队长，将来也是正科，所以王大柱二话没说就来到支队了。

嬴建峰有些自嘲地笑笑，心想自己可能真的想多了。世上本无事，庸人自扰之。自己何必为了故人的一个电话而自寻烦恼呢？

手机又响了，嬴建峰以为是伊红蓓打来的，忙接听。未料到是钟正仕的声音。

“嬴建峰啊，你现在在哪儿？”

“我在宁家镇回市里的路上。”

“噢，你记不记得，有一个叫‘半卷毛’的家伙？”

“记得记得，他是我第一天参加工作，抓住的第一个案犯。”

“对啊。”

“这小子怎么了？”

“他刑满释放后，就自学法律，想考律师，可咱们有规定，被判过刑坐过牢的人是不能当律师的。这家伙不服，还说被判刑的人可以当支书，为什么就不能当律师，一直闹着上访，现在已经跑到北京去了。”

“啊，这家伙，大过年的跑到北京干吗？”

“这家伙已经被北京的公安控制住了，但他嚷嚷着要见你。”

“见我，见我干什么？”

“他说是你叫他学法律的，现在不能考律师，他要找你问个明白。”

“这小子简直是无理取闹，我当年劝他学法律是要他学法懂法守法，不要再去犯罪，又没叫他将来考律师。真是岂有此理。”

“可这家伙反复指名说要见你，说见不到你不问清楚他坚决不回来。”

“咱们在北京不是有维稳的同志吗？”

“对啊，现在人已经移交给我们维稳的同志了，他现在的法律水平可不是一般，咱们维稳的同志没一个说得过他，拿规定给他看也不行。他说只有你的水平高可以跟他对话，如果见不着你，即使押他回来，他也会在路上自杀。”

“哎哎！他还讹上了我不成？”

“这事连梁书记都知道了，所以……”

“我明白了，您的意思是想让我去一趟北京，将他带回来？”

“按理呢，这是维稳部门的事，用不着麻烦你的。可这家伙非要见你才肯回来，你说怎么办？”

嬴建峰想笑却笑不出。他知道如今钟局长已是市委常委，他刚才说梁书记也知道，那让自己去带人梁书记肯定也知道。

有那么一瞬间，嬴建峰脑海里闪过不想去的念头，但他转念一想，维稳却是压倒一切的大事，既然市委书记都知道，肯定是事情闹大了，而维稳是各地党委政府一把手负责，出了事情他书记要承担。

暂且不说“半卷毛”是否真的要自杀，就凭这家伙把我个人的名字抬出来，其实他就把自己跟他绑在了一起。现在不是自己去不去的问题，而是怎么将他完好无损带回来的问题，要不然，倘若他真的出了什么意外，不但梁书记钟局长脱不了干系，整个瓷城也会被炒得臭名远扬。

历来有大局观念的嬴建峰，此时已下了去北京的决定，说：“那好，我现在就出发。”

钟局长好像看着表似的，说：“现在是六点四十三分，离八点半起飞还有一小时四十七分。我叫机场分局帮你买好票，你四十七分钟赶到机场就行。”

嬴建峰一听说：“行！我这就去机场。”

“好，注意安全，等你归来！”

嬴建峰挂了手机，立即抬头朝汪震文说：“快！快送我去机场！”

“干……干吗啊？都这么晚了？”汪震文大惑不解。

“我要去北京。”

“好好的，去北京干吗？这脑筋再急转弯也转不到这么快吧？”

“维稳任务，也是政治任务。”

“这，这都什么时候了。再说，你还没吃饭呢。”

“没事，我到机场吃一盒方便面就行。说不定飞机上还有吃的。”

“我的师傅哎，等你上了飞机，早过用餐时间了，哪里有饭吃哟。”

“没关系，再不行买盒饼干也行，还怕饿着？”

“师傅，你去北京，那家里的事怎么办？”

“不是还有王支吗？由他负责。”

说完嬴建峰转头对王大柱说：“大柱，家里的事你多操心，我去几天就回来。”

王大柱说：“好的，你放心，新川的案子我会及时关注。倒是你一个人跑到北京，人生地不熟的。”

“没事，北京不是还有我们的同志吗？他们会安排好的。”

“那还要你去干吗？”

“事情紧急，我不去不行啊。”

“师傅，北京的冬天与南方不一样，正好可以去看看。”

王大柱反驳说：“看什么呀？冰天雪地天寒地冻的，看雪花啊，我们这里也有。真是的。”

汪震文一伸舌头，赶紧脚踩油门加速，全神贯注驾驶着车子，朝机场方向急驰而去。

130

嬴建峰走进机场大厅，已经开始安检。机场分局的文局长将机票递给嬴建峰，嬴建峰说了声谢谢，就将购买机票的钱给了他，然后匆匆通过安检门进候机厅。

三小时后，嬴建峰来到北京国际机场，瓷城维稳办的同志已到机场接机。

一个半小时后，嬴建峰来到维稳办租住的房屋，已是凌晨一点。但他坚持要见“半卷毛”。

“半卷毛”一见到嬴建峰，啥话也不说，掉头就往回走。

嬴建峰问：“你走什么？你不是想见我吗？怎么见了面掉头就走，你什么意思？”

“我没什么意思，我只想问一句，当年是你劝我学法律的不？”

“没错。”

“你说学了法律，将来会大有用处？”

“没错，我说过这样的话。”

“可我现在自学了这么多年，法律本科课程都过了，要是论法学理论、法学条文，我不会输给任何人，为什么我想考律师就不行？那些跟我一起来坐过牢出来的人，他们可以入党当村主任支书，为什么我连个律师都不能当？”

“这是我们国家法律和政策规定的，不是哪个人自作主张决定的。也不是针对你一个人的。”

“半卷毛”摇摇头，一本正经说：“就法律来讲，不管是公理性原则，基本原则，还是实体性原则，都推崇法律平等和法律面前人人平等，既然坐过牢的人可以入党当官，为什么我就不能当律师呢？”

“这个问题好理解，法律必须要针对特定的职业做出特定的规定，《刑法》针对刑事犯罪，《民法》针对民事案件，这就像你的身材一样，你的身高将近一米八六，偏瘦，如果做一件一米六胖子穿的衣服给你，你能穿吗？”

“这，这是两码事。”

“事是两码事，但理是一个理。按一般规定，对那些罪行较轻的人，释放后要求入党的，一般要经过五年以上的考察才行。而重刑犯罪的人则是不行的。这也是有界限的，不是你说的所有犯过罪坐过牢的人都能入党提干。同样的道理，因为法律是神圣的，容不得丝毫的玷辱，所以，它绝不允许任何一个侵犯过法律的人来从事法律工作，这也是保障法律纯洁性、权威性的必要前提。”

“半卷毛”听罢，轻轻摇头，犹豫地说：“我还是不太理解……”

嬴建峰笑笑，说：“你说你学了法律，对法理和条文非常熟悉，没有几个人比得过你，那你也应该知道，除公理性原则外，还有政策性原则，政策性原则是指特定的国家，或者政治共同体为达到某一目标、目的或完成某一任务而制定的方略，也可以理解为是针对某国家民族特定的法律原则。那么，针对犯过罪判过刑的人不能从事律师的规定，就是我们国家政策性原则的具体体现，我这样说，你应该能够理解吧？”

“半卷毛”听到这儿，露出惊讶的眼神，不由认真地盯着嬴建峰看，半晌才说：“你是我见过最有水平的警察。”

嬴建峰笑笑说：“不能这么说，有水平的警察很多，只是你没见过而已。”

“半卷毛”却固执地摇摇头，说：“不是这样的，我见过很多警察，但有你这样法律水平的，你是唯一的一个。”

“‘半卷毛’，你想我来，不就是想我来解答你的问题吗？现在我这样回答，你是不是觉得满意？”

“满意，十分的满意！但我要你来，不单单是回答这一个问题的，我还有很多的问题要问你。”

嬴建峰一听，觉得对方有故意刁难的意味，便不高兴说：“‘半卷毛’，你是学过法律的人，你应该知道无故上访无理闹访也是违法的。”

“半卷毛”听完，有些得意地笑笑，说：“到目前为止，还没有《上访法》，规定什么可以上访什么不能上访。”

“不对，虽然没有《上访法》，但你们非法上访造成公共场所秩序严重混乱，我们《刑法》二百九十三条寻衅滋事罪第四款规定，在公共场所起哄闹事，造成公共场所秩序严重混乱的，处五年以下有期徒刑，拘役或管制。《治安管理处罚条例》第十九条也规定，扰乱机关、团体、企业、事业单位秩序，致使工作、生产、营业、医疗、教学、科研不能正常进行，尚未造成严重损失的。可以处十五日以下拘留，二百元以下罚款或警告。”

赢建峰一口气说完，让“半卷毛”真是大跌眼镜。他没想到像赢建峰这样一个整天忙忙碌碌的警察，对法律条文竟然如此熟悉，不由得心生敬佩。

“我原先以为，你们当警察的都是咋咋呼呼，没几个有真才实学的，今天你令我另眼相看。”

“‘半卷毛’，你不要尽拣好听的说，你应该知道，现在已经是凌晨两点多了，今天就是大年三十，你不想过年，大家还要过年，法律的最高境界，是真善美的最高体现，是让绝大多数人得到幸福与愉悦，而你‘半卷毛’的行为，明显违背了这些。所以，你能不能消停点，天亮跟我回去？”

“半卷毛”嘻嘻地笑着，说：“我倒是想回去啊，可赢大支队长，你能买到票吗？即使买到票，我们能挤得上去吗？”

“‘半卷毛’，看样子你是不打算回去了。”

“谁不想回去啊？但既来之，则安之嘛。何况咱们呀，现在待的是北京，北京啊！你说是吧？赢领导。”

“‘半卷毛’，你到底什么意思？”

“我的意思很清楚啊，我想在北京陪你过个年啊！”

“‘半卷毛’，你指名要我来，就是想让我到北京和你一起过年？”

“对呀！我知道你赢领导做人好，把我们当人看，我突然想起这个法子，让你到北京来玩玩。”

“你说什么？让我来北京玩玩？”

“没错！我知道春节期间也是维稳的重要时期，只要我提出要见你面才肯回去，否则我就自杀，他们那些领导肯定会同意的。”

“‘半卷毛’，你开什么国际玩笑？”

“我没开半点玩笑，我是非常认真的。”

赢建峰有点哭笑不得，脸色一下变得难看起来，责问说：“‘半卷毛’，你这样做，是不是太过分了？”

“我一点都不过分，倒是他们做得太过分。”

“你说的他们是谁？”

“那些抓我的人呗。”

“他们抓你是履行职责，你根本怪不得他们。如果都像你一样，肆意妄为，想干什么就干什么，那北京还是北京吗？”

“半卷毛”却不以为然地说：“嬴领导，我再问你一个问题。”

“你问吧？”

“天安门广场几点钟升国旗？”

“你想干吗？”

“难道你不想看看升国旗？”

“当然想！”

“那你要陪我去一趟。”

“干吗？”

“看升旗啊！”

“看完了升旗，是不是就跟我回去？”

“回去，一定回去！只要有票能挤上车。”“半卷毛”说完，还诡秘地笑笑。

嬴建峰看出“半卷毛”还有名堂，想想这样不行，不能总让他牵着鼻子走，而要掌握主动，便说：“‘半卷毛’，你还有什么想法和问题一下说出来，不要总是羊拉屎，左拉一粒右屙一颗的。”

“好。那我就直说了吧，我还有一个想法，也是一个问题。”

“你有话就说有屁快放，不要东一榔头西一棒！”

“半卷毛”眨眨眼，有点担忧地说：“我们、我们那些从号子里出来的兄弟想成立一个联合会，想请你做我们的顾问。”

嬴建峰听罢，瞪大双眼，其惊诧程度不亚于哥伦布发现新大陆，他做梦都没想到，这个“半卷毛”竟会有如此的奇思妙想。

“‘半卷毛’你还真是个人才，这个我可以告诉你，成立什么会的必须要经过民政部门审批，另外必须还要有主管单位。据我了解，各个单位、街道、乡镇都设有帮教组织，是专门针对你们这些人设立的。”

“这个我当然知道，但这些都是你们政府部门的机构，说是帮教我们，实际上还是管我们。我们现在只想成立一个我们自己管理自己的专门机构。”

“我问你，你想成立这个机构的目的是什么？”

“当然是维权，是抱团取暖。”

嬴建峰听罢只是摇头。“半卷毛”见对方不屑一顾的样子，脸露失望，便说：“我没想到，你嬴领导还是瞧不起我们。”

嬴建峰抬头一笑，说：“首先我得说明，我根本没有瞧不起你的意思，我真要是看不起你，我根本就没必要到北京来，也没必要半夜三更跟你见面聊天。”

“那你为什么不答应做我们的顾问？”

“这个问题，我现在正式回答你。我是个警察，我没有时间，不想担任也不能担任任何组织的顾问。再说，你的这个组织，我想民政部门是不会批准成立的。所以，你还是死了这条心吧。”

“为什么不能批？”

“这个问题，刚刚咱们已经讨论过了，这也是政策性原则的具体体现。所以你就没有必要再问为什么了吧。”

“半卷毛”听罢，低头想想，虽然心里堵得慌，但觉得嬴建峰说的话，句句在理。如果再固执己见，那自己就是故意刁难，那就太不地道了。

再说，二十二年前，嬴建峰第一次抓住自己时，就觉得他人很好，从不打骂我们这些人。后来听“泥巴崽”说，嬴建峰还救了他老婆孩子，“泥巴崽”为答谢嬴建峰，送嬴建峰金手饰也不要，要“泥巴崽”留给家里用。“泥巴崽”还说嬴建峰是这个世界上最好的人，大伙以后不要给他添麻烦，有能帮他立功的机会，尽量帮他。

“那行，嬴领导，真的很谢谢你这么远来见我，还跟我说了这么多，我也想通了，只要买到回家的票能挤上火车，我随时跟你回去，决不给你添麻烦。”

嬴建峰看看“半卷毛”，从对方眼里终于看到了坦诚，便点点头说：“那好，我相信你。”

“半卷毛“很高兴地笑了，然后说：“现在太晚了，你先休息一下吧。现在最要紧的是买票。”

嬴建峰说：“车票的事我会想办法，现在我们也别睡了。”

“半卷毛”惊问：“不睡觉干吗啊？”

“你不是想看升旗吗？”

“半卷毛”一听，开心地笑了。这时陪同的维稳办揭同志进来看看什么情况，嬴建峰问：“这里到天安门广场有多远？”

揭同志说：“有二十多公里，走路要四个多小时，开车三十多分钟，你问这个干吗？”

“我们想去看一下升旗仪式。”

揭同志将嬴建峰叫到门外，轻声问：“万一他跑了怎么办？”

嬴建峰想想说：“应该不会。”

“我是说万一。”

“我会盯着他的。”

揭同志点点头，说：“那好吧，我六点五十准时叫你起来坐车去。”

“会不会太晚了？”

“不会的，坐车到那里最多半个小时，早上不会堵车。”

嬴建峰点点头，问：“回去的火车票能不能买到？”

揭同志摇摇头说：“进京的可以，离京的买不到，要提前一个月。”

“那怎么办？不行就找黄牛。”

“那要贵五至十倍，有时还不止。”

“这么贵啊，那还不如租辆车回去。”

“租车一样翻倍贵。”

“那怎么办？”

“办法还是有一个。”

“什么办法？”

“开办事处的车回去。”

“那怎么行？车子开走了，你们要用怎么办？”

“我们只好打的喽。”

“那多不好意思。”

“没什么，都是为了工作。”

“那，我们什么时候可以走。”

揭同志想想，说：“难得来趟北京，还是过了年再走吧。现在开车也快，从北京到上海，走京沪高速，一千二百六十二公里，十几个小时就能到。再从上海到瓷城，顺利的话，两三天就能到，就怕路上车多堵路。”

嬴建峰听了心情一下好了起来，想想不就是几天时间就可以到家吗？关键是“半卷毛”答应了跟自己回去，也算是不辱使命。

不过，嬴建峰最担心的，还是新川县刚发生的那起焚尸案，不知林汉民他们查得怎么样了。

131

一路奔跑，这让赢建峰真正体会到风霜雪雨搏激流的豪壮。

正月初六，也就是二〇〇二年的二月十八日上午八点，那辆从北京开来的汽车经过四天多的长途跋涉，终于驶进了瓷城熟悉的青花路。

赢建峰将“半卷毛”送至青花派出所，交给派出所和区街两级维稳办负责人。

赢建峰再三交代“半卷毛”不要再越级上访，有什么事可以随时找他。

汪震文听说赢建峰回来，早在派出所等待，所以赢建峰一跨出派出所大门，汪震文就迎上去，接他回家。

赢建峰一上车，就很疲惫地靠在座椅后背上，闭眼休息。

汪震文本来准备了许多话想问赢建峰，但见赢建峰累成这样，也就不忍心打扰。

车子很快就驶进公安宿舍大院，赢建峰刚从车上下来，手机就响了，一听，是钟局长打来的。

“赢建峰，你回来了吗？”

“刚回来。”

“回来就好，你马上到我办公室来！”

赢建峰听了一愣，他张嘴想说什么，想想不妥，便立即回答：“是！马上到！”

汪震文也是惊讶地看着赢建峰，忙问：“师傅怎么了，到了家门也不进去？”

“钟局长电话，要我立即到他办公室。”

汪震文听罢一怔，接嘴说：“那肯定有要事！”

“对啊，走！”

汪震文领会，立即将车掉转头，赢建峰上车，直接往局里驶去。

二十分钟后，赢建峰走进钟局长办公室，见钟局长背着手，在办公室里走来走去，一脸焦虑。

“报告！”赢建峰喊了一声。

钟正仕一见赢建峰，忙上前握着赢建峰的手，说：“辛苦了赢建峰，新川县又发命案了！”

嬴建峰身子一震，真是出人意料，忙问：“什么时候发案的？”

“半小时前。”

“也是被焚的女尸？”

钟正仕很痛苦地点点头。

嬴建峰脱口而出说：“钟局那我就去现场。”

钟正仕用手一拉，说：“你先别去现场，让王大柱汪震文他们先去，你跟我去见梁书记。”

“去梁书记那儿干吗？”

“梁书记得知又发生了杀人焚尸案，大发雷霆！市政府姚市长也打电话责问我怎么回事，说春节期间发这种大案，影响太恶劣，指示我们要尽快破案。”

“那，我去见梁书记，合适吗？”

“有什么不合适？他昨天还打电话，问你去北京的情况。你现在胜利回来了，正好可以向他当面汇报。”

嬴建峰见钟正仕都这样说了，自己不去肯定是不行，便立即打电话给王大柱，将钟局长的指示传达给他。王大柱说他也接到报告，并说会立即带汪震文李洋河他们去现场。

半小时后，嬴建峰便随着钟正仕来到梁文正办公室。

梁书记见两人到来，笑了一下，抬手示意两人在边上沙发坐下，然后对嬴建峰说：“听说你一到北京，就说服了那个什么‘半卷毛’，没想到你破案行，这做维稳工作也是一把好手！”

嬴建峰忙谦虚说：“哪里哪里，碰巧是我一个老熟人，我对他比较了解，所以好沟通，一谈就妥了。”

梁文正用很满意的眼光瞧着对方，说：“好哇，要不是市里有大案要破，我真想把你调到维稳办去。”

钟正仕一听心里发慌，要是真把嬴建峰调到维稳办，那我们公安刑侦破案这块怎么办，忙说：“梁书记，你不是说过能破大要案，是最大的维稳吗？”

梁文正听完，用手点点钟正仕，说：“好你个钟局长，我还没开口要人，你就给我塞封口药了。”

“哪敢啊，你梁书记不是经常说要有大局观念吗？”

“好，好！我就不说调维稳办的事了，说说，眼下怎么打算。”

“我的意见还是案件上收，归市局管辖，让嬴建峰任专案组长。”钟正仕立马表态。

“好！我没意见。还有，我一直在思考一个问题。”

“什么问题？”

“为什么我们这里会发生两起被灭门的惨案？还有，像眼下年轻女性连续被害这样的恶性案件？”

钟正仕与嬴建峰面面相觑，都没想到梁书记突然间会问这个问题。这可是一个大问题，很多人以此为题写过很多文章。

其实嬴建峰最近对这个问题已有研究，他已经写了篇论文，题目就叫“目前凶杀案件多发的成因与对策”，正在修改之中，所以，对梁文正提的这个问题，还是胸有成竹的。

“梁书记，这个问题挺复杂，大致来说，我觉得有以下方面的原因。”

梁文正唔了一声，抬手示意嬴建峰说下去。

“首先是法制观念淡薄，守法意识太差。这主要是从犯罪人员的角度来说的。这部分人不学法不懂法，更不知道守法的重要性和必要性。所以他们就敢冒天下之大不韪，公然践踏法律，草菅人命，把杀人当儿戏，凶狠残暴，丧失人性，敢犯灭门杀人、杀人焚尸等惨绝人寰的暴行。”

梁文正点点头，说：“没错！”

“第二个原因，是自我防范意识差，防卫能力低。这主要是从被害人方面来说的。部分群众未受过自我防范知识教育，或者虽然受过这方面的培训，未对自我防范引起足够的重视，也不懂自我防范的技能，一旦遇到歹徒作案，就会猝不及防束手无策，很容易让犯罪分子得手，成为被害对象。”

梁文正望着嬴建峰，说：“是啊！”

“三是监管机制不健全，监管措施不到位。这从前年抓获的两起灭门惨案的凶手就充分说明，凶手一个是保外就医，一个是刑满释放，因对他们监管机制不全，监管措施不到位，他们作了第一起案子后还未把他们纳入侦查视线，直到他们再次作案后才查到他们头上，监管工作严重缺位滞后。”

梁文正很赞同地点点头。

“四是帮教措施不到位，帮教力度待加强。就说那个保外就医的黎有利吧，他从监狱出来以后，我们的医保、低保等保障性措施未能及时跟进落实，致使他生活陷入困境，使他认为被社会被政府所抛弃，对生活对前途感到绝望，因而诱发他产生仇视社会仇视政府的报复心理，从而采取杀人来宣泄不满情绪。”

梁文正觉得嬴建峰说到点子上。

“以上这四点，我认为是直接的原因，还有间接性的原因，那就更多了。”

“你说说看。”梁文正鼓励道。

“好！间接性的原因，我也梳理了一下，大体上有以下十六种原因。”

梁文正眼里露出惊讶。

“这十六种原因，就是分配不均，贫富悬殊，城乡差距拉开，社会保障执行偏差，维权意识缺乏，求助渠道不畅，思想道德滑坡，不良文艺熏染，贪图享乐之风漫延，珍爱生命教育缺位，法律宣传亟待强化，作案成本偏低，理想信念缺失，群防群治措施不力，防控存在死角，打击力度不够等等。”

梁文正仔细听完，想想说：“那你说说为什么会打击力度不够？”

“打击力度不够，可以分为广义、中义和狭义三个概念。广义的打击力度不够，包括综合整治中的打防控三个方面。中义的打击力度不够，包括执法与司法两个方面。狭义的打击力度不够，仅仅指我们公安机关一个方面。”

“那你说说公安机关打击不力的原因？”

“公安机关打击不力，主要是警力不足、办案经费紧张、设备落后这三个方向。总之，由于打击力度不够，在客观上助长了犯罪分子的侥幸心理，这也是凶杀案件高发的原因之一。”

梁文正听了很高兴，大声说：“好！你对这个问题思考得很全面，你可以把它们写出来，给党政司法部门提供参考，我们要尽快想办法解决这些问题！”

嬴建峰有丝不好意思地笑笑，说：“我写是写了个初稿，还需要慢慢修改。”

“好！你修改后给我拜读拜读！”

“哎呀，要请您多多指点指教才行。”

梁文正笑笑，说：“这方面你已经是专家，我就谈不上指点指教。噢对了，光找出问题的原因还不够，还要找到解决问题的对策与措施，这才是我们撰写文章思考问题的目的。”

嬴建峰激动地站了起来，说：“谢谢，谢谢梁书记的教诲！”

梁文正上前握住嬴建峰的手，说：“我要谢谢你才对，我要谢谢你多次为政府排忧解难啊。”

“哎呀，不敢当不敢当，那都是我应该做的。”

“好了，我就不耽搁你们时间了。我希望你能早日写出有字的好文章。同时，也希望你写好侦破连环杀人焚尸案这篇无字的大文章！”

嬴建峰马上立正挺身，抬手敬礼，大声说：“保证完成任务！”

132

晚上九点，在刑侦支队会议室，专案组在有些昏暗的灯光下，感冒咳嗽的嬴建峰主持召开了会议。

副支队长王大柱首先通报了第二起案件情况。

“同志们，继二月十一日上午，在宁家镇柳树村白水岭发现第一起女尸被焚现场后，于二月十八日，也就是今天早上八点十分，在五弄镇上枫村邱家山公路旁一山涧，又发现一具被焚女尸。短短一星期，就接连发生两起杀人焚尸案，犯罪分子手段十分残忍，气焰非常嚣张，这是公开与我们公安叫板！”

王大柱边说，边在投影幕上投放案件现场照片。

这时嬴建峰抬抬手，示意王大柱暂停，他接嘴说：“咱们瓷城市委梁书记、市政府姚市长等领导极度愤怒。大家也知道，下午两点钟在市局办公大楼召开的全市公安干警大会，梁书记和姚市长都参加了，这是从来没有过的。两位领导责成我们要立即以市局名义成立专案组，限期我们破案，尽快抓获凶手。钟局长更是高度重视，要求我们全力以赴，这次会议本来他也要参加的，临时又到市委开常委会去了，所以我们先开。”

嬴建峰有些激动地说着，又剧烈咳嗽起来，咳得喘不过气来，不得不停了下来。

大家很关切地看看嬴建峰，担忧嬴建峰的身体。

嬴建峰边咳边向王大柱示意，让他继续介绍。

王大柱拿眼望着嬴建峰，等他咳嗽停住了，才继续说：“经过查找尸源，‘2·11’被焚女尸，系咱们瓷城市皇都夜总会领班上官燕，外号小燕子，今年二十二岁，身高一米六五，长相漂亮，打扮时髦。”

投影幕上出现上官燕明星般俏丽的面容，大伙心里都十分惋惜。

“据我们对上官燕的调查，上官燕毕业于北艺学院表演系，从小具有表演天赋，八岁就参加过电影《小镇人家》的拍摄，并且获得全国少儿歌舞表演一等奖。十五岁参加过电影《红衣歌女》中的拍摄，扮演剧中的女二号，因表演出色，一度入围百花奖最佳女配角奖。也因她特有的才能，被北艺学院破格录取。”

新川县局刑警大队的张阳举手想发言，王大柱抬手示意他可以发言。

张阳问：“那她为什么会在夜总会上班呢？”

“那是因为三年前的一场意外。上官燕的父母都是做瓷器生意的，三年前送货到深圳市的途中，由于突遭山体滑坡，致使货车侧翻进山沟，上官燕父亲上官建当场死亡，母亲腰椎断裂至今瘫痪在床，一车上百万的瓷器全部毁于一旦。”

大伙听了，都为其家里的厄运扼腕叹息。

“上官燕父母出事后，家里欠下巨额债务，她母亲也面临着巨额的治疗费护理费。原本打算在演艺圈拼搏的上官燕，不得不回到瓷城，承担起支撑家庭的重任。正好皇都夜总会老板要聘请经理，得知上官燕家里情况后，立即高薪聘请上官燕为皇都夜总会经理兼领班。由于上官燕在演艺圈内小有名气，在瓷城也算是个名人，所以她上任后，皇都夜总会生意非常火爆，业绩比之前翻倍，老板非常高兴，给了上官燕最好的待遇……”

嬴建峰又一次剧烈咳嗽起来。

王大柱很担心地望着嬴建峰，直到他咳嗽暂歇下来，再继续介绍案情。

“懂事的上官燕用两年多时间，还清了家中所欠的全部债务，还储备了母亲治病养老的资金。就在一个月前，她接到了著名导演陈凯的邀请，准备参加拍摄新电影《红衣总裁》的女一号。她也打算上班到除夕止，准备参加电影的拍摄。没想到，竟遭人杀害。”

王大柱说到这里时，想到了自己被害的妹妹，不禁两眼一热，蓄满了泪水，会场一时陷入沉默。大伙的脑海里，不断交替闪现着青春艳丽的上官燕，与被烧焦的尸体照片，一种悲痛而愤怒的情绪，弥漫开来。

嬴建峰尽量抑制住自己喉咙上冒的烟气，激动地说：“同志们，什么是悲剧？鲁迅说悲剧就是把美好的东西毁灭给人看。每一起杀人案的发生，都是一场悲剧，它毁掉的不仅仅是一个人的生命，而是一个家庭甚至几个家庭的幸福与未来。”

嬴建峰说完，大伙心情更加悲愤。

王大柱继续说道：“经我们调查，上官燕于二月五日晚上九点左右，她从夜总会下班回家，在途中突然失踪了。经进一步调查，上官燕一般都是打的回去。据上官燕母亲回忆，上官燕曾于晚上九点四十六分打电话回家，说已经上了的士。十点二十分，上官燕未回家，上官燕母亲打她手机就关机了。她母亲当时以为是手机没电，便耐心等到十一点，见她仍未回家，再打上官燕手机，还是不通。于是，上官燕母亲感觉女儿可能出事了，便到处打电话找人，直到打遍上官燕所有的熟人，都说不知道，于是，她于十二点十六分钟打电话给市局 110 报了警。”

大伙边听边记录。

“下面我再介绍一下今天早上发现的女尸情况。大家请看投影。”

投影幕上出现另一张被烧焦的女尸照片，又出现一张美丽迷人的女青年肖像。

“这位被害的女青年名叫沈芬，今天十九岁，身高一米六六，是天京传媒大学播音与主持系大二学生。大家也看到照片了，这姑娘也是天生丽质，堪比明星。这次放寒假回家，二月十七日晚从家里出去与同学聚会，在君再来酒店门口，晚上八点三十六分，有同学看她打的上车离开。沈芬打的前也打了电话回家，说她聚会结束了，准备回家。她母亲说要她父亲去接她，沈芬说不用，她打的回去就行。结果，情况跟上官燕惊人地相似，她父亲于当晚十一点二十三分报了警。”

王大柱说完，会场顿时鸦雀无声。嬴建峰见状，便鼓励说：“哪位同志说说，下步我们应该怎么查？”

又是张阳举手，说：“首先要给案件画像。”

王大柱赞赏地说：“对，那你说说看，怎么画？”

“很明显，这两位被害人都是漂亮女孩，说明凶手都是针对漂亮女孩下手。其次她们都是乘的士回家途中失踪的，说明她们是在上的士后被害。再者她们两个都是身高一米六五以上，一般来说要想一上车完全控制不是很容易，应该是有两个人以上，一个开车一个下手。”

嬴建峰听罢，觉得小伙子分析得有理。

“我觉得要通知全市所有漂亮的女生，一定要提高警惕，晚上不要单身打的士，万一要打的士也要有大人陪同。最好是要有男人陪同。”张阳很着急地说。

“你继续说。”嬴建峰鼓励道。

“凶手专挑漂亮女子下手，说明他们平时喜欢看明星画报，喜欢看电影，平时喜欢谈论漂亮女性，很可能对女性有过骚扰侵害的行为。”

“还有呢？”王大柱问道。

“凶手有驾驶证，有出租车，我们要对全市所有出租车司机进行一次全面细致的大筛查。”

“还有吗？”

“噢，我觉得，既然凶手喜欢晚上九点多钟出来作案，那我们就应该在晚上九点至十点间，在重要路段进行蹲点守候，说不定就能发现凶手的蛛丝马迹。”

张阳话音刚落，会场便议论纷纷。

林汉民反对说：“这种蹲点守候不可取，因为这个时间段打车的人较多，几乎所有城区路段都要蹲守，靠我们目前的警力很难做到。再说，这种大规模的行动，很可能就打草惊蛇。而且犯罪分子作案时间也可能会提前，那样的话，我们岂不是做无用功。”

大伙比较倾向于林汉民的意见。但也有少数人赞同张阳的意见，双方互相争论。

嬴建峰感觉浑身酸痛无力，头也阵阵眩晕，眼前的一切晃动模糊起来。

这时会议室的门被“砰”的一下推开，正在支队值夜班的李洋河一脸惊慌地走了进来，大声说：“嬴支，不好了，不好了，又有人失踪了哇！”

感觉有些朦胧的嬴建峰听了，像被电击了一下，惊得跳了起身，急问：“谁！哪里有人失踪了？”

“说是女模特石兰娟今天下午六点钟离开家，去蓝天大酒店时在路上失踪，六点半后手机关机，毫无音讯，家里人跑来报案！”

嬴建峰怒气冲天，他不由拍案而起，霎时间觉得两眼一黑，整个身子朝椅子倒了下去，一下碰翻了椅子，连人带椅全倒在地上。

会场一片惊呼慌乱，大伙连忙上前去扶嬴建峰。

王大柱忙问坐在嬴建峰身旁的汪震文：“怎么回事怎么回事啊？”

汪震文带着哭腔说：“师傅昨天就开始发高烧，我给他量了一下已经三十九度八了。”

“那怎么不到医院去看？”

“我劝了，可他不肯，说要等你们回来把会开完再说。”

“哎呀！”王大柱一跺脚，立马上前躬身弯腰麻溜背起嬴建峰，快步朝会议室门外走去，边走边喊，“快快！快开车送医院！”

众人忙着让道，林汉民从后背扶着嬴建峰，汪震文跑向停车场……

133

钟正仕从医院探望嬴建峰后回到办公室，他一夜未眠，都在自责、焦灼与担忧中度过。

当钟正仕一眼瞧见嬴建峰双眼紧闭躺在抢救室时，他的第一感觉就是自责。他责怪自己太过自私，只知道给嬴建峰布置工作，工作，除了工作还是工作。他忘了嬴建峰是个非常自律的人，只要给他布置工作，他会拿命去拼。凡事他宁愿自己一个人扛，也不会给领导和组织添麻烦。

钟正仕在想：本来嬴建峰从北京回来，我也没问他几点回来的，也没问他有没有回家看看父母妻儿。他也是人，也是血肉之躯，也是为人儿子为人夫父，他也需要亲情与温暖，需要睡眠与休息，需要关心与爱护。

当发现第一起焚尸案时，正是腊月二十九，嬴建峰还在回家的路上，被自己派往北京，连年都在那里过。接着他又风餐露宿，日夜兼程，连续几天冒着冰雪严寒，从北京押解那个“半卷毛”回来。当他刚到家，也不知他有没有来得及与家人见面，自己又把他叫来去见梁书记，接着又让他参加全市公安系统侦破命案动员大会。直到晚上，他又召开专案分析会。就这样他一直马不停蹄未作喘息。

也许是自己对嬴建峰太过信任了，在自己的印象里，嬴建峰身体一直都非常猛健，常常几天几夜不睡，都是小菜一碟，没想到……唉！岁月不饶人啊，想想自己，现在不敢熬通宵了，就是加班到一两点，第二天也是头昏脑涨的，精力已经大不如从前啰。

想想嬴建峰，今年也四十有六了，过几年就五十了，我还把他当成当年的小伙子，让他陀螺般连轴转，就是机器也得歇歇加油吧，我竟让一个这么强壮的壮汉生生累病了。

医院主治医生说，嬴建峰起码感冒七天发烧三天以上，他是硬扛着没来医院治疗，他的病因主要是劳累过度，加上受了风寒，又拖延了医治，应该还要加上因为听说又发了命案急火攻心，诱发急性肺炎，以致吐血昏迷。

这事都怪自己啊。

然而，想想自己，这几天又何曾有个安稳觉？接连发现两具被焚女尸，而且都是年轻漂亮才华出众的宝贝女，这事搁谁身上，谁也受不了哇。

尤其听说傍晚六点，又有个姑娘失踪，这更是火上浇油啊。虽然已布置了全市大检查大搜捕，但快到十二点了，仍然没有一点消息，看来那姑娘也是凶多吉少。

墙上挂钟响了一下，已到十二点了。

钟正仕的心仿佛被钟声扎了一下，疼痛难忍。他觉得胸口有点闷，头也有些晕，仔细一想，一天竟忘记吃降压药了，忙拉开抽屉拿出小药瓶，倒出药丸往嘴里塞，然后就着开水吞了下去。

钟正仕打开折叠沙发，又从壁橱里拿出两床棉被，一床铺垫一床盖，然后披上警用大棉衣，将电取暖器朝脚边挪挪，再泡了一杯浓茶，准备等电话。

这人老了，就喜欢怀旧。这不，钟正仕又从抽屉里拿出一本影集，慢慢翻到二十二年前，嬴建峰刚参加公安工作时破了文物博物馆盗窃案受奖时的合影。

照片上钟正仕站在中间，两边分别站着嬴建峰与黄美琴，当时的两人青春勃发，年轻俊秀。想想现在，已是人过中年，容貌神情已是变了。

唉！钟正仕长叹口气。这时他又想起那位失踪的姑娘。晚上前来报案的那对中年父母已经濒临崩溃，呼天抢地跪在地上哭求救救他们女儿，那一幕就像被钉子钉进脑瓜里，时不时会闪现出来。但愿姑娘是因出走躲避或其他特殊的原因，暂时不能回家和联系家人，也许等会儿姑娘会出现，或者打电话给家里，报平安无事。

当然，这在很大程度上是自己的一厢情愿。干了一辈子公安，经验告诉自己，那姑娘被害的可能性远远大于生还……

就这样，钟正仕先是坐卧不安，后来实在太困了，就躺在沙发上。可他不知怎么的就是睡不着。在他的脑海里一直翻滚着各种好与坏的意念，睁眼闭眼都是那姑娘笑着回来或者被烧成焦黑躯体的场景，反反复复，一直煎熬到天亮。

134

人民医院急救室，时间来到二月二十日凌晨五点。躺在床上的嬴建峰慢慢睁开眼睛，他想到的第一件事，就是询问那个失踪姑娘的情况。

嬴建峰有些吃力地转身，摸到自己的手机，借着手机上微弱的灯光，拨通了正在支队值班的李洋河。

李洋河一看嬴建峰打来的，忙惊喜地说："嬴支你终于醒了，很担心你啊。"

嬴建峰也不多寒暄，直接问："那个失踪的姑娘叫什么名字，父母是谁啊？"

李洋河唔了一声，说："姑娘叫石兰娟，身高一米七一，是上海某模特公司名模，这次回来也是放假过年。她的父亲叫石志坚，母亲叫田新妹。"

"什么什么，她父亲叫什么？"嬴建峰立即追问。

"石志坚。"

"是星晨艺校校长？"

"对对，怎么嬴支，你认得他？"

"他是我中学同学，一起下放的知青。"

"啊！那他怎么没说是你同学呢？"

"他也许不好意思说，也许他没想起我来。"

"你那同学的爱人已经崩溃了，人也哭昏过去了。"

"咱们有没有派人找？"

"全撒出去了，就留我值班，钟局长也在办公室没回去。"

"哎呀他那么大年纪，可不能熬夜。"

"是啊，我看他办公室的灯一直亮着，他也在等消息。"

"啊！到现在也没消息吗？"

"没有，"

嬴建峰沉默了一会，然后说："一有消息马上告诉我。"

"好的嬴支，你注意身体啊！"

"好，我已经没事了，一会儿就上班。"

"噢……"

嬴建峰打完电话，抬头吓一跳，汪震文笑吟吟站在床前。

"震文你干嘛呢？"

"我护理你啊师傅。"

"我好好的要你护理啥呀？查案子要紧啊，你怎么能擅离职守呢？"

"这是钟局长的指示，他说把你护理好就等于是破案。"

"这不是乱弹琴吗？你又不是护士，我呢，已经没事了，也不需要人护理。你在这儿是绝对的浪费人力，这时候一线多需要人啊？"

“师傅，你别说没事的话，你都烧到三十九度八了，医生说再不来人脑会烧坏，就会有生命危险！”

“有这么严重？你这是危言耸听吧？出了人命关天的大事，你一个重案大队长躲在病床里搞什么护理？你赶紧给我去一线。”

汪震文见嬴建峰是真的发脾气了，知道对方为失踪的姑娘着急。

“可是师傅你高烧吐血昏迷那也是人命关天的大事啊！”

嬴建峰见汪震文并不买自己的账，心想背后肯定是钟正仕撑腰，自己再怎么批评指责对方也无济于事，口气便有些软了下来，说：“那这样，等一会你送我去石志坚家去一趟。”

“石志坚，谁啊？”

“是失踪姑娘的老子。”

“唔，要去你还是要吃点东西再去。”

“你怎么这么啰唆，是吃饭重要还是查案重要啊？”

“我觉得同样重要。”

“同样个屁，这话不像是我徒弟说的。”

“师傅，我不管你怎么骂我，你现在是病人，钟局长说了，叫我一定要负责照顾好你的身体，否则，出了问题唯我是问。你说，我能不听局长的吗？”

嬴建峰被汪震文的话堵得难受，便口气严厉说：“震文，我不管谁说的，破案是咱们警察的天职！”

“可服从命令也是警察的天职啊！”

“那好，我现在以支队长的名义，命令你立即送我去石志坚家！”

汪震文一愣，知道自己拗不过嬴建峰，便嗫嚅着说：“那……好吧……”

135

嬴建峰坐在办公室里，边看案件调查材料，边心急如焚般记挂着石兰娟的生死。

嬴建峰想起老同学石志坚夫妇见到自己的场景，夫妻俩同时朝自己跪下，两人泪如雨下泣不成声，面对那种央求乞求哀求的神情与悲摧场面，自己的眼泪霎时夺眶而出。任凭自己怎么拽拉，夫妻俩就是不肯起来，都紧紧抱着自己双腿不肯松手。

嬴建峰知道石志坚是个从不肯求人的性格，可为了他心爱的女儿，为了他最引以为傲的宝贝，他弯下了从不屈人的双膝。

嬴建峰真是心如刀割痛苦不已。他不由自主地面对夫妻俩也跪了下来，抱着夫妻俩泪水涟涟。

嬴建峰恨自己无能，不能立马找到女孩不能阻止犯罪的发生。一个二十多年的警察，一个破案无数叱咤警坛的刑侦支队长，却对正在发生的犯罪行为束手无策，这有点让他无地自容极度自责。

嬴建峰感觉自己就像一朵随波逐浪的浮萍，任由石志坚夫妻俩抓拉摇动。

嬴建峰终因身体太虚，身子不由向一边歪倒过去，吓得一旁的汪震文赶紧上前扶住，边扶边对石志坚夫妇说："嬴支昨夜吐血昏迷刚从医院抢救室出来。"

石志坚夫妇听了，这才松开手，擦着泪扶嬴建峰在沙发上坐下，又倒热水给嬴建峰……

嬴建峰都不知道自己是怎么回到办公室的，总之感觉自己浑浑噩噩的，眼前的一切变得浮动轻悠。好在汪震文弄了热牛奶还有最爱的饺子粑来，他吃后在沙发上眯了两小时，精神才恢复一些。

八点不到，嬴建峰的手机就开始响了，最先是家里人问他在哪儿，父母妻子问个不停，他只好搪塞他们，说现在办公室，等忙完了立即回家。

接着是钟局长来电。

"嬴建峰你现在身体怎样？不行就住院休息几天。"

嬴建峰忙说："没问题，这个时候住院那不是要我的命吗？"

"你说反了，这时候住院是为了保住你的命！"

"没事，我现在已经在办公室了。"

钟局感到有些意外，便说："那你必须注意休息，就别跑出去，在办公室待着遥控指挥。否则我叫人强行押你回医院。"

"好好好，我就听你的，不出去总行了吧？"

桌上电话响个不停，嬴建峰左右开弓应接不暇，但接完后都令人失望，没有一个有失踪者消息。

直到中午一点，嬴建峰一听到林汉民打来电话，心就被提了起来。

"师傅啊，那个石兰娟，找到了。"

“是活还是……”嬴建峰不敢说下去。

“跟前两个一样……”

“啊！……在哪里发现的？”

“新川双溪镇流风村。”

嬴建峰握着手机，脑子嗡地炸响，一下瘫坐在椅子上。

林汉民似乎感觉到不妙，忙喊着：“师傅，师傅你没事吧？”

嬴建峰有气无力地说：“没事，你快把情况搞清楚，报给我……”

办公室门被推开，嬴建峰抬头一看，是钟正仕，便忙站起身来。

钟正仕用手拍着嬴建峰身子，说：“你身体怎样了？吃得消吃不消啊？”

“没事，全好了。”

钟正仕仔细瞧瞧嬴建峰，见对方气色精神还好，才放了心，说：“你先坐下，咱们商量一下，必须马上开会！”

嬴建峰使劲点着头，问：“第三个情况您也知道了吧？”

“是！我们不能再这样下去，必须立即向全社会公开案情，发动组织广大群众，打一场人民战争。”

嬴建峰兴奋地说：“好哇，我早有这个想法，这样可以提高群众防范意识。”

“对！两害相权取其轻。这样做虽然会惊动罪犯，给我们侦破带来一定困难，但同时也能够震慑犯罪分子，防止惨案再次发生，我们已经发生三起了。”

嬴建峰很赞同钟正仕的观点，便从桌上拿起一份材料，说：“这是我写的下步侦破方案。”说完，将方案递给钟正仕。

钟正仕立即拿过去，低头仔细看了一遍，然后抬头说：“好！就按你的思路办！”

136

晚上十点，在市公安局会议室，侦破三案分析研究会正在进行。

会议室济济一堂，气氛十分严肃。

在座的除专案组全体成员外，还有市公安局全体领导，市委梁文正书记、省公安厅刑警总队长曹世龙，刑警总队重案处长耿风华、副处长伊红蓓。

开会前，梁书记、市局班子成员及嬴建峰等人在会议室等候省厅来人。见曹世龙、耿风华和伊红蓓等人进来时，不由自主站了起来，好在梁书记和钟局长在前，与省厅来人一一握手。嬴建峰也跟着握，当他握到伊红蓓的手时，感觉暖乎乎的。

宾主坐定，钟正仕做开场白。

“各位领导，同志们。瓷城连续发生三起杀人焚尸案，在社会上引起极大的震动，社会影响十分恶劣，特别是给青年女性及其家长带来巨大压力，她们晚上都不敢出门，严重影响了全市人民的工作学习生活秩序。省市领导对侦破连环杀人案高度重视。市委梁书记在百忙之中抽空参加我们的会议，省厅领导特派刑警总队长曹世龙、重案处长耿风华和副处长伊红蓓同志参加我们的会议！让我们以热烈的掌声对他们的到来表示衷心的感谢！”

大伙照例鼓起掌来。

“首先，有请省厅曹世龙总队长给我们做指示，大家欢迎！”

又是一通鼓掌，曹世龙抬手制止大伙。

“同志们，瓷城新川县连续发生三起杀害年轻女性案，引起了省里领导高度重视，刚刚到任的副省长、公安厅厅长伊红峰同志做出重要批示：‘对瓷城市发生的三起案件省公安厅要加强指导、督办，务必尽快破案。’省公安厅副厅长魏长城同志要求省厅刑警总队每天汇报专案进展情况。并要求我带重案处耿风华处长、伊红蓓副处长来瓷城参与破案工作。”

“是指导、督导我们工作！”钟正仕忙补充一句。

会场又响起掌声。

“我们耿风华处长与伊红蓓副处长将驻守瓷城，不破此案就不回省厅！”曹世龙声音洪亮道。

大伙又鼓起掌来。

嬴建峰注意到梁书记接电话，脸色一沉，然后他向钟局长一抬手，钟正仕会意，知道梁书记有要事，得让他先讲话。

钟正仕大声说：“有请梁书记给我们做重要讲话！”

大伙鼓掌，梁文正欠欠身向大家致意，然后说：“同志们，周总理说‘国家安危，公安系于一半’，这句话很有道理啊。在和平年代，无案则安，无案则稳，无案则兴、无案则喜啊。”

曹世龙听罢颔首赞同。

“为什么说无案则喜呢？前年也是春节期间，正是万家团圆、欢天喜庆的日子，突然发生了两起灭门惨案，弄得整个社会人心惶惶，人民群众人人自危，晚上连门都不敢出，哪里还有半点庆喜的气氛啊？多亏了嬴建峰等多位公安的同志们，日夜奋战在破案一线，前后几天就将案子破了，才让大家又重新回到了喜庆的日子。和平年代工作生活最基本保障，也是最大的前提，就是平安。失去了平安，一切都免谈啊。”

伊红蓓轻轻点头。

“这次发案也与前年一样，也是在春节期间，同志们，那么年轻靓丽的生命，在这样一个喜庆的日子里失去了，这是多么令人痛心疾首的悲剧，我们的人民公安，是护卫社会平安稳定的勇士，是维护人间正义的化身，是呵护美丽生命的天使，是惩治凶犯暴徒的克星，面对罪犯的凶狠残暴，面对凶手的狂妄挑衅，我们能容忍吗？”

“不能！”大伙异口同声道。

“对！我希望你们继续发扬能征善战、所向披靡的战斗精神，以旌旗十万斩阎罗的英雄气概，雷霆出击，以最快速度缉擒凶顽，打掉暴徒的嚣张气焰，给被害人家庭一个交代，还瓷城一个晴朗喜庆的天空！大家说，有没有信心？”

大家齐声说：“有！”

“好！我等着你们的好消息！”

梁文正说完话，有些歉意地说：“曹总队长，两位处长，同志们，不好意思，我要赶到市委开个常委会，要离开一下。照理钟局长是常委，也要开会，你就代表我开好案情分析研究会，有什么情况，咱们会后互通。”

梁文正说完就往曹世龙走去，曹世龙等人马上起身，梁文正与曹世龙等人握手告别。钟正仕与曹世龙一直送梁文正出会议室门，梁文正不让再送，大家站着目送着梁文正离去。

待梁文正走后，钟正仕接着说：“现在，我宣布，成立侦破连环杀人案专案指挥部，由我任总指挥，嬴建峰任专案组长，王大柱与林汉民为专案组副组长，人员呢，以刑警支队和新川县局刑警大队为主，再从其他分局刑侦部门抽调，总计六十人。我决定全体人员集中吃住，统一指挥，大家说说，有没有什么问题？”

钟正仕说完，拿眼看看嬴建峰，嬴建峰立即起身表态，大声说：“没问题！”

“今天才正月初六，天寒地冻，大家要有吃苦的准备。”钟正仕强调道。

嬴建峰大声说：“苦不苦，想想红军二万五。累不累，想想革命老前辈。

再苦再累我们也不怕！”

“好！大柱和汉民，你们还有什么要说的？”

王大柱站起身说：“我有话要说。”

“请讲。”钟正仕抬手示意他说。

“苦和累我们都不怕，我只怕车辆跑不动，出差住不了旅馆饭店。”王大柱担忧道。

“为什么这样说？”

“嬴支叫我分管支队财务，可是我们支队现在不但一分钱没有，还借了市局二十万，一下子这么多人集中在一起，要吃要住汽车要加油，没有办案经费，我实在是巧妇难为无米之炊啊！”

钟正仕听了脸露难色，一时不知如何回答。良久，钟正仕才抬头，说：“现在市局也是借钱过日子，要不，我再找找梁书记，看看能不能再从市财政拨一点，哪怕借一点也行。”

曹世龙见钟正仕这么为难的样子，主动说：“钟局长，这样吧，我打个报告给省厅领导，争取从省厅拨五万元专项经费，你看怎样？”

“那太好了！谢谢曹总，你真是雪中送炭啊！”钟正仕欣喜有加道。

“不用谢啊钟局，打击犯罪保卫人民是咱们共同的职责，你们出力，我们出钱也是应该的。”

“同志们，曹总对咱们工作这么支持，要是案子破不了，咱们无脸面对曹总，也无脸面对省厅领导，更无脸面对咱们瓷城的老百姓啊！”

嬴建峰听了，站起身，大声说：“同志们，请大家起立宣誓！”

大伙立即起身，跟着嬴建峰举拳宣誓：“我宣誓：我坚决服从上级命令，全力以赴侦破案件，不获全胜，决不收兵！”

曹世龙见了，有些激动地对大伙点点头，说：“谢谢，谢谢同志们！看到你们这样斗志昂扬，我也倍感欣慰，也更加坚定信心。我相信，在咱们瓷城市局党委的坚强领导下，在钟局、嬴支等人亲自带领下，在全体同志的共同努力下，‘2·11’‘2·18’‘2·19’三起杀人焚尸案，一定能够侦破！”

会场顿时掌声雷动。

钟正仕精神振奋，不由大声说：“好啊同志们！那下面，咱们就开个诸葛亮会，分析讨论一下案情，希望大家各抒己见，畅所欲言。”

大家听完，便紧紧围绕着案件性质、作案人数量、作案手法与经过、凶手行为心理特征等方面，七嘴八舌地开展讨论。

嬴建峰边听边记，两个小时后，分析讨论基本结束，嬴建峰做总结性发言。

“各位领导，同志们，刚才大家说的意见，我认为都很好，很有针对性，分析的问题都是有根有据，切合实际。我呢，总结归纳为以下四点。”

嬴建峰声音一落，专案组成员都拿出笔记本准备记录。

“这第一点，确认作案者应该是有前科的人员，而且应当是两个人以上，所以，我们要对刑释、解教等重点人员进行全面排查。”

钟正仕点下头。

“二呢，分析被害人都是上了出租车后失踪，凶手可能会多次选择侵害对象，并且有过拉客胁迫行为，所以要对全市所有娱乐场所、歌舞厅、发廊、洗脚屋、桑拿中心等进行全面访问调查，重点查找有无外出时遭到出租类车辆搭载胁迫，或者许诺便宜有意捞客等可疑情况。”

曹世龙看嬴建峰的目光里满是赞同。

“第三点，凶手有作案车辆作为工具，该车本身是出租车，或者伪装成出租车的车辆，因此，应对全市出租车、微型车类全面登记排查，上报专案组。”

耿风华边记边首肯。

“第四点呢，对案犯进行画像，凶手年龄在二十岁至五十岁之间，身体健壮，从事体力劳动，会驾驶轿车或微型车，居住和活动在三案抛尸地点附近三十公里的范围内，为我们重点排查的区域。”

伊红蓓不禁多看了嬴建峰几眼。

嬴建峰说完，大伙都露出满意的神情。

钟正仕见大家认真记完，便趁热打铁说：“大家要立即将会议精神传达到各单位各部门直至各派出所。要把侦破连环杀人案放在最突出的位置，作为当前最大的政治任务来完成。从现在开始，全市公安系统取消一切节假日休息，全力投入侦破工作中去。大家一定要克服各种困难，工作中一定要认真仔细，不能放过任何蛛丝马迹，力争早日破案。我们要用自己的辛勤汗水，换来人民群众的喜庆欢乐，大家说值不值？”

“值！”大伙同声回答。

钟正仕很高兴地说：“好！”

137

北风呼啸，寒气凛冽，但挡不住大家的满腔怒火，一身热血。

会议一结束，嬴建峰就拿出了两张自己画好的图表，现场布置工作。

一张是调查范围示意图，一张是侦查人员分工图。

调查范围示意图是以三处案发地中心点为圆心，结合抛尸道路的走向，向外扩展三十公里为半径，标明具体的排查范围。

侦查人员分工图上，专案组下设三个大组，设大组长三人，分别由王大柱、林汉民和汪震文担任。每个大组下设十个小组，每组两人，分设十个小组长。小组长向大组长负责，大组长向专案组长嬴建峰负责，这样一来，专案组内组织严密，警令畅通，便于指挥调度，及时布置任务，反馈情况，最大程度提高了凝聚力、执行力和战斗力。

等任务分配完毕，已是晚上十一点多，大家领取任务离开，会议室里只有嬴建峰和耿风华、伊红蓓三人了。

嬴建峰抱歉地对两人说："不好意思，弄得这么晚，影响两位处长休息了。"

耿风华大度说："没什么，大家都是破案的，熬夜是家常便饭，你说是吧伊处长？"

伊红蓓没想到耿处突然会问自己，慌忙说："是啊，破案的人熬夜是必修课，不熬夜那还能破什么案？"

嬴建峰听完，盯着伊红蓓，不知她是真心话还是口头应付。

耿风华见嬴建峰一脸狐疑样，忙解释说："咱们伊处长可是侦破专家，特别是侦破女性案件，更是顶级专家，所以这次我一定要请她来，她对破获这类案件很有经验。哎对了，我怎么没听到你对这些案件发表意见呢？"

伊红蓓的脸腾地一下红了，忙掩饰地说："你们这么多专家在此，我还有什么发言权？"

"哎……这是哪里话？上次省城发生的系列杀害女性案件，不就是采纳了你说凶手与被害人都熟悉的意见案子才得以侦破的吗？既然来了，不妨发表一下意见吧。"

嬴建峰马上很诚恳地说："是啊，这个问题我们还没有专门讨论过，请伊处长不吝赐教。”

伊红蓓本来不打算说，但现在被耿风华和嬴建峰逼得没有退路，想想不说一下已经不行了，便说：“其实没有讨论也是对的，因为我觉得讨论也没有多大价值。”

此话一出，令耿风华和嬴建峰满是惊讶，不知她葫芦里到底卖的什么药，便都拿眼望着她。

伊红蓓坦然一笑，说：“通常研究一种议题，是因为对我们侦查有帮助，而这几起案件研究凶手是否与被害人熟悉，明显没什么价值。”

“为什么？”耿风华问。

“因为凶手明显与被害人没什么关系，也就是说不认识被害人的可能性大些。”

“为什么？”这回轮到嬴建峰问了。

“因为被害的沈芬在外地上大学，石兰娟也在外地工作，平时都不在瓷城，只是过年时回来一下，所以熟悉的可能性很小。”

“那上官燕呢？她可是瓷城的名人，而且回瓷城也有两年多时间。”嬴建峰继续诘问。

“那也只能说凶手可能认识上官燕，而上官燕不一定认得凶手。”

“为什么这么肯定？”嬴建峰想一探究竟道。

“因为能出入皇都夜总会的人，经济条件肯定不是一般人能承受得了的。即使凶手早先知道有上官燕这个人，因而慕名来到皇都，但像她这种级别的经理，一般是不会轻易陪同或接待来客，除非是特别有钱，或特别有地位的人。基于这种分析，凶手显然不具备这种条件，因此她与凶手不可能熟悉，最多打过照面而已。”

嬴建峰又问：“那凶手会不会是开出租车的，经常接送上官燕，因而相互熟悉，甚至是上官燕经常或指定坐凶手的车子。”

“如果是那样，凶手应该是不拉其他客人而专拉上官燕，除非凶手真有钱，其他人生意不做，专做上官燕生意。但按常理，真有钱的人没必要冒杀头的风险去杀三个漂亮女青年。现在社会，有钱人玩漂亮女性比较容易，几乎毫无风险。再说，你们瓷城的出租车车牌都是私人拥有的，一块车牌三十多万，一旦暴露被抓，值钱的车牌也没有了。所以，正常的人都不会做这种傻事。退一步讲，如果上官燕真的是经常坐凶手的车，那肯定是经常电话联系的，但我可以肯定，我们查不到这种电话联系记录。”

“为什么？”嬴建峰再次发问，他觉得伊红蓓的判断霸气自信，

“因为像上官燕这种性格的女性，是不会轻易暴露自己行踪的，除非是她至亲至爱之人。而至亲至爱之人，一般是不会对她下如此残忍的毒手，即便是失手伤害她致死，也不会对她的躯体采用焚烧的手段来毁尸灭迹，而会采用冰冻，浇注固定保持其身体容貌等方法将其保存，或者将其秘密掩埋。当然，也有受不了心理谴责折磨的，凶手自杀或自首。”

嬴建峰听完大为惊诧，他怎么也想不到伊红蓓能说出这么一番高谈阔论来，这与当初虽然胆大但略显羞涩的伊红蓓相比，简直是判若两人。

嬴建峰这时想起二十二年前，伊红蓓连夜坐火车来到城东分局刑警队来看望自己的往事，觉得她当初的确显得可爱。现如今她已经是成熟稳重，理性睿智的处级领导了，其间的变化真有天渊之别。

嬴建峰立即想到什么时候问问伊红蓓的情况，她这么多年怎么会从一个门外汉变成侦破专家的。

嬴建峰觉得接下来应该对伊红蓓的分析明确表一个态，这不单是对她专业水平的认可，也是对她整个人的认可。

“伊处长的分析非常透彻有理。我马上安排人员，对被害的三位女性手机通信情况全面调查，如果她们三个没有一个共同的联系人，或者上官燕没有一个单独固定的联系人，就可以证明凶手与被害人不熟悉。”

“怎么，你对我的话不认可？”伊红蓓有些不高兴。

“没有没有，怎么会不认可呢？你的分析判断很对，这项工作，本来就应该做的，我们现在来补课。”

“这还差不多，还有，我觉得你光将有出租车和微型车的人员全部登记排查还不够，还要将汽车修理店也纳入排查范围，我觉得罪犯用假冒的出租车来诱骗这些女性上车的可能性很大。她们是不会去坐没有出租车标示的黑车的。”

嬴建峰听罢猛拍一下桌面，大声说：“对啊红蓓，你说得太对了！我怎么没想到？”

“你说什么？你刚才叫什么？”耿风华一脸懵逼地问嬴建峰。

嬴建峰被问得发愣，转眼之间他反应过来了。刚才自己应该称伊红蓓为伊处长，但情急之下一激动，却喊出了她的名字红蓓，这让人听起来觉得自己跟她非常熟悉，这可真是此地无银三百两啊。

耿风华转头看看伊红蓓，见她满脸绯红神情激动，再转脸瞅瞅嬴建峰，也是一副尴尬不安的神态，心里立即浮起一股说不出的疑云。但耿风华是个聪明人，觉得此事不必当面问清楚。

没想到伊红蓓却毫不掩饰，主动说："噢，我和嬴支好早就认得，我们很早就是好朋友了。"

嬴建峰一听，心惊肉跳。

耿风华听了，万分惊讶，忙问伊红蓓："我怎么没听你透露一点风声啊？"

"哎呀，咱们来是为了工作，又不是会友，这事也没必要说啊。"

耿风华笑着点下头，说："也对……不过，今天可是你们大喜的日子呀！"

嬴建峰与伊红蓓一听，吓了一跳，未料到这个耿风华说话这么不把门，怎么把大喜的日子这样的话都说出来了，真让人受不了。

"哎呀，你们别这样看着我，不是人生有三大喜吗？洞房花烛夜，金榜题名时，他乡遇故知吗？你们这不是第三大喜他乡遇故知吗？"

伊红蓓听罢一脸释然，说："那还差不多。"

嬴建峰想到了反驳的理由，忙说："那是说的他乡遇故知，但现在是在我的故乡，不是他乡，所以耿处长说的不能完全算。"

耿风华意识到自己的话使对方难堪，忙回头说："啊呀也对，这不是他乡遇故知，是故乡遇故知。虽然不能称得上是大喜事，那也是喜事吧，对不对？不管怎样那也应该请我吃顿夜宵吧？"

伊红蓓知道耿处长喜欢开玩笑，只微笑一下不表态。

嬴建峰立即说："应该的应该的，耿处长一路鞍马劳顿的，请你吃夜宵是应该的。"说完，嬴建峰立即走到会议室门口，对着左边喊："大柱，大柱你过来！"

不一会王大柱小跑着进来，嬴建峰立即说："大柱，等会跟我一起，陪两位处长，噢还有曹总一起吃点夜宵。"

王大柱立马上前，向耿风华敬礼，接着又向伊红蓓敬礼，大声说："两位领导好！"

伊红蓓也不客气，用手拍拍王大柱的肩膀，笑着说："大柱的身体比以前胖了许多，看样子生活好啊。"

耿风华又是一怔，用手指指王大柱又指指伊红蓓，满脸狐疑。

伊红蓓也不隐瞒，坦然对耿风华说："他们两个以前都是我哥的兵，我们很早就熟。"

耿风华恍然大悟地一瞪眼，说："原来你们都是沾亲带故的，怪不得我一劝伊处长来瓷城，二话没说就答应了，真是答应得快，是个怪哟！"

"你个耿处长，就喜欢开玩笑。"伊红蓓故作怪嗔地白对方一眼。

耿风华仍笑着说："人生有三乐，助人为乐、知足常乐，苦中作乐。我现在苦中作乐一下，你可不能剥夺我这个权利唔……"

这时王大柱主动上前道："两位处长，嬴支刚从医院出来，还没办出院手续，所以晚上夜宵，我来主陪。"

耿风华与伊红蓓满是惊讶，望着嬴建峰。

嬴建峰笑笑说："没事，一点感冒发烧而已。"

"都吐血昏迷了，还没事？"

耿风华与伊红蓓听罢都目瞪口呆。

耿风华首先反应过来，忙说："我是开玩笑的，我们不吃夜宵的。"

"那怎么行呢？说好了我请的，就算表达我对省厅拨那五万块钱的感谢还不行吗？"嬴建峰坚持己见。

"这，这，这怎么好意思呢？"耿风华一脸的不落忍。

"没事，没事，就是嬴支不在这儿，我也要请你们坐坐，我和伊处是老朋友，现在又是我上级，我请你们坐坐也应该的吧？"

耿风华又转眼看着伊红蓓，伊红蓓一咬薄唇，下决心说："行！去就去！就当朋友聚会，反正就吃些瓷城特色小吃，什么饺子粑、炒米粉就行。"

"那不行，炒几个小菜是必须的。天气这么冷，多少要喝点酒，暖暖身子。"王大柱爽快地说道。

耿风华忙抬手摇摇说："酒就算了，我不会喝酒。"

"耿处谦虚，我听说你酒量大得惊人，一餐一斤是常事。"伊红蓓当面揭穿。

"那都是什么年代的事了，二三十岁的事还提他干吗？"

"你现在年龄也不大啊，比我还小两岁呢。"伊红蓓不断紧逼耿风华。

耿风华无奈，知道伊红蓓算是和他们一条心了，只好说："听说瓷城的酒糟冲蛋蛮不错，咱们就来点酒糟冲蛋吧，毕竟咱们还有工作，喝多了影响工作就不好了。"

伊红蓓听耿风华这样说，觉得有理，也就作罢。

但王大柱却不肯，说："酒糟冲蛋太淡，喝的都是水，喝酒就喝点咱们的瓷城老窖，带劲！"

耿风华还是脸有难色，说：“我看白酒还是算了，等哪天破了案，你请我喝没问题，怎么样，这样总可以了吧？”

王大柱还不死心，侧脸望望嬴建峰，嬴建峰对他点下头，赞同耿处的意见，王大柱只好作罢，说：“那耿处可说好了，破了案你一定要喝白的，而且不能少一斤，否则，你就不够意思。”

耿风华见事已至此，只好表态说：“好，好！我到时一定喝他个一斤，不醉不散！”

“不醉不散！”王大柱兴奋得满脸通红道。

138

翌日上午八点，曹世龙很兴奋地来到钟正仕办公室，一进门就喊着：“办好了办好了！钱已经批下来了！”

钟正仕一听高兴坏了，忙说：“这么快啊？那真的要谢谢曹总，谢谢省厅领导啊！”

“该做的我已经做了，接下来就看你们的了。”

“你放心，案子我们一定会破，只是时间早晚。”

“越早越好，决不能再发类似的案子了，要不然，咱们谁都对不住啊！”

“是啊！昨晚市委采纳了我们意见，专门开了常委会，决定在全市全面发动群众提供线索，悬赏破案，犯罪分子应该不敢再作案了。”

“有利就有弊，这样一来要防止他们伺机外逃，如果他们一旦潜逃，那样不但增加我们工作难度，我还担心他们到其他地方继续作案，残害百姓啊。到时倒查起来，说我们无能失职啊！”

“是啊，所以我准备全警动员，全民动员，在所有出城路口设卡盘查，发动全市人民提供破案线索，打一仗人民战争。”

“这样做是能震慑犯罪分子，但也容易让罪犯警觉隐藏，也会增加我们的破案难度。而且长期下去很难保持高压态势。”

“是的，所以，我们必须以快制胜，要集中全部力量，打歼灭战，掌握全局的主动权。”

“好哇！有你这样的决心，我就放心了。噢对了，刚接到魏副厅长指示，要我赶紧回去到公安部开会，我马上就得走了。这里的事，就拜托你了！”

“这是哪里话？破案是我们的职责所在，我们责无旁贷，义不容辞。你就放心去吧。有什么事我及时向省厅汇报。”

“那好，我到北京开会期间，就麻烦您直接向魏副厅长汇报。”

“好的。”

就这样，曹世龙说完，就打电话给耿风华，然后坐上轿车走了。

望着曹世龙匆匆离去的身影，钟正仕很是感慨。这个曹总办事雷厉风行，决绝果断，真是个办实事的人。如果省厅各个总队的领导都和他一样，那就好了。

钟正仕这时想到嬴建峰，不知嬴建峰身体状况怎样，能不能撑得住。

钟正仕赶紧打电话询问，嬴建峰说没问题已经痊愈了。钟正仕听对方说话声音还好，便说：“十点钟市委要在大礼堂召开全市侦破命案动员大会，全市各单位都参加，要是你身体吃不消我就叫王大柱去。”

嬴建峰忙说：“真的没事，不用大柱去。”

其实嬴建峰这天仍在办公室休息，一大早就布置两件工作，这两件工作都是根据伊红蓓提议提示的，就是将全市汽车修理店纳入排查范围，对三位被害女性的手机所联系的号码全面排查。

嬴建峰接到钟正仕电话，急忙做会前准备。因为会上要介绍案情，并且要向各有关单位和部门提出要求和注意事项。当然，嬴建峰觉得自己在会上介绍案情可以，提要求肯定分量不够，得由钟局长这个常委来讲更有力度。

于是嬴建峰赶紧拿出笔，在文件笺上写了起来，差不多花了一个小时，才将要求和注意事项写完。他将纸笺收好放入公文包里，来到钟局长办公室，将稿件送给钟正仕。

钟正仕快速浏览一遍，觉得不错，便抬头瞧瞧嬴建峰，见对方脸色虽然憔悴，但神态还好，便叫嬴建峰坐他的车，一起往市委大礼堂赶去。

路上，钟正仕将曹世龙回省厅的事告诉嬴建峰，并要求嬴建峰每天晚上专案会后，立即将案情形成材料直接发内部电传给省厅，注名呈送魏长城副厅长审阅。

交代完后，钟正仕笑着问嬴建峰：“昨晚与伊红蓓他们见面情况怎么样？”

“伊红蓓现在的破案水平的确很高，完全在我之上。”

钟正仕听了一怔，随即说：“那好啊，希望她的到来能助我们一臂之力。今天晚上准备在警官餐厅好好招待耿处和伊处他们，到时你作陪。”

嬴建峰笑着答应了。

上午十点，在市委大礼堂召开了全市各单位党政一把手、保卫部门负责人大会，上千人的大礼堂座无虚席。

嬴建峰和钟正仕在会上唱主角，市内各媒体全体出动，现场直播。

大会的召开，就像一石激起千重浪，一场声势浩大的侦破活动序幕由此拉开。各媒体连篇累牍报道，向社会通报基本案情，要求群众提供破案线索，对提供准确线索的奖励五万，对抓住凶手的奖励十万。

通告一出，全市一片沸腾。群众踊跃提供线索，电话纷至沓来，可惜没有一条有价值的。

本来钟正仕打算在警官餐厅宴请一下耿处伊处的，可他们两个一大早就赶到抛尸现场，后又来到她们走失的地段，再又走访三户被害人家属，直到晚上八点差五分钟才赶回局里开会。当钟正仕问他们两个有没有吃饭，都说在外面吃了饺子粑，挺饱的。

当天晚上八点专案汇报会，反馈回来的情况，是三位被害女性的联系电话中没有一个共同人。并且上官燕的所有联系电话中，没有一个符合凶手画像特征和条件的。由此，可以排除熟人作案的可能。这在一定程度，印证了伊红蓓的推断是正确的。

接下来的，就是排查汽车修理店的情况。

从三个大组上报的数量看，显然大伙做了不少工作，但离应该排查的那些目标数量还差得很远。

于是，在专案指挥部成立的第二天晚上，钟正仕正式下达作战命令，即从今天开始，采取夜以继日、连续作战的方式，要与犯罪分子赛跑，在他们潜逃之前逮住他们。

139

一个星期转眼即过。

以专案组为核心的全体侦查员，就像上紧发条的闹钟，一刻不停日夜向前推进。

嬴建峰看着办公桌上堆得越来越高的调查材料，仿佛看到了兄弟们起早贪黑、日夜奔波；好像看到了大伙四处行走在城乡街道、风雪交加的巷口里弄、道路泥泞的村落田畦、天寒地冻的山峦旷野中步履匆匆的身影。

嬴建峰透过一页页的文字，看到了同志们的疲乏、劳累、焦灼与困顿的眼光，感受到了大家的欣喜、沮丧、失望与希冀的气息。

嬴建峰在嗒嗒疾走的指针下，仿佛看到了一帧帧交织跳跃、紧张忙碌的画面。而这些画面，是那么陌生而又熟悉。

六十五个自然村、八十六个街道居委会，这些数字，都在同志们紧张急促的脚步下定格，在充满艰辛劳顿的时光里镌刻。

从各方面反馈过来的信息知晓，由于超负荷运转，约有四分之一的人员出现感冒、咳嗽、发烧、头晕等症状，还有几个已经病倒在医院，正打着点滴。照这样下去，势必会累倒一批人，整个队伍将元气大伤。

所谓一将无能，累死三军啊。得想办法，尽量减轻同志们的工作负担，减轻他们的压力，这样才能保持队伍旺盛的战斗力。

嬴建峰将上次制定的侦查方案拿出来，认真仔细研究了几遍，觉得原定的分析画像和侦破方向都无差错，那么剩下的，只能从缩小工作范围、寻找调查重点来减少工作量。

想到这，嬴建峰又对原方案逐条琢磨推敲，觉得有必要进行补充完善。这样从表面上看起来增加了内容，实际上是增加了内涵而缩小了外延。要知道在侦查中的内涵与外延，正好是成反比的。

于是乎，嬴建峰对罪犯画像方面，在首次四条的基础上，调整补充至八条，对原来内容进行了细化。

其一，应有重大犯罪前科，家庭、个人感情受挫复杂，对女性爱恨交织，经常流露出对社会不满，心理畸形的人员。

其二，思维成熟，处事考虑干练，心思缜密，工于心计，将年龄缩短为二十五岁到四十五岁之间。

其三，欲望膨胀，阴险狡诈，心狠手辣，铤而走险，命、色、财三样都要，有一定作案经历，具有相当的反侦察能力。

其四，同案人配合默契，行动快捷，作案成功率高，有相同类似经历处境，可以定为关系密切的狱友或朋友。两人平时接触较多，经常密谋作案方法与细节。

其五，可能从事汽车修理业，或懂汽车修理技术，将非运营车改装成出租车，用以诱骗乘客上车，然后实施犯罪。

其六，有驾驶证和车辆，或从事过出租，运营行业，对出租运营行业较熟悉的人员。

其七，根据失踪地与抛尸地分析，凶手应该居住活动在城东区、北山区以及新川县宁家镇、五弄镇附近区域内。

其八，在极短时间内准确抛尸于不重复的偏僻地点，证明凶手轻车熟路，应是新川县人或与新川县人关系密切者。

定好了嫌疑人的基调，就有必要调整侦破措施。嬴建峰认为原定的那些工作措施可暂时保留。目前最关键的，还是要突出重点，以点带面，将好钢用在刀刃上。

因此，下步工作重点，就应该放在以下八个方面。

一是从有车辆驾驶证的人员中查找嫌疑人。

二是从全市有微型车的人中查找嫌疑人。

三是从有犯罪前科者，或与有前科者关系密切者当中查找嫌疑人。

四是从控制被害人被劫金银首饰坤包等销赃渠道中寻找破案线索。

五是从二手手机及手机卡市场中寻找被害人手机从中查找线索。

六是从案发失踪地至抛尸地之间，“六点三线”沿途走访调查中查找线索。

七是继续发动群众，进一步公布案情，提供举报电话，加大举报奖励金额，广辟社会线索来源，编织全社会人人参与的天罗地网。

八是采取技侦手段，对被害人手机号进行监控，寻找手机购买销赃人员线索，从中查找凶手踪迹。

为了使调查工作便捷有效，嬴建峰特地将三名被害人的基本情况，被劫的手机首饰坤包等物品，列成清单附后。

在专案组召开会议之前，嬴建峰先将自己的调整方案给了耿风华和伊红蓓，征求两人的意见。

耿风华看完说了声好。伊红蓓看了则点头笑笑。总之两人都没意见。

嬴建峰转身打电话给钟正仕，将修改后的方案告诉了对方，钟正仕听了也说好。

晚上八点整，例会准时召开，全体专案组成员参会，嬴建峰将调整后的方案下发到每个成员手中，大伙一看，不由得欢欣鼓舞，都觉得这下目标更明确，工作量减少，觉得越来越靠近凶手了。

会议结束后，人们陆续离开会议室，王大柱紧贴着嬴建峰身后，笑嘻嘻地轻声问："怎么样？

"什么怎么样？"

"和伊处长啊。"

嬴建峰忙抬头望一眼走在前面的伊红蓓，停下脚，转头轻声说："不要乱猜疑。"

"这么长时间都没发生点什么。"

"能发生什么啊？"

"聊聊从前的事什么的。"

嬴建峰抬手一指说："大柱你别小心眼。大伙忙得喘不过气，还聊什么从前。"

"哎……战地黄花分外香嘛，忙里偷闲才是革命好生涯。"

"你都是些什么歪理。"

"我忘了跟你说，红蓓听说美琴的事很敬佩，说黄美琴才是真正的巾帼英雄。"

"是吗？她怎么没跟我说？"

"你不是说都忙吗？不过，这么好的老朋友，坐下来叙叙旧还是应该的。"

"是啊，等得空，我请她到家里坐坐。"

"你好大方，你就不怕美琴吃醋？"

"不会，现在都这么大年纪了。再说，各人都成了家，没什么醋可吃了。"

"那也是。"

"而且，到时我会请耿处和你一起去，美琴就更没什么话可说了。"

王大柱一跷大拇指，说："高，实在是高！"

"好了，忙去吧。……对了，省厅两位处长的生活你要多关心，绝不能让他们受委屈。"

"这个，你就放一万个心喽！"

140

华路长自调到支队当了重案大队副大队长，觉得自己没立下功，心里很不安，所以这次破案，他就争抢着干又累又难的工作。

在他的脑海里，总觉得这几起案子都跟车子有关，所以，一开始就把重点放在车上。为此他特地向嬴建峰和汪震文说了自己的想法，得到了嬴建峰与汪震文的认可支持。

一星期前，嬴建峰将华路长叫到办公室，华路长进门一看，一位漂亮健硕身穿警服的姑娘站在嬴建峰办公室前，嬴建峰对华路长说:“这位是新来的鲁克蒂同志，她现在是见习期，由你来带她。”

华路长忙说:“嬴支，我，我水平有限，怕带不好。你能不能让王支、汪大队长带？”

“他们都是大组长工作太忙，实战时间少，所以交给你带，你一定要带好她，没带好我唯你是问。”

“是！我尽全力带好！”

从嬴建峰办公室出来，华路长问一身朝气的鲁克蒂:“你叫鲁什么？”

“鲁克蒂!”

“什么什么？什么客什么低？”

“是克服的克，罗曼蒂克的蒂。”

“你怎么取个这样的名字？”

“怎么？不好吗？我觉得这是最好的名字。”

华路长禁不住噗的一声笑了。

鲁克蒂白了华路长一眼，不屑一顾地说:“你笑什么笑？没文化。”

华路长一听觉得对方大剌剌的太没礼貌，刚想训她，又转念想想对方还是个小姑娘，况且嬴支特意交代要带好她，便强压住自己的不满，随口问:“谁帮你取的？”

“我爷爷取的。”

“你爷爷又是谁？”

“鲁卫国。”

“谁？!”

“鲁卫国啊!”

“老局长鲁卫国？”

“对啊！怎么，不像？”

“像像，神态很像！哎……我还是搞不懂，你爷爷怎么会给你取一个这样的名字？”

“你搞不懂吧？”

"搞不懂!"

鲁克蒂不直接回答，却问："你看过《尼罗河上的惨案》吗？"

"看过。大侦探波罗，谁不知道!"

"可你知道那是谁写的吗？"

华路长摇摇头说："不知道。"

"我说你没文化了吧？你还不服气。是阿茄莎·克里斯蒂写的。她是世界侦探女王。"

"噢……我明白了，你爷爷希望你成为侦探女王，所以就取了侦探女王名字中的两个字，克蒂。"

"聪明！怪不得嬴叔叔叫我跟着你学徒。"

"我，你，嗨！我真的怕教不了你。"

"哎呀华师傅，你放心，我这个人呢，虽然性格有些外向得让人受不了，但我绝对服从命令听指挥，你叫我干嘛就干嘛，绝不打折扣！真的。"

华路长斜眼瞟一眼鲁克蒂，有些无奈地笑笑，问："那你知道下一步咱们干什么吗？"

"嬴叔叔说跟着你查作案的车子。"

"好，那你会开车吗？"

"会啊，太会了，我是学院驾车特技队的，我能两个轮子开汽车一个轮子开摩托。"

说着鲁克蒂抻手撸袖的。

华路长看着对方发笑。

"怎么，你不信？"

"信，太信了!"

"那好，以后车子我来开，你坐车就行了，我绝对开得又快又稳又舒服。"

"那好啊，那车子归你开了。"说完，华路长将汽车钥匙向对方抛去，故意将钥匙抛远些。

没想到鲁克蒂单手一撑地前空翻，迅即纵身跳跃腾空而起，倾身伸手抓住钥匙，一个就地滚翻起身，整体动作一气呵成，惊险而优雅。

华路长点点头，笑着说："不错啊，具备侦探女王的潜质。"

鲁克蒂骄傲地抬头笑笑，一副当仁不让的神态。

华路长一挥手，说："行啊，咱们上车吧，有你这个侦探女王的徒弟，我也不枉当一回警察了，哈哈哈哈……”

华路长不由得开心地笑了。

两人上车，鲁克蒂说：“师傅你坐好了，我开车了哈。”

说完鲁克蒂迅速发动车子，加挡起步，车子疾速向前驶出。

“慢点慢点，注意安全啊我的祖宗哎！”

鲁克蒂笑嘻嘻地斜华路长一眼，充满自信地一挥手，然后双手紧握方向盘，聚精会神地注视着前方。

就这样，华路长带着鲁克蒂负责全市出租车微型车登记排查。他们先来到交警支队车管所，一打听，全市出租车三千二百一十辆，私人微型车二万六千三百一十九辆，还有一些外地购买挂外地牌子的微型车，还有报废的微型车出租车，这些数量也不少，目前难以统计。乍一听，华路长觉得数量太庞大，要想从这里面找到嫌疑车，无异于大海捞针，必须要讲究方法，于是华路长又来请教嬴建峰。

嬴建峰迅速思考了一下，说：“你可以分三步走，一是将微型车辆拥有者锁定在城东区、北山区两个区域。二是将出租车公司拥有的车辆锁定在城区三个区域。三是在城东和北山区开展微型车全面登记，重点是私家微型车，未在车管所登记的车辆。这样一来，你工作量就减少一大半。”

华路长歪头仔细想想说：“出租车的数量还是有点多，怎样才能快速核查清楚这些车辆有没有问题？”

嬴建峰反问一句：“你觉得怎么查才是最快？”

华路长知道嬴建峰在考验自己，便认真思索一番，说：“首先要查清楚三起案件发生时所有在岗的司机名单，如果这三个时间段都在岗的，那嫌疑就最大。”

“没错，但按照常理，出租车司机实行三班倒和两班倒的都有。如果实行三班倒的，那就有三分之一的可能性在岗；如果是两班倒的话，就有可能是二分之一的人在岗。这样，你就先测算一下可能在案发时间段都在岗的人数，大概是三分之一即百分之三十三点三，加上二分之一即百分之五十，两数相加除以二，即三十三点三加五十等于八十三点三，除以二等于四十一点六六。也是说大概有百分之四十二左右的人会在岗。”

华路长嗯了一声。

“当然，前提有两个，一是必须是固定时间固定人员调班，就是说每天上班调班的时间和人员都是固定的。二是假设实行二班倒与三班倒的出租车数量是相等的。如果不是，那这个概率数就得调整了。”

华路长听完皱眉头，说：“这样一算，也有一千四百多人，数量还是大啊。”

嬴建峰又反问：“那你想想还有什么办法缩小范围？”

华路长又低头思虑一番，抬头说：“有了，这些人中，再除掉女司机，再除掉小于二十五岁大于四十五岁的，再除掉未坐过牢判过刑的，哎呀那剩下的就没几个人了！”

“对嘛！再从这些人当天案发时间段是否跑过城东区北山区，是否去过新川县几个抛尸现场附近，那情况不就一目了然了？”

华路长一拍大腿说：“对啊！那样一查肯定就没几个人了。”

“不过，如果作案的交通工具不是出租车，那你觉得应该怎么查？”嬴建峰提醒道。

“那，那私人微型车或伪装的出租车可能性很大。”

“那你打算怎么去查？”

“我觉得应该从两个方面查。”

“哪两个方面？”

“一方面从车管所登记的那些车辆去查。另一方面，以派出所和街道居委会为单位，全面清查本辖区范围内企事业单位或私人拥有的微型车。”

“这样一来，你认为会出现什么情况？”

“可能会出现派出所和街道居委会登记的车辆数与车管所登记数不一样的情况。”

“对了，那你接下来的调查重点是什么？”

“应该是那些车管所没登录在册的车辆。”

“对啊。接下来，你觉得调查还会存在什么问题？”

“什么问题？……我觉得调查的车辆还是有点多，有点乱。”

“没错，那你觉得这个多和乱的症结原因在哪里？”

“感觉，感觉还是没能抓住重点。”

“这个没抓住重点的原因又在哪儿呢？”

华路长被逼问得哭笑不得，他用手摸摸头，嗫嚅着说：“我，我被你问蒙了……”

“你再想想。”

"想，想不起来了……"

嬴建峰见对方的确是黔驴技穷，便笑笑提醒说："那是因为你不清楚凶手用来杀人的车子到底是什么车辆，我们现在的出租车有微型车和轿车型两种，如果知道是哪种车型，那又可以大幅度缩小范围。"

华路长兴奋得又一拍手，说："对啊，如果弄清楚是什么车型，那不就事半功倍了。不过，怎样才能弄清楚？"

嬴建峰又笑笑，说："你别望着我，你应该到现场去，到罪犯抛尸地点去，到'六点三线'去找。"

华路长恍然大悟，啪地给嬴建峰敬个礼，爽快说："我这就去现场调查！"

华路长学着嬴建峰的样子，先对着示意图与资料研究一番。

他发现罪犯抛尸的时间应该是晚上和凌晨天未亮，晚上的时间应该是三位姑娘失踪之后，那么晚抛尸不容易被人看见，所以要查找目击者，就必须是晚上可能抛尸的时段。从三位姑娘失踪的时间看，从晚上六点多至十点，那么抛尸的时间段应该在晚七点至十一点之后，至天亮前五点。因此要找目击证人，应该在这个时间段。

如何科学合理安排自己的工作，关系工作效率与成果，所以华路长打算在早晚时间段，以查找目击证人为主，白天时间以查找车辆为主。虽然现在还不能确定什么车型，但目前对两种车型车子一起查也不会错。

华路长仔细分析三位姑娘上车失踪的地段，上官燕与沈芬是城东区，石兰娟在北山区失踪，地点分别是皇都夜总会前、君再来酒店前，从家里土窑街往蓝天大酒店的路上。于是乎华路长决定从晚上六点多开始，依次在土窑街、君再来酒店前和皇都夜总会前走访调查。

凭经验，要走访的对象，应该是在这些地方固定开店卖东西者作为首选，其次是流动守候在这些地点拉客做生意人员，如黑的摩的、正宗出租车、卖水果饮料小吃类的摊点等。

华路长带着鲁克蒂，在石兰娟家出来的土窑街上走访，因此处以私人建的别墅私房为主，所建房屋没有规划，房屋间道路狭窄，从家门走四百米才到可行车的小路，根本不可能有出租车；再走五百来米才上小马路，也只有少量路过的出租车。再走三百来米上大街，出租车才明显增多。

华路长拿着石兰娟的照片，沿路询问路旁住户和店主店员，是否看见这位姑娘于二月十八日晚六点来钟搭车出去，有人认得说是石老板女儿，但大多摇头说没看见她坐上什么车出去；也有的说见过她打车出去，但时间很久，具体什么时间什么车什么车牌记不清。

华路长最后来到上大街的路口，这里晚上两旁有不少拖大板车卖水果的。他拿着照片一个个问，还真有人认出来，说见过这位高个子漂亮姑娘上的士，时间就在最近，到底是不是十八号晚上就记不清了。再问上了什么样的车，说是黄色的出租车。再问平时有没有“黑的”拉客的，回答说经常有，都说比正式出租车便宜，坐的人也不少。

华路长说提供线索有奖励的，对方说知道，到处贴满了布告。华路长问想不想钱，对方说钱谁不想啊。华路长写了电话号码给对方，说想起什么来了，就打这个电话，打布告上的电话也行，要是真提供了线索抓住人，你几年不用卖水果了。对方忙说谢谢谢谢，记得什么一定打电话。

华路长与鲁克蒂又来到君再来酒店前。君再来是家土菜馆，口味很好，价廉物美，生意好得出奇，常常要等候排队翻桌才能落座，门前接送顾客的车辆络绎不绝，晚上七点至九点是最火的时间，人来车往的好不热闹。

两人来到君再来马路对面的小馆子店，客气叫住正忙着端空盘擦桌子的店主，拿出沈芬的照片给他看，胖店主眯眼看半天，然后抬眼望着对方。

华路长忙亮明身份，说明来意。店主说这里人多车多，像走马灯似的根本就记不过来，你看打“黑的”的也很多，有时分不清是“黑的”还是自用车，说着店主招呼来客去了。

华路长看手表已经七点半，便走出店将调查的情况报告给大组长汪震文，他们八点要开例会。

打完电话，华路长想想店主忙着赚钱无空搭理，再问无益，便转身来到君再来店前佯装等车。不一会一辆黑色小轿车停下，问要坐车吗。华路长问钱怎么算，车主说便宜三分之一。华路长觉得正好要打一辆“黑的”问情况，便上车，亮明身份，要对方拿出驾驶证和身份证，吓得车主忙说对不起他是第一次打“黑的”，请华路长放过他。

华路长哪会信他的话，要他到公安局去说清楚。车主说真的是第一次，家里老婆生病住院要一大笔钱，想打“黑的”赚钱贴补一点家用。华路长问你老婆住哪个医院，车主说在人民医院。华路长说你带我去看我就相信。没承想车主真的开车带华路长来到人民医院住院部，指着躺在病床上的老婆给华路长看。华路长带着车主去问值班医师，证实病人是车主妻子。

华路长叫车主拿出证件，车主慌忙掏衣袋掉了一个证，华路长捡起来一瞧，车主姓王，竟然是市粮食局的一位副科长。

凭感觉，华路长认为此人不可能是杀人犯，便问了一些其基本情况，将证件还给对方，吩咐对方以后不要再做这种事，说你还是科长，做这种违规的事受处分不划算。对方千恩万谢的，并希望华路长不要把这事说出去，毕竟面子要紧。华路长也是心软之人，见对方家庭处境这么悲摧，也就教育了对方一番后，掏出自己身上两百元钱给对方，转身走了。

就这样折腾一通后，华路长和鲁克蒂再到皇都夜总会前，明显感到人流没有以前稠密，心里想着是不是上官燕的被害，让那些有钱有势的人感到莫名的恐慌，或者有不祥的预兆。

华路长看手表已经十点了，夜总会虽然霓虹闪烁，映射出美妙变幻的彩光，但华路长的心情却是沉重的，像上官燕这么懂事孝顺的女孩，就这样瞬间没了，她家卧病在床的老妈，今后怎么办啊。

华路长不想再在大门前空等"黑的"，他让鲁克蒂在车上等，自己径直来到二楼董事长室，找到油头粉面一身白西装的皮德高。

华路长亮明身份，皮德高一脸恭敬，忙上前递烟，华路长抬手说不会，并说想请你帮个忙，皮德高说只要能抓住凶手，我帮十万个忙都行。

华路长说只想耽搁小姐们几分钟，问一点线索。

皮德高说没问题，立即用对讲机叫来领班，吩咐领班将所有小姐叫拢，他亲自带着华路长来到候客大厅，动员小姐们提供是否看见有"黑的"拉客的线索。

华路长乍一见几十位袒胸露背、花枝招展的漂亮小姐，顿觉眼花缭乱。嘴旁一颗美人痣的俏丽领班说各位姐妹，平时上下班有没有碰到过捞客的"黑的"或"的士"，提供给这位警官，帮助公安早点抓住凶手，给咱们经理报仇。

小姐们一听，像一滴水溅进烧烫的油锅，霎时就炸开了。她们七嘴八舌。华路长忙掏出笔记本，一一记下，竟然所有人都遇到过捞客的"黑的"和"的士"，原本以为花几分钟就结束的走访，整整持续了一个半小时，记了十几页纸。只可惜这些线索都是平常司空见惯的，没有什么特别，也就没什么调查的价值。

临结束时，皮德高请华路长到他办公室里坐坐。一进门，皮德高就将门反锁，接着快速从抽屉里拿出十沓百元大钞，塞进一个红布包，双手往华路长手里送。

华路长一见，忙双手向外挡着不让，问："你这样干什么？"

皮德高谄笑着说："一点心意，你们为了替燕子报仇，吃那么多苦，给大家买点茶水喝喝。"

华路长脸一沉，严肃说："破案抓凶手是我们的本职工作，我们就是吃这碗饭的，大家领了工资，怎么好要你的钱？"

"是我的一点小小心意，表示我对各位警官的敬意而已，没其他的意思。"

华路长拿起红袋子，在手上掂掂，问："恐怕不少吧？"

"不多不多就十万。现在燕子不在了，我们生意差惨了，真不好意思。"

"说不好意思的是我们，我们到现在还没抓住凶手。唉！你如果真有心，还是帮帮燕子的家里吧，她一个老妈卧病在床，很需要钱啊。"

说完，华路长将红袋子放回皮德高桌上，用手拍拍，往皮德高面前推过去。

"哎呀这个你放心，不瞒你说，我们夜总会全体员工，每人捐了一千，有二十万。我呢，单独捐了二百万，一共二百二十万。昨天已经送到燕子妈妈手里了。"

华路长一听，一股热流溢满全身，他为上官燕母亲感到庆幸，有了这些捐助，她下半辈子生活便基本有了保障，可以告慰九泉之下的上官燕了。

华路长让自己情绪平复些，然后抬头说："皮董事长，如果你真有这份心意，我建议你把这些钱捐给'死难家庭抚恤基金会'，专门用来救助被害人家庭的。"

皮德高一脸懵懂，问："有这个基金会吗？我可没听说过。"

"有！是前年成立的，市委梁文正书记带头第一个捐款，他捐了一个月工资。我们局领导也都捐了一个月工资，全公安系统，平均每人都捐了一千元以上。"

皮德高听罢立即站起身，双手紧紧握住华路长的手激动地说："要是这样，我捐二百万，作为基金会基金。"

华路长听了，也激动地握着对方的手说："我代表那些被害人家庭向你表示感谢。要是你捐赠了，那你就是咱们瓷城的慈善家。"

"哎呀，出了这事对我触动太大了，我在想，钱财有什么用，生命才最宝贵。我要将挣的钱捐出来做些善事，那样活着才有意义。"

见皮德高这么坦诚，华路长觉得有必要提醒对方，说："不管怎样，你做生意还是要合法经营，那样才能走得长久，走得更远，你说是吧？"

皮德高使劲点头，说："谢谢谢谢，谢谢忠告，我一定合法经营，绝不搞黄赌毒。"

华路长也不再客气，说："你搞的那个'三陪'也是不允许的，你也要整改。"

"噢，整改，一定整改！"

141

华路长离开皇都夜总会看看夜光表，已到十二点了，他立即将自己调查的情况向嬴建峰汇报。

嬴建峰听完，说："我知道了，不过你还要把情况汇总给汪震文，他是你们的大组长，他要统一汇报。"

"这个我知道，我主要有一项很重要的事要向你汇报。"

"什么事你说吧。"

"皇都夜总会的皮董事长，说要向我们的死难家庭抚恤基金会捐赠二百万！"

嬴建峰思虑一番说："他捐恐怕不行，夜总会是个非常敏感的场所，与我们公安打击的东西联系太多，什么黄赌毒说不定就出现。他要私下捐给受害人家里我们管不了，但他想以慈善家的面目出现那肯定不行。"

华路长听了，不禁脱口而出："真是太可惜了！"

"没什么可惜的，君子有所取有所不取，不该要的钱一分都不能要。听清了吗？"

"听清了。"

"好，你抓紧时间核查车辆的事，最好到抛尸现场周边去找，那里得到的情况更有价值。"

"是，我马上去！"

挂完电话，华路长为二百万捐款没办成觉得可惜，不禁垂头丧气的。

鲁克蒂转头问："华师傅，咱们回去吗？"

华路长说："想得美，咱们现在去宁家镇柳树村。"

"这么晚了，找谁去？"

"那里有派出所外勤和村干部。"

"他们不睡觉吗？"

"案子没破，他们想睡也睡不了。"

“难怪我爷爷说熬夜是做合格刑警的第一关，看来本姑娘准备熬成黄脸婆啰！”

“你放心，是越熬越鲜艳。要么，怎么能成女王呢？”

“哈！华师傅又提我的点。”

四十分钟后，华路长和鲁克蒂来到宁家镇柳树村。果然，村干部一帮人和派出所外勤一起，正在村委会办公室里找人问话。

见华路长和鲁克蒂来，外勤娄云松忙起身。

华路长问娄云松：“情况怎样？”

“到目前为止，没一个人看到抛尸的，也没见过什么车子。”

“都找了哪些人来问？”

“从市里镇里往村里来的马路两边住户，还有抛尸现场周围所有的住户。”

“问了多少人？”

娄云松翻看一下登记簿，说：“三十七户一百五十一人。”

华路长想想，问：“大概还有多少户多少人需要问？”

娄云松翻一下工作笔记本，说：“还有二百来户八百多人要问。”

“那要多长时间才能问完？”

“一个礼拜吧。”

华路长点点头，说：“你们辛苦了，我再到五弄镇上枫村去看一下。”

鲁克蒂开车，一路飞快又到了五弄镇上枫村，这里要问的对象比宁家镇柳树村多一半，所以调查完的时间也要多一半。到目前为止，也没问出什么有价值的线索。

接着两个人又到了双溪镇流风村，要调查的对象更多，差不多是宁家镇柳树村的一倍，调查的任务更重，眼下也没查到有用的东西。

两人回到支队办公室已经是凌晨四点，华路长找到王大柱，要他安排鲁克蒂临时住宿的房间，王大柱就将鲁克蒂安排在二〇三房标间，与支队内勤杨子萌住一间。好在住的宾馆就在马路对面。一刻钟后，鲁克蒂就进入梦乡。三个半小时后，鲁克蒂被杨小萌叫醒，要她起来吃早餐，然后又开始工作。

就这样，华路长与鲁克蒂白天跑出租车公司、单位和居委会调查，晚上就跑几个抛尸现场沿线和周围调查。当然出租车司机和单位及居委会的调查是主要工作内容，而到三个抛尸点的调查，是以新川县局刑侦大队和当地派出所为主，华路长来主要是了解一下有无有价值的线索，发现有特别可疑的对象，也会重点调查。为了提高工作效率，有时也会交叉调查，总之是科学安排，争分夺秒。

功夫不负有心人，调查的第五天晚上十一点，华路长和鲁克蒂驱车再到五弄镇上枫村时，得知二月十七日晚上十点多，有三位村民晚上喝喜酒回家，穿过上枫村马路时，隐约看见一辆白色的微型车往市里方向开。

华路长信心大增，立即与鲁克蒂赶回支队，两人边泡方便面吃边打电话，打了五个多小时，声音都说哑了，直到凌晨五点，才通知完出租车公司、各单位保卫负责人和居委会治保主任，要大家赶紧把调查重点放在白色微型车上。

正所谓有的放矢不劳言，快马加鞭自拥先。

也就半天工夫，当天中午一点，鲁克蒂正在办公室里打瞌睡，突然电话响了起来。鲁克蒂惊得跳起来接电话，话筒里传来一老大妈的声音："有情况有情况啊！"

鲁克蒂忙问："你谁啊，什么情况？"

"你是鲁姑娘鲁警官吧，我是北山区朝洼街道老鸦居委会治保主任蓝天月，我发现有辆白色微型车，车主叫卢东仔，他以前坐过牢的，年纪三十七岁，他有重大嫌疑啊！"

鲁克蒂激动地问："他还有什么具体表现吗？"

"具体表现？……噢，有有有，他整天神出鬼没早出晚归的，净跟一些不三不四的人混，听说还经常打'黑的'，噢对了我叫他拿发票来登记微型车，他先说发票一时找不到，后来又说车子是别人的，不想登记。"

鲁克蒂一听高兴得手舞足蹈，大声说："蓝主任，我立即向领导报告，你等着我们马上来！"

说完鲁克蒂大声喊着："华师傅华师傅有眉目啰！"说着她朝华路长的办公室跑去，她急不可待地推门进去，一看华路长正躺在沙发上呼呼大睡，鲁克蒂上前凑近对方耳根大喊："师傅！"

华路长浑身一震，在睡梦中被惊醒。他一下坐起来，瞪着惺忪的眼睛，盯着鲁克蒂，半晌冒一句："你吵啥呢？你把我的粑都吓掉了！"

鲁克蒂笑成一朵花儿似的又大声说："有嫌疑对象啦！"

华路长兴奋得跳下沙发焦急地问："谁啊，在哪儿，谁有嫌疑？"

"北山区朝洼街道老鸦居委会……"未等鲁克蒂说完，华路长插嘴说："那还等什么，赶紧走哇！"

说着华路长起身就往外跑，顿觉脚很冷，低头一瞧，鞋都未穿。

鲁克蒂笑着拎起华路长的皮鞋，朝他走去……

“快快……”华路长急得不行。

142

蓝天月是年近六旬的老治保主任，人称“活地图”。她在老鸦居委会居住了三十八年，哪家哪户的家长里短，那叫了如指掌。

老人家还练就一双火眼金睛，经她发现过路小偷逃犯，她是一逮一个准，成为远近闻名的“抓贼大王”，被评为全省全国优秀保卫干部。

蓝天月见华路长与鲁克蒂来，赶紧翻出重点帮教人员登记簿，找到卢东仔，上面还有他的照片。

华路长拿过登记簿，见基本情况一栏中写着：卢东仔，男，一九六五年二月十日生……

哎等等，这里有个情况，这个卢东仔是二月十日生的，上官燕被害的那天，不也是二月十日吗？怎么会这么巧啊？这里面会不会有什么特殊的联系？

华路长抬头问蓝主任：“这个卢东仔，他家庭情况怎样？”

蓝天月愣了一下，随即说：“他出生在老鸦，从小顽皮，二十岁不到结婚年龄，就跟一个外地的好像是甘肃那边的姑娘结婚，生了个男孩，结果一年不到女的就带着孩子跑了。后来又找过一个附近乡下的女子，没过半年又跑了。”

“蓝主任你等等，他是不是找了新川县宁家镇那一带的女子？”鲁克蒂插嘴问。

蓝主任怔一下，望着鲁克蒂问：“你怎么知道？”

鲁克蒂诡秘地笑笑说：“心理学告诉我的。”

蓝主任啊一声，惊讶地张大嘴巴。

“他是不是经常打骂女人？所以那两个女的都离开他？”鲁克蒂又连着问。

“这你也知道？”蓝主任更觉惊奇。

“也是心理学告诉我的。”

“这个辛礼学是神仙吧，怎么什么都知道？”蓝主任很认真地问。

“他平时是不是有一两个玩得特别好的人，经常开着车进进出出？”

“哎呀鲁警官，你这个辛礼学简直太厉害了，什么时候带我去认识一下，我也要好好向他学习。”

“大妈，这个心理学它不是人。”

“那是什么？”

“它是一门深奥的科学，就像物理、化学什么的。”

“噢……我懂了，是读书来的知识。”

“但它最开始也是一门实践性的科学。”

“哎哎哎……”一旁的华路长等不及了，插嘴问：“蓝主任这个卢东仔现在哪儿啊？”

“噢，现在应该在家睡觉。”

“他玩得特别好的人，是哪个？”鲁克蒂问道。

“是，是一个叫‘老四’的人，也是三十多岁，住在隔壁鸡公岭居委会。这个人具体情况，要到所里查。”

华路长见鲁克蒂问的都很切题，觉得这小姑娘还行，不愧是鲁卫国老局长的孙女，传承了祖辈的基因。

“他开的那辆微型车是什么牌号？”鲁克蒂又问。

“是，噢是贡 F19731，白色菱悦的微型车。”

“一般车子放在哪儿？”

“在他家门口。”

“我们能不能看到？”

“应该可以。”

“那你带我们去看看行吗？”

“行唔。还是我先去看看，你们在后边等我，我怕他看见你们。这个人鬼得很。”

“好。”

就这样，鲁克蒂与华路长跟在蓝天月后一百米左右，七拐八拐来到兴子弄拐弯处。蓝天月在前面向鲁克蒂抬抬手，示意他们停住。她先往前走，来到左边一处平房前，见停着一辆新喷过白漆的车子，她走过车子到隔壁另一家门前，站着仔细观察一番，见车子轮胎沾满泥水，轮胎挡泥板后沿车子底部，也溅满泥浆，一看就是跑了乡下泥巴路。

蓝天月又若无其事地往回走，来到华路长和鲁克蒂面前，轻声说：“车子就在他家门口。”

接下来华路长和鲁克蒂一前一后，走过白色微型车，仔细观察。

鲁克蒂来到隔壁避开那家门口，掏出小相机，对着微型车拍照。

华路长情绪高涨，立即叫鲁克蒂开车到新园派出所，找到管辖鸡公岭居委会外勤，查到那位叫“老四”的，本名俞木根，三十岁，因犯抢劫罪被判刑七年，半年前刑满释放。

鲁克蒂不愧是刑警学院毕业的高才生，她记录完俞木根的基本情况后，又将卢东仔的基本情况记录下来，同时还将两人的相片翻拍下来。

两人马不停蹄赶回支队，立即向嬴建峰汇报，嬴建峰听罢大喜，猛拍桌子喊道：“开会，立即开会！对卢东仔，俞木根全方位监控！”

143

正在市委开常委会的钟正仕接到嬴建峰电话，听说案件有重大进展，立即起身向梁文正请假。

梁文正听完钟正仕说案子有眉目了，立即吩咐说那你赶紧回去部署。

钟正仕一到支队，嬴建峰就宣布开会。

会上华路长汇报了发现的情况，随即大家进行了热烈的讨论，都认为卢东仔与俞木根的嫌疑非常大。

嬴建峰最后决定，将原来撒面粉式的各个调查小组，全部收拢编成两大组，由王大柱和汪震文负责，对卢东仔和俞木根实行二十四小时监控。

汪震文亲自带着华路长和鲁克蒂来到电信公司保卫部，部长秦明海是位山东大汉，他身材魁梧，性格粗犷，一听汪震文说明来意，立即带三人来到总经理室，漂亮的女经理听了介绍，马上在介绍信上签字，由保卫部负责配合调查卢东仔与俞木根手机行动轨迹，并说：“我最恨残害欺侮女人的犯罪，希望你们早日抓住凶手为姐妹们报仇。”

鲁克蒂抢着回答：“你放心，我们很快就能抓住他们！”说着她还走上前，与女经理击掌为约。

汪震文见了笑笑，心想这小妮子挺活泛的，这次发现两名嫌疑人，她也有功劳，到时要给她请功。

秦明海带着三人来到电信运营部，直接对戴眼镜的小伙子说："小张，赶紧查查这两人的行动轨迹，重点是这个月的。"

张技术员赶紧打开电脑，双手在键盘上嘀嘀嗒嗒一阵忙乎，那边打印机便嘶嘶地响了。不一会儿，打出了卢东仔二月一日至二月二十五日手机通话记录，发现他与俞木根两人通话频繁，并且查证了卢东仔于二月三日下午至二月十八日，他们两人的手机都在案发地及抛尸地区域内移动。案情越来越明朗了。

嬴建峰看完电信部门出具的材料，对汪震文说："基本上可以肯定，这两个家伙作案的可能性非常大。下一步要盯死看牢。但又不能让对方察觉。"

汪震文皱皱眉，说："我担心有点难度。"

"为什么？"嬴建峰问。

"因为那条弄比较直，最理想的观察点是卢东仔对面那家，但那是他父母住的，不适合我们做观察点。现在只能从弄堂两边出口观察，那里进出人多，观察困难。而且我们又不能长时间停放汽车作观察点，那样很容易引起对方怀疑。"

"要是那样，看看能不能从两边出口找找居家观察点。"

"那可能需要点时间。"

"尽快落实。"

"好的。"

这边话刚说完，汪震文的手机响了。他一接见，脸色立马变了，不由大声斥责："你怎么搞的？"

嬴建峰知道出事了，忙问："什么情况？"

汪震文黑着脸，说："卢东仔失踪了！"

"啊？"

"而且车也不见了。"

"怎么回事？"嬴建峰表情严峻。

"姜月明说他们进弄子里看看车子在不在，没想到车子不见了，后来叫治保会蓝主任去看看，人也不见了。"

"那是什么时候发生的事？"

"应该是我们布控之前他就失踪了。"

"这家伙很可能嗅到了什么。"

"是啊，惊弓之鸟，惶惶不可终日，稍微有点风吹草动他就可能逃跑。"

“这个情况越来越证实了我们原先的推断，他懂反侦查，我们必须立即上技侦手段。”

“好，我这就办手续。”

“越快越好！”

“是！”

“另外要通过其他关系人，摸摸卢东仔微型车的情况。马上派人到火车站、汽车站堵截，还要通知各治安卡点注意检查拦截。”

“是！”

汪震文说完转身就走，华路长和鲁克蒂也紧随其后，赢建峰叫住鲁克蒂。

“你爷爷刚刚来过，想看看你，你有时间去看看他。”

鲁克蒂听了宛然一笑说：“知道了赢叔！”

赢建峰认真说：“以后有人时不能叫我叔叔，咱们是公安机关，很严肃的单位。”

“知道了赢叔！”

赢建峰抬手一指对方，有些无奈地笑笑。

鲁克蒂一蹦一跳地出门。

这时耿风华与伊红蓓兴冲冲进来。

耿风华笑对赢建峰说：“赢支啊，我刚接到总队电话，说省城发了大案要我立即回去。我来向你告别。”

“啊？那，那伊处也回去吗？”

“噢，伊处就留在这里，案情已有重大突破，破案应该指日可待。”

“但愿如此。”

“对了，现在情况怎样了？”

“哎呀！嫌疑人卢东仔突然失踪了。”

“啊！那下一步你们有什么打算？”

“我们准备上技术手段，同时通过卢东仔的关系人调查他的去向。”

“那好，我就先告辞了。伊处，这里就辛苦你了。”

“应该的，耿处你就放心走吧，这里就交给我。”

“好！那我就此告辞了，祝早日破案！”

耿风华说完，就匆匆转身往办公楼下走，赢建峰和伊红蓓一直送他到停车场上车离开。

送走耿风华，嬴建峰和伊红蓓往回走，嬴建峰看看手表，已经快五点了，便有些歉意说：“红蓓，今天是元宵节，我和家里说好了，请你到我爸妈家里过节，我自己不弄饭的。”

伊红蓓怔了下，笑笑说：“我去，方便吗？”

“那有什么不方便的？前段时间忙，也没能顾得上你，现在案子有眉目了，可以松口气。我家里人听说你一个人在这，都说要请你到家里坐坐……噢对了，还请了大柱一家人一起去。”

伊红蓓听说王大柱也去，不由舒了口气，要不总觉得会有些不自在。

144

卢东仔的失踪，的确是嗅到了危险的味道。

就在中午快两点的时候，当时蓝天月带华路长和鲁克蒂去查看他的白色微型车时，已是坐卧不安的卢东仔正要上厕所，他无意中从窗户缝隙瞧向外望一眼，突然发现治保主任蓝天月从车边走过，立即觉得有些奇怪。这大中午的，治保主任出现在自己车子旁，肯定没好事。

这一发现，让卢东仔吃惊不小。他咬牙强憋着尿站在窗前，目不转睛地盯着看。果不其然，蓝主任很快又折回来了。她一定是观察自己的车子。不到五分钟，又来了一男一女两个陌生人，他们走过去后没两分钟又折回来，行迹非常可疑。这两个人是不是警察呢？应该是。治保主任都是为警察做事的。对头，肯定是这个蓝主任先打前站，看看自己这里有什么动静，然后带他们来搞侦查的。

不行，自己很可能被他们发觉了，最起码引起了他们的注意。他们来的目的，应该是来查微型车的。是不是自己的车子在运人的时候被人看见了？对啊，很有可能。得赶紧想办法把车子处理掉，然后出去避避风头。

哎呀，也怪自己，本来昨天那个老白开价一万块钱要买自己的车，可自己嫌价格太低了，没舍得卖。看来，车子不处理掉肯定是不行了。那个蓝主任催了自己好几次，将车子发票送给她登记，她是盯上自己的车子了，再不卖掉就成罪证了。

对，得赶紧出去把车子卖掉，然后到洪山市小姨家去躲躲，等风头过了再回来。

就这样，卢东仔等蓝天月他们一走，就赶紧收捡东西，开着微型车，先来到最近才混上的相好辛丽英处，跟她说要出去几天，然后将车开到郊区开仿古瓷厂的老白那儿，老白说眼下手里只有五千块，卢东仔说五千就五千，那五千过段时间再来，说完便拿着钱“打的”赶到火车站。

当嬴建峰他们得知卢东仔失踪时，他已经坐上开往洪山市的火车了。

145

嬴建峰将伊红蓓从自己父母处送回宾馆，已经是晚上七点四十分了。

由于黄美琴的热情好客，两个人称姐喊妹的，亲热得让宋词香眼红，也令嬴建峰有些发呆，硬是把伊红蓓喝得晕头转向的站不稳脚。

嬴建峰扶伊红蓓进入房间，出来关上门，手机就响起来了，他一接听是汪震文打来的。

“师傅，我们又找了蓝天月主任，她帮忙找人打听，得知卢东仔最近还有个相好的，叫辛丽英，住在北山区农垦镇湾头居委会，那个女的以前做过鸡，专靠男人吃饭，听说有几分姿色，把卢东仔迷得神魂颠倒的，有人在卢东仔家见过她多次，卢东仔还在外面吹嘘找了个排场的老婆。”

“那你有没有找她问卢东仔的去向？”

“问了。”

“她怎么说？”

“她说卢东仔到过她那儿，说要出去几天，具体到哪里就没说。”

“那你问没问他外地有什么亲戚朋友？还有狱友？”

“问了，辛丽英说不知道。倒是蓝主任说记得他在洪山市有个小姨，以前经常来，现在来得少。至于他有没有外地的朋友狱友，蓝主任也不清楚。”

嬴建峰想想说：“赶紧来开会，我跟技侦的同志联系。”

“好的。”

嬴建峰挂完电话，赶紧往支队去，边走边打技侦支队杨支的电话，请他帮忙查找卢东仔的行踪。嬴建峰的脚刚踏进办公室，杨支就回信说卢东仔往北方移动，但信号不强断断续续的，最后一点信号都没有了，估计他换了手机卡。

嬴建峰说了声谢谢啦，便陷入了沉思。

按照大方向，洪山市也是往北方向，到底他到哪个地点，现在还不能最后确定。要是对方真的换了卡，那问题就严重了，说不定他会断了与市里的联系。

八点钟的例会上，嬴建峰先听取了王大柱对俞木根的情况汇报，再由汪震文汇报了卢东仔的情况。

林汉民一听卢东仔失踪了，大喊着："那得赶紧抓住俞木根，要是让他也跑了，那咱们可就前功尽弃了。"

大家听了，觉得有道理，都拿眼望着嬴建峰。

嬴建峰微微一笑，说："汉民的想法很好，只要把俞木根抓起来，不管卢东仔能不能抓住，案子算破了，我们也可以向上级和社会交代，对那个卢东仔只要把他列入逃犯，我们好像工作也做到位了。"

大伙听了，觉得合情合理，无可挑剔。

"但是！"嬴建峰话锋一转，继续说，"我们无法向被害人交代，无法向被害人家属交代啊！你说你案子破了，但杀人主犯抓到了没？没有。最关键的是，一旦抓了俞木根，势必会让卢东仔惊觉知晓，依照他目前的心理状态和反侦查的水平，那他肯定会断了与瓷城的一切联系。到了那时，很可能五年十年不再联系，甚至二十年三十年都有可能。即使他不隐藏那么长时间，但如果他又在外面继续杀人，那我们在座的对得起谁啊？"

经嬴建峰这么一说，大家心情低落，有的长吁短叹起来。

"那如果让俞木根也跑了，咱们更没办法交代啊！那样的话，咱们的风险就太大了！"林汉民忧心忡忡道。

"我们破案本身就是冒险，处处都有风险。但只要这个风险冒得值，就必须去冒。否则，咱们还叫什么人民警察啊？"

"话是这样说，万一到手的人又跑了，上级追究起来，谁担得起这个责任？"林汉民又满是担心道。

大家听罢都不敢作声。

"我负责！"

大家都齐刷刷地拿眼望着嬴建峰。

华路长这时憋不住说："嬴支，听说支队机构准备升格为副县，万一出意外，那我们机构升格很可能就泡汤。"

嬴建峰听完，抬头拿眼扫视一遍在座的面孔，一个个愁眉担忧。

嬴建峰见无人吭声，噌地一下站起身，态度坚定说："刚才路长说得好，如果出了意外，那我们机构升格肯定泡汤。机构升不了格，我这个支队长升副县的希望也泡汤，支队所有带长的升格希望全泡汤。现在，我要大家举手表决，愿意和我一起承担风险的，请举手！不愿意承担风险的不用举手，我绝不会责怪。”

说完，嬴建峰第一个举起手来。

嬴建峰的话音刚落，大家纷纷举手，齐刷刷的一片手臂森林。嬴建峰仔细瞧瞧，支队带长的自不必说，新川县局的林汉民他们，还有支队的民警全举着，就连见习生鲁克蒂也将手举得高高的，满脸的坚毅。

“好！既然大家都举手，说明大家都是有责任有担当的，我嬴建峰代表个人感谢你们！也代表被害人和他们的家人感谢你们！”

大家激动地望着嬴建峰，满是壮士出征的豪迈之情。

“嬴支，该怎么做你就下命令吧，我们坚决执行！”

王大柱态度坚决道。

“好！下步工作的重点，是针对三个对象。”

大家忙低头开始记录。

“第一个，是卢东仔的同案犯俞木根。对他，我们要采取内紧外松、放线钓鱼的方法。卢东仔作的这几起案子，他是不敢跟父母和相好透露的，唯一最值得他信赖的人就是俞木根。打探案子的情况，他最先想到的肯定是俞木根，所以他一定会主动跟俞木根联系。可以想象到，卢东仔会用备用手机卡或借用其他人的手机电话。”

大伙聚精会神地听着。

“当然，他打电话时间地址的不确定性，给我们的监控工作带来很大的难度。这要求我们监控人员要长时间保持注意力的高度集中。并且我们对俞木根的监控，绝不能让俞木根有丝毫的察觉。否则，只要卢东仔一跟他联系，就凭他说话的语气，卢东仔就能感觉到危险。要是那样的话，我们真的会前功尽弃。”

王大柱立即表态说：“请嬴支放心，我们兵分两路，一路远程跟踪，一路通讯监控，都采用三班倒二十四小时双人监控，绝不会出现纰漏！”

“好！这第二个对象，就是卢东仔的相好辛丽英。所谓一日夫妻百日恩。卢东仔对辛丽英很迷恋，临逃跑前还不忘去看她，所以他早晚也会与这个辛丽英联系的。我就不知道你们找辛丽英问情况时，有没有惊动她？”

汪震文忙说：“没有，我们是请蓝主任以找卢东仔补交卫生费的名义去的，反正辛丽英不会有怀疑。”

嬴建峰点下头，说：“从目前情况看，蓝主任的身份太敏感，以后尽量不让她出现在他们的视线。”

“好的，我们一定注意。”

“这第三个对象，是卢东仔的父母了。据我们初步掌握的情况，卢东仔的父母对他这个儿子很失望，基本上不会管他的事。但不管怎样，毕竟他们是打断骨头连着筋。所以说，并不能排除卢东仔会打他们电话的可能性，因而我们必须对他们也要监控起来，以防万一。”

汪震文举手说：“辛丽英和他父母的监控我们来。”

嬴建峰转脸看着汪震文，提醒说：“你们同时监控两个对象，不对，实际上应该是三个人，任务非常艰巨啊！”

这时林汉民也举手说：“卢东仔的父母就交给我们吧，也让我们新川的干警锻炼锻炼，反正两个人同时监控跟监控一个没多大区别，卢东仔要打电话也只能打他父母中的一个，不可能同时打两个人，对吧嬴支？”

嬴建峰低头想想，觉得有理，总不能老叫人家新川的同志做配角。想到这，嬴建峰就点头同意了。

没想到按照分工实行监控后，卢东仔就像人间蒸发，杳无音信，直到四月九号早上六点，卢东仔才用一张新手机卡打通了俞木根的电话。

俞木根说的第一句话，就是“你死哪里去了？人家公安早已经抓到凶手了”。

“什么？真的假的？”

“怎么会假呢？报纸上早就登了，你等一下我拿报纸来念给你听，……噢，三月二十日上午，记者从市公安局新闻发布中心得到消息，我市连环杀人焚尸案已成功告破，两名凶手已抓捕归案，市公安局将对提供线索的两位市民分别给予五万至十万的奖励。听到了吗？”

“那好，我知道了。”说完，卢东仔就将手机挂掉了，前后约一分多钟。

由于监控组日夜高度警觉，虽然通话时间只有短短一分多钟，但还是捕捉到信号是从洪山市发出的。

早已整装待发的嬴建峰立即率汪震文、华路长和鲁克蒂等人，开两部车迅速往洪山市赶去。

嬴建峰为了稳当起见，在路上就与洪山市公安局刑侦支队联系，将掌握的情况向他们进行了通报。五小时后，嬴建峰到达洪山市，在洪山市局刑侦支队的大力协助下，很快确定了卢东仔小姨的住址，以当地派出所外勤民警登记暂住人员的名义，询问卢东仔小姨，其小姨据实以告，说卢东仔已买了回瓷城的火车票，正往回去的火车上。

嬴建峰当机立断，请洪山市刑侦支队邓支设法对卢东仔小姨进行信息控制，不让她主动打电话给卢东仔，如卢东仔打电话给其小姨，令其小姨不能透露公安来过的信息。然后婉谢了邓支的盛情邀请，几个人在路边店匆匆吃了碗馄饨，就急忙往回赶了。

146

暮色来临，坐在车上的嬴建峰抬腕看看手表，已快六点。

离瓷城还有二十公里时，嬴建峰突然接到坐家的王大柱电话，说："刚才监控到卢东仔打给俞木根的电话，要俞木根晚上赶到卢大仔家里商量事。"

"卢大仔是谁？"

"卢大仔是卢东仔的哥哥，他在北山区与新川县交界接合部的农村建了私房，我们已通知当地派出所先期调查。"

嬴建峰想想说："光有派出所的人还不够，咱们专案组的人要立即赶去。"

"是！"

"但一定要注意不能打草惊蛇。"

"……是！"

"那个地方叫什么地名？"

"叫新移民村，属新川县清平派出所管。"

"好！我知道了。我还有二十公里就到市里，我赶过去，争取将他们两个一网打尽。"

"好的，要我过去吗？"

"不用了，你坐镇指挥！协调好监控组，千万不能脱节！有什么动静及时通知我。"

"是！"

嬴建峰挂完电话，立即转头对汪震文说："快快，去新川县清平派出所。"

"噢，所长是我同学，叫段康民。"

"那好，你给他打电话，叫他通知新移民村的外勤立即赶到所里，有紧急任务。”

“是！……哎师傅，要是他问我什么紧急任务呢？”

“就说有案子。”

“好！”说完汪震文将车停在路边，鲁克蒂从前排副驾驶室跳下车，催促汪震文说：“汪大我来吧，你打电话。”

汪震文知道鲁克蒂是特技驾驶员，便放心地屁股往右一挪，让鲁克蒂驾驶。

汪震文打通了段康民的电话，按嬴建峰的意思跟他说了，段康民说放心，我立刻叫他到所里待命。

由于新移民村要穿过市区，所以即使是鲁克蒂这样特技驾驶员，也用了三十多分钟赶到清平派出所。

嬴建峰与段康民和新移民村外勤毛龙寒暄了几句，就叫毛龙带路来到新移民村，往卢大仔的住房走去。

卢大仔的房屋是栋老房子，当嬴建峰等人到达时，跟踪俞木根的侦查员也已赶到了。由于天黑，跟踪的侦查员们不敢太靠近，只能离得远远的。

嬴建峰问人现在哪儿？侦查员用手指指前方一栋房子，说进了那栋房。

因不能用手电照射，毛龙说你们跟我来，就带着嬴建峰摸黑前进。

由于农村的老房子一栋连着一栋，一时找不到绕到后门的路。于是嬴建峰亲自上前敲门，连敲了差不多一分钟也没人开门，急得鲁克蒂说嬴支我来，说着她后退几步然后飞起一脚将门踢开，众人蜂拥而入，只见煞白的灯光下卢大仔惊恐万状。

嬴建峰怒斥：“卢东仔呢？！”

卢大仔吓得浑身颤抖，说不出话来。

汪震文见卢大仔仍不说话，不由将手枪顶在卢大仔的脑门，吓得卢大仔双腿一软，瘫坐在地上。

嬴建峰迅速往后厢房冲去，用手电一照，见后门大开，大喊：“人从后门跑了，快追！”

汪震文和鲁克蒂迅速从后门冲出去，用手电筒往远处一照，见小路尽头分叉口有两个人分开拼命逃窜，汪震文与鲁克蒂跑在最前，其后是嬴建峰与华路长等人。追到小道分叉口处又自然分成两组。

嬴建峰担心鲁克蒂一个刚参加工作的姑娘，实战经验欠缺，眼下追捕的是杀人不眨眼的凶残暴徒，万一有个闪失，那对谁都无法交代啊！于是嬴建峰不自觉地加快速度，嗖嗖几下就赶上超过鲁克蒂。

鲁克蒂年轻气盛，未料到比自己年龄大一倍的嬴建峰，脚下功夫也如此了得，不由气沉丹田提气上升，毕竟她也是童子功夫，年龄又轻，瞬间就超过嬴建峰。

嬴建峰一瞧还可以啊，毕竟是师傅的孙女，得了爷爷的真传。

正好他两个追的是卢东仔，两位身怀绝技的武林高手，你追我赶的，跑了一千多米，不到三分钟，就追上了气喘吁吁的卢东仔，将他摁在村边的农田里不得动弹。

那边汪震文与华路长也如猛虎下山，饿虎扑食，只慢了两分钟也把跳进水氹里的俞木根戴上了手铐。

听说两个凶手被抓住，不但支队灯火辉煌，整栋公安大楼加晚班的人倍增。大伙都想知道这两个凶手是怎么抓住的，他们是怎么杀人的。

147

对卢东仔和俞木根的审讯，已经进行了十八个小时。

不愧是“二进宫”的老油条，两人不管侦查员怎么轮番进攻，就是煮熟的鸭子——嘴硬。任凭你敲山震虎旁敲侧击抛线拉钩狂蟒回咬等等，两人死活不松口，否认人是他们杀的。

为了获取更多的证据，同时对卢大仔、辛丽英和卢东仔父母进行询问，但他们都说不知道卢东仔在外面干了什么，更不知道他杀人的事。

卢大仔说卢东仔坐牢后吸取了教训，不会再干违法犯罪的事了。

辛丽英说卢东仔在她面前赌咒发誓，为了她将来的幸福，他绝对不会再干犯法的事。

卢东仔父母对这个儿子完全绝望，说他到处借钱花销，父母帮他还债，后来越来越多，凭两个老人的退休金无法帮他还清，就索性不再理他了，现在他是死是活也不关父母的事，伤透了心。

嬴建峰还是老习惯，审问询问人员时，他都要亲自到现场审视观察，详细了解情况，给出指导意见。

时间到了第二天下午，如果再过六小时警方没有过硬的证据，他们也死不承认，那就得放人了。

嬴建峰急得嘴唇起泡。明明他们就是杀人犯，但他们不承认杀人，案子不仅不算破，到时还要向他们赔礼道歉开门放人。要真是那样，那会是全天下最大的笑话，也将是自己当警察的最大耻辱！

嬴建峰又将三位被害人的资料拿出来仔细研究，发现她们被害时身上都带有手机，上官燕和石兰娟手上都戴有金戒指，其中上官燕戴有两枚铂金戒指，石兰娟戴有一只黄金戒指。

对了，在鲁克蒂询问辛丽英时，辛丽英好像手上戴了三个戒指，有铂金有黄金的。那几个戒指，会不会是卢东仔杀人后抢劫来的物品。

想到这，嬴建峰立即拿起照片，带上放大镜，急匆匆来到办案区，走进五号审讯室。

鲁克蒂抬头见嬴建峰进来，点点头，然后又对辛丽英说：“辛丽英，进来这么长时间了，我们也用不着兜圈子，晚说不如早说，早说完就可以早回去。”

“哎呀，我真叫倒了八辈子大霉，坐在家里好好的怎么就进了公安局，我得罪谁了我？唉！”

辛丽英唉声叹气，不由双手抱头满是沮丧。

嬴建峰一见，辛丽英右手黄金戒指左手铂金戒指，马上抬手向鲁克蒂示意，鲁克蒂先没反应过来，嬴建峰抬右手指指自己左手指，又指指辛丽英，鲁克蒂立马明白了，便对辛丽英说：“辛丽英，你好有钱！”

“……啊！我，我有什么钱？”

“没有钱你戴那么多金子？”

“噢，这些东西都是别人送的。”

“谁送的？”

“……朋友，朋友送的。”

“哪个朋友？”

“一个，一个好朋友……”

“姓什么叫什么名字？”

“叫……”辛丽英欲言又止。

嬴建峰见辛丽英还想保护卢东仔，便上前将照片拍在辛丽英坐着的小长方桌前，将放大镜也放在边上。

“辛丽英，你拿放大镜仔细看看，你手上戴的和照片上人家戴的是不是一样的？”嬴建峰咄咄逼人道。

辛丽英满腹狐疑地拿起放大镜，看看照片上两个漂亮姑娘戴的戒指，再看看自己手上戴的，竟然一模一样，丝毫不差。

辛丽英用毫不在乎的口吻说：“这有什么，世上一模一样的戒指多的是，有什么稀奇的？”

嬴建峰轻蔑一笑，说：“辛丽英，要是你知道照片上的两个女人是谁，你就不会说得这么轻巧。”

“她们是谁？”

“她们就是这次被人杀害后又焚尸灭迹的两位姑娘。”

辛丽英啊了一声，脸色由红变白，浑身不禁颤抖起来。

“辛丽英，今天这两个戒指戴在你手上，说不定明天就戴在别的女人手上了！”

辛丽英的内心剧烈斗争着，半晌，她才气急败坏说：“不可能！他说这是他特意买来送给我的，说一辈子都会对我好！”

嬴建峰很不客气地反驳：“一个杀人犯的话你也能信？照片上的那两个姑娘比你年轻漂亮，比你更有钱，他都能毫不手软把她们杀了，他今天把东西给你哄你开心，明天看上其他的女人他也可以把你杀了，再把东西送给其他女的……”

辛丽英边听身子边抖动着，终于受不了，她歇斯底里喊叫：“别说了别说了！”说着她将两只手上的戒指一股脑全撸下来，狠狠往地上摔去。

鲁克蒂沉着脸，戴上手套，弯腰捡起三枚戒指，放进物证袋里，然后坐回椅子，双眼紧盯着辛丽英。

“辛丽英，你不要以为我们警察总是抓坏人，我们也帮助好人。你是希望我们抓你，还是希望我们帮你呢？”

“我是好人，我当然希望你们帮我。”

“你是坏人还是好人，完全取决于你自己的选择。你要是隐瞒戒指的真实来历，那你就是往坏人那边站。你能如实说明戒指的来历，那你就是往好人这边站，好人我们帮你，坏人就抓你，你自己选择吧！”

“我，我如实说了，你们是不是就能放我回家？我妈一个人瘫在床上，她两餐都没吃饭了。”说着辛丽英竟抹起眼泪。

“好！我答应你，只要你如实说清楚戒指的来历，我马上放你回去。”

“你，你个小姑娘，你说话能算数吗？”

鲁克蒂见问，忙转头征询嬴建峰，见嬴建峰点点头，鲁克蒂说：“能算数！”

“你，你能给我写个保证书吗？”

鲁克蒂听了张嘴就要反驳，侧脸见嬴建峰朝自己轻点下头，知道嬴建峰同意写保证书。一个警察给嫌疑人写保证书，那可是闻所未闻。但为了破案，写份保证书又有何妨？

鲁克蒂强咽下涌上心头的不愿意，拿笔在纸上唰唰唰地写完，然后将纸递给辛丽英。

辛丽英像抓到救命稻草一般，急忙双手捧过保证书迫不及待地看完，然后长长舒了口气，抬头用感激的眼神看看鲁克蒂，说：“谢谢你，鲁警官。”

“你先别忙着说谢，你要看清楚了，我写的是你要如实说明戒指来历，如果不如实，那就不算数的。”

辛丽英点点头说：“我看清楚了。”

“那你就如实说吧，我希望你选择成为好人。”

辛丽英下定决心，一字一字郑重地说：“戒指是卢东仔给我的。”

“再说一遍！”

“戒指是卢东仔给我的。”

鲁克蒂欣喜地侧脸瞄一眼嬴建峰，然后她郑重其事地说：“我顺便告诉你一个消息。”

辛丽英忙警觉地问：“什么消息？”

“我们嬴支专门安排人给你妈送吃的，所以，你妈没饿着。”

“真的啊？谁，谁是嬴支？”

鲁克蒂抬手一指嬴建峰，说：“这位就是嬴支！”

辛丽英忙站起身，朝嬴建峰深深地鞠躬，然后说：“谢谢你，嬴支。”

“不用谢，这是我们应该做的。我希望你以后好好地做人做事，不要贪图别人的钱财，特别要擦亮自己的眼睛，千万不要跟犯罪分子混在一起，要不然，你怎么丢掉性命的都不知道。”

“好的好的，我以后一定注意。你们都是好人，好人一定会有好报。以后有什么事需要我做的，我一定照办。”

“那好，你回去后想起了什么，要及时告诉鲁警官。”

“好的，好的。谢谢，谢谢你们！”

辛丽英又朝嬴建峰等人连连鞠躬。

148

面对眼前的三枚戒指，三份物证鉴定报告，卢东仔的心理防线一下崩溃了。

嬴建峰用力一拍桌子，吓得卢东仔浑身一哆嗦。

“卢东仔，铁证如山，你再狡辩也没用，你就是一句话也不说，同样定你的罪。我真不知道你怎么对那么年轻漂亮的女性下得了手？难道你家里就没有姐妹吗？即使你自己家没有，你的亲戚朋友家里总有吧？你们毁掉的，不仅仅是三条鲜活的生命，而是三个幸福美好的家庭。”

卢东仔冷漠地瞅瞅嬴建峰。

“你知道吗？被你害死的第一个姑娘上官燕，她与已经瘫痪在床的母亲相依为命，她本来是在北京影视界发展的，因为要照顾母亲，她毅然回到瓷城照顾母亲，她是一个多么善良多么孝顺的姑娘啊，而现在，由于她被你们无情地残害，只留下她母亲孤零零一个人，过着生不如死的日子。”

卢东仔的神情，露出一些躲闪。

“第二个被你杀死的姑娘沈芬，她母亲因为失去了女儿，日夜痛哭，悲痛欲绝，一双眼睛硬生生地哭瞎了，医生说她的眼睛治不好了，她将永远活在黑暗中直到终老一生。”

卢东仔的眼神，有些畏缩。

“还有第三个姑娘石兰娟，她的母亲经受不住打击，竟然也服安眠药自杀身亡……”

卢东仔慢慢低下头，两眼不敢看人。

“被你杀害的三个姑娘，都是家里的独生女，都是家里的顶梁柱，都是家里的希望和未来。你们的罪恶行径，真是暴殄天物，禽兽不如啊！难道你的良心就不会受一丝丝的谴责？就没有一点点的忏悔吗？”

卢东仔开始显得焦躁不安，他双手不断地搓捏、握动着。

这时审讯室的门被推开，鲁克蒂带着卢东仔的母亲霍水仙进来。

霍水仙面容憔悴，两眼浮肿。她一见卢东仔，立即上前，咬牙切齿地抬手朝卢东仔劈头盖脸地掴去，只听到一阵啪啪啪的响声，她边哭边骂：“你这个畜生不如的东西，老子娘的脸全让你给丢尽了。我怎么生出你这个畜生样的东西，你害父母也就算了，你还害别人家的人，你早就该死了，你有什么脸活在世上啊你去死吧！你个畜生不如的东西啊……”

卢东仔龟缩着头，他始终梗着脖子闭着眼，任由霍水仙抽打。

按理是不允许打骂嫌疑人的，但这个卢东仔实在太可恶了，大家恨不得将他碎尸万段，把他剁成肉酱喂狗才解心头之恨，就让他娘狠狠教训他一顿。

霍水仙哭泣打骂累了，竟一下瘫坐在地上，她还呼天抢地道：“我是前世造了什么孽啊？生了你这么个畜生不如的东西，你就是抵命也抵不了那么多条命啊……”

嬴建峰见差不多了，便上前示意鲁克蒂，两人扶起霍水仙，再由鲁克蒂将霍水仙搀扶离开。

嬴建峰接着对卢东仔说：“你说说看，你这样做，怎么对得起生你养你的父母？又怎么对得起你喜欢的女人唔！”

终于，卢东仔的心理防线彻底垮塌了，他紧张地看看嬴建峰，问能不能让他抽支烟，嬴建峰让汪震文点一支烟给他。

卢东仔眯眼拼命吸着烟，犹犹豫豫了半晌，最后终于下了决心似的，将烟头往地上一丢，就竹筒倒豆子般，将他自己是怎么伙同俞木根杀死三位女青年一五一十地全部交代清楚了。

华路长边听边记录，脸上抑制不住喜悦，连字都写得又快又好。

对俞木根的审讯，用“摧枯拉朽”来形容非常恰当。当他一看到三枚金戒指三份鉴定书，尤其是听说卢东仔已全部招供了，心理防线也瞬间崩溃，主动交代的细节比卢东仔都清楚。

审讯结束，大家的脸上都露出难得的笑容。

笼罩在瓷城上空五十三天的阴霾，终于被驱散。“2·11”“2·18”“2·19”连环杀人焚尸案，宣布告破。

案子虽破，但毕竟是三个青春靓丽的年轻姑娘，她们的人生还没有真正开始，生命就被扼杀了。犹如含苞待放的蓓蕾，本来她们可以给亲人给社会带来更多的欢乐与幸福，带来美好与希冀，但这些都被罪恶给掩埋了。留下来的，只有亲人们无尽的悲伤与痛苦。

对，得马上告诉自己的老同学石志坚。想到这儿，嬴建峰立即打通石志坚电话，告诉他罪犯已经承认了，就在刚才。

石志坚问："罪犯现在哪儿？"

"在我们局里办案区。"

"我想见见他们。"

"干什么？"嬴建峰有些警觉。

"我想问问他们，我女儿到底是怎么被他们害死的。"

嬴建峰想想，说："你不能见他们，有什么事我可以回答你。罪犯是两个人，一个以便宜拉客为名叫人上车，另一个躲在微型车后座，待人上车后一关上门，躲在后座的凶手就用钢丝绳勒住人脖子，直到被害。"石志坚听罢"嗷"的一声叫，然后手机就没了声音。

嬴建峰一听不对，忙对着手机呼叫："志坚，志坚。"但对方手机已经关机。

嬴建峰长叹口气，后悔自己不该告诉他消息，担心对方听到后受刺激会受不了。可回头想想自己不告诉他心里又过不去。唉！等自己结案后再去看他。

为了尽快结案，嬴建峰必须抓紧时间审阅审讯材料。虽然他参加了对所有人的审讯和询问，但他没办法对每个人都自始至终地审讯询问，所以只能通过这些材料，全面了解案情。

也就四十分钟左右，突然楼下有人吵闹的声音。嬴建峰忙打电话问支队值班人员，询问发生什么情况。值班人员说有一个人拿着刀和炸药，准备闯进办案区。

嬴建峰听了大吃一惊，忙跑下楼来到办案区外，见几个保安围着一个男子大声呵斥着，那男人右手挥舞着刀左手举着炸药包嚷嚷着与保安对峙。

嬴建峰赶紧跑上前去，近前一瞧，那挥舞着刀的男子竟是石志坚，便大声喊着："志坚你干嘛你干嘛啊？你怎么拿着刀跑到这里来？"

石志坚号叫着："我要见杀人凶手！我两个都要见！"

"志坚，你见他们干什么？"

"我要问他们怎么对我女儿下得了手？我要亲手杀了两个畜生为我女儿报仇哇！"

"志坚你冷静一下，你知道杀人是要偿命的。"

"我就是偿命我也愿意。嬴建峰，你就让我见见他们，我杀了他们然后我再自杀，我绝不会连累任何人的！"

"志坚，你怎么这么傻呀，你女儿没了老婆又走了，你再出事，你老爸老娘怎么办？他们靠谁养老送终啊？"

听嬴建峰这么一说，石志坚有些犹豫起来。

“我不管，我只要给我女儿报仇！报了仇要杀要剐我都愿意啊！嬴建峰，咱们同学一场，你就让我见见他们吧好不好？我求求你，我给你跪下行不行啊，嬴建峰！”说着说着，石志坚双膝对着嬴建峰扑通跪下，号啕大哭起来。

嬴建峰赶紧上前一把抱住石志坚，边上保安赶紧上前抓住石志坚手中的刀和炸药包，强行将刀和炸药包夺下。

嬴建峰虽是七尺男儿，但他听着石志坚那凄惨悲恸的痛哭，眼泪也簌簌地往下掉。他不由蹲下身子，紧紧抱着石志坚。

哭喊叫闹声，立即惊动了几十个局里人前来查看。正在办公室里的钟正仕也赶来了。大家围着嬴建峰与石志坚，纷纷追问怎么回事。

嬴建峰使劲向大家摆手，示意大家不要靠近。大家不知道具体情况，进退两难，只好拿眼望着钟正仕等他拿主意。

钟正仕看出有些蹊跷，便抬手制止住不断赶来的人。这时保安向钟正仕解释说明情况。

边上有人说：“那还了得，在公安局里面拿刀拿炸药行凶，得马上抓起来！”

钟正仕说：“大家不要急，现在情况不明搞清楚了再说。”便指挥大家往后退。

约莫一刻钟，石志坚情绪渐渐稳定下来。嬴建峰劝说他来到保安值班室，安慰他说：“你放心志坚，这起案子很快就会起诉审判，不出一个月就会枪毙他们，到时要开万人公审大会，会让全市全省人民都看到他们可耻的下场！为所有被害人报仇！”

石志坚泪流满面说：“老同学啊，我实在是咽不下去这口气啊！你说如果我女儿得罪欺负他们被他们误伤误杀还情有可原，可她从小善良有爱心连蚂蚁都不会伤害的乖乖女啊，他们怎么就忍心下手哇？！这天理不容，天理不容啊，嬴建峰！”

这时王大柱、汪震文等专案组成员都赶来了。

汪震文陪嬴建峰走访过石志坚，认出来人的身份，忙向钟正仕说：“钟局，这是第一个被害人的父亲，他老婆也自杀了，他肯定是想为女儿老婆报仇才来的。”

大家听罢，一下对石志坚充满着同情，那位说要把石志坚抓起来的人也闭嘴不言，悄悄地退到一旁。

嬴建峰好不容易安慰住石志坚，便吩咐汪震文用车送石志坚回去。

钟正仕将嬴建峰叫到办公室，问：“你这个老同学怎么会知道凶手是在咱家办案区的？”

嬴建峰一脸愧疚地说：“这事怪我，案子刚破，我就想告诉他让他放心，没想到他这么冲动，竟敢跑到局里来找凶手报仇。”

钟正仕一脸严肃，说：“好在没出什么事，要是真的他把两个凶手都杀了，那又是一起惊天大案啊！”

“是的局长，这事完全是我的责任，我被胜利冲昏了头脑，我不应该向他说破了案的事。我向您做深刻的检查。”

钟正仕见嬴建峰态度诚恳，脸色便缓和了许多，抬手摆了摆，说：“这事啊，你以后一定要吸取教训，绝对不能出现第二次。唉！我知道你这人心善，总想安抚被害人家属，但不是所有的被害人家属都是理智的，他们有时也会做出很疯狂的事情来，我们千万要注意，绝不能因为我们的善心引发第二次犯罪，那样就事与愿违了。”

“您批评得很对，我一定吸取这些教训。您放心，我绝不会再犯第二次！”

“好，不过你在专案组会上要做个检查，要让大家引以为戒！”

“是！我一定照办！”

149

破案的消息像长了翅膀，霎时传遍了整个瓷城，人们奔走相告，欢呼雀跃，商店里的爆竹也被抢购一空，到处都是鞭炮声。

市里的五大出租车公司反应最快。五位老总约好，第二天一大早，就集体来到市公安局送来了五面大锦旗，上面写着“瓷城神探，为民除害”“利剑出鞘，斩断恶魔”“人民保护神，破案为人民”“兵贵神速，伸张正义”“当代包公，断案如神”等等。

他们来到市公安大楼前站成一排，然后敲锣打鼓，燃放爆竹。钟正仕局长闻讯后立即来到大门口，见出租公司老总们在公安大楼大门两旁，贴上了大幅感谢信，上面大意是发案初期，市民们都认为是出租车司机杀人，没人敢坐出租车，生意一落千丈，有两家公司都濒临倒闭，多亏市公安局刑警部门破案，为出租公司挽回了影响，救了出租公司，他们代表全市五千多位出租车司机向公安局表示最崇高的敬意，并且每家公司送来两万元感谢金。

听到动静后，嬴建峰也赶到了大门前，他婉拒了十万元感谢金，只接受了五面大锦旗。

钟正仕喜滋滋地对嬴建峰说："你们要好好总结一下，我要给你们请功！"

嬴建峰说："好的，我们一定会认真总结。"

嬴建峰将五面大锦旗拿到办公室，放在沙发上，但他怎么也高兴不起来。

昨晚的专案组会上，嬴建峰首先向大家通报了钟局长的指示，就自己擅自打电话给石志坚的事做了自我检查，并希望大家引以为戒，不能再犯。

接下来嬴建峰又继续审阅案件材料。他养成了一个办案习惯，凡经过他手的案件，一定要把所有的细节都吃透，然后再做下一步决定。

嬴建峰一本一本地翻看案卷，一直到天亮才弄完。刚在办公室沙发上躺了两个小时，就被送锦旗的吵醒了。

嬴建峰昨天就通知早上八点半开例会，看看时间差不多了，他便拿着自己梳理出来的材料来到会议室。

嬴建峰进门一瞧，见大伙都到齐了，高兴地说："今天不错嘛，大家都提前到了。"

鲁克蒂天不怕地不怕，她第一个发言说："嬴叔叔噢嬴支同志，大伙这么早来是想请你说说论功行赏的事。"

"什么论功行赏？"

"哎，大家辛苦五十多天破了这么大的案，立功受奖那是必须的。"

还真有不少人跟着附和。

嬴建峰微微一笑说："看来我昨晚作的自我检查都白做了。"

大伙一听都觉得茫然，不知道嬴建峰这话什么意思。

见大伙疑惑，嬴建峰直截了当地说："我昨晚之所以做检查，究其原因就是高兴得太早了，所以差点酿成大错。今天大家一上来就想论功行赏，犯了跟我一样的错误。"

大家面面相觑，不知就里。

"嬴支的意思是说，咱们的案子还不算全破？"鲁克蒂大胆地问。

"对！不愧是刑警学院的高才生！"嬴建峰赞赏道。

自以为功劳不小的华路长也斗胆地问："嬴支，咱们还有哪些案子没破啊？"

嬴建峰瞅一眼华路长，说："从面上看，卢东仔和俞木根杀害三位女青年的案子可以板上钉钉。但我还有一些疑问，想请教大家，或者说与大家共同探讨。"

鲁克蒂双手托着下巴，一派少年老成地说：“愿闻其详。”

嬴建峰笑笑说：“我只提三个问题，这三个问题如果都能解释得清楚，那说明案子就全结束了。如果解释不清，那就证明案子还没完全破。”

鲁克蒂抬手示意嬴建峰提问。

“问题之一，就是卢东仔他们作为杀人与抛尸的作案工具，那辆白色菱悦微型车，从一开始蓝天月主任要他拿发票登记，他推辞说发票找不到了，后来又说车子是别人的。再后来我们问他车子的来历时，他又说车子是在路边花五千元买来的，卖车的人他也不认识。他极力隐瞒车子的来历，说明其背后肯定隐藏着不可告人的秘密。”

“会是什么秘密呢？”

“根据犯罪准备的原理，与他们之前有可能实施了杀人的推断有关。也就是说，这辆车很可能跟另外的杀人案有关。”

这时王大柱说：“我昨晚连夜对各派出所登记被盗车辆的情况进行调查，发现北山区青莲派出所居民赵立军报案，说有一辆白色菱悦微型车于去年九月二十号丢失，经过当地派出所现场走访调查，有群众发现车子被盗前有三个人在微型车边上鬼鬼祟祟的，怀疑是那三个人偷车。我将卢东仔和俞木根的照片给目击证人看，他一眼认出就是他们两个，还有另一个人在场，我们手上没有那人的任何资料。”

嬴建峰很自然地点点头，说：“这件事我们必须要进一步落实，为什么他们两个不交代偷车的事？另一个偷车子的人是谁？现在在哪儿？那个人会不会死了？这里有没有可能隐藏着另一起命案。”

鲁克蒂很老练地抬手示意，说：“请嬴支继续。”

“这第二个疑问，就是我发现卢东仔在回答问题时，眼神总是飘忽游散，还时不时地眼睛向右上方瞄去，这说明什么？”

鲁克蒂马上接嘴说：“这是说谎的表现。”

“对！那他为什么要说谎？还不是为了隐瞒案情吗？那他连这三起杀人案都交代了，他还有什么必要再去隐瞒？”

鲁克蒂马上指出：“这说明他想保护另外的人，而这个人，应该是他很在乎跟他很亲近他很想保护的人。”

“不错！那在本案中，他很在乎很亲近他很想保护的人会是谁呢？”

“当然是他哥哥卢大仔。”

“没错！所以，他的哥哥也有重大犯罪嫌疑。这第三点，是两个凶手都供认：三位姑娘一上车，就用钢丝绳勒住她们的脖子，时间不到一分钟就把人勒死。犯罪学上，有一个犯罪准备过程，很简单的道理，如果叫你现在拿钢丝绳去勒一位姑娘的脖子，并且在一分钟之内勒死，你能做到吗？”

大伙都摇头说做不到。

嬴建峰笑笑说：“大家当然做不到，为什么做不到呢？你会说我跟她们无冤无仇的，我为什么要杀她们。就退一步来讲，即使你跟她们有冤有仇，但你也做不到敢扑上去一分钟之内就将人勒死。因为你根本就没有犯罪的准备。我说的这种犯罪的准备，不仅仅是指心理上的，更是指现实行动上的。”

大伙有些丈二和尚摸不着头脑。

嬴建峰继续解释：“我的意思，不是指犯罪分子在这三次杀人案当中的准备，而是指他们在这三次杀人之前就进行了准备。再说明白一点，他们之前很可能已经杀过其他人，而且很可能还不止一个。通过之前的杀人经历，为之后的杀人做准备。所以，他们才养成了心狠手辣、扑上去就能要人命的胆量与行动速度。”

华路长立即说：“对啊，嬴支一说我就想起来了，那个卢东仔有几次自言自语，说‘我要交代的重大犯罪会涉及我的亲人’，照这么说，那他哥哥参与杀人的可能性就太大了！”

嬴建峰微笑着环顾一下，问：“现在大家说说，卢东仔与俞木根杀人案能不能结案？”

大伙异口同声说：“不能。”

“大声点！”

“不能！”

“那咱们还等什么？”嬴建峰问。

“开工啊！”鲁克蒂兴奋地高声喊着。

150

嬴建峰先找到王大柱所说的目击证人，对另一个盗车贼进行了画像。同时叫王大柱到电信公司打出了卢东仔近一年的手机通话单，然后回到局里碰头商量。

对卢东仔的审讯，再次开启。

当嬴建峰将微型车照片、被盗车辆报告、第三个偷车人的画像以及现场目击证人的笔录，一一拿给卢东仔看时，卢东仔的脸色刹那间变得惨白。

“卢东仔，纸是包不住火的，你的所作所为，我们会查得一清二楚的!”

“我，我已经说那么多了，你还要我说什么啊？”

“要说得多了，比如，跟你们一起盗微型车的那个人。”

“我，盗微型车的不就是俞木根吗？”

嬴建峰啪的一下拿起一张人头画像，呵斥道：“还有这个人呢？”

卢东仔拿起人像一瞧，惊得张大嘴巴。“你，你怎么有他的像？”

“你甭管我怎么有他的像，我就问你，他现在人在哪儿？”

卢东仔被嬴建峰一问，噎得哑口无言，他低头看着地面半晌不作声。

嬴建峰见他还心存侥幸，又从公文包里掏出一长条电话单，卢东仔拿过单子一瞧，是自己手机的通话单，上面与俞木根、卢大仔等几个人的通讯记录，都用红笔圈出。其中就有那个一起盗车的人。

“怎么样卢东仔，用不着我多说了吧？”

卢东仔知道，那个被自己和俞木根杀死的章明，再也隐瞒不了了。

“其实，那个章明，不是我想杀他。”

“那是谁？”

“是俞木根说要做掉他的。”

“他为什么要做掉他？”

“怕他把偷车的事说出去。”

“什么？怕他把偷车的事说出去就杀人，你们是不是脑子进水了？是偷东西的罪重，还是杀人的罪重？你们连这个都搞不懂？怪不得把杀人当儿戏!”

“我，我也不想杀人，可那个俞木根，非逼我要把他做了。”

“卢东仔，好汉做事好汉当，你不要把责任都推给俞木根。你要是不同意，他会那样做吗？”

卢东仔低头不语。

“再说，这次杀三个姑娘，不是你先提出来的吗？你有什么必要，把责任都推给别人？”

“我没把责任推给别人，我做的事我都承认。”

“不见得吧？还有你跟你哥一起做的事呢，你说了吗？”嬴建峰故意诈他。

卢东仔惊诧地望着嬴建峰，不敢相信似的说："你这也知道？"

"你说我有什么不知道的？"嬴建峰很是自信的样子。

面对嬴建峰咄咄逼人的眼光，卢东仔觉得自己真是太失败了，怎么自己做的这些事，对方都清楚。

罢了，既然已经到了山穷水尽的地步，自己不说也没用，他们自然会查清，与其这样天天被他们问来问去的，烟又没得抽，睡又睡不好，活着比死了还难受，不如早点把自己做的都说完，也好让他们早点结案，自己也好早些到阴曹地府去报到。

哥哥哎，弟弟对不住你了，早晚都要被他们查出来，说不定其他人已经供出来了。晚说不如早说，弟弟就说了算了。咱们兄弟永远是兄弟，我会为你说好话的。

"怎么样，考虑清楚了吗？要不要我把你所做的都说出来，那样就不算你交代的，而是我们查出来的，那对你认罪定性就没一点好处。"

"我说我说算了，我那么多都说了，再说也没什么。不过，我想提个要求。"

"什么要求？"

"我说了，你们要对我哥哥判轻点，尽量不要判死刑。"

"那要看你哥哥在犯罪中的具体表现。"

"他，他是我叫去的，他只是在门外望风，他没动手杀人。"

"那是谁杀的？"

"我，俞木根，还有盛兵。"

"具体什么时间，地点？"

"去年十一月底的一天晚上，我们一起四个人到渔阳县银里乡部小青、卫光亮家里，我哥哥在外面望风，我和俞木根还有盛兵三人进去，我们开始只想抢点钱过年，没想到那家人跟我们拼命，我们被逼得没办法，正好把他们做了，也练练胆。"

嬴建峰知道渔阳县银里乡离瓷城不远，也就三十多公里，好像当时收到过渔阳县公安局发来的协查通报，查一下就清楚。

"你们真是丧心病狂，竟然拿杀人来练胆？"

"没法子，我那个相好姓辛的，说再没钱就要跟我分手，我，我为了多弄点钱，就，就想抢点钱。"

"你抢点钱为什么又杀人？"

“还不是怕被他们认出来吗？”

“真是岂有此理！你再说说，还做了哪些事？”

“还做了，还做的事多了，反正我们从去年春节到现在，前前后后抢了十多次。”

“几个人？在哪里抢的？怎么抢的？抢了什么东西？越详细越好。”

“具体的时间地点记不得很清楚。总之没有微型车之前，我和俞木根两个骑摩托车抢，有了微型车后就开着车抢。时间呢，大体上从去年春节期间开始。地点吧，街上弄子里河边公园公交车站学校医院都抢过。抢的都是女的，我们蒙面抢的，她们一般不敢反抗，也没力气反抗，很多女的见了刀人就软了。”

正在记录的鲁克蒂气得浑身战栗，几次搿笔想起身暴打卢东仔一顿。

嬴建峰看出鲁克蒂的内心冲动，几次抬手制止鲁克蒂。

“你再说说，一共抢了多少东西？”

“好像，手机十一部，金首饰八个，人民币五万多块吧。”

“包括最近抢那三个姑娘的吧？”

“是的。”

“为什么你给辛丽英的金戒指只有最近抢的三枚，以前抢的东西呢？”

“以前的都卖掉了，再说，以前我还没跟她在一起。”

“辛丽英知不知道你在外面抢劫？”

卢东仔摇摇头，说：“不知道。”

“你既然喜欢辛丽英，就应该踏踏实实找份工作跟她好好过，你这样做怎么对得起她？”

“别说这个辛丽英了，要不是她说我没钱要跟我分手，我就不会去抢劫杀人啦，我不抢劫杀人，你们就抓不住我！我，我恨死这个辛丽英了！都是她害得我这样！”

“卢东仔，你不要又将责任推给别人。任何人犯罪都有客观原因，但主观原因是占绝对的。像你这种凡事都找客观原因不找主观原因的，最后都是是非颠倒胡作非为的。那样你不入地狱谁入地狱啊？”

“我也不想说那么多，现在的世道是人为情死鸟为食亡，我栽了倒霉我也认了。要怪就怪我爸妈不该生下我，生了我又不好好培养教育我，现在说什么都晚啦！……哎领导，能不能给支烟抽抽？”

鲁克蒂啪的一下将笔拍在桌面，义愤填膺地起身朝卢东仔走过去。

嬴建峰一瞧情势不对，忙起身拦着鲁克蒂，未料鲁克蒂纵身腾空跃起，一脚踢向卢东仔坐的椅子。嬴建峰拼力拽住鲁克蒂，致使鲁克蒂脚上的力量大为减弱。

卢东仔“啊”的一声连人带椅被踢得飞起，砰地撞到墙壁又噗地落到地上，痛得卢东仔龇牙咧嘴喘不过气。

鲁克蒂仍不解气，又要上前教训卢东仔。

嬴建峰厉声道：“克蒂！你再打人就要关你禁闭！”

“你爱关就关，我不教训教训这种人渣我就不算人？”

说着鲁克蒂仍向卢东仔走去，边上的汪震文与华路长双双上前拦截鲁克蒂，鲁克蒂瞬间发动内功以太极化手，将两人震飞。

嬴建峰大叫一声“不好”，随即飞身拦在前面，鲁克蒂仍以太极化手想震开嬴建峰，未料被嬴建峰震退几步，啪地摔倒在地。

鲁克蒂愤怒地盯着嬴建峰，意识到嬴建峰的功夫远在自己之上，要想再亲手教训卢东仔已不可能，满腔的悲愤顿时爆发，她用手使命捶打着地面，发出撕心裂肺般的刺耳哭叫，哭得伤心欲绝。

卢东仔已被眼前发生的一切惊得魂飞魄散。他不由自主地跪在地上对着鲁克蒂不停地叩头，嘴里喃喃自语道：“姑奶奶饶命，姑奶奶饶命啊，我错了我错了我认罪认罚……”

嬴建峰快步上前拉起鲁克蒂，没想到鲁克蒂对着嬴建峰拳打脚踢，嬴建峰任凭鲁克蒂踢打一动不动，他为鲁克蒂的疾恶如仇深深震撼也深为感动。

鲁克蒂意识到自己的鲁莽失态，竟然改为用巴掌掴自己的脸，一掌一个红手印，她边掴边流着泪说：“我没用我没用……”

嬴建峰的眼眶一下湿润了。他感佩有一位如此刚烈仗义的女警，这是一种多么可贵的品质啊。他一直把鲁克蒂当成自己的女儿一样，要不是当初为破陶欣案耽误了结婚时间，孩子就应该是她这么大。

嬴建峰见对方这样过度自罚，心痛不已，忙上前抓住对方的手不让她再掴自己的脸。

鲁克蒂一下扑在嬴建峰胸前，痛彻心扉地哭着，边哭边说：“叔叔，我，我恨哪，我恨有这样的人渣，我恨姐妹们死得冤啊！”

嬴建峰噙着泪用手轻轻拍着鲁克蒂的后背，安慰说：“我理解你的心情，可你再痛恨他们也不能以暴制暴啊。要是那样那咱们跟他们有什么两样？再说，咱们是人民警察，咱们除了仇恨、公平、正义，咱们还有法律啊！咱们不但要做人民的保护神，也要做法律的保护神啊!”

鲁克蒂慢慢停住了哭泣，她转头咬牙切齿握紧拳头，瞪眼怒视匍匐在地惶恐不安的卢东仔，不禁仰天发出一声“啊”的怒吼。

再看卢东仔，他早已吓得浑身哆嗦，缩成一团了。

151

转眼到了二〇〇三年夏天。

刚参加完高考的外甥女唐瓷韵跑到刑警支队，嚷嚷着要嬴建峰帮忙填报志愿。

嬴建峰问:“你喜欢什么就报什么志愿呗。”

“哎呀舅舅，我喜欢什么名字里不都有了吗?”

嬴建峰想想说:“你瓷韵那就读陶瓷大学呗，离家又近，多好啊!”

“可我喜欢考古专业，陶瓷大学没这个专业。”

“那你就去北大清华读考古系。”

“我没那么高的分啊。”

“那，你想报什么学校呢。”

“我也不知道，所以来问您啊。”

“你总有个大概的方向什么的吧?”

“我当然想读北京的，或者北京附近的大学也行，要专业过得硬的。”

嬴建峰觉得有点为难，他对警察院校蛮熟悉，对考古一类的真不太清楚，可既然外甥女问来了，就要认真对待不能应付。对了，杨鸿儒不是古陶瓷研究所所长吗?他对这方面的情况肯定熟悉，我问问他呀。

嬴建峰想到这，就打电话给杨鸿儒，杨鸿儒思索了一下，说:“天京大学啊，那里离北京又近，考古专业很不错，最近他们那里出了不少人才，专门研究咱们瓷城古陶瓷的，论文写得很不错，不差似北大清华的。”

“是吗?那太好了，我们把它作为首选。谢谢您杨老师!”

挂完电话，嬴建峰突然一拍桌子，说:“想起来了，我有个战友好像是天京大学保卫处长，去年他还打电话来联系我，说是准备弄一个战友联谊会，有时间大伙聚聚，联络联络感情。对了，我好像还存了他电话，先打电话问问情况。”

赢建峰翻看手机，找到施法严的手机号码，拨打过去。

对方一接听立即说："赢建峰啊，正准备打你电话，咱们战友通讯录今天刚刚寄出去，最多一个礼拜寄到，注意查收。哎老战友，你今天怎么有空想到给我打电话啊？是不是有什么喜事要通知我，你说，我再忙也要去。"

赢建峰就将外甥女报考大学填志愿的事跟他说了。施法严一听，高兴地说："来来来嘛，我们大学考古系很不错的，对你们瓷城古陶瓷的研究，超过北大清华。"

"真的假的？你是想招生故意做宣传的吧？"

"老战友，咱们部队出来的，从不搞夸大浮吹那一套。我们学校要招生不假，但我们战友跟你必须说实话。你要不信，可以先过来考察一下。正好学校放假了，我有时间接待你，带你到附近转转，也和战友们见见面，喝几杯。有几个早嚷嚷着想见你，说要把你放倒，以报当年在解放广场被你灌醉的一箭之仇！"

"是吗？那我还真想去看看你们。"

"来嘛来嘛，这么多年未见，大家都挺想你的。对了，这里考古系的教授主任我都蛮好，你们来了正好可以见见，专业实力方面怎样，你见了不就知道了？现在放假，正好可以带你外甥女和小孩一起来玩，让孩子们也散散心，放松放松。"

赢建峰的心立即被对方说动了。当兵的人一听到"战友"两字就觉得特别亲切，特别激动。战友情，生死情，不是兄弟胜似兄弟。这份情感，根深蒂固，永不磨灭，并且随着时间的推移，愈加浓烈，愈加珍贵。

再说，自己一直忙于工作，从来未带儿子他们出去旅游过，随着孩子的长大，那份亏欠感也越来越重。

当对方再问怎么样时，赢建峰一口答应，说明天就去。

于是，两个大男人在手机里大声唱起："咱当兵的人，有啥不一样，只因为我们都穿着，朴实的军装。咱当兵的人，有啥不一样，自从离开故乡，就难见到爹娘。说不一样，其实也一样，都是青春的年华，都是热血儿郎。说不一样，其实也一样，一样的足迹留给，山高水长……"

雄壮嘹亮的歌声，穿过门廊，飘出窗外，引得王大柱赶紧跑过来。他推开赢建峰的办公室门一瞧，只见赢建峰手拿着手机，嘴对着屏幕哈哈大笑着，格外开心。

152

第二天上午十二点整，当嬴建峰带着黄美琴、嬴亲民和唐瓷韵来到天京建国大酒店门前时，他被大门前两旁的军乐队镇住了。

军乐队身穿军队礼服，阵容严整，训练有素。他们吹奏着《咱当兵的人》乐曲，曲音洪亮，鼓乐震天，听得人热血沸腾，慷慨激昂。

施法严小跑着上前，热情地拥抱着嬴建峰，军乐声掀起一个高潮。

接着施法严又双手热情地握着黄美琴的手，一个劲地说："欢迎欢迎，嫂子好，嫂子好！"

施法严又上前抱抱唐瓷韵和嬴亲民，嘴里不停地说着："外甥女好！小侄子好！"

嬴建峰看着站在大门前的一排人，面容大都似曾相识，便问："他们是……"

施法严"噢"了一声，说："贵人多忘事，这些都是咱们同年和咱们带的兵，除了市里的附近的都跑来了。"

嬴建峰点点头，又用手指指军乐队。施法严又介绍说："这也是咱们部队老兵组成的，平时有什么纪念活动就拉出来亮相。为个人出场，上次是某大区司令员来，你是第二个。"

嬴建峰一听羞愧难当，忙说："太奢侈了太奢侈了，你让我无地自容哇。"

"哎呀，甭客气，天下兵者是一家，今天既然来了，就客随主便。听我安排。"

嬴建峰一听立马紧张起来，忙说："我们刚来，吃饭可以，但千万不能醉，要不然一切都糊了。"

"你放心，点到为止，绝不让你喝醉。嫂夫人和孩子们我会安排人照顾好，你就放心。"

欢迎仪式结束，施法严在豪华大厅摆了整整六桌，其中男士四桌，女士小孩两桌。宴会开始，嬴建峰见势不妙，如果一个一个地来，除非能喝三十斤以上，否则不要上桌。世上哪有喝几十斤不醉的，除非有特奇功能，否则就是传说。

嬴建峰端杯站起身，说："非常感谢各位战友，特别要感谢施法严的热情款待。我在这里先撂下话，欢迎各位战友携家人到瓷城去做客，我们那里的瓷城老窖那也是够劲的。为表示我的诚意，我在此借花献佛，先敬大家三杯，希望大家同干！好不好？”

“好！”

“那我就先干为敬！”

嬴建峰说完，端起三两的杯子咕噜一下就干了，然后将杯子翻过来举过头顶，证明酒喝得一滴不剩。大伙见状，不管愿不愿意，都学着嬴建峰的样，将酒喝完。

就这样连喝三杯，足足九两下肚。嬴建峰猛灌矿泉水稀释，借口肚子不舒服上洗手间。他一进洗手间就将门关上，用手指使劲抠喉咙，尽量反胃让酒吐出来。就这样，嬴建峰在洗手间待了差不多一刻钟，酒也扣得差不多了。

这边酒桌上的战友们三杯下去，就有三分之一的人头晕眼花了。再经过差不多一刻钟的互敬，又有三分之二的都超一斤二两。等嬴建峰重新坐上桌，清醒的就剩四个人了。

他们一见嬴建峰，都嚷嚷着要敬嬴建峰，嬴建峰推托说胃疼不能再喝了。施法严也知道，下午安排了嬴建峰带着外甥女与考古系龚主任见面，所以也就没让嬴建峰再喝了。

下午三点左右，嬴建峰带着唐瓷韵准备去天京大学，正坐在建国酒店等施法严开车来接，突然接到杨鸿儒所长电话。

“哎呀嬴建峰，你昨天打我电话问报考考古专业院校的事，我不是跟你推荐天京大学考古系吗？我突然想到我前不久到天京大学参加学术交流会时，有人跟我说天京大学有很多咱们瓷城的古瓷片，我还听说除天京市外，还有海洲市等几个城市都有我们瓷城的古瓷片，还有人估算说起码有两百箱以上流失在外。我很担心咱们市里御窑厂底下的瓷片是不是被盗了。要是那样，咱们瓷城和国家的损失就太大了。所以，我想想还是要跟你说一声，也许对你们有用。”

嬴建峰听了怔了一下，随即很客气地说：“太谢谢了，谢谢您杨老师！我现在已经在天京市，马上要去天京大学考古系与他们主任见面。”

“他们主任应该姓龚，我认识他，要不要我跟他打声招呼？”

“暂时不要，有必要时我再跟您说。”

就这样，嬴建峰多留了个心眼，等会见到龚主任时，他要有意问些与瓷城古瓷片有关的话题。

三点半，施法严准时来接，直接来到考古系教研楼，见面寒暄后，龚主任说：“欢迎你们来天京大学考古系考察。”

嬴建峰忙说：“考察不敢，我们是来学习取经的，我原来也学过考古。”

龚主任一下找到了话题，忙问：“你拜哪位为师？”

“杨鸿儒。”

“哎哟，他可是咱们国内研究瓷城古瓷的权威，是我们考古系的学术顾问呢。”

“是吗，那太巧了。感谢你们对瓷城古陶瓷研究做出的巨大贡献，也非常感谢你们为考古界培养了大量人才。”

“哪里哪里，这是我们应该做的。噢对了，我班上就有一位女生，叫程莎莎，她男朋友就是你们瓷城的，那小伙子也是我班上的走读生，可他对瓷城古陶瓷的研究，比我班上那些正规学生还专业。”

“是吗？太好了！噢对了，那个程莎莎现在在哪儿？”

“真不巧，程莎莎现在正在你们瓷城，进行考古毕业实践活动呢。”

“太遗憾了。那她男朋友在哪儿呢？”

“他应该在天京，这小伙子跟人合作开了一家瓷器店，就在中山路上，我等下查一下具体的地址给你。”

“谢谢非常感谢！”

“这样，为了让你们全面了解一下我们考古系的情况，我带你们参观一下。”

“好的，非常感谢！”

“不客气。请往这边来。”

龚主任先带嬴建峰等人往展览大厅走，只见偌大的展厅内，展示着各种各样考古的实物，发掘的经过与介绍。巨大的恐龙化石像座小山，雄踞在大厅中央；另外翼龙、火龙、犀牛等动物化石也比比皆是，犹如一个博物馆。

龚主任很自豪地说：“这是我们考古系自己发掘出来的各种动植物化石，品种非常齐全，在全国考古院校中也是不多的。”

嬴建峰很赞赏地点点头。

嬴亲民惊叫着跑到恐龙化石底下，抬头仰望着巨大的化石骨架，嘴里“哇”地惊叹着，兴奋得蹦跳起来。

龚主任很满意地笑着，又带嬴建峰往里面的展厅走去，灯光一亮，整个展厅照样令人震撼。只见四周及中央博古架上摆满了各色瓷器，哥、官、汝、定、钧等名瓷一应俱全，琳琅满目。嬴建峰自以为是研究过陶瓷的，也没想到会有这么多古瓷，不由得赞叹说：“真是大开眼界！”

龚主任介绍说：“其实哥、官、汝、定、钧五大窑早于瓷城的影青与青花，但瓷城后来居上，成为集大成者。就是通俗讲的先长眉毛不如后长须。综合起来讲，瓷城有两千年的制瓷史，一千年的官窑史，特别是六百年的御窑史，这是世界任何地方都不能比肩的，所以说，你们瓷城是世界瓷都，千年瓷城，对瓷城古陶瓷的研究，仍然是世界性课题，具有无可比拟、无可替代的研究价值。”

“龚主任博学，我们受教了。不过我想请教一下，这些瓷器发掘出来就是完整的吗？”

龚主任听完笑了，他侃侃而谈：“那是不可能的。众所周知，瓷器最大的弱点就是容易破碎，在几千年的历史长河中，各种天灾，比如地震、火灾、泥石流、洪水、雷电等造成的破碎，还有意外，诸如搬运、失手、碰撞等意外造成破碎。最为典型的，应该是你们瓷城的御窑厂瓷器，为皇帝御制的瓷器成百上千，但皇帝只选其中的几件进献，其他的必须全部打碎深埋地下。所以说，历史上遗留下来的，绝大部分都是破碎的，完整的瓷器价格惊人，有的比黄金贵万倍。比如你们瓷城的元青花。”

嬴建峰使劲点着头说：“您的意思，这里的瓷器都是修复的？”

“不能说全部修复，应该说绝大部分是修复的。”

嬴建峰趁机说：“您能不能带我们去看一下修复瓷器的现场？”

龚主任很优雅地抬手向前一摆，说：“这边请！”

穿过展厅大楼与另一栋教研楼走廊，来到一间三百平方米的房子。里面摆满了桌子、仪器，地上、桌台上凌乱摆放着各种碎瓷片。有十几位学生正在对瓷器做各种化学成分的化验检测，也有几个蹲在地上仔细拼粘瓷器。

学生们一见龚主任进来，忙停下手中的活计，站起身对龚主任客气地打招呼，有说龚主任好的，也有叫龚老师好的，总之都是一副恭敬有加的神态，从中可以看出龚主任在他们心目中的地位很是崇高。

嬴建峰随着龚主任来到拼接瓷器的地方，龚主任见学生们都呆站着，便说：“大家继续吧，我随便看看，不影响你们做事。”

学生们听罢，就像从暂停状态恢复了正常，该干嘛还干嘛。

嬴建峰对瓷器拼接见得多了，他稍微看了一下学生们有些笨拙的拼接，便抬头看向房屋角落，见东南角堆放着四个大箱子。仔细瞧瞧，那四个纸箱立马吸引住嬴建峰的眼球。嬴建峰对这种纸箱太熟悉了，那是瓷城用来专门包装运送瓷器的纸箱。

这种纸箱怎么会在这里出现？难不成是从瓷城直接发货过来的？要是那样，那里面装的是什么呢？当然应该是瓷器，但在考古系教研室出现的瓷器，应该是跟考古有关的，而跟考古有关的瓷器，应该是古瓷器啰。

想到这，嬴建峰三步并作两步来到纸箱边上，伸手就将一个纸箱打开，嬴建峰一瞧，惊呆了，竟然是瓷城御窑厂地底下埋的碎瓷片。嬴建峰赶紧打开另外三个纸箱，也全都是碎瓷片。

龚主任见状忙走上前，想看看怎么回事。嬴建峰不再客气，直接问："龚主任，请问这些东西是怎么来的？"

龚主任愣了一下，似乎意识到了什么，回答说："这些东西就是那个程莎莎的男朋友、名叫廖学古的小伙寄来的，他说是考古实践挖出来的，在瓷城到处都有，不足为奇。"

嬴建峰听罢笑笑，说："龚主任，您被他骗了。"

龚主任一怔，拿眼盯着嬴建峰，满脸疑惑。

嬴建峰又笑笑问："龚主任，我不知施处长有没有给你介绍我的职业？"

"介绍了，说你是瓷城公安。"

"那他有没有介绍我具体哪个部门？"

龚主任摇摇头，说："那倒没有。"

"我再自我介绍一下，我在瓷城市公安局刑警支队工作，目前担任支队长。打击盗挖走私文物，是我们刑警部门一个非常重要的职责。以前我们抓过一些盗挖古瓷片的违法分子，都是因为数量少，没造成什么影响，我们基本上都是拘留教育为主，但从你们这里发现的四大箱碎瓷片，数量大得惊人，这明显是严重的违法犯罪。"

龚主任一听，脸色变得越来越难看。

"前几天我接到公安部刑警局通报，说在香港、澳门和东南亚一些国家出现大批瓷城的古瓷片，在市场和私下场所交易，我们也已经拟好了报告，准备立案侦查。今天看到的这些瓷片，是我们立案的重要证据，我要立即报告省公安厅和公安部。"

龚主任脸色沉郁得吓人，良久，他问："那现在怎么办？"

"立即由保卫部门封存，等我们带正式的法律手续来起赃物。"

龚主任听了，心里不是个滋味，本来好好的很有研究价值的古瓷片，现在一下子就变成赃物了，同样的东西，因为经手的人不同，性质和作用竟发生翻天覆地的变化，令人感叹。

施法严知道性质的严重性，忙把嬴建峰拉到一边，轻声问：“这对我们考古系有没有影响？”

嬴建峰想想，说：“应该没有，只要不是以学校或系里的名义购买的，不会受牵连。”

“那就好，只要不影响我们学校，你怎么办都行。”

“这个你放心，于公于私我都不想让你们学校受影响，只是有一个前提。”

“什么前提？”

“全力配合我们的工作，找到购买这些古瓷片的廖学古，追回所有被盗的古瓷片。”

“这个我会跟他们说的。那这件事，要不要报告天京市局？”

“肯定要的。我向局领导汇报后，会立即通过公安部与天京市局联系，我们的人今晚就会带法律手续飞过来，明天就去天京市局。”

“那你要不要跟龚主任再说一下。”

“好的。”

嬴建峰转过身来，请龚主任走到一旁，轻声向他说明了目前的情况，并说：“明天天京市局的同志会和我们一起来，把这些东西拿走。请您一定要保密，在整起案件没有侦破所有被盗古瓷片没被追回之前，绝对不能对外透露半句。”

“这个你放心，我也是几十年的老党员了，这点觉悟那是最起码的。”

“好，那就谢谢您。另外，还要请您把那个廖学古和程莎莎的详细情况提供给我，我们要立即开展调查。”

“好的好的。”

“龚主任，您也知道，咱们打击盗挖走私古瓷片，就是为了保护国家文物，这和您搞考古研究古文物是一脉相承，性质是相同的，我们的目标也是一致的。给您增添了麻烦，真是不好意思。”

“哪里哪里，我知道打击和保护是一件工作的两个方面，不打击的话就起不到保护的作用。协助你们办案，我们也责无旁贷。”

“谢谢，非常感谢龚主任的理解支持，我真诚希望您多支持研究我们瓷城陶瓷文化，更欢迎您能来瓷城传经送宝、旅游做客。我一定亲自接送陪同。”

“谢谢谢谢，有你这么高素质的舅舅，我为你外甥女感到自豪。这样，只要你和外甥女不嫌弃我们学校，只要填报了，我一定录取！”

赢建峰立即紧握龚主任的手，使劲摇晃着，以此传递表达自己的感谢之情。

153

赢建峰吩咐龚主任，叫学生将四箱碎瓷片抬到考古系保管室的保险柜锁好，将保险柜钥匙交给施法严保管，然后来到保卫部，给钟正仕打电话汇报。

钟正仕听了很高兴，说："我正愁不知从哪里下手找立案依据，这下有这么多古瓷片，足够把它办成大案了。你就在天京休假，我另外派人过去办理。"

"谢谢钟局关心，这起案件还是我来办更合适。"

"为什么？"

"我有三个有利条件。"

"说来听听。"

"一是我对市里盗挖走私古瓷片的情况最熟悉，没人可以跟我比。"

"嗯。"

"这第二点，我对侦破这类案子最有经验。"

"这个我相信，你破的第一起案子就是盗窃文物的。"

"第三呢，是我人已经在天京，并且已经找到了四大箱古瓷片，与天京大学保卫处长是战友，有利于尽快开展工作。"

"你说的这三点我都同意，但你现在是休假阶段，好不容易有个休假的机会。"

"钟局长，我想请问您老人家一个问题。"

"什么问题？"

"休假的目的是什么？"

"当然是让你调养好身体，更好地工作啊。"

"那不就对了嘛。我现在可以一边休假一边工作，身体工作两不误啊！"

"好你个赢建峰，你还挖坑让我跳哇？"

"哪里敢啊？哎老局长我想尽快办好立案手续，让王大柱在家坐镇指挥，派汪震文、华路长还有鲁克蒂立即带好法律手续，让他们从省城坐飞机，务必今天晚上要赶到天京，明天一早就开始行动。"

钟正仕思忖了一会，问："行！那你的设想是……"

“我想先找到那些已经流落在外的被盗古瓷片，以赃找人，这样可以减少打草惊蛇的风险，使他们来不及转移赃物，能最大程度上避免造成损失，做到人赃俱获。”

“好！就按你说的办。……不过，你这次去天京，好像是专门为外甥女报学校志愿的事，那事办得怎么样？”

“噢，谢谢局长关心，我已经跟他们天京大学考古系龚主任说好了，只要上分数线填报了，一定录取。”

“那就好！那你就让美琴带他们好好玩玩。家里有什么事我来办。”

“谢谢老领导！”

挂掉电话，嬴建峰心里浮起一股酸楚。

自己称钟正仕不是老局长，就是老领导，有时还叫他老人家，仿佛在不知不觉中，就把他叫老了。

是啊，钟局已经五十九岁了，听说全省其他设区市局长都调整了，人员全部从省厅下派，所有下派局长全部高配进当地市委常委。

正是因为钟局长工作能力特强，才让他继续任职。但从全省工作大局考虑，听说上级正动员他换岗。

也许，不久的将来，市局一把手就要换将了。

嬴建峰隐隐担心，要是换个新领导来，对我们的刑侦工作，还会不会这么支持。

154

晚上十二点，嬴建峰与汪震文、华路长和鲁克蒂在建国饭店见面，虽然想隔一天多时间，但在异乡相见，还是多了几分亲近。

嬴建峰说：“大伙辛苦了，要不要先休息一下再说。”

鲁克蒂早摩拳擦掌准备大干一场，她哎了一声，接着说：“咱们这么急着赶来，就是奔工作来的，分配任务吧。”

嬴建峰见大家精神抖擞，便说：“那好，咱们就不客气。我先说说咱们目前来到天京的任务，主要有三项。”

三人一听，赶紧拿出本子记录。

“一是要将暂扣在天京大学考古系的四箱古瓷片提取出来，然后通过邮政特快，挂号运回瓷城。”

汪震文边点头边记录。

“二是要与天京市局刑警总队联系，请他们帮忙对程莎莎的男朋友廖学古进行控制，一定要等我们将赃物追缴完后再实施抓捕。”

华路长抿着嘴角吃力地快速写字。

“三是要立即赶到程莎莎的老家福门市，查找可能藏匿在程莎莎家的古瓷片。大家听明白了吗？”

“明白！”

“那具体怎么行动？”鲁克蒂问。

“我们明天一早，先到天京市局刑警总队，请他们协助我们办两件事，一件是到天京大学提取赃物。另一件是请他们办理对廖学古的监控手续。清楚了吗？”

大家点头说清楚了。

“这两件事办好后，我们立即赶往福门市程莎莎家，调查其他古瓷片的下落。”

三人立即站起身，齐声说道：“保证完成任务！”

嬴建峰抬手与三个人一一击掌。

嬴建峰微笑着转身，说：“别忘了明天六点起床，七点出发，别误时。”

几个人异口同声说：“不会。”

嬴建峰起身离开，就听到华路长说：“你干嘛说那个瓷宫你非得去看，我看不可能有时间。”

“我就是不服这口气，咱们千年瓷城都没一个瓷宫，他们这里不产瓷器的地方还搞个瓷宫？还到处宣传得沸沸扬扬！”鲁克蒂气鼓鼓地说。

“正是因为人家这里不产瓷器，所以要搞个瓷宫来吸引人嘛。”

“哪有这个道理啊？这不产瓷的地方可以建瓷宫，那不产金子的地方叫金山，没有鱼的地方可以叫鱼海，没有水的地方可以叫汪洋，这不瞎掰吗？”

“这怎么能叫瞎掰呢，人家没有可以想办法搞起来，这也是向往美好生活的一种表现，你干吗总是不能让别人好？”

“我怎么就不能让别人好了？你想好也得有个谱才能行吧。”

“好了好了，不与你争了，早点休息明天还得早起。”

嬴建峰听完摇摇头，心想年轻人就喜欢争个输赢。

其实这世上许多事，你明瞧着是赢了，实际上是输了。而有的你明明看起来是输了，实质上却是个大赢家。

155

第二天早上八点，嬴建峰就带着三个人来到天京市公安局。接下来的事办得特顺。上午十点，提取四箱古瓷片运回瓷城、对廖学古全方位监控两件事就已经办妥。

嬴建峰匆匆告别了黄美琴等人，就与汪震文等三人乘飞机赶到福门市。

当天下午五点，嬴建峰带着鲁克蒂，提着水果牛奶，来到福门市海滩区函湾街道一栋两层楼房前，见到了程莎莎的父亲程功发。

嬴建峰见到五十出头的中年男人，便自我介绍："我是天京大学考古系的，是程莎莎的老师。请问你是程莎莎的父亲程功发吗？"

对方一听忙说："是啊是啊，我是莎莎的爸爸程功发啊，请问老师你贵姓？"

一旁的鲁克蒂介绍说："这是我们的嬴老师，他带我们到福门市考古毕业实践来的。"

"嬴老师好，快请坐快请坐。"

程功发说着就带着嬴建峰和鲁克蒂往客厅走。

程功发转身对着厨房喊："……莎莎她妈快出来，家里来客人了！"

"哎，来了来了！"

随着声音，从厨房出来一位五十出头满脸笑容的妇女。她见到来人，愣了一下，然后拿眼望望程功发。

程功发忙解释说："这是莎莎大学的老师嬴老师。"

"噢，嬴老师好嬴老师好！快请坐快请坐！"妇女热情地端茶倒水。

程功发忙介绍说："这是我爱人，她姓岳，叫岳细妹。"说完程功发憨厚地笑着。

"你好，莎莎妈妈，我们到这里来搞考古毕业实践活动，听莎莎说你们住在这儿，就随便过来看看你们。"

"哎呀，嬴老师你们太客气了，来就来呗，还买什么东西，真是太破费了。"

"我们第一次来，也不知道你们两位喜欢吃什么，就随便买了点东西，表表心意。”

“哎呀老头子，这家里没什么菜，快到外面端几个好菜来，请嬴老师他们吃饭。还有楼上房屋快收拾一下，让嬴老师他们晚上在这里住。”

“哎……哎……”

程功发听罢，一下想往楼上走收拾房间，一下又想往外走端菜去，激动得晕头转向不知如何是好。

嬴建峰一瞧，就知道这家人非常朴实忠厚，便忙用手拦着说：“程师傅程师母你们都别忙，晚上已经有人请我们吃饭了，我们这是顺路过来坐坐，等一会就走，千万不敢麻烦。”

“那怎么行？来了就得吃饭，这是我们家的规矩，要不，显得我们程家太没人情。”岳细妹真诚说道。

“真的别忙程师母，我这边带学生毕业实践，也顺道来做做家访，了解一下学生的家庭情况，所以，就掐着时间来了，给你们添麻烦了。”

“哎呀，嬴老师千万别说麻烦的事，要说麻烦那也是我家莎莎麻烦你才是。老师对我们这么关心，我们报答都来不及，怎么能说麻烦呢？嬴老师，不管怎样这餐饭一定要吃的。”

“我们真的说好了，有机会下次吧，下次我们一定在你这吃饭。”

程功发见嬴建峰态度这么坚决，不好再坚持，便对岳细妹说：“莎莎妈，嬴老师他们确实有事情，咱们就不勉强了，下次，下次一定要吃餐饭。”

岳细妹也接嘴说：“那下次，下次就不能走了哇。”

程功发突然想起嬴老师来是家访的，便说：“嬴老师，你家访有哪些内容需要我们做的，你尽管说，我们一定配合。不耽搁你们的时间。”

嬴建峰想想说：“那好，我想问一下程师傅程师母现在还在橡胶厂和服装厂上班吗？”

“是唔是唔，不过我们前几年都下了岗，现在都在私人的橡胶厂服装厂上班，今天碰巧休息天，平时就没这么早回家啰。”程功发直白道。

嬴建峰点点头，问：“那你们两位还有几年退休？”

“噢，我还有七年退休，莎莎妈三年前已经退休了，在家没事，又到私人厂做事去了。”

嬴建峰见前期铺垫得差不多了，现在可以切入主题了，便问：“莎莎谈了一个对象，你们做家长的，知不知道啊？”

“知道，知道，小伙子是她班上的同学，是瓷城人，年纪轻轻的就做陶瓷生意。”

嬴建峰笑着点头，说：“听说小伙子很能干，生意做得蛮大的。有没有东西放在你们这儿？”

“有啊有啊，他前段时间拉了好几车瓷器来，都放在我们二楼。”

“是吗？能不能带我们去看看？”

“行啊。你们跟我来。”

说着，程功发就起身领着嬴建峰和鲁克蒂往楼上走，上到二楼靠左边的房间前，掏出钥匙将门打开。进去一看，我的天，一个个纸箱子堆得靠近天花板，整个房屋都塞满了。

嬴建峰迅速打开一个纸箱看看，里面全是碎瓷片，上面粘满泥土，一瞅就是从瓷城御窑厂遗址下盗挖出来的东西。

嬴建峰看到这么多古瓷片，真是又惊又喜。这么多东西在此，也让他大大地放下了心，不由长叹口气。再转念一想，觉得没必要再隐瞒身份了，便拿出警官证，对程功发说：“程师傅，对不起，其实我们不是你女儿程莎莎的老师。我们是瓷城市公安局的。”

程功发被这突如其来的变化惊呆了。他一时拐不过弯来。良久，他才有些木讷地接过嬴建峰的警官证，看了又看，生怕是假的。

鲁克蒂也拿出自己的警官证给程功发，程功发看了以后，仍是一脸疑惑。

鲁克蒂说：“程师傅，他的确是我们的支队长，我呢也是刑警，重案大队的。之前说我们是学校的老师，不是有意要骗你，是工作的需要，希望你能理解。”

程功发喃喃自语：“理解，理解。哎嬴队长，我不知道你们这样拐弯抹角的来，到底为了什么？”

“我们就是为了这些瓷片来的。”嬴建峰回答。

“这我就不明白了，你们要这些破瓷片干吗？这吃不能吃穿不能穿的，放在这里还占地方。他要不是我女儿的男朋友，我才不会让他放在这里呢，占了我一个大房间。”

“程师傅，那个廖学古把东西放在你家，他没跟你说是古瓷片吗？”

“没有啊，他只说是没人要的碎瓷片，暂时放一下，过段时间会运走的。”

“程师傅，那个廖学古骗了你，这些都是古董，价格贵得吓人，随便拿一块瓷片出来放在市场上卖，就够买你这栋楼房。”

“啊！”程功发吓得腿肚作软，竟一下瘫坐在地上。

楼下的岳细妹感觉楼上有点不对头，忙上楼查看，见程功发瘫坐在地上，大吃一惊，忙上前扶着程功发，问：“你怎么了老头子？这刚刚都是好好的，怎么突然就坐地上了？啊？”

“出事了！出大事啦！”程功发好像突然反应过来似的，对着岳细妹喊。

“出，出什么大事了，你别吓我呀，老头子！”

程功发目光呆滞地用手一指满屋的纸箱，说：“我，我们，我们这是引狼入室，自找苦吃啊！”

岳细妹赶紧用手拭拭程功发额头，又探探自己的，惊诧地问：“你是不是中邪了？怎么满嘴胡话？”

嬴建峰和颜悦色地说：“程师母，程师傅没说胡话，他说的是实话！”

岳细妹似乎看出气氛不对，满腹狐疑地问：“这，这到底怎么回事？

鲁克蒂单刀直入道：“大妈，我们是瓷城市公安局的，这纸箱里装的全是偷来的古董，我们是来追赃的。”

这回轮到岳细妹惊吓了。她先是浑身一震，然后用手慢慢捂着胸口，紧皱眉头，痛苦得好像喘不过气来。

“老婆子！老婆子你怎么了？是不是老毛病又犯了啊？”程功发万分担忧。

鲁克蒂与嬴建峰赶紧上前搀扶着岳细妹，生怕会出什么意外，要是那样可就不好了。

程功发赶紧从地上起来，关切地注视着岳细妹。

半晌，岳细妹才缓过气来。

这对老实巴交的夫妻，突然摊上这么大的事，哪里受得了。他们知道一旦公安找上门来，那就肯定没好事。再加上满屋子都是偷来的古董，那可是犯了惊天大法的事，搞不好会有灭顶之灾。

鲁克蒂扶着岳细妹来到楼下客厅坐下，岳细妹不由得抹起泪来。

鲁克蒂劝慰说：“大妈，你别怕，我们不会放过一个坏人，也不会冤枉一个好人的，你们是你们，他们是他们，我们会区别对待的。”

嬴建峰也与程功发来到一楼客厅，态度和蔼说：“程师父，程师母，你们都不要怕，我知道你们都是老实人，也是被那个廖学古蒙骗了。只要你们配合我们的调查取证，我们不会为难你们的。”

岳细妹这时上前抓住嬴建峰的手，满是担忧地问：“我女儿，我女儿莎莎不会有事吧？我们就这么一个女儿，要是她有个三长两短的，我们可怎么办？”

嬴建峰亲切地拍拍岳细妹的手背，安慰说：“程师母，你放心，只要你女儿没参与盗挖贩卖古瓷片，她会没事的。”

“那就好，那我就放心了。我女儿很单纯很老实的，她不会参与违法的事。”

“要是那样，那你就放心好了，你女儿会没事的。”

岳细妹听了这话，一颗悬着的心总算落下。

这时嬴建峰走到外面，给汪震文打了个电话，要他立即联系一部解放牌大卡车，到程莎莎家里来。

汪震文很是惊讶地问：“师傅，我斗胆问一下，要那么大车子，干什么呀？”

“装瓷片！”

“啊！这么多啊，那不成世界首富啦？”

“什么首富，还首付呢，动作快些，请当地刑侦和派出所的同志都来一下，咱们要立即起赃，连夜赶路。”

“是！师傅！”

嬴建峰打完电话，仔细想想，为协同行动，避免出现意外，必须马上打电话给天京警方，要他们立即抓捕廖学古。同时也要打电话给家里的王大柱，立即传讯程莎莎，并对瓷城盗挖古瓷片的人员进行全面梳理排查，展开三线作战，力求信息、进展同步。

嬴建峰立马打通了天京市局刑警总队和王大柱的电话，请他们立即行动。

一小时后，由两辆警车开路，后面一辆解放牌大卡车风风火火地驶来，停在楼房前面。

程功发夫妇一见这架势，吓得惶恐不安，手足无措。

嬴建峰说：“没事，我们只要你们做个笔录，见个证，把东西运走就行。”

这时当地刑警大队长、派出所所长和外勤都进来了，吓得程功发夫妻俩面如土色。

汪震文、华路长和当地警官们都跑到二楼房间看了看，都大感意外，不由啧啧称奇，没想到在这样一栋房子里，竟隐藏着这么多的古董宝贝。

派出所所长颜金华对程功发说：“老程啊！你真的要多谢瓷城来的刑警们，要不然呢，你自己怎么死的都不知道。”

程功发一脸惊慌困惑地望着对方。

颜金华见对方没完全明白自己的意思，便补充说：“如果有犯罪分子知道你这里这么多古董，早将你们杀掉抢东西走人个屎。”

程功发这下才真的害怕了。心想要不是警察来，自己和老伴真的什么时候被人杀了都不知道。

两小时后，汪震文与华路长搬得一身臭汗，没顾得上吃饭，就押着满满一大卡车瓷片，连夜往瓷城赶。

与此同时，嬴建峰与鲁克蒂又出现在福门到天京的航班上。

156

嬴建峰在天京市看守所见到廖学古时，已经是翌日上午八点半。

当廖学古得知嬴建峰是瓷城来的刑警支队长时，整个人顿时就蔫了。

其实他早从父辈们那里听说过嬴建峰的大名。侦破文物博物馆文物被盗案，侦破盗挖宋墓走私影青瓷枕龙虎斗案，还有多次组织打击盗挖御窑古瓷片案，这些在瓷城古玩界那是如雷贯耳，妇孺皆知。

原本以为警方的视线，仅局限于文物博物馆内完整的古瓷，那么多次盗挖御窑遗址底下的古瓷片，被公安抓住都是拘留教育了事，所以让那些小盗小挖的人肥了胆，渐渐地他们反倒越发心大，巴不得将深埋地底下六百多年的古瓷片统统挖出来，将他们修复原貌，然后拿到世界各地去卖被人收藏玩赏。

当然，廖学古自认为自己跟那些人不一样，他们市侩之人，是以赚取金钱为目标的。而他，是以学术研究为目的。

嬴建峰问：“你为什么要收购那么多古瓷片？”

“我要实现伟大的理想！”

嬴建峰暗笑，问：“你的伟大理想是指什么？”

“当然是全世界独一无二、举世瞩目、万众敬仰的理想。”

“具体的想法？”

“当然是拥有世界上最多最完整的古瓷，建成世界上规模最大品种最全数量最多的私人陶瓷博物馆，然后研究写出最有学术价值最令人敬佩的文章著作。”

“为了这一目标，你就敢那么大肆盗挖御窑厂遗址下的古瓷片？”

“我没盗挖！”

“你没盗挖你哪来那么多的古瓷片？”

“我花钱买的还不行吗？”

“据我了解，一小蛇皮袋瓷片，起价十万，清理后三四蛇皮袋才有一纸箱，你那一屋子的瓷片，总共二百一十箱，初步估算有六百至八百蛇皮袋，就按平均值七百元一蛇皮袋算吧，就得花七千万人民币购买，你哪来那么多的钱？”

廖学古被嬴建峰问得哑口无言。他低头思索一会然后抬头说：“有些瓷片我没给钱，等卖了以后再给。”

“对方什么人？”

“这个我可不能说。”

“为什么？”

“我要说了，就对不起人。”

嬴建峰不以为然地笑笑，说：“你不说，我们完全可以查出来。”

“那你们就去查呗。”

“廖学古，你应该知道，我们公安机关查这些那都是小菜一碟。我们查出来，跟你自己说出来，对我们来说一个样，但对你来说，那性质就完全不同。”

“有什么不同？”

“我们查出来，你罪加一等。你自己说出来，从轻从宽。这里有天壤之别。你看着办吧。”

廖学古又低下蓬松的头发，那头发遮住脸庞眼睛，让他觉得安全些。

嬴建峰拿出手机，打给王大柱，说：“王支，你立即将廖学古最近三年手机通信单子打出来，找出他在瓷城密切联系人。如果是新手机号，那就先查新手机号联系密切的号码，再通过密切联系的号码，查找其之前联系最密切联系程度与频率相同的号码，这样，交叉重叠，以此类推，直到查清廖学古最近三年所有的联系人。瓷城肯定有庞大的盗挖团伙支撑着廖学古，你们动作要快！对，取消一切休假休息时间，要日夜追查！对，就这样！”

嬴建峰说的每句话每个音符，都像重锤击打在廖学古心上，让他心惊肉跳，惶恐不安。

廖学古知道，虽然自己经常换手机号码，对方也会经常换，但如果采取对方所说的这种交叉关联延伸调查法，几乎没有查不出来的。即使有时双方同时换号码，只要双方有一个与其他人有过联系，也能查出。再退一步讲，仅用于双方通讯的手机，除可以通过双方亲近者提供身份证登记的号码核查外，还可以通过手机定位等多项技术，查明通讯人员的真实情况及其通讯内容。

沉默，仍然沉默。

廖学古脑袋里闪出鲁迅的话：不在沉默中爆发，就在沉默中灭亡。但他心里清楚，自己既不能在沉默中爆发，也不想在沉默中灭亡，他只想把沉默当成黑暗，以便自己逃遁。

终于，廖学古抬头瞄瞄嬴建峰，嘴巴动动。

嬴建峰知道，对方想说话了。

“我，我说了，能不能从轻从宽？”

嬴建峰盯着对方，说：“这要取决于你自己的态度。”

“我还有一批货，卖给华海市一个搞收藏的人，他叫单财富。”

“有多少箱？”

“一百来箱。”

“这个单财富具体什么情况？”

“这个人非常狡猾，简直不是人。他表面看起来像个菩萨，其实心比蛇蝎还毒。”

“为什么这样说？”

“我给他的一百箱，他只给我十箱的钱。”

“其他的为什么不给你？”

“他养了几个打手，出来威胁我。还有，他搞了个魔鬼屋，我一百箱东西放进去，我喝了他给我的一杯水就闹肚子，等我解完手出来，也就几分钟，就变成了十箱，我怎么找都找不到。我说要报警，他说欢迎啊，报了警连这十箱都没了，一分钱都捞不着。就这样，我给他的货吃了大亏。你们跟他打交道，要特别小心。”

“知道了。……瓷城那边谁提供货的？”

廖学古又低头不语，他还想包庇对方。

“你不说也没关系，老家那边正在查。供货的那些人，逃不出原来盗挖古瓷片被处理过的那帮人，我们只要把那些人罗列出来，一查到底，肯定是八九不离十。我倒要看看，是他们交代得快，还是你交代得早。”

听着嬴建峰从容镇定胸有成竹的话语，廖学古如坐针毡，心急如焚，他终于撑不住了，张口说：“供货的，是谷哥！”

“谁？谷歌，哪个谷歌？美国谷歌公司？开什么玩笑！”

廖学古右手在左手手掌心画画，说：“不是，是稻谷的谷，哥哥的哥。”

“这人是谁？”

“跟，跟你们公安有关系的。”

“什么？你说什么？！”嬴建峰惊得站了起来。

廖学古有些害怕地望望嬴建峰，说：“如果我说了，你们一定要替我保密，还要保证我的安全！”

“这个你放心，我能保证！”

“那个，那个谷哥叫谷地收。他，他有个大哥，好像是公安的刑侦队长，叫，叫……”

“叫谷地丰，东城分局刑侦队副大队长？”

“对对对，噢这可是你说的不是我说的哈……”

“你别害怕，即使你说错了也不要紧，我们不是听你说是就是，我们还要查证落实。如果他真的参与了盗挖，你不说我们也能查出来。”

嬴建峰说完，拿眼盯着对方。

廖学古被盯得浑身不自在，他忙着急表态说：“我该说的都说了，不该说的也说了。你们可要关照我啊！”

嬴建峰冷笑一声，说：“你说的都是你应该说的，我觉得你说得还很不够。”

廖学古有点畏缩地望望嬴建峰，眨眨眼说：“大的方面我都说了，小的方面就太多了，一时也说不完。”

“没关系，你就一点一点地说，直到说干净为止。”

廖学古听罢皱皱眉头，露出痛苦而又无奈的表情。

157

嬴建峰破天荒第一次请假，没想到也是破天荒首次忙着长途奔袭。

嬴建峰和鲁克蒂审讯完廖学古后，天一亮就又乘火车往华海市赶。这次连坐两趟飞机，已经是超标了，嬴建峰不想让财务为难，只好坐火车前往。

在华海市一栋豪华别墅客厅里，嬴建峰与鲁克蒂见到了肥头大耳、身材高胖的单财富。

单财富手捻沉香佛珠，坐在太师椅上很像个活菩萨。在他身后两旁，各站着一位铁塔般的彪形大汉，浑身肌肉，虎视眈眈，让人瞧着就有些胆寒。这就是廖学古所说的打手。

瞧这架势，一般人甭说想占他的便宜，首先在气势上就输了三分。就廖学古那瘦胳膊小腿，在单财富面前的确像碟小菜，随意食用。

可笑的是，在他座前右手旁站着一位一米不到的小矮人。小矮人面容清瘦，头发花白，西装革履，神态卑恭，像一位忠实的仆人。

这么一位瘦小的人，跟体积庞大的单财富在一起，显得单财富更加高大。这一大一小，形成鲜明对比，很是滑稽。

单财富用铜铃般大眼盯着嬴建峰看，然后很傲慢地问："你们找我？"

嬴建峰掏出警官证递给对方，单财富斜眼瞧瞧，就立马将警官证还给嬴建峰。

本来以为自己向单财富亮明身份，单财富就会配合，未料他根本不买账。

单财富对着桌上一个摁铃一般装置的东西拍了一下，然后虎着脸说："你们说自己是公安，我怎么看着像是做生意的。"说完还对嬴建峰挤眉弄眼的，神情暧昧。

"什么意思？"嬴建峰正色道。

"成功的商人嘛，谁没有一两个漂亮秘书？你说是吧？"

说着单财富还瞟鲁克蒂一眼。

"请你严肃点！"嬴建峰有点生气。

单财富怔了一下，他没想到对方敢给自己脸色看。"你好大的胆，敢到我这里冒充警察！"

鲁克蒂一听有人说嬴建峰冒充警察，气不打一处来。便不客气地说："单财富，站在你面前的是瓷城市公安局刑警支队支队长嬴建峰，我是刑警支队重案大队警员鲁克蒂。"

"唷唷唷，胆子还真不小哎，老板冒充支队长秘书冒充警员，这男女搭配双簧戏演得真不赖。前几天就有一对跟你们一样的，也自称自己是警察，结果呢，被我送进了号子，现在正蹲着呢。哈哈哈哈……"

"单财富，根据《中华人民共和国人民警察法》规定，警官证是有效执法证件。我们已经向你出示了，就证明我们已经代表人民警察对你执行公务，你有义务配合我们公安机关，否则，你将触犯妨碍执行公务罪。"

没想到单财富听完哈哈大笑，根本不当一回事，笑着说："小美人，你省省吧，单爷我见得多了。像你们这种蹩脚的把戏骗得了别人，可骗不了我。你们也不出去打听打听，我单爷浪迹江湖几十年，有几次栽过跟头？少在我面前演戏！说吧，看上我老单哪件东西了，价格好商量，别整些社会小鳖玩黑吃黑那一套。我佛慈悲，我单爷讲究‘仁义’二字，不想伤了和气。”

鲁克蒂听完急了，责问：“你是说我们的证件是假的？”

“那玩意儿随便花几个小钱就能买到，你想要几多有几多，你们少在我这儿耍把戏。”

瞧单财富的德行，是狡诈中掺和无赖的嘴脸，令人厌恶。

嬴建峰发现这个单财富两眼时不时地瞄挂钟，似乎在等待什么，这家伙应该是在搞什么名堂。

嬴建峰突然意识到，当对方看了自己的警官证后，立即佯装生气地拍了一下桌上的那个按铃，他是不是在通知什么人，然后跟我们装模作样拖延时间。

想到这，嬴建峰觉得要立即敲山震虎，掌握主动，不能再让对方牵着鼻子走，便开门见山道：“单财富，我们这次来，是调查你私下购买从瓷城御窑厂地下盗挖来的碎古瓷片，希望你能配合我们的行动。”

“你开什么玩笑？我怎么会购买什么盗挖来的御窑古瓷片？真是天方夜谭，我怎么听都没听说过，是吧虎哥豹弟？”

被称为虎哥豹弟的同时发出一声怪吼，听着让人心惊。

嬴建峰反驳说：“不对，你身后靠墙博古架上的青花梅瓷，就是从瓷城御窑厂遗址下盗挖出来的，当然是碎片拼接的。”

单财富一愣，显然他没料到嬴建峰眼睛那么毒，一眼就能看出，看来碰到了行家。

“是吗？我怎么一点都不知道那是御窑厂的东西？我只是觉得好看，朋友送的，说是高仿品，所以就摆在那。是不是啊豹弟虎哥？”

两位大汉又发出一声怪吼，听起来更吓人。

嬴建峰心想这就是廖学古所说的威胁吧。

“是真是假，拿出来看看不就清楚了？”

单财富还未吭声，虎哥豹弟就向前走了几步，双手抱肘，怒视着嬴建峰。

嬴建峰拿眼朝鲁克蒂瞟瞟，鲁克蒂会意，立即站起身，随即身影一闪，以迅雷不及掩耳之势，猛击虎哥豹弟的脚踝，也就一眨眼工夫，虎哥豹弟就抱着脚踝坐在地上痛苦呻吟。

单财富惊得一下站起身，吓得小矮人赶紧躲在单财富背后不见人影。

单财富两眼惊愕得发直。他绝未料到看起来娇柔妩媚的姑娘，却身怀绝顶武功，连自己引以为傲的虎豹二将，在人手下如捏柿子一样软弱，看来今天是遇上高手了。

单财富原本以为利用虎哥豹弟，就能给对方一个下马威，没想到却被人小姑娘给摆了。原先有的那种先声夺人坐地为大的想法，顷刻烟消云散了。

单财富是个欺软怕恶的角色，也养成了八面玲珑的圆滑，一瞅硬的不行，便立马来软的。随即他虎着脸对虎豹两个人呵斥："你们两个废物，怎么惹人不高兴了，还不快滚，死在这里丢人现眼。小妹，快上茶！"

单财富说着，还谄媚地对嬴建峰和鲁克蒂笑笑，然后坐下。

不一会一位妙龄少女身着青花旗袍，端着托盘款款而至，她躬身轻轻将茶盏放在两个人面前的茶几上，甜甜一笑，然后往后轻轻退出。

单财富一抬手说："请！"

单财富说完，自己先左手端起茶盏小托碟，右手揭开茶盏盖，嘬嘴往盏里吹吹，然后将嘴伸出，粘着茶盏边沿轻轻嘬啜两下。

嬴建峰发现单财富在嘬茶水的瞬间，眯眼斜视一眼自己和鲁克蒂，仿佛在观察自己的举动。

嬴建峰轻蔑一笑，暗忖你还想用以茶迷人的把戏，来调开我们上厕所，然后再行不耻之为。

嬴建峰装作什么都不知，端起茶盏就喝。

鲁克蒂也学嬴建峰样，伸手端茶喝一口。

单财富嘴角轻轻一笑，然后问："说我购买了御窑厂下的古瓷片，你们有什么证据？"

"当然有。"

"什么证据？拿出来瞧瞧。"

嬴建峰从公文包里拿出审讯廖学古的复印材料，伸手向小矮人抖抖。小矮人赶紧上来拿过材料，转身捧给单财富。

单财富接过材料，低头瞅瞅，用手翻了几下，也不细看，就将材料放在座位旁边茶几上，一副死猪不怕开水烫的神态。

"这是谁的材料？"

"廖学古的。"

"廖学古是谁呀？"

"廖学古就是卖古瓷片给你的那个年轻人。"

"笑话，我根本就不认得什么廖学古。"

“廖学古亲口白牙交代了将瓷片卖给你的经过，还揭露你利用什么魔鬼屋将他一百箱古瓷片变成十箱，盗抢他九十箱古瓷片的不法行为。”

“笑话，我堂堂单爷，闯江湖几十年，生意做得风生水起，讲的是诚信仁义，我会做那么下三烂的事？那个什么廖什么古的，简直是血口喷人，栽赃污蔑！他在哪里？你把他叫来，你看我不把他踩成肉酱我就不姓单！”

单财富说着，急躁地瞄瞄对面墙上的挂钟，一副急不可耐的神态。

这时嬴建峰突然双手捂着肚子，愁眉苦脸地叫着：“哎哟这肚子怎么了？厕所在哪儿，憋不住了。”

鲁克蒂也双手捂肚弓着身子，痛苦地瞅瞅嬴建峰又望望单财富。

单财富微笑着一抬手，小矮人赶紧向前，彬彬有礼地说：“先生，女士，洗手间在这边，请跟我来。”

小矮人说着，就在前面带路，嬴建峰与鲁克蒂赶紧跟着小矮人，弯腰驼背匆匆离开，拐个弯，人都不见了。

单财富用手一拍座椅扶手站了起来，着急地来回走动。他走了几个来回后停下脚步，仔细想想，最后下定决心，来到座椅后背博古架处，拧动一处开关，整面墙全部转动，换成另一个房间。

单财富见虎哥豹弟还在揉脚踝，勃然大怒：“你们怎么还在这里，东西运走了吗？！”

“东西运不走了！”

一个威严的声音从背后传来，单财富回头一瞧，大吃一惊，只见嬴建峰就站在自己身后，鲁克蒂像拧小鸡似的抓着小矮人，小矮人两脚在空中乱蹬。

单财富目瞪口呆，结结巴巴说：“你，你，你们不是上厕所了？”

嬴建峰鄙夷一笑地说：“我们要是上厕所了，怎么能看到这么精彩的一幕。单财富，你的茶里含有特殊的泻药，我们早有防备，目的就是要让你误认为我们已中招，正在厕所里猛拉狂泻，这样你就会肆无忌惮开动机关，实施不轨行为。这个转墙，就是你坑骗廖学古古瓷片的卑鄙伎俩吧？”

单财富听得心惊肉跳，自以为很隐秘的转墙机关，被这个警察给发现了，这犹如在众目睽睽之下，被人扒光了衣服那样难堪。

但单财富毕竟是老江湖，神色从慌乱中很快转为镇定。因为他心里清楚，只要嬴建峰找不到赃物，任何人的指认与检举，都是徒劳。

所以当单财富看见嬴建峰是瓷城来的刑警支队长时，他立马拍了桌上的摁铃装置，这是他早密谋好的紧急预案，保安一听到这个报警铃声，超过十秒钟没有停止，就立马将已装在厢式货车上的古瓷片，从后面地下车库里开出运走。

“我设这个旋转房间，是为了人员进出方便，哪会做什么坑骗人的勾当，我单某人绝不会做这种龌龊的事！”

嬴建峰轻蔑一笑，说：“单财富，你别再演戏了。你的那些把戏，我们早就知道。要不要我来把你刚才的经过叙述一遍？”

单财富仍不服气地盯着嬴建峰，狂妄地叫嚣：“欲加之罪，何患无辞！我要抗议！我要投诉！我要抗议你们栽赃陷害，胡作非为！我要投诉你们执法犯法，侵犯人权！”

嬴建峰讥笑一声，说：“你先甭说抗议投诉的事，你等我把你的画皮剥完以后，你再说抗议投诉。”

单财富自以为是地抬抬头，然后强作镇定地坐回太师椅，乜斜着嬴建峰。

嬴建峰侃侃而谈：“当你看了我的警官证后，你知道大事不妙，于是你假装生气拍一下桌上的摁铃，目的是通知你的人赶紧运走赃物，而且事先我们通过技术手段，已经了解到你打算转移那批赃物了。”

单财富屏住呼吸侧耳倾听。

“你明知我们的警察身份，却说我们是假警察，并找各种理由跟我们东拉西扯，故意拖延时间，目的是不让我们立即查看你的别墅，为你手下偷运赃物争取时间。你之所以时不时地看看挂钟，是在默算着你手下偷运赃物的时间，当你认为应该将赃物运到安全的地方，应该给你报信时，但一直没有回音，所以你就急着端泻药茶给我们喝，想尽快把我们支开，你好联系一下手下是否已安全出逃。我说得没错吧，你这位讲‘仁义’二字的单爷？”

“你胡说！你这是诽谤攻击栽赃陷害！”单财富黔驴技穷，气急败坏，以致歇斯底里地吼叫。

嬴建峰也不生气，他掏出手机拨出号码，问：“好了吗？”

对方说：“好了！”

“那，你们进来吧。”

客厅的房门打开，进来几个握手枪的人，前面两个便衣押着留小胡子的年轻保安，后面两个穿警服的押着年龄稍大点的保安，来到单财富面前。

小胡子保安躲避着单财富的凶狠目光，嗫嚅着说：“老，老板，东、东西全被他、他们扣了……”

这时门外走进一位中年男子，嬴建峰立马热情地迎上去，紧握对方的手，一个劲地说："谢谢，真的太谢谢了。"

然后嬴建峰转头对单财富说："我给你介绍一下，这位是华海市公安局刑侦支队荀支队长。"

单财富听罢，眼睛一下翻白，整个人像泄了气的皮球，瘫软在太师椅上。

单财富颓丧万分地双手抱头，喃喃自语说："老子美英德法的老外警察见得多，从来都没出什么差错，怎么会栽在你个瓷城的警察手里。唉……"

158

下午三点，在瓷城市公安大楼院内。

嬴建峰从押送被盗碎瓷片的货车上跳下来，就见谷地丰跑了过来。他满脸羞愧地看着嬴建峰，言语恳切地说："嬴支，我，我来求你帮忙。"

嬴建峰一愣，问："什么情况啊谷大队长？我们是多年的兄弟，有什么事我能做到的，我肯定会关照。"

谷地丰憋红着脸，忍不住地说："就是、就是你现在办的案子的事。"

嬴建峰听罢，知道可能是他弟弟参与盗挖御窑古瓷片的事，可自己这两天忙着在外办案，就没有仔细过问这边的事，便想想说："我还不是很了解情况，等我问清情况后再回复你，你看行吗？"

谷地丰一听，以为嬴建峰是托词。虽说嬴建峰一直在外面，但整个案件还不是在他的指挥运作当中，他怎么会不知道呢？这明显是推辞啊。

想到这，谷地丰强迫自己厚起脸皮，对嬴建峰说："嬴支，我，我知道以前说话不注意，对你不尊重，说了一些对你不好的话，我一直在心里搁着不舒服，想向你解释解释，所以……"

"谷大，你说的这些，我都没有什么印象，不记得你说过我什么不好的话，真的。我刚参加工作，你既是我的组长，也是我的师傅，我最初的进步成长，都是你手把手教的。你即使对我有什么看法，那也很正常，谁对谁没看法啊？有的话，说过就过去了。只要不违反原则，不违背道德良心，不侮辱到人格的事，在我嬴建峰这里，一切都不是事。"

谷地丰对嬴建峰的话虽有点将信将疑，但他还是有些感动。因为他知道，嬴建峰不是无情无义之人，他把同事部下当成兄弟子女，是那种前面可以为你挡子弹，背后可以说尽你好话的人。所以，大家都愿意跟着他干。

眼看着要走进大楼，嬴建峰想请谷地丰到办公室去谈，可谷地丰觉得有点不方便，便说："你刚回来肯定事多，咱们晚上有时间再聊。"

嬴建峰说："好！咱们再联系。"

嬴建峰刚与谷地丰挥手告别，就碰到了王大柱等人前来迎接。王大柱看见谷地丰离开的背影，顿时警觉地问："谷地丰怎么来了？"

嬴建峰说："他来找我，说案子的事要我关照，具体的也没说什么。哎他弟弟到底怎么样？有没有参与盗挖古瓷片？"

"我正要跟你说这事呢。他弟弟谷地收组织参与盗挖活动证据确凿，已经有六七个人指认了，他弟弟自己也承认。现在的问题不是他弟弟的事，而是他自己的事。"

嬴建峰一听顿觉惊诧，忙问："他自己怎么了？他参与组织盗挖了？"

"这个倒没有，只是有四五个人交代，说谷地丰知道弟弟组织参与盗挖古瓷片，但他包庇弟弟犯罪活动，不但没制止住，反而为他弟弟盗挖提供方便。"

"具体有什么表现？"

"有人看到他和弟弟一起坐在运送古瓷片的车上，还不止一次。"

嬴建峰啊的一声，停下脚步走不动路，半晌才说："那问题就严重了，我真不希望他出事，毕竟他当年是我的领导，对我有帮助。"

"我听说他当年对你并不怎么好，背后总说你怪话。"

嬴建峰看看王大柱，宽容地说："也没说我什么，他就是那种性格，说话总带那么一点棱角，让人听起来不舒服，但你了解了，就不觉得怪了。"

王大柱叹了口气，说："我知道你心善，心善很容易融洽社会，但却难以改变现实。你再大气能容，但谷地丰的事情，恐怕不是你能容就过得去。"

嬴建峰一惊，忙问："你这话什么意思？"

"案子情况现在省厅也知道了，省厅纪检部门也参与了。"

"啊！怎么会这样？"

"我也没办法，他们直接找了钟局长，说之前就有人反映到厅里和其他部门，说我们警察参与盗挖古瓷片，只是之前没有具体线索。现在好了，那么多人材料里都反应谷地丰有嫌疑，所以省厅很重视，已经指派专人来咱们这，昨晚开始到现在，一直和咱们局纪委的在审人，估计问得差不多了。"

嬴建峰听罢，一时困顿，感觉浑身都不得劲，没想到事情会发展到这个地步。想当初谷地丰带着自己，自己什么都不懂，都是他教自己具体怎么调查取证，怎么抓人审人的。

嬴建峰头有些发晕，看着走廊两旁的墙都是浮动的，站在电梯也觉得摇晃很厉害，好不容易进到自己办公室，屁股还没坐热，钟正仕就带着几个陌生面孔进来，当然最后进来的局纪委书记自己是认得的。

钟正仕表情凝重，说："这次你辛苦了，耽误的假，我一定会给你补上……我来介绍一下，这位是省厅纪委副书记、监察室主任文天浩同志，他们和局纪委一起，连夜提审了谷地收等组织参与盗挖古瓷片团伙的全部成员，已经完全证实，谷地丰参与古瓷片运输、包庇谷地收组织盗挖古瓷片，事实清楚，证据确凿，性质非常严重啊，我们必须立即对谷地丰采取措施！"

由于连日来极度劳累，加上突然听说谷地丰出这么大的事，使得嬴建峰一时难以接受。他顿觉有股气血直冲脑门，只觉得两眼一黑，身子往边上一歪，就什么也不知道了。

159

也不知过了多久，嬴建峰慢慢睁开眼。他看到的第一幕，竟是鲁卫国与鲁克蒂爷孙俩。

嬴建峰轻轻喊了声："师傅……"

鲁卫国放心似的笑了，说："你终于醒了，我听妞妞说你昏睡了两天两夜了，我不放心，过来看看。"

妞妞是鲁克蒂的小名，只有家人和关系密切者知道。嬴建峰是鲁卫国的徒弟，自然知晓。

"师傅，您这么大年纪，还来看我，我，我过意不去啊。"

"你这啥话？我一个退休的老头，闲在家里没事干，正好出来溜达溜达，活活血。"

嬴建峰听鲁卫国这么说，也就不好再说什么。他首先想到自己昏迷前的事，便问："谷地丰怎么样了？"

鲁克蒂说："还能怎么样？他现在已经被隔离审查了，不过他没直接参与组织盗挖。”

“那他干了什么？”

“他呀，只是帮他弟弟运运货。”

“那他知不知道运的是古瓷片？”

“他说不清楚。可他事实上的确运了那些东西。”

“运了多少次？”

“好像五六次吧。”

嬴建峰痛惜地一拍床沿，摇摇头，说：“他怎么那么混哦，他为什么要替人运货？”

“好像是为了钱吧。”

“具体啥情况啊？”

“好像是他弟弟请他帮忙，说是送一些高仿品，一次给他十万。”

“啊！给这么多啊？那他就没怀疑那些东西有问题？”

“他怀疑过，也问过他弟弟，他弟弟说货没问题的，叫他放心就是。”

“那他就没拆箱看看？”

“据说当时所有东西外面打了木架，而且已经装好了，他不好拆。”

“那他就不问一下为什么一次给他那么多钱？”

“他也问过，他弟弟说谷地丰女儿在英国留学一年要用几十万，是给谷地丰一个挣钱的机会。”

“他怎么那么混，叫别人跑一趟也就几千块，为什么给他那么多他能不清楚？”

“他说当时怀疑过他弟弟利用他做不好的事，可他弟弟说请他押运是为了保证货物安全，说他车开得又快又稳，又有警察身份，路上不会出什么意外，安全有保障。所以他就相信了。”

“哎呀，他也真是混啊，世界上哪有那么便宜的事？他也是几十年的老警察了，怎么这么一点警惕性都没有？真是昏头了。”

“主要是他那个弟弟，想利用他当挡箭牌，同时也想树立他在团伙中的威信，所以，就把他给坑了。”

“哎呀，这个谷地丰真是太不值了，为了区区几十万，就把自己的前途给葬送了，还害了女儿和家人。”

鲁卫国听到这，禁不住插嘴说：“这跟他们的家教家风有关，我记得当年你提城东分局刑侦队副队长时，谷地丰没提，他那个爸就找到我这里来了，发了一通牢骚，怪我们不关照他儿子，后来还在我们这些老战友中到处去讲，显得很自私自利，弄得影响非常不好。我好多老战友都打电话来，问我这个老谷怎么会变成这样。唉！……也许就是他老子的这个家风家教没树好，才使得自己的儿子变得利欲熏心，现在好了，贪心不足蛇吞象，反倒害人又害己，还专害家里人，真是可恶可恨！”

嬴建峰听了很觉意外，说：“没想到谷地丰的父亲还有这一出。他爸也是南下老干部，按理说思想觉悟应该很高啊，怎么会犯这么低级的错误。”

鲁卫国很有感慨地说：“人的思想是会变的唔。人一旦把权和利看得太重了，离蜕化变质就近了，离判刑坐牢也就不远了……”

嬴建峰深为谷地丰惋惜，便说：“谷地丰当年当过我的领导，也带过我办案，不管怎样我不希望他出事，真不知道对他会怎么处理？”

鲁克蒂说：“听纪委的人说要将他逮捕，恐怕是要判刑。”

嬴建峰心里一阵难受，不禁闭上眼睛长长地叹气。

正在这时钟正仕走了进来，紧随其后的竟是省厅刑警总队重案处的耿风华处长，再后面跟着一帮子人，都是局里的党委成员。

钟正仕一见鲁卫国在，忙上前双手握着鲁卫国的手说：“哎哟，鲁局长也在啊，我们来看看嬴建峰。”

鲁卫国很高兴，笑着说：“是啊，我听说嬴建峰昏迷了也来看看他，没想到碰到你们。”

“是啊老局长，这次破了这么大的案，嬴建峰立了汗马功劳。噢对了老局长，嬴建峰，我向你们正式介绍一下，省厅刑警总队的耿风华处长今天正式被任命为瓷城市委常委、市公安局党委书记、局长，我已经到政协去了，今天也是我在公安上班的最后一天，看望完嬴建峰，我就算正式交班了。”

嬴建峰听完立马在病床上坐了起来。

耿风华上前使劲握握鲁卫国的手，说：“鲁局长好啊，以后还希望您老领导多多指点，多多关心支持局里的工作！”

鲁卫国忙客气回应道：“耿局长客气了，你是全省全国有名的刑侦专家，又是多年的老处长，能力水平都很高，以后咱们瓷城的公安工作，就全靠你了！”

“哪里，瓷城公安事业是在你们几位老局长的带领下，才取得了这么好的成绩，希望以后两位老局长要一如既往地关心支持局里的工作，我以后得空一定专程登门拜访，好好请教两位老局长！”

一席话说得鲁卫国和钟正仕激动不已。毕竟都是老公安，对公安还是有感情。于是鲁卫国和钟正仕都表态，只要是用得着的地方，一定全力以赴。

寒暄完后，耿风华才转向嬴建峰，上前握着嬴建峰的手说：“我上任的第一件事就是来看望你，你是咱们瓷城公安的功臣，也是咱们瓷城公安的骄傲，我要代表局党委一班人，向你表示诚挚的慰问和衷心的感谢！希望你早日康复，为咱们的瓷城公安再立新功！”

钟正仕率先鼓起掌来，接着掌声变得越来越响亮，越来越激动人心。

160

耿风华上任伊始，就大刀阔斧地开展队伍教育整顿，以谷地丰惨痛的例子为典型，教育全体干警一定要吸取教训，举一反三，切实引以为戒，确保队伍纯洁忠诚。

三个月后，又开始了大规模的岗位大练兵。各警种结合各自的具体工作岗位，在政治思想、专业知识、个人体能、警务技能、临场实战等开展全警练兵。

嬴建峰与鲁克蒂因武术超群，分别被聘请为男女武术总教官。如火如荼的三个月后，干警们的整体综合素质有了明显的提高，队伍面貌焕然一新。

有所为才能有所位，申报一年多的机构升格终于批下来了。大伙欢呼雀跃，一片欢腾。但令人啼笑皆非的是，原以为批了机构，在岗在职的这些人自然是水涨船高，自然升格。而现实的情况是，现在的支队长是正科级的支队长，而要升为副处级支队长，就必须重新考核任命才行。

真相一出，满腔希望的弟兄们一片怨声吐槽。

嬴建峰自身应该是最着急的，如果重新任命后副处级的支队长不是自己，那肯定是很丢脸的事。但作为支队长，这时候如果自己都想不通闹情绪，那整个支队将会瘫痪。什么叫自律和自觉，那就是在你自己还想不通的时候，你还得做通别人的思想；连你自己都不想做的时候，你还得以身作则，带头将其做好。

也难为嬴建峰，这段时间他感觉自己就像一只风箱里的耗子，两头受气。下面的弟兄们牢骚满腹，说拼死拼活干了那么多年，早盼着机构能够升格，自己也能跟着升。大家努力打拼，以优异的成绩，赢得市委市政府领导的认可肯定，所以批准了机构升格。可树栽好了，浇水施肥直至开花结果，但摘果子的却不是辛劳栽培的人，这事儿搁谁身上，都不会服气，而这种不服气就自然转化为怨气，对局领导不敢发泄，却敢对和善亲近的嬴建峰撒泼。

嬴建峰没办法，只好找耿风华反映情况，他刚把同志们的心里想法和盘托出，就被耿常委劈头盖脸好一顿批评。

“下面的同志一时想不通有意见我可以理解，可你是受党教育多年的老同志，你怎么能犯这种低级的错误呢？你应该主动去做他们的工作，尽量把矛盾问题解决在萌芽状态，这才是一个合格的领导，而不是想着怎么把矛盾上交，让上级为难，你说是吧嬴建峰同志？”

嬴建峰听了，真是哭笑不得，只好解释说：“耿局，我真不是把矛盾上交，我是觉得，我应该把他们的真实想法向领导汇报，让局长掌握下面的具体情况。我是想，帮助领导了解下面的真实情况，这也是我这个中间人应尽的职责啊局长。”

耿风华听罢，若有所思，抬手点点嬴建峰，终于憋不住笑，说：“好你个嬴建峰，我知道你这人心地善良重感情，上次你听说谷地丰出事，竟气得晕过去，你是恨铁不成钢啊。”

“哎呀耿局，我上次晕过去真不全是因为谷地丰的事。”

“这个我当然清楚，你连续三四天基本上没睡，你是劳累过度再加上急火攻心，但你还是为谷地丰惋惜的成分多些吧。”

嬴建峰被对方说出心绪，便不好意思地笑笑。

“其实，我也在考虑这些事。我是干刑侦出身的，我还不知道大伙出生入死不容易啊？想发财就别干警察，但谁都想自己走出去人家会高看一眼，让自己和家庭生活过得更舒适些，这些都跟个人自身的级别待遇有关，上一个档次，职务上了，工资跟着也增加，各方面都能得到改善，这些都可以理解。”

嬴建峰笑笑说：“我就知道耿局心里肯定有数。”

“你也别将我的军，我只能说，重新任命后，你们绝大部分的人都会水涨船高的，个别的肯定有调整，我这样说，你满意了吧？”

“什么人什么情况会个别调整？”

“这个，还用问得那么清楚？你问我，我一时也回答不出。个别调整，肯定是那些不胜任刑侦工作，或者他本人提出调换工作岗位的，还有到了年龄退二线的。我只能回答你这么多。好了，我要去市委开个会，有什么事咱们以后再说。”

说完耿风华抬脚就走，刚走了两步，又停住回头对嬴建峰说：“噢，刚才伊省长打电话来还问到你的情况，他对你很关心啊。你要好好干，可不能辜负他。”

嬴建峰一听，忙说：“谢谢伊省长的关心，谢谢耿局长的关照！”

耿风华意味深长地笑笑，然后急匆匆朝电梯走去。

望着耿风华的身影消失在电梯里，嬴建峰心里五味杂陈。耿风华跟自己提到伊副省长的事，是不是暗示自己，自己提拔的事伊副省长已经跟他提到了，叫我放心。可他又不好明说，只能用这种方法暗示自己，让自己放心，把精力放在工作上。

但凭着自己对伊副省长的了解，他不可能直接向耿风华说要提拔自己的事，大不了问一下自己最近的情况如何。就因为那样，就足以让耿风华认为这就是暗示和打招呼。唉！管他呢，管他什么情况，反正自己把队伍带好，把工作做好就行。

也就在这时，嬴建峰的手机响了，他不知又发生了什么案子，忙一接听，竟是黄美琴打来的，急忙问有什么事啊。

161

黄美琴口气幽幽地问：“今天是什么日子？”

“什么日子？今天是星期天，没发大案的日子。”

“去！看来你还真的要跟案子过日子了。你还知道有星期天啊？没发案，那你往单位跑什么？”

“你什、什么意思？”

“你说什么意思？十五年前的今天，有人就跟我信誓旦旦地说，永远会记住这一天。没想到，这么快又忘了？”

“哎呀该、该骂！我、我怎么把咱们结婚纪念日都给忘了？真该罚，那，那老婆你说怎么罚吧？”

“噢……今天天气好像不错，以前不是有人总结出一个什么老三样吗？你说还能怎么罚？”

“对对对，逛街、吃饭、看电影，老三样老三样！”

“算你有良心，还记得老三样。”

“你等着，我这就回家去接你。”

嬴建峰挂了电话，就往家里赶。

他之前最怕逛街，觉得一个大老爷们逛街挺别扭的。后来为了陪黄美琴，逛了几次街后，又觉得挺有意思。

当然他并非对街上琳琅满目的商品感兴趣，而是对有些人感兴趣。

印象最深的是那些之前被自己打击处理过的小偷，他们最喜欢人多拥挤热闹的场所。这些人一到这些场地，交感神经格外兴奋，两眼滴溜溜转，专盯人衣袋裤兜与坤包，自然受害者大多为女同胞，稍不留神，就会被他们下手得逞。

可以想象一下，正当他们两眼紧盯着下手目标跃跃欲试时，突然间迎面撞见嬴建峰，那吓得是魂飞魄散脸无人色。胆小的拔腿就跑溜之大吉，胆大些的装着若无其事转身离开，狡诈些的竟对着嬴建峰点头笑笑，胆大的敢上前打招呼说嬴领导好，胆特肥的敢主动与嬴建峰攀谈。

嬴建峰见到这种胆特大的便会停下脚步，问对方最近怎样，有时还问其他人的情况，最后少不了劝说对方要遵纪守法，不要再做违法的事情，往往说得对方的脸红一阵白一阵，尴尬得要命。

如此这般，嬴建峰走到哪儿，都有些人惊慌失措，逃之夭夭，不知道他带来了多少“老派”。因而嬴建峰所到之处，一片平安景象。所以有次市局开防控调度会，嬴建峰就提出要加大对大型商场、公交车、车站、码头和繁华路段的巡防力度，最大程度上挤压犯罪空间。嬴建峰甚至想到了自己退休后就当个义务巡防员，那样会减少不少偷盗案件的发生。

正在嬴建峰神思八骛之际，兀地碰见了多时未见的“半卷毛”。“半卷毛”算是老油条，他露出惊喜的神情，大声说：“哎呀，这不是嬴局长吗？真难得你也来逛街！”

嬴建峰不想跟他啰唆，直接问：“你最近忙什么呢‘半卷毛？’”

“半卷毛”愣了一下，他抬头瞥见黄美琴正在观看金银首饰柜台里的东西，忙“哦”了一下说：“我最近确实挺忙，‘泥巴崽’的店我盘下来了，他整个家我也接下来了。”

嬴建峰一愣，问：“你什么意思？”

“唔，你知道‘泥巴崽’的事，我呢，也是光棍一条，所以，他整个家我都盘下来了。你也知道，我和‘泥巴崽’是过命的兄弟，他不在了，我理所应当替他照顾好老婆孩子，你说是吧嬴局？”

嬴建峰用手点点对方，说：“你个‘半卷毛’，得了便宜还卖乖，人家‘泥巴崽’那么大的家当，你说你给盘下来了，你花多少钱盘下来的？”

“哎呀嬴局，你不是不知道我和‘泥巴崽’的关系，他家里的财产，有一半以上都是我帮他挣来的，现在我接手了，那叫物归原主，你说是不是嬴局？”

“‘半卷毛’，你说这话要是让地底下的‘泥巴崽’知道了，他会不高兴的。”

“开个玩笑开个玩笑，其实啊，这些都是缘分。噢对了，我还想跟你说件缘分的事。”

嬴建峰饶有兴致地问：“什么缘分的事？”

“你还记得那个金萍吗？”

“记得，怎么会不记得，‘泥巴崽’就是被她那个前夫害死的。”

“是啊。这个金萍，说是为了报答‘泥巴崽’，还是回到店里打工，说只要给她饭吃，她不要工资，说是来替她前夫赎罪的。”

“是吗？”

“当然我们也不会让她吃亏，平时给她生活费，年底的时候会给她分红，收入不低于原来上班。你说这是不是缘分？”

嬴建峰笑着点下头，说：“的确是缘分。”

“还有你想不到的。你还记不记得，金萍还有个弟弟？”

“记得，就是他害死陶欣的。”

“对啊，金萍为了替弟弟赎罪，也说要照顾陶欣的爸爸，那个有些疯癫的陶宁子，一辈子。”

这事真让嬴建峰感到惊讶，他竟一时说不出话。

“你说，这是不是缘分？”

“是缘分，但却是孽缘，也是善缘。”

“半卷毛”有些得意地一笑，用手一指，问：“嬴局，那位看首饰的是嫂夫人吧？”

“半卷毛”其实比嬴建峰大近十岁，但这家伙为了套近乎，故意将自己的年龄说成比嬴建峰还小，以示对嬴建峰的尊重。

嬴建峰回头望望黄美琴，点点头，说：“今天是我们结婚纪念日，我陪她来看看。”

“半卷毛”又很开心地笑了，说：“你看看你看看，我怎么说来着，这又是缘分哪。想当初，是你们俩抓住我，这是不是缘分？后来呢，你们俩成一家子，这是不是缘分？今天是你们两个结婚大喜的纪念日，是不是缘分？更巧的是，嫂夫人又恰好来到这家首饰店，你说这是不是缘分？”

嬴建峰听出最后一句话中有话，便问：“你什么意思？”

“噢没什么。我听说当初‘泥巴崽’几次要送你四套金首饰，你一件也没要，今天这么好的纪念日，也应该物归原主了。”

嬴建峰听罢更觉惊诧，问：“你个‘半卷毛’搞什么鬼，说得神神秘秘的？”

“半卷毛”又用手一指柜台说：“嬴局，你仔细看看，嫂夫人正在看什么？”

嬴建峰抬眼望去，说：“应该是金手镯金项链一类的吧。”

“对呀！这也是缘分啊！”

“半卷毛”说完，不等嬴建峰反应过来，就径直走向柜台，叫女服务员用锦盒将四套金手镯、金项链和金耳环全部装好，笑着递给黄美琴。

黄美琴惊诧万分，问：“什么情况？这位服务员不是说这些东西都不卖的吗？”

“半卷毛”很霸气地说：“别人肯定不卖，可你是不用买。送你的。”

黄美琴简直被“半卷毛”的话砸晕了，她这时认出了“半卷毛”，慌忙双手推开对方伸过来的锦盒，大声说：“你搞什么名堂啊‘半卷毛’？你别以为现在有点钱就想在我这里摆阔气。刚才这位服务员不说这些东西是非卖品吗？”

“半卷毛”苦笑一下，说：“嫂夫人你别误会，这些东西为什么不肯卖，因为它们早就有主人。”

“既然有主人那为什么还要摆在这里？”

“把它们放在这里是因为等主人啊，主人没来就在这里展览，主人来了它们就应该离开了。”

“那，它们主人在哪儿？”

“主人就在眼前啊！”

“谁？”

“你啊！嫂夫人啊！我们嬴局的爱人啊！”

黄美琴被“半卷毛”说得哭笑不得，便生气说：“‘半卷毛’你扯什么乱七八糟的，我怎么是它们的主人？你这不胡说八道吗？”说完，她转头瞅瞅嬴建峰。

嬴建峰这时上来一把拉过“半卷毛”，厉声说：“‘半卷毛’你发什么疯，你怎么能随便拿人家柜台的东西来送人？”

"半卷毛"哎了一声，说："赢局你误会了，这东西本来就是'泥巴崽'送你们的。"

"你胡说些什么啊？'泥巴崽'的东西怎么会摆在这儿？"

"这个柜台原来就是'泥巴崽'的，现在是我的了。"

"不会吧，我怎么没听'泥巴崽'说过？"

"哎呀，这家柜台是'泥巴崽'出事前刚搞好的，因为生意蛮好，后来就一直保留在这里。"

赢建峰思想了一番，突然想到了什么，忙说："也不对，这四套东西金萍卖给打金店去了，后来收缴的时候，已经有两套被打金店的人化了两只手镯，怎么又有四只金手镯？"

"金萍知道这四套东西是'泥巴崽'准备送给你们的，便又打电话给那个山西老板，让他再寄了两只金手镯来。"

赢建峰听罢，满是感慨，说："其实金萍也是个善良的人，一时糊涂做错了事。你们要好好对她。"

"这个你放心，我'半卷毛'没什么本事，但我最敬重讲义气的人，我们把她当自家人看待。"

"好了'半卷毛'，我跟你表个态。这些东西当年'泥巴崽'送我我没要，现在同样也不会要的。"

"哎呀，今天可是你和嫂子的结婚纪念日，既然我们这么有缘，你不收下，那我无法向'泥巴崽'交代啊。"

"这件事我早已经跟'泥巴崽'交代过，要他把这些东西留做他小孩将来读书成家创业用。何况'泥巴崽'还为了金子的事送了命，我更不能要了。所以，你也要理解我。"

"半卷毛"见赢建峰说到这分上，知道再说也无用，便低头想想，然后抬头说："那这样，我另外选一条丘比特项链送给嫂夫人，这款项链象征着对爱情的忠贞不渝，很有意义。"说着"半卷毛"马上叫服务员拿出项链，装进锦盒。

赢建峰侧脸瞅瞅黄美琴，见她一副心动的样子，知道她想要。想想美琴与自己结婚以来，没给她买过一件首饰。美琴也讲过多次，说别的女人谁谁谁，一身金器就抵过一套房，自己一件像样点的首饰都没有，遇到喝喜酒的时候，人家一个个珠光宝气的，自己却寒酸得不敢说话。今天是结婚纪念日，不如趁机买一样，以便圆了美琴的一个小梦想。

嬴建峰见美琴不敢收，便伸手拿过来，见里面写着重量五钱，标价一千七百八十元。嬴建峰默算了一下，每克合一百一十元。便对“半卷毛”说：“这项链我买了。美琴你先拿着，我身上没带那么多，我马上到邮政储蓄所去取。”

“半卷毛”忙上前抬手拦着嬴建峰，不高兴地说：“干嘛呢嬴局，你要是这样，真的就瞧不起人啦。这几十万的东西你不好意思收，一两千块钱的东西你还要拿钱，你这不是骂人吗嬴局？”

“‘半卷毛’，你又不是不知道，我从来不拿别人的东西。要是拿了，那就不是我嬴建峰了。”

“怎么了嬴局？你这不是戳骂我‘半卷毛’做人差劲吗？”

“没有啊‘半卷毛’，我正是看得起你，才在你店里买东西，要不然，我到其他店里买不是一样？”

“唉！”“半卷毛”摇摇头，说：“怪不得人家说跟你们公安的人打交道没意思。”

“你这话啥意思？我们公安做人就那么差？”

“不是说你们做人差，是说跟你们烙不熟，交不了心。”

“怎么可能？我跟‘泥巴崽’不是好得很。他从来就没说过跟我烙不熟的话。所以说，你也要向‘泥巴崽’学习，做人要豁亮些。”

“我知道嬴局对‘泥巴崽’好，所以我想尽量学他。你嬴局实在不肯收，那就给成本价，这样总可以吧？”

嬴建峰听完还在犹豫不决，“半卷毛”趁机说：“嬴局你就别想了，成本价，你给我一千三百块，这样总行了吧？”

嬴建峰知道这是三个月的工资，便与黄美琴交换一下眼神，见她同意。便将东西往黄美琴手里一塞，爽快说：“等一会儿，我去取钱。”

说完嬴建峰快步往外走去。

162

两人逛了一上午，到了吃中饭的时间。也许走的路太多，黄美琴的脚跟有点痛，不想再走。

嬴建峰想想，得就近找个吃饭的地方，便与黄美琴来到大型超市背后，走进一家挂着“味美”牌子的小餐厅，点了该店的两个招牌菜：小炒酱驴肉，水煮河鲜鱼。黄美琴另加了一碗西红柿蛋汤。

这个馆子店紧靠沿河小区，该小区属老居民区，住房密密麻麻，人员成分复杂，前来吃饭的人不少。

两人正吃着饭，旁边一桌四个青年男子边喝酒边大声嚷嚷，其中一个络腮胡胖子说：“哎哎，兄弟们，现在真的太乱了。你们知不知道，前天，哎就是前天晚上，我在咱们市里最豪华的白鹭酒店，在那个什么茉莉包厢里唱歌时，你们猜我听到了什么？”

“什么啊？第三次世界大战要开始了？”戴眼镜的调侃道。

胖子摇摇头。

“那就是同性恋可以结婚了？”瘦子阴嗞嗞地笑问。

胖子又把头摇得像拨浪鼓。

“是不是包厢里有人中了一亿元大奖？”年龄最大的那位问。

胖子得意地说：“都不是！”

“那是什么？死胖子别卖瓜了！”瘦子有点不耐烦。

“我，听到隔壁包厢传来砰砰两声枪响！”

戴眼镜的问：“是不是人家放爆竹？”

“不可能！我听得很清楚。再说哪有只放两个爆竹的？真是的！”

瘦子哎了一声，说：“胖子你吹牛吧，现在禁枪禁得这么紧，还有人敢玩枪，真是活得不耐烦了，那不是飞蛾扑火——找死吗？”

胖子急了，忙发誓说：“我如果骗你，我就不是人！”

“那你是什么？”

“我就是婊子个崽！……哎，那如果我说的是真的呢，你又是什么？”

“我，我就是婊子的爹，够狠吧？”

“这个不算。”胖子嚷嚷道。

“为什么？”瘦子不服。

“因为你根本就没生女崽俚，你怎么成为婊子的爹？你这是糊弄我。”

“那我要怎么说才行？”

“你应该说是婊子崽的崽。”

“那不是婊子的孙子吗？”

“对呀。”

“那辈分不是太小了吗？”

“你本来个子就小，那辈分自然就小喽。”

“你乱说什么哟，不怕咬着舌根。”

“你怎么说话的？我再咬也咬不到舌根啊？”

戴眼镜的说：“他戳骂你不得好死哟。”

胖子的火气噌地一下上来，他一拍桌子，抬手指着瘦子大骂：“你他娘的你找死啊？敢咒老子！”

年纪稍大的发话说：“你们两个都别吵了。我们来是吃饭喝酒的，不是来吵架卖声音的。”

戴眼镜的忙接嘴说：“对对对，咱们是来喝酒的，不是来吵架的，来来来，满上满上，咱们干杯。人家开不开枪关咱们屁事，对不对胖子？瘦子你也来。”

经这两位一劝，胖子和瘦子便都消了些气，互相看了看，低头端起酒杯，站了起来，四个人碰了下杯，把杯中酒干了。

真是说者无意，听者有心。搞了二十多年刑侦的嬴建峰听胖子说的事，可能隐藏着重大案件线索，他便有些坐不住了。

嬴建峰用筷子轻轻敲敲黄美琴的碗沿，黄美琴知道有情况，便凑过头压低声音问：“怎么，嗅到了味道，坐不住了？”

嬴建峰微笑着点点头，不好意思地说：“美琴，电影恐怕看不成了，我等下就送你回家，反正项链也买了，你说呢？”

黄美琴放下筷子，两手一摊，来了个反问说：“我还有得选吗？”

“唉！这也是咱们的命，一辈子都跟这个那个离不开。”嬴建峰不好说出破案的话，担心被那桌人听见。

匆匆吃完饭，嬴建峰立即将黄美琴送回家，然后来到刑警支队，通知王大柱、汪震文、华路长及鲁克蒂，还有刑事科学研究所的李洋河等人赶到支队。

嬴建峰将人叫到自己办公室，将中午吃饭时听到的话向大家做了传达，并征求大伙意见。

鲁克蒂最是快人快语，她说：“还征求什么呀，到现场看看不就清楚了。”

嬴建峰转头看看刑研所副所长李洋河，问：“你觉得呢？”

李洋河说：“克蒂说得对，酒店里有没有人开枪，到了现场看了才能定，咱们还是宁可信其有，不可信其无啊！”

“好！那我们立即去酒店。”嬴建峰果断命令。

大伙立即穿便衣，分乘三辆车往白鹭酒店赶去。

中午两点半，嬴建峰等人到了酒店外面，嬴建峰叫王大柱等人先在车上等，他带着鲁克蒂去摸情况，看看里面有没有茉莉包厢，如果有，就继续查下去。如果没有，那很可能是假的，便可打道回府。

嬴建峰对总台服务员说："你好小姐，请问贵姓？"

"我姓莫，莫须有的莫。你叫我小莫就行。"

"呵呵，这个姓好少噢，也很珍贵。"

"这个姓怎么就珍贵了？"

"不是说物以稀为贵吗？"

"你真会说话。请问你们是唱歌吗？"

"是啊，你们这里的歌舞厅有没有茉莉包厢？"

"有啊，你们想去吗。"

"对啊，我们等下有好多人来，你能先带我们去看看包厢吗？"

"行啊，"

小莫笑吟吟地领着嬴建峰和鲁克蒂来到二楼茉莉包厢。嬴建峰两人进去看了看，包箱不大，也只有五十来平方米，但装修得蛮豪华。

嬴建峰问："这个包厢最低消费多少？"

"一千。"

"这么贵啊？能不能便宜点？"

"一分钱一分货，这里是咱们市最高档的地方，包厢肯定贵了，要想便宜，那沿河的便宜，只要一两百块就行。"

嬴建峰知道跟她啰唆没意义，便想着怎么才能找到那个响枪的包厢。便问："你们这里一共多少个包厢？"

"有三十八个。"

嬴建峰一听我的乖乖，要找到开枪的包厢，可真不容易。

原打算将茉莉包厢前后左右的包厢全都包下来，这样一算，就要上万人民币。想想还是不行，这钱花得有些冤枉。支队的经费，一直是紧巴巴的，一下拿出这么多钱，的确有些困难。这可不行，得想个法子，做到既省钱又要把事办好。

想到这，嬴建峰问："这包厢的隔音怎样？"

"隔音好着呢，只要关紧门，隔壁的声音就听不到。"

嬴建峰听罢，心想如果那样的话，那枪声就应该在茉莉包厢周边的范围，要是对周边的包厢都观察一遍，应该能找到线索。

嬴建峰想到这，便说："小莫，我要多看几个包厢，然后才能定哪几个。"

小莫想想，说："行吧，那这样，我总台还有事，我先下去，你们自己看，看完后决定要哪几间，再和我说，我在下面等你们。"

嬴建峰一听暗喜，忙说："好的好的，你先忙，我们看看再定。"

就这样，小莫匆匆下了楼。

嬴建峰立即对鲁克蒂说："咱俩分头查看，看看有没有弹孔痕迹，特别注意墙上和天花板。"

鲁克蒂一打响指，说："得嘞！"

于是，嬴建峰和鲁克蒂就以茉莉包厢为中心，向两边包厢扩展开来，两人分头开始查找。

由于时间紧迫，嬴建峰和鲁克蒂花了大约二十分钟，就找到了两间疑似有弹孔的包厢。

也许是时间较长的缘故，小莫发现两人还没下来，便又上二楼查看情况，正好碰见嬴建峰从包厢里出来，急忙问："老板，怎么还没看好哇？这都多长时间了？"

嬴建峰忙回应说："差不多了，估计还要几分钟。"

"你们有多少人啊？要几个包厢？"

"我们有几十个人，要几个包厢现在还定不下来，等下我打电话联系一下。"

"那好的，请抓紧点时间，等下客人来得多，你们想哪个包厢就不一定要得到，所以要尽早定下来。"

嬴建峰一听，觉得小莫说得有理，便说："好的好的，我尽快联系，过十分钟答复你。你在总台等，我们马上下来。"

小莫见差不多了，便又下楼。

嬴建峰见小莫一走，立即与鲁克蒂碰头，他问："怎么样，你那边都看完了吧？有没有发现？"

鲁克蒂说："看完了，有个玫瑰包厢，好像有弹孔，光线暗看不太清。你呢？"

"噢，我发现一个，是荷花包厢。"

"那，咱们定几个包厢？"

"先定这两个吧。"

“如果这两个都不是呢，怎么办？”

“到时再扩大范围。”

“好，那我先下去跟她说。”

“好的，我打电话通知他们上来。”

嬴建峰立马掏出手机，拨通王大柱，说：“王总吧，上来吧，到二楼的荷花包厢和玫瑰包厢，开始唱歌喽！”

163

王大柱听嬴建峰这样说，知道有戏，便立即通知另一辆车上的李洋河，要大家立即去二楼的两个包厢。

在荷花包厢勘查的李洋河，踩着王大柱和汪震文等人的肩膀上，终于在天花板上，发现了两个类似“七七式”手枪的弹孔。

李洋河拿着照相机，赶紧对着弹孔拍了起来。

刚拍完，负责点歌的漂亮“公主”就进来了。她穿一身白色缀金丝边连衣裙，脸上贴着金铂薄片，一双眼睛镶嵌着长长的睫毛，梳着金黄色的二束发髻，一身传说中公主的装扮。她一看几个人在叠罗汉，惊愕地问：“你们这是干吗呀？”

嬴建峰忙说：“他们几个年轻时在一个杂技团做搭档，现在年龄大了，我说他们现在不行了，他们不服，刚才就叠了个罗汉给我看看，没想到还算行。”

“公主”听了笑笑，说：“我们演艺大厅经常会请杂技团来演出，他们可以到那里去演出。”

嬴建峰听了装出很惊喜的样子，忙说：“真的吗？要是能行的话，到时我们一定给你股份。”

“公主”有些没弄明白，便问：“给我股份是什么意思？”

“给你股份就是给你分红，分钱啊！”

“公主”一听，不由笑逐颜开，欣喜地问：“有这么好的事吗？”

“怎么没有？现在是经济社会向分享社会转变的时代，只要你有资源，你就能发大财。”

“资源？我们天天在这里点歌，能有什么资源？”

“有哇！你天天接触各种各样的人，什么大老板当官的都有，只要你有心去利用，那资源就太丰富了。”

嬴建峰故意怂恿对方往那方面去想，这样可以慢慢建立与对方交流的通道，以便套取有价值的信息。

“那，他们能给我多少钱？”“公主”终于禁不住诱惑，主动开口问。

嬴建峰想想，说多了会让对方觉得假，说少了对方觉得动力不大会没兴趣，便下决心似的说：“五五分成，对半，怎么样？”

“公主”一听咧开嘴笑，立即表态说：“那我找经理说说看。”

嬴建峰立马激动地说：“谢谢太谢谢你了！以后有其他生意上的机会，我们还可以合作。”

“公主”也激动地说：“那真的谢谢你老板！”

嬴建峰豪爽地一挥手，说：“好说，好说！有事一起做，有财一起发，你说是吧？”

“公主”笑吟吟地点点头。

这时服务生端着水果盘进来，开始将水果摆放在水晶茶几上。

嬴建峰问“公主”：“请问你是每天固定在这个包厢吗？”

“是的……哎你问这个干吗呀？”

“我们以后可以经常到这里来，专门点你的包厢，这样你的收入不是更高？”

“是是是，我们谁带的客人提成给谁。”“公主”的脸笑成一朵花。

“那你能提成多少？”

“包厢费百分之十，酒水百分之二十。”

“好！那我们以后来专门点你，说是你的朋友。”

“公主”听了，忙说：“谢谢谢谢，老板你贵姓？咱们留个电话。”

“好的好的，我姓江，叫江海。”

“我姓许，叫许小英。你就叫我小许吧。”

接下来双方交换了电话。

小许不知道江老板实力怎样，便问：“江老板你是做什么的？”

“我嘛，是上海来的，准备在瓷城投资一个亿开发房地产。”

小许一听肃然起敬，这是个大老板财神爷啊，忙对着嬴建峰深深鞠一躬，嘴里说：“请江老板多多关照！”

嬴建峰很大气地挥挥手说：“好说好说啊！我现在就是有一个很大的担心。”

小许怔了一下，想想问：“老板你担心什么呀？”

“我担心安全啊！听说前几天，你们这里有人开了枪，不知道是真是假？”

小许先显得有些为难，经过一番思想斗争，终于下决心将嘴巴凑近嬴建峰耳旁，低声说：“我们老板不让说。”

嬴建峰一脸意外，问：“为什么啊？”

“老板怕传出去不好，会影响生意。”

“那有什么？我不是也听说了？我不是也来了吗？”

见嬴建峰毫不在乎的样儿，小许心里的警惕线也一下子崩塌了，她赶忙说：“是啊其实也没什么，他们也不是故意的，是双方都喝多了酒，喔对方好像也是搞房地产开发的，是对方说话口气太大，惹恼了‘靶子’，他才拔出枪对天开了两枪，又没对人打。”

嬴建峰不动声色地点点头道：“我说嘛，这好好的人家怎么会开枪？是吧？哎‘靶子’经常会来吗？什么时候你帮我介绍介绍。”

“干什么呀？”小许一下子又警觉起来。

“噢，没什么。你也知道干我们这一行的朋友不怕多，冤家怕一个，多条朋友多条路，你说是吧？”嬴建峰说完对着对方笑笑。

小许附和着笑了，说：“老板说得对，是这么回事呀。”

“那你知道他什么时候会再来？”

“这个没一定，有时可能几天都在这，有时十天半个月也没人影。”

“那你有没有他的电话？”

对方摇摇头，说：“我不敢要他的电话，他有时脾气不好，我们都有点怕他。”

“这个根本就用不着怕，他们来这里都是为了钱，你在这里做事也是为了钱，对不对？为了钱，大家都可以成为好朋友，对不对？”

小许边听边使劲点头。

“‘靶子’对那个房地产开发商开枪是吓吓他，他并不想打伤打死人，为什么？因为他是为了做工程做生意赚钱，现在我主动找他让他做我的工程让他赚钱，那他还会不高兴吗？我们肯定能成为好朋友，你说对不对？”

小许的头点得像鸡啄米似的，煞是可爱。

嬴建峰突然想起什么来着，他一拍沙发说：“对了！如果你找到他人，将我们的生意促成功了，我会给你一个大大的惊喜，比你在这里做事强上十倍。不，甚至一百倍！”

嬴建峰的一席话，说得小许心旌摇荡，热血沸腾。她两眼冒光，神情激动地说："谢谢谢谢，江老板我一定想办法找到他。对了，下次他来我一看见他就打你电话，你看行不行？"

"你不是怕那个'靶子'吗？那你怎么跟他说？"

"我不跟他说话我只跟你说，行不行？"

"那行！只要我找到他，也算是你介绍的，好不好？"

小许兴奋地表态："哎呀，那太感谢你了江老板，你放心，我一定会找到他！"

"哎小许，那个'靶子'长得什么样？他的身高体重，还有喜欢穿戴什么喜欢吃喝什么，有没有什么特征？"

"问这些干吗？"

"我好投其所好哇！"

小许明白似的点下头。"噢，这个'靶子'三十五六岁，皮肤黑，有点胖，右脑门有条刀疤，个子中等，剃光头，穿花衣，喜欢喝啤酒，喜欢吃摇头丸，也喜欢找小姐唱歌。噢对了，他特喜欢唱《上海滩》。"

"那行！小许，你也给我点一首《上海滩》吧。"

"好！马上就来。"小许说着就往点歌台走去。

嬴建峰站起身，大声说："兄弟们，大家尽情唱起来，跳起来！祝咱们在瓷城的生意开门大吉，公司的日子越来越红火！"

大伙一片欢腾。

是啊，这帮天天加班熬夜、风餐露宿之人，平时哪有时间唱歌喝酒啊？今天正好趁着办案的机会，好好放松放松，这也叫忙里偷闲，苦中作乐吧。于是一个个不由得神情振奋，跃跃欲试。

164

当晚九点，在刑警支队会议室，嬴建峰正在主持召开案件分析会。

耿风华闻讯赶来，他一进门就问："情况怎么样？"

大伙一见局长大人驾到，都站了起来。

耿风华抬起双手往下压压，说："同志们都坐下，坐下。现在最重要的，就是要尽快找到案件线索！"

大伙坐下后，耿风华来到嬴建峰身边，找张椅子坐下，两眼看着嬴建峰。

嬴建峰汇报说："目前有两个情况。"

"哪两个？"

"一是在白鹭大酒店歌舞厅荷花包厢里，我们发现的两个弹孔，经过检验，不像是正规出品的手枪。"

"那像什么？"

"像仿制手枪，但这种枪的杀伤力丝毫不逊于正规手枪。威力应该大过'七七式'手枪。"

"这种枪在我们市里以前出现过吗？"

"没有。"

"那你认为，这些枪是在我们市里造的，还是从外地流进来的？"

"目前还无法判断，要查清来源后才能确定。"

"好！那你说的第二个情况是什么？"

"是白鹭大酒店歌厅荷花包厢里的'公主'小许，她提供那个开枪的人叫'靶子'，经过我们初步排查，可以确定，全市叫'靶子'的有十三人，符合小许所说条件的有三个。目前还不能最后确定是哪一个。"

"有没有考虑，拿这三个嫌疑人的照片让小许辨认？"

"我们也考虑过，但那样很容易打草惊蛇。所以，我们还是想等下一步，实在找不到'靶子'的人时，再把照片拿给她辨认。"

"好！那你打算下步怎么查？"

"准备采取三条措施。"

"哪三条？"

"一是继续加大对'靶子'的调查力度。二是加大对有犯罪前科人员的调查力度，特别是之前有过涉枪犯罪的，作为重中之重。三是对全市房地产开发商进行调查，摸排是否有被人拿枪威逼强买强卖、销售砂石垄断建筑等黑社会性质活动。"

"好！不过，我觉得还应加上一条，就是向周边及边境省区省厅及公安局发协查通告，调查最近是否有私制枪支、走私买卖枪支的案件线索。"

嬴建峰一拍桌子，说："对啊！我怎么就没想到这一点？"

耿风华轻轻一笑，说："可能是我在省厅待的时间较长，考虑的角度不同吧。"

"是啊耿局，所以咱们干任何工作，都应该顾及上中下三个层面的思维。那样，考虑问题和采取措施才能做到全面到位。"

"好你个嬴建峰，我说一你就想到二，怪得不前面几任老局长都夸你思维敏捷，做事能举一反三，触类旁通。"

"耿局，你这是表扬我还是批评我？"

"废话，肯定是表扬你嘛！"

正在这时，嬴建峰手机响了，他对耿风华说："不好意思，我接一下电话。"

嬴建峰摁下接听键，一接听，是那位"公主"小许打来的。

小许兴奋而急促地压低声音，说："江老板，那个'靶子'来了，在米兰包厢。"

嬴建峰很客气地说："谢谢你啊小许，事情办好了就去找你，谢谢啦！"

挂了电话，嬴建峰兴奋地对耿风华说："耿局，那个'靶子'又在白鹭大酒店歌厅包箱出现了，我们要立即行动，秘密抓捕靶子。"

"那你准备怎么抓？"

"我想以抓吸毒的名义将其带回支队审问，这样不会打草惊蛇。"

"好！你还有什么要求？"

嬴建峰想想，说："这次行动力度很大，恐怕警力和车辆都不够。"

耿风华沉吟一会，说："这样，我叫特警支队和治安支队配合你行动，你看怎样？"

"那就太好了，我们行动更有把握！"

"那好！我马上到指挥中心，协调特警支队和治安支队。"

"谢谢局长！"

"行动要迅速，犯罪分子身上可能有枪，你们一定要注意安全！"

"是！局长放心！"

165

晚上十点，嬴建峰将指挥车停到白鹭大酒店外拐弯处，他特别交代汪震文，带人直接到米兰包厢将光头"靶子"先抓获，然后直接送到办案中心一号审讯室。

具体的布置是酒店前后门由派出所负责，各楼层两旁进出口由治安支队负责，三十八个包厢由刑警和特警负责。

十点十分，行动时间到。嬴建峰一声令下，两百名警察迅速向酒店歌舞厅冲去，按照事先预定的方案，开始行动。

一见大队警察冲进来，整个歌舞厅顿时炸了锅，尖叫声，呼喊声，跑步声，以及警察们喝令不许动的声音，响成一片。

汪震文率鲁克蒂等人冲进米兰包厢，里面十几个男女慌成一团，汪震文冲着一个三十多岁的胖光头大喝一声“靶子”，光头不自觉地应了一声。鲁克蒂一个箭步上前，先将光头铐上，并对光头进行搜身，还好没带枪。

汪震文喝令男女抱头蹲下，并逐个进行搜查，凡发现身上带有摇头丸、注射针筒的，一律上铐。

二十分钟后，从白鹭酒店歌厅里陆续押出五十多位吸毒的男女。一个小时后，将这些人押到市公安局办案中心，一下来了那么多人，弄得审讯室不够用，只有采取分批审讯的方法进行。

按照嬴建峰的事先安排，汪震文将光头带进第一审讯室，光头抬头一看第一两个字，心里就开始打鼓。

为尽快寻找案源线索，嬴建峰亲自主审，汪震文副审，鲁克蒂记录。

汪震文敲山震虎，直接说：“‘靶子’你今天的待遇是最高的！”

靶子身子一震，畏惧地抬眼瞧瞧汪震文，又瞟瞟嬴建峰和鲁克蒂，嗫嚅着说：“政府，我，我不明白，我怎么待遇最高了？”

“我们支队长亲自接待你，待遇还不高吗？”

“……政府，我，我又没吸毒，为什么要抓我？”

“为什么抓你，你心里还没数吗？

光头低头又抬头，说：“我，我不知道。”

“‘靶子’，我在包厢里能直接喊出你的名字，你说为什么？”

“不，不晓得。”

“‘靶子’，有句话叫若想人不知，除非己莫为。我们既然把你找来了，你做了什么，就老老实实说出来，这样对你只有好处，没坏处。我希望你要认识到这一点。”

“靶子”闭上双眼，又摇一下头。

嬴建峰见“靶子”仍然不肯开口，不由掏出手枪往桌上一拍，厉声问：“‘靶子’，这是什么？！”

“靶子”一怔，有点胆怯地瞅瞅嬴建峰，低头轻声说：“手枪……”

“大声点！”

"靶子"浑身一震，加大声音说："手枪。"

嬴建峰随即又拿出一张照片，举手给对方看，问："这是什么？！"

"靶子"抬头看看，摇摇头。

"白鹭酒店歌舞厅荷花包厢，两天前，记起来了吗？"

"靶子"身子一硬，随后又软了下来。

"'靶子'，我们的政策是坦白从宽抗拒从严。我们不会无缘无故找你，既然找你来了，你就要端正自己的态度，我们还有一条，立功受奖，你自己好好想想。"

"靶子"用手摸摸脸，心里紧绷的防线开始坍塌。

"'靶子'，你已经坐过一次牢，你爹妈为你愁了一辈子，也苦了一辈子，你上次偷东西，你爹妈为了你能少判几年，答应赔人家的经济损失，他们到处借钱帮你还债，自己省吃俭用，经常到外面捡废品卖捡黄菜叶吃，你母亲因为营养不良双脚浮肿。"

"你，你怎么知道？"

"多好的父母亲啊。你这个做儿子的，难道就忍心看着他们受苦受累，在病痛中终老一生？"

"我帮人家看场子讨债接工程，就是想让他们日子过得好起来。我要尽我的孝心。"

"你这是为了让他们过好日子在尽孝心吗？你这是在刀尖枪口下讨生计，稍有不慎不是你死就是我亡。你爹妈要是知道你干这些事，他们不吓死也得愁死。你要是真的对他们有点孝心，就应该改邪归正，好好地走正道。"

"我怎么才算走正道啊？"

"你应该好好找份工作，不要整天干这些舞刀弄枪的事。"

"那，那我该怎么做？"

"首先，你要把你干的那些不好的事如实向我们说清楚，这是你改邪归正的第一步。其次，你还要检举揭发其他人违法犯罪，争取宽大处理。这样，你才对得起你爹娘老子。"

"靶子"听了，连咽几下口水，终于说："我，我交代，我前天晚上，是在白鹭酒店歌舞厅那个什么荷花包厢，开过两枪。"

"枪呢？"

"在我家壁柜里。"

"你哪来的枪？"

"我，我向'眯哥'买的。"

"'眯哥'是谁？"

"'眯哥'你都不知道啊？人家说要想唱歌，就找'眯哥'。'眯哥'自己不唱歌，但只要跟着他的人，你想唱歌他就给钱。道上的人，只要一听到'眯哥'，都得敬他三分……"

"好了好了'靶子'，你说正事。"

"噢……这个'眯哥'他好像姓盛，对，盛情的盛，上面一个成功的成下面一个器皿的皿，具体盛什么我不清楚了。他家好像住在新宇瓷厂宿舍，以前也因偷东西被判刑，后来又犯抢劫判了十多年，还关在新疆。好像放出来不久。"

嬴建峰一听，认为有戏，便继续问："你那枪是什么时间买的？在哪儿买的？花了多少钱？"

"靶子"想了想，说："今天五月的一天晚上吧，在西叉坞魏大仁家，我花一万五千元买的。"

"谁能证明？"

"魏大仁啊。"

"魏大仁是谁？"

"老魏也是我们狱友，现在也帮人看场子。"

"在哪儿看？"

"陈家山老皇商场地下娱乐城。"

"你还知道谁有枪？"

"听说还有几个，具体是谁我就不清楚，反正都是做生意的。'眯哥'做这事从来不让其他人在场，说是商业机密。"

汪震文暗笑一声，说："你的意思，是'眯哥'把卖枪当成生意？"

"是啊，听说'眯哥'买来时只要两三千元，可卖给我们这些人，是越来越贵，有的都快两万了。"

"你们买枪干什么？"

"这个社会，有枪就有一切。有了枪，走到哪里都安全，办事也方便。不是说枪杆子里面出政权吗？"

汪震文鄙夷地一撇嘴巴，一拍桌子吼道："你还想用枪夺权？你想成反革命搞暴动啊？"

"靶子"吓得忙站起来双手乱摆着说："不是不是，我们怎么敢搞暴动呢，打死我也不敢。我们只用来防防身，吓吓人什么的，真的从来没想到干其他的。我那天也就是想接人家搞房地产的一点工程，没想要伤害人。"

"你是想用枪来恐吓他人，牟取暴利。'靶子'我跟你说，你要深刻认识到私自买卖私藏枪支本身就是犯罪，更不用说你拿枪威胁他人。"

"靶子"瞪着一双吊眼，说："我真不知道买枪还会犯法，那犯法的事就太多了。我觉得有时法律管得太宽，结果等于没管。"

"你这是什么话？你的意思是说法律越多，就越管不了事？"

"现实就是这样。"

"你胡说什么？按你的意思，法越多就越不好，没法最好。那你不是典型的无法无天吗？"

"真不是我无法无天，你看现在赌博禁得这么厉害，可打牌赌博的越来越多，连老人家小孩子都打。"

"你说的那些大妈大爷，他们打一毛五毛的娱乐，能算赌博吗？你不要混淆正常娱乐与赌博的界限。"

"靶子"愣愣地看着汪震文，知道自己跟对方讲得再多，也是自己没理，说多了倒霉的是自己，对方没有一点影响。想想自己应配合公安，那样对自己才有好处。

于是"靶子"哭丧着脸，对嬴建峰说："领导，我想立功，我想宽大处理。我不想让我爹娘再受苦。"

"好！'靶子'，那就看你的表现。"

"我一定表现好，你们说什么我就做什么。"

"那好，现在立即去你家，把枪取出来。"

166

在嬴建峰的脑海里，认为任何一起复杂案件的侦破，都是采取弹钢琴的手法。即弹钢琴要两只手十个手指同时动作协调一致才行，而破案同样要采用多管齐下协同作战才能成功。

眼下取枪最重要，自然由嬴建峰亲自带队，去"靶子"家获取枪支，另由王大柱和汪震文，分别负责对“眯哥”和魏大仁的调查。而华路长与鲁克蒂在家负责对歌舞厅被抓人员的审讯。

起枪的经过很顺利。

在去“靶子”家的路上，“靶子”一再恳求赢建峰不要让他爸妈知道。

赢建峰觉得这个“靶子”还有得救，便答应了他的要求。大伙穿着便衣到他家里，在他家壁柜夹层里取出手枪，另有一盒子弹。尽管大伙想隐瞒，但有所警觉的“靶子”爹妈看出气氛不对，不管怎样就对着“靶子”数落个不停，说他倒宗败祖，猪狗不如，骂他不走正道就死出去别再回来。倒是赢建峰帮着“靶子”说话圆场，“靶子”才没有太尴尬。

枪是一把仿“七七式”手枪，制作精良，工艺精湛，除外层漆没有制式枪黢黑锃亮外，掂在手上的重量与质感，都跟真枪没啥区别。

接着连夜将枪拿到打靶场试射检验，其弹药声响与击穿威力，不逊真枪。

李洋河将在靶场试射的弹孔痕迹，与在荷花包厢内获取的两个弹孔痕迹进行比对检验，确定是“靶子”所持手枪射出的。

已是凌晨三点，赢建峰紧急召集开会。

赢建峰说：“同志们辛苦了，养兵千日，用在一时，多余的话我就不说了。这起枪案，已经成为咱们瓷城首要大案。耿局长高度重视，指示咱们一定要快速侦破，收缴所有流入我市的枪支，追踪枪支来源，务必将所有涉枪人员一网打尽。由于案情的紧迫，我们必须连续作战。特别是我们已经对白鹭大酒店歌舞厅采取了大规模的清查，虽然我们对外宣称是清查吸毒人员，但我可以肯定，只要负案在身之人，他们都是惊弓之鸟，很可能会出现潜逃或隐藏枪支等现象，如果那样，那将对我们下步工作造成极大的困难。所以，我们要一鼓作气，乘胜追击，不让罪犯有喘息的机会，下面呢，就目前调查的情况，大家汇总一下。”

赢建峰说完，环顾四周，大家神情虽然疲惫，但仍然振作精神，拿出笔记本，准备汇报与记录。

“我先介绍一下起枪的情况，我们带着‘靶子’到他家，在他家壁柜夹层里取出仿‘七七式’手机一把，子弹一盒三十六发。经李洋河实弹射击检验，可以确定在白鹭酒店歌舞厅荷花包厢内发现的弹孔，是这把枪所为。下面，请王支和汪大介绍一下主要涉案人员的情况。”赢建峰道。

汪震文见王大柱仍在想事，便先一步汇报。

“我们找到了‘靶子’所说的那个魏大仁，他证实今年五月底，在他家里，

'眯哥'与'靶子'见了面，当时'眯哥'怕泄露消息还将魏大仁赶出房屋，是魏大仁躲在门外偷听，才得知'眯哥'是在卖枪给'靶子'，后来'眯哥'走了，他问'靶子'是不是买了枪，'靶子'说是，并叫他千万不要对外说。他问'靶子'多少钱一把，'靶子'说一万五。情况大体就是这样。"

嬴建峰点点头，说："这样，就证实了'眯哥'卖枪给'靶子'的事实。王支那边的情况呢？"

王大柱拿起工作笔记，沙哑着声音说："我们对'靶子'提供的'眯哥'进行了调查，'眯哥'本名盛世达，一九六七年九月出生在瓷城，家住新宇瓷厂宿舍九栋一单元二〇八号。初中毕业后一直闯荡江湖，一九八五年十一月因盗窃罪被判刑四年。出狱一年后，流窜到广东韶关抢劫，再次被捕后判刑十一年。这家伙在广东服刑期间，因为充当狱霸，被转押至新疆阿克苏玛滩监狱服刑，今年一月份才刑满释放。回家后短短几个月里，他并没有'洗心革面'，而是纠集了一帮他原来的狱友，在地下赌场'看场子'，帮人'讨债'，并多次在不同场合亮过枪，气焰嚣张得很。"

嬴建峰听完两人的汇报，点点头，笑着说："我想告诉大伙一个好消息，我取枪回来的路上，'靶子'向我提供了一条很重要的情报。"

"什么情况？"几个人异口同声问道。

"九月十七日，噢对了也就是今天，盛世达带着四五个随从到火车站附近的瓷场酒店，准备与另一伙黑势力头目'包子'谈判。我想，这个机会很难得，既可以抓获'眯哥'，又能打掉'包子'一伙，一举两得。"

大家听完很兴奋，一个个摩拳擦掌跃跃欲试。

华路长说："那就干他个屌！"

汪震文想想说："不过，他们身上可能带枪，任务非常危险，我们要做好充分的准备。"

王大柱接嘴说："没错！我们既要监控'眯哥'一伙的一举一动，又要掌握'包子'一伙的动态，并且在抓捕前双方都不能惊动，这是行动的第一个要点。其次怎么对'眯哥'和'包子'实行有效抓捕，这是第二个要点。第三个要点，我们不能排除其他成员有带枪的可能，对这些人我们怎么抓捕？"

嬴建峰边听边点头，说："大柱说得对，这次任务非常危险，所以，我们要做好充分的准备，一定要做到万无一失，确保绝对安全。下面，我们来研究一下具体行动细节。"

167

上午九点，瓷城火车站旁的瓷场酒店，刑侦支队全体出动，将整个酒店围得像铁桶一般。尤其是一楼，前后左右都布满了侦查员。

九点半，穿一身黑的“眯哥”走进宾馆，他双手一直插在裤兜里，保持着高度的警惕。“眯哥”来到走廊，掏出手机，打给“包子”，问“包子”到了没有，在哪个包厢。

迎面走来举着手机假装打电话的汪震文，鲁克蒂手提一个小旅行包从“眯哥”后面赶来，就在汪震文与“眯哥”擦肩而过之时，汪震文突然对“眯哥”来个抱摔，将“眯哥”重重摔倒在地，“眯哥”刚反应过来伸出右手去摸裤兜，被鲁克蒂一脚踢中手腕，痛得“眯哥”哎呀一声。鲁克蒂随即上前控制住“眯哥”右手，跑过来的华路长麻利地从“眯哥”裤兜里掏出一把仿真“七七式”手枪，拿过来一瞧，子弹已经上膛。

就在同时，王大柱组织人员将“眯哥”带来的五个人实施抓捕。几乎同时，又将在二〇八房等“眯哥”谈判的“包子”及手下七个喽啰也一网打尽。

所幸，带枪的只有“眯哥”一人。

对“眯哥”的审讯，嬴建峰采取了突袭、示证、对质等审讯策略，“眯哥”终于抗不住，彻底交代了自己的犯罪经过。

原来盛世达于二〇〇二年十二月在新疆监狱服刑期间，与他同一中队的狱友牛为草在一起聊天，得知牛的老家贵州黔南市，那里有许多藏在深山老林的地下兵工厂，很容易买到枪支。盛世达一听，认为这是一条好路子，便把瓷城家中的电话号码，留给了比自己晚两个月才刑满出狱的牛为草，并商定等牛为草出狱后，让他给自己瓷城家中打电话联系。

盛世达回家以后不久，就和以前的狱友沙望水、潘希奇等人纠集到一起，在居住地新宇瓷厂一带的桌球室、美容美发厅和歌舞厅等场所收保护费。春节期间，三个人在聚财宾馆里喝酒议事，几个人说来说去的，都深感这样小打小闹，想发大财很难，必须要想办法迅速壮大实力。

盛世达首先想到，就是要搞到枪，有了枪，那在江湖上谁敢不听啊？有了枪后再去承包工程，那生意就好做。等赚了钱后再做正当生意，很多富豪不都是这样，先走邪道，等有钱了再洗白自己。

今年大年初二，盛世达终于接到牛为草从贵州打来的电话，但他听后大失所望，刚出狱的牛为草还没和上线接上头，暂时还弄不到枪。

早已急不可待的盛世达决定另想办法，打算去广州碰碰运气。正月初四，盛世达和沙望水一起，带着三千五百元钱踏上去广州的火车，让潘希奇留在家里筹钱。

盛世达在广州四处奔走，好不容易找到一位十一年前的熟人，一打听，买一支猎枪就要一万二千元，手枪的价格更高，在广州待了两天，盛世达见没希望搞到枪，决定回去另想办法。在广州火车站买票时，他抱着试试看的心态给牛为草打个电话，没想到牛为草这时刚找到了上家。盛世达高兴坏了，赶忙买好到贵州黔南市的票。

来到贵州黔南市的当天，盛世达就和牛为草接上了头，议定了每支枪二千五百元的价格，让牛为草去找“上线”买枪，盛世达在当地等候。盛世达两人住进了牛为草家附近的满香旅馆，并通知潘希奇速汇一万块钱过来。

四天后，出了一趟远差的牛为草赶了回来，他肩上背了一只白色蛇皮袋，兴奋地往地上一放，说东西带来了。盛世达用手提提，袋子沉甸甸的，打开一瞧，是四支崭新的仿“七七式”手枪，为了试试这批枪的火力，他们还一起到城外的山林中开了几枪。

枪到手后，盛世达不屑于再帮人看场子讨债。元宵过后，许多建筑工地陆续开工，盛世达便带着人上门推销砂石，哪个包工头敢说不字就用枪指着他。几天之后，他们还将一家房地产公司经理请到正阳宾馆的客房里，逼其交出经营开发权。为了炫耀武力，潘希奇还当众开了一枪。

盛世仁有枪的消息在圈里传开后，马上吸引了一些黑恶势力的人找他搞枪，这便成了他又一条“生财之道”，他卖枪给别人的价格为六千元到一万八千元不等，高额的利润让他四上贵州，同时还介绍两个人去找牛为草买枪。就盛世达知道的，就有十五支黑枪从贵州流进了瓷城。

十五支枪，这是一个非常大的数字，这些枪一旦用于作案，那后果将不堪设想。

嬴建峰立即将情况向耿风华和省厅刑警总队汇报。省厅领导非常重视，分管副厅长蒋国庆立即指派刑警总队长马啸风负责协调督办。

耿风华立即向梁文正书记做了汇报，梁文正一听，当即指示公安机关要立即组织精干力量，全面开展清剿枪支的行动，做到不漏一支，确保人民群众生命财产安全。

嬴建峰连夜召开专案会。

嬴建峰抑制不住自己的兴奋之情，说：“同志们，案情有了突破性的进展。从目前掌握的情况，已经发现了十五支手枪，省厅和市委、市政府领导都高度重视，要我们立即组织精干力量，查找收缴枪支。所以，我决定，专案组下设十七个小组，其中十五个小组，每组负责一支枪的收缴，一个材料后勤小组，一个机动组，全面开展收缴工作，我希望大家要紧急行动起来，以高度的责任心和使命感，将流散在我市的所有枪支全部收缴回来。大家说，有没有信心？”

大伙异口同声地说：“有！”

168

兵贵神速。一天时间不到，也就是第二天下午五点，流散在瓷城的十五支枪就已经收缴十三支，还有两支枪，也已经锁定了对象。即是“眯哥”的左臂右膀，沙望水和潘希奇所携带的枪支。

耿风华特地来到嬴建峰办公室，询问案件进展情况。

嬴建峰立即汇报说：“耿局，目前已经收缴了十三支，还有两支也已经明确了对象。”

“是哪两个对象？”

“沙望水和潘希奇。”

“那‘眯哥’的两个得力助手？”

“是。”

“为什么这两人没抓住？”

“这两个家伙隐藏得较深，我们找了他们常去的三个地方都没找到，现在已经锁定他们两个了。”

“那就好，一定要将他们缉捕归案，决不能让他们漏网逃脱。”

“耿局放心，为了保险，我把预备组也派出去了，协助他们抓捕。”

“那就好……市里的收缴完了，你下步有什么打算？”

“我打算派人到贵州黔南市，抓捕上家牛为草。”

耿风华想想，说：“那你准备派谁去？”

“肯定是汪震文和华路长，还有鲁克蒂和张阳。”

“张阳是谁？我怎么没印象？”

“噢，张阳是新川县局刑警队的，小伙子警院毕业，很有头脑，我想让他去锻炼一下。”

耿风华抬手点点嬴建峰，笑着说：“你是不是想挖人家墙脚？”

嬴建峰呵呵一笑，说：“耿局，我可是为你罗网人才啊，你不是常说要注意发现人才，培养人才，人才是事业成功的关键吗？”

“好你个嬴建峰，你又将我的军。”

“不敢不敢，我这是为局长你分忧啊。哎局长，到时调人的时候，你可要帮忙说话啊！”

耿风华又用手指点对方。“行！只要是为工作考虑，我一路绿灯。”

嬴建峰一听忙真切地说：“谢谢耿局。”

“那你们赶紧行动吧，需要与贵州那边打招呼，你说一声，我与那边的总队关系还好，没问题的。”

“哎呀那太好了，那麻烦局长打个电话，跟他们说一下，请他们配合。”

耿风华当即掏出手机，打通了贵州省厅刑警总队副总队长方江海，将瓷城市局刑警支队准备到贵州黔南市抓捕枪贩之事与对方说了。方副总队长一口答应帮助抓捕。

嬴建峰要了方江海的电话，打算让汪震文带去，到贵州黔南市后跟方副总队长联系。

耿风华报完对方手机号码，便告辞离开，不料与门外匆匆走来的张阳撞了个满怀。张阳定神一瞧，是耿风华，吓得面红脖赤，连说：“对不起对不起啊，耿局长！”

耿风华并未生气，他仔细瞅瞅对方，觉得有些面熟，便问：“你是哪位啊，好像在哪儿见过？”

张阳立即挺身敬礼，大声说：“报告耿局长，我当过你的学生，在警院刑侦系。”

耿风华一下想起来了，忙说：“啊对了，我想起来了，你是那个问题最多最刁钻的那个。

张阳红着脸，用手挠挠头顶，憨笑着说：“耿局记性真好！”

耿风华用手拍拍张阳肩膀，说：“小伙子不错，跟着嬴支好好干。”

张阳一听来了劲，忙挺身敬礼，大声说：“谢谢局长！”

耿风华抬手一挥，笑着走了。

这时汪震文、华路长和鲁克蒂前后脚都到了。

嬴建峰问：“你们手上的事都移交好了吗？”

几个人异口同声说：“好了。”

“那个，刚才耿局长来了，专门过问案件的情况，还给贵州省厅公安厅刑警总队方江海副总队长打了电话，你们去了以后，跟他联系，他会协调黔南市警方配合你们工作。”

汪震文一听，说：“太好了，那样我们的胜算就更大了。”

嬴建峰见汪震文心存顾虑，便说：“你们一定要有信心。”

汪震文笑笑说：“我听说他们那边抓人经常会扑空。所以，我有点担心。”

嬴建峰立即解释说：“你说的那种情况不存在，天下公安还是一家嘛，他们到我们这边抓犯人，咱们不是一样很配合吗？所以，你不要有任何顾虑。”

“好，我知道了师傅！”

“你们家里都安排好了吗？”

“都好了！”大伙同时回答。

“那好！同志们，由于时间紧急，你们必须连夜出发，直扑贵州黔南市，迅速抓捕上线牛为草，坚决捣毁制枪窝点，你们说，有没有信心？”

“坚决完成任务！”

169

十月六号，汪震文带着三人，从鹰潭上车。十四个小时后到达湖南怀化，随后又转乘三个小时的班车，于第二天到达贵州黔南市。

黔南市是一个汉族和少数民族混居的城市，四周全是茂密山林，地形十分复杂。

汪震文先打通贵州省厅刑警总队方江海副总队长电话，方江海立即联系黔南市公安局刑警支队长左国山，左国山很热情地接待了汪震文一行，并介绍说当地贩卖枪支的行为一度十分猖獗。

左国山立即指派了重案大队副大队长甘明亮开一辆越野吉普车，配合汪震文行动。

左国山说："本来要派两个人，车子坐不下，只好派甘大队长配合你们。"

汪震文一再表示感谢。

甘明亮看了汪震文提供的牛为草资料，到户籍处查找，符合情况的人员只有一个，其家庭地址是在黔南市南边近一百公里的一个偏远小镇。

他们马不停蹄地来到孜牧县天门镇派出所，该所外勤看了看名字，摇摇头说："这个人我知道，他被判刑后几乎没回来过，我们这里也没有他的详细资料，连他的照片都模糊不清。"

汪震文马上打电话向嬴建峰汇报，嬴建峰思索一下说："这样看来，牛为草出现在黔南市的可能性很大，那你们还是回到黔南市，按照'眯哥'给牛为草的画像，先找到他的居住地，再找人。"

汪震文回应："好的。"

车子穿过孜牧大街，这座有四十多个少数民族居住的小县城，民俗风情独特优美，令人目不暇接。

几个人下车找了家拉面馆，每人吃了一大碗牛肉拉面，汪震文抢先付款，然后上车赶路。

一路言语不多的鲁克蒂，看到满大街绚丽多彩的民族服装和风情，显得格外兴奋。

鲁克蒂主动找甘明亮拉呱，问："甘大，听说你们这里的少数民族节日很多，都有些什么节日啊？"

"噢，那就多了，我们水族有端午节、卯节和敬霞节。布依族有三月三、六月六和更建节。苗族有四月八、吃新节和苗年。毛南族有火把节，瑶族有盘王节，还有其他的少数民族，那节日多得数不过来。"

"我特喜欢看少数民族的舞蹈，你们这里都有些什么舞？"

"那可多了，我们水族有优雅的铜鼓舞，苗族有豪放潇洒的踏月亮舞，布依族有纯朴活泼的春礁舞。一般都是载歌载舞的，还有其他舞，也有很多，我都说不出名字。"

"都有什么好吃的，给介绍介绍。"鲁克蒂接着道。

"好吃的就太多了。哎，你们喜欢喝酒吗？我们这里的九阡酒很有名的，跟茅台镇的茅台酒齐名。”

鲁克蒂一吐舌头，说：“这么厉害啊！哎，这个酒的名字怎么这么怪怪的，为什么叫九，九阡酒？怎么就不叫十阡酒？”

甘明亮噗的一声笑了，说：“这个九阡酒大有来历。九阡酒是我们水族特有的原浆酒，他们端午节采药，六月六制酒曲，九月九才烤酒。这种酒采取我们本地产的红糯米酿制，用纯天然矿泉水，独特的工艺酿造，只有我们这里独有的土壤、空气和水，才能酿造出独特风味的佳酿。噢对了，就像你们瓷城的瓷器，你们那里的水土都适宜做瓷器，做的时候还要经过七十二道工序，才能制成。”

“哇，说得我现在就想喝了！”这时张阳终于憋不住蹦出一句。

华路长立即打破嘴，对张阳说：“咱们现在八字没一撇，还有什么心思喝酒？”

听华路长这样一说，张阳不敢再吱声。

甘明亮见气氛有些沉闷，便说：“不要紧，等到了市里，我请你们喝正宗九阡酒。”

张阳一听眉开眼笑，叫：“太好了！”

时间已是傍晚，天空乌云翻滚，响雷阵阵，看来要下雷阵雨了。

汪震文征求甘明亮意见，甘明亮说：“我们这里经常这样，还是抓紧时间赶回去吧。”

就这样，甘明亮开车，华路长坐副驾驶室，汪震文、张阳和鲁克蒂坐在后座。车子往黔南市方向急速而驰。

一路全是山路，刚开出一刻钟，突然狂风暴雨迎面而来。甘明亮毕竟对道路熟悉，车速稍微减慢。

吉普车行驶得越来越艰难，路面不断有从山上滚落的碎石与沾满泥土的草块。忽然前面有棵松树连根倒下，将路面拦住。

甘明亮一看情况不对，如果被堵在路面会非常危险，必须立即移开，便对车上人说：“快，快下车把路面清理干净。”

说着，甘明亮打开大灯，抢先跳下车。众人一起下车，合力将松树挪开，将滚落在路面的几个石块搬走。正在这时，山上一块巨石滚落而下，因光线差，甘明亮与华路长躲避不及，被巨石撞倒在地。

汪震文赶紧上前查看，见甘明亮已经口吐鲜血，奄奄一息。再转头看华路长时，见他扑倒在地，痛苦呻吟着。

汪震文大声说："不好，快抢救伤员！"

汪震文与张阳先将甘明亮抬上吉普车，再将华路长抬上副驾驶室。汪震文与张阳坐在后排座两头，将甘明亮放在身上。

汪震文着急地对鲁克蒂说："克蒂，快，你是特技驾驶员，现在是你发挥作用的时候了。要以最快的速度赶到医院，但要确保安全。听见了没有？"

"保证完成任务！"鲁克蒂大声回答，她敏捷地坐进驾驶室，迅速挂挡起步，然后加速向前奔跑。

一小时后，甘明亮和华路长被送到黔南市人民医院抢救室，医生检查了甘明亮的眼睛，说瞳孔已经放大了，也没了呼吸与脉搏，宣布死亡。

华路长胸部四根肋骨断裂出现血胸，陷入昏迷。医生说幸亏送得及时，不然华路长也没救。

鲁克蒂在边上不停地哭泣。汪震文一下蒙了，他立即想到要打电话向嬴建峰报告。

嬴建峰听了，一时难受得说不出话，良久他说了句："怎么会这样啊？"随即说："震文你赶紧联系黔南市公安局刑警支队，向他们支队长报告情况。我立即向耿局长报告，请示下一步工作措施。"

就这样，汪震文立即打通黔南市局刑警支队长左国山电话，左国山一听，"啊"了一声，然后说："我马上来！"

170

第二天晚上九点，嬴建峰带着支队办公室主任姚一鸣、情报大队长上官俊赶到黔南市，代表瓷城市局领导拜访了黔南市局领导和刑警支队左国山以及甘明亮的家人，对甘明亮同志的牺牲表示深切哀悼和沉痛悼念，并给甘明亮同志家属送去慰问金。

经过全力抢救，华路长已经脱离危险，但因肋骨断裂，不能动弹，需在医院治疗一段时间。

嬴建峰等人来到医院病房，看望华路长。华路长见嬴建峰到来，感动得流泪。嬴建峰一再嘱咐华路长，让他安心养伤，并说已经通知华路长爱人，并与其爱人单位市民政局领导商量好了，让他爱人立即请假到黔南市来护理。

当天凌晨一点，嬴建峰顾不得休息，就在住宿的宾馆里把汪震文等人召集在一起。他见大伙情绪低落，心情郁闷，便鼓励大伙要坚定信心，不要被眼前的困难和处境所压倒，应当尽快制定下步工作措施，争取早日缉捕牛为草，为牺牲和负伤的同志们一个交代。

嬴建峰习惯于用绘图来分析研究问题。他拿出一张自己绘制的牛为草画像。对大家说："这是'眯哥'描述的牛为草的人像，大家可以做参考。"

汪震文看到画像露出兴奋的眼神，说："师傅，从'眯哥'的描述来看，这个牛为草皮肤偏黑一点，身体却健壮如牛哇。"

嬴建峰点点头道："而且此人身上还可能带枪。所以，我们一定要小心，不抓则已，要抓就一定干净果断，既不能让他逃脱，也不能让他掏枪伤人。我们警察是专门打击犯罪的，我们受伤甚至是牺牲，是职责所系使命所在，但如果伤及无辜的群众，那就是我们的失职。所以，我们一定要确保万无一失，确保安全，我们再也不能出现伤亡！"

大伙听罢，都郑重地点点头。

嬴建峰又拿出一张示意图放在桌上，用手指指图上，说："这是我根据'眯哥'交代的当初他来黔南市居住的满香旅店与牛为草家的示意图，牛为草租住的地方离这个满香旅店步行才十几分钟，牛为草让他们住在那里，就是想离他家近些，那样方便来往。所以……"

"所以我们要先找到那个满香旅店，才好找牛为草住的地方。"汪震文插嘴道。

"对！我们明天一早，就开始寻找这个满香旅店，找到满香旅店后，再以旅店为中心，以十几分钟的路程为半径，向外扩展搜查。根据'眯哥'的回忆，牛为草住的地方周边住家户很多，像是租的房子，属于城乡接合部的可能性大，我们可以通过治安管理部门查找满香旅店。如果'眯哥'没记错的话，应该很快就能查出满香旅店。"嬴建峰道。

"所以我们只要查出跟满香两个字沾边的小旅馆，再来逐个排查。"张阳接嘴道。

嬴建峰满意地点点头。说："明天一早你们几个分头排查旅店，我和一鸣去医院。明天华路长动手术，我不放心，要去找左国山支队长请医院方面关照。"

翌日一早，大家分头行动。嬴建峰在医院守着手术结束，已是十二点半。

汪震文带着鲁克蒂，上官俊带着张阳，分别由黔南市局刑警人员开车带路，马不停蹄地跑了城区四个分局，于十二点前排查出满香旅店。

手术很成功，嬴建峰的心里踏实了许多。他与姚一鸣赶回住地，大家来不及吃中饭，就在嬴建峰住房里碰头。

汪震文激动地说："叫'满香'的有两家，一家是城中区的满香宾馆，周边尽是繁华的区域，不像是'眯哥'所说的那种旅店。另一家是城西区的满香旅店，符合我们要寻找的旅店特征。"

嬴建峰听罢很高兴，说："那从下午开始，我们把重点放在城西那个满香旅店周围排查上。我请黔南的同志帮忙带路，咱们以旅店为中心向外搜寻。"

大家匆匆扒完饭，仍由黔南市局刑警带路，来到满香旅店，然后分成东南西北四个小组向外扩展搜索。行动前嬴建峰要求宁愿没找到牛为草居住点，也绝不能打草惊蛇，否则，一旦牛为草警觉潜逃，那我们就非常被动。

嬴建峰带着鲁克蒂往东边搜索。他们走了几分钟，发现路旁有家工商银行；再往前走几分钟路，又发现一家圆形大门上嵌着"城西希望小学"几个大字，嬴建峰不由停住脚步，猛然想起"眯哥"说他到过牛为草家，在牛为草家待过十几分钟，见到牛为草老婆，还有一个十二三岁的小男孩。既然牛为草有小孩，那他肯定要上学读书，小男孩会不会就在这所小学里读书呢？如果旅店附近只有这一座小学，那他小孩在这里读书的可能性就很大。如果小男孩真的在这里读书，肯定要填学生基本情况登记表，就要填父母姓名、家庭住址等基本情况，我们可以通过学校，找到牛为草的住址。想到这，他立即打电话，通知其他三个小组人员来到城西希望小学大门外，二十分钟后，人都聚齐，嬴建峰把自己的想法跟大伙一说，大家都觉得很有道理。于是，嬴建峰决定找学校领导，调查学生登记表。

十几分钟后，黔南市局的同志就联系好了校长。人到中年的女校长很热情地邀请大家来到会议室，校长听完嬴建峰的要求，脸露难色，说："你们不知道小孩叫什么名字，也不知道他在哪个班级，这样查起来有点大海捞针啊！"

嬴建峰笑笑说："小孩子十二三岁，按正常年龄应该读四五年级吧？"

女校长摇下头，说："那不一定，有的读书早有的读书晚，也有可能读二三年级，也可能已经毕业走了。"

嬴建峰听罢觉得有理，便又问："那已经毕业了的学生，他们还有登记表吗？"

"近五年的应该有。"

"那我们就从二年级查起，直到最近三年毕业的，这样应该差不多了吧？

如果还没有查到，就继续往前往后查。你看行不行？”

女校长很爽快说：“行啊，我立即安排。”

说完，女校长叫来后勤组长，将要做的事向组长交代清楚，后勤组长很客气地请大家到档案室去查。

赢建峰起身跟着走，女校长笑着说：“赢支队长你就在这里喝茶吧，等他们查的结果。”

赢建峰忙婉拒说：“不行啊校长，时间紧迫，我要带头。”

女校长怔了一下，说：“你们公安就是不一般，领导率先垂范！”

赢建峰笑笑说：“不敢当，这一直都是我们的传统，谢谢校长的好意。我忙去了。”

说完，赢建峰紧走几步赶上前面的人员，来到了档案室，一瞧，满屋木架子上堆积着泛黄的档案袋。

就这样，赢建峰他们一直查到晚上九点多，才找到牛为草儿子丘小明的登记表，原来他儿子跟他老婆姓丘，所以查了这么久才找到。

171

从学校出来，几个人又吃拉面。

赢建峰决定利用夜色的掩护，对牛为草租住的城西区向山街道榛子弄五号，进行摸底侦查。

赢建峰与黔南市局刑警先期进去，发现这是一栋私人建的四层楼房，整栋房成四合院式，前后有两道门。以两间房为一单元，一层五个单元。可以看出，楼上人员进出都得经过一楼，所以显得人员很多。即使是晚上十一点，进出人也不少。

为了掌握牛为草行踪，赢建峰让黔南市局刑警的同志带路，连夜找派出所外勤，由外勤带着来到社区主任家中，询问牛为草情况。

五十来岁的社区女主任很精干，她一听问牛为草情况，立即说：“那栋房子全是出租屋，这个牛为草有时早出晚归，有时又起得很晚，不像是干正当职业的，早怀疑他有问题，今天下午刚到过他家，找他收卫生费，他倒是蛮爽快的。”

嬴建峰听说他在家，一颗悬着的心落了地。

“那他具体住在哪层楼哪套房？”嬴建峰问。

“唔，住在南边靠大门的一楼，窗户用黑布蒙着的那家。”

告别社区主任和派出所外勤，嬴建峰想既然已经找了当地派出所和社区主任，担心会出意外惊动牛为草，必须从现在起，对牛为草实行全天候蹲守。

嬴建峰连忙将人召集在一起，坐在车上开了个紧急会。

嬴建峰说：“同志们，牛为草现在就在家里，在这种场合动手抓捕，有三个方面不利。一则担心有不明真相的群众围攻捣乱，二怕一旦发生枪战伤及无辜，三怕当面抓捕牛为草会给其小孩带来心理阴影。”

“那怎么办，我们不能眼睁睁地看着不动他。现在已经这么大动静，一旦让他觉察到就麻烦了。”汪震文无不担忧道。

“对！所以我们要速战速决，争取明天将他抓捕。”

“那怎么抓？”

“等他出来上街，在人少的地方下手，最好是相对封闭的场所动手最好。”

“这样的机会很少哦。”鲁克蒂蹙眉道。

“所以，我们要随机应变，抓住战机，一击必中。”

“那今天晚上怎么办？”张阳问。

嬴建峰想想说：“今天晚上非常关键，大家都累了，由我和汪震文两人蹲守，你们都回去休息，明天早上八点再来。”

鲁克蒂不肯走，嬴建峰口气严厉给她下命令，她才期期艾艾地离开。

嬴建峰和汪震文坐在车上轮流盯着。

这一夜平安无事。第二天早上七点，鲁克蒂和姚一鸣就带着包子豆浆来到嬴建峰蹲守的车上。

嬴建峰与汪震文吃过早点，两人下车到附近找个地方解完手，又回到车上。

这时张阳与上官俊都来了。八点差十分，黔南市局两位刑警也到位。

嬴建峰见大伙都到了，心里踏实。

上官俊与姚一鸣坚决劝说嬴建峰和汪震文回旅馆休息，嬴建峰说现在是关键时刻正需要人，不能分散警力，便在另一辆车上休息，作为预备队。

上午九点，鲁克蒂发现一位皮肤黝黑、体格健壮的男子从出租屋大门出来，仔细看看，是牛为草，便立即用手推推张阳。张阳头也不回，轻声说知道了。待牛为草走出一段路，忙拨打嬴建峰手机，嬴建峰接听，张阳在手机里连吹三下气，又吹三下。

嬴建峰立马精神兴奋，对汪震文说发现目标了。说完几个人立即向蹲守车辆走去。拐个弯，见鲁克蒂和张阳已经往前跟踪而去。

嬴建峰叫上官俊与姚一鸣在中间，自己与汪震文在前，让黔南市局的同志断后，成三个梯队跟进。

来到大街上，人流相对较多，这给抓捕行动带来一定难度，但也更好地隐蔽了抓捕队员。

随着时间的推移，嬴建峰心中更加焦急，他担心长时间跟踪会被牛为草觉察，那麻烦就大了，得寻找机会动手。

也许是老天有眼，牛为草竟然走进了马路右边的工商银行。鲁克蒂与张阳最先跟进，嬴建峰和汪震文随后进去，守住大门。

张阳靠近牛为草，一心想着取钱的牛为草来到柜台前，从口袋里掏出一张汇款单，透过防弹玻璃向柜台里的工作人员要了一支笔，在汇款单上取款人一栏中吃力地写上“牛为草”三个字。

张阳大喊一声牛为草，牛为草猛一激灵抬头，就被张阳拦腰死命抱住，牛为草毕竟是老江湖，平时也学了些拳脚摔打功夫，刹那间他全身下蹲双肘往后发力，张阳被顶得松手。牛为草掉头就往门外方向跑，边跑边掏手枪。

突然间牛为草觉得脚下一绊，整个身子朝前重重摔去，“叭”的一下来了个狗啃屎，痛得牛为草龇牙咧嘴，但他掏出来的手枪却紧紧抓在手里。

说时迟那时快，鲁克蒂飞身骑上牛为草背上，随手来个“双雷贯耳”，令牛为草大脑“嗡”的一下，也就那么一瞬间，鲁克蒂迅速抓住对方拿枪的手，死死不让他动弹。

张阳嗷叫着扑上去，拼命从牛为草手中夺下枪，一看，子弹已经上膛。

鲁克蒂熟练地掏出手铐，咔嚓将牛为草上铐。

前后也就十几秒时间，看得营业厅里的顾客与工作人员目瞪口呆。

有人一脸懵懂，有人喊快报警。

嬴建峰赶紧掏出警官证一亮，大声说：“警察办案！大家不要惊慌！”

随后黔南市局的刑警跑进来，用方言向在场人员说明情况，大家才消除疑虑。

随即，人们对鲁克蒂刚才的英武表现不禁啧啧称赞。有的说没想到这么漂亮的姑娘有这么好的功夫，跟谁学的。有的说小姑娘不得了，不差似影视明星啊。

大伙说着说着，不由鼓起掌来。

鲁克蒂被弄得不好意思，忙向大家拱手致礼。

嬴建峰看看手表才九点半，忙对黔南市局的同志说："快，你们送我去一下，我要参加甘明亮同志的追悼会！"

因为这时的嬴建峰，觉得抓住了犯罪嫌疑人，就是对甘明亮同志最好的悼念，他自己才有底气参加追悼会。

172

侦破枪案的表彰大会，与刑警支队领导职务任命同时进行，真可谓是双喜临门。

除了个别年龄大退二线的外，所有人都水涨船高，皆大欢喜。

由于鲁克蒂的出色表现，立个人二等功的同时，她被任命为重案大队副大队长。华路长立二等功外，被转为正科级副大队长。其他的人员都有嘉奖，唯独嬴建峰一人未要任何奖励。用他的话说，自己的手下立功受奖，跟自己立功受奖一样。自己能当上副处级支队长，该心满意足了。

耿风华在大会上的讲话，一言中的。他说经过这次侦破枪案，表现出刑警支队是坚强有力、能征善战的钢铁支队，有了这样一支队伍，我这个局长位置才坐得稳，心中才有底气。说实在话，有为才有位，你们当中这次能重新任命各升一级，跟你们英勇顽强、敢拼能赢是密不可分的。希望你们在新一届领导班子率领下，再接再厉，不断进取，用优异的成绩，向党和人民交上一份最满意的答卷。

掌声从来没有这么热烈过，大家拍得掌心发红，但没有人感觉到痛。

只是鲁卫国听说孙女鲁克蒂提了副大队长，特意找到嬴建峰，问："你是不是觉得是我的孙女，你们才这么提拔她的？"

嬴建峰赶紧摇头说："不是不是的，我也是以你当年用人的标准，能者上庸者下。克蒂能得到提拔重用，完全是她自己突出的表现，靠她的才干，没有一点私心。"

鲁卫国相信嬴建峰的表白，但他还是有些担忧，说："毕竟她参加工作不久，还太年轻，我担心她会骄傲自满，那样，反倒害了她。”

“哎呀哪能呢？我看克蒂谦虚得很，您大可放心。”

“你这样说，我就放心些。以后你要代我好好地管教她，她有不对的地方，你该批评的就批评，该敲打的就要敲打，不要怕她哭鼻子撒气。”

“放心吧师傅，克蒂自觉得很，根本用不着我来提醒，她会自觉自律的，您就放一万个心。”

“呵呵，要真是像你说的那样，那就好了。”

“没事啊，师傅。哎您老人家画的东西现在怎样了？”

“噢，我这次来，也是来了解一下你们这次侦破枪案的情况，我听妞妞简单说了一下，具体的不清楚。”

“师傅啊，这次侦破那真叫惊心动魄，比电影电视里演的还要精彩。要是能画出来，那就太有意义了。”

“那好哇，越精彩越好看。”

“就怕你老人家画不过来，情节太多。”

“那没问题，情节多我就多画几幅，一个人画不过来，我就动员其他画家一起来画。我的目标，就是在我有生之年，要举办一个专门画咱们刑警侦破大要案的画展，我要让全国全世界的人看到，咱们瓷城的警察，不但能破案，还会画画，我要用艺术的手法，宣传咱们瓷城警察，同时也能弘扬咱们瓷城悠久灿烂的陶瓷文化！”

“太好了师傅！需要我做什么，我一定全力以赴！”

“噢，我知道你也有绘画功底，可你现在太忙，根本没时间画，等你哪天退了休，也可以和我一起来画。你现在能做的，就是把你们破案的细节提供给我，我好来构思创作。”

“这个没问题，我叫办公室准备一份详细的情况，到时给您送去。”

“那没必要，你们搞好了我来拿。我不耽搁你们的时间。”

嬴建峰寻思一下，提起桌上电话，打给支队办公室，问姚一鸣：“姚主任，咱们侦破枪案的材料整理好了吗？……对对，要尽量详细点的。……好，你先拿一份到我办公室来。……对对，马上。”

放下电话不到五分钟，姚一鸣就急匆匆进来。他一见鲁卫国，忙热情地上前握手，说：“老局长你啥时候来的，来之前你说一声，我好开车去接您。”

鲁卫国很高兴地笑着问：“不用不用，你们这么忙，我怎么好意思让你们接，我现在有的是时间。”

“鲁局长来了解咱们侦破枪案的情况，他老人家要把它画成画，还是瓷板画。”

“哎呀，老局长太了不起了！我早听说您老人家的几幅画参加了全国老年书画大赛，都获了奖。我们都要向您学习！”

“哎哟，我这不是在家闲得没事嘛，我就想到画画写字，想为咱们警察，为咱们瓷城，发点余热。”

嬴建峰见姚一鸣手里拿着材料，便接过来看看，然后递给鲁卫国，说：“师傅您先拿回去看看，有不清楚的地方，您老可以打电话问我。”

鲁卫国高兴地接过材料，翻了翻，然后放进黑色提包，站起身说：“那好，我就不多耽搁你们，我先走了，有事我再找你们。”

说完鲁卫国就往门外走，嬴建峰和姚一鸣一直送他到电梯口，直到电梯门关上。

嬴建峰这时想到张阳调动的事，便问姚一鸣：“张阳的手续办好了吗？”

“好了，人事局调令已寄出，估计下个礼拜就能到位。”

“好，报到后将他分到重案大队，现在那里人最缺。”

“……那，我们办公室啥时候能加人？”

“办公室到时找一个会写的人来，咱们现在业绩一流，可笔头末流，不对称啊。”

“不是还有你能写吗？”

“光靠我一个人有什么用？再说，我主要是写论文调研文章这块的。我们要找一个既能写论文和调研文章，还能写公文新闻，最好还要能写诗歌散文纪实文学的人。要在报纸杂志、电视上经常看到我们刑警艰辛工作、不怕流血牺牲、英雄奋战的文章。”

“这样的人才可就难找了。现在咱们最缺的，就是写文章的人才。”

“是啊，写文章有时吃力不讨好，还会经常挨批评，也不容易立功，所以现在写东西的年轻人少。”

“你支队长心里清楚，那我们就要对写文章的人好些，在政治上和经济上都要倾斜，这样人家才愿意干。”

嬴建峰思忖了一下，说：“那好，你就拟一个发表文章的奖励方案，比如在市一级发一篇新闻稿奖励多少，省一级国家一级的各奖励多少，要细化，要有可操作性，奖励金额要中等偏高，这样才能调动写作的积极性。”

“行啊，我参考政治部的奖励办法，他们一般是市级奖励一比一，省一级的奖励两倍，国家级的奖励三倍。不管是什么稿子，只要是跟咱们工作有关的，就是诗歌散文纪实等文学作品，都一律按这个比例奖励。”

“那行。我们还可以扩大一些范围，外单位外系统的人写我们刑侦支队的新闻论文稿，也可以参照规定奖励。”

“哎，这个好，要是那样，报社的一些记者就会加入进来，那我们的宣传力度就大了。”

“那行，你就按照这个意思，先起草一个方案，到时拿到会上讨论一下。”

“好嘞！”姚一鸣兴致勃勃地走了。

嬴建峰刚坐下来，准备将侦破枪案的经验教训写出来，手机就响起来了。

一瞧，是黄美琴的电话，忙接听。

黄美琴说：“当上了县太爷，连家都不要了？”

“哎呀，有什么指示啊夫人？”

“没什么指示，只有三个提醒。”

“嗬唷，提醒的还蛮多。”

“不多，提醒多了也没用。这三点提醒起作用就不错了。”

“那好哇，就请夫人明示。”

“第一，今天是老妈七十大寿，该不该提醒？”

“啊，应该应该的。”

“这其二，是你已经快一个月没教儿子武术了，儿子急着要学练新动作，你说该不该提醒？”

“应该应该。”

“还有，你说了几次，这次能侦破惊动公安部的枪案，多亏了我要你陪着逛街，你说以后会多陪我逛逛街，你说该不该提醒？”

“噢应该，太应该了！我以后有时间就陪你逛街，好不好？”

“别说得比唱的还好听，你快看看现在都几点了？”

嬴建峰忙抬腕看一下手表，张嘴说：“哎呀，快六点了！”

“对啊！还不快回？！”

“回！赶紧回！立马回！”

173

不知不觉中，时光来到了二〇〇五年。春节刚过，大伙仍沉浸在节日的喜庆中。正月十二，阳历二月二十日，赢建峰一家照例来到老妈家吃早饭。

老妈柳淑贞突然想起件事，说："建峰今年虚岁五十岁了。"

赢建峰笑笑，说："时间真快，一晃我就年过半百了。"

"以前忙，没给你过生日，今年要弄一个像样点的家宴，帮你庆贺庆贺！"

"谢谢妈，到时再说吧，生日那天在不在家还是个问号，现在说为时太早。"

"凡事早做打算未雨绸缪嘛。"

"我倒是有这个打算，到时把崔局长、鲁局长还有钟局长都请来，跟他们好好喝一盅。"

老爸赢东成在一旁打趣道："可惜啊，岁月不饶人，都七老八十的，想喝都喝不了啰。"

赢建峰跟着爸妈喝小米粥，吃到一半，手机就响了。他拿起手机一接听，是个女的声音，对方一开口就带着哭腔说："赢同学啊，又要麻烦你了。"

赢建峰心里一激灵，这不是"泥巴崽"老婆……不，现在应该是"半卷毛"老婆的声音吗？他只记得对方姓穆桂英的穆。

"穆大姐，你莫哭，有什么事你尽管说。"

"家里，那个、那个'半卷毛'啊，可能出事了。"

"什么情况？"

"他、他带着一百万现金去广东进货，没想到现在失踪了。"

赢建峰一听，脑子里立即想起当年"泥巴崽"是带货出去带着巨资回来时出的事，这次"半卷毛"是带巨资出去失踪。这世上哪有这么巧的事。

"噢，具体什么情况，你跟我说详细些。"

对方停顿了一下，接着说："'半卷毛'是十七号上午出去，说是中午到广东，开始是手机关机，后来开机又没人接，十九号又开机，打他又没人接。这十有八九又出事了。我怎么这么倒霉啊赢同学，我知道你是'泥巴崽'的同学，你一定要帮忙找到'半卷毛'！"

赢建峰心里堵得慌，忙说："穆大姐，破案是我们的职责，你放心，我一定会尽力。‘半卷毛’我也认识。”

“是啊是啊，‘泥巴崽’和‘半卷毛’都说你是最好的人，还说你是全国学雷锋标兵，我相信你一定会帮忙的，所以，我就斗胆打你的电话。”

“穆大姐，你大可放心，我就是不认得‘泥巴崽’‘半卷毛’，我也会全力以赴的，这是我的工作啊。”

“谢谢谢谢，谢谢你嬴同学，好人一定会有好报的，你以后经济上有什么需要，你尽管开口就是，我不是小气的人。”

“哎呀，穆大姐你扯远了，我们公安办案不收当事人一分钱，你放心好了，我会立即安排调查。麻烦你先写一个报案材料，把详细经过写清楚，什么时间从家里出发，最后一次与你通话是什么时间，他关机是什么时间，开机是什么时间，然后又关机，一直到第二次开机的具体时间，越详细越具体越好，对我们找人和破案都有用。”

“嬴同学啊，我现在的头都是糊的，你一下说这么多我也记不住，这样，我马上到公安局来找你，有什么事我们当面说得清楚。”

嬴建峰寻思一会，觉得有必要，便说：“那好，那我到局里等你，记住，我在公安大楼三楼办公，保安问你，你就说找我就行。”

“好的好的，谢谢你谢谢你嬴同学，我真不知道怎么感谢你才好，上次‘泥巴崽’交代我要把那些东西送给你，可你硬是不要，让我很为难噢。”

“没什么为难的，穆大姐，咱们本来就是一家人，不用客气的。”

嬴建峰没想到对方竟感动得呜呜哭了起来，她边啜泣着边说：“你，你真是个好人，我做牛做马也会报答你的……”

“你千万不要这么说，打击犯罪保护人民是我们的天职，你们的平安幸福，就是对我最大的报答。咱们等会公安局见。”

嬴建峰挂了电话，看看还有半碗小米粥，便端起来，张开大嘴几下吸完，然后将碗往桌上一放，起身就走。

柳淑贞望着儿子匆匆离去的背影，嘴里嘟哝了一句“这大礼拜天的也没个消停”，尔后拿起一个煮蛋，给正在边上边看书边喝粥的孙子嬴亲民。

“吃饭就吃饭，不能三心二意的，这样对身体不好。”柳淑贞唠叨着。

嬴亲民将身子往另一边移一下，继续边看书边吃东西。

柳淑贞伸手一把夺过孙子手中的书，问：“看什么看，这么入迷啊？”

嬴亲民立马“啊”地闹腾起来。

柳淑贞一看封面是《福尔摩斯探案集》，便嚷嚷开了："家里已经有两个警察，一天到晚见不到人影，你还想当警察啊？"

嬴亲民从柳淑贞手中抢过书，嘟着嘴说："我就喜欢当警察，我就喜欢当福尔摩斯！"

嬴东成慈祥地笑笑说："孩子喜欢当警察是好事啊，总比一天到晚打游戏强吧？……大孙子哎，爷爷支持你当警察！"

174

为了不让穆大姐感到紧张不适，嬴建峰叫鲁克蒂将她带到自己办公室，当面给她做询问笔录。

嬴建峰亲自询问，由鲁克蒂记录，经过近一个多小时的询问，基本上弄清了事情经过。

据穆大姐介绍：二月十七日中午，她现在的老公"半卷毛"为了扩大业务，带着一百万巨款，准备到广东陶建进一批当地产的瓷器。当天下午一点四十分与她最后一次通话，两点三十分，打他手机就关了机，连信号都消失了。而"半卷毛"平时业务非常繁忙，手机从来不关机。所以，在她心里，便立即产生了一个不祥的预兆。在这之后，她发动所有的亲戚朋友反复不断地拨打"半卷毛"手机，一直无信号，直到二月十九日上午九点，"半卷毛"的手机信号才恢复，但不管怎么打，始终无人接，一直打到昨晚十一点，估计是手机没电了又关机，直到今天早上也没再开机，也无人接听。为"半卷毛"担忧的她，才心急火燎地来向嬴建峰求助。

望着穆大姐离开的寥落背影，嬴建峰心里产生了一种无名的悲哀。穆大姐真是个苦命的女人，前夫"泥巴崽"判刑坐牢，好不容易过上好日子，却被人暗害。后夫"半卷毛"也跟前夫一样，突然间就失去踪迹下落不明，被害的可能性很大。一个女人惨遭两次失去丈夫的厄运，无异于雪上加霜。竟有那么多人对暴富者痛下杀手，是人心仇富，还是好逸恶劳，抑或两者兼而有之，真是令人唏嘘。

嬴建峰仔细研究了一番穆大姐所说的情况，觉得情况非常严峻。按照常理，失踪人员一般是难以立案侦查的。因为失踪的原因很多，不一定就是发生了案件。但“半卷毛”带了那么多现金，被人谋财害命的可能性极大。

嬴建峰思虑再三，觉得应该立即向耿局长汇报。

耿风华听了情况介绍，也认为“半卷毛”被人谋害的可能性非常大，他当即指示：“要本着对人民生命财产高度负责的精神，一定要认真调查落实，要给群众一个明确的交代。”

嬴建峰立即召开紧急会议，将“半卷毛”失踪的情况以及耿局长的指示向大伙做了传达。会议决定，由副支队长王大柱亲自带领，汪震文负责先期调查，从重案大队和情报大队抽调精兵强将开展调查，等取得一定的证据后，再立案侦查。

汪震文与华路长兵分两路。

汪震文带队，对“半卷毛”失踪前的行动轨迹进行全程追踪调查，力求还原其真实场景。

华路长带队，对“半卷毛”失踪前是否携带巨款失踪以及是否将钱存入银行等情况开展调查。

两队下面设若干个行动小组，相互机动配合，展开调查。

二月二十一日下午五点，在刑警支队会议室，王大柱主持召开了案情汇报会。各小组经过一天一夜的紧张调查，基本上查清了“半卷毛”失踪前的情况。

嬴建峰听取了各小组的汇报后，对调查情况进行了小结。

“同志们，综合调查的情况来分析，失踪人‘半卷毛’离家时的确携带了一百万巨款，他出门时驾驶黑色桑塔纳轿车到华荣汽车修理厂，留下轿车在厂修理后失踪。没有关机习惯的‘半卷毛’，他的手机突然于二月十七日下午两点三十分关机，很可能出现了意外。”

说到这儿，嬴建峰接连咳嗽了几声，他端起茶杯连喝了几口水，接着说：“二月十九日上午九时，‘半卷毛’的手机可以打通，但对方不说话，说明手机已经被其他人控制了，‘半卷毛’很可能已遭遇不测。所以，基本上可以断定，这是一起侵财性抢劫的案件，可以考虑立案。”

正准备对“半卷毛”携巨款失踪办理立案手续时，一起意想不到的事情发生了。

二十二日凌晨五点，在老胚街吊板楼居民区，突然听到一声声惨叫声，接着又起了大火。

有人打电话报警，不一会儿，消防车警车呼啸而至，警笛声呼喊声跑步声喷水声嘈杂繁乱，响成一片。

嬴建峰被手机振动声惊醒，他一听发了案，便一骨碌翻身爬了起来。

嬴建峰赶到现场时，大火已被控制住了，消防员正在现场火灾勘查。

嬴建峰有点没搞清楚，自己接到110电话说有人被杀，可自己现在看到的是火灾现场，而且消防大队对火灾正在勘查，还没有发现杀人的情况，怎么就接到杀人的报警呢。

嬴建峰走近火灾现场，见城西区消防大队长项小勇也在场，便上去跟他打招呼。

这时一位浑身污渍的消防员跑过来，对着项小勇大声喊："项大！有情况！"

项小勇头也不回跟着消防员往里走，来到一处被烧毁的房屋。嬴建峰跟在后面，走进充满焦灼怪味的屋内，见满地是血的客厅里躺着一具三十六七岁的男子，里屋床上倒着一位十二三岁的女孩，他们都是胸口中了数刀，惨不忍睹。

嬴建峰第一反应，就是要保护好现场。

项小勇一脸凝重望着嬴建峰，嬴建峰当即打电话给李洋河，要他赶紧来现场。没想到李洋河说我是在现场啊。嬴建峰觉得奇怪，问："我在现场怎么没看到你人呢？"

李洋河也诧异问："我也没看到你啊？"

嬴建峰想想，问："这怎么回事？"

对方回答："我也不知道哇。"

"你在哪里的现场？"

"我在老胚街吊板楼居民区。"

"对啊，我也在这，我怎么看不见你，真是出了怪了。"嬴建峰满是惊讶。

"那真是怪事！"

"你在吊板楼什么地方，门牌几号？"

"我，我在三号。"

"噢，我是在，六号。"

"啊！相差两号。"

"是啊，这怎么回事？"

"我也不知道。我接到110电话，就直接往这儿来了，来了以后问环卫工人，他说在这儿。"

"110没跟你说是几号吗？"

"没有啊。……那你呢？"

“我也没说啊。……啊对了，在六号发现了两具尸体，一男一女，好像父女俩。你过来看一下。”

“啊！怎么又是两具尸体？”

“怎么，你那里也有两具尸体？”

“是啊，两具女尸，有一个已经怀孕。”

嬴建峰也啊了一声，忙问：“你们刑科所里来了几个人？”

“都来了。”

“那好，你们分开勘查，你先过来看一下，这里情况复杂些。”

“好的，我马上来。”

175

一下发生两起双命案，这在瓷城历史上是绝无仅有的。消息传开，犹如晴天霹雳，震惊世人。

嬴建峰的手机与电话，一下没歇。

两小时后，在市公安局近两百人的会议室，召开了全市公安干警大会。

抬眼望去，整个会场济济一堂。参会的人员有市局在家所有党委委员，市局各部门负责人，各县市公安局及各区公安分局一二把手及分管刑侦副职、刑侦大队长，刑警支队全体人员。

在嬴建峰的印象里，除侦破连环杀人焚尸案外，几乎没有开过如此大规模专门针对案件的会议。

会议由市局分管刑侦的副局长俞立民主持，由嬴建峰介绍案情。

“今天凌晨五点左右，在我市老胚街吊板楼居民区发生了两起杀人案。分别发生在吊板楼三号与六号房子内。在吊板楼三号发生了姑嫂被杀案，姑子薛雪，二十六岁，怀有六个月身孕；嫂子沈小花，三十四岁，两人分别身中四刀和五刀，这起案件实际上是一案三命，性质特别恶劣。”

嬴建峰话音刚落，大伙议论纷纷。

嬴建峰抬下手，继续介绍：“在吊板楼六号房内，发现父女俩被杀，父亲辛海军，三十七岁，女儿辛小萌，十二岁。辛海军脖子处被刺六刀，他女儿胸前被捅四刀。同时还发生了一场火灾，根据消防大队现场勘查，火灾起火点就在六号房内，由于当时风向由西向东，所以火灾朝东向推进速度快，东边烧毁了七、八、九、十号房屋。而向西方向只烧毁了五号房。”

见嬴建峰说完，俞立民强调说：“同时发生两起杀人案，并且是两案五命，性质恶劣，影响巨大。副省长、公安厅厅长伊红峰同志亲自批示了‘全力以赴，尽快破案’八个字。”

这时耿风华插话说：“市委王书记也高度重视，要我们集中精兵强将，迅速侦破案件，严惩犯罪分子，给人民群众一个满意的交代。”

接下来，耿风华从维护瓷城治安、提高瓷城声誉、发展瓷城经济、重振瓷城雄风、塑造公安形象等五个方面做了全面阐述，力陈迅速侦破此次案件的重要性、必要性和特殊意义。

最后，宣布成立专案组，由耿风华亲任总指挥，俞立民为副总指挥，嬴建峰任专案组长，并从全市各刑侦大队、各派出所抽调有刑侦工作经验的人员，总警力达一百二十人，开展全面侦查。

会后，立即召开了案情分析会，会上，形成了两种意见，一种是将所有警力，投入两起命案的侦破，一种是要将寻找侦破“半卷毛”失踪案同时列入侦查范围，三起案件同时进行。

不言而喻，坚持第一种意见的人，以副局长俞立民为代表，他的理由是“半卷毛”失踪还未正式立为案件，也未产生社会影响，暂时可以往后推迟一下，等这两起案件侦破了再立案侦查。而这两起杀人案已明确立案，社会影响巨大，不破无法向人民群众和上级交代。鉴于目前的形势，我们要集中力量打歼灭战，而不能分散警力。否则，会因小失大。

嬴建峰的理由是案件无大小，影响有先后。“半卷毛”失踪案虽然表面看起来影响不大，实际上最能代表咱们社会上绝大部分人的心理状态和道德走向，代表着社会深层次的矛盾，如不侦破，势必影响社会安定大局，也会影响瓷城以后的治安稳定。

对两种意见，大家展开了激烈的争论，结果，赞成嬴建峰意见的人数与赞成俞立民副局长意见的，各占半数。

大伙都将目光转向了耿风华。耿风华权衡再三，决定让嬴建峰用一个星期时间先期调查，如果七天内查不出什么情况，就暂停侦查，等两起杀人案破了以后，再继续侦查。

嬴建峰也考虑到两起杀人案的影响巨大，所以在警力上也向那两起案件倾斜。两起凶案各投入警力五十人，只剩二十人查找“半卷毛”失踪案。这样一来，两边都兼顾。

就在专案组会议刚结束各小组开展行动时，省厅刑警总队重案处处长伊红蓓带着侦破专家赶到。

耿风华见到伊红蓓一行三人非常高兴，立即将俞立民和嬴建峰叫到办公室，笑着说：“你们看看，省厅对我们这里发案多么重视啊，特地派了总队重案处伊红蓓处长，还有两位破案专家前来督战。”

伊红蓓忙说：“不是督战是参战！”

俞立民热情地表示欢迎。嬴建峰也跟在俞立民后面，上前与伊红蓓等人握手。

当嬴建峰握到一位头发斑白的老者时，很是激动说：“方教授，您好您好啊！”

方教授也认出了嬴建峰，忙笑着说：“嬴建峰啊，好久没看到你了，我怕你不认得我啰。”

“哪能呢，方教授当年在警校可是我的启蒙老师，我学的那些侦破知识，都是您教的。”

“哎哟，先长眉毛不如后长须，你现在是青出于蓝而胜于蓝喽。”

“哎呀，不敢当不敢当，您老人家泰山北斗，我永远都是您的学生。”

“嬴建峰你谦虚了，其实破案是一门实验科学，只有实践才能出真知，这跟年龄大小资格深浅没多大关系。我们虽然多年未见，但我对你的事迹还是常有耳闻。我今天来主要是看看你们，还有就是想丰富一下我现在所编教材的内容，到时还要向你们请教才行。”

“哎呀，老教授这么说我们可当不起，我们还要好好向您请教。”

方教授看看在场各位，觉得再说就喧宾夺主了，便笑笑说：“我们刚来，情况不熟，请你介绍介绍情况吧。”

“好的好的。”嬴建峰边答应，边让来人到沙发上坐下。

耿风华直截了当地说：“反正你们都是老熟人，咱们就开门见山，直奔主题，嬴建峰先说说吧。”

“好！”

嬴建峰坐下来，详细介绍了发案的情况。伊红蓓等人边听边记。嬴建峰说完，看看伊红蓓，伊红蓓思考一下，说：“按照你刚才的介绍，杀死姑嫂两人的凶器，不是杀死父女两人的凶器，这里面有两种情况，一种是杀姑嫂的与杀父女的不是同一伙人，二是同一伙人，而凶手使用不同的凶器。”

嬴建峰边听边记录。

“也许是同一凶手使用了不同的凶器，要么是身上带了好几种凶器，要么想迷惑我们。当然，要判断是否同一伙人作案，有待进一步调查取证后才能确定。”方教授及时补充道。

大家听了都觉得有道理。

耿风华看看差不多了，便说：“那先分开查吧，等找到可以并案的依据后再定。”

大家听完都没意见。

“不过嬴建峰，那起失踪案你可要抓紧了。”耿风华不忘嘱咐一句。

“噢……好的好的。”嬴建峰赶紧回应。

伊红蓓听了觉得奇怪，问：“什么失踪案？”

嬴建峰愣了一下，回答：“前几天我们这里有个老板，带着一百多万的现金失踪了。”

“怎么没听到你们说啊？”

“是，我们刚查了一点线索，正在立案。”

“那耿局刚才说一个星期是什么意思？”

嬴建峰见问，觉得回避是不可能的，只好坦诚说：“我们原来对失踪人员准备立案了，没想到又发了两起命案，考虑到警力的分配，所以耿局决定对失踪人员先侦查一个星期，有证据了就立案继续侦查，没证据就暂时放下。”

“是这样啊？什么人失踪？”

“哦，我们这里有个绰号叫‘半卷毛’的，上个星期十七号带着一百万现金到广东省陶建市进货，结果在市里就失联了，到现在也没找到。”

“具体什么情况？”伊红蓓饶有兴趣地问。

嬴建峰瞧瞧耿风华，耿风华笑笑示意嬴建峰汇报，嬴建峰便向伊红蓓等人娓娓道来。

176

三驾马车，日夜奔跑。

要说这三驾马车的驾车人，自然是嬴建峰、王大柱和汪震文。

嬴建峰是头马，自然驾的是侦破一案三命这辆车。王大柱驾的是侦破父女被害这辆车，汪震文负责侦破“半卷毛”失踪这辆车。

从这里可以看出，三起案子的重视程度，一案三命首当其冲。而且伊红蓓也把重点放在这一案三命的侦破上。

一个星期很快就到，二十八日上午十点，三案情况汇报会在市局刑警支队会议室召开。

因有言在先，对“半卷毛”失踪调查如果证据不充分，达不到立案要求，就要暂时搁浅，所以汪震文要首先汇报。

说实话，因汪震文这支队伍是支队的原班人马，都知道嬴建峰是立了一个星期军令状的，如果查不到线索，此事就搁浅。

大伙知道嬴建峰要查的肯定是有道理的，所以一刻不停拼了命干，终于掌握了一定的立案证据。

汪震文瞪着布满血丝的眼睛，沙哑着嗓子说：“经过我们七个日夜的连续奋战，确定了‘半卷毛’于十七日中午一点四十至两点四十之间，在我市新交一带提着一百万现金失踪的。因此，完全具备立案条件，需要继续侦查。”

俞立民听了，用质疑的口吻问：“你有什么依据？”

“有，三个方面。”

“说来听听。”

“第一，从十七号下午一点四十分‘半卷毛’与家属最后一次通话，到下午两点四十分手机关机，这段时间应为案发时间。其次，经我们查明，‘半卷毛’失踪前在新交一带后去向不明，作案的中心现场极有可能就在这个区域，室内作案可能性极大，侦查范围应确定在朝阳新交至新彩一带。第三点，失踪人原定中午离市，直到下午还在市区，而能改变失踪人行程的有三种可能：一是感情不一般的男女关系，二是有更大生意买卖要做，三是有很深的矛盾关系人迫使其无法离开。综上所述，可以确定‘半卷毛’被人谋财害命。”

“从你们调查出来的情况分析看，作案人的特征应该是‘生人不可能，熟人不一般’”。嬴建峰分析道。

“对啊！是这个理！”

俞立民还是有点不放心，又问：“你说在新交一带消失，有什么依据？”

汪震文举起材料抬手晃晃说：“有啊，这是技术部门出具的证据，证明那时‘半卷毛’的手机信号就在那一带消失的。”

俞立民拿眼望着对方，欲言又止。

“另外，我们调查了全市所有银行的储蓄网点，没有发现‘半卷毛’存那一百万的踪迹。显然，他的钱随着他的人一起失踪了。”汪震文又补充道。

大伙听完，纷纷赞同立案。

俞立民见大伙基本赞同对“半卷毛”立案了，也就不好再说什么。

接下来王大柱汇报：“根据我们对被害父女两人的调查，被害人是父女关系，被害男子辛海军脖子上被捅了六刀，刀刀致命。他女儿胸前也被捅了四刀。其中有一刀致命伤，与她父亲辛海军脖子上的刀伤是一致的。”

嬴建峰听了，接嘴说：“这就是说，杀辛海军和杀他女儿的是两个人，而杀死辛海军的那个人，后来发现他女儿未死，又补了一刀，致其死亡。”

“是这样的！从这些刀伤来看，凶手是直接奔着人命来的。就是说，他们对辛海军父女俩痛下杀手，应该是仇杀。我们从与辛海军结怨的关系人着手，已经摸出了二十三个与他有矛盾的对象，现在正逐一排查。”

耿风华听到这里，追问：“大概多长时间可以查完？”

“一个星期吧。”

“好，你们工作蛮有成效，希望你们再加快速度。”

“是！局长放心，我们正在加班加点。”

“好！嬴建峰，现在就看你这个专案组长的了。”

嬴建峰见耿局长问自己，便转头乜斜了伊红蓓一眼，伊红蓓宛然一笑，意思让嬴建峰如实汇报吧。

嬴建峰有些歉意地笑笑，说：“我们这组调查得不太理想。”

“再不理想，也要说说情况吧。”俞立民有些不客气道。

“噢，是这样的，被害的姑嫂两人，姑子去年上半年离婚，后来谈了一个男朋友叫宁天波，两人还同居了，前两天因为经济上的事争吵，就赌气跑到他哥哥家。因为家里挤，这两天她哥哥与女儿就跑到隔壁六号，也就是她表舅家住，正好她表舅一家人回老家了。”

“也就是说，被杀的是一家人。从这点来看，这两起案件是同一伙作案的可能性太大了，是不是可以考虑并案处理？”俞立民斟酌道。

嬴建峰拂然一笑，说：“现在还不能下这个定论。”

“为什么？”

“有两点，一是这对姑嫂身上的刀痕是一样的，可以推断为一人所杀，但与辛海军和她女儿身上的刀痕都不同。显然，她们两个并不是杀害辛海军的那两个人所杀。其二，是那天早上打扫卫生的郑师傅说，亲眼看见有三个人跑出来，前后大概相隔五分钟，先是一个男的跑出来，后来又跑出两个男的，而且他们跑的方向截然相反。”

听嬴建峰这么一说，俞立民愣了，随即他想到了什么，说：“既然小姑子与男朋友争吵，那她男朋友就有杀人的动机啊，应该调查她男朋友。”

“我们查了，她男朋友曾经扬言要杀了她，可二十一号发案的当天，她男朋友宁天波打了一晚的麻将，有三个人可以证明，他除上两趟厕所外，没有离开过麻将桌。”

“那他会不会趁着上厕所的机会，溜出去杀人？”

嬴建峰噗地笑了，说：“厕所在房间里，每次上厕所的时间不会超过五分钟，而他们打麻将的地点，离案发地点有十二里路，就是开车来回也要二十分钟。”

“那他有没有可能雇凶杀人？”

“我们对宁天波最近一个月所有的手机电话，以及他所有接触人员的情况，全查了个遍，结果未发现有雇凶杀人的嫌疑。”

“那，按你的这个说法，你们现在就是查无线索啰？”

“是啊，该查的我们都查了，可线索一条条都断了。所以说，我们的成绩不太理想啊。”

耿风华这时抬下手，说：“也不能这么说，你们把该查的都查遍了，而且一一排除了嫌疑，这本身就是成效。现在的关键就是要找到新的突破口。方教授，请你给把把脉。”

方教授见耿局长点自己的名，坐直一下身子说：“中国有句古话，叫只见树木，不见森林，而破案是要反其道而行之的，就是要先见树木，才见森林。什么意思呢？就是破案更看重的是末微细节，是那些最为微小、最不会引起人注意的细微部分。一棵树在一片森林中根本就不算什么，甚至是微不足道的，但如果没有一棵棵看起来细小的树，就不可能形成森林。破案的线索，就像一棵棵细小的树，隐没在事实这片森林中，你不仔细寻找，是根本看不见的。我们现在要做的，就是从这片森林中，找出那棵得病将枯的树木来。这棵得病将枯的树，就是我们破案的关键线索。”

方教授的话音一落，大家的神情都变得凝重起来。

“任何案子都有破绽，都有个隐秘与揭开的交接点，隐秘是作案者的本能与出发点，而揭开是我们的目标与出发点，找到了这个交接点，案件就迎刃而解了。”方教授又补充说明。

耿风华表情严肃地环视一下在座各位，朗声道：“方教授的话言简意赅，寓意深刻。希望大家能仔细领会，切实掌握其精髓，并能运用到我们的侦查破案中去。”

方教授说的话是很有道理的，于是大伙不由自主地鼓掌。

耿风华见大家的态度诚恳，作为主官，自己要对所有的案件负责，而嬴建峰是具体操刀者，担负着承上启下的作用，责任重大。

“嬴建峰同志作为专案组长，责任重大，不单单要抓好姑嫂两人被杀案件的调查，还要抓好其他两起案件的侦破工作，希望你勇挑重担。”

嬴建峰立即表态说：“请领导们放心，我对每起案件的侦破都是同样重视的。说实话，我隐约觉得这几起案件间会有一种联系，但具体什么联系，一下又说不清楚，我想，就让实践来检验吧。”

嬴建峰的话，令大伙议论纷纷，他们中有的赞同，有的摇头。

耿风华鼓励说：“我对专案组的工作还是满意的，你们会后啊再认真分析研究一下每个案子情况，尽快从中找到突破口。希望大家再接再厉，我希望在最短的时间内，能看到你们的捷报！”

177

汪震文知道师傅嬴建峰的压力很大，特别是“半卷毛”失踪案，如不早日侦破，会让嬴建峰很被动。

汪震文决定依据技术部门提供的“半卷毛”的通讯号码，圈定十五、十六和十七日三天为重点，对这三天与“半卷毛”通话的人员，列出号码逐一排查。

终于功夫不负有心人，经过秘密调查，在长达二百多人的通讯人员中，排查出知道“半卷毛”要到广东陶建进货的人员九人，而这九人当中，男的六人，女的三人。其中一个通话次数最多、时间最长的当属一个叫邵火妹的女人。

汪震文集中精力，重点调查邵火妹，借助技术手段，得知“半卷毛”答应邵火妹，要带邵火妹一起到广东陶建进货，并答应给邵火妹一千元作为生活费。邵火妹嫌少，说都这么长时间了还这么点钱，要求加到三千。“半卷毛”说邵火妹太贪，不同意。邵火妹说不同意的话就不去，“半卷毛”说那见面后再聊。

由此，邵火妹浮出水面，成为谋财害命的最大嫌疑人。

嬴建峰正坐在桌前研究姑嫂被杀案，冷不丁听汪震文喊了声：“报告嬴支！我准备抓邵火妹。”

嬴建峰蹙眉思考再三，说：“抓人要掌握火候，抓早了证据不足，她不承认你就干瞪眼。抓晚了她闻风而逃，那我们就会很被动，所以必须要先把证据坐实来，再择机动手。”

“那，怎么才算坐实？”

“首先要查清她十七号中午及以后的活动情况，看她跟什么人接触，重点是要弄清楚她是否与‘半卷毛’见面，是否突然间很有钱等等。总之你能查到多少算多少，不查清就抓人肯定不妥。”

“我是看到局长们那么着急。”

“再着急我们也不能仓促上阵，到时候被动的还是我们。与其到时被动，不如我们先争取主动。”

汪震文听完后，头也不回地走了，立即带着张阳等人与派出所外勤小曹一起，以新交地区为中心至新彩一线为重点进行地毯式排查，寻找其具体住址。同时由鲁克蒂负责对邵火妹通迅情况的调查，约定调查完了再碰头。

汪震文离开不久，王大柱就打电话来，他兴奋得有点语无伦次地说：“锁定了，花家四兄弟，老酒鬼……”

“大柱，什么锁啊花家啊酒的，你说清楚些。”

“不好意思，我们已经排查出了最大的嫌疑对象，他们姓花，花木兰的花，一家有四兄弟，个个性子火暴蛮横，动不动扬言把人做掉去。”

“经常叫的狗不一定咬人，你有什么依据吗？”

“有，有哎，他们这群花狗不但叫也咬人，一家四兄弟都像吃饱了枪子药，一碰就炸，只要惹上了他家人，没有不挨骂挨揍的，四兄弟有三个打架伤害坐过牢，有一个被多次拘留是派出所的常客。”

“还有呢？”

“噢，还有，老三花小坚十九号就跟辛海军吵一架，当时就拿出尖刀要捅对方，亏得旁边的人拖住拦下。而且这个花小坚现在去向不明。”

“嗯，这么说来，那花家兄弟的嫌疑是挺大，你们得加快速度，别让那个老三跑了。”

“是啊，我们已经把花家老大花小意、老二花小志和老四花小强，还有老三的媳妇贾桂香全部传唤到队里，正在询问。”

“花家四兄弟的名字叫得响啊，好一个意志坚强。那行，你们要注意方式方法，千万别捅什么篓子。”

“你放心，咱们这点分寸还是有的。”

“咱们支队的同志我放心，我怕下面刑警大队和派出所来的同志。”

“没事，我会盯着的。”

“那好，你们就加紧弄，争取攻下一个堡垒。”

“好嘞，你就放心吧！……哎，你那姑嫂的案子，有新线索了吗？”

“还在找，所以我希望你们尽快拿下杀害父女俩的，也许他们知道谁杀害了姑嫂。”

“好，如果我们攻下了，我会作为重点来问，也许他们就是一伙的。”

“但愿如此吧！”

挂了电话，嬴建峰又低头看着桌上的材料，他的目光，盯着一张群众报警报案求助登记表，表上写着二月二十一日凌晨四点三十五分，来人姓名一栏写着匿名，电话号码是辛海军家里的座机号码。

嬴建峰的眉头拧成一个川字，他已经反复阅看了案件材料，对材料中反映出的案情烂熟于胸。他清楚地记得，那个环卫工人郑师傅说他看到第一个跑出巷子的人是四点四十分，他说特地看了下手表，绝不会错。另据吊板楼二号住户樊景明反映，他听到隔壁姑嫂两个人的惨叫声是四点三十七分，也发誓说不会错。

这里就出现一个问题，打电话报警的那个女的，暂时不知道是姑子还是嫂子，她们被杀前已经知道了有人会害她们。那么，她们是怎么知道有人会行凶的？显然她们已经看到了凶手，但问题是，她们打报警电话是当凶手的面打的吗？按常理，凶手是不会让对方打电话报警的，如果让他知道，那他首先就会上前制止将人杀害，而不可能等报警后两分钟再动手杀人的。

嬴建峰纠结于这个问题，认为这是侦破本案的一个关键点，一定要想办法弄清楚这个问题。经过一番苦思冥想，嬴建峰觉得，这个问题跟当时打电话人的位置有关，如果打电话人躲在卫生间或房间里，不让凶手瞧见偷偷打了电话，然后被凶手发现，才被残忍杀害，这种可能性还是有的。那么接下来的问题，打电话人的位置，应该是由电话机的位置决定的，就是说，如果打电话的避开凶手打，她手里必须要有电话筒。从现场勘查的情况看，死者家里只有一部坐机，而且是有线电话，在客厅左手边，打电话的人应该是无法躲着打的。

嬴建峰还有一样想不通，姑子有手机，她们为什么不用手机打而是用坐机报警，用手机可以躲在任何一个角落里打啊。当然手机没电是个意外，但材料里写明手机有电。

嬴建峰边想边用水笔在纸上写着“报警电话”几个字，他还画了一部座机，在座机下面划上三条横杠，又在横杠下打上三个大大的问号。

正在嬴建峰百思不得其解之时，伊红蓓走了进来，她一见嬴建峰的神态，半开玩笑问：“干吗愁眉苦脸的，啥事想不开啊？”

嬴建峰立即玩笑回去：“我都年逾半百，早过了想不开的岁数啦。”

伊红蓓听罢，眼色一暗，随即她侧转一下头，声音幽然地问：“那你还在这里想啥呀？”

“我还能想啥，不就是想案子呗。”

伊红蓓微笑一下，朝嬴建峰面前的桌上望去，看见嬴建峰画的电话机，惊讶地问：“你也想到了电话？”

嬴建峰颇感意外，忙问：“怎么，你也……”

伊红蓓点点头，说：“是啊，我也是百思不得其解，好多东西解释不通。”

嬴建峰开心地笑笑，拿起一个档案袋晃晃，说：“四个被害人的手纹脚印，都在这儿。”

伊红蓓头一歪，笑着说：“还等什么？走吧，去现场。”

“走！”嬴建峰说完左手拿起档案袋，右手从桌底下提出勘察箱，跟在伊红蓓身后，大步流星地往门外走去。

178

吊板楼三号，是一种两层的砖木结构，除房屋四周一圈用灰砖砌成外，其他包括柱子等都用木头木板搭建而成，且都是榫卯结构，整栋房屋坚固如磐。

由于是案发现场，临时贴了封条。嬴建峰与伊红蓓来到门前，两人戴好一次性塑料鞋套与手套。嬴建峰将封条揭去，打开门进去。一进门就是客厅，客厅左后边是厢房，右边一条通道往后，是厨房和厕所。光线有些暗，便拿出强光手电照着。

两人先走进客厅，见客厅中间放了张四方桌，六条木板凳，客厅左边靠墙摆着一张高脚茶几，茶几上放着一部电话机。

嬴建峰走到电话机旁，轻轻拿起来，拨了一下自己办公室的电话，听见嘟嘟嘟的响声，说明电话机是好的。

嬴建峰仔细观察电话机线，是从墙上一个白色四方电话接线盒接出来的，盒子四周用梅花小螺钉拧紧，上面还盖着泥子粉。

嬴建峰用手拍拍电话接线盒，上面一层灰，嬴建峰边拍手边到后面厨房，拿了一把菜刀，来到电话接线盒前，蹲着身子，用菜刀将梅花钉转开，一打开接线盒，见还有一条出线，不禁吃一惊。他用手扯扯还挺紧，仔细观察，线头套进一根塑料管，方向往上走。嬴建峰站起身，抬头往上查看，见上面还有一个小阁楼。嬴建峰赶紧将竖在左边靠墙的木梯挪过来架在阁楼旁，小心爬上木梯，进到小阁楼。

嬴建峰迅速查找电话线，奇怪的是根本就没发现，他见靠墙放了一张床，床上贴墙长条形叠放着被子枕头，嬴建峰将被子全部挪开，才发现靠墙的枕头边，放着一部小巧的电话机。

嬴建峰喊了一声："找到了！"便立即拿出工具，从电话机上拓取下几个指纹，又从阁楼上提取了两组脚印。

嬴建峰见目的已达到，便开车立即往回赶，将提取的指纹脚印交给李洋河。

李洋河马上比对指纹和脚印，只用了一刻钟，比对结果就出来了。有两个指纹、一组脚印是死者辛小萌的，另外的脚印指纹没有存档，但脚印可以判定是个女人的。

为了找到这个报警人，嬴建峰与伊红蓓同时想到要调取报警录音，通过技术部门，将其截留下载，留给专案组存档备查，另外送一份省厅刑警总队刑侦技术研究所，对其声音特征进行分析研究，并与被害的姑嫂两人声音进行比对。

第二天，省厅刑侦技术研究所就回复，报警的女声不是姑嫂两人的。

嬴建峰和伊红蓓立即想到了，案发当天，还有一个女人待在吊板楼三号，是她打的报警电话，可她为什么不肯留姓名？又为什么出事后杳无音讯？她为什么会出现在吊板楼三号？她又是怎么发现险情报警的？她是否认识凶手？她跟辛海军又是什么关系呢？

一连串的疑问，立即萦绕在两人的心头，从报警者的声音来分析，该女性三十至四十岁之间；从其所留鞋印来分析，身高一米六左右。

能进入辛海军家，并且在小阁楼住宿的女人，一定跟他家有不一般的关系。必须从辛海军家庭和社会关系入手，开展排查。

经过两天的调查，竟然找不出符合身高年龄条件的女性，案件侦查停滞不前。

嬴建峰与伊红蓓等人有些自嘲地摇摇头，这起重视程度最高、投入精力最大的案件反而没有重大进展。

而在这两天里，其他两起案件却取得了重大突破。

179

汪震文负责的寻找“半卷毛”失踪案，已查明邵火妹于十七日下午两点五十分，也就是“半卷毛”失踪当天，提着一百万现金来到新川县城与她结拜的姐妹梅雪香见面，以梅雪香女儿的名义，在新川县城邮政储蓄所存入九十万现金，而以她自己的姓名，存了十万元。

汪震文先将梅雪香传唤到新川县城关派出所，梅雪香先是心存侥幸，拒不交代存款来源，编造各种理由搪塞。终于惹火了鲁克蒂。

鲁克蒂气得柳眉横竖，她义愤填膺地一拍桌子，抬手怒指梅雪香说：“你知道这是什么钱吗？你要是知道，送给你你也不敢花！”

梅雪香战战兢兢地问：“什，什么钱啊？”

“这是杀人抢来的钱！”

梅雪香浑身一哆嗦，随即惊悸万分地说：“你，你不要吓我呀。”

“笑话，你以为我跟你开玩笑啊？你知道我们是干吗的？我们是市公安局刑警支队重案大队的，重案大队知道吗？我们查的都是杀人的大案，一般案件还用得着我们来吗？”

梅雪香终于扛不住了，她流着眼泪交代：“这个邵火妹，她说什么是人家放在她那儿的，还答应到时给我十万。”

拿到了梅雪香的口供，不怕邵火妹不承认，于是汪震文立即请示嬴建峰，嬴建峰同意拘捕邵火妹。同时，嬴建峰提醒“半卷毛”身材高大，要想谋害他不那么容易，邵火妹肯定有帮手，而且这个帮手体格健壮，力气较大，否则害不了“半卷毛”，除非将“半卷毛”灌醉迷倒。

邵火妹毕竟是见过一些世面的，她对鲁克蒂的提问，要么闭口不语，要么避重就轻，要么就装聋作哑。弄得鲁克蒂几次要发火，被汪震文眼神制止住。

那边华路长带着张阳等人对邵火妹的历史关系人进行排查，他们找到当年与邵火妹一起到马来西亚搞瓷器展销的人员，了解邵火妹的个人情况。

据知情人透露，当年邵火妹随团来到马来西亚首都吉隆坡，由于她长相不错，又喜欢打情骂俏，深得男人们青睐。她同时与几个男人保持亲密关系，还听说她准备跟人结婚，具体跟谁就不太清楚。知情人还透露了那些跟邵火妹关系密切者，有的是姓名，有的是绰号，还有的是姓，总之有五个。

华路长边调查边用手机向汪震文反馈情况，华路长又将重要信息发给鲁克蒂，由鲁克蒂对邵火妹进行审讯。

邵火妹开始是有些瞧不起鲁克蒂，心想一个黄毛丫头，还想捞老娘的货，没想到鲁克蒂一上来，就给她扔了两颗炸弹。

"邵火妹，你不要再心存侥幸，你说你跟'半卷毛'不熟，但我们已经查明，'半卷毛'每月给你一千元生活费，让你做他的情妇。这个月十六号上午十点二十分，'半卷毛'在电话里说要带你去广东陶建进货，这个你不否认吧？"

邵火妹瞅瞅鲁克蒂，想否认，想想还是否认不了，人家一定有真凭实据的。便点头"嗯"了一声。

"还有，你十七号下午两点五十分，到新川县城找到你的闺密梅雪香，将九十万现金交给她，让她以女儿的名义存进邮政储蓄所，这个你不否认吧？"

邵火妹一听呆了，有那么一瞬间，她有种想爆发的冲动，但很快她便摇头否认，说："没有的事，她是胡说八道，我哪来的九十万给她存钱。"

"那我问你，你十七号见过'半卷毛'吧？"

"我，我十一点的样子见过他。"

"见他干吗？"

"我，我想还他十万块钱。"

"还了没有？"

"他说等他回来再还他，所以，我又存起来。"

"不对啊，'半卷毛'十一点半开车到修理厂修车，你十一点怎么跟他见面？时间对不上啊。"

"反正我是十一点见了他一面，以后再也没见过他。"

这边鲁克蒂步步紧逼，那边嬴建峰带着李洋河和汪震文等人，对邵火妹租住的房屋进行了搜查。

其实这也是第二次勘查，第一次什么都没发现，但嬴建峰不信，他认为杀人现场一定是室内，而且在那么短时间内，不可能跑到其他地方去，所以邵火妹住的房内可能性最大。

现场显然被精心清洗过，但地板缝里面是无法清洗的，嬴建峰叫李洋河撬开靠床的卧室地板，在地板背面，提取出了已经变得暗褐色的血迹。李洋河马不停蹄地赶回支队，立马做DNA检测，鉴定出是“半卷毛”的血液。

嬴建峰信心大振，综合邵火妹的情况，自从十七日“半卷毛”失踪，她就没离开过瓷城，而“半卷毛”的手机却出现在广东省陶建，肯定是有帮手将手机带去的，目的就是为了造成“半卷毛”在广东陶建的假象来迷惑我们，干扰我们的侦查方向。可见邵火妹与帮凶具备一定的反侦查能力，我们不能小觑他们。

嬴建峰将鲁克蒂叫出来，将这些调查的情况告诉她，并和鲁克蒂一起来到审讯室，由嬴建峰主审，鲁克蒂副审，对邵火妹进行审讯。

鲁克蒂介绍说：“这是我们的最高领导嬴支队长！”

邵火妹明显身子一震，因为她已经感觉到，这么大的领导都出来了，肯定是自己的问题很严重，但自己把事做得那么隐蔽，他们不可能知道得那么清楚，只要自己咬死牙关不坦白不承认，他们拿自己也没办法。

想到这，邵火妹壮着胆说：“支队长来了更好，你们无凭无据把我关了这么多天，你们肯定是弄错了，你们可不能冤枉好人哪！”说着说着，邵火妹竟然哭了起来。

嬴建峰待对方哭了几声，便用手在桌子上敲了几下，说：“邵火妹，你不要先忙着哭，我先问你几个问题，你回答了再哭也不迟，怕只怕到时候你连哭的眼泪都没有。”

邵火妹一听停住哭泣抬起头，抽抽搭搭地说：“你，你什么意思？”

“听说你当年到马来西亚搞瓷器展销，结交了不少男朋友，怎么样，你说说吧。”

“我，我说什么啊？”

“说说跟他们的关系，你们不是到了谈婚论嫁的地步？”

“噢，你是说‘奥子’啊，他那个人，钱是会赚，但花钱像流水，赚一个用两个，跟他过日子，肯定是越过越穷。”

嬴建峰轻蔑地一笑，说："你是讲那个组团的'奥子'吧？还有那个最会打扮的'油头公'冉东海呢？"

邵火妹愣了一下，问："这个你也知道啊？"

"我知道的多了，你说说吧，跟这个'油头公'怎么样了？"

"这个冉东海是最好色的，人长得不错，也很会赚钱，但他就是个十足的花痴，见到女的就想扑，跟这种人在一起，不让他气死也会得性病死。他是个花心大萝卜，我才不会跟这种人在一起呢。"邵火妹越说越起劲。

"还有呢？"

"……还有？噢，还有那个李昌福，说是离了婚，可他还是跟他前妻在一起，听说还跟他小姨子有一腿，跟他的表妹关系也不明不白的，你说这都是什么年代了，还有这种饥不择食的货，谁会稀罕啊！"

"还有呢？"嬴建峰紧追不放。

"还有，还有就是章来顺，这家伙长得是一表人才，也很会讨人喜欢，对我也最大方，我后来一打听，这家伙年轻的时候坐过牢，后来我又听说他是因为强奸一个六十多岁的老妇人坐牢的，我一想起这事，我就恶心，就想呕，后来我就彻底跟他拜拜了。"

"你的故事很精彩啊，都可以写一部小说了。"

邵火妹听罢有点尴尬，想想说："也谈不上精彩，我都快四十的人了，谁不想找个有钱又对我好的人。"

"找到了吗？"鲁克蒂突然问一句。

邵火妹的眼睛一眨，露出难言的表情。

嬴建峰又问："还有呢？！"

"还……没有了。"

嬴建峰冷笑一声，说："你那个老同学，陈勇呢？"

"陈、陈勇？"

"对啊，听说你们年轻时就谈过恋爱，你们是一个乡的，是因为你家里嫌他穷，所以没成功。"

邵火妹身子动了动，表情慌张地说："没、没有的事，谁说我们谈恋爱了，这些人真够嘴欠的。"

"听说他也和你一起到马来西亚搞展销，而且有人看见你们两个抱在一起。你还是说说你这个老同学吧。"

邵火妹的神情，顷刻间萎靡了不少，身子也软了下来。

嬴建峰觉得这时必须给对方一记重锤。他从包里拿出一张照片举在手中，口气严厉地说：“邵火妹，你看看这是什么？”

邵火妹紧张地抬头望着，慢慢地摇摇头。

“你认不出来吧？这是你卧室床边的地板，我们把它撬开，从背面提取了血液，化验结果是‘半卷毛’的。”

邵火妹双眼下垂低下头，身子绷直僵硬一会，又松软下来，双手不停抓捏着。

“邵火妹，若想人不知，除非己莫为。‘半卷毛’对你还算是不错的，他除了每月给你一千元生活费，还帮你付房租水电费，还经常给你买礼物，过节还另外给你红包。你完全可以选择不跟他在一起，但你不能见利忘义谋财害命啊！”

“我没有……”

邵火妹露出愁怨的表情。

“但你最起码是帮凶！你不说，到时人家自然会说，你说了，说明你认罪态度好，说明你还有点良心。”

邵火妹痛苦地双手抱头，浑身颤动，突然间她愣一下，随即她举起手，有点胆怯说：“两位领导，请帮个忙，行吧？”

“什么事，说！”鲁克蒂有点厌恶地道。

“我，我来了那个了，要，要处理一下。”

嬴建峰听懂了，对方来了例假，需要卫生巾处理。嬴建峰心里不禁一动，一个嫌疑人，面临着判刑的严厉制裁，可她还顾忌自己的脸面形象，蝼蚁尚且贪生，何况人乎。

想到这，嬴建峰对鲁克蒂说：“你带她去找卫生巾处理一下，另外买一些备用。还有，天气冷，你叫他们关照邵火妹，给她弄点红糖水喝，晚上多给她一床被子。”

鲁克蒂听完怔愣一下，随后说：“好的。”

邵火妹显然被感动了，她眼圈一红，几滴泪水掉了下来。

邵火妹低头，再抬头，吸着鼻子说：“你们让我考虑一下，我明天跟你们说……”

站在对面隐形玻璃背后的伊红蓓，抑制不住心中的喜悦，兴奋得一打响指，说：“成了！”

180

王大柱按照嬴建峰指示，先对花家的老大老二老四以及老三媳妇贾桂香进行询问，但这几个人都说不知道老三干了什么事，也不知道他去哪儿了。

为了获取证据，王大柱率队，带着贾桂香，对老三花小坚的家进行全面仔细地搜查。

还是少不了李洋河出马，用他的话说，平时没什么人理他，这时候就成香饽饽了。一下发几起案件，这现场勘查就成了急手事。三个专案组，每搜查一处，都得刑研所派人参加。

当然，李洋河乐得这样奔波，除派所里其他人跟班出现场外，他自己能抽出空去的，尽量不落下。

这不，勘查完邵火妹卧室地板做完鉴定，还没脱下手套，就接到王大柱电话，便匆匆跟着来了。

花家四兄弟的房子联成一排，都是三间三层半，在当地也算是有实力的家族。平时四兄弟谁家遇到什么事，其他兄弟不管有理没理都一拥而上，所以很多人都惧怕他们。

之前在辛海军被杀现场，提取到了一只带血迹的皮鞋印，所以这次搜查，寻找皮鞋是重点。

不查则已，一查有喜。在花小坚家冰箱上面放着一双黑色牛皮鞋，从表面看，皮鞋被擦着油光锃亮，翻过鞋底瞅瞅，洗得很干净，但鞋底的花纹触动了李洋河的眼球。

不错，就是这种水波状的纹样，它像一茬茬的滔天巨浪，迎面扑来。

李洋河兴奋地将皮鞋装进物证塑料袋，接下来其他的搜查，却一无所获。

李洋河气没缓过来，就赶紧做了比对鉴定，提取的皮鞋印纹，与杀人现场提取的血鞋印完全吻合。

当王大柱将鉴定报告向贾桂香出示后，贾桂香终于哇的一声哭出来了。她边哭边骂：“这个天杀的，还真的去杀人啊！我以为他们喝多了酒说着玩的，哪想到他们还真的动刀杀人啊！”

“他们是谁？在哪里喝的酒？”

“出事前一天晚上，小坚与那个该死的‘葵花子’在我家吃饭喝酒，一人喝了一斤，喝到后来就胡说八道了，说要杀这个杀那个的，我以为他们说着玩的。之前他们经常这样，酒一喝多就乱扯，我根本就没当回事。”

“‘葵花子’是谁？”

“‘葵花子’的大名叫于成水，是他路上的朋友，以前好像帮小坚跟人打过架，他就住在隔壁弄子里住。小坚说‘葵花子’带个花字，跟花家人有缘，值得交。现在好了，你说都这么大年纪的人了，又不是年轻不懂事，怎么说杀人就杀人啊？”

“他们说要去杀谁？”

“好像，好像是个什么军。”

“那你为什么开始不说？你这是在包庇犯罪，是要负法律责任的。”

“我哪知道他真杀人啊？我知道他会杀人我死也不让他出门。”

“那他们喝了酒后什么时间出的门？”

“晚上八点的样子。我见他们喝多了，就劝他们不要再喝，可小坚还叫我上街买酒，我不肯，小坚就骂骂咧咧说家里没酒就到外面喝，拦都拦不住，你说我能怎么办？”

“那花小坚什么时候回的家？”

“第二天一早六点来钟，他回家说出去有点事，就拿着个包走了，再也没回来。”

“那你没找他吗？”

“打他手机关机，你说我到哪儿去找？”

“那以你的看法，他会去哪儿？”

贾桂香仔细想想，说：“他以前说过，有时间就到他妹妹家去玩一下。”

“他妹妹家在哪儿？”

“在，在浙江衢州。”

“衢州？这么远，有具体地址吗？”

“具体地址我叫不出来，我好几年前去过一次，好像在一家花鸟大市场边上。小坚说花家的人，就要住在花鸟旁，那样才有财路。”

王大柱忍俊不禁，很严肃地说：“你不能再说谎了，你再说谎就真的对你不客气啦。”

“不敢不敢，等你们抓到那个天杀的，我要立即跟他离婚。”

“为什么？”

“他平时对我不是打就是骂，我早想跟他离了，可每次我提离婚的事，他就拿刀说要杀了我。如果他真杀了人，我也算解脱了！”

王大柱的心里有种说不出的悲哀。一向不太愿意想这些事的人，这时也悟出了一个道理。那就是偶然都是由必然造成的，没有平时的日积月累，哪会有今日的逞凶杀人。

嬴建峰听了王大柱的汇报，立即说：“那还等什么？出发啊，目标衢州！”

王大柱笑眯着挺身敬礼，然后步履匆匆地向外走去。

181

嬴建峰第二天一上班，就和鲁克蒂一起，提审邵火妹。

邵火妹一开口就说：“支队长对我这么好，我不说，心里实在过不去。做了亏心事，觉也无法睡。”

“那你就如实交代，这样对你有好处。”嬴建峰实话实说。

“你说得没错，其实，其实我是太贪心了。我每次跟‘半卷毛’去进货，他都是几十万上百万的交易，每月给我就那么点，我心里不平衡啊。再说，他答应了跟他老婆离婚，可他一直拖着不肯离。”

“你还是说说帮你忙的那位吧。”

“你说得没错，他是我同学，也是我的初恋，那事过去都快二十年了，我没想到我们在马来西亚吉隆坡见了面。这也是老天注定的。其他人我是不太了解的，包括‘半卷毛’，他老婆那么有钱，他怎么舍得离婚。所以我总结出一点，一切都是钱作怪。有了钱就会有一切，当年不就是我们没钱吗，害得我们白白浪费了二十年。”

“所以你们就旧情复燃，又走到了一起。想弄一笔钱，就想到了‘半卷毛’。”

邵火妹有些愧疚地点点头，然后抬头说：“也不叫旧情复燃，最起码比较了解，对我肯定是真心的。”

“如果对你真心，他就不应该帮你去谋财害命，而是应该和你一起，靠自己的勤劳与双手，创造属于自己的财富，过上真正幸福的生活。”

“我当时是鬼迷心窍，冲昏了头，我怎么想到杀人呢？我早听说市公安局里有一帮神探，什么案子都能破。”

鲁克蒂瞥一眼嬴建峰，嬴建峰一副波澜不惊样。

“你的那位老同学，以前杀猪的吧？”

“你怎么知道？”

嬴建峰笑笑说：“我们就是吃这碗饭的，调查了解是我们的基本功。我们也谈不上什么神探，只是尽自己努力，做好本职工作。你的那位老同学，叫陈，叫陈勇吧？”

邵火妹认同地点点头，说：“既然你们都知道了，还费心问我干吗？”

“为了看你的态度啊。市里跟陈勇同名同姓的有四十多人，我们通过不断排查才最后确定下来。其实我们办案，是以事实为根据以法律为准绳的，即使你不说，他不承认，只要事实清楚，证据确凿，法律同样惩罚你们。”

邵火妹有所忌惮地瞅瞅嬴建峰，语言沉缓地说：“那天中午，‘半卷毛’到我家吃饭，我泡了酒糟冲蛋给他喝，我、我在碗里放了安眠药。‘半卷毛’喝了，就昏睡过去。我就马上拿着‘半卷毛’的钱到新川县城找我闺密梅雪香，拿了九十万让她以子女的名义存进邮政储蓄所。我自己存了十万，准备随时用。”

“你等等，按你的意思，陈勇杀人，你根本没看见？”

“是啊，陈勇叫我不要管，把钱存好就行，其他的事他来办。等我回屋后，他什么都处理好了，就跟没发生一样。”

邵火妹的话，让嬴建峰与鲁克蒂都感意外。

“陈勇原来住的地方拆迁了，他现在住哪儿？”

“住、住荷叶山万家巷，边上有家麻将馆。”

“看来，你这回说了实话。”

邵火妹长出口气，说：“我是被你们感动才交代的，做了亏心事，活着也不安生，讲出来了，也舒服了。”

至此，邵火妹交代的主要情节，完全与嬴建峰的推断相吻合。

这边说完，那边伊红蓓和汪震文等人一起，立马驱车前往荷叶山万家巷，将正在打麻将的陈勇抓捕归案。

审讯陈勇要比审邵火妹容易得多，他见到了这么多的人证物证，陈勇知道自己多说无用，不如干脆来个竹筒倒豆子，一五一十就承认了。

有了口供，还得把证据再夯实。于是汪震文便带着陈勇冒雨到新平、瓷城大桥和东土头附近，提取受害人尸块三袋，还有装带血液枕巾、被单等物品一袋。经检验，尸块为“半卷毛”无疑，所缴枕巾被单等物品均沾有“半卷毛”血迹，另在枕头被单上检出陈勇的指纹。

“半卷毛”失踪案在赢建峰等人的努力下，终于成功告破。这是瓷城历史上第一起因失踪而立案的刑案，被方教授写进教材中，成为经典案例。

失踪案刚刚尘埃落定，那边王大柱的电话就来了。

赢建峰一听王大柱洪亮的声音，就知道大功告成。

“逮住了，逮住了！果然在衢州花鸟市场找到了！”

赢建峰高兴得咧嘴笑，说：“那你们赶紧回来，路上注意安全！”

挂完电话，赢建峰对站在边上的伊红蓓开心地笑笑说：“看来这两起案差不多了，眼下要看我们那起案了。”

伊红蓓思虑一会，说：“我还有个疑问。”

“什么疑问？”

“那个辛海军本来是住在吊板楼三号的，那天晚上突然带着女儿到吊板楼六号去住，这个花小坚和‘葵花子’于成水他们是怎么知道的？”

赢建峰笑着点下头说：“这也是我想知道的，等把人押回来一审就清楚了。”

“不是还有‘葵花子’没找到？”

赢建峰胸有成竹地一抬头，笑道：“今晚就可以见面！”

“怎么，你得到了情报？”

赢建峰诡秘地一笑说：“今晚‘葵花子’会回家拿东西，再潜逃。”

“是吗？那我们就布好口袋，来个守株待兔！”伊红蓓兴奋得满脸红光。

“对头！”

果然，当天晚上赢建峰带队埋伏在“葵花子”回家的路口，快十二点时，就将鬼鬼祟祟往家走的“葵花子”逮个正着。

赢建峰将人押回局里办案中心时，王大柱也将花小坚押到。赢建峰与王大柱一商量，认为事不宜迟得快马加鞭，便研究制定了审讯方案，决定不给花小坚与于成水喘气的机会，连夜开展突审。

首先是花小坚落荒溃败了，他面对着血鞋印鉴定书，面对着贾桂香的供词，他除骂着要杀了那个贱人外，他也只有承认杀人的分。

“葵花子”于成水开始是想抵赖的，他不管怎么问，就是闭眼养神不说话，问他原因说是喉咙痛一说话就痛得要命，后来得知花小坚已经把他招了，憋不住大骂是你叫老子去的还想倒打一耙，老子死也要拉你垫背你也跑不脱，于是一股脑把事情全吐出来，还大骂那晚要是花小坚不硬逼着喝那么多酒，也不会出那档子事。整个杀人过程自己都是浑浑噩噩处在醉酒状态，直到第二天凌晨五点酒全醒了，才知道闯了大祸。

原来花小坚与“葵花子”出了花小坚家，来到一家夜宵店又开始喝啤酒。到了十一点，两个人来到吊板楼三号，花小坚让“葵花子”敲门，门开后问辛海军在家不，辛海军老婆说他不在家到隔壁六号房住去了，这时里面另外一个女的说嫂子这个人喝醉了酒别理他。说完对方就将门关了。

“葵花子”又要敲门，被花小坚拦住，花小坚压低声音骂“葵花子”说你傻啊，他不在家你又敲门不是要惊动人。于是花小坚扯着“葵花子”来到吊板楼六号，花小坚敲门，听到里面的人骂骂咧咧的说哪个啊半夜三更的敲什么敲，人家不在家我是借宿的有事明天再说。

花小坚听出是辛海军的声音，刚准备撞门进去，突然外面路口有辆出租车横开过去，就在街道口停下，好像有人下车，慌得花小坚拉着“葵花籽”往另外方向跑，来到另外的街道口拦了部出租车，又到夜宵店喝啤酒，结果喝醉睡在人家店里，到了第二天凌晨四点，两个人被店主叫醒说准备打烊了，他两个才起身出来，花小坚想想心不甘，看看天还没亮，想想辛海军住在别人家里更好办，于是又打车回到吊板楼街，从另一个方向走到吊板楼六号门前。

这时花小坚听到前面有女人惨叫的声音，接着又有个人朝自己这边跑过来的声音。花小坚赶紧拉着“葵花籽”躲在墙角边，等那人跑过后，花小坚想想来都来了，不能就这样离开，干脆一不做，二不休，不如趁机把人杀了算，于是花小坚借酒劲用尽全身力气，一脚将房门踹开，抬脚就往里面走去。

睡在里面的辛海军刚起床解个小手，听见房门突然被人打开，忙跑出来看个究竟，刚到客厅，迎面碰见个人，花小坚用手电筒一照看清是辛海军，用折叠刀上去对着对方脖子就是一刀，鲜血立即从辛海军脖子上喷出。

也许是外面的声音太大，躺在卧室床上的辛海军女儿辛小萌被惊醒，她连喊几声爸爸，慌得“葵花籽”赶紧跑进卧室，掏出小折叠刀对着女孩胸口连刺几刀。女孩痛得大叫几声昏厥过去。

在客厅朝辛海军脖子连捅五六刀的花小坚，见辛海军捂着脖子倒到地上，急忙进卧室看个究竟，见辛小萌痛苦的表情还没死去，拿起手中的刀朝辛小萌心脏部位狠狠地一刀，看着对方咽了气，才掉头往外走，刚走到客厅，想想不对，应该焚尸灭迹才好，于是花小坚又返回卧室，拿起床上的枕头巾，又扯下被子，先将枕头巾点燃，然后再点燃被条，他怕燃烧物不够不能点燃房子，又将着火的被子拖到木橱柜下面，将橱柜门打开，将被子丢进去，不一会橱柜里的衣服裤子被点燃，火势一下蹿高。花小坚见火势已经起来，便慌忙逃窜。

看起来花小坚与“葵花籽”的交代相互间没有冲突，也显得合情合理，但伊红蓓还是觉得姑嫂一案被害显得蹊跷。

环卫工人郑师傅所说的第一个跑出来的那个人，与花小坚所说的那个逃跑的人，是不是同一个？为什么这个人要杀姑嫂两人呢？这就成为目前最大的谜团。

182

在耿风华办公室，耿风华、俞立民与嬴建峰还有伊红蓓四人正在开碰头会。

耿风华听了嬴建峰的详细汇报，觉得还是满意的。他说：“不错不错，就这么几天工夫，就破了两起案件，真的不错。”

令嬴建峰没想到的，倒是副局长俞立民一肚子不满意，他说：“我觉得有些本末倒置。”

几个人听了，都觉意外，不知俞副局长什么意思。

俞立民见大伙不解，便解释说：“你们看噢，在这些案件中，性质最恶劣、影响最大的还是姑嫂被害案。现在倒好，其他两起次要的案件破了，主要的案子没破，你们说，我们怎么向市委市政府交代，又怎么向人民群众交代啊？”

耿风华轻轻地一笑，说：“哎！饭要一口一口吃，路要一步一步走嘛。”

俞立民不以为然说：“耿局啊，不知是哪个记者写了篇内参，说我们瓷城一下发生这么多命案，说我们市委市政府领导不力，瓷城公安无能，刚才张市长还打了我电话，责问我们怎么还没有全部破案。”

耿风华听了，脸色一沉，说：“这事我也听说了，但我们干公安的，不能完全屈从于舆论，我们要尊重事实，尊重侦察破案的规律，你说对吧俞局长？”

俞立民的表情有些尴尬，他思忖一下说：“那不管怎样，这起案子一定要加码，千万不能拖后腿！”

嬴建峰见两位领导为这事有不同看法，忙表态说：“这件事主要负责在我，从现在起，我会全力以赴侦查，请两位领导放心。”

伊红蓓插嘴说：“我也有责任！”

俞立民笑着说："现在还不是谈责任的时候，现在是怎么想办法采取切实可行措施的时候，你们说对不对？"

"请俞局长放心，我们立即研究侦破措施，尽快突破瓶颈。"赢建峰再次表明心迹。

"那好，接下来就看你们的啰。"俞立民丢下一句。

赢建峰与伊红蓓回到刑侦支队办公室，伊红蓓满是疑惑说："俞局长今天怎么了？好像有点不对劲。"

"噢，听说俞局长可能要调其他市当一把手，现在是关键时刻，他不能掉链子。"

伊红蓓明白似的点下头，说："这就可以理解了。其实咱们谁不急啊？连回到警院的方教授都打电话来问情况，总队领导和省厅领导也是一天一个电话。"

"是啊，现在姑嫂被杀案的关键，我觉得还是那个神秘的报警女人。"

伊红蓓很坦然地笑笑，说："这个我们想到一块去了。其实我刚才在耿局长那有件事想说，后来看俞局长那样说话，我就不好说了。"

"什么事啊，还保密？"

"我这几天都在研究那个报警人的声音，终于找到一个听起来很近似的声音。"

赢建峰侧头想想，欣喜地问："你说的是不是那个邵火妹？"

伊红蓓满是惊讶，问："你怎么想到她的？"

赢建峰不好意地笑笑，说："这几天我是寝食不安，绞尽脑汁在想这件事，那个报警的女声我听了有上千遍，虽然她有压低声音有点变调，但我总觉得好像在哪儿听到过。今天，对，就在今天早上我一觉醒来，突然觉得，那个声音怎么有点像邵火妹。"

伊红蓓兴奋地一打响指说："为了提高办事效率，我今天一早就请总队刑研所的声音鉴定专家黎小芳，她带着仪器马上就到。"

"是吗？太好了。"赢建峰高兴得差点跳起来。

正在两人兴高采烈之际，笃笃笃有人敲门，伊红蓓上前开门一看，大喊："黎小芳！"马上扑上去热情拥抱对方。

黎小芳"哎哟哎哟"地连喊着，边护着仪器边怪嗔说："仪器仪器啊！"

伊红蓓立马意识到自己可能碰到仪器了，忙松开手，兴奋地看着黎小芳，说："刚刚说到你，你就到了，真是及时雨啊！"

黎小芳很干脆地说："事不宜迟，马上找个隔音的地方，我要做检测！"

嬴建峰一听马上打电话叫来李洋河，叫他安排好黎小芳检验的地方。半小时后，检测报告出炉，那个打电话报警的女人声音，就是邵火妹。

案情瞬间有重大突破。刚才开碰头会都为姑嫂被害案一筹莫展，没想到半小时后就峰回路转，柳暗花明。

嬴建峰叫伊红蓓陪黎小芳吃晚饭，好好招待黎小芳，他顾不得吃饭，立即带着鲁克蒂赶到看守所提审邵火妹。

嬴建峰很不高兴地说："邵火妹啊邵火妹，你太令我们失望了！"

邵火妹惊诧得不知所措，嗫嚅着问："我，我怎么了？"

"我问你邵火妹，我们对你照顾得怎么样？"

"很，很好。"

"那你还这么不老实？"

"我，我怎么不老实了？我连'半卷毛'的事都说了，我还有什么不老实的？"

嬴建峰冷笑一声说："邵火妹，这就是我想问你的！"

"你、你什么意思？"

"你还有事情没交代！"

"我，我该说的都说了，我还有什么没交代的？"

"你自己好好想想。"

"我，我想不起来。"

"真想不起来？"

"真的，想不起来……"

"要不要提醒你一下？"

"我、我真的一时想不起来。"

"我问你，二月二十日晚上，就是吊板楼三号和六号发生凶杀案的那天晚上，你在哪儿？"

"我、我在、在家里。"

"放屁！你还敢说在家里，你在家里你怎么在凶杀案现场，怎么在发生凶杀前两分钟在人家里打电话报警？"鲁克蒂忍不住拍案呵斥。

邵火妹惊愕地盯着鲁克蒂，表情复杂地瞅瞅嬴建峰，欲言又止。

"邵火妹，我早就说过，想要人不知，除非己莫为。你自己做的任何事，你不说我们也能查清楚，现在还是看你自己的态度，态度决定你的出路。"

邵火妹愁眉苦脸地看看嬴建峰与鲁克蒂，思想激烈斗争着，终于，她有些无奈地叹口气，说："算了，到了这个地步，我说了也没什么。"

"那你就详细说清楚，再不要想着欺骗我们。"嬴建峰不客气道。

"我、我那天晚上，因为'半卷毛'的事，我在家里怕，不敢在家睡，正好我闺密梅雪香有个表哥住在吊板楼三号，那天晚上我吃过晚饭就跑到他那里去了，没想到她表妹也在那里，所以，那天晚上他表哥就带着女儿到隔壁六号房去睡，那家好像是他们家亲戚，正好没人。他们让我睡在阁楼上，她表妹表嫂就睡在楼下卧房。"

"你就说说你为什么打电话报警？你是怎么知道有险情的？"

邵火妹眨眼想想，说："那天晚上吃饭时陈勇找到我，问我钱放在哪儿了，我说放在一个安全的地方，他说他要一半，我说这些钱不都是我们的，还说什么要一半，钱现在取不出来。他就发大火，说我骗他，他说既然能做了'半卷毛'，同样也可以做掉我。我说你如果是这样的人，那咱们就算了，以后各走各的路。陈勇咬牙切齿地说我利用他杀人，用完了就想抛开他，说我的心比蛇还毒，说这样的话那也就算了，还说明天一定要把那一半钱给他，否则对我不客气，还警告我说不要想跑，跑到哪里都没用，他都能找到我，到时杀了我他再跑路。"

嬴建峰明白似的点点头，说："你是怕他找你麻烦，就跑到辛海军家，那你怎么想到报警？"

"我，我好怕，一个晚上都没睡。那天晚上十一点多我听到有人敲门，我担心是陈勇找来了，我吓得要命，后来听说是来找辛海军的，我才松了一口气。第二天四点半的样子，我又听到有人敲门，我赶紧站在阁楼窗口往下看，我一看好像是宋飞龙，我就觉得不对头，我就赶紧用床上枕头边的小电话报警。"

"宋飞龙是谁？你为什么一看到他就报警？你为什么要匿名报警？"嬴建峰一连三问。

邵火妹有点惧怕地眨眨眼，小心说："宋飞龙是陈勇的死党，陈勇说过叫我不要离开租的房子，说我要离开他就杀了我。我一看见宋飞龙就想到是陈勇叫他来杀我的，所以我就想到报警，可我不能肯定是不是真的会杀我，我不敢说我自己的名字，不想公安局找到我，我怕惹麻烦。"

"你为什么不用自己的手机报警？"

"我不敢开手机，我一开机怕陈勇说要杀了我。"

嬴建峰听罢觉得这理由也说得过去。

"那你发现楼下两个人被杀，你为什么不报警反而逃跑？"

"我，我当时吓蒙了，我见宋飞龙杀了人跑了，我就赶紧从阁楼爬楼梯下去也跑了。我不敢再报警，我想我已经报了警，你们公安马上会到，我不跑你们找到我肯定要把我当嫌疑人。"

"那你开始怎么想到报警？你就不怕公安审问你？"

"我开始确实很害怕，我报警是想让你们公安来把宋飞龙吓跑，没想到楼下就开了门就被宋飞龙挤了进来，宋飞龙真的就杀了人。他肯定是把她们当成我了，当时灯都没开。我害怕你们审查我，所以我就跑了。"

"你既然知道她们是替你死的，你更应该站出来指证，替她们申冤，你怎么能逃避呢？"

"我，我是想替她们申冤，可我要是站出来，你们就会揪住我不放，我和陈勇就会暴露，'半卷毛'的事也就包不住。"

嬴建峰听罢真是无语，本来一起简单的案子，因为有了私心与罪恶，变得错综复杂，扑朔迷离。

嬴建峰这时想到的就是要立即抓住宋飞龙，便问："宋飞龙住哪里你知道吗？"

邵火妹摇摇头说："不清楚啊。问陈勇，他应该知道。"

183

嬴建峰让看守将邵火妹押走，立即找到看守所长，就在同一个审讯室里提审了陈勇。陈勇开始想否认，后来见到邵火妹的交代，又在嬴建峰强大的政策攻势下，彻底交代了是他指派宋飞龙，让宋飞龙跟踪邵火妹，发现邵火妹有逃跑的迹象，立即杀了她，以泄心头之恨。陈勇还许诺宋飞龙，事成之后找到邵火妹藏起来的钱，跟宋飞龙平分。头脑简单的宋飞龙信以为真，走上了杀人的不归路，真是可悲可叹！

最后嬴建峰问宋飞龙的下落，陈勇说应该去了老家渔阳县天水桥乡鸡岭村。

俞立民听说姑嫂案已经破了，高兴得眉飞色舞。他主动跑到嬴建峰办公室说要请大家吃饭。嬴建峰表示谢意，说等把凶手宋飞龙抓住了再说。俞立民说这次一暗两明三起大案的侦破，说明咱们瓷城刑侦是骁勇善战的，瓷城公安是坚强有力的，我要请政治部出面，请省市和全国媒体好好宣传一下咱们瓷城刑侦瓷城公安，我要为你们请功。

嬴建峰一再表示感谢，边说边往门外走，满是歉意地说："我现在要去抓宋飞龙了，他们在下面等。"

俞立民满脸笑容地说："去吧去吧，我等着你们凯旋。"

说着俞立民破天荒地一直送嬴建峰下楼，碰到正准备出发的伊红蓓，忙客气地说："伊处长你就甭去了，在家等消息吧。"

伊红蓓说："不行啊，我要去协调兄弟市县的警力，这是最后一个凶犯，我们绝对不能让他跑了！"

"哎呀，谢谢谢谢，你辛苦了，回来请你吃饭噢！"

"谢谢俞局，我看吃饭就免了，我希望俞局不说我无能就行了。"

"哪能呢？你可是咱们省厅刑侦总队重案处处长，你要是无能，那谁又能啊？"俞立民说着拱手向对方作揖表示歉意。

"俞局客气了，好了，我们要出发了，再见！"

走在前面的嬴建峰，回头瞅一眼伊红蓓，转身继续往前。

伊红蓓赶紧快步跟上。

一辆越野吉普车嘎地停在伊红蓓身旁，从车内探出鲁克蒂的头，朝伊红蓓嘻嘻笑着。

184

逃犯宋飞龙的老家虽然离瓷城几十公里，却是属于邻市管辖，所以伊红蓓的协调就非常及时而且重要。

嬴建峰与伊红蓓商量，决定兵分两路，一路由王大柱带队，率大队人马赶往宋飞龙老家天水桥乡派出所待命，一路由伊红蓓和嬴建峰直接来到渔阳县公安局，与县局领导对接。

渔阳县局一帮领导热情接待了伊红蓓与嬴建峰。

伊红蓓将来意说明，县局的同志一听，说要抓杀了几个人的罪犯，忙向他们的市局汇报。市局副局长周正刚说已经接到省厅刑警总队伊处长电话指示，要求县公安局全力配合。

渔阳县局决定派李政委协助瓷城警方抓捕人犯。通过天水桥派出所了解到，宋飞龙户籍在鸡岭村五组，家里父母还在。他之前以杀猪卖肉为生，后去了瓷城贩卖生猪为生，经常在渔阳县和邻省十几个乡镇收购贩卖生猪，在这些乡镇都很熟。不忙时，宋飞龙喜欢到天田街、长畈街洗发屋、娱乐厅找小姐玩，整天花天酒地的，是个典型的浪荡公子。这种情况对抓捕非常不利。从理论上讲，宋飞龙可能会躲藏在这十几个乡镇的任何一个角落，要想抓捕成功，警方需要调动大批的警力。

鉴于此，嬴建峰立即打电话向俞立民和耿风华汇报，请求派特警与武警支援。

耿风华一听，立即联系市武警支队，经武警总队批准，派武警支队增援。另派瓷城特警支队全体出动。并指示两支队伍由副局长俞立民带领，立即赶赴渔阳县天水桥乡。

两小时后，全体人员在天水桥乡派出所会合。

根据目前的情况，俞立民建议成立临时指挥部，由伊红蓓任总指挥，刚一提出，就遭到伊红蓓举手制止。

她说："我只以省厅特派员身份协调工作，俞局长对各方面情况都比我熟悉，我看临时总指挥还是由你俞局长担任更合适，大家说对不对？"

嬴建峰率先响应，立马举手说："我同意！"

大伙见嬴建峰都举手了，也就纷纷表示同意。

按常理，不管是从职务还是身份来讲，伊红蓓任这个总指挥没问题，但她还是考虑到俞立民现在面临提拔重用的关键期，由他担任更合适。嬴建峰也是这个想法，于是带头响应。

俞立民见盛情难却，便应允下来。他说："既然伊处长谦让，那我就旱鸭子上架——蹦一回。这个临时总指挥就我来担任，嬴建峰、武警周支队长还有渔阳县局李政委任副总指挥。指挥部制定的行动方案，最后由伊处长拍板。"

大伙听了都鼓掌表示赞同。

伊红蓓赶紧表态说："俞局长不要客气，行动方案还是以少数服从多数为原则，大家说好不好？"

大伙又是一通鼓掌。

接下来召开了案情研究会，经过讨论，形成了一致意见。

俞立民环顾一下大家，说："同志们，这次行动，我们要采取公开与秘密相结合，公安机关与群众路线相结合，重点与一般相结合，分散行动与集中突击相结合，缉捕罪犯与确保安全相结合的方法，采用蜘蛛织网、联动合围的战术，开展抓捕行动。”

嬴建峰见伊红蓓点头表示赞赏。

“首先，我们将队伍分成五个大组，每组分别由瓷城刑警、特警、武警和渔阳县局刑警、派出所民警组成。二、对宋飞龙可能出现的十几个乡镇进行拉网式清查。三、对宋飞龙最有可能出现的天水桥乡附近村镇实行二十四小时蹲守监控。四、请渔阳县公安局组织在电视台、报纸、乡镇广告墙发布悬赏通知。五、充分发动当地群众组成联防队和巡防队，鼓励群众积极提供线索，并参与到围捕行动中来。”

随后，各行动组立即开展行动，由于宣传发动工作到位，行动组所到之处，都得到当地群众大力支持。

干警们在村子里蹲守的晚上，当地大婶大妈自发送来大衣，有的送水送吃的，还有热心老大爷送来白酒，说天气寒冷，喝点酒可以抵御风寒暖身子。虽然民警有纪律执行任务不能喝酒，但大伙的心里都热乎乎的。

翌日一早，累了一夜的民警们又接着入户走访排查，搜集线索，直到当天晚上七点左右，专案组得到消息，宋飞龙在自己出生地天水桥乡鸡岭村附近出现。嬴建峰立即与俞立民等人商量，集中警力连夜围捕。嬴建峰先期带一个大组，在天水桥乡乡政府和天水桥派出所的支持下，连夜出发，步行三十多公里，赶在凌晨四点前，对鸡岭村附近方圆十公里的十二个自然村地形进行勘查，绘制地形图，制定搜捕方案。

八日凌晨三点左右，所有的增援部队从四面八方向指挥部汇集。瓷城市局三十八名防暴民警，渔阳县局四十六名民警，还有瓷城市武警支队三十名武警战士，全副武装赶到。此外，从省会城市和瓷城市调来的警犬，也出现在了追捕指挥部。

总指挥俞立民做了战前总动员。

由于还不能完全确定宋飞龙具体藏在哪个村子里，但大伙觉得宋飞龙潜伏在自己出生的鸡岭村可能性最大，俞立民与指挥部成员紧急商量决定，以鸡岭村为中心，以鸡岭村两侧的古家村、丁家村为重点，形成里、中、外三道关卡包围圈，实行紧缩式搜查。

各行动小组于四点四十分以前，全部秘密进驻各自管辖区域，开始抓捕行动。凌晨五点二十分，对鸡岭村的合围搜捕临近尾声，仍然没有发现宋飞龙的踪影。

时间过去仅仅五分钟，担任古家村地段监控任务的张阳六人小分队得到线索，宋飞龙刚刚在该村出现，并往村外的堤坝上逃窜。

张阳一边向嬴建峰报告，一边带人朝堤坝西边追去。

嬴建峰立即向俞立民报告，俞立民一听，激动万分，立即命令所有外围行动组，迅速朝古家村包抄过来，逐步缩小包围圈。

张阳等人朝着堤坝西边方向狂追一公里，终于发现了远方堤坝上的人影。发疯般逃窜的宋飞龙发现有几个人追来，便加速逃窜，边跑边回头张望。

张阳等人一边警告一边加快脚步，宋飞龙眼看民警越来越近。张阳见宋飞龙还不停下，便朝天鸣放两枪以示警告。

宋飞龙听到枪声，更加慌不择路，仓皇之中，自以为水性不错的宋飞龙一头扎进了堤坝下的水库，拼命向水库对岸游去。

张阳紧跑几步，嗖地一下纵身跳入水库，朝前面的宋飞龙奋力追去。堤坝上两位民警为震慑宋飞龙，也朝天鸣枪。后面追过来的民警也有三个跳下水库，向宋飞龙方向追去。不到五分钟的水中追逐，张阳追上宋飞龙，并将他摁在水里，宋飞龙连呛几口水，凭感觉知道来人水性比自己好，遂放弃了继续逃跑的念头，乖乖地被张阳带着游到岸边。

一上岸，张阳浑身滴水，他顾不得寒冷，立即对宋飞龙进行搜身检查，搜出现金两千元钱，还有一张宋飞虎的身份证。通过进一步审讯，得知宋飞龙杀人后逃回老家，宋飞龙母亲和两个弟弟听了，劝他潜逃。宋飞龙母亲给他钱，宋飞龙大弟弟宋飞虎将身份证给他，以帮助他逃跑时用，并劝他赶紧跑。

由此可见，宋飞龙母亲和大弟弟已经构成包庇罪。俞立民听了，大发雷霆，决定将宋飞龙还有他母亲他大弟弟一起押回瓷城。

轰动一时的三起命案，就在正月的最后一天，全部告破。

当天晚上，俞立民特地请伊红蓓和嬴建峰到最好的酒楼吃饭，一再表示感谢，真诚地说要不是嬴建峰坚持要查找侦破“半卷毛”失踪案，就不可能查出邵火妹与陈勇；没抓到邵火妹与陈勇，就破不了姑嫂被害案。执着与责任，永远都是成就事业的不二法宝。

第二天一早，伊红蓓便回省厅刑警总队复命去了。

三天后，省委组织部对俞立民完成了考察，对他主管侦破害死六命的三起大案非常满意，提拔拟任命他为新都市副市长、公安局局长的公示一出来，俞立民就主动来到嬴建峰办公室，问嬴建峰愿不愿意跟他去新都市；只要嬴建峰去，他一定想办法任命嬴建峰为分管刑侦的副局长。

嬴建峰听罢，很是感动，忙说谢谢俞局长器重，但这事一下决定不了，得回去与家里人商量。

俞立民很高兴，说那行你抓紧时间商量尽快回复我，我好早做安排，我到新都一安顿好，就来办你的事。

嬴建峰有些歉意地说不管成不成，我都得谢谢你。可你也知道，我年纪也不小了，家里老娘身体不好，儿子明年要考大学，我能不能离得开还不一定。

俞立民说是啊，都说父母在，不远行；可好男儿志在四方啊，你年龄其实也不算大，先离开几年，过几年再回家尽孝，一样忠孝两全。

理是这个理，我只能跟家里人说说看，尽人事，听天命吧。

俞立民走上前，用手拍拍嬴建峰肩膀，说了句保持联系，就转身离开了。

185

果不其然，嬴建峰将俞立民的意思与家里人一说，就遭到全家人的激烈反对。

柳淑贞说你已经年过半百，跑那么远干啥？你现在已经是副县级别，到退休享受正县没问题，有什么必要背井离乡的。再说家里上有老下有小的，你走了家里怎么办。

一席话说得嬴建峰哑口无言，只好打消了去新都市的念头。

几个月后，俞立民果然打电话来，说那边都沟通好了，只要嬴建峰同意，马上可以办手续，并问嬴建峰想好了没有。

嬴建峰不好意思地说去不了啊，老娘不让，老婆不肯，小孩不许，只好作罢，并一再感谢俞立民的好意。

转眼间来到十一月二日，这天是嬴建峰五十岁生日，老爸嬴东成按照老娘柳淑贞的吩咐，一大早就跑菜市场采购鸡鸭鱼肉，柳淑贞在家炖煮蒸炒，硬是忙了一天。下午六点半，嬴建峰下班回到老妈家里，一家人已经围坐在桌子上等他开桌。

老爸嬴东成很高兴，特地开了一瓶珍藏多年的瓷城老窖，给嬴建峰、黄美琴和柳淑贞各倒了一杯。

坐在桌边的嬴亲民仍然埋头看书，嬴建峰问嬴亲民："你看什么书啊这么着迷？”

嬴亲民不好意思地将书往自己胸前挪移，嬴建峰有些不放心地抢过书一瞧，竟是《寻枪》，便问：“你怎么有时间看这种书啊，作业做完了？”

“做完了。”

“这本书怎么样？”

“挺好看的。”

“说说看，好看在哪里？”

“噢，有个叫马山的边陲小镇民警，他妹妹结婚那天喝醉酒，结果‘六四式’手枪被人偷了，结果绕了好多的弯弯，找到了枪，但他是用自己的命换回来的。”

“那我考考你，枪代表着什么？”

“枪嘛，代表权力、正义、责任与平安。丢了枪，就丢掉了一切。”

嬴建峰高兴地用手摸摸儿子的头，说：“不错嘛，理解还蛮深刻的，将来一准是个好警察！”

柳淑贞一听，忙打岔说：“哈呀，你还说什么好警察，家里有两个警察就够多的啦，还想再拉个人当警察啊？”

嬴东成知道老太婆又要反对孙子当警察，一说起来就唠叨个没完，便插嘴说：“今天是五十岁警察的生日，你就别说不让孙子当警察的话好不好？”

柳淑贞见老头子这样抢白，不好再说什么，便揭开桌中央的炖锅盖，给大家舀鸡汤。

嬴东成见差不多了，便说：“以前忙这忙那的，没给建峰做过生日，今天咱们破个例，给建峰做个五十岁，来，先把蛋糕蜡烛点上。”

嬴亲民一听点蜡烛，兴奋地往蛋糕插上五支彩色小蜡烛，用打火机点燃。嬴建峰顺着家人的意思，唱完生日歌，吹完蜡烛，还许了个愿。

嬴东成首先端杯，提议大家碰杯准备干一下。

嬴建峰的手机响了，他习惯性地掏出手机，一瞧是指挥中心 110 报警台打来的，知道有事，忙放下酒杯，说我接个电话，便摁了接听键。

一位年轻的女声传来：“嬴支您好，刚接到报警电话，城南分局民警佩带的一支手枪被盗……”

嬴建峰蹭地一下惊得站起身，对方下面说什么竟也听不见，半晌他才回过神来，忙问：“谁啊，枪怎么丢了具体什么情况？”

一家人瞪眼望着嬴建峰，知道这个生日快乐的歌算是白唱了。

嬴建峰急匆匆转身离开，撇下一桌老小一脸茫然。

随即柳淑贞反应过来，忙起身边追边喊："儿子你吃块蛋糕再走吧……"

追到门口，见嬴建峰已经上了警车，他边发动车子边说："妈，我对不起你们了，案子要紧！"

说完嬴建峰挂挡起步，车子一溜烟跑了。

柳淑贞知道儿子一旦离开，又不知啥时候能回来，不由得黯然伤神起来。她心痛儿子太辛苦劳累，经常会没日没夜地干，几次都累得吐血住院。想到这儿，柳淑贞的眼泪不由流了出来。

186

公安民警枪支丢失，那可是爆炸新闻。这消息惊得瓷城百姓们惶恐不安，弄得民警们灰头土脸，也惹得领导们震怒恼火。

耿风华面对战战兢兢的丢枪民警修来福，拍得桌子咚咚响。他早气得七窍生烟，愤然道："像什么话，你枪怎么会丢，你人怎么没丢啊？你不知道枪不离人人不离枪啊？你丢枪就等于丢饭碗就等于丢性命啊！你不知道性质的严重性吗？"

耿风华一连串的斥责，吓得修来福双腿一软扑通下跪。

"你对我跪有什么用？你有本事你对老百姓跪去，给偷你枪的人跪去，你现在保佑犯罪分子不拿你的枪去杀人，要是拿着你的枪去杀人那你彻底完蛋！"

修来福哭诉着说："局长我也不想丢枪啊，我是下午在家轮休听说所里老王突然生病，我是特意赶到所里送他到医院去的，前后也就一个多小时，我没想到会出这种事啊！"

"你还强调理由你，还没认识到自己的错误？亏你还是分管办案的副所长，你丢不丢人？"

"认识到错误了局长，我也知道太丢人了，办案的钱我来出，我就是卖房子借钱也要把枪找回来。"

"现在不光是钱的问题，还有人力物力，还有社会影响政治影响，这些你出得起吗？"

“那怎么办啊局长，再不行我跳楼自杀，我以死谢罪行不行啊，局长？”

“你别胡闹！这个时候你还说什么跳楼自杀？你还想添乱怎么的？你还是个人民警察吗？”

修来福哭丧着脸说：“这也不行那也不行，那我该怎么办啊？”

耿风华很气恼地说：“你先停职反省，写出深刻的检查，要彻底认识到自己的错误，再等候组织的处理。”

“局长，我，我不会出公安吧？只要不出公安，你叫我干什么我都愿意。”

耿风华冷笑一声说：“现在要看你的运气了，要是犯罪分子拿了你的枪去杀人，你不但要开除，而且还要坐牢！”

修来福听罢哇的一声哭了，边哭边说：“那怎么办呢局长？我可不可以登个广告，我愿意花钱把枪赎回来，花再多钱我都愿意。”

“你又胡闹！警察怎么能花钱赎枪？那岂不成了天大的笑话？那不是正义向邪恶低头法律向犯罪屈服吗？你怎么连这点觉悟都没有？”

修来福羞愧难当，有些语无伦次地说：“我、局长、枪、我、我现在不知怎么办……”说着他竟呜呜呜地哭起来。

耿风华蹙蹙眉，有些不悦道：“哭什么哭啊？大男人还是警察，一点自尊和形象都没有，你给我起来！回去好好反省！”

修来福木偶般站起身，朝耿风华深深鞠一躬，然后有气无力地向门外走去。

嬴建峰正好从门外进来，满是同情地看看对方。

修来福叫了声“嬴支”，就低头沮丧地离开。

耿风华见嬴建峰进来，想想问：“这个修来福平时怎样？”

嬴建峰立马说：“不错啊，他以前干过几年刑侦，后来调到派出所当副所长，平时工作很努力，帮刑侦破了不少案子，噢，今年年初那几起杀人案，他也参与了，还立过两次三等功。”

耿风华听完，拿眼瞅瞅嬴建峰，用手点点对方，微笑道：“在你嬴建峰眼里都是好人。不管他之前立过多少功，受过多少奖，只要他犯了错，就都等于零。对他该批评的要批评，该处罚的还得处罚，绝不能心慈手软。我们今天对他严，就是对他将来最好的爱，这个道理，我想你也明白吧？”

“耿局说得对，我的意思，是对一个人的看法，既要看他今天的表现，也要看一下过去的表现。如果他一直都是吊儿郎当不务正业的，那出这种事就是必然的。如果他工作兢兢业业认真负责的，那出这种事就是偶然的。在处理这类事情时，还得看看他是偶然还是必然的，可不能一棍子打死。”

嬴建峰见耿风华似乎略有所思。

“局长你知道吗？小修的爱人，还是瓷厂的下岗工人，靠给私人作坊画瓷器打零工挣点钱，她得知小修出了这种事，已经把家里仅有的十万元存款拿出来，作为悬赏捉拿盗贼的赏金；她还四处找人要把家里的房子卖掉筹钱，说是用来补偿我们办案经费的不足。……其实，听说她身体还不好，儿子刚考上大学，平时她一个人照顾家里全力支持老公工作，出了事，她还倾尽全力帮老公挽回影响。她，是多么不容易啊！”

耿风华听了默不作声，他站起身，望着窗外，良久才冒出一句：“岂止不容易，简直是伟大！你告诉她，她家的钱我们不用。”

“是啊！就为了有这样的家属，我们也要尽量关照，我们不是关照出事的小修，而是关照那些无私支持我们警察工作的警属们。”

“你说得对。但现在这个小修的命运，几乎取决于犯罪分子会不会拿他的枪去犯罪。当然，也取决于我们侦破的速度。”

“是啊，所以我们要尽量加大侦破力度，以最快的速度，赶在他们拿枪犯罪的前头找到被盗枪支。”

耿风华点点头，说：“对，这既是为保护人民群众生命财产安全，也是为了挽救小修个人，还有他的家庭。”

“还有全体警察家属的心。”嬴建峰补充一句。

耿风华微微一笑问：“省厅的人来了吗？”

“马上到了。”

“那我们赶紧去接一下！”

这时传来“不用接我们来了”的声音。

循声望去，见省公安厅副厅长赵敬山走到眼前，他身后还跟着助理巡视员罗传声、刑侦总队长唐仁华和技侦总队长劳明太。

耿风华忙上前热情与来人一一握手，边握边说：“赵厅长，你们来了我没有远迎，失敬失敬啊！”

赵敬山一摆手说：“是我叫他们不要通知你的，大家工作都很忙，我不想搞那么多繁文缛节。都说形式主义害死人，可没有官僚主义哪来的形式主义？形式主义是被官僚主义逼出来的，你说对吧，耿常委？”

“对对对，老领导说得太对了！我知道老领导注重实干不看重形式。这次真是给你添麻烦了。”耿风华边说话边让赵敬山等人坐下。

“这位民警也太大意了，怎么那么不小心？丢了枪不算还丢九发子弹，这枪真要是落到穷凶极恶的罪犯手里，非出人命不可。”

“是啊，我最担心的就是这个。”

赵敬山笑笑，说：“这个你倒不必太担心。”

耿风华听罢一愣，忙说：“愿听厅长高见。”

“首先，此案显然是技术开锁，之所以采取这种技术性手段开锁盗窃，本质上就是想避免与人正面接触，排除用暴力手段攫取财富，这与那些抢劫抢夺等惯用暴力手段犯罪的人有显著的区别。被盗时不是还有一只圆形钯金手镯吗？他们的目标是金银钱财，不是枪支。所以，即使他们有了枪，也不一定有胆量拿枪行凶作案，这是个大前提。”

耿风华觉得有理，由衷的赞叹：“厅长高见！”

“其次，犯罪一般都是逐级递进，从非暴力逐步向暴力转变推进的过程。从一个想文明行窃的小偷，到一个拿枪行凶抢劫杀人的暴徒，这中间还有一段较长的心理路程要走。所以，从目前情形看，这些人拿到枪，有一个新奇、刺激而兴奋的心态，同时也伴随着恐慌、不安与不知所措。按照正常心理，他们会把枪藏在一个自认为很隐秘的角落里，等过一段时间风平浪静后，再想着怎么处理或使用这把枪。”

赢建峰对赵副厅长的分析深为赞同。

“当然，也有的先偷到枪，然后想想这是一块烫手的山芋，拿着烫手，丢掉可惜，卖掉又害怕，不如将枪支彻底毁掉，这样以绝后患，省得以后提心吊胆惶惶不可终日。”

耿风华很赞许地点着头。

这时赵敬山站了起来，着急说：“咱们不要只顾纸上谈兵，我们到现场看看吧！”

耿风华很感意外地说：“厅长刚到，是不是先休息一下再去？”耿风华边说边站起身。

“兵贵神速！很多胜仗不是以逸待劳，而是比拼谁更熬得住疲劳，谁能把疲劳当成冲锋号，谁就能取得最后的胜利！你说是不是啊耿常委？”

“对对对老领导，你总是充满激情说话富有鼓动性。跟你一起工作总感觉不到累。”

赵敬山抬头一笑，边往门外走边说：“历尽天华成此景，人间万事出艰辛。我们只有以苦为乐，以苦作舟，才能到达成功的彼岸嘛！”

就这样，赵敬山一路谈论着，由嬴建峰带路，驱车直奔城东区李子园小区，在A栋一单元三〇六室案发现场楼底停下。

187

下午两点，在市公安局会议室召开了紧急会议。

俞立民调走后，刑侦由另一位副局长段国平分管。

段国平主持会议，会上他宣布成立“11·2”专案组，由耿风华任组长，他任副组长。接着他介绍省市领导对枪支被盗案件高度重视，并对赵敬山等人的到来表示热烈欢迎，然后请赵敬山做重要讲话。

赵敬山传达了副省长、公安厅厅长伊红峰同志的批示：要求“尽快破案，消除隐患”。

接下来，大家听取嬴建峰对案情的分析画像。

“各位领导，同志们。这起警用枪支被盗案，经过我们的现场勘查和前期走访调查，确定作案者具有五个方面的特征。”

大伙听了，都拿出日记本记录。

“一是作案人懂技术开锁，现场未留撬锁痕迹，所以侦破难度比传统开锁要大。二是作案者起码有两人以上，而且分工明确，配合默契，应是团伙作案。三是作案选中的对象具有随意性，流窜作案的可能性大，并且租住在人员复杂的地区。四是作案人员手法娴熟，应该有犯罪前科。五是作案前经过踩点，所以作案成功率高。”

赵敬山听完后，想想问：“你认为下步应采取哪些侦查措施？”

“我认为首先要采取三项措施。”

“哪三项？”

“第一，对全市所有技术开锁被盗案件，以及被盗物品，现场遗留物证等进行全面梳理，逐一登记，从他们作案的时间、地点、手法等方面，分析他们作案的特点与规律，划定他们作案区域与范围，绘制作案活动线路示意图，确定重点地区和侦查方向，开展摸排工作。”

赵敬山点下头。

“其二，既然他们作案前要踩点，就会在作案现场及周围出现陌生人的面孔，我们要通过走访受害人及其周边群众，对出现的可疑陌生人进行人脸画像。”

唐仁华用笔记着。

“第三，利用电视、报纸、广告牌、宣传栏以及印发传单等方式，向全社会公布案情，全面发动群众，广辟线索来源，对追回枪支和提供线索的，给予重奖。”

耿风华向嬴建峰投去肯定的目光。

赵敬山听完，说：“我原则同意嬴建峰同志的意见。另外，我还提点建议。既然认定了是流窜作案，我们的措施就要对症下药。我的意见是要扩大案情通报范围，实行全省一盘棋走路，对被盗的枪支、手机、金银玉器等可能销赃的贵重物品，以及型号、大小、重量、数量、形状、颜色、图案、价值等以清单形式，通报全省，督促各地对可能销赃的场所实时监控，一有情况及时反馈。同时报公安部刑侦局，请他们通报全国，并就发生类似案件实行联动机制。当然，这项工作由厅刑侦总队牵头。唐总，你负责抓紧落实。”

唐仁华忙点头应允。

“我想啊，只要咱们判断准确，措施得力，上下联动，协同作战，就一定能侦破此案，彻底消除隐患！”赵敬山充满自信道。

大家对赵敬山高屋建瓴、纵览全局的把控颇为钦佩，不由报以热烈的掌声。

188

被盗警用枪支的侦查活动，正在紧锣密鼓地展开。

专案组下设五个工作组，分别是指挥协调组，城东、城南地区摸排组，技侦布控组，现场勘验鉴定组，重点审查组。

按照方案要求，三项侦破措施同时展开。

嬴建峰最近喜欢热播电视剧《亮剑》，他在战前动员大会上说什么是亮剑精神，亮剑精神就是面对无法克服的困难时，你也要勇敢去面对。即使你倒下了，也要成为一座山，一道岭。咱们公安破案也跟打仗一样，也要有敢于亮剑的精神。刑侦队伍也要像部队一样，要有敢于拼命不怕牺牲的勇气与决心。

也正是在这种拼命精神的感召下，大伙都亮剑拼了。

鲁克蒂说要抢在时间的前头，通宵达旦忙碌，终于在天亮前将一千份通告、五百份嫌疑人特征卡片制作完成。上午九点，瓷城街头巷尾的公告栏上，贴满了提供破案线索悬赏五万元的布告。电视、广播滚动播出，报纸也醒目刊登了悬赏布告。五百份小卡片也分发到所有参战人员手中。

王大柱也是昼夜连轴转。他负责城东、城南地区的摸排工作，任务最为繁重。加上血压偏高、心脏闷堵，弄得他经常眩晕。但他一声不吭地接受任务，争分夺秒开展工作。

王大柱指挥城东、城南两个侦查小组，用了半天时间，就将去年以来，技术开锁被盗未破的二十八起案件以及被盗物品、现场遗留物等全部梳理出来，逐一登记。

当然，登记不是目的，真正的目的是为了两张图。

第一张是发案线路示意图，第二张是嫌犯落脚模拟图。画第一张图，是为了能绘出第二张图。

王大柱从汇总好的作案时间、地点、手法等找出了窃贼作案的特点与规律，发现他们一般都是在白天上班时间，选择位置较偏或无人看守、家中无人的住户，进行技术开锁进屋盗窃。他们的作案区域与范围主要在城东区和城南区的城乡接合部，外来人员较多、居住人员成分复杂，住户位置较偏，或者小区宿舍无人看守的住户下手，根据这些地点发案的情况，在地图上标示联结起来，绘制了一张发案线路示意图。

拿着第一张图，王大柱对画第二张图有点吃不准，便打电话请教嬴建峰。

嬴建峰说："从规避风险隐藏自己的目的出发，作案者一般不会在家门口作案，而会选择离住地较远又方便进出的地方行窃。"

王大柱想想，说："你说的那种地方太多了，几乎城区的东西南北各个方向都有，还是没办法确定。"

嬴建峰又说："根据流窜作案人员的心理特点，他们一般都会选择靠近火车站、汽车站等交通方便的位置居住。"

王大柱听罢恍然大悟，于是他就将盗贼可能落脚的地点放在了火车站与汽车站联结的地方，据此画出了盗贼可能落脚的区域模拟图。

王大柱将图送到嬴建峰那，让鲁克蒂帮忙印制编发情况通报，同时派华路长去销赃场所调查，派汪震文走访被盗现场及其周围。

华路长带一队民警分头对市区所有二手手机店、黄金首饰店、玉器店进行调查，从中注意发现被盗物品销赃的线索。

汪震文带另一队人马，重新走访调查二十八起因技术开锁被盗受害人，请他们回忆案发前是否有陌生人敲门。同时也走访调查被盗住户左右上下附近住户、进出道路开店业主以及门卫一类的人员，详细询问是否有两三个陌生人进出，从中查找可疑线索。

王大柱则亲自带队，对城东区与城南区插花地带、火车站与汽车站接合部，也就是城东区的大花园地区，城南区的小康嘴、凡家径地区，作为排查的重点区域，按照“先摸后排，人人见面，逐人查实，落实责任”的原则，以有盗窃犯罪前科、懂开锁技术作案的人员为重点进行摸排。并以点带面，兼顾全市。

三天后，各方面情况陆续反馈。

先是华路长汇报，说对有可能销赃的场所进行了全面排查，未发现有价值的线索。

其次是汪震文在走访调查中，已经找到了两个目击证人，并对目击证人的描述进行了画像，画出的人像得到目击证人的基本认可。

最后是王大柱，他说通过排查，全市摸出利用技术开锁入室盗窃团伙八个，共五十八人。

案发后的第六天，通过各小组艰苦细致地调查，发现排查出的技术开锁盗窃人员的户籍，百分之九十五以上都是离瓷城一百来公里的昌都县。而且据这些人反映，经常会有昌都县懂技术开锁的人来瓷城行窃。

根据这一情况，赢建峰立即向段国平和耿风华报告，几个人一商量，觉得有必要将工作重点放在昌都县，于是立即请示省厅赵敬山常务副厅长，并报副省长、公安厅厅长伊红峰批准，同意瓷城市局调整部署，将摸排重点转至昌都县。

赢建峰和王大柱带领侦查员，分成馆中、山狮、汉三港、溪芗、塘土、户万、丰南等七个摸排小组，在昌都县公安局的大力协助下，对昌都籍符合作案人画像的人员逐一调查。

经过九个昼夜的艰苦努力，汪震文终于在丰南乡找到一位叫康大民的知情人，他看了画像后，说这个人有点像他村里的盛群，盛群三十六岁，因技术开锁盗窃被判过三年刑，释放后长期在外，无正当职业，舅舅在瓷城做瓷器生意，好像就住在瓷城汽车站边上，他经常跑瓷城，听说在山庐市还买了房子，经常花天酒地的，牛逼得很。

嬴建峰一听，精神大振，盛群所有的特征都对上了，立即将其列为头号嫌疑对象。

十一月十五日晚六时，也就是案发后的第十三天，专案组通过技术侦查，得知嫌疑人盛群等人可能藏匿在昌南市，立即将情况报告省厅赵敬山常务副厅长，赵敬山亲自坐镇昌南市，指挥协调省厅刑警总队、技侦总队、昌南市局和"11·2"专案组实施联合抓捕行动。

嬴建峰和王大柱率支队民警赶赴昌南市，深入抓捕第一线。通过侦查得知，犯罪嫌疑人盛群、于前程、熊新豪等人，正在秦王阁江边的秦王星号游船上寻欢作乐。

二十三时许，昌南市局部署警力二百多人分布在游船四周，嬴建峰与王大柱等人在游船五号包厢内发现了嫌疑人身影，当场将他们抓获，并在其携带的物品中缴获磁芯锁套锁作案工具四件。

当晚，嫌疑人被带至昌南市西山分局，省厅刑警总队唐仁华总队长率嬴建峰对盛群进行突审，经短兵相接，盛群的心理防线很快被攻破，交代了其于十一月二日下午五时许，其伙同于前程、曹春等蹿至瓷城李子园小区A栋一单元三〇六室，由曹春在楼下望风，盛群用磁芯锁开锁工具套开房门，与于前程一起进入现场实施盗窃。于前程盗走铂金手镯一只，盛群见枪起意，将枪盗走后逃离现场，将枪藏匿于其位于山庐市荷花镇的住所内。

嬴建峰率队马不停蹄赶往盛群山庐市荷花镇里门村，在其家厨房阁楼上的蛇皮袋下面将盗取的"六四式"手枪起获。

同时，王大柱带另一组人马乘飞机赶赴广州，抓捕另一在逃嫌疑人曹春。在广州市公安局配合下，十一月十六日晚七点三十分，在广州天鹅大酒店内将曹春擒获。经突审，曹春对伙同盛群、于前程盗枪作案的犯罪事实供认不讳。

至此，不但追回了被盗枪弹和铂金手镯，同时还带破了一年来发生的二十八起技术开锁盗窃案。

十八号下午，嬴建峰一回到瓷城，就接到鲁卫国打来的电话，他说："二十号礼拜天下午，你放下所有的事，到我家里来，我有重要的事情。"

嬴建峰满口应答，但他心里犯嘀咕：师傅老人家突然来电话，不知有什么重要的事？想想正好还有两天时间，得抓紧把案子审结喽。

189

晚上十二点半，嬴建峰刚回到家门口，突然从黑暗中蹿出两个黑影，嬴建峰吓一跳，忙“嗨”了一声喊亮走廊里的感应灯，定神一瞧，竟是修来福夫妻俩。

修来福爱人感激地说：“嬴支，谢谢你救了我家来福，也救了我们全家！你是世界上最好的人。别人都是落井下石，只有你帮着我们说好话，这份大恩大德，我们全家永远不忘，你是我们家来福的大恩人哪！”

“哎呀，快别这样说，我和小修都是战友，能帮的我一定会帮。”

修来福竟“哇”的一声哭了起来，边哭边说：“嬴支啊，你不知道，出了这事，大家看我的眼神都像是看贼一样，我，我实在是受不了，我连死的心都有啊嬴支……”说着修来福呜呜呜地伤心痛哭起来。

嬴建峰表情严肃道：“来福啊！不要哭，男儿流血不流泪！在哪里摔倒就在哪里爬起来，这才是真正的男子汉！你一定要吸取这次血的教训，绝不能再犯类似的错误！”

修来福立马表态道：“嬴支，你放心，我，我以后就是掉脑袋，也不会掉枪！”

嬴建峰上前使劲拍拍修来福的肩，说：“我相信你。”

“嬴支，我和小修来是想请你帮忙，让来福继续当警察。”

嬴建峰听罢一愣，一时没想到怎样回答。

这时嬴建峰家房门吱的一声开了，探出了黄美琴的头。她一看是修来福，忙走出来说：“哎呀，大冷天的在门外干什么，快进来快进来！”

修来福爱人固执地说：“现在只有嬴支能帮忙说话，嬴支你一定要帮帮我们。”

黄美琴忙说：“这个说都不用说，建峰肯定会帮忙的。他跟我都说了，只要枪能找回来，盗贼没拿枪犯事，他会尽力帮忙说话的。”

修来福爱人一听，忙问：“真的啊？”

“那还能假？”黄美琴爽快地回答，“快进屋快进屋！外面太冷，快屋里坐。”

修来福夫妇见状，都窘迫地笑着，往屋里走。

嬴建峰随手关上门。修来福爱人变戏法似的拿出一个牛皮纸包来，二话不多说就往桌上放。

黄美琴赶紧将纸包拿起来往修来福爱人手里塞。对方不肯接，黄美琴就往修来福手里塞，修来福往后退一步不肯接。赢建峰从黄美琴手里拿过包，往修来福手里一送，说："接着，要是你还要给我，那我不会帮你说话的。"

一句话，说得修来福相视无言，手拿着纸包呆若木鸡。

修来福爱人一把夺过老公手里的包，又要往桌上放。

"你这是干啥啊？"黄美琴快人快语。

"赢支已经帮忙找回了枪，我说过我要把家里所有的钱都拿出来给破案的人。现在案子破了，赢支的功劳最大，我说过的话我就得兑现。"

"来福的爱人，你姓什么啊？"赢建峰问。

"我姓洪，洪水的洪，你叫我小洪就行了。"

"小洪，你的钱公家不能收，我私人更不能收。这些钱都是你一家人辛辛苦苦挣的血汗钱，而且你小孩读书更需要钱，再怎么的我们都不会收的。"

黄美琴趁机拿起桌上的纸包往小洪手里塞，边塞边说："你放心，我家赢建峰肯定会帮小修说话的，你要是还塞钱，他真的不好说话的。你要相信他。"

"相信，我们就是相信他才来的。"

黄美琴麻利地倒了两杯开水端给两人，边递边说："天这么冷，你们赶紧喝点热水暖暖身子，早点回家休息。"

小洪忙双手接过茶杯，说了声"谢谢"，眼泪就吧嗒吧嗒地往下掉。

190

赢建峰接连忙了两天，终于把案子办结了。

到了下午五点，鲁克蒂就跑到赢建峰办公室，对赢建峰说："我爷爷要我带你过去。"

赢建峰笑着从柜子里拿出两瓶人参酒，说："不用带，我自己开车去。"

两人说着就往外走。

"那不行，我爷爷说了，不让你开车，要我亲自开车接送你。"

"哎哟！看来你爷爷准备把我放倒！"

"我爷爷才放不倒你，有人会放倒你。"

"怎么，要我赴鸿门宴呢？"

“不是鸿门宴，是喜宴。”

“喜宴！什么喜宴？”

“先不跟你说，保密!”

“哎哟！是不是有人给克蒂介绍对象，让我喝订亲酒？”

“才不是呢？”

“那是什么喜事？”

“先不说，到了你就知道了。”

“怎么，对我还保密啊？”

“国家机密，概莫能外。”

“你这个小丫头片子……”

“不能总是小瞧人，我都二十七岁了。”

“你再大在我眼里那也是小丫头片子。”

两人就这样边说边上了鲁克蒂的吉普车。

鲁克蒂见嬴建峰坐进副驾驶室关好车门，便发动车子，边开边问：“哎嬴支，我问你，伊处长现在怎么样？”

“噢，她能怎么样？还不是在省厅刑警总队。”

“我听说，你们两个年轻时擦过火花。”

“什么叫擦过火花？”

“就是，就是谈情说爱呗。”

“你听谁说的？”

“这还用问，好多人都知道。”

“你们可别乱猜，我跟她年轻时是好朋友，非常好的朋友，仅此而已。”

“不对吧，我听说当年伊处长还连夜坐火车来看你，是真的吧？”

“这个倒不假，她来看我很正常，这不能说明什么问题。”

“还不能说明问题啊？这说明大问题。”

“什么大问题？”

“感情问题啊，还不大吗？”

“这算什么大问题啊。我早说过，男女之间除了爱情，还有友情。你现在还小，有很多事还不懂。”

“我还小啊？我觉得吧，每人对感情的感受不同，理解不同，所以得出的结论也就不一样。”

“啃唷，这话听起来还蛮深沉。”

“本来嘛。”

“那你说说理由。”

“人的感情是世界上最复杂的，男女之间一见钟情的少，日久生情的有，更多的是亲情裹胁着爱情，所以说平平淡淡才是真。”

嬴建峰“噗”地笑道：“呵呵，看不出来嘛，一个还没结婚的人，竟然说出这么有哲理的话。”

鲁克蒂不以为然，仍顺着自己的思路说：“其实，伊处长对你还是有感情的。”

“这话你可不能乱说！”

“我没乱说，我能感觉到。”

“破案谈感觉，这种事你也能感觉到？”

“那必须的。”

“这话外面千万不能说。”

“我不傻，就是你求我我也不一定说。”

嬴建峰又忍俊不禁。

两人就这样有说有笑，很快就来到鲁卫国的住房。

191

嬴建峰一踏进鲁卫国家的大门，一瞧里面，惊呆了。

怎么老爸老妈，还有黄美琴与儿子都在。

再转眼一瞧，钟正仕和他的老同学杨鸿儒，还有皓首白发的崔局长都来了。

“哎呀！今天是什么大喜事啊？这么多老领导都来了。各位老局长好、杨老师好哇！”说完嬴建峰上前与崔局长等人一一握手。

鲁卫国见嬴建峰来了，忙高声说：“主角来了，咱们可以开始了。”

嬴建峰一听满腹狐疑地问：“谁是主角啊？”

鲁卫国笑嘻嘻地说：“那还用问，肯定是你啊！”

嬴建峰有点懵逼地用手指指自己的鼻子，瞪大眼睛问：“我是主角？”

“对呀，就是你！”

嬴建峰有点诚惶诚恐道："我，我怎么就成主角了？在座的除了克蒂和我家人，各位资格都比我老年龄都比我大，再怎么的也轮不到我做主角啊！"

"哎，今天还就是你能当主角！"

嬴建峰转头瞧瞧崔局长、钟正仕和杨鸿儒，他们都是一副秘而不宣、高深莫测的神态。

嬴建峰有些晕，他低头想想，又抬头问："师傅，您得有个理由吧？"

"理由哇，有三点。你想听哪一点？"

嬴建峰听罢一愣，忙回话："我三点都想听。"

"呵呵，你还蛮贪心的哈。好！那我就一点一点地说给你听。"

"那我洗耳恭听了……"嬴建峰拖腔拿调道。

"这第一点，是上次你刚做五十大寿，突发枪案，你放下酒杯，起身匆匆离开，奔赴战场，这是真是假？"

"然也……"

"今天我就给你这个生日补上，你说是不是理由？"

"这……算是吧。"

"不能算是，而应该就是。"

嬴建峰无奈地笑笑。

"这第二点，就是你们兵贵神速，仅用半个月时间，就将被盗枪支追回，将技术开锁一帮神偷一扫而光，大破积案二十八起，是不是算得上胜利而归？"

"这个……算得上。"

"我为你接风洗尘，这算不算理由？"

"这个……也可以算吧。"嬴建峰嗫嚅着说。

"这第三点理由，就是我的公安侦破大案系列画展马上开展，我要把你们破的这起枪案也画进去，请你来给我详细讲述破案经过，让我把画画得更好，你说说，这是不是理由啊？"

"这个……算是吧。"

"既然以上这三个理由都成立，那你说，你是不是今天的主角啊？"

"这个……哎呀勉勉强强吧。"

"什么叫勉勉强强，这就是名正言顺的主角。所以，这个主角，你不当都不行。"

"哎呀，哪有师傅给徒弟做生日的？"

“怎么没有？那我问你，有没有父母给儿子过生日的？”

“那肯定有。”

“一日为师终身为父，你认可吗？”

“……认可。”

“那我是你师傅，就像你父亲一样，那我给你做生日，行不行啊？”

“这……也行吧。”嬴建峰知道自己被师傅绕进去了。

“那不就得了。妞妞，快把准备好的蛋糕推出来，让咱们老人家也乐一乐。”

鲁克蒂应声起身，立即从书房里推出一个大蛋糕来，大家呼啦一下围过来。最高兴的还是嬴亲民，他欢呼雀跃，兴奋地往蛋糕上插彩色蜡烛。鲁克蒂将蜡烛点燃，祝你生日快乐的歌声响起，嬴建峰微笑着吹灭蜡烛，鲁克蒂动作麻溜地切好蛋糕放在小塑料盒上，递给在座的各位。

接下来正餐开始。鲁卫国将珍藏多年的一箱茅台酒搬出来，说是要一醉方休。亏得鲁师母劝说大家年纪都大了，不能多喝，每人最多两杯。嬴建峰见状也劝师傅不能多喝，并说等下还要讲述破案的经过，构思草图，喝多了什么都干不了。

听了嬴建峰的话，鲁卫国才算松了口，说那行，咱们最多就两杯。

两杯酒快喝完时，钟正仕问杨鸿儒：“老同学，你这辈子最大的遗憾是什么？”

杨鸿儒听罢，想都未想说：“那还用说，肯定是当年我在文物博物馆当馆长时，被盗的龙生九子中的老大囚牛，老小螭吻，到现在还没找到，这是我一生中最大的遗憾。”

钟正仕听他这么一说，心情也沉重起来，说：“我也一样，这不仅是你最大的遗憾，也是我最大的遗憾啊。”

鲁卫国听了，两眼一瞪道：“谁说不是啊！我经手的大案不少，都破了，就是那起文物被盗案破得不算成功。”

崔局长也有同感，他看看手中小半杯白酒，霎时脸聚愁云，说：“谁说不是，当时我是一把手，案子没破彻底，我负主要责任。唉！这也是我这辈子最大的一块心病啊！小嬴，我希望你能挑起这个重担，设法抓住那些混蛋，把被盗的两件国宝给追回来！要不然，我们就是国家的千古罪人，我们就是人到百年，也不得瞑目哇！”

嬴建峰听崔老局长这么一说，不由站起身，大声说：“请三位老局长还有杨老师放心，我嬴建峰一定在退休之前抓住盗贼水满山，追回被盗的国宝囚牛与螭吻!”

崔局长很高兴，说：“好，好！我相信你小赢，这么多大案要案都破了，那个盗窃案也应该不在话下。哎小赢，你说的这个水满山，这么多年难道就没一点音讯？”

“有哇！二十五年了，我一天也没放松过对他的追踪。”

“那他现在在哪儿？”杨鸿儒问。

“在东南亚一带，有时也跑到香港去。”

“那为啥不抓啊？”鲁卫国急着问。

“这个家伙已经办了移民，要抓他得要有跨国执法资格。”

钟正仕说:“不行咱们可以通过国际刑警国家中心局出面，发红色通缉令。”

“发了好多年了，可音讯全无哦。”嬴建峰答道。

大家听罢，心绪变得沉重，一时无语。

鲁卫国见气氛不对，忙说：“嘿！没啥，有咱们嬴建峰在，肯定没问题。是吧嬴建峰？”

崔局长也笑着说：“对啊！小赢，我听人家现在都叫你神探，你可不能辜负‘神探’这个称号噢!”

“哈呀！那是有人开玩笑说着好玩的，可不能当真!”嬴建峰忙解释道。

崔局长正色道：“我不管是开玩笑还是正儿八经说的，既然有人说了，你就得扛起这块牌子，就不能给我丢人。记住啰，你是我老崔的兵，你就不能当孬种！你应该当英雄，应该当一名名副其实的神探！你有没有信心噢？”

“有!”嬴建峰站立挺身大声回答。

鲁卫国兴奋地站起身，说：“好！嬴建峰，你要是能抓住水满山，追回被盗的囚牛和螭吻，那你所有的大要案全破了，那你就是真正的神探!”

钟正仕也来劲，鼓动说：“来来来，大伙一起端杯，为了咱们嬴建峰能早日追回国宝，也祝愿嬴建峰能早日成为神探，干杯!”

大家起身举杯，齐声喊：“干杯!”

192

嬴建峰得到水满山的信息，是十年后儿子结婚的那天晚上。

儿子嬴亲民从刑警学院硕士毕业，考入瓷城公安城东分局青花派出所。本来想进刑警队，因回避父子同一系列直接上下级关系，所以只能先到派出所担任治安警，这样也可以办些案子。

儿子参加工作一年转正，便与原刑警学院同学、现在公安大学读博士的傅小蕾结婚。两个人都是时尚派，傅小蕾一个人过来，只在家里吃顿团圆饭，两人准备第二天出去旅游度蜜月。

吃完团圆饭，嬴建峰突然接到省厅刑警总队电话。打电话的不是别人，正是副总队长伊红蓓。

“不好意思啊，嬴建峰同志，没影响到你们全家人吃团圆饭吧？”

嬴建峰不由一惊，问：“你怎么知道我们一家人吃团圆饭？”

“噢，这事吧现在还要保密。”

“那，什么时候解密？”

“时间一到，自然解密。”

“嗬唷，伊总啥时候成设密高手了？”

“好了，咱们长话短说，你以前上报的那个红色通缉令、犯罪嫌疑人水满山有消息了。”

“是吗？那太好了！这几年我被几位老局长逼得够呛，他们问我啥时候追回国宝，你说我怎么回答啊？”

“是啊，这也难怪，三十多年了，案子悬着，谁心里都不好受。”

“对呀！我明年要退休了，今年也要退二线，再不找到水满山追回国宝，我都无脸见马克思。”

“为了你将来更好地与马克思见面，那你就得先与我见面。”

“为啥呀？”

“为找水满山追回国宝啊！”

“好哇！那我到哪里见你？”

“总队啊！”

“那好，我们明天见。”

“明天见。”

嬴建峰挂了电话，兴奋得满面红光。

黄美琴见了，嗔怪着问：“什么事这么高兴啊？儿子结婚也没见你高兴成这样。”

嬴建峰忙解释说："这事儿子没出世前就压在我心上，现在有望解决了，你说我能不高兴吗？"

黄美琴眨眨眼，笑着问："还是盗窃龙生九子的事吧？"

"哎呀！真是知我者夫人也……"

"别太激动，血压高得注意。"

"呵呵，你不说我真忘了，降压药还没吃呢。"

嬴建峰说着，赶紧从衣服口袋里拿出一个白色小瓶子，倒出一粒降压药吃了，然后站起身往外走。

黄美琴见状赶紧问："这么晚了你还去哪儿啊？"

"明天赶早出差，晚上我得准备一下。"

"你之前不是一直备了个资料袋吗？"

"这个你也记得啊？"

"怎么会不记得？这是我们两人办的第一起案子，东西没追回，我也很闹心！"

嬴建峰仔细瞧瞧已经退休两年的黄美琴，笑笑说："没想到你也计较这件事？"

"怎么能不计较呢？我也是个警察啊，是警察都要荣誉！谁不想人生有个圆满的结局！"

嬴建峰瞪大眼，好像有所发现似的望着对方，说："对对对！这话说得有水平。看来我不抓紧把人逮住都不行了！"

黄美琴目光坚定地瞅着嬴建峰，说："那是必须的！"

嬴建峰立即并脚挺胸抬头，郑重地向对方敬个礼，然后转身，脚刚跨出门槛，手机响了，嬴建峰忙接听，又是伊红蓓打来的。

"嬴支队长，现在计划有变。"

"怎么变了？什么情况？"

"明天你不用来省厅，我们去瓷城。"

嬴建峰一愣，马上回应："那怎么好意思让你跑这么远？"

"这次不是我一个人，还有公安部督导组。"

"啊！怎么一下子惊动部里领导？"

"盗窃龙生九子案已列入部督大案，督导组领导要亲临一线督导，我要陪同。"

嬴建峰听罢，霎时感觉压力如山。他心里清楚，案子被列入高层视线范围，其分量与性质与之前完全不同。对瓷城和省里来说就不单单是起案件，而是赋予了政治色彩，就与许多人的前途与命运自然挂钩。

见嬴建峰一时没了声音，伊红蓓便提醒说："你晚上恐怕要加下班，把材料整理好，到时候领导们肯定要听汇报，还要看案卷，弄不好还到现场查看，所以你还要做好还原当年案发现场的准备。"

嬴建峰觉得情况突变，必须要立即行动，否则时间来不及，便回应说："好的，我马上着手准备。噢对了，我们领导知道吗？"

"正在通知他们，估计很快就会打你电话。"

嬴建峰心里一紧，忙说："那好，那我去准备了！"

"好的，明天见。"

"明天见。"

嬴建峰挂掉手机，心里一下紧迫起来，他急着要到支队，便快步来到停车场，摁了下遥控，轿车发出吱咯声。他来到车旁，正伸手去拉车门，手机又响了。

嬴建峰一接，是耿局长打来的，他口气急促地问："你在哪儿？"

"我正准备去局里。"

"那好，我在办公室等你，有紧急任务！"

"我马上到！"

嬴建峰知道省厅已打了耿局电话，仿佛看见耿风华焦急地望着自己。

这一晚，嬴建峰忙得几乎未合眼。

193

第二天上午，由伊红蓓带路，公安部督导组来到瓷城。

瓷城市委、市政府以及人大政协领导集体迎接，并在市委会议厅举行了首轮座谈会。各套班子主要领导都表态，坚决贯彻落实上级指示精神，要求公安部门立即成立专班，开展缉捕逃犯追回国宝行动。

接着督导组又来到市公安局，在党委会议室，听取嬴建峰对一九七九年文物博物馆被盗案详细介绍，并就龙生九子国瓷案中，还有囚牛与螭吻未被追回做了说明。

随即督导组又来到文物博物馆，实地查看当年被盗物品现场，吓得文物博物馆现任馆长单陶人语无伦次，多亏嬴建峰帮他解围。

督导组再回到市公安局，现场督导市公安局研究下步工作措施，制订工作方案，决定派嬴建峰带两位刑警，随伊红蓓前往马来西亚吉隆坡，追捕通缉犯水满山。

嬴建峰权衡再三，决定挑选两名文武兼备又懂英文的刑警，结果挑中鲁克蒂与张阳。

明天便要出发，晚上十点钟，嬴建峰回到家中，准备收拾东西第二天出发，却不见黄美琴人影，忙打她电话，问黄美琴人在哪儿。不料黄美琴一接电话，竟哭了起来。

嬴建峰忙问："怎么回事？你怎么哭了？"

"妈，妈现在医院抢救呢。"

嬴建峰大吃一惊，急问："妈怎么抢救了？"

"妈今天早上四点多心脏堵塞痛得难受，爸爸就打电话给 120 送人民医院抢救来了。"

"那你怎么不早说啊？"

"爸爸知道公安部督导组来，说你肯定忙离不开，不让我们打你电话？"

"嘿！我，我就是离不开，也要告诉我一声啊！"嬴建峰焦急万分道。

"爸爸说了，如果让你知道，怕你分心。"

"哎呀！妈现在怎么样了，要不要紧？"

"医生说目前还在观察期，要等明天才能决定是否手术。"

"啊！那我现在就过去！"

"都这么晚了，你的事忙完了？"

嬴建峰被黄美琴一下问愣了，他想想说："我这事还刚开始，明天一早就出差。我回家准备拿衣服的。"

黄美琴一听，忙说："你明天出差，那晚上还是我在医院守夜吧。"

"不！我要出差，所以我更要到医院守夜。"

"你，你的血压那么高，一熬夜更不行。我，我不放心你。"黄美琴满是担忧道。

"没什么可担心的，我吃了药就没事。"

"哎哟，你忘了老城东分局的局长金小平吗？他的血压跟你一样高，也是吃了药说没事，结果呢，还不是脑出血走了。”

“这能相提并论吗？金局长是太忙一时忘了吃药才出的事。”

“你还说这话？昨晚你不忙的时候都忘了吃药，那你一忙起来就更不记得吃药了。你说你怎么让我放心得下？你不比从前年轻，马上六十岁的人了，你万一有个什么事，你叫我们怎么办？”

嬴建峰心里，被黄美琴一说，变得莫名沉重起来。他不担心自己，而是为老娘的病情担忧。八十多岁的老人，可说是风烛残年，之前检查说是心脏血管堵塞将近三分之二，要做搭支架的准备，都因这种那种原因没做，看来这次是非做不可了。

“能不能跟领导请个假，就说老娘住院，要做手术。”

嬴建峰心里清楚，要是平时自己肯定会请假，但这次是公安部督导组安排的任务，关系到国家的利益，个人的一切困难都要无条件地靠边，哪怕是上刀山下火海，自己也义不容辞。

“不行啊。这次任务不同一般。”

“怎么不同一般？”

“这次任务，下关系到钟局鲁局崔局还有杨鸿儒的最后心愿，上关系到咱们瓷城和国家荣誉！”

“你是说，龙生九子的案子？”

“对啊！”

“噢，是这起案，我就不多说了。”

“谢谢夫人理解，这也是我和你的最后心愿，我一定要把它完成。”

“你就放心去吧，自古忠孝不能两全，家里有我。”

嬴建峰听完心生感动。自己妻子虽是一介女流，但她也是一名警察，也有巾帼侠义之气，当年因为发誓要破她同学陶欣被害案，拖到三十岁才结婚。

嬴建峰简单收拾几件换洗衣服，装进行李箱内，然后将箱子放进自己轿车后备厢内，径直来到人民医院急诊室换黄美琴回家，让黄美琴明天早上七点来接替自己。

这一夜，嬴建峰双手握着老娘柳淑贞的手，半醒半睡。他仿佛可以感觉得到母亲的心绪：欣慰，眷恋，不舍与牵挂。

194

飞机从上海浦东国际机场起飞。

行动小组由伊红蓓带队，嬴建峰协助，鲁克蒂与张阳为成员。

五小时二十分钟后，飞机降落在马来西亚吉隆坡国际机场。

一出机场大厅，我国驻马来西亚大使馆警务联络官文德昌，就专程前来迎接。

文德昌很热情地与每个人握手，然后请大家上大使馆的中巴车。车上文德昌向大家简单介绍了马来西亚政治、经济、文化、历史与法律制度，重点介绍了吉隆坡的治安状况以及风俗习惯，也介绍了应该注意的各种事项，还特别介绍了在吉隆坡开展调查时，必须要恪守的纪律。

伊红蓓非常感谢大使馆的支持，并将此次需要抓捕的人员情况向文德昌联络官做了汇报。

文德昌微蹙眉头说："根据我们的前期调查，你们所说的这个逃犯，现在已经不叫水满山，他现在叫林宇，长得也不是你们带来照片上的模样，显然已经整了容。他现在的产业很大，涉及古玩收藏、房地产开发、旅游、赌场还有饮食行业，资产五十多亿林吉特，相当于人民币八十多亿。关键的问题是，他与当地政府一些要员关系密切，在警局也有关系。要想动他，没有过硬的证据和完备的法律手续，移民局是不会同意将他遣返回国的。"

一席话说得伊红蓓与嬴建峰面面相觑。

嬴建峰有针对性地说："这些情况我们也考虑到了。我们为防止水满山整容，提取了他胞兄的DNA，我们只要拿到这个林宇的用检样品，就可以确定是否水满山。"

"你说得没错，可马来西亚对DNA检验，要求第三方公认的国际鉴定机构出具鉴定书才行。"

"那在马来西亚应该有这种机构吧？"

"有的，关键有两个问题。"

"哪两个？"

"一是经费问题，二是时间问题。"

"怎么讲？"

“在马来西亚做这种跨国业务鉴定费用很高。另外你们的签证时间只有三十天，如果不能在三十天内办结，又得回国重新办理一次。所以，你们必须要提前做好充分的准备才行。去年就有咱们国内‘猎狐’工作小组来，因这两个问题走了很多弯路，差一点被当成非法偷渡者抓起来。本来咱们是来抓非法偷渡的，结果自己变成了非法者。增加了很多麻烦。”

伊红蓓很感谢说：“谢谢您的提醒，让我们少走了很多弯路。真的非常感谢！”

“不客气。我安排你们住在离大使馆不远的华人宾馆，老板祖上广东人。另外我介绍了一位可靠的律师，叫陈运来，老家福建，对法律很精通，对你们怎么调查如何引渡很有用，不过，他可是有偿服务。但因为我和他说明了是公务活动，费用减半。”

伊红蓓与嬴建峰听了很高兴，一再表示感谢。

文德昌叫大使馆车子送嬴建峰一行到达宾馆，总台服务员已接到通知，将他们安排在二楼。

天色将晚，嬴建峰与伊红蓓商量，准备晚饭到外面吃，便拿起房内旅游指南，见上面介绍吉隆坡主要的美食街有茨厂街和阿罗街，茨厂街其实是唐人街，几乎清一色都是华人所开之店；阿罗街号称是东南亚第一美食街，美味很多。

鲁克蒂与张阳听了，高兴得眉飞色舞，跃跃欲试。

嬴建峰先前听说到马来西亚追逃要过四关，一是人地生疏关，二是水土不服关，三是语言不通关，四是法度差异关。如今到此，前三关便要先过。

其实水土不服，是从大的方面而言，要细化一点，便有气候炎热不适应，饮食口味不对路，虫叮蚊咬够你受，登革热病难对付。

四个人正在总台询问去茨厂街怎么走方便，一位身高一米八五的胖黑壮汉夹个黑包进来，他一进门便对总台嚷嚷着：“国内来的伊女士嬴先生住在哪儿？”

嬴建峰一听忙说：“我们就是啊，请问你是哪位？”

来人“噢”了一声，转头对着嬴建峰，忙上前伸出右手握住嬴建峰说：“幸会幸会！我叫陈运来，律师。”

嬴建峰一听是文德昌给行动组请的律师，忙说：“陈律师好！没想到这么快就能见到你。”

陈运来愣一下，随即解释说：“听说你们的任务很急，我就提前来见你们。请放心，我不会乱收费。我在国内也当过两年警察，你们完全可以相信我。”

伊红蓓忙说：“谢谢你陈律师！你在国内当过警察，那咱们就是一家人了。”

陈运来笑着说：“对对对一家人，你就是伊女士吧？欢迎你们来马来西亚！”说完他又上前与伊红蓓握手。

伊红蓓说：“我们正愁路不熟，你来了正好，我们一起吃晚饭。”

陈运来很高兴地说：“对啊，我就是来给你们当向导的。”

“看介绍好像茨厂街阿罗街都不错的。”伊红蓓说。

“是啊，我正准备带你们去，先去茨厂街，那都是咱们华人开的，我带你们先去茨厂街附近的中心艺术坊，那里的环境，跟你们这次的任务有点关系。”

嬴建峰听罢觉得奇怪，忙问：“有什么关系？”

“噢，那里虽然是个美食店，但装修得特豪华。四周摆设全是古董。人来人往，生意火爆得不得了。”

伊红蓓等人一听呆愣。竟然有用古董装修的美食店，而且生意火爆，国内一般是会所性质才会用古董装饰，而且不对外，像这种情况那真是闻所未闻。

听到陈运来这样一说，嬴建峰和伊红蓓马上决定，就去那家店。

195

走进中心艺术坊，果真是环境高雅，装修古色古香，四周墙壁全是各色古董，而且以陶瓷为主。怪不得陈运来把大家带到这里，原来他是让大家感受一下氛围。

嬴建峰可以说是古陶瓷方面半个专家，他立即围着那些瓷器仔细观察，发现那些产自瓷城的青花粉彩瓷瓶，都是高仿品，当然仿真程度非常高，一般人根本就瞧不出。至于哥官汝定钧瓷，嬴建峰不很在行，但他估计也是高仿品。不管怎样，能将中国历代这么多高仿瓷集中在一块，而且仿得这么逼真，没有对瓷器相当的热爱，没有多年的搜集研究，没有相当雄厚的经济实力，是不可能拥有这么齐全这么大规模阵仗的。

陈运来见嬴建峰对这些瓷器兴趣盎然，便向嬴建峰招招手，嬴建峰在陈运来身边坐下。

陈运来问：“怎么样，这些瓷器不错吧？应该很值钱吧？”

嬴建峰不好揭穿真相，只好敷衍道：“东西是不错，哎陈律师，这家店是谁开的？”

陈运来左右瞧瞧，似乎怕被人听见，压低声音说：“跟你们说实话，这家店，就是那个林宇开的。”

嬴建峰和伊红蓓一听，忙警觉起来。

嬴建峰也压低声音问：“那你跟他很熟吧？”

陈运来摇摇头，说：“见过几次面，说不上熟。也许是我之前在国内当过警察，感觉他总是提防着我，不想跟我深交。我也感觉此人城府很深，很难摸透对方的心思，所以关系也就一般。”

嬴建峰点点头，说：“按理说，你是华人中最有名的律师，他这个有钱的华人，应该跟你深交才对，怎么会对你提防呢？”

陈运来一听笑了，说：“对啊，我也觉得奇怪，虽说坏人怕警察，但没听说坏人怕律师的。要不就是这个人自身有问题，他根本就用不着提防我。”

“没错，这里恐怕真有隐情。”伊红蓓分析道。

陈运来得意地一笑，说：“咱们中国有句古话，叫不是冤家不聚头。我呢，也有个怪僻，我对自己好奇的人，我一定要把他了解透，这样我才觉得安心。”

嬴建峰一听欣喜地笑了，说：“难不成你对他私下调查？”

“对啊！嬴先生不愧是老前辈，我最近几年，通过各种关系，调查这位林宇先生。”

“有什么情况吗？”伊红蓓急问。

“有啊，我掌握了他的基本情况，包括他有哪些产业、固定资产、个人嗜好、活动规律、交往情况、经济状况等等。但我对他如何发家，还有经营古董这一块搞不清楚。”

嬴建峰笑笑说：“你能了解掌握这么多已经很不容易了。你对他怎么发家、怎么经营古董这两个问题搞不清很正常啊，因为那就是林宇发家致富的秘密，他是绝对不会让人知道的，除非是跟他关系非常密切的知情人。”

陈运来很认同地点下头，说：“你说得没错，不过呢，我对他这两个问题也下了些功夫。基本上可以肯定，他是靠走私贩卖国内古董起家的，而且我也找到了几处他可能隐藏走私古董的地点。”

嬴建峰一听，有些激动地盯着对方，问：“有没有详细的资料？”

“肯定有啦，要不然，文联络官怎么会让我帮助你们呢？”

嬴建峰开玩笑说：“说得没错，你可是吉隆坡的地头蛇。”

“地头蛇不敢说，活地图倒是可以的。”

“难怪文联络官那么器重你。”

“那是，去年国内有几支‘猎狐行动’小组来，都是我帮忙解决一些问题。要不然，文联络官怎么会看中我？”

“那是那是。哎陈律师，最近这个林宇有没有什么新动向？我们怎么才能尽快找到他？”

陈运来思忖再三说：“现在直接找他，我觉得时机不成熟。”

“这个我当然知道，我的意思是怎么找到林宇这个人，然后保持一定距离的监控，等我们掌握了确凿的证据后，再动手。”

陈运来赞赏地笑笑说：“没错。这个林宇可不是一般人，此人思维缜密，城府极深，我们直接接触肯定不行，如果你们同意，我想让我路上的朋友阿福，以泰国人身份找他买古陶瓷，设法找到他隐藏古瓷的确切地点。”

“你不是知道他的窝点吗？”

“可我吃不准他到底会在哪个点。”

“你说的那位朋友阿福，牢靠吗？”

“绝对牢靠！”

“这事有一定风险，他肯帮忙？”

“这个，肯定要点费用。咱们以前办案，不是有那个专项费用吗？能不能给？”

嬴建峰回头瞅瞅伊红蓓，说：“只要合理，应该没问题。”

“好，我相信你们，那我就通知我兄弟，让他立即开始行动。不过，为了保险起见，你们还要联系这里的警察局，还有移民局，那样万一出现意外，能得到警方保护。当然喽，我们之间的事，千万不能让他们知道。”

伊红蓓笑笑说：“这个你放心，我们先期调查，等有了确凿的证据我们再动手。最好是我们已经将人控制住后再通知他们。”

“那样当然是最好了。”陈运来赞同道。

这时女服务员开始上菜，第一道就是久负盛名的娘惹菜，其他的肉骨茶、椰浆饭、叻沙莱、烤鱼等名菜连着上来。

陈运来挥挥手很客气地说：“吃菜吃菜，这一餐我请的，算是给你们接风。”

这时鲁克蒂打趣着问：“陈律师，你一分钱都没挣到，就这样花钱，你就不怕打水漂了？”

“哎呀你这位同志妹，怎么能这样说呢？刚才伊女士不是说过吗，咱们是一家人，可不能用钱来衡量。如果要挣钱，我用不着挣这个钱。”

“对啊。陈律师对国内有感情，所以帮我们。”嬴建峰马上圆场说。

陈运来很高兴地点头笑笑说：“祖国是世界华人的靠山，祖国强大了，我们这些国外的华人腰板才能又直又硬，才不会被人欺。我帮你们就是在帮我自己，你们说对不对？”

鲁克蒂眯笑着说：“知道你是爱国的，跟你开个玩笑。”

陈运来笑着说：“这位妹子瞧着蛮能干。”

张阳终于开口说：“你怎么知道？”

“之前来的都是男同胞，没有女士。”

“她是我们支队重案大队大队长。”张阳介绍道。

陈运来露出惊讶的神情，忙问：“是吗？”

“还有这位，是我们省厅刑警总队副总队长。”张阳瞅瞅伊红蓓介绍道。

陈运来立马露出钦佩的目光，忙说：“哎呀陈某失敬了，幸会幸会！”

伊红蓓微笑着说：“陈律师不要客气，我们在马来西亚能遇到你也是缘分，欢迎下次你到我们那里去做客。”

嬴建峰一听马上接嘴说：“对啊陈律师，你说说，你喜欢什么样的瓷器，到时我个人送给你。”

陈运来满脸堆笑地说：“太好了，我下次休假，一定到你们那里拜会各位领导。我最喜欢你们那里的青花瓷瓶了。”

“那好，我到时送一套青花瓷瓶给你。”

“真的？那太谢谢你了。”

“不用谢，要谢先谢谢你。”

“哎哟不客气了，来来来，咱们先吃饭，吃了饭我再带大家熟悉一下环境。哎嬴先生，要不要来点酒？”

“不是说马来西亚不喝酒吗？”

“那是他们马来西亚人，他们是穆斯林，禁止喝酒。”

“那咱们就入乡随俗，不喝了。”

“但咱们华人没有这方面的要求，想喝还是可以喝一点。”

“我看算了，咱们来有任务，千万不能因为喝酒影响工作，下次吧，等任务结束了，咱们再喝。”

“好！那就这样说定了。”

196

饭后，鲁克蒂买来了吉隆坡和马来西亚的地图册。

陈运来带着四个人，对吉隆坡的主要道路进行了查看，快十二点，回到了住宿的酒店。

在伊红蓓房间，嬴建峰与伊红蓓等人商量一下下步工作，决定先向耿风华汇报情况，主要是关于请陈运来及其朋友帮忙的费用问题，耿风华听完，说："只要费用不高得离谱，我来想办法就是，你们全力开展工作。另外，你们一定要注意自身安全。"

嬴建峰与耿风华说完后，又将手机递给伊红蓓，耿风华也说了类似的话。

通完话，已快一点。鲁克蒂突然叫了起来，几个人忙转眼看着鲁克蒂。

一向开朗的鲁克蒂，这时却愁眉苦脸的，双手不停地挠着腿部和胳膊。伊红蓓说声"坏了"，忙从自己的行李箱里拿出清凉油，打开盖子就给鲁克蒂抹起来。

一旁的张阳也感觉不对开始抓痒，嬴建峰似乎也受到传染，立马低头查看被蚊子叮咬的部位。只有伊红蓓好像没事。

伊红蓓好像意识到什么，马上回头从行李箱里拿出几盒清凉油，往嬴建峰和张阳手里塞，边塞边说："都怪我，我本来打算一到就把东西拿出来给大家的，没想到刚才放行李时就忘了，让你们受苦了。"

嬴建峰也有些后悔，对伊红蓓说："这事我也忘了。真要谢谢你，要不然我们就惨了。"

伊红蓓有些不好意思说："现在已经让你们受苦了。"

嬴建峰边打开清凉油搽擦被蚊子叮过的红包，边笑着摇摇头说："没事，不就被蚊子咬一下。"

伊红蓓说："可不能小瞧了这里的蚊子，登革热就是通过蚊子传播的。"

"啊！那怎么办？"张阳一听登革热，顿时就有点慌。

嬴建峰也知道，登革热是一种传染病，一旦传染上，就会发热、疼痛、皮疹，淋巴结肿大等。重症者会出现休克、出血等症状。出发前好像有哪个说了一句要防蚊子，但当时都没引起大家的重视。只有伊红蓓在上飞机前抹了清凉油。

嬴建峰有些担心地问伊红蓓："不知道有什么药可以预防？"

伊红蓓说："好像没有特效药，如果染上了，只有卧床休息，多喝水，注意营养，做好隔离。如果发高烧，只有物理降温治疗，再不行，吃退烧药。出现消化道症状，就要保护好胃与肝。"

"听你说的意思，一旦得了这种病，那就什么都做不了？"

"是啊，这也是我最担心的。不要我们工作还没开展，人就先倒了。那我们，对各方面都无法交代啊。"

嬴建峰点点头，想想说："这件事，我们要做最坏的打算。"

"什么打算？"

"当成被传染了登革热的打算。"

"然后呢？"

"立即寻求帮助。"

"找谁？"

"文德昌和陈运来。"

"你怎么想到他两个？"

"他两个在马来西亚多年，对这里的一切都熟悉。这种很容易通过蚊子传染的病，肯定有办法对付。"

伊红蓓听了，觉得在理，不由抬手瞧瞧手表，说："现在太晚了，我们明天再联系他们吧。"

嬴建峰笑着说："不，要马上打电话给他们，即使他们休息了，也要发短信给他们，把情况告诉他们，这样，他们明天一早就得知我们的情况，请他们想办法弄些有用的药来。"

"这个办法行，是你打还是我打？"

"我来吧。你今天累了，就早些休息吧。"

伊红蓓笑着点点头，说："那好，咱们就明天见。"

"明天见。"

嬴建峰出了伊红蓓的房间后将门关上，来到隔壁自己的房间，洗漱一番就上床休息。未承想睡到六点多时，先是感觉口渴，意识再清晰些，感到全身滚烫疼痛难忍，心想完了，肯定是昨天被蚊子咬了被传染登革热。

嬴建峰立即想到鲁克蒂与张阳，他们两个也被蚊子咬了，不知情况怎样，于是他赶紧拿出手机打给鲁克蒂，未料到手机一打就通了，接电话的，竟是伊红蓓。

“你怎么在克蒂的房间？”

“克蒂打我电话，说人发高烧很难受，我就来了。噢你怎么样？”

“我也不行啊，口渴发烧浑身疼痛难受。”

“那就是登革热！”

“哎呀，那赶紧看看张阳怎样？”

“我已经打了他电话，他也一样。”

嬴建峰一听，差点崩溃。四个人一下倒了三个，这任务怎么去完成啊？

这时伊红蓓问：“要不要马上送医院看看？”

“我想，还是等等吧。”

“等什么？”

“等文联络官与陈律师。”

伊红蓓想想也对，即使送到医院，也没什么特效药，无非冷敷退烧一类，这些在酒店也可以做，不如先等等看。当然，消毒隔离是个关键，等会要买些消毒液。

正在这时，嬴建峰听到有人敲门，便咬牙起床，将门打开，一瞧，正是身材高大的陈运来。

陈运来手提一个大热水瓶，笑哈哈地走进来，一放下热水瓶，就拿起一个茶杯，从热水瓶里倒出一杯淡黄色的茶水，递给嬴建峰，笑着说：“喝吧。”

嬴建峰端过杯子瞧瞧，尝了一口，紧皱眉头，问：“这是什么这么难喝？”

“良药苦口利于病嘛。喝吧，喝了就好了。”

“你这么早就煎好了药？”

“哪里唔，我昨天晚上一到酒店来见你们，就打电话通知人煎药了。”

“你怎么知道我们会传染？”

“哎呀，凡是从国内来的，一般都会得一次登革热。煎这种中药起码要十个小时以上，我就早做准备。”

嬴建峰很是感激地望望陈运来，觉得他人粗心细，的确很难得。便说：“谢谢你陈律师。快，你把药给他们两个送去。”

陈运来说：“你放心，你先喝，我马上就送。”

嬴建峰举杯一口将药喝下，着急说：“快快，麻烦你了。”

陈运来见状，立即起身，哈哈笑着提起热水瓶，朝门外走去。

197

经登革热这么一弄，嬴建峰与鲁克蒂、张阳等人被困在酒店无法出去行走，更没法执行任务。

陈运来送药来的同时，还送来了准备好的林宇资料。他先将资料给伊红蓓看。

伊红蓓看完，又将资料给躺在床上的嬴建峰。嬴建峰担心自己会传染给伊红蓓和陈运来，不肯接资料。

陈运来说："没事，刚开始发作就喝了药，不传染。"

嬴建峰听他这样说，便放心地接过资料翻看起来。资料除文字外，还有两张地图，一张是吉隆坡的，另一张是马来西亚的。

陈运来介绍说："有关林宇的资产、产业、房产，我能标的都在地图上标出来了，没法标的就用文字说明，给你们做个参考。"

嬴建峰有些小激动，说："真的太谢谢你了，这让我们节约了很多时间。"

陈运来笑笑，说："我现在就按照图上的标示，带你们熟悉一下。"

嬴建峰有些无奈地看看伊红蓓，自我解嘲地说："我现在不能出去噢，怎么办？"

伊红蓓倒是乐观，说："没事，不是还有我嘛？"

陈运来也安慰道："不要担心，喝了这些药过两天就好了，也不会有传染性。在酒店里休息就行。"

嬴建峰只好说："那真不好意思，辛苦了。"

"没事，你好好休息。"伊红蓓微笑着说。

就这样，伊红蓓请陈运来帮忙，买了些消毒喷剂和生活用品，安排嬴建峰等人吃好早餐，然后随陈运来出去，按陈运来在吉隆坡地图上标示的有关林宇的地点线路，开始熟悉情况。

躺在床上的嬴建峰，满是焦虑、担忧与自责。他想如果一开始就重视预防就好了，情况就不会这么被动。

身上的疼痛慢慢减弱，嬴建峰猛然想起，自己临离开瓷城时老娘还在住院观察，不知道现在情况怎样了。想到这，嬴建峰立马拿出手机，打给黄美琴。

黄美琴一听嬴建峰问话，憋不住又哭了起来。

嬴建峰心里咯噔一下，急着追问：“怎么了美琴？你别光哭啊，老娘到底怎么了你倒是说呀！”

黄美琴啜泣着说：“你走的第二天，老娘突然病情加重，抢救无效，就、就走了。老爸说你工作很重要，不让告诉你。”

嬴建峰一听，犹如五雷轰顶，心如刀割，他大喊一声：“妈啊！”就泪如雨下，一个人躲在房间，伤心地痛哭起来。

嬴建峰脑子里闪出的第一个念头，就是要立即赶回去见老娘最后一眼。可转念一想，自己现在疾病缠身，动身不了。即使身体无碍，但艰巨的任务压在身上，自己也不能回头啊。

嬴建峰这时才深刻体会到“忠孝不能两全”的真正含义。自己现在能做的，是尽快让自己好起来，尽快找到水满山，尽快追回被盗的文物。

嬴建峰担心老娘出殡之事，便于第二天上午打电话给黄美琴。黄美琴说：“你放心，队里的兄弟们都来了，事办得很体面，大柱他们替你守夜尽孝。”

嬴建峰听罢，心生感动，愧疚也就少了许多。

三天后，嬴建峰他们三个痊愈。

嬴建峰忍着悲痛，他没把老娘去世的事告诉任何人，便立即投入到对林宇的调查中。

经过近十天的奔跑，基本掌握了林宇的活动情况。此人平时深居简出，喜欢游泳、打高尔夫球，有时私下接见当地要员与富豪，从不到街道社区活动。进出有三辆黑色防弹车，他坐在中间车上，前后各有一辆警卫车坐满了警卫。且他所有活动都先由管家出面安排，管家以下还有三个级别的手下。要想接近他，很难。

陈运来那个朋友阿福，跟林宇手下约好见面，已经是两个星期以后的事了。

陈运来得到消息，林宇派人将他朋友阿福蒙眼带走，来到一处感觉是地下室的地方，让其挑选古瓷。由于事先陈运来已经给过资料给阿福看，阿福知道自己要找的东西是龙生九子中的囚牛与螭吻。他一眼就看中了那两样东西；为麻痹对方，又点了另外三件东西，双方还约好下个礼拜见面。

嬴建峰很着急问：“那个地址能确定吗？”

“目前还不能完全确定。大体上是在西北方郊区。”

嬴建峰突然想起来，陈运来送来的资料中有两处跟林宇有关，一处是林宇私人庄园，还有一处是林宇开发的宇寰别墅区。

嬴建峰想到这，便笑着说：“你看这样行不行，我们来个现场重建。”

“怎么重建？”

“让阿福坐上车，将眼蒙上，车子往那两个地方开，让他感觉一下哪条路更像上次他去的那条。”

“这个办法不错，现在有个问题。”

“什么问题？”

“我担心对方会派人跟踪阿福。”

“那是肯定的。对方能把生意做得这么大，肯定是阴险狡诈，诡计多端。他一定会调查阿福的身份，确定没有任何风险，他才会交易。”

“没错，我还怀疑对方会对阿福进行验资，所以我叫另外有钱的朋友打了几个亿到他账上，以防万一。当然是远程监控的。”

嬴建峰知道这不是一般人能做到的，便向对方投去赞赏的目光，说：“谢谢你陈律师，没你的帮助，我们工作真的很难做啊。”

“不用谢了，这是我应该做的，要不然，我就对不起文联络官，更对不起老祖宗啊。”

嬴建峰很理解地点点头，说：“谢还是要的。咱们眼前最要紧的，就是让你朋友阿福重新去寻找一下现场，最终确定他们藏匿古董的地点，这点对我们至关重要。不过，千万注意别让对方发觉。”

陈运来若有所思地点点头，说：“我来想个万全之策。你们就等着好消息吧。”

“好！需要我们做什么，你吩咐就是。”

“好的。我想你们还是不露面的好，以免打草惊蛇。”

“那好，我们就恭候佳音，拜托了。”

第二天上午，陈运来兴奋地告诉嬴建峰，地点应该是林宇的私人庄园。

198

决战的时刻就要来临。

追捕小组认真研究制订了行动方案，并向耿风华和厅领导做了汇报。

同时征求文德昌意见，并请他协调当地警局与移民局，做好行动前后的一切准备。

装在阿福口腔里的微型追踪器，躲过了林宇手下的检查，一路向林宇私人庄园移去。

嬴建峰和伊红蓓，还有当地警察局负责人，坐在一辆有卫生防疫标志的厢车里，密切注视着手提显示屏上移动的红点。

气温闷热，天空忽然乌云密布，一阵狂风掠过，吹得路旁的棕榈树沙沙作响。

当地警局已经做好了配合我们行动的准备。为保密起见，行动组只向当地警局透露大概的行动方位，并未说明具体的地点。

按照嬴建峰与伊红蓓的设想，现场扣押了被盗文物，立即提取林宇的DNA样品送检确定后，再正式对林宇实行拘捕，然后对接移民局，走正常法律程序。

嬴建峰征求了陈运来的意见，他觉得可行，就是要在时间节点上要把控好，哪怕一点脱节或遗漏都不行。

嬴建峰知道这样做风险很大，所以对可能出现的意外情况做了充分的分析与应对预案。行动组也做了大体分工，嬴建峰与鲁克蒂负责抓捕林宇，伊红蓓与张阳负责查找扣押被盗文物。当然在特殊情况下，可打破分工界限。总之目标只有一个：做到人赃俱获。

当红色光点停止不动时，说明阿福已到达交易地点，行动就要开始。

嬴建峰乘坐的卫生防疫检验厢车也到达林宇庄园大门，身穿防护服的警察局负责人先下车，配合我们行动的防疫人员也下车，并向门卫出示证件，两人都用马来语对门卫说了一通，门卫好像有些无奈地打开大门。

防疫检验厢车往里开，后面六辆微型面包车随即跟进，最后一辆车停在大门口，下来几个人控制住门卫，然后将大门关上。

车队一直前开，到了别墅前停下，从车上跳下二十多名荷枪实弹的警察，朝三栋欧式古典大别墅围去。

扮作阿福随从的鲁克蒂与张阳，已经跟在林宇管家身后往地下室走，刚打开地下室暗门时，就听到别墅外面有动静。张阳立即将管家控制住，边上两位保镖见状掏枪准备顽抗，遭到鲁克蒂一顿疾风暴雨般的攻击，被打得趴在地上哀号不得动弹。

鲁克蒂捡起保镖落地的手枪，一把抛给张阳，另一把拿在手上。她迅速将地下室的灯打开，一瞧满屋都摆满古瓷的博物架，且大多来自瓷城，那一对龙生九子的囚牛与螭吻青花瓶，赫然端坐在玻璃罩里。

鲁克蒂动作麻利地将两个保镖捆绑在一起，等待来人。她对张阳说："你看好他们，我出去看看。"说完鲁克蒂提腿往外冲。

199

赢建峰和伊红蓓很担心鲁克蒂他们，急着冲下车。

现场已经乱作一团，跑步声喝令声惊叫声响成一片。

赢建峰习惯性地用手摸一下腰间挂枪套的部位，立即意识到自己没有枪。就在他抬头一扫别墅之间连接的走廊时，发现中间别墅与左边别墅的联通走廊上，有几个人簇拥着一个近七十岁的男人，慌张逃窜。也就是那么一瞄，赢建峰立即认出了那个男人，就是整容后的水满山——林宇。

赢建峰大喊一声："水满山站住！"就飞快地往左边那栋别墅追去。

伊红蓓见状，怕赢建峰一个人吃亏，便转身朝赢建峰跑去的方向追去。

恰好鲁克蒂从地下室上来，她用英语朝当地警察说下面地下室有人已被我们控制住了。说话间她瞥见伊红蓓向赢建峰方向追击，心想肯定是赢建峰发现了重要目标，便撒腿向伊红蓓身后跑去。

赢建峰追进别墅，见他们往地下通道逃去，便奋不顾身地追击，未料到跑在最后的保镖回手一枪，子弹从赢建峰耳旁呼啸而过。

赢建峰回头一瞧，见伊红蓓也追进地下室，好在她刚进来，避过子弹。

赢建峰紧追不舍，很快来到一个大厅内。赢建峰一瞧，四个身穿黑西服的保镖，都手拿着枪对准自己，水满山就站在他们身后。赢建峰不由一个就地前翻滚，以迅雷不及掩耳之势，飞腿扫倒两名保镖，另两名保镖举枪朝赢建峰射击，一时枪声大作，飞弹四溅。

随后赶来的鲁克蒂见状，朝两位保镖连开两枪，子弹明显击中保镖身上，但两人只是愣怔了一下，随即都转身向鲁克蒂开枪。鲁克蒂一瞧情形不对，对方穿了防弹衣，忙就地一滚，同时随手朝保镖脚部开枪，两保镖随即弯腰抱腿痛苦不已。

伊红蓓是第一次遇见如此激烈的打斗场面，她见赢建峰一下击倒两镖，心中大喜。自己功夫虽然不及嬴建峰，但也练了十几年的拳脚，一般人也能对付，她心想自己对付倒地的保镖还是可以的，便立即上前准备押绑一个，就在她弯腰躬身的时候，瞥见水满山正举枪对准嬴建峰，惊骇之下她条件反射地往嬴建峰身前一挡，“砰”的一声，水满山开枪，子弹正好击中伊红蓓胸部。

嬴建峰见状怒火万丈，他以极快速度纵身向前，飞起一脚踢掉水满山手中手枪。水满山被嬴建峰脚力踢得往后一仰，嬴建峰顺势一个扫蹚腿，将水满山扫倒在地，随即骑上水满山后背将他制服，随手抽出林宇的裤带，将他绑上。

鲁克蒂拿枪顶着两个保镖，后面的警察蜂拥而至，都举枪对准四个保镖，大声喊着：“不许动！”

200

在驶往医院的急救车上，嬴建峰紧紧抱住伊红蓓，鲜血汩汩从伊红蓓的胸部涌出。嬴建峰惊慌地用手去摁住伊红蓓伤口，伊红蓓抬起手，无力地指指自己的口袋，嬴建峰赶忙伸手从伊红蓓口袋里拿出一张照片。一瞧，竟是伊红蓓与自己儿媳傅子蕾的合照。

嬴建峰惊问：“你怎么有我儿媳的照片？”

伊红蓓气喘咻咻说：“蕾蕾，蕾蕾是我女儿。”

“啊！我怎么不知道？”

“女儿是我师傅的。我师傅为救我牺牲了。两年后，师母伤心去世，留下孤儿蕾蕾，我，我把她带大。”

嬴建峰的眼泪潸然而下。他想到傅子蕾是硕士毕业正读博。便说：“蕾蕾后年博士毕业，她完全可以留在省城发展啊，你怎么舍得让她来瓷城？”

伊红蓓惨然一笑，脸颊渐渐变得苍白起来。

“其实，我想了几十年，终于、终于想明白了。在哪里工作、不重要，重要的、是跟什么人，在一起。蕾蕾、蕾蕾和你们一起，我、我放心。”

嬴建峰已经泪眼婆娑，泣不成声。

蕾，是我女儿，也是，也是烈士后代。你们、你们一定要、要，善、待、她……”

说完，伊红蓓头一歪，慢慢闭上了双眼。

嬴建峰歇斯底里地大喊一声“红蓓啊”！便紧紧抱着伊红蓓，失声痛哭。

泪水，犹如开闸的江河奔涌而下，将嬴建峰这位刚强的七尺男儿整个淹没在波涛滚滚的悲怆之中。那里，有欢悦美好，有忧愁艰难，有无上荣光，也有痛灼悲伤。她将人生百味理想追求，流淌成地久天长，直到永恒。

二〇二一年八月二十二日一稿

二〇二一年八月二十九日二稿

后　记

本书根据景德镇市公安局刑警支队原支队长、三级警监、正县级干部江建强同志近四十年的刑侦工作经历为背景。江建强同志在几十年的侦查破案工作中，曾荣立一等功两次、二等功一次、三等功四次，先后三十余次荣获国家、省、市各种先进和标兵等光荣称号，在打击文物犯罪活动中被江西省人民政府、国家文物事业管理局授予“为保护祖国文物与违法犯罪行为作斗争”一等奖荣誉称号。本书绝大部分内容根据其所亲身参与侦破的真实案件，经过艺术加工改编而成。

小说塑造了一位酷爱刑侦事业、文武兼备、爱岗敬业、出生入死屡破大案的人民警察形象。主人公嬴建峰从七岁开始拜师学艺，立志成为一名除暴安良、伸张正义的公安战士。上班第一天就侦破盗窃文物博物馆龙生九子古陶瓷案，可惜有两件古瓷下落不明，主犯水满山潜逃。接着嬴建峰到省政法学校进修一年，刚回单位就遇上盗窃金水案，因表现突出被提拔为城东分局刑警队指导员。破获盗挖北宋龙虎斗影青瓷案，追回的龙虎斗影青瓷被省博物馆作为镇馆之宝收藏……接着嬴建峰被任命为城北分局主管刑侦副局长兼刑警大队长，接连侦破仿古瓷商人失踪案、黑社会组织内讧枪杀案，因成就突出被提拔为市局刑警支队副支队长主持工作，然后侦破了两起灭门惨案，升任支队长后，又接连破获连环杀害年轻女性焚尸案、盗挖御窑厂古瓷片案、走私枪支案，侦破谋财害命、杀害父女姑嫂纵火案、技术开锁盗窃警用枪支案，最后通过国际刑警组织，赴马来西亚吉隆坡，追回了刚参加工作时文物博物馆被盗的龙生九子古陶瓷，抓获了主犯水满山，践行了大案必破的刑警诺言，圆满完成了一名刑警一生光荣而神圣的使命与梦想。

此书不仅具有史料价值，亦具有一定的教科指导作用！在小说创作过程中，江建强先生提供了大量素材并给予大力支持，在此一并致谢！

图书在版编目（CIP）数据

古镇名探 / 刘庆玉著. -- 北京 : 中国文史出版社, 2021.12

（实力榜·中国当代作家长篇小说文库）

ISBN 978-7-5205-3397-3

Ⅰ. ①古… Ⅱ. ①刘… Ⅲ. ①长篇小说－中国－当代 Ⅳ. ①I247.5

中国版本图书馆 CIP 数据核字(2021)第 243347 号

责任编辑：全秋生

出版发行：中国文史出版社
地　　址：北京市海淀区西八里庄路 69 号　　邮编：100142
电　　话：010-81136602　81136603　81136606（发行部）
传　　真：010-81136655
印　　装：廊坊市海涛印刷有限公司
经　　销：全国新华书店
开　　本：787mm×1092mm　1/16
印　　张：37　　字数：580 千字
版　　次：2022 年 3 月北京第 1 版
印　　次：2022 年 3 月第 1 次印刷
定　　价：98.00 元